CHANTHL

GOLDMANN

Buch

Im Jahr 1620 muß die junge russische Waise Synnovea auf Anordnung des Zaren Michael das Gut ihrer Eltern verlassen, um in Moskau als Mündel der Prinzessin Anna Taraslowna auf ein Leben mit offiziellen gesellschaftlichen Pflichten vorbereitet zu werden. Von ihrer englischen Mutter zur Selbständigkeit erzogen, fürchtet Synnovea, unter der Obhut der strengen Prinzessin ihre Eigenständigkeit einzubüßen. Doch es gibt für sie keine Möglichkeit, sich dem Willen des Zaren zu widersetzen. Schon bald bewahrheiten sich die Befürchtungen der jungen Schönheit. Doch am schlimmsten sind die penetranten Annäherungsversuche des Hausherrn, des wollüstigen Prinzen Aleksej, denen Synnovea sich oft nur mit Mühe zur Wehr setzen kann. Als dann jedoch von dem Prinzenpaar entschieden wird, daß Synnovea mit einem Siebzigjährigen aus bestem Moskauer Hause verheiratet werden soll, besinnt sich Synnovea auf ihre Eigenständigkeit und schmiedet einen raffinierten Plan.

Autorin

Kathleen E. Woodiwiss wurde in Alexandria im amerikanischen Bundesstaat Louisiana geboren und lebt heute mit ihrem Mann und ihren drei Söhnen in Minnesota. 1971 veröffentlichte sie ihren ersten Roman. Inzwischen gilt sie als »Phänomen der Buchwelt« *(New York Times)*, denn ihre insgesamt acht historisch-romantischen Romane haben eine Weltauflage von mehr als 34 Millionen Exemplaren erreicht.

Im Goldmann Taschenbuch sind bereits erschienen:

Der Wolf und die Taube (6404)
Geliebter Fremder (9087)
Shanna (41090)
Tränen aus Gold (42695)
Wie Staub im Wind (6503)
Wie eine Rose im Winter (41432)
Wohin der Sturm uns trägt (41091)

KATHLEEN E. WOODIWISS
Was der Sturmwind sät
ROMAN

Aus dem Amerikanischen von
Dinka Mrkowatschki

GOLDMANN VERLAG

Die amerikanische Originalausgabe erschien unter dem Titel
»Forever in Your Embrace« bei Avon Books, New York

Umwelthinweis:
Alle bedruckten Materialien dieses Taschenbuches
sind chlorfrei und umweltschonend.
Das Papier enthält Recycling-Anteile.

Der Goldmann Verlag
ist ein Unternehmen der Verlagsgruppe Bertelsmann

© 1992 by Kathleen E. Woodiwiss
© der deutschsprachigen Ausgabe 1993
by Blanvalet Verlag GmbH, München
Umschlaggestaltung: Design Team München
Umschlagillustration: Schlück/Daeni
Druck: Elsnerdruck, Berlin
Verlagsnummer: 43304
SK · Herstellung: sc
Made in Germany
ISBN 3-442-43304-5

1 3 5 7 9 10 8 6 4 2

*Für meine dreijährige Enkeltochter
Amber Erin,
die jedem in unserer Familie das Gefühl gibt,
etwas Besonderes zu sein.*

Meinen besonderen Dank an
Carolyn Reidy,
die mir genügend Spielraum ließ,
mit dem Herzen zu schreiben.

1. Kapitel

Rußland, irgendwo östlich von Moskau
8. August 1620

Die untergehende Sonne schimmerte durch den staubigen Dunst, der träge auf den Baumwipfeln lastete, und färbte ihn in ein glühendes Scharlachrot, bis schier die Luft zu brennen schien. Kein gutes Omen, die rötliche Aura verhieß weder Regen noch Gnade für das ausgedörrte, dürstende Land. Der ungewöhnlich heiße Sommer und die lange Dürre hatten die Ebenen und Steppen versengt, der endlose Ozean von Gras war bis auf die dicht verwobenen Wurzeln verwelkt. Hier, in den Mischwäldern Rußlands, die im Osten von der Wolga und im Süden von der Oka begrenzt wurden, schien der dichte Wald noch relativ unberührt vom Wassermangel, dennoch litt die Gruppe Reisender, die ihn eilends durchquerte, unter der Hitze.

In den zwanzig Lenzen ihres Lebens hatte die Gräfin Synnovea Zenkowna zahllose verschiedene Gesichter ihrer Heimat kennengelernt, Gesichter einzigartig wie die verschiedenen Jahreszeiten. Die langen, brutalen Winter waren sogar für die Abgehärtetsten eine schwere Prüfung, und selbst der Frühling hatte noch seine Tücken, wenn das schmelzende Eis und der Schnee heimtückische Sümpfe schufen, die in vergangener Zeit schon oft Horden plündernder Tataren und anderen Invasionsarmeen zum Verhängnis geworden waren. Der Sommer war ein launischer Geselle. Warme, betörende Brisen und sanft plätschernder Regen waren Balsam für die Seele; doch wehe, wenn die Temperaturen anstiegen und das Land versengt und ausgedörrt unter der gnadenlosen Sonne stöhnte. Dann mußten es all die büßen, die leichtsinnig genug waren, sich jetzt auf Reisen zu begeben. Dieser Tatsache war sich die Gräfin Synnovea bei ihrer Abreise von zu Hause sehr wohl bewußt gewesen. Die riesige schwarze Kutsche war eingehüllt in Staubwolken, die die wirbelnden Räder und stampfenden Hufe der Pferde aufwühlten, so daß kaum Luft zum Atmen blieb. Die Bedingungen für eine längere Reise durch Rußland waren in jeder Hinsicht unerträglich, insbesondere, wenn sie in solcher Hast und so widerwillig angetreten worden war.

Synnovea hätte nicht im Traum daran gedacht, sich freiwillig den Strapazen einer solchen Reise auszusetzen. Aber Zar Michael Fjodorowitsch Romanow hatte ihre Anwesenheit für Ende der Woche in Moskau befohlen und ihr eine Eskorte berittener Soldaten unter dem Kommando von Hauptmann Nikolai Nekrasow geschickt. Und dem Befehl eines Zaren widersetzte man sich nicht, auch wenn die Trauerzeit für ihren Vater noch nicht vorbei war und sie schon allein deshalb lieber in Nischni Nowgorod geblieben wäre.

Zu allem Überfluß hatte man ihr noch mitgeteilt, daß sie, Gräfin Synnovea, bei ihrer Ankunft in Moskau der Vormundschaft der Prinzessin Anna Taraslowna unterstellt werden würde, und dieser Gedanke lastete wie Blei auf ihrer Seele. Sie hatte sich ohne Murren widerwillig in ihr Schicksal gefügt, ein Befehl des Zaren war Gesetz. Sie war schließlich und endlich die Tochter des verstorbenen Grafen Alexander Zenkow, die zu ihrem großen Leidwesen die Besorgnis Seiner Kaiserlichen Majestät erregt hatte.

Der Zar hatte keine besonderen Gründe für die Ernennung eines Vormunds gegeben. Angesichts der vielen Ehren, die ihrem Vater in den letzten Jahren zuteil geworden waren, und seiner Verdienste als hervorragender Gesandter war aber das Interesse Seiner Majestät nicht weiter verwunderlich. Trotzdem hatte Synnovea Schwierigkeiten, sich mit ihrer Rolle als hilflose und schutzbedürftige Waise abzufinden, schließlich war sie schon in einem Alter, in dem die meisten Mädchen längst verheiratet waren.

Sie behandeln mich einfach wie ein Kind oder einen Armenhäusler, dachte Synnovea betreten und mit angsterfülltem Herzen. Sicherlich war Zar Michaels Entscheidung auch auf ihren ledigen Stand zurückzuführen; der Monarch war bestimmt der Meinung, ihr Vater hätte die Angelegenheit schleifen lassen, dabei hatte der Graf nur gehofft, es wäre ihr vergönnt, eine Liebe zu finden wie die, die er mit ihrer Mutter Eleanora gefunden hatte. In jeder anderen Hinsicht hatte Alexander Zenkow alles nur Erdenkliche getan, um ihr Wohlbefinden zu sichern, hatte Vermögen und Ländereien auf ihren Namen überschreiben lassen und eine Zusicherung des Zaren erwirkt, daß bei seinem Tod alles an sie fallen würde. Er hatte sie mit der gleichen Sorgfalt wie einen Sohn erziehen lassen, und nach dem Tod ihrer Mutter vor fünf Jahren hatte er sich ihre Hilfe in diplomatischen Angelegenheiten im Umgang mit ausländischen Würdenträgern zunutze gemacht und hatte sie auf seine Reisen ins Ausland mitgenommen. Dank ihrer englischen Mutter sprach sie deren Sprache genauso fließend wie Russisch, ihr Französisch war passabel, und sie konnte in allen drei Sprachen die offizielle Korrespondenz führen, die Graf Zenkow ihr allein anvertraut hatte.

Synnovea lehnte einen Arm gegen den gepolsterten Rand des kleinen Seitenfensters und drückte sich ein feuchtes Taschentuch gegen die Stirn, um gegen die drohende Übelkeit anzukämpfen. Die Kutsche war zu einem Folterinstrument geworden, das unaufhaltsam über die zerfurchten Straßen schwankte und holperte. Das Klingeln und Klimpern des Zaumzeuges milderte zwar den Lärm der trommelnden Hufe etwas, dennoch hatte sich ein hartnäckig pochender Schmerz hinter ihren Schläfen festgesetzt und zwang sie, die Augen gegen die schmerzlich hellen Strahlen der untergehenden Sonne zuzukneifen, bis die Kutsche den Schatten eines Baumhaines erreicht hatte. Synnovea öffnete die Augen und sah alles durch einen rotgepunkteten Dunst, der das rubinrote Interieur der Kutsche widerspiegelte.

»Ihr fühlt Euch nicht wohl, Gräfin?« fragte Iwan Woronski mit schadenfrohem Grinsen.

Synnovea mußte einige Male blinzeln, ehe sie den Mann deutlich sehen konnte, der ohne ihr Zutun ihr Reisegefährte und angeblicher Beschützer auf Zeit geworden war. Sie war eine gebildete und welterfahrene junge Frau und konnte sich nur schlecht damit abfinden, daß sie demnächst der Obhut Fremder unterstellt werden sollte und zu diesem Behufe von einem Individuum begleitet wurde, das sie stark im Verdacht hatte, ein Sympathisant der Polen zu sein und ein übriggebliebener Fanatiker aus den Reihen von Sigismunds Jesuiten. Der sauertöpfische, schwarzgekleidete Gelehrte von eigenen Gnaden und Kleriker hatte seine düstere, gestrenge Persönlichkeit auf dem Platz ihr gegenüber etabliert, von wo aus er mit hochnäsigem Gehabe sie und ihre alternde irische Dienerin unverschämt kritisch mit langer, spitzer Nase musterte. Er trug seine hochmütige Bigotterie wie einen Ordensmantel, und Synnovea hatte das ungute Gefühl, daß er bereits sein Urteil über sie gefällt und sie für mangelhaft befunden hatte. Hätte er die Macht eines spanischen Inquisitors, würde sie längst in einem feuchten Kerker schmachten, davon war Synnovea überzeugt, und für Ketzerei büßen, weil sie ihm nicht die entsprechende Ehrerbietung entgegengebracht hatte.

»Mir ist heiß! Und ich bin schmutzig!« stöhnte Synnovea erbost. »Ich habe dieses gnadenlose Tempo satt! Ich bin von Kopf bis Fuß grün und blau und völlig erschöpft, genau wie die Pferde, die an jeder Station getauscht werden müssen, weil sie fast zusammenbrechen. Sagt mir doch bitte, mein Herr, wie sollte ich mich wohlfühlen, wenn ich seit drei Tagen kein Auge mehr zugetan habe?«

Auf dem Platz neben ihr rutschte Ali McCabe ruhelos herum, eine stumme Zeugin ihrer Erschöpfung. Die irische Zofe sah wesentlich älter und gebrechlicher aus, als ihre zweiundsechzig Jahre rechtfertigten. Die Reise hatte sie schwer mitgenommen und ihre ansonsten eiserne Konstitution erheblich geschwächt.

Iwan Woronski wollte gerade mit verächtlichem Schnauben antworten, da entdeckte er einen kleinen Käfer auf seinem dunklen Ärmel. Höchst erstaunt von der Unverfrorenheit dieses Wesens, schnippte er es mit seinen stummeligen Fingern zum Fenster hinaus. Schließlich ließ er sich dann doch dazu herab, auf die

Klagen der Gräfin Synnovea einzugehen, und sagte hochnäsig: »Meine liebe Gräfin, es war der ausdrückliche Wunsch Ihrer Hoheit Prinzessin Annas, daß ich mit aller gebotenen Eile zurückkehre, damit ihre Planung nicht durcheinandergerät. Wir haben keine andere Wahl, mit Rücksicht auf ihre Bitte und den Befehl Seiner Majestät.«

Verärgert über die simple Logik des Mannes strich Synnovea über den grünschwarz gestreiften Ärmel ihres Gewandes und rümpfte die Nase, als eine kleine Staubwolke davon aufstieg. Sie hatte das modische Reisekleid für eine erkleckliche Summe in Frankreich erworben und mußte sich jetzt wohl damit abfinden, daß es endgültig ruiniert war und sie es wohl nicht mehr tragen würde, selbst wenn Anna Taraslowna ausländischen Moden gegenüber toleranter sein sollte, als der Kleriker es offensichtlich war.

Synnovea hob den Kopf und begegnete dem vorwurfsvollen Blick Iwans, der keinerlei Verständnis für ihre Erbostheit zeigte. Und mit einem Mal wurde ihr klar, daß selbst die ungeheuren Strapazen dieser Reise ein Kinderspiel waren im Vergleich zu seiner widerwärtigen Präsenz in ihrer Kutsche. »Herr, vielleicht hättet Ihr die Güte, uns zu erklären, wieso Ihr darauf besteht, bei Tag zu reisen. Es wäre wesentlich weniger staubig und heiß, wenn wir nachts reisten, so wie es Hauptmann Nekrasow vorgeschlagen hat.«

»Die Nacht gehört dem Teufel, Gräfin, und die zarte Seele sollte sich davor hüten, Pfade zu beschreiten, die von Dämonen heimgesucht werden.«

Synnovea rollte die Augen gen Himmel und betete, daß er ihre Geduld nicht zu sehr strapazieren möge. Dem Kleriker war unzweifelhaft noch nicht der Gedanke gekommen, daß sie bereits alle Qualen der Hölle erlitten hatten. »Ich nehme an, Herr, Ihr selbst seht keinen Grund zu klagen, Ihr wart es ja schließlich, der den Befehl für diese halsbrecherische Fahrt erteilt hat.«

Iwan überlegte kurz, dann ließ er sich dazu herab, eine etwas plausiblere Erklärung für ihre Höllenfahrt zu geben. »In Moskau kursierten Gerüchte, daß eine Bande Gesetzloser dieses Gebiet durchstreift. Solche Missetäter überfallen im Schutz der Dunkelheit arglose Reisende, und ich hielt es für angebracht, bei Tageslicht zu reisen, um die Möglichkeit eines Hinterhalts auszuschließen.«

»Eine weise Entscheidung, wie es scheint«, erwiderte Synnovea sarkastisch, »falls wir durch ein Wunder nicht der Hitze zum Opfer fallen.«

Iwan berührten ihre verbalen Angriffe scheinbar genausowenig wie die harschen Reisebedingungen. »Wenn es für Euch unbequem ist, Gräfin, so habt Ihr das Euch nur selbst und Eurer Extravaganz zuzuschreiben. Ein schlichter Sarafan wäre wohl Euren Zwecken dienlicher gewesen und außerdem ziemlicher für eine russische Jungfer.«

Iwan nahm, wie von Anfang der Reise an, jede Gelegenheit wahr, ihre europäische Kleidung zu tadeln. Natürlich hätte der Sarafan durch seinen fließenden, geraden Schnitt ihre Formen besser verhüllt, bequemer wäre er sicher nicht gewesen, da die schweren Unterkleider dieser teuren Gewänder wohl auch nicht kühler gewesen wären. Offensichtlich störte den Kleriker ihr figurbetontes Kleid. Er hatte kein Hehl daraus gemacht, wie verachtenswert er die engen Corsagen mit den gepolsterten Schnürleibchen fand, die Königin Elisabeth von England in Mode gebracht hatte, zusammen mit den weiten Krinolinen und den hohen steifen Rüschenkrägen. Vielleicht wäre er ihr freundlicher gesonnen, wenn sie sich statt dessen von Kopf bis Fuß in ein schwarzes Gewand gehüllt hätte, formlos wie das seine.

»Ihr mögt wohl recht haben«, erwiderte Synnovea widerwillig. Es hatte keinen Sinn, mit diesem voreingenommenen Menschen zu diskutieren, selbst wenn es ihr noch so schwer fiel, den Mund zu halten. »Aber durch meine vielen Reisen ins Ausland habe ich mich so an die Mode des französischen und des englischen Hofes gewöhnt, daß mir gar nicht in den Sinn kommt, jemand könnte daran Anstoß nehmen.«

»Da irrt Ihr, Gräfin«, warf Iwan Woronski rasch ein. »Und

hätte ich nicht die Disziplin eines Heiligen, hätte ich mich schleunigst den Pflichten entzogen, die mir Prinzessin Anna auferlegt hat, und mir ein anderes Beförderungsmittel gesucht. Ich muß sagen, mir ist noch keine russische Jungfer begegnet, die so wild darauf ist, diesen vulgären ausländischen Firlefanz zu tragen.«

»Herr...«, warf Ali mit vor Wut zitternder Stimme ein, »ich kann ja verstehen, daß Ihr keine Ahnung habt, was außerhalb dieser Grenzen schicklich ist, Ihr habt sie ja wohl noch nie überquert. Und eins kann ich Euch sagen, da herrschen andere Sitten. Ihr wärt sicher erstaunt, welche Freiheiten sich Damen von edlem Geblüt da herausnehmen. Sie gehen sogar ganz ungeniert in aller Öffentlichkeit mit Männern spazieren, die weder Priester noch Verwandte sind. Auch Königin Elisabeth gehörte dazu. Keine Menschenseele in England hat von ihr erwartet, daß sie sich im Terem einer Zarina einschließt, oder wollte, daß sie sich vom Rest der Welt absondert, mit nur ein paar Frauen oder Priestern. Könnt Ihr Euch vorstellen, wie das war, Herr? All diese feinen Herren von edler Geburt, die die Königin, Gott hab sie selig, umschwärmt haben, ohne daß einer ihrer Untertanen dies als unziemlich betrachtet hat?«

Synnovea mußte sich mit Gewalt das Lachen verkneifen, aber leider verging es ihr ohnehin sehr schnell, denn der Priester ging mit unverhohlener Verachtung sofort auf die Herausforderung der winzigen Zofe ein.

»Widerwärtiges Verhalten! Ich muß mich wundern, wieso ich überhaupt hier bin, nach den vielen Besuchen, die Eure Herrin dort gemacht hat. Ich fürchte, mein Schutz kommt zu spät.«

Ali McCabes winzige Gestalt zuckte zusammen. Wie konnte dieser spitznasige Priester es wagen, die Unschuld ihrer Herrin anzuzweifeln, die sie von Kindesbeinen an behütet hatte. »Mein Lämmchen ist unschuldig wie der junge Tag! Ob hier oder im Ausland, ich kann Euch versichern, daß kein Mann leichtfertig Hand an meine Herrin gelegt hat.«

»Das muß erst noch bewiesen werden, nicht wahr?« sagte Iwan giftig. »Ihr habt schließlich nur ihr Wort darauf.«

Synnovea war entsetzt über die verleumderischen Andeutungen des Priesters, zwang sich aber, still zu bleiben. Egal, was sie sagte, der Mann hatte ohnehin eine vorgefaßte Meinung von ihr, von der er sich nicht abbringen lassen würde.

Ali war nicht so zurückhaltend. »Wenn man bedenkt, daß Ihr in der Kutsche der Gräfin reist und an ihrem Tisch speist und in Gemächern wohnt, die sie bezahlt, Herr, wär's vielleicht angebracht, daß Ihr sie auch mit dem Respekt behandelt, der einer Dame zusteht, und ein bißchen Dankbarkeit zeigt.«

Iwan fixierte die wehrhafte kleine Zofe mit hochnäsigem Blick. »Ihr seid eben nicht im Umgang mit Heiligen geschult, alte Frau, sonst wüßtet Ihr, daß ihnen Almosen zustehen, vor allem von denen, die es sich leisten können. Man merkt, daß Ihr noch nicht lange genug in diesem Land seid, um unsere Sitten und Gebräuche zu kennen.«

Die Zofe warf dem Mann einen giftigen Blick zu. Zu gerne hätte sie diesen aufgeblasenen Priester von seinem selbsterrichteten Podest geholt, und das seit dem Tag, an dem er bei der Gräfin aufgetaucht war. Er hatte sofort kundgetan, daß er außer den Kleidern, die er auf dem Leibe trug, und dem Inhalt seiner schwarzen Reisetasche nichts besaß, als hätte er Angst, er müßte selbst ein paar Kreuzer für seinen Unterhalt beisteuern. Von dieser Stunde an hatte er ihrer Herrin die Bürde seines Unterhalts auferlegt, als wäre es sein selbstverständliches Recht. Erst gestern hatte Ali beobachtet, wie er vergeblich versuchte, die Gräfin davon abzuhalten, einer jungen Mutter, deren Mann plötzlich tot zusammengebrochen war und die deshalb mit ihrem Säugling an der Kutschenstation festsaß, eine großzügige Summe zu schenken. Und als er dann noch wagte vorzuschlagen, sie möge doch ihm das Geld für Mutter Kirche (wie er es ausdrückte) geben, war fast ihr irisches Temperament mit ihr durchgegangen. Für sie stand außer Zweifel, daß der Mann nur Interesse an seinem Reichtum und seiner Position hatte und nicht an den Bedürfnissen der Armen.

»Verzeiht, Euer Eminenz.« Die etwas übertriebene Form der Anrede war Ausdruck von Alis Verachtung für diesen Mann. In ihren Augen war er ein Menschenverächter, dessen unterschwellige Abscheu vor allem Trivialen oder Frivolen nur dazu diente, alles schlecht zu machen, was für ihn selbst nicht von Bedeutung war. »Ich muß zugeben, daß meine armen Augen schon seit Jahren keinen echten Heiligen der Kirche mehr angeschaut haben, obwohl's da ein paar gibt, die den Leuten einreden wollen, daß sie es sind. Wölfe im Schafspelz, sozusagen. Aber das steht ja nicht zur Debatte bei einem so edlen und heiligen Mann wie Euch.«

Die Adern schwollen unter Iwans dünner, blasser Haut. Seine kleinen Knopfaugen richteten sich auf die Zofe, als wolle er sie durch schiere Willenskraft verschwinden lassen, was ihm leider nicht gelang. Ali McCabe war aus anderem Holz geschnitzt als die Diener, die er kannte. Sie war vor zwanzig Jahren mit Graf Zenkows Braut aus England gekommen und war seither ein von allen geachtetes und verehrtes Mitglied des Haushalts, was sie mit unerschütterlicher Treue und Ergebenheit dankte.

»Ihr wagt es, meine Autorität anzuzweifeln? Ich bin ein Mann der Kirche!«

»Der Kirche?« erwiderte Ali erstaunt. »Herr, derer gibt es viele auf dieser Welt. Und welche davon hat Euch beauftragt?«

Iwan rümpfte angewidert seine spitze Nase. »Ihr werdet den Orden sicher nicht kennen, alte Frau. Er wurde fern von hier gegründet.«

Ali hatte mit dieser Antwort gerechnet. Jedesmal, wenn das Gespräch auf seine Ordenszugehörigkeit kam, hatte Iwan Woronski ausweichende Antworten gegeben, was ihre Neugier nur noch mehr anstachelte. »In welcher Richtung denn, Sir? Fern nach oben oder fern nach unten?«

Einen Augenblick lang schien es, als würde Iwan explodieren, dann begnügte er sich aber mit der beleidigenden Antwort: »Bestünde auch nur die geringste Hoffnung, daß Ihr fähig wäret zu begreifen, aus welcher Provinz ich komme, Frau, würde ich mich vielleicht zu einer Antwort herablassen, aber ich sehe keinen Grund, über solche Angelegenheiten mit einer beschränkten alten Dienerin zu diskutieren.«

Ali schnaubte vor Wut und zuckte derart beleidigt zusammen, daß sie fast von der Bank gerutscht wäre. Synnovea legte beschwichtigend eine Hand auf ihren Arm und richtete dann den Blick auf den sauertöpfischen Mann. Es würde ihr nicht gelingen, zwischen ihren beiden Begleitern Frieden zu stiften, da war sie sich sicher – die zwei starrten sich an, als würden sie jeden Moment mit dem Messer aufeinander losgehen – aber sie wollte es zumindest versuchen und zwang sich, mit bittendem Augenaufschlag zu sagen: »Es ist ja wirklich nicht verwunderlich, daß wir uns streiten, diese Reise würde die Geduld eines Heiligen auf die Probe stellen, aber ich flehe Euch beide an, endlich mit diesen Zankereien aufzuhören, die machen alles nur noch schlimmer.«

Wäre Iwan nicht so hochnäsig und hartherzig gewesen, hätten ihm ihre bittenden, strahlend grünen Augen mit den dichten Wimpern sicher Einhalt geboten. Jeder andere Mann hätte sich in diesen großen, in den verschiedensten Jadetönen schimmernden Augen verloren oder zumindest mit Wohlwollen ihre zartweiße Haut mit den sanft geröteten Wangen betrachtet und sich an der atemberaubenden Schönheit dieses Gesichtes mit der zierlichen Nase, den weichen, geschwungenen Lippen oder dem langen graziösen Schwung ihres Halses erfreut. Aber Iwan Woronski war nicht wie andere Männer. Er liebte nur sich selbst und war geneigt zu glauben, daß weibliche Schönheit lediglich das raffinierte Werkzeug des Reiches der Finsternis wäre, nur dazu geschaffen, außergewöhnliche Männer wie ihn von einem erhabeneren Weg abzubringen.

»Wenn Ihr glaubt, daß ich Prinzessin Anna nicht über diesen Vorfall unterrichten werde, irrt Ihr, Gräfin. Ihr habt geduldet, daß Eure Magd mich beleidigt, und ich werde ausführlich darüber Bericht erstatten.«

Trotz der stickigen Luft in der Kutsche lief Synnovea eine Gänsehaut über den Rücken, angesichts seines herausfordernden, triumphierenden Blickes. Dennoch war sie entschlossen, sich nicht einschüchtern zu lassen, und sagte in eisigem Ton: »Ihr könnt ihr erzählen, was immer Ihr wollt, Herr. Und wenn mir der Sinn nach so etwas stünde, könnte ich wohl Seine Majestät warnen, daß einige, die ihm nahestehen, immer noch Hoffnung haben, einen polnischen Anwärter oder einen weiteren falschen Dimitri auf den Thron zu bringen. Ich bin überzeugt, der Patriarch Filaret Nikititsch würde Eure Sympathien als fehlgeleitet betrachten, wenn man bedenkt, daß er erst vor kurzem aus einem polnischen Gefängnis entlassen wurde.«

Iwans kleine dunkle Augen sprühten vor Wut angesichts der unmißverständlichen Drohung. »Fehlgeleitete Sympathien?« zischte er. »Das ist ja wohl der Gipfel der Unverschämtheit! Wie, in aller Welt, kommt Ihr denn auf so etwas Absurdes?«

»Sollte ich mich geirrt haben?« Synnovea zitterte innerlich, aber es gelang ihr, sehr beherrscht fortzufahren. »Verzeiht mir, Herr, aber nachdem Ihr ständig von der Möglichkeit redet, ein direkter Nachkomme des Zaren Iwan Wassilijewitsch könnte noch am Leben sein, drängte sich mir die Erinnerung an zwei Gelegenheiten auf, bei denen die Polen versucht hatten, einen Mann auf den Thron zu bringen, indem sie behaupteten, er wäre der wieder zum Leben erweckte Sohn des Zaren Iwan. Wie oft soll Dimitri denn noch zum Leben erweckt werden, um den Zarenthron zu besteigen, nachdem sein Vater ihn in einem Wutanfall getötet hat?«

Iwan haßte es, von einer Frau herausgefordert zu werden, noch dazu von einer, die genug Erfahrung in der Welt hatte, um ihm gefährlich werden zu können. Und es machte ihn noch wütender, daß er gezwungen war, ihren Verdacht zu beschwichtigen. »Ihr tut mir sehr unrecht, Gräfin. Ich habe lediglich Überlegungen zum Ausdruck gebracht, die ich aufgrund einiger vor Monaten erhaltener Berichte gemacht habe. Der Zar genießt meine uneingeschränkte Hochachtung, Gräfin. Und ich wäre bestimmt nicht hier, wenn ich nicht Prinzessin Annas bedingungsloses Vertrauen genießen würde. Trotz Eurer Zweifel, Gräfin, werde ich Euch beweisen, daß ich eine würdige Eskorte bin, sicherlich von höherem Verdienst als die Soldaten Seiner Majestät, die schließlich und endlich nur einfache Männer sind, die außer ihren selbstsüchtigen Gelüsten keine anderen Gefühle kennen.«

»Und was ist mit Euch, Herr?« fragte Synnovea etwas skeptisch, eingedenk des galanten Hauptmannes Nekrasow, einem Mann von untadeligem Auftreten und bewiesener Tapferkeit. »Habt Ihr denn bereits den Graben überquert, der uns Sterblichen ein Hindernis ist, und seid mit beiden Beinen fest in den höheren Sphären der Heiligkeit etabliert? Verzeiht mir, Herr, aber wenn mich meine Erinnerung nicht trügt, hat mich ein gütiger Priester davor gewarnt, mich nicht als Geschenk der Weisen an die Menschheit zu betrachten, sondern mich demütig damit abzufinden, daß mein Dasein auf dieser Welt nur vorübergehend ist, und unermüdlich bemüht zu sein, nach einer höheren Quelle der Weisheit und Vollkommenheit zu streben, die mir selbst versagt ist.«

»Ja, was haben wir denn da? Eine Gelehrte womöglich?« Iwan lachte amüsiert, aber mit einem Unterton von Bosheit. Er, der es sich zum höchsten Ziel gemacht hatte, die Irregeleiteten zu belehren, hatte die größten Schwierigkeiten, höflich zu bleiben, wenn jemand seine angebliche Wichtigkeit nicht erkannte und seine Größe in Zweifel stellte. »Wirklich erstaunlich, so viel Weisheit, die sich hinter so schöner Gestalt verbirgt. Meiner Treu! Was soll da aus den Klerikern werden, die sich zu ihrer Erleuchtung immer noch mit den gewichtigen Folianten vergangener Zeiten plagen?«

Synnovea erkannte sehr wohl, daß er sich über ihre Logik, die in seinen Augen wertlos war, lustig machte. Sie wußte aber auch, daß es keinen Sinn hatte, ihn umzustimmen. Aber einen kleinen Kommentar konnte sie sich nicht verkneifen. »Wenn ein Mensch einen Fehler hat, der sich in seinem Bewußtsein eingenistet hat und diesen heftig verteidigt, wird es ihm versagt bleiben, weiser zu werden, selbst wenn er die Werke von tausend alten Gelehrten studiert.«

»Eure Logik erstaunt mich, Gräfin.«

Synnovea schwieg. Es war verlorene Liebesmüh, mit jemandem wie Iwan Woronski zu diskutieren. Es war wohl das Ratsamste, sich schweigend in die Strapazen der Reise zu fügen, ohne ihn weiter zu provozieren.

Das Vierergespann rauschte an einem Hain hochgewachsener Fichten vorbei und ließ in seinem Fahrwasser die ausladenden

Äste schwanken. Die schweißnassen, schäumenden Pferde kämpften sich einen weiteren Hügel hinauf, am Rande ihrer Kräfte von dem hohen Tempo, doch die Peitsche des Kutschers trieb sie gnadenlos weiter, holte die letzten Kraftreserven aus ihnen heraus. Er wollte vor Einbruch der Nacht die nächste Station erreichen. Die Eskorte von Soldaten, mit staubigen Gesichtern und Uniformen, hielt tapfer Schritt mit dem Gefährt, aber selbst bei diesen abgehärteten Burschen machten sich die Anzeichen totaler Erschöpfung bemerkbar. Sie hatten noch einen Tag dieser Tortur vor sich, bis sie Moskau erreichten, und Synnovea war sich sicher, daß sie sich genauso auf eine Nacht Ruhe in dem nächstgelegenen Dorf freuten wie sie. Die schier endlose Reise, die quälenden Stunden im Sattel oder in der heftig schwankenden Kutsche hatten von allen ihren Zoll gefordert, und alle würden unendlich erleichtert sein, wenn diese Höllenfahrt endlich ein Ende hatte.

Synnovea schnitt eine Grimasse und ließ sich tief in die roten Samtpolster zurückfallen, um den Halt nicht zu verlieren, als die Kutsche eine scharfe Kurve nahm. Schwere Tannenäste klatschten gegen die Seite des Gefährts und ließen die Insassen zusammenschrecken, und dann war plötzlich durch das Getöse donnernder Hufe und knallender Äste noch ein anderes Geräusch zu hören, das alle drei hochschrecken ließ.

»Wir werden angegriffen!« schrie Iwan in Panik.

Eine eisige Hand der Angst griff nach Synnoveas Herz. Die Welt schien stillzustehen, als plötzlich eine Gewehrsalve knallte. Ein weiterer Musketenschuß wurde gefeuert und verhallte im Wald. Dann war ein Knall in der Nähe des Sitzes des Lakaien zu hören, und ein weiterer bohrte sich wie ein Pfeil der Angst in ihre Herzen, als ein Schmerzensschrei hinter der Kutsche ertönte. Die Schreie des Lakaien verebbten, und der Kutscher hielt die Pferde mit einem Ruck an. Einen Herzschlag später wurde der Schlag aufgerissen, und die drei in der Kutsche starrten wie gelähmt in den Lauf einer stattlichen Steinschloßpistole.

2. Kapitel

»RAUS!« Der donnernde Befehlston ließ die drei Passagiere zusammenzucken. Ein Riese von Mann beugte sich mit der bedrohlichen Pistole durch die Tür, und die schrägen grauen Augen des Räubers musterten die drei der Reihe nach, bis er schließlich zu Synnovea kam. Ein obszönes Grinsen machte sich unter dem hängenden Schnurrbart breit.

»Schau einer an, was für ein hübsches Täubchen ist uns denn da ins Netz gegangen?«

Synnovea schob ihr Kinn vor und hob hochmütig den Kopf, um sich ja nicht anmerken zu lassen, wieviel Angst sie vor diesem schrecklichen Mann hatte. Er sah so wild und brutal aus. Sein Schädel war kahl bis auf einen kleinen, mit einem Lederbändchen gebundenen braunen Pferdeschwanz, der über einem Ohr baumelte. Es war schwer zu bestimmen, welcher Nationalität er angehörte. Ein verfärbter hellblauer Uniformrock, der einst einem beleibten polnischen Offizier gedient hatte, hing offen über seiner breiten Brust. Die Ärmel waren abgerissen, so daß er seine muskulösen Arme frei bewegen konnte. Um die Taille hatte er eine schäbige gelbe Schärpe gewickelt, und seine kühn gestreiften, weiten Hosen steckten in einem Paar Stiefel mit frivol aussehenden Silberschnallen.

Zu ihrem eigenen Erstaunen sagte Synnovea frech: »Was wollt Ihr von uns?«

»Schätze«, erwiderte der Unhold lachend. »Egal was, Hauptsache, wir kriegen was.«

Iwan reckte seinen Krähenhals aus seinem ärmlichen Kragen und beäugte mißtrauisch die Waffe, die so bedrohlich auf sie gerichtet war. Er wägte ängstlich seine Chancen ab und kam dann zu dem Schluß, daß es sicher genügen würde, den frechen Eindringling zu zügeln, indem er ihm darlegte, welch wichtige Persönlichkeit er in seiner Person vor sich hatte. Die Kirche würde er dabei tunlichst aus dem Spiel lassen, es war sicherlich effektvoller, seine enge Verbundenheit mit einflußreichen Persönlichkeiten zu betonen.

Iwan räusperte sich und versuchte, sich würdevoll aufzurichten: »Mein Herr, ich rate Euch, fordert nicht den Zorn des Zaren heraus, indem Ihr seinen Günstlingen Leid zufügt.« Er klopfte sich mit dicken Fingern auf seine hagere Brust. »Ich bin Iwan Woronski, und die Cousine Seiner Majestät hat mich beauftragt, die Gräfin Zenkowna nach Moskau zu eskortieren...« Er zeigte auf Synnovea, aber das freche Grinsen des Riesen verschwand nicht wie erwartet von seinem Gesicht. Iwan geriet in Panik und kreischte: »*Auf Befehl des Zaren!*«

Der Hüne in der Tür fing an zu lachen, so heftig, daß die Kutsche ins Schwanken geriet, und Iwan mußte voller Entsetzen einsehen, daß der Mann nicht im geringsten beeindruckt war. Als der Bandit sich wieder etwas gefangen hatte, bohrte er einen langen dicken Finger in Iwans Brust, der vor Schmerz zusammenzuckte, und sagte: »Was soll das heißen, du bist Eskorte? Du sein viel zu mager, um gegen Petrow zu kämpfen. Du machen wohl Scherze, was? Du müssen erst noch ein bißchen wachsen, dann du vielleicht können kämpfen.«

Die Pistole bedeutete ihm unmißverständlich, die Kutsche zu verlassen, und Iwan gehorchte. Er drängte sich zitternd an dem immer noch lachenden Räuber vorbei, der zur Seite ging, um ihn vorbeizulassen.

Iwan stolperte in seiner Hast, richtete sich draußen auf und erstarrte. Die Kutsche war nach allen Seiten von einem zusammengewürfelten Haufen von Reitern in den seltsamsten Verkleidungen umringt, jeder bis an die Zähne bewaffnet. Hinter der Kutsche stand der Lakai, der sich ein Taschentuch an sein blutendes Ohr hielt und die Angreifer ängstlich beäugte. Auf dem Boden neben ihm lag seine immer noch rauchende Muskete, und einer der bewaffneten Schurken auf einem grauen Klepper hielt ihn mit einer Pistole in Schach und musterte gierig die rote Livree. Hauptmann Nekrasow und seinen Soldaten erging es nicht anders; die etwa zwanzig Straßenräuber hielten geladene Musketen auf sie gerichtet. Für die Gefangenen stand außer Zweifel, daß jeder Versuch, sich zur Wehr zu setzen, ihre vollständige Vernichtung zur Folge hätte.

Iwan Woronski wurde schlagartig klar, daß selbst ein so gelehrter und talentierter Mann wie er keine Gnade in den Augen dieser Barbaren finden würde. Als Petrow sich ihm näherte, schnappte er nach Luft und begann zu zittern, überzeugt, der Schurke würde seiner Person Gewalt antun. Aber Petrow grinste nur amüsiert und schlenderte lässig zur Tür des Gefährtes zurück. Er beugte sich hinein und holte die schwarze Reisetasche heraus, die Iwan während der ganzen Reise so eifrig gehütet hatte, und leerte den Inhalt lachend vor seinen Füßen auf den Boden.

Iwan stürzte sich mit einem Angstschrei nach vorne und wollte seine Habseligkeiten einsammeln, ehe der Dieb seine Börse fand, aber Petrow stieß ihn wie ein lästiges Insekt zur Seite, denn sein geübtes Ohr hatte bereits das Klirren von Münzen vernommen. Er zupfte die Börse aus dem Haufen von Kleidungsstücken und warf sie lachend in die Luft.

»Gebt das her!« rief Iwan und stieß in seiner Erregung gegen den Hünen. »Es gehört der Kirche! Ich bringe diese Kirchensteuern nach Moskau! Ihr dürft von der Kirche nichts stehlen!«

»Aha! Schau, schau, die kleine Krähe versucht jetzt, großen Habicht zu machen, was?« Petrow warf einen Blick auf die beiden Frauen, die das Schauspiel entsetzt durch den offenen Schlag der Kutsche beobachteten, und grinste Synnovea an. »Der kleine Mann haben mehr Sorge um sein Gold als um Euch, hübsche Dame.«

Der Räuber bückte sich jetzt und wühlte in den dunklen Kleidungsstücken nach weiteren Wertsachen, bis der Haufen nur noch ein Berg von Fetzen war. Die Suche war vergeblich, und er wirbelte wütend herum und packte den verängstigten kleinen Kerl an seinen Kleidern. Iwan zuckte wie eine Maus in der Falle und starrte völlig verschreckt in die bösen Augen dieses Riesen.

»Du Petrow sagen, wo du versteckt hast das andere Gold?« sagte der Dieb verächtlich. »Dann vielleicht ich werde dich nicht zerquetschen, kleine Maus.«

Synnovea hatte auf ihrer hastigen Reise von Nischni Nowgorod zwar nur wenig Sympathie von Iwan erfahren, und der Anblick seines zusammengerafften Reichtums widerte sie an, aber sie konnte nicht einfach tatenlos mitansehen, wie man ihn quälte. »Laßt ihn los!« rief sie aus der Kutsche. »Die Tasche ist alles, was ihm gehört. Alles andere gehört mir! Jetzt laßt ihn sofort los!«

Petrow gehorchte, und Iwan sank erleichtert auf die Knie, der Räuber stieg achtlos über ihn hinweg und richtete jetzt seine Aufmerksamkeit auf die Gräfin. Er zeigte grinsend seine weitauseinanderstehenden Zähne und reichte ihr seine klobige Hand. Synnovea stützte sich darauf und stieg tapfer, wenn auch mit zitternden Knien aus der Kutsche. Am liebsten wäre sie wieder hineingesprungen, denn die Bande von Dieben begrüßte ihr Erscheinen mit lauten Pfiffen und Gejohle, und etwa zwanzig sprangen sofort von ihren Pferden und drängten nach vorne, um die ungewöhnliche Schönheit der hochgeborenen Bojarina besser sehen zu können. Ihre Blicke tasteten sie so unverschämt ab, daß sie das Gefühl hatte, nackt vor ihnen zu stehen.

Synnovea biß die Zähne zusammen, um ihre Angst nicht durch ihr Klappern zu verraten. Sie durfte unter keinen Umständen zeigen, wie verängstigt sie war.

Ali McCabe war kein so idealistischer Narr zu hoffen, daß diese gesetzlosen Wilden sich an die Gesetze eines weit entfernten Herrschers halten würden, wenn sie eine so kostbare und schöne Gefangene in ihren Klauen hatten. Die winzige Frau kletterte aus der Kutsche, schnappte sich einen kurzen, kräftigen Stock vom Boden und stellte sich zwischen ihre Herrin und diejenigen, die schon mit langen Fingern nach ihren weichen Kurven greifen wollten. Die kleine Zofe war wild entschlossen, die Gräfin bis zu ihrem letzten Atemzug zu verteidigen.

»Ich warne euch, widerliches Ungeziefer!« kreischte sie. »Die erste Bestie, die Hand an die Gräfin Synnovea legt, wird es mit mir zu tun kriegen. Ihr könnt mich vielleicht überwältigen, aber es wird einen hohen Preis kosten!«

Die Räuberbande quittierte ihre Drohungen mit lautem Gelächter und Gegröle, und die schmierigen Hände grapschten weiter gierig nach ihrer Herrin. Die wehrhafte Ali holte mit ihrem Knüppel aus und verteilte ein paar kräftige Schläge auf Knöchel und Köpfe derjenigen, die sich zu nahe an ihre Herrin wagten, was die Gesetzlosen nach einiger Zeit in Rage versetzte. Mit gefletschten Zähnen rückten sie jetzt näher, entschlossen, der winzigen Frau zu zeigen, daß sie sie mühelos wie ein lästiges Insekt zertreten könnten.

Hauptmann Nekrasow stand etwas außerhalb des Gemenges und hatte alles genau beobachtet. Er stellte fest, daß man ihn praktisch vergessen hatte, und sah die Chance, den Damen zu Hilfe zu kommen. Er beugte sich im Sattel vor und hob den Arm, um einen der Räuber niederzuschlagen, aber da detonierte mit ohrenbetäubendem Getöse eine Pistole, und eine Kugel schlug splitternd und fetzend in seinen Arm ein. Er schrie vor Schmerz und umklammerte seinen blutgetränkten Ärmel, dann sah er sich überrascht um und stellte fest, daß mindestens fünf Steinschloßpistolen auf ihn gerichtet waren und die Männer, die sie hielten, nicht zögern würden, sie zu gebrauchen, sollte er auch nur eine falsche Bewegung machen.

Einer der Schurken schielte zu ihm hoch, wedelte bedrohlich seine Waffe in Richtung der Brust des Hauptmanns und sagte: »Ihr werden sterben, Hauptmann, wenn Ihr auch nur zucken mit der Wimper!« Er schnippte mit seinen schmutzigen Fingern. »So pusten wir Euch um!«

Der Hauptmann hob den Kopf und sah, wie die Räuberbande hastig Platz machte für einen weiteren Riesen mit flachsblonden Haaren und glattrasiertem Gesicht, der auf einem schwarzen Hengst heranritt. Der Neuankömmling hielt eine rauchende Pistole in der rechten Hand, die er jetzt in seine Schärpe steckte und sich dann lächelnd Nikolai Nekrasow zuwandte. »Eure Bemühungen, die Damen gegen eine solche Übermacht zu verteidigen, Hauptmann, geben mir Grund zu der Annahme, daß Ihr entweder beschränkt oder sehr leichtsinnig seid. Ihr solltet Euer Leben nicht so einfach aufs Spiel setzen, dann könnt Ihr den Tag möglicherweise überleben.«

Die Banditen machten dem Mann auf dem schwarzen Hengst so bereitwillig und unterwürfig Platz, daß kein Zweifel mehr bestand, wer hier der Anführer war. Er zügelte sein Pferd an einer Stelle, von der aus er alles gut überschauen konnte. Der offensichtliche Respekt der anderen Schurken vor ihm machte den Gefangenen unliebsam bewußt, daß er sicher noch gefährlicher war als alle anderen zusammen.

Die Diebe musterten verstohlen ihren Befehlshaber, um zu ergründen, in welcher Stimmung er war. Sein Lächeln überzeugte sie in kürzester Zeit davon, daß er mit ihrem Handeln einverstanden war, und die Horde wandte ihre Aufmerksamkeit wieder der Gräfin zu, ohne Rücksicht auf Ali, die sie einfach wegschubsten und, als sie sich weiter wehrte, festhielten, damit sie keinen Schaden mehr anrichten konnte.

Synnovea wand sich, riß sich von einem nach dem anderen los, aber immer wieder griffen schmutzige, gierige Finger nach ihr und drängten sie weiter zurück. Synnovea sah, wie die Augen der Männer lüstern blitzten, und wich weiter zurück, aber dann hörte sie Stoff reißen, die Schurken würden nicht ruhen, bis das, was sie zu sehen begehrten, entblößt war. Ihr Hut verrutschte, und ein Puffärmel riß an der Schulter. Die steife Krause fiel den heischenden Händen genauso zum Opfer wie die seidenen Rüschen, die ihre Korsage verzierten. Mit wachsender Angst versuchte Synnovea, sich wegzudrehen, als die Hände nach ihrer Korsage grapschten, sie halb aufrissen und ihren langen Schwanenhals entblößten und die Fülle, die sich über ihrem spitzenbesetzten Hemd wölbte. Der erste Blick auf ihre schneeweiße Haut stachelte die Männer noch mehr an, und die Hände versuchten, jetzt auch noch den Rest wegzureißen.

»Ihr dämlichen geilen Hurenböcke!« brüllte mit einem Mal der Anführer, und die Räuber ließen erschrocken von ihr ab. Der eisige Blick ließ schnell alle Leidenschaft verebben, und die grindigen Köpfe senkten sich betreten. »Was habt ihr euch dabei gedacht? Wollt ihr sie zu Tode grapschen, bevor wir weiterziehen? Behandelt ihr so einen kostbaren Fang? Hölle und Verdammnis! Lebendig kann sie uns ein ganz hübsches Sümmchen einbringen! Jetzt laßt sie los und tretet beiseite, und damit meine ich alle! Von jetzt an gehört dieses Weib mir!«

Der Diebesfürst spornte sein Pferd durch die sich rasch öffnenden Reihen der Schurken. Die beiden Frauen klammerten sich aneinander und beobachteten ängstlich, wie er sich ihnen näherte. Ihnen war klar, daß sie vom Regen in die Traufe gekommen waren. Dieser Mann war allein genauso gefährlich wie alle anderen zusammen genommen.

Er stemmte einen muskulösen Arm auf sein reich verziertes Sattelhorn und musterte die schlanke Gestalt Synnoveas langsam von Kopf bis Fuß. Von seinem erhöhten Standpunkt aus hatte er einen sehr aufreizenden Einblick in die tiefe Schlucht zwischen ihren blassen Brüsten, die Synnovea vergeblich versuchte, mit den Resten ihrer Korsage zu bedecken. Er war offensichtlich sehr angetan von dem, was sich da seinen Blicken bot, und sagte mit breitem Lächeln: »Verzeiht, daß ich Euch erst so spät zu Hilfe geeilt bin, Gräfin. Meine Männer neigen leider dazu, sich alles zu nehmen, was sich ihnen bietet, und Schadenersatz zu fordern, wo sie bis dato nur Ungerechtigkeit erfahren haben.«

»Ihr redet von Ungerechtigkeit!« gackerte Ali wutentbrannt. »Als ob es nicht unser gutes Recht wäre, uns gegen diese Mörderbande zu verteidigen!«

Der Mann ignorierte den Wutausbruch der winzigen Zofe und wandte sich direkt an ihre Herrin. »Den Männern, die Ihr hier seht, wurde ihr ganzer Besitz von denen genommen, die sie zu Leibeigenen oder Gefangenen gemacht haben, zu Zwecken, die dem schlichten Verstand von Unschuldigen unbegreiflich sind. Wir hegen keine Liebe für reiche Bojaren, die ihre Macht mißbrauchen, als wären sie des Teufels Brut. Glaubt mir, Gräfin, wenn wir so denken würden, hätten wir Eure Männer getötet. Euer Lakai und der Hauptmann Eurer Eskorte waren so leichtsinnig, uns anzugreifen, Ihr könnt also froh sein, daß sie noch am Leben sind, dank meiner Zielgenauigkeit. Ich hätte mich auch für den Versuch, uns zu töten, an ihnen rächen können.« Der Schurke deutete auf die Eskorte, die jetzt gezwungen wurde, von ihren Pferden zu steigen. »Jeder, der uns ein Leid zufügen will, läuft Gefahr, sein Leben zu verlieren.«

Synnovea blieb hocherhobenen Hauptes stehen, obwohl ihr Herz vor Angst zitterte. Die Sprache des Mannes war zwar sehr gebildet, dennoch war er ohne Zweifel ein brutaler Barbar, ähnlich den Männern, die einst mit Dschingis Khan und seiner Armee von Mongolen geritten waren. Nur seine himmelblauen Augen und das kurzgeschorene flachsblonde Haar, das sein gebräuntes Gesicht mit dem energischen Kinn betonte, paßten nicht in dieses Bild. Ein wirklich gutaussehender Mann, aber gefährlich wie ein hungriges Raubtier.

Synnovea zwang sich mit großer Mühe, ruhig zu fragen: »Und was wollt Ihr und Eure Gefährten von uns?«

Der Mann lächelte mit grenzenlosem Selbstvertrauen zu ihr hinunter: »Einen Anteil von Eurem Reichtum...« Sein Blick liebkoste sie frech, und er fügte noch hinzu: »Und vielleicht für einige Zeit Eure kostbare Gesellschaft.« Er warf den Kopf zurück und lachte, dann schlug er sich mit der Hand auf seine breite Brust: »Gestattet, daß ich mich vorstelle, Gräfin. Ich bin Ladislaus, unehelicher Sohn eines polnischen Prinzen und eines Kosakenweibes, und die hier«, er zeigte mit ausladender Geste auf seinen zerlumpten Haufen von Räubern, »sind mein Hofstaat. Erstaunlich, wie gut sie mir dienen, nicht wahr?«

Die Horde von Gesetzlosen quittierte seinen Witz mit Gegröle. Ali schnaubte verächtlich. »Ein Bastard und ein Barbar!« sagte sie höhnisch. »Und zu allem Überfluß ein Dieb!«

Die Frechheit der winzigen Frau amüsierte Ladislaus, und er trieb lachend seinen Hengst ein paar Schritte nach vorn, um die

Zofe von ihrer Herrin zu trennen. »Ja, das bin ich, Frau. Mein Vater wollte seiner Pflicht Genüge tun, indem er mich in Manieren und Sprache unterrichten ließ, aber er hielt es nicht für nötig, mich mit seinem Namen oder seinem Titel zu schmücken. Und so bin ich eben, was ich bin.«

Alis Augen blitzten vor Wut, und sie hob ihren Knüppel und wollte damit auf den Hengst einschlagen, doch Ladislaus schlug ihn mit einer blitzschnellen Bewegung zur Seite, so daß Ali wie ein Kreisel rotierte und einige Schritte rückwärts stolperte. Der Mann warf ein Bein über den Sattelknauf, während sie versuchte, ihr Gleichgewicht zu finden, und als er zu Boden glitt, stürzte sie sich erneut mit ihrem Knüppel auf ihn. Der muskulöse Arm fegte den Schlag mit einer fast sanften Bewegung zur Seite, doch Ali kriegte ihn zu fassen und klammerte sich daran wie ein boshafter Blutegel und biß zu. Ladislaus riß sich mit einem Wutschrei los, holte aus, und seine Faust prallte gegen das kleine, faltige Kinn. Alis Augen rollten zurück, und sie sank ohnmächtig zu Boden.

»Unhold!« schrie Synnovea indigniert, warf sich gegen ihn und trommelte mit ihren zierlichen Fäusten gegen seine Brust, bis Ladislaus sie lachend wegschubste. Synnovea stolperte zurück, fing sich und eine Flut von Beschimpfungen ergoß sich über Ladislaus' Haupt. »Feige Memme, hinterlistiger Schurke, niederträchtiger Frauenschänder!« Sie holte Luft. »Zeigt Ihr so Euren Mut? Seid Ihr zu feige, es mit einem von Eurer Größe aufzunehmen? Müßt Ihr Euch an einer so zarten Person beweisen?«

Ladislaus versperrte ihr den Weg, als sie versuchte, hocherhobenen Hauptes an ihm vorbeizuschreiten, um ihrer Zofe zu helfen. Ihre grünen Augen glühten vor Wut.

»Keine Sorge, schöne Dame«, tröstete er sie freundlich. »Eure Dienerin wird es ohne Schaden überleben, höchstens mit ein bißchen Kopfschmerz.«

»Ich sollte also dankbar sein, weil Ihr uns so zuvorkommend behandelt«, sagte Synnovea verächtlich. Sie kochte innerlich vor Wut, weil sie sich nur mit Worten gegen diese Plünderer wehren konnte. »Ihr habt den Hauptmann meiner Eskorte verletzt und jetzt auch noch meine getreue Zofe! Ihr habt meine Kutsche auf dieser einsamen Straße angehalten, um uns auszurauben und Eurer Mörderbande zum Fraß vorzuwerfen, Fürst Bestie. Soll ich jetzt auch noch auf die Knie fallen und mich in aller Demut dafür entschuldigen, daß ich gewagt habe, durch ein Gebiet zu reisen, in dem Eure Mörderbande lauert? Ha!« Sie warf den Kopf zurück. »Hätte ich eine Waffe, dann hätte Euer letztes Stündlein geschlagen! So danke ich Euch für Eure gnädige Behandlung! Ich bin mir sicher, daß Euer Vater, wer immer er sein mag, heftig bereut, was er da in einer leichtsinnigen Nacht gezeugt hat.«

Ladislaus stemmte seine massigen Fäuste in die Hüften und lachte schallend. »Das alte Rauhbein hat sicherlich viel zu bereuen, edle Frau, denn ich hab' ihm genausowenig Freude gemacht wie er mir. Lediglich sein Stolz, endlich einen Sohn gezeugt zu haben, nachdem er schon eine Schar von Töchtern in die Welt gesetzt hatte, hat ihn dazu verleitet, mich erziehen zu lassen. Er hat sogar versucht, mich nach dem Tod seiner Frau in seinem Haus aufzunehmen, aber meine Schwestern konnten es nicht ertragen, mit einem Bastard ihres Vaters unter einem Dach zu leben, und haben ihm das Leben zur Hölle gemacht, weil er Schande über die Familie gebracht hat.«

»Eine Schande, die Ihr sicher mit Freuden noch gesteigert habt, indem Ihr ein ruchloser Räuber wurdet«, erwiderte Synnovea. »Und anscheinend wollt Ihr Euch jetzt an ihm rächen, indem Ihr noch andere in Eure zweifelhaften Geschäfte verwickelt.«

»Ich bin wirklich entzückt von Eurer ausgeprägten Fantasie, edle Dame«, versicherte ihr Ladislaus, und seine blauen Augen blitzten amüsiert. »Ihr seid nicht nur schön, sondern auch geistreich.« Er lachte. »Aber denkt Ihr wirklich, daß ich Rachegelüsten fröne, wenn ich die Gelegenheit habe, einen so kostbaren Schatz wie Euch zu erobern? Edle Dame, Ihr überschätzt meine Rachsucht gewaltig!«

Synnovea ballte ihre Hände zu Fäusten, aber verborgen in den Falten ihres Rockes, um nicht zu verraten, wie verängstigt sie war, und preßte zwischen zusammengebissenen Zähnen heraus:

»Ruchloser Schuft! Ihr lacht wie ein Dorftrottel und spielt den starken Mann, aber erst nachdem Ihr uns die Waffen entrissen habt. Wie ich bemerkt habe, habt Ihr zuerst fast fünf Dutzend Männer vorgeschickt und seid selbst erst erschienen, nachdem die Gefahr gebannt war.«

»Ich behalte einen klaren Kopf, während die anderen Schurken ihren verlieren«, sagte Ladislaus und zeigte sich wenig beeindruckt von ihren Vorhaltungen. »Ich behalte alles im Auge, bis die Sicherheit gewährleistet ist.«

»Ihr seid nichts weiter als ein namenloser Feigling, der in den Schatten herumlungert, während Euer Wolfsrudel ehrliche Menschen ihres Besitzes beraubt«, zischte sie giftig.

»Ihr könnt denken, was Ihr wollt, Gräfin«, erwiderte Ladislaus, zuversichtlich grinsend. »Das ändert nichts.« Sein Blick schweifte noch einmal genüßlich über die schlanke Gestalt der Jungfer und verharrte wohlwollend in der verlockenden Kluft zwischen ihren Brüsten. Er strich mit dem Handrücken zärtlich über ihre hochrote Wange. »Heute abend war mir das Schicksal wirklich hold, edle Dame, als es mir Euch geschickt hat. Eure Anwesenheit ist mir eine Ehre, das müßt Ihr mir glauben.«

Synnovea mußte gegen den plötzlichen Impuls ankämpfen, diesen glühenden Blicken zu entrinnen. Sie stieß seine Hand weg und starrte wutentbrannt zurück, ohne mit der Wimper zu zucken, obgleich ihr auf all ihren Reisen noch nie ein so großer Mann mit so breiten, kraftvollen Schultern begegnet war. Lederne Reithosen umspannten seine schmale Taille, er trug eine rote Schärpe und ein offenes Lederwams, das seine muskulöse Brust freiließ. Auch die sehnigen, kraftstrotzenden Arme waren nackt und zeugten von ungeheuren Kräften, gegen die sie keine Chance hatte.

»Aber ich bin überhaupt *nicht* erfreut, hier zu sein!« erwiderte Synnovea hochmütig. Auch das wurde nur mit einem süffisanten Grinsen quittiert.

»Ihr könnt versichert sein, Gräfin, daß ich diese Nacht mit Euch genießen werde wie keine andere zuvor.« Seine Stimme war rauh geworden vor lauter Begierde.

und gab seinen Männern, die ihn mit offenem Mund anstarrten, ein paar knappe Befehle: »Warum steht ihr da und glotzt wie die Ochsen! An die Arbeit, faules Pack! Dann holt euch alles, was zu brauchen ist, von der Kutsche und den Soldaten und reitet zurück ins Lager und wartet dort auf mich. Die Männer, die ich nach Moskau geschickt habe, werden bald mit unseren neuen Kameraden zurückkehren. Die Frauen sollen ein Festmahl für sie vorbereiten. Die armen Schlucker sind sicher fast verhungert, angekettet auf den Straßen, wie sie waren. Sie möchten sicher ihre neu gefundene Freiheit feiern. Ich werde kommen und mit Euch feiern, wenn ich meinen Spaß mit diesem Weib gehabt habe.« Er grinste. »Wenn sie sich als gut erweist, muß sich der Zar vielleicht eine neue Schlampe suchen.«

Iwan Woronski beobachtete all das aus nächster Nähe und hielt es für gerechtfertigt, nicht einzugreifen. Die Gräfin hatte es sich selbst zuzuschreiben, daß sie jetzt die Gelüste dieses Barbaren befriedigen mußte. Warum mußte sie sich auch so aufreizend kleiden. Im ziemlichen Kostüm einer Bojarina wäre ihr das nie passiert. Weshalb sollte er die Aufmerksamkeit von ihr auf sich lenken und das Unglück herausfordern und für ihre Dummheit büßen? Andererseits war der blonde Schurke wirklich sehr angetan von ihr, und sie wäre vielleicht auch nicht vor ihm sicher gewesen, wenn sie in die grobe Leinwand eines Schiffssegels gehüllt gewesen wäre.

Synnovea wurde von Ladislaus auf den Rücken seines Pferdes geworfen, und sobald sie saß, versuchte sie abzuschätzen, welche Fluchtmöglichkeiten sie hatte. Wenn überhaupt, mußte sie es jetzt versuchen, denn sobald Ladislaus hinter ihr saß, gab es sicher keine Möglichkeit mehr zu entrinnen.

Die Zügel baumelten vom Hals des Pferdes, und eine kurze Peitsche hing vom Sattelhorn, dicht neben ihrer Hand. Synnovea wußte, daß sie diese Chance nicht ungenutzt verstreichen lassen durfte, packte mit einer Hand die Zügel, mit der anderen die Peitsche, mit der sie voller Wut auf ihren Häscher einschlug. Er versuchte, sie zu greifen, aber sie wich seinen langen Fingern aus, stemmte einen Fuß gegen seine gestählte Brust und stieß ihn mit aller Kraft von sich weg.

Ladislaus stolperte, überrascht von der Wucht ihres Trittes, ein paar Schritte rückwärts. Er hatte weiß Gott genug Erfahrung mit Kraftproben, aber daß eine so zarte Person derartige Kräfte entwickeln konnte, hätte er nie gedacht. Dennoch war sie kein ernstzunehmender Gegner für einen wahren Mann wie ihn.

Ladislaus fand sein Gleichgewicht schnell wieder, schlug die Peitsche mit dem Handrücken so heftig beiseite, daß ihr schlanker Arm wie gelähmt war. Synnovea biß die Zähne zusammen, um nicht vor Schmerz zu schreien, und riß mit der anderen Hand die Zügel hoch. Aber seine langen Finger waren schneller und rissen ihr die Zügel aus der Hand. In Panik vor dem, was sie erwartete, trat sie noch einmal nach ihm, obwohl sie wußte, daß ihre Kräfte nicht ausreichten, um ihn auf Dauer fernzuhalten. Trotzdem war sie wild entschlossen, sich bis zum letzten Atemzug zu wehren. Die Mühe war vergebens, sie war einfach zu schwach, und er bewies es ihr, indem er eine Hand unter ihre Röcke steckte und ihr Knie packte. Synnovea keuchte vor Entsetzen über diese Unverschämtheit und versuchte, sich loszureißen, aber seine brutale Hand grub sich nur tiefer in ihr Fleisch, bis sie schließlich nachgeben mußte. Sie hörte auf zu strampeln, doch ihre Augen sprühten immer noch vor unverhohlener Feindseligkeit.

Nachdem er das Geplänkel, wenn auch nicht den Krieg, gewonnen hatte, lockerte Ladislaus seinen Griff und strich bewundernd ihren nackten Schenkel hoch. Synnovea schrie vor Wut und Empörung. Dann holte sie aus und verpaßte dem Räuber eine schallende Ohrfeige.

»Nimm deine dreckigen Hände von mir, du elender Wurm!« Ihre Augen sprühten Feuer. »Dafür wird der Zar dir den Kopf abhacken!«

Ladislaus zog seine Hand zurück und strich sich mit zorniger Miene über seine feuerrote Wange. Wie erwartet, war diese Dame nicht so leicht unterzukriegen. Sie war wohl unbezähmbar, im wahrsten Sinne des Wortes.

»Bevor dieser Tag kommt, Mylady«, grollte er, »muß Euer kostbarer Zar erst einmal Männer finden, die gut genug sind, mich zu fassen. Es kursieren zwar Gerüchte, daß er Kämpfer aus dem Ausland angeheuert hat, die seine Soldaten in der Kriegskunst unterrichten sollen, aber auch sie werden mich nicht besiegen. Es gibt kein Mitglied der Armee, das ich noch nicht geschlagen habe. Schaut nur dort hinüber, wenn Ihr daran noch Zweifel haben solltet.« Er zeigte auf die Soldaten ihrer Eskorte, die gerade zusammengetrieben wurden, dann packte er Synnovea an beiden Handgelenken und fixierte sie mit grimmigem Blick. »Solltet Ihr so dumm sein zu glauben, daß irgendein tapferer Recke Euch retten wird«, sein Kinn deutete auf Hauptmann Nekrasow, der gerade gefesselt wurde, und dann auf den empörten Iwan Woronski, dem man soeben befohlen hatte, seine Kleider abzulegen, »dann tätet Ihr gut daran, es Euch noch einmal zu überlegen. Es ist keiner da, der Euch zu Hilfe kommen würde, zumindest nicht, soweit ich sehen kann.«

Synnovea versuchte, die Hand auszustrecken und ihm das Gesicht zu zerkratzen. »Nichtsdestotrotz, Fürst der Diebe, werdet Ihr für Euer schändliches Verhalten bezahlen. Ihr werdet gefangen, verurteilt und gehängt werden. Und ich werde da sein und alles mitansehen!«

Ladislaus lachte über diesen kläglichen Versuch, ihn einzuschüchtern. »Ganz im Gegenteil, Gräfin, Ihr werdet diejenige sein, die gefangen und mir zu Willen sein muß, solange es mir gefällt...«

Sein letztes Wort ging im ohrenbetäubenden Knallen detonierender Pistolen unter, das den Waldhain erzittern ließ. Ladislaus riß den Kopf herum und sah gerade noch, wie drei seiner Männer getroffen zu Boden sanken. Starr vor Entsetzen mußte er mitansehen, wie ein Vierter im Sattel vornüberkippte und langsam zu Boden glitt, wo er liegenblieb und mit leeren Augen in den sich rasch verdüsternden Himmel starrte.

Eine weitere Salve dröhnte durch den engen Paß und vermischte sich mit dem Donnern der Hufe, als eine größere Abteilung berittener Soldaten in Sicht kam. Der Angriff wurde geführt von einem staubbedeckten Offizier mit Helm, der seinen Säbel hoch über dem Kopf schwang und sich auf die kopflos durcheinanderrennenden Räuber stürzte. In Windeseile folgten ihm seine Soldaten mitten in das Gewühl von Missetätern, die jetzt versuchten, den Feind in ihren Reihen einzukreisen und diesen leichtsinnigen Sterblichen aus dem Sattel zu zerren. Aber der Mann stürmte wie ein Racheengel durch die Diebe, sein Säbel sauste herab und fällte einen Schurken nach dem anderen, bis nackte Angst sich unter dem Gesindel breitmachte.

Der Mann schien unverwundbar, doch dann erhob sich ein Goliath am Rande des Handgemenges, hob seine Lanze und schleuderte sie gegen den Offizier. Sie traf den Helm des Mannes und schlug ihn ihm vom Kopf. Der Recke taumelte im Sattel, was die Räuber zu Jubelschreien verlockte, dann kippte er langsam vornüber und versuchte, sich mit einem Arm auf den Hals seines Hengstes zu stützen. Er schüttelte seinen Kopf, als wolle er seine durcheinandergeratenen Sinne ordnen, und die Banditen schöpften wieder neuen Mut, überzeugt, der Offizier wäre ernsthaft verletzt. Jetzt würden sie ihm zeigen, was einen erwartete, der ihren Zorn herausgefordert hatte.

Natürlich freute sich keiner mehr darauf als Ladislaus. Und die bedauernswerte Synnovea mußte hilflos mitansehen, wie die Banditen sich alle zusammen mit siegesgewissem Triumphgeschrei auf ihre Beute stürzten. Es dauerte nur einen Augenblick, bis ihnen bewußt wurde, welch fatalen Fehler sie gemacht hatten. Der Offizier war zwar benommen, aber sich der Gefahr, die ihn umringte, voll bewußt und reagierte geschult und instinktiv. Geschickt ließ er sein Pferd sich schnell im Kreis drehen, um die Schurken abzuwehren, und schwang sein breites Schwert mit solcher Zielsicherheit, daß einige, die es wagten, sich ihm zu nähern, fast geköpft wurden. Sein Blick klärte sich sekündlich und damit seine Trefferquote, und ein Bandit nach dem anderen brach leblos zusammen.

Synnovea sah, wie der suchende Blick des Mannes sie außerhalb des Kampfgeschehens ortete. In diesem Augenblick schien er wie ein Racheengel, trotz seiner klatschnassen Haare, die am Kopf klebten, und seines dreckverkrusteten Gesichtes, das im Dämmerlicht nur noch ein verschwommener Fleck war. Sein Brustpanzer war angelaufen, verbeult und jetzt auch blutverschmiert, und trotzdem war er ein strahlender Held, eine Vision vom Kampfgeist und Mut.

Nachdem Ladislaus erkannt hatte, daß sein Angreifer noch längst nicht geschlagen war, verschwendete er keine Zeit mehr. Er brüllte seiner Bande zu loszureiten, sprang hinter seiner Gefangenen in den Sattel, raffte die Zügel hoch, wendete das Pferd, und mit einem Tritt seiner weich gestiefelten Fersen in die glänzenden Flanken ließ er das Pferd losgaloppieren.

Synnovea war froh, daß der Arm, der sie umfing, so stark war, ansonsten wäre sie sicher Gefahr gelaufen zu stürzen, denn der Hengst flog förmlich dahin. Das Pferd war friesischer Abstammung, stark und schnell, mit langen Gliedern und konnte die kurzbeinigeren Rassen, die in Rußland heimisch waren, ohne weiteres abhängen. Doch dann drehte Synnovea sich um und sah, daß der Offizier die Verfolgung aufgenommen hatte und tatsächlich aufholte. Der Räuber war baß erstaunt. Fluchend wendete er den Hengst erneut und trieb ihn in beängstigender Geschwindigkeit durch das Unterholz, bis die Stämme nur noch vorbeihuschende Schatten waren. Synnovea hielt den Atem an, überzeugt, daß sie jeden Moment stürzen würden, auch wenn sie insgeheim erstaunt war über die Wendigkeit von Pferd und Reiter, der wie ein Zentaur mit dem Tier verschmolzen war und jede Bewegung im voraus zu ahnen schien. Aber das Paar, das sie wie eine bellende Meute verfolgte, schien aus ähnlichem Holz geschnitzt.

Synnovea duckte sich unter den gierig haschenden Zweigen, die brutal an ihren Haaren zerrten und lange Risse in ihre Kleidung peitschten. Sie legte den Arm vors Gesicht zum Schutz gegen die spröden Dornen, die lange rote Striemen an ihren Unterarmen hinterließen. Sie betete inständig, daß diese Höllenflucht endlich ein Ende haben würde, aber als sich vor ihnen eine Lichtung auftat, packte sie die Angst, sie könnten dem Offizier tatsächlich entwischen. In Panik warf sie einen Blick über die Schulter, aber der massige Körper ihres Häschers versperrte ihr die Sicht, und es war auch nichts zu hören, abgesehen vom Stampfen der Hufe und dem heftigen Atem des Mannes, der sie hielt.

Sie hatten jetzt die Lichtung erreicht, und Ladislaus schwang sein Pferd herum, um zu sehen, wo der Offizier war. Bis zu diesem Tag hatte es noch kein anderes Roß geschafft, das Tempo seines Hengstes zu halten, und nach dem wilden Ritt durch die Bäume rechnete er fest damit, ihn abgehängt zu haben. Aber er mußte mit Entsetzen feststellen, daß der Verfolger ihm immer noch dicht auf den Fersen war.

Kaum ein Herzschlag verging, und die bedrohliche Gestalt des braunen Hengstes mit seinem Reiter stürmte aus den Bäumen direkt auf sie zu. Synnovea unterdrückte mit Mühe einen Angstschrei, überzeugt, die beiden würden sie einfach niederreiten. Sie erhaschte einen Blick auf stahlblaue Augen unter bedrohlich gesenkten Brauen und wartete auf den Zusammenprall wie ein Spatz, der sich unter den drohenden Schwingen des Jagdfalken in den Boden kauert.

Ladislaus riß seinen Arm los und versuchte, nach seinem Messer zu greifen, aber der andere Mann war schneller. Der Offizier warf sich aus dem Sattel auf Ladislaus und stieß ihn vom Pferd. Synnovea blieb wie durch ein Wunder unbehelligt im Sattel sitzen. Der Soldat hatte wirklich erstaunlichen Mut und Geschick, das mußte Synnovea zugeben, und sie zuckte zusammen, als sie den Aufprall der beiden Männer auf dem Boden hörte, Dann klatschten Fäuste gegen harte Muskeln und trockene Blätter raschelten unter den kämpfenden Leibern zu Füßen des Hengstes. Sie warf einen Blick nach unten und sah, wie Ladislaus seinen Dolch hob, aber eine andere Hand schoß nach oben und packte das stämmige Handgelenk, so daß es sein Ziel verfehlte.

Der beunruhigte Hengst tänzelte nervös um die kämpfenden Männer herum, die kleine Staubwolken hochwirbelten. Synnovea war klar, daß das Pferd jeden Moment in Panik davonstürmen könnte, und tastete vorsichtig nach den baumelnden Zügeln. Sie murmelte dem schwer atmenden Tier beruhigende Worte zu und tätschelte ihn.

Mit einem Mal schnellte Ladislaus' Kopf unter einem gut platzierten Schlag zurück und prallte gegen den Bauch des Hengstes. Und im nächsten Augenblick kämpfte Synnovea verzweifelt um Halt, als das Roß wiehernd vor Angst hochstieg. Sie krallte sich mit beiden Händen in die flatternde Mähne und klammerte sich, voller Angst, mit den Schenkeln fest, wohl bewußt, welche Gefahr lauerte, sollte sie den Halt verlieren. Die Vorderhufe stampften in den Boden, und Synnovea blieb kaum Zeit, Luft zu holen, bevor das Pferd einen Riesensatz nach vorne machte und losstürmte, wieder in das Dickicht hinein, und im Zickzack davonjagte. Synnovea wußte, daß sie unter keinen Umständen in Panik geraten durfte, das wäre tödlich. Sie mußte irgendwie das Pferd unter Kontrolle bringen, auch wenn ihr die Angstschauer über den Rücken jagten.

Synnovea beugte sich über den Nacken des Tieres und versuchte, sich seinen Bewegungen anzupassen, um seine Angst einzudämmen. Sie zwang sich, mit ganz ruhiger Stimme auf ihn einzureden, während sie versuchte, den peitschenden Zügel einzufangen, mußte sich aber immer wieder an der sicheren Mähne festkrallen. Und plötzlich war ihre Chance gekommen: ein niedriger Zweig schlug den Zügel nach oben und sie kriegte ihn zu fassen. Das Glück war ihr hold, denn einen Augenblick später gelang es ihr, auch das andere Ende zu erhaschen.

Der Erfolg gab ihr wieder neuen Mut, sie packte entschlossen die Zügel, und nach einiger Zeit gelang es ihr, das Tier wenigstens so weit unter Kontrolle zu bringen, daß sie es in die Richtung steuern konnte, wo die überfallene Kutsche stand. Der Hengst stürmte immer noch dahin, als wäre ihm der Teufel selbst auf den Fersen, und Synnovea hatte berechtigte Zweifel, ob sie das Tier anhalten könnte, als sie den dunklen Schatten des Gefährtes im Zwielicht vor sich sah.

Nikolai Nekrasow saß neben der Kutsche. Er hatte sich den fähigen Händen seines Sergeanten unterworfen, der gerade seinen

Arm verband. Das Geräusch donnernder Hufe ließ den Hauptmann den Kopf heben, und er sah, wie Synnovea in beängstigendem Tempo auf ihn zugeritten kam. Er sprang auf, brüllte seinen Männern zu, sich bereitzuhalten, das Pferd zu stoppen, und dann rannten sie gemeinsam los, um sich mit ausgebreiteten Armen dem herandonnernden Tier in den Weg zu stellen. Aber der Hengst hatte seine eigenen Vorstellungen. Ein paar Meter von der menschlichen Falle entfernt, bremste er abrupt und stieg vorne hoch. Sobald seine Hufe wieder den Boden berührten, wollte er wieder losgaloppieren, aber diesmal hatte Synnovea das Glück, daß jemand in der Nähe war, der ihr helfen konnte. Der Hauptmann riß sie aus dem Sattel, während der Sergeant sich die Zügel des wiehernd tänzelnden Hengstes griff. Nach einiger Zeit gelang es ihm, das verängstigte Tier mit Tätscheln und sanften Worten zu beruhigen.

Zitternd vor Erleichterung lehnte sich Synnovea gegen Hauptmann Nekrasow, da ihre Beine drohten, ihr den Dienst zu versagen. Sie genoß seinen tröstenden, starken Arm um ihre Taille und merkte gar nicht, wie genüßlich sich sein Blick für einen Moment an ihrer zerrissenen Korsage weidete. Er mußte sehr langsam ausatmen, um seine tobenden Sinne wieder in den Griff zu bekommen, konnte aber doch nicht der Versuchung widerstehen, wie zufällig ihr Haar mit seinen Lippen zu streifen. Synnovea merkte nichts von alledem, da sie plötzlich Alis weinerlich flehende Stimme hörte.

»Mein Lämmchen«, jammerte die Dienerin, der der Kutscher jetzt half, sich aufzusetzen und ihr noch eine kühlende Kompresse auf die Stirn legte. »Laßt Euch anschauen.«

Synnovea stellte sich vor sie und warf ihrerseits einen prüfenden Blick auf die kleine Zofe, deren winziges, faltiges Kinn ein stattlicher Bluterguß zierte; selbst im spärlichen Licht der Abenddämmerung war ihre Blässe zu sehen.

Ali versuchte, sich weiter hochzukämpfen, um ihre Herrin besser sehen zu können, aber die Anstrengung war zu viel für sie, und sie fiel wieder in den stützenden Arm des Kutschers zurück.

Angesichts der zerrissenen Kleidung der jungen Frau vermutete Ali das Schlimmste und begann zu weinen. »Oh, mein Lämmchen, mein Lämmchen, was hat die widerliche Bestie Euch angetan?«

»Wirklich, Ali, mir fehlt überhaupt nichts«, beschwichtigte Synnovea die alte Frau und sank neben ihr auf die Knie. »Ein Offizier des Zaren ist mir zu Hilfe gekommen, und abgesehen von ein paar Kratzern bin ich unversehrt.«

Ali schickte schluchzend ein leises Dankgebet zum Himmel. »Dem Himmel sei Dank, Ihr seid in Sicherheit.«

»Heb sie in die Kutsche, Stenka«, bat Synnovea mit leiser Stimme den grauhaarigen Kutscher und beobachtete dann besorgt, wie er und der Diener ihren Befehl ausübten. »Sachte, sie hat das meiste bei dem Scharmützel abgekriegt.«

»Jozef und ich werden uns um sie kümmern, Herrin. Habt keine Sorge«, erwiderte Stenka und sagte dann: »Ruht Euch jetzt aus. Das war ein schlimmer Schock für Euch.«

Jetzt bemerkte Synnovea den Verband um seinen Kopf, legte eine Hand auf seinen Arm und fragte besorgt: »Deine Wunde? Ist es etwas Ernstes?«

Jozef schüttelte den Kopf und grinste. »Nein, Herrin. Aber ich hab' ein Loch in meinem Ohr, das groß genug ist, um einen Korken durchzustecken.«

»Irgendeinem Weib wird das gute Dienste erweisen«, sagte Stenka lachend. »Da kann sie ihn am Ohr rumführen anstatt an der Nase.«

Synnovea tätschelte beschwichtigend den Arm des Dieners und zwang sich ein Lächeln ab. »Sei auf der Hut, Jozef. In Moskau gibt es viele hübsche Jungfern, die das gerne ausnutzen und dich auf den falschen Weg leiten wollen.«

»Ich werde mit Adleraugen Ausschau nach ihnen halten«, versprach Jozef.

Nachdem sie sich überzeugt hatte, daß Ali gut versorgt war, wandte sich Synnovea jetzt den anderen zu. Von Nikolais Männern waren nur einige leicht verwundet, und sie waren bereits dabei, hastig wieder die Kutsche zu packen. Die Truppe Soldaten, die ihnen zu Hilfe gekommen war, hatte sich auf die Jagd nach den restlichen Schurken begeben, und weder von ihnen noch den Bösewichtern war etwas zu hören oder zu sehen. In knapper Entfernung von der Kutsche war der Boden mit Toten übersät, und soweit man im Dämmerlicht erkennen konnte, hatten nur die Straßenräuber Verluste erlitten, da die Soldaten den Vorteil der Überraschung auf ihrer Seite gehabt hatten.

Trotzdem war es wohl ratsam, den Ort des Überfalls so schnell wie möglich hinter sich zu lassen, bevor einer der Räuber wieder auftauchte, um sich seine Beute zu holen. Synnovea wandte sich an Hauptmann Nekrasow. »Wir müssen schleunigst aufbrechen, ehe man uns noch einmal überfällt.«

Nikolai stimmte in diesem Punkt völlig mit ihr überein und gab den Befehl: »Packt so schnell wie möglich den Rest in die Kutsche, und dann brechen wir auf. Wir müssen die Gräfin umgehend an einen sicheren Ort bringen.«

Synnovea schaute sich fragend um, als ihr mit einem Mal klar wurde, daß sie den Priester seit ihrer Rückkehr noch nicht gesehen hatte. »Aber wo ist Iwan? Was ist mit ihm passiert?«

Hauptmann Nekrasow hob lachend seinen heilen Arm und zeigte in die Schatten einiger hoher Bäume, die etwas entfernt standen. Erst nach einigen Sekunden angestrengten Schauens erkannte Synnovea die schemenhafte Gestalt eines kleinen nackten Mannes. »Sie haben ihm seine Kleider gestohlen, Gräfin, und uns alle übrigen Kleidungsstücke, die wir dabei hatten. Wir haben nichts, was wir ihm geben können.«

Synnovea überlegte kurz, weil sie nur ungern etwas aus ihren Koffern anbieten wollte. Iwan hatte sich so entschieden gegen europäische Kleidung ausgesprochen, daß er sich sicher weigern würde, solch frivolen Putz anzulegen, auch wenn es aus Verzweiflung geschah. Mit reuevollem Kopfschütteln sagte sie: »Er wird sich wohl unter den Toten ein paar Kleidungsstücke suchen müssen.«

»Ich habe bereits einen meiner Männer damit beauftragt«,

informierte Nikolai sie und deutete mit dem Kopf in Richtung der achtlos verstreuten Leichen. »Die Auswahl wird zwar Iwans Ansprüchen nicht unbedingt genügen, aber eine andere Möglichkeit gibt es nicht.«

Synnovea blieb keine andere Wahl, als sich stumm in diese Leichenfledderei zu fügen, also empfahl sie sich hastig. »Ich werde in der Kutsche bei Ali waren.«

Kurz darauf senkte die Nacht ihren Mantel über sie, aber Synnovea und ihr kleines Gefolge waren bereits wieder unterwegs. Sie fuhren jetzt in etwas vorsichtigerem Tempo, da der Mond bedrohliche Schatten warf und sie die Kurven nur behutsam angehen konnten. Trotzdem war es jetzt wesentlich kühler und angenehmer zu reisen als in der drückenden Hitze des Tages.

Leider war Synnovea erneut gezwungen, die Gesellschaft Iwan Woronskis zu ertragen, der aber nach seinem erniedrigenden Erlebnis wesentlich weniger streitsüchtig war. Wenn er überhaupt etwas sagte, waren es hinterhältige Bemerkungen über Hauptmann Nekrasow und seine Männer. Er war überzeugt, sie hätten mit Absicht die widerlichsten Kleidungsstücke für ihn ausgewählt. Er war empört über das Zeug, das sie ihm gebracht hatten, und nicht im geringsten dankbar für die riesigen Hosen und das Lederwams, die beide nach altem Schweiß und Knoblauch stanken, was die beiden anderen Insassen der Kutsche dazu bewog, sich parfümierte Taschentücher vors Gesicht zu halten.

Synnovea machte sich gar nicht erst die Mühe, auf seine Klagen einzugehen, damit sie nicht gezwungen war, das Tuch vom Gesicht zu nehmen und sich den Dämpfen auszusetzen, die von den Kleidungsstücken aufstiegen. Sie war dankbar für die Dunkelheit, die mögliche Blutflecken verhüllte, denn sie wollte unter keinen Umständen daran erinnert werden, wie der vorherige Eigentümer dieser Kleidung ums Leben gekommen war.

Sie waren bereits eine ganze Weile unterwegs, als Synnovea plötzlich einfiel, daß sie nicht einmal den Versuch unternommen hatte, einen von Hauptmann Nekrasows Männern auf die Suche nach dem Offizier, der sie gerettet hatte, zu schicken. Der

Gedanke, daß der Mann womöglich tot oder verwundet im Wald lag, trieb ihr die Schamröte ins Gesicht. Wie hatte sie diesen Menschen, der ohne jede Rücksicht auf sich sein Leben für sie riskiert hatte, vergessen können. Sie hatte genauso feige gehandelt wie Iwan, der, ohne einen Finger zu rühren, zugesehen hatte, wie diese Schurken sie betatscht hatten. Sie war alles andere als stolz auf sich, und ihre Freude über die Rettung verwandelte sich in ein Gefühl tiefer Schuld und Trauer, das sie nicht so schnell wieder verlassen sollte.

3. Kapitel

Die riesige goldene Scheibe des Mondes ruhte wie ein neugeborenes Kind in den wiegenden Armen der gen Himmel ragenden Fichten, Tannen und Lärchen, bis der strahlende Himmelskörper seiner irdischen Brust entwachsen war und seine Reise über den Nachthimmel antrat. Seine Leuchtkraft ließ die zahllosen zwinkernden Sterne verblassen, und die Gestirne in seiner Nähe versteckten verschämt ihre ärmlichen Lichter hinter seiner strahlenden Aura. Tief unter ihm zeichneten die Mondstrahlen den Weg, der sich durch das kleine Dorf wand, und ließen die raschelnden Blätter der Eichen und Birken glitzern, die den Weg säumten, und verwandelten sie in kleine Lichtblitze, wenn die leichte Brise die Äste zum Leben erweckte.

Die Soldaten und die Kutsche kamen die zerfurchte Durchfahrtstraße entlang, vorbei an Reihen grauer Holzhütten, verziert mit bemalten Schnitzereien und durchbrochenen Giebeln, die sich über die Straße neigten. Kleine Schuppen rafften sich wie zerfetzte Röcke um die Rückseiten der Häuser, verbunden mit Bretterzäunen, die etwas Schutz vor den eisigen Winden boten.

Eine Ansammlung von Gesichtern, junge und alte, drückten sich die Nasen an den Fenstern platt, als die stattliche Kutsche mit ihrer Eskorte vorbeirumpelte. Selbst im Mondlicht sah man, wie prachtvoll das Gefährt war, im scharfen Gegensatz, wie von den Einwohnern sofort bemerkt wurde, zu dem sehr mitgenommenen Aussehen der Eskorte. Es war für jeden klar erkennbar, daß die Soldaten einen größeren Kampf hinter sich hatten. Das verdreckte, zerfetzte Äußere der kleinen Truppe, die Spuren von Verwundungen, lösten in kürzester Zeit die wildesten Gerüchte über die Ursache dafür aus.

Keinem war das traurige Auftreten seiner Truppe schmerzlicher bewußt als Hauptmann Nekrasow, einem Offizier, der immer größten Wert auf sein Äußeres und die korrekte Etikette legte. Auf sein scharfes Kommando ritt seine Truppe im geübten Gleichtritt in die Stadt ein, was der Prozession zumindest einen gewissen Anschein von Würde gab. Das Gefolge passierte in stoischem Schweigen eine hölzerne Kirche, doch als Stenka die Kutsche vor einem respektablen Gasthaus anhielt und die Männer das Badehaus daneben entdeckten, ging ein Seufzer der Erleichterung durch die Reihen der dreckverschmierten Soldaten, die sich jetzt von ihren Pferden schwangen.

Hauptmann Nekrasow betrat als erster das Gasthaus, um die für die Bequemlichkeit seiner Herrin notwendigen Vorkehrungen zu treffen. Sein verbundener Arm und der blutverschmierte Rock zogen einige neugierige Blicke auf sich, doch war es nicht ratsam, einen Offizier des Zaren in Ausübung seiner Pflicht aufzuhalten. Synnovea war dankbar, daß sie und Ali in der Abgeschiedenheit der Kutsche warten konnten und nicht auch noch durch ihre zerfetzten Kleider und ihr mitgenommenes Aussehen zur Verwirrung des Wirtes beitrugen. Sie war äußerst besorgt um Ali, deren Totenblässe die violette Schwellung an ihrem Kinn noch mehr betonte.

Iwan Woronski hatte unauffällig die Kutsche verlassen und schlich sich zur Kirche, wo er hoffte, etwas passendere Kleidung für den morgigen Tag zu finden. Sein abruptes Verschwinden gab Synnovea endlich die Gelegenheit, wieder normal atmen zu können, wofür sie ungeheuer dankbar war.

Der Gastwirt war sehr stolz auf sein neuerrichtetes Badehaus und prahlte mit dessen vielen Annehmlichkeiten, während er seine männlichen Gäste durchs Haus führte. Diese Führung bot Synnovea Gelegenheit, unbeobachtet Ali zu ihrem Zimmer zu helfen. Inzwischen hatte die Zofe so entsetzliche Kopfschmerzen, daß ihr selbst bei der geringsten Bewegung schwach und übel wurde. Diesmal war es Synnovea, die die ältere Frau auszog und pflegte, wie die getreue Ali es so zahllose Male für sie getan hatte. Nachdem sie ein leichtes Abendessen zu sich genommen und sich an der Waschkommode gewaschen hatte, stieg die Zofe in ihr schmales Bett und fiel sofort in erschöpften Schlaf.

Synnovea stand der Sinn nach mehr als nur einer kurzen Wäsche. Sie sehnte sich nach einem langen Bad, in dem sich ihre wunden Gliedmaßen entspannen würden. Leider hatten die Männer dieselbe Idee, nachdem sie ihre Ausrüstung in den Zimmern verstaut hatten, wie unschwer zu hören war. Wie eine Herde durchgehender Füllen trampelten sie fröhlich die Treppe hinunter und stießen und schubsten sich, weil jeder der erste im Bad sein wollte. Synnovea mußte zugeben, daß die Männer sich das verdient hatten, und fand sich damit ab zu warten, bis sie mit ihrer Toilette fertig waren. Das Gute daran war, daß sie als letzte die Möglichkeit haben würde, so lange es ihr Spaß machte zu baden.

Sie vertrieb sich das Warten damit, die Kleider für den folgenden Tag herauszulegen. Sie holte ein etwas schlichteres Kleid aus ihrem Gepäck, um besser gegen Iwans Verachtung gefeit zu sein. Es war ein kleines Zugeständnis, was mehr ihrem Gewissen und ihrer Bequemlichkeit diente, da es seine strikten Vorstellungen ohnehin nicht erfüllen würde.

Sie löste ihre langen Zöpfe und bürstete unter einigen Schmerzen die vielen Knoten, Blätter und Zweige aus ihren Haaren, die sich darin verfangen hatten, dann ließ sie es offen bis zur Taille fallen. Sie legte ihr zerrissenes Kleid und die Unterröcke ab. Beim Entkleiden fiel ihr wieder der Offizier ein, den sie so herzlos im Stich gelassen hatte, und wieder wurde sie schamrot vor schlechtem Gewissen. Er hatte sich so heldenhaft gegen so viele geschlagen, und sie schickte ein Stoßgebet zum Himmel, daß das Messer dieses Barbaren Ladislaus ihm kein Leid angetan und er den Zweikampf mit ihm unbeschadet überlebt hatte.

Sie raffte einen voluminösen Morgenmantel um ihren schlanken Körper und machte es sich bequem. Sie lehnte den Kopf gegen die Stuhllehne und versuchte, ein Bild des Offiziers vor ihrem inneren Auge heraufzubeschwören, doch es gelang ihr nicht, sich genau an seine Gesichtszüge zu erinnern. Sie hatte nur einen kurzen Blick auf ihn erhaschen können und das unter beängstigenden Umständen, bei sehr schlechtem Licht. Sie würde ihn wahrscheinlich nicht einmal wiedererkennen, wenn er vor ihr stünde. Die einzig wirklich greifbare Erinnerung war ihre Ehrfurcht vor diesem Mann, der einfach nicht locker gelassen hatte und schließlich seine Beute wie ein scharfäugiger, gnadenloser Habicht geschlagen hatte.

Synnovea seufzte und wandte sich anderen Gedanken zu. Morgen abend würde sie in Moskau sein, wo sie im Palast der Taraslows vorsprechen mußte. Sie hatte keine Ahnung, wie man sie dort empfangen würde und wie gut sie sich dem dortigen Lebensstil anpassen und sich der Macht, die diese Menschen über ihr Leben haben würden, unterwerfen könnte. Sie hatte heftige Bedenken, die auf einem eher unerfreulichen kurzen Treffen mit Prinzessin Anna beruhten und auf den Gerüchten, die um sie und Prinz Aleksej kursierten. Im Lauf der Zeit würden sich die Konsequenzen dieses Arrangements zeigen, und sie hoffte, daß ihre Ängste durch den gegenseitigen Respekt, der zwischen den Taraslows und ihr wachsen würde, beschwichtigt würden.

Synnovea hörte erfreut, daß die Soldaten langsam, ermattet vom Bad, zurückkehrten und an ihrer Tür vorbei hinauf in ihr Quartier stiegen. Irgendwie kam es ihr vor, als wären es jetzt dreimal so viele, die zurückkamen, als vorhin hinuntergegangen waren. Aber nachdem sie es kaum noch erwarten konnte, selbst endlich ins Bad zu kommen, schrieb sie diese Beobachtung ihrer Ungeduld zu. Sie versuchte, sich mit praktischen Überlegungen zu beruhigen. Die Soldaten klangen so matt und erschöpft, daß sie sicher davon ausgehen konnte, daß sie bald das Bad für sich allein haben würde.

Zu ihrer großen Enttäuschung mußte sie ihr Bad leider noch ein zweites Mal verschieben. Iwan passierte die Soldaten auf der Treppe mit dem lauten Befehl, ihm sofort den Weg freizumachen, was sie auch eilends taten, allerdings nicht ohne boshafte Bemerkungen über seine stinkende Kleidung zu machen. Er beantwortete das mit dem Hinweis, er wäre auf dem Weg ins Bad, um die Reste ihrer faulen Gaben abzuwaschen. Verärgert über diese neuerliche Verzögerung überlegte Synnovea, warum Iwan erst jetzt ins Bad ging, und kam zu dem Schluß, daß er sich nie dazu herablassen würde, mit gemeinen Soldaten zu baden, da er sich selbst als hochgestellte Persönlichkeit betrachtete. Synnovea war sicher, daß er darauf bestanden hätte, als erster zu baden, wenn er nicht gewußt hätte, daß die Soldaten eine solche Forderung einfach ignoriert hätten.

Einige Zeit später wurde es still im Gasthaus, und nach Iwans Rückkehr in seine kleine Kammer beschloß Synnovea, daß jetzt ihre Zeit gekommen war. Sie nahm rasch ein frisches Nachthemd und den Beutel mit Toilettensachen, den sie gepackt hatte, und ging nach unten. Draußen vor dem Gasthaus raschelte eine kühle Brise durch die hohen Tannen, die hinter dem Badehaus wie eine Festung in den Himmel ragten, und trug den frischen, würzigen Duft ihrer Zweige in ihre Nase. Das leise Glucksen eines Baches vermischte sich mit den beruhigenden Geräuschen der Nacht. Hoch über den Baumwipfeln schien der strahlende Mond, und seine Strahlen wiesen ihr den Weg zu dem niedrigen Gebäude.

Die Tür knarrte in der Stille, als Synnovea sie langsam aufschob und eintrat. Am hinteren Ende des Raumes flackerte ein Feuer in einem großen Kamin und tauchte die dunkle Kammer in unstetes Bernsteinlicht. Von einem Balken baumelte eine Laterne, deren schwaches Licht den Dunst, der von der dunklen Oberfläche des Wasserbeckens aufstieg, zu unheimlichem Leben erweckte. Dünne Dampfsäulen stiegen auf und tasteten sich durch die Balken, als suchten sie nach einem Fluchtweg, und da ihnen das nicht gelang, hüllten sie den ganzen Raum in einen dichten Nebel.

Von draußen gurgelte das kalte Wasser des Baches durch Zinnröhren in ein riesiges Faß, das wie eine eiserne Bestie auf spindeligen Beinen über einer eigenen Feuerstelle kauerte. Dampfendes Wasser blubberte fröhlich durch einen Überlauf in das Hauptbadebecken, dessen überschüssiges Wasser auf der anderen Seite wieder nach draußen zurück in den Bach geleitet wurde. In dieser warmen Sommernacht hatte man das Feuer herunterbrennen lassen, und unter dem ausladenden Bauch des Kessels glühte matt ein Haufen Kohle.

Synnoveas wassergrüne Augen reflektierten das schwache Licht, als sie den Blick nach oben in das Gebälk hob. Das Bollwerk schwerer Balken würde auch dem längsten Winter standhalten, so daß sich die Reisenden wohl noch viele Jahre an den Annehmlichkeiten des massiv gebauten Badehauses erfreuen könnten.

Synnovea blieb einen Augenblick am Eingang stehen und schaute sich prüfend um. Sie wollte absolut sicher gehen, daß sie auch allein war. Doch in den schattenverhüllten Tiefen des Raumes bewegte sich nichts außer den unsteten Flammen, die tanzende Schatten in den Dunst zeichneten. Die einzigen Geräusche kamen von den knisternden Feuern und dem Plätschern des Wassers, das in das Becken lief. In dem geräumigen Kamin hingen kleinere Kessel über dem Feuer, und auf einem nahen Tisch standen Krüge und Waschschüsseln bereit, für diejenigen, die sich zuerst mit Seife abschrubben wollten. Ebenso gab es hölzerne Wannen für diejenigen, die sich gründlich in warmem Wasser einweichen wollten.

Auf einer Bank neben dem Becken lag ein Männermorgenmantel, und Synnovea nahm sich vor, Hauptmann Nekrasow am Morgen davon zu informieren, für den Fall, daß er oder einer seiner Männer das Kleidungsstück dort vergessen hatte.

Synnovea ließ ihren Beutel auf einen Hocker fallen. Sie war so erschöpft, daß sie nur noch einen Gedanken hatte: ein Bad und sich dann lange und genüßlich im Becken entspannen. Sie schöpfte eine Holzwanne randvoll mit dampfender Flüssigkeit, dann träufelte sie etwas Duftöl aus einem mitgebrachten Fläschchen ins Wasser und legte ein Stück parfümierte Seife und ein großes Handtuch bereit. Danach drehte sie ihr langes seidiges Haar wie eine Schnur zusammen und wand es zu einem großen Knoten, den sie mit einem verzierten Kamm feststeckte. Ein paar vorwitzige Löckchen kringelten sich um Schläfe und Stirn, aber sonst waren ihre dunklen Locken sicher festgesteckt.

Synnovea löste langsam die Bänder ihres Morgenmantels und ließ ihn von den Schultern gleiten, bis sie nackt dastand, und warf ihn auf eine nahe Bank, um die sich die Seide leise raschelnd legte.

Synnovea stutzte einen Moment lang, da das Geräusch wie ein leiser Seufzer klang.

Doch es war nichts zu hören, außer dem Knistern des Feuers und dem Plätschern des Wassers. Sie vergaß ihre Zweifel und wandte sich wieder dem Bad zu. Nach den ungeheuren nervlichen Belastungen, die sie überstanden hatte, waren ihre kleinlichen Fantasien lächerlich.

Synnovea stellte einen Fuß auf den Rand der Holzwanne und inspizierte die dunklen Flecken oberhalb ihres Knies, wo der brutale Zugriff des Räubers seine Fingerabdrücke hinterlassen hatte. Sie stellte sich genüßlich vor, wie dieser Fürst der Diebe, verschnürt wie ein Paket, auf seine Aburteilung wartete. Doch dann fiel ihr wieder der Offizier ein, und sie sprach erneut ein kurzes Gebet für seine Sicherheit.

Sie entdeckte einen weiteren blauen Fleck an ihrer Taille und schob sanft mit der Hand eine ihrer Brüste beiseite, um das bläuliche Mal genauer zu untersuchen. Ladislaus' starker Arm hatte sie während der Flucht durch den Wald so heftig an sich gedrückt, daß sie schon befürchtete, er würde ihr die Rippen brechen.

Jetzt hoffte sie, daß es dem Offizier gelungen war, dem Rohling eine Lektion zu erteilen, die er nicht so schnell vergessen würde. Der eingebildete Räuber hatte damit geprahlt, kein Soldat des Zaren könnte ihm je etwas anhaben, und sie war außerordentlich befriedigt, daß er das Gegenteil hatte erfahren müssen.

Synnovea sank mit langsamem, genüßlichem Seufzen in das duftende Bad und ließ sich und ihre schmerzenden Muskeln von dem dampfenden Wasser entspannen. Nach einiger Zeit nahm sie die Seife und rieb sich damit ein, bis ihr ganzer Körper von einer weißlichen Schaumschicht bedeckt war. Sie hob ein schlankes Bein nach dem anderen und seifte auch diese in voller Länge ein.

Schließlich löste Synnovea ihren Knoten und seifte auch die Haare ein. Nachdem sie den Schaum ausgespült hatte, nahm sie einen triefend nassen Schwamm und ließ seinen Inhalt über ihre Schultern tropfen bis ihre Brüste sauber im rosigen Schein des Feuers glänzten.

Lange Augenblicke verstrichen, in denen Synnovea im Luxus des warmen Wassers schwelgte, doch dann erinnerte sie sich, wie spät es sicher schon war, packte den Wannenrand mit beiden Händen und stemmte sich mit einem energischen Ruck hoch, daß ihre Brüste für einen Moment zu tanzen begannen. Ein seltsames Geräusch, wie ein wässriges Keuchen, kam aus der Richtung des Beckens, und sie erstarrte ängstlich und suchte die Dämpfe über dem Wasser ab. Eine Bewegung in der Nähe der Treppe ließ sie erschrocken herumwirbeln, aber dann sah sie, daß es nur ein Frosch war und lachte erleichtert.

»Du störst, mein kleiner Freund«, tadelte Synnovea ihn kichernd und kippte etwas Wasser aus einem Eimer in seine Richtung, worauf er sofort mit einem Riesensatz davonsprang.

Erneut beschwichtigt, wusch sie die restliche Seife mit einem Krug Wasser vom Körper. Inzwischen war ihr so warm geworden, daß es ihr feine Schweißperlen aus den Poren trieb, und sie verließ die Wanne, um in die kühleren Wasser des Beckens zu steigen.

Sie ging die Stufen hinunter und ließ sich mit einem wohligen Seufzer in seine dunklen Tiefen gleiten. Wirklich klug von dem Wirt, fand sie, ein so tiefes Becken in das Badehaus mit einzubauen; in den meisten gab es so etwas nicht, und die Badenden mußten nach dem Schwitzen im schweren Dampf in einen nahen Fluß oder sogar in eine Schneewehe laufen, um sich zu kühlen, je nach örtlichen Begebenheiten und Wetterlage. Selbst im tiefsten Winter wagten es einige Leute, dafür ins Freie zu gehen. Doch ihre englische Mutter hatte ihren Vater von der Notwendigkeit überzeugt, allein zu baden, und daran hatte sich Synnovea Zeit ihres Lebens gehalten. Wann immer es nötig war, eine öffentliche Einrichtung zu benützen, hatte Ali die notwendigen Arrangements getroffen und für das Privileg ihrer Herrin, allein zu sein, Geld bezahlt, während Jozef und Stenka Wache hielten. Aber unter den gegebenen Umständen hatte Synnovea am heutigen Abend keinen von ihnen stören wollen, und es war auch sicher nicht notwendig, Hauptmann Nekrasow hatte seine Männer gut an der Kandare.

Synnovea paddelte langsam durch das Wasser und schwamm eingehüllt in den dichten Dunst zur anderen Seite des Beckens.

Mit einem Mal keuchte Synnovea vor Entsetzen und warf sich überrascht zurück. Sie hatte etwas Menschliches berührt. Eine breite behaarte Brust! Sie sank unter die Oberfläche, und ihr Schenkel strich über die Lenden eines Mannes. In Panik versuchte sie, sich von dieser empörenden Nacktheit wegzubewegen, aber in ihrer Hast wäre sie fast dabei ertrunken. Mit der Grazie eines gestrandeten Wals warf sie sich zurück, ging unter und kam prustend und nach Luft schnappend wieder hoch. Starke Arme wollten sie hochheben, aber sie wehrte sie ab, überzeugt, daß sie Gefahr lief, geschändet zu werden.

Nachdem sie den helfenden Händen mit Erfolg entronnen war, ging Synnovea wieder unter, diesmal direkt neben dem Mann. Ihre nassen Leiber streiften sich, als ihr Kopf unterging, aber sie bemerkte es kaum, denn plötzlich wurde ihr angstvoll bewußt, daß sie mehr Wasser schluckte, als selbst ein geschickter Fisch vertragen konnte. Diesmal ließ sie den Mann gewähren, als er sie um die Taille packte, und klammerte sich keuchend und würgend an seine Schultern. In ihrer Panik merkte sie gar nicht, daß ihre Brüste gegen eine stramme Brust gepreßt waren und irgendwo unter der Wasseroberfläche ihre Schenkel intim seine Lenden berührten. Erst viel später, als sie wieder normal atmen konnte, wurde sie sich der Hitze seines Fleisches bewußt.

Ihre Angst legte sich etwas, als sie Nase und Hals vom Wasser befreit hatte und endlich wieder Luft in ihre Lunge brachte. Sie atmete tief durch und merkte, daß der Mann sie amüsiert und etwas zweifelnd beobachtete. Es ärgerte sie, daß ihn ihre mißliche Lage belustigte. Sie richtete sich auf und sah ihn sehr hochmütig an, ohne einen Gedanken daran, daß sie splitterfasernackt in seinen Armen lag. Wasser tropfte aus ihren triefnassen Haaren und durch ihre Wimpern, so daß ihr Blick etwas getrübt war. Das Bild, das sich ihr bot, schien seltsam verzerrt, und sie konnte nicht mit Sicherheit sagen, ob der Mann vor ihr tatsächlich ein menschliches Wesen war. Eine riesige Beule ragte aus seiner Stirn direkt über einer Platzwunde. Die Schwellung zog sich bis zu einem Auge hinunter, das nur noch ein Schlitz war. Eine zweite Beule thronte auf seiner Oberlippe, und ein Bluterguß bedeckte seine Wange. Trotz aller Entstellung sah man, daß es nicht das Gesicht eines Monsters war, das Kinn war wie aus Granit gemeißelt, die schmale edle Nase sanft gebogen. Synnovea wagte nicht, ihn länger anzustarren, aus Angst, er könnte sie für taktlos halten. Kurze nasse Haarsträhnen überschatteten seine Augen, aber soweit sie erkennen konnte, waren sie stahlgrau mit tiefblauen Rändern. Selbst im dämmrigen Licht des Raumes sah man sie funkeln, als ein schiefes Grinsen um seinen Mund spielte.

»Verzieht mir, Gräfin, ich wollte Euch nicht erschrecken, noch war es meine Absicht, Euch in eine peinliche Situation zu bringen. Um ehrlich zu sein, edle Dame, in meinen kühnsten Sehnsüchten hätte ich mir nie erträumen lassen, daß mein Bad von so ungeheurer weiblicher Schönheit unterbrochen werden könnte. Ich war geblendet von dem Anblick und wollte das Schauspiel nur ungern beenden.«

Synnovea war so aufgebracht, daß sie gar nicht merkte, daß er englisch mit ihr redete, und fuhr ihn an: »Ihr wollt mir einreden, daß Ihr mir nur nachspioniert, ohne Eure Anwesenheit kundzutun? Die Wahrheit, mein Herr, wenn ich bitten darf! Gehe ich recht in der Annahme, daß Ihr in schnöder Absicht hierhergekommen seid?«

»Verwerft den Gedanken, Mylady. Ich bin hierhergekommen, sobald es meine Pflichten erlaubten. Einige meiner Männer mußten medizinisch versorgt werden, und nachdem ich damit fertig war, hatten bereits alle anderen das Badehaus verlassen. Ich war überzeugt, es für mich zu haben und war höchst erstaunt, als Ihr plötzlich aufgetaucht seid. Ich fürchte, Euer Auftritt hat mir die Sprache verschlagen und dann merkte ich, daß ich Euch zwar sehen konnte, aber Ihr mich nicht.« Er zuckte verlegen mit seinen breiten muskelbepackten Schultern. »Ich fürchte, die Versuchung war zu groß für einen Soldaten, der sich nach weiblicher Gesellschaft sehnt.«

»Ach wirklich, Sir!« fauchte Synnovea. »Ich verstehe sehr wohl, warum es Euch daran mangelt! Hätte ein Gentleman seine Anwesenheit nicht sofort kundgetan?«

Ein amüsiertes Lächeln zuckte um seine geschundenen Lippen, und seine Augen funkelten. »Gräfin, es liegt mir fern zu behaupten, daß ich ein Heiliger bin. Ich habe das kleine Zwischenspiel sehr genossen, und ich habe es einfach nicht übers Herz gebracht, Euch angesichts solch makelloser Schönheit zu unterbrechen. Wäre ich kein Gentleman, hätte ich mit Sicherheit diese äußerst provozierende Umarmung ausgenutzt...« Er zog sie etwas näher zu sich, und sie versuchte irritiert, ihn wegzustoßen. Ihre Schenkel streiften ihn erneut, so daß ihm der Atem stockte und die Lust wie ein Buschfeuer durch seine Adern rauschte. Er wagte nicht, sich zu bewegen, aus Angst die Beherrschung zu verlieren. Mit einiger Mühe zügelte er seine Leidenschaft und fuhr mit beruhigender Stimme fort, und der Inhalt seiner Worte ließ Synnovea innehalten. »Aber nachdem ich Euch heute abend schon einmal vor der Schändung bewahrt habe, ist es wohl Ehrensache, daß ich Euch noch einmal in Sicherheit bringe.«

»Mich gerettet? Ihr meint...« Jetzt war Synnovea klar, wer dieser Mann war.

»Ihr seid verschwunden, ehe wir uns richtig vorstellen konnten, Mylady«, versuchte er vorwurfsvoll zu sagen, was nicht ganz gelang, zu sehr lenkten ihn ihre weichen Brüste ab, die sich an seine Brust drückten. Er hatte berechtigte Zweifel, daß er jemals zuvor in seinem Leben so exquisite Qualen hatte erdulden müssen, und das in einem Augenblick, in dem es für seine Ziele so wichtig gewesen wäre, völlige Gelassenheit vorzutäuschen. Er war sicher, daß sie sich sofort aus seiner Umarmung losreißen würde, wenn er leichtsinnig verriet, wie hingerissen er von ihrem Körper war. »Und obwohl Ihr wirklich eine Augenweide seid, Mylady, und es ein noch größerer Genuß ist, Euch im Arm zu halten, muß ich Euch doch für Eure schlechten Manieren tadeln...«

»Das ist wohl kaum der geeignete Zeitpunkt, um über schlechte Manieren zu diskutieren, gleichgültig ob meine oder Ihre! Laßt mich los!« Synnovea strampelte kurz, und zu ihrer Überraschung breitete er die Arme aus, so daß sie nur noch durch die Kraft ihrer Arme an seinem Hals festhing. Sein Grinsen trieb ihr die Schamröte ins Gesicht, sie tauchte mit einem erbosten Stöhnen weg von ihm und schwamm zum Rand des Beckens, zwischendurch schaute sie kurz über die Schulter und sah, daß er ihr langsam folgte. Sie stieg in Windeseile die Treppe hoch, rannte zu ihrem Morgenmantel und streifte ihn hastig über.

Sie wollte ihm keine Chance geben, sich ihr noch einmal zu nähern. Während sie ihn ängstlich beobachtete, als er seinerseits die Steinstufen hochstieg, machte sie eine überraschende Feststellung. Er war natürlich nicht gerade schön zu nennen, aber außerordentlich gut gebaut und genauso groß wie Ladislaus, wenn auch längst nicht so massig. Sein Körper war muskulös und durchtrainiert, und sie erinnerte sich, welche Kraft und Geschicklichkeit er im Kampf mit den Räubern gezeigt hatte. Sie konnte nur erahnen, wieviel Disziplin vonnöten war, um diesen Körper in so ausgezeichneter Kampfform zu halten. Die Schultern waren breit, die Brust muskulös unter einer Matte lockigen Haares, die Taille schlank, die Hüften schmal...

Synnovea stockte der Atem, als seine Lenden aus dem Wasser auftauchten, und sie drehte sich rasch mit hochrotem Kopf zur Seite. Sie war zwar weitgereist, aber hatte trotzdem ein sehr behütetes Leben geführt, und nie zuvor hatte ihr jungfräuliches Auge einen völlig nackten Mann erblickt. Und zu ihrem großen Erstaunen schien es ihm überhaupt nichts auszumachen, sich so kühn unverhüllt zu zeigen.

Sie hörte, wie sein Lachen näher kam, und wirbelte erschrocken herum, bereit ihn abzuwehren. Aber er wollte nur seinen Morgenmantel, den er auf der Bank gelassen hatte. Sie warf ihm einen wütenden, bedacht hoch gehaltenen Blick zu, dann wandte sie sich wutentbrannt wieder ab.

»Ihr könnt Euch jetzt umdrehen«, informierte er sie mit amüsierter Stimme.

»Gut!« erwiderte Synnovea erbost. Wie konnte er es wagen, ein für sie so peinliches Erlebnis lustig zu finden. »Dann kann ich ja gehen!« Ein weiterer giftiger Blick auf ihn, dann begann sie, ihre Habseligkeiten einzusammeln. »Allein die Vorstellung! Spioniert hinter mir her wie Diebesgesindel! Ihr seid der verachtenswerteste Schurke, der mir je begegnet ist!«

»Abgesehen von heute nachmittag«, erwiderte er mit achtlosem Achselzucken. »Oder hat Euch die Gesellschaft dieses Diebes mehr zugesagt als die meine?«

»Dieser Straßenräuber? Ha! Ladislaus kann noch einiges von Euch lernen, was schlechte Manieren angeht!« Doch dann konnte Synnovea ihre Neugier nicht länger bezähmen. Sie legte den Kopf zur Seite und sah ihn an: »Wie ist es denn diesem Schurken letztlich ergangen?«

Er schnaubte verächtlich. »Die feige Memme hat die Flucht ergriffen, nachdem Ihr Euch aus dem Staub gemacht hattet! Auf meinem Pferd! Ein wirklich edles Roß. Glaubt mir, ich weiß nicht, was mich mehr verärgert, daß mir dieser Schurke entwischt ist oder der Verlust des Pferdes! Hätte ich nicht versucht, Euch zu helfen, als der Hengst sich aufbäumte, wäre es mir vielleicht gelungen, den Mann zu fangen. Aber habt Ihr etwa Dankbarkeit gezeigt? O nein, Mylady! Ihr habt nicht einen Gedanken an mein Wohlergehen verschwendet. Wenn meine Männer nicht den Wald nach mir abgesucht hätten, wäre ich immer noch irgendwo da draußen! Ich bin hier, Gräfin, aber Euch habe ich das nicht zu verdanken!«

Synnovea schob ihr zierliches Kinn vor, um nicht zu zeigen, wie sehr sie ihr schlechtes Gewissen plagte. »Ihr scheint mir schrecklich erregt von diesem Verlust.«

»Und das mit gutem Recht! Es wird mir wohl kaum gelingen, ein zweites Pferd zu finden, das auch nur die Hälfte seines Geschicks auf dem Schlachtfeld hat!«

»Morgen früh werde ich Hauptmann Nekrasow den Befehl geben, Euch den Hengst zu überlassen, der Ladislaus gehört hat«, sagte sie hochmütig. »Vielleicht wird Euch das trösten.«

»Wohl kaum«, sagte der Mann verächtlich. »Es hat mich eine

stattliche Summe gekostet, meine eigenen Hengste aus England hierher zu verschiffen...«

»Aus England?« wiederholte sie überrascht, dann merkte sie erst, daß ihre Unterhaltung in Englisch stattgefunden hatte. »Ist das Eure Heimat?«

»Jawohl!«

»Aber Ihr habt eine russische Truppe angeführt...«, begann Synnovea, und dann erinnerte sie sich daran, daß Ladislaus erzählt hatte, man hätte ausländische Edelmänner angeheuert, die die Truppen des Zaren in Kampfkünsten unterrichten sollten. »Ihr seid ein Offizier in den Diensten seiner Majestät?«

Seine Verbeugung war trotz des wallenden Morgenmantels sehr zackig und militärisch. »Colonel Tyrone Bosworth Rycroft zu Euren Diensten, Gräfin. In England zum Ritter geschlagen und jetzt Kommandant des Dritten Regiments der Kaiserlichen Husaren des Zaren. Und Ihr seid...«

»Das ist wohl kaum der geeignete Platz, um sich offiziell vorzustellen, Colonel«, erwiderte Synnovea hastig, da sie es für besser hielt, ihm keinen Namen zu geben. Sie konnte sich nur allzugut vorstellen, wie er bei seiner Truppe und seinen Freunden mit ihrem unziemlichen Treffen hier prahlte.

Sein geschwollener Mund verzog sich zu einem Grinsen. »Und Ihr seid die Gräfin Synnovea Altynai Zenkowna, unterwegs nach Moskau, wo Ihr Euch unter die Fittiche der Prinzessin Taraslowna, der Cousine des Zaren, begeben werdet.«

Synnovea schloß hastig den Mund, der vor Schreck offengeblieben war. Sie holte tief Luft und sagte: »Ihr wißt eine Menge über mich, Sir.«

»Es war mein Wunsch, es zu erfahren«, sagte er sehr bestimmt, was sie noch mehr verunsicherte. »Bei unserer Ankunft im Gasthaus heute abend entdeckte ich, daß auch Ihr für die heutige Nacht hier Zuflucht gefunden hattet und habe versucht, bei Eurer Eskorte etwas über Euch zu erfahren. Hauptmann Nekrasow weigerte sich, über Euch zu reden, aber der gute Sergeant war wesentlich gesprächiger. Ich hörte mit größter Erleichterung, daß

Ihr nicht verheiratet seid, vor allem nicht mit dem eingebildeten kleinen Emporkömmling, der als Euer Begleiter fungiert.« Er hob fragend die Augenbraue, offensichtlich war er sehr daran interessiert zu erfahren, in welchem Verhältnis sie zu dem Mann stand. »Er verließ gerade das Badehaus, als ich es betrat, und seinem Verhalten nach zu schließen hält er große Stücke auf sich selbst und seine Position.«

Obwohl sie nur zu gerne heftig jede Verbindung mit Iwan abgestritten hätte, hielt es Synnovea doch für das Beste, die Neugier des Colonels nicht zu befriedigen. Je weniger der Mann wußte, desto weniger hatte er Gelegenheit, lästig oder peinlich zu werden.

Synnovea nahm ihren Beutel und wollte in Richtung Tür gehen, aber der Colonel stellte sich ihr in den Weg, und sein verschwollener Mund verzog sich zu einem sanften Lächeln. »Werdet Ihr mir erlauben, Euch wiederzusehen?«

»Das ist leider unmöglich, Colonel«, sagte sie kühl. »Ich werde morgen nach Moskau weiterreisen.«

»Aber das werde ich auch«, versicherte ihr Tyrone mit leiser Stimme. »Ich habe meine Männer zum Training in die freie Natur geführt. Wir müssen bis morgen abend wieder in Moskau sein.«

»Prinzessin Anna wird das wohl kaum gutheißen.«

»Ihr seid nicht... verlobt?« Tyrone harrte atemlos ihrer Antwort. Er konnte sich selbst nicht ganz erklären, wieso er mit einem Mal den Schmerz seines ruinierten Lebens vergessen und zulassen konnte, daß noch einmal eine Frau sein Blut in Wallung brachte.

»Nein, Colonel Rycroft, natürlich nicht.«

»Dann möchte ich um die Erlaubnis bitten, Gräfin, Euch den Hof machen zu dürfen.« Tyrone wußte nur zu gut, daß er die Sache falsch anging und sich benahm wie ein grüner Junge, der das erste Mal den Schmerz von Amors Pfeilen verspürt, trotz seiner respektablen vierunddreißig Jahre. Aber es war eben schon einige Zeit her, seit er in den Armen einer Frau gelegen hatte, und selbst seine Gattin, die junge Schönheit Angelina, hatte nie so wundervoll ausgesehen, ob mit oder ohne Kleider.

»Euer Antrag überwältigt mich, Colonel.« Seine Bitte hatte

Synnovea völlig unvorbereitet getroffen, und sie war dankbar für die Schatten, die die Schamesröte kaschierten, die ihr die Erinnerung an die Berührung seines wohlproportionierten Körpers ins Gesicht getrieben hatte. Natürlich war es unmöglich, seiner Bitte stattzugeben, aber sie hielt es für ratsam, sie nicht allzu schroff abzulehnen. »Ich brauche etwas Zeit, um darüber nachzudenken.«

»Ganz wie es Euch beliebt. Ich werde warten. Und bis dahin, Mylady, sag' ich Euch Adieu.« Colonel Rycroft machte noch eine höfliche Verbeugung, richtete sich wieder auf und sah ihr nach, wie sie zur Tür ging, voller Bewunderung. Das sanfte Schwingen ihrer Hüften brachte die Erinnerung an den Augenblick im Wasserbecken zurück, als seine Hand über ihren Po strich und sie sich an seine Lenden geschmiegt hatte. Seine so lange unterdrückte Leidenschaft schwelte immer noch und würde ihm sicher eine schlaflose Nacht bereiten, gequält von Begierden und lasziven Fantasien.

Die Tür öffnete sich mit demselben knarrenden Geräusch, das ihre Ankunft signalisiert hatte, und dann verschwand sie hinter den eichenen Planken aus seinem Blickfeld. Und während er ihren sich rasch entfernenden Schritten lauschte, drängte sich eine andere Vision in sein Bewußtsein, eine dunkle, schmerzliche Vision. Es war die Erinnerung an den Tag, an dem er seiner toten Frau ein letztes bitteres Adieu an ihrem Grab nachgerufen hatte.

Colonel Rycroft brachte sich ruckartig und leise fluchend wieder in die Gegenwart zurück. Welch närrische Laune des Schicksals hatte ihn dazu bewogen, sich auf diesen Pfad hitziger Begierde zu begeben? Wie konnte er hoffen, je einer anderen Frau zu vertrauen, nachdem es ihm noch nicht einmal gelungen war, die Reste seiner Gefühle zusammenzuraffen und wieder ein Leben zu führen, das nicht von Erinnerungen gepeinigt war? Die Narben, die er in die hintersten Winkel seines Bewußtseins verdrängt hatte, explodierten zu neuer Agonie.

Die Morgensonne hatte mit ihren wärmenden Strahlen noch nicht das Land berührt, als Synnovea ihre Gefährten weckte und zur Eile mahnte. Auf Hauptmann Nekrasows erstaunte Frage nach dem Grund dieser Hast erwiderte sie, sie wollte die Reise so schnell wie möglich hinter sich bringen. Sie wagte nicht sich einzugestehen, daß sie die Aufmerksamkeit eines ungewollten Freiers erregt hatte und es ratsam wäre, von hier aufzubrechen, ehe er sie um eine Antwort fragen konnte.

»Laßt den Hengst für Colonel Rycroft hier«, befahl sie Hauptmann Nekrasow, als er sie zur Kutsche begleitete. »Das ist das Wenigste, was ich tun kann, um meine Schuld bei ihm zu begleichen.«

Ali war immer noch sehr empfindlich gegen jede Art von Bewegung und mußte von Stenka in die Kutsche getragen werden. Auf das sanfte Drängen ihrer Herrin lehnte sie sich in die Kissen zurück, die Synnovea in einer Ecke zurechtgelegt hatte, und gab sich wieder dem Schlaf hin.

Synnovea setzte sich in die andere Ecke und schloß die Augen, entschlossen, sich nicht auf ein Gespräch mit Iwan einzulassen. Sie hatte Stenka gebeten, an diesem letzten Tag ihrer Reise keine Sekunde zu verschwenden, und ihm freigestellt, einen weniger befahrenen Weg zu nehmen, der zwar etwas schwieriger war, aber sie schneller nach Moskau bringen würde.

Nach kurzer Zeit waren sie wieder unterwegs, und Synnovea atmete erleichtert auf, überzeugt, daß sie diesen englischen Weiberhelden nicht mehr wiedersehen würde. Sie konnte nur hoffen, daß er Gentleman genug war, nicht zu klatschen, wenn er auch in jeder anderen Hinsicht diesem Kriterium nicht gerecht geworden war. Es war ohnehin höchst enervierend, daß sie selbst ständig an die Vorfälle im Badehaus denken mußte.

Etwa eine halbe Stunde später erhob sich der Kommandant des Dritten Regiments der Kaiserlichen Husaren des Zaren von seiner Pritsche, reckte mit zusammengebissenen Zähnen seine steifen, schmerzenden Muskeln und stolperte nackt durch die winzige Kammer, mit der er hatte vorlieb nehmen müssen. Im Vorbeigehen trat er gegen den Fuß seines Adjutanten, murmelte einen Befehl und suchte dann nach einer brennbaren Kerze.

Nach einer weiteren halben Stunde erhellte sich allmählich der Himmel zu einem dumpfen Blau. Colonel Rycroft nahm seinen verbeulten Helm unter den Arm und schritt die Treppe hinunter zum morgendlichen Appell seiner Männer, die draußen warteten. Als er durch die Tür ins Freie schritt, sah er aus dem Augenwinkel, daß die Kutsche nicht mehr an ihrem Platz stand. Da war nur noch der schwarze Hengst, festgebunden an einem Pfosten. Ein leiser Fluch entwich seinen Lippen, während er mit gerunzelter Stirn die Straße absuchte, obwohl ihm klar war, daß die Gräfin längst außer Sichtweite war.

Sie ist entwischt! Der Gedanken nagte an ihm und verdarb ihm gründlich die Laune. Tyrone fluchte noch einmal mit zusammengebissenen Zähnen. Er hätte wissen müssen, daß er sie mit seiner verfluchten Hast verschrecken würde! Er hatte sie bedrängt wie ein Rüde eine läufige Hündin und konnte ihr keinen Vorwurf daraus machen, daß sie in Panik davongefahren war.

Tyrone atmete tief durch, um sich wieder unter Kontrolle zu bringen. Seine Männer erwarteten ihn, und nachdem er sie die ganze Woche mit eiserner Faust angetrieben hatte, hatten sie heute etwas Besseres verdient, insbesondere nachdem sie die Räuberbande besiegt hatten. Was spielte das Mädchen schon für eine Rolle? Er konnte sich ohne Probleme die Dienste einer anderen kaufen und hatte sogar immer die größten Schwierigkeiten, die Avancen der frechen Huren abzuwehren, die dem Soldatentroß folgten oder die in dem Moskauer Viertel, das Ausländern vorbehalten war, Gefährten für eine Stunde oder die ganze Nacht suchten.

Aber die Vorstellung, sich mit dem zufriedenzugeben, was schon fast die ganze Armee des Zaren genossen hatte, war nicht gerade anregend. Er wollte mehr als die schmutzigen, hastigen Liebkosungen einer Hure. Eine neuerliche Ehe zog er momentan noch nicht in Betracht, aber er wollte seine Leidenschaften mit einer Frau befriedigen, zu der er sich hingezogen fühlte und die ihm ebenbürtig war. Um ehrlich zu sein, sein wahrer Wunsch war eine Mätresse, die sich mit ihm zufriedengab und nicht ständig die Kraft ihrer Reize an anderen messen mußte.

»Die Gräfin Zenkowna hat ein Pferd für Euch hinterlassen, Colonel«, verkündete Hauptmann Grigori Twerskoi und deutete über die Schulter auf das Roß. »Meint Ihr nicht, es wird Euch genausogut dienen wie das Eure?«

»Ich fürchte, der Räuber hat den besseren Tausch gemacht«, sagte Tyrone. »Aber der hat mich nicht das letzte Mal gesehen.«

»Werdet Ihr ihm wieder nachstellen?«

»Wenn es gerade paßt«, versicherte Tyrone dem jüngeren Mann. »Im Augenblick erwarten mich dringende Angelegenheiten in Moskau, danach kann ich mich ganz auf ihn konzentrieren.«

»Wir können der Division vermelden, daß wir dreizehn Mann aus dem Gefolge des Räubers getötet haben, obwohl ich die Einzelheiten des Kampfes lieber selbst dem Zaren übermitteln würde.« Er lächelte lakonisch. »General Vanderhout ist immer über die Maßen entzückt von Euren Erfolgen, Colonel, aber es ist *sein* Ruf, der beständig wächst.«

»Der Holländer ist besorgt um seine Zukunft hier«, dachte Tyrone laut. »Einen besseren Sold hat er nie zuvor bekommen, und den will er nicht verlieren, bis sein Vertrag hier ausläuft. Also muß er dafür sorgen, daß seine Bemühungen im besten Licht erscheinen.«

»Auf Eure Kosten, Colonel.«

Tyrone packte den anderen Mann an der Schulter. »Ein guter General ist immer für das verantwortlich, was in seiner Division passiert, egal ob gut oder schlecht. Vanderhouts Kommando über die ausländischen Offiziere wird vom Zaren genauestens überwacht, und ihre Erfolge oder Mißerfolge muß er verantworten.« Der Colonel zuckte zusammen, als seine Lippe, bei dem Versuch zu lächeln, platzte. »Du mußt es so sehen, Grigori: wenn wir protestieren, weil er sich mit unseren Taten brüstet, stehen wir kleinlich da. Ergo, Towarisch, müssen wir uns mit dem Verhalten des Generals abfinden. Wir haben keine andere Wahl.«

Der Russe seufzte enttäuscht. »Die Unfähigkeit des Generals zehrt an mir, Colonel. Wenn ich Euch beide vergleiche, sehe ich, daß Ihr wesentlich mehr zu bieten habt. Er nimmt die Ideen, die Ihr so großzügig äußert, und gibt sie als seine aus, und soweit ich es beurteilen kann, scheint es mir fast, als würdet Ihr ihn bewußt beraten, nur um zu verhindern, daß er teure Fehler macht.«

Tyrone überlegte eine Weile, ehe er Grigori antwortete: »Ich habe mehr Erfahrung auf dem Schlachtfeld, mein Freund, das ist alles. Aber ich bin mir sicher, General Vanderhout wäre nicht da, wo er heute ist, wenn er nicht gewisse Fähigkeiten hätte.«

Grigori schnaubte verächtlich. »Ich hab' da so meine Zweifel.«

4. Kapitel

Auf dem Marktplatz von Kitaigorod herrschte noch reges Treiben, obgleich der Nachmittag sich rasch dem Ende zuneigte und die Dämmerung mit raschen Schritten nahte. Stenka manövrierte die Kutsche durch die enge Straße, vorbei an überdachten Gassen, die durch ein Labyrinth von Bogengängen verbunden waren. Der Basar war in ordentliche Reihen aufgeteilt, in denen eine bunte Palette Waren zur gefälligen Beachtung der Käufer ausgestellt waren. Flachs, Hanf, Ikonen, Seiden, Ohrringe und Melonen, alles hatte seinen eigenen Stand, an dem es verkauft wurde, zusammen mit einer Vielfalt anderer Artikel, vom Gemüse und Fisch bis hin zu Bernstein und Pelzen.

Der kleine, angeschlagen wirkende Soldatentrupp folgte der Kutsche auf ihrem Weg ins Herz Moskaus, wurde aber nicht sonderlich beachtet, da die Kaufleute viel zu sehr damit beschäftigt waren, ihre Waren anzupreisen, und die Skomoroki mit ihren Pantomimen, Singspielen und Puppentheatern ein wesentlich interessanteres Schauspiel boten. Sträflinge mit Ketten an den Füßen bettelten um Nahrung, die die Stadt ihnen nicht gab, und verkrüppelte Bettler schüttelten eifrig ihre Becher. All das mischte sich zu einer Kakophonie von Geräuschen, untermalt vom Knurren und Brüllen der Bären, die tolle Kunststücke für ihre Treiber vollführten. Hier bewegten sich reiche Bojaren in ihren prächtigen Kaftanen mit den hohen und runden Hüten unter den ärmlich oder reich gekleideten Bauern, je nachdem, wie es der Geldbeutel des einzelnen erlaubte.

Der Besucher konnte nicht umhin, die große Anzahl von Kirchen, Kapellen, öffentlichen Badeanstalten und Tavernen zu registrieren, die alle häufig von der Bevölkerung besucht wurden, besonders die letzten beiden. Es war kein Geheimnis, daß die Russen lange Dampfbäder und starke Getränke genossen.

Stenka trieb die große Kutsche mit Rufen von »Padi! Padi!« durch die Menschenmenge und mit einem gelegentlichen: »Beregis, Beregis!«, das Unvorsichtige ermahnte aufzupassen. Schnelle, elegante offene Droschki schlängelten sich mit unglaublicher Leichtigkeit an ihnen und den langsameren Sommerschlitten vorbei, und Stenka mußte immer wieder seitlich ausweichen, um Fahrzeuge aus der Gegenrichtung vorbeizulassen. Im Winter wäre das große Gefährt wohl überhaupt nicht mehr vorwärtsgekommen, da die Troikas mit ihrem Dreiergespann meist die ganze Straße einnahmen.

Synnovea hatte Moskau schon bei zahlreichen Gelegenheiten besucht und war wieder aufs neue begeistert von der Schönheit und der aufregenden Atmosphäre der Stadt, nur war ihre Freude etwas getrübt, denn in wenigen Augenblicken würde die Freiheit ein Ende haben, die sie so lange unter dem Schutz ihres Vaters genossen hatte. Fast den ganzen Tag lang hatten sie kühne Traumbilder von ihrem Treffen mit Colonel Rycroft im Badehaus verfolgt. Wenn es nach ihr gegangen wäre, hätte sie sich wohl einen attraktiveren Galan anstelle des Colonels ausgesucht, aber sie mußte eingestehen, daß das Erlebnis unbestreitbar stimulierend gewesen war. Sie mußte auch zugeben, daß der Mann trotz seines entstellten Gesichtes ungeheuer interessant gewesen war, denn der Gedanke an seine allzu männliche Gestalt ließ sie jedesmal aufs neue erröten. Sie war dankbar für die schwüle Hitze, wenn die Röte wieder ihre Wangen färbte. Die peinlichen Details, die sie in ihrer Panik ignoriert hatte, ließ sie sich jetzt genüßlich durch den Kopf gehen wie ein verträumtes junges Mädchen mit einem Hang zu lüsternen Fantasien. All das versetzte sie in solche Unruhe, daß sie fürchtete, ihre Gefährten könnten ihre Gedanken erahnen. Dieses eine Mal war sie dankbar, daß Iwan nur an Iwan dachte und Ali ihren schmerzenden Kopf unter den Falten eines nassen, kühlen Tuches verbarg.

Ihr Mönchsgefährte hatte seine schmale Gestalt heute morgen

im Rücksitz der Kutsche plaziert, und jetzt drängten sich die Strahlen der untergehenden Sonne durch das Kutschenfenster und schienen auf Iwan. Der Mann aalte sich förmlich im rosigen Licht, als wäre es ein verdienter Heiligenschein. Er war so eitel, daß er nicht bemerkte, wie unbarmherzig das helle Licht seine tiefen häßlichen Pockennarben betonte, mit denen sein schmales, knochiges Gesicht überzogen war. Offensichtlich hatte er auch vergessen, daß sein Gewand, das ihm der Priester im Dorf gegeben hatte, kaum mehr als ein Lumpen war und ihn äußerst schäbig aussehen ließ und gar nicht stattlich, wie er wohl glaubte.

Aber seine Laune hatte sich seit ihrer Ankunft in Moskau definitiv gebessert, wie unschwer an seinem selbstzufriedenen Lächeln erkennbar war. Er konnte anscheinend ihre Ankunft im Haus der Taraslows kaum erwarten und glaubte wohl, wenn er sie wohlbehalten in die Hände ihres neuen Vormunds übergab, hätte er eine großartige Leistung vollbracht, die seine unstillbare Gier nach Anerkennung befriedigte.

Die Kutsche verließ die enge Straße und rollte hinaus auf den Krasnaya Ploscha, den die Ausländer den Roten oder Schönen Platz nannten. Die große rote Ziegelmauer des Kremls erhob sich wie eine vielzinnige Krone über der Stadt. In ihrem Schutz standen neben anderen Gebäuden mehrere Kathedralen mit zahlreichen Kuppeln, der Glockenturm Iwan des Großen, der Palast der Facetten und das benachbarte Terem-Palais, in dem eines Tages die neue Zarin leben würde. Die weißen Fassaden und goldenen Kuppeln glänzten wie der Hort eines Sultans unter der spätnachmittäglichen Sonne, umringt von reich geschmückten Gebäuden, Höfen und Gärten, die sich alle im Schutz der Mauer drängten.

Jetzt tauchte der Frolowskaja auf, der Haupteingang dieser mächtigen Festung, und daneben, ein weiteres Juwel architektonischen Könnens, die Poworski Sobor, oder wie sie seit neuestem häufig genannt wurde, die Basilius-Kathedrale. Die exotische Pracht dieses Gebäudes mit seinen vielen Türmen und individuell gestalteten Kuppeln, die wie bunte Fischschuppen glänzten, hatten schon manchen Besucher überwältigt. Der Legende nach hatte

Zar Iwan Wassilijewitsch, über die Grenzen Rußlands hinaus als Iwan der Schreckliche bekannt, dem Architekten nach Vollendung der Kathedrale die Augen ausstechen lassen, um zu verhindern, daß er irgendwo anders etwas ähnlich Prunkvolles erbauen könnte. Die Geschichte wurde aber von vielen bestritten, denn nach Iwans Tod war der Architekt, Postnik Jarolew, im Vollbesitz seines Augenlichts zurückgekehrt und hatte noch eine Kapelle angebaut für das Grabmal des heiligen Mannes, dem gesegneten Basilius, der Iwans Grausamkeiten schärfstens verurteilt hatte, und nach dem die Kathedrale später benannt wurde.

Stenka schnalzte den Pferden zu, als sie die offene Promenade vor St. Basilius überquerten und die massige Plattform des Lobnoje Mesto, des Platzes der Stirn, von der aus die Patriarchen das Volk segneten. Daneben wurden Rebellen und Verbrecher geköpft oder für ihre Verbrechen gefoltert. Danach lenkte Stenka das Gespann weg vom Kreml in eine andere Straße, in der reiche und mächtige Bojaren in großen hölzernen Palästen wohnten. Synnovea richtete sich interessiert auf, als sie einige der Häuser erkannte, darunter die prachtvolle Residenz der Gräfin Natascha Andrejewna. Diese Frau war die beste Freundin ihrer Mutter gewesen und die einzige Vertraute, auf deren Hilfe und Rat Synnovea zählen konnte, wenn sie mit den Taraslows Schwierigkeiten haben sollte.

Wenige Augenblicke später steuerte Stenka das Vierergespann von der Hauptstraße in eine kreisförmige Auffahrt und brachte die Tiere vor einem eindrucksvollen Herrenhaus zum Stehen. Synnovea holte tief Luft und wappnete sich innerlich für das bevorstehende Treffen. Jetzt gab es kein Zurück mehr, der Augenblick, vor dem sie sich so gefürchtet hatte, war da.

Hauptmann Nekrasow stieg hastig ab, klopfte sich den Staub von der Uniform und eilte zu der Seite der Kutsche, die dem Haus gegenüberlag. Er öffnete den Schlag und reichte der Frau, die ihm inzwischen sehr ans Herz gewachsen war, lächelnd den Arm. Synnovea raffte ihr ganzes Selbstbewußtsein zusammen, erwiderte sein Lächeln und legte ihre schlanke Hand auf seinen Arm. Nachdem sie ausgestiegen war, wartete Nikolai geduldig, bis sie sich die Röcke glattgestrichen hatte und ihm kurz zunickte, dann ging er auf die hohe Tür zu.

Synnovea holte noch einmal tief Luft, dann ging sie neben ihm den gepflasterten Weg hoch, voller Widerwillen, da sie sich binnen Kürze der Autorität Fremder unterwerfen mußte. Als sie sich dem Gebäude näherten, sah sie plötzlich ein Licht im ersten Stock aufblitzen, schaute nach oben und sah die Silhouette Prinzessin Annas im Fenster über dem Eingangsportal. Im gelblichen Schein der Kerzen, die irgendwo hinter ihr brannten, sah sie trotz ihres losen Sarafans erschreckend mager aus.

Mit zögerndem Lächeln hob Synnovea eine Hand zum Gruß, aber zu ihrer Bestürzung ignorierte die Prinzessin das einfach und verschwand hinter dem Vorhang ohne ein Zeichen des Willkommenseins, was ihren nervösen Gast sicher etwas beruhigt hätte.

Synnovea senkte betreten den Blick und fühlte sich mit einem Mal schrecklich einsam und fremd. Sie wollte nicht hierbleiben, so weit weg von zu Hause, fern von allen Dingen, die ihr Vater geschätzt und sorgsam gehegt hatte.

Nikolai spürte ihre Unruhe und fragte besorgt: »Werdet Ihr Euch hier auch wohlfühlen, Gräfin?« Er wagte immer noch nicht, seine wachsende Zuneigung zu ihr zu zeigen. Der Hauptmann hatte zwar keine Ahnung, was er tun würde, wenn sie hier in Schwierigkeiten geriete, aber er konnte nicht umhin, ihr trotzdem seine Hilfe anzubieten. »Falls Ihr jemals Hilfe braucht...«

Synnovea unterbrach ihn und legte eine Hand auf seinen Arm, um ihn zu beschwichtigen... vielleicht auch sich selbst. »Prinzessin Anna ist ein sehr gütiger Mensch, da bin ich mir sicher.« Synnovea hoffte, sie klang überzeugender, als sie sich fühlte. »Im Augenblick sind wir uns zwar praktisch noch fremd, und sie ist wahrscheinlich genauso nervös wie ich.«

Der Hauptmann war nicht so leicht zu überzeugen, aber er ließ das Thema fallen, weil er merkte, wie unangenehm es ihr war. Dennoch konnte er nicht umhin, sein Angebot deutlicher zu formulieren, mit Bedacht, um nicht zu verraten, wie sehr sie ihm am

Herzen lag. »Es wäre mir eine Ehre, wenn Ihr mir gestattet, Euch auf jede nur erdenkliche Weise zu Diensten zu sein, Madame. Ich werde nächsten Monat befördert und werde von da an in Diensten des Zaren stehen, als Offizier der Palastwache. Solltet Ihr meiner Hilfe bedürfen, könnt Ihr Eure Zofe schicken, und ich werde so schnell wie möglich zu Euch eilen.« Mit geradezu leidenschaftlicher Stimme fügte er noch hinzu: »Und ich werde kommen, Madame, oder kein geringerer als Seine Majestät Michael Romanow selbst muß Euch meine Entschuldigung überbringen.«

Synnovea war überwältigt von seinem galanten, wenn auch etwas unrealistischen Angebot. Sie schaute mit tapferem Lächeln zu ihm hoch, aber in ihren Augen glänzten Tränen. »Ihr seid sehr galant und gütig, Hauptmann Nekrasow, und Euer Gelöbnis ehrt mich.«

»Es war mir ein Privileg, Euch hierher eskortieren zu dürfen, Herrin«, versicherte ihr Nikolai mit herzlicher Stimme, die viel mehr ausdrückte, als er eigentlich sagen wollte.

Entschlossen, das kommende Treffen mit Anna mit aller gebührender Haltung zu überstehen, sagte Synnovea leise: »Ich heiße Synnovea, und ich denke, diese vertraute Anrede gebührt einem Freund.«

»Synnovea«, hauchte der Hauptmann und drückte die schlanke Hand, die auf seinem Arm ruhte. »Und mir, Madame, wäre es eine Ehre, wenn Ihr mich Nikolai nennt.«

»Nikolai?« Ein zögerndes Nicken, und dann ließ sich Synnovea von dem höflichen Gentleman zum Eingangsportal führen.

Der Hauptmann klopfte kurz gegen die mächtige Holztür, um sich bemerkbar zu machen, einen Augenblick später öffnete ein Diener in einem schlichten weißen Kaftan das Portal. Nikolai sagte in befehlsgewohntem Ton: »Ihr dürft Prinzessin Taraslowna die Ankunft der Gräfin Zenkowna vermelden.«

Der Lakai warf einen kurzen Blick auf den verbundenen Arm des Hauptmanns, bevor er zur Seite trat und ihnen mit einer Geste bedeutete einzutreten. »Die Prinzessin erwartet Euch, Gräfin.«

Die Eingangshalle schien ungewöhnlich hell, im Vergleich zum

Dämmerlicht draußen, erleuchtet durch Dutzende von Kerzen, die in Kandelabern brannten. Synnovea wurde gebeten, Platz zu nehmen, während sie auf die Hausherrin wartete. Nachdem er sich versichert hatte, daß sie gut versorgt war, eilte Nikolai davon, um seine Männer beim Abladen ihres Gepäcks zu überwachen.

Iwan war etwas pikiert, weil man ihn zurückgelassen hatte. Er war schließlich überzeugt, seine Anwesenheit wäre für die Prinzessin von größter Wichtigkeit. Deshalb war er zutiefst beleidigt, weil der Hauptmann ihn einfach ignoriert und statt dessen eilends der Gräfin assistiert hatte. Er stieg alleine aus der Kutsche und watschelte dann hastig mit seinen geborgten Sandalen den Weg zum Haus hoch. Er schnaubte so verächtlich, als er den Hauptmann passierte, daß dieser der rasch davoneilenden Gestalt erstaunt nachsah.

»Welche Laus ist denn dem Priester über die Leber gelaufen?« fragte Nikolai, als er bei seinen Männern angelangt war.

Der Sergeant hatte eine mögliche Erklärung parat: »Ich glaube, Herr, er war beleidigt, weil Ihr Euch so heftig um Gräfin Zenkowna gekümmert habt, ohne ihm den gleichen Respekt zu erweisen.«

»Ich war mir nicht bewußt, daß ihm welcher gebührt«, erwiderte Nikolai amüsiert. »Ich habe nichts an ihm entdeckt, was das rechtfertigen würde. Er ist wahrscheinlich sogar eine Schande für seinen Orden, welcher auch immer das sein mag.«

Der Sergeant lachte. »Da mögt Ihr recht haben. Wenn Ihr mich fragt, ist er nichts weiter als ein Unkraut, das einem verirrten Samen entsprungen ist. Und sicher wird er demnächst irgendeine arme Seele in Schwierigkeiten bringen. Ich bete, daß es nicht die junge Gräfin ist, obwohl ich überzeugt bin, daß er es sicher versuchen wird.«

»Um ihretwillen, Sergeant, hoffe ich, daß Sie sich irren.«

Beim Betreten des Hauses sah sich Iwan hocherhobenen Hauptes nach dem Diener um. Nachdem der Mann aber verschwunden war, warf er Synnovea einen eisigen Blick zu, da sie die Aufmerksamkeit erhalten hatte, die er glaubte zu verdienen. »Hauptmann

Nekrasow ist ja scheinbar sehr angetan von Euch, Gräfin. Ihr seid wohl sehr stolz darauf, daß Ihr noch eine Eroberung gemacht habt.«

»Noch eine?« wiederholte Synnovea vorsichtig. »Wer war denn die erste?«

»Ihr braucht mir nicht die Unschuldige vorzuspielen. Es ist ja wohl ein Wunder, daß Ihr überhaupt hier seid, nach der Art und Weise, in der Euch diese Bestie Ladislaus angestarrt hat.«

Synnovea hätte fast gezeigt, wie erleichtert sie war. Aus irgendeinem Grund hatte sie gerade an Colonel Rycroft gedacht und befürchtet, der Priester meinte ihn. »Ich bin mir sicher, Ladislaus hat mich nur als flüchtigen Zeitvertreib gesehen. Er hat sicher inzwischen eine andere Kutsche gefunden, die er überfallen kann, oder eine Frau, die ihm die Zeit vertreibt. Ich bedaure zutiefst, daß man ihn nicht dingfest machen konnte.«

»Das war sicher die Schuld dieses Engländers«, sagte Iwan giftig. »Der Mann war dem Dieb offensichtlich nicht gewachsen. Ich muß schon sagen, ich war höchst erstaunt, als ich den Mann gestern abend im Badehaus sah. Ladislaus hat den Kampf offensichtlich gewonnen.«

Synnovea wollte ihn gerade eines Besseren belehren, doch dann wurde ihr mit einem Mal klar, wie dumm es wäre, Iwans Neugier zu wecken.

Einen Augenblick später erschien Prinzessin Anna Taraslowna oben an der Treppe, eine Vision in Gold, die ihre Gäste hochmütig von oben herab musterte. Ein golddurchwirkter Schleier bedeckte ihr helles Haar, gehalten von einem perlenbesetzten Kokoschniki. Das Muster des goldgestickten Brokatsarafans wiederholte sich in dem eleganten Kopfputz, den sie so hochmütig zur Schau stellte, als wäre er das juwelenbesetzte Diadem einer edlen Königin.

Anna begrüßte ihre Gäste mit einem kurzen Lächeln, bevor sie graziös die Treppe hinunterschritt. Sie war etwa vierzig und bewegte sich mit Würde und grenzenlosem Selbstvertrauen, das keinen Zweifel an ihrer Stellung ließ. Sie war etwa so groß wie Synnovea, und ihre aristokratischen Gesichtszüge zeugten immer noch von ihrer Schönheit, auch wenn der Zahn der Zeit seine Spuren hinterlassen hatte. Die kleinen Fältchen zwischen den Brauen und um die Lippen verrieten leider, daß sie nur selten lachte. Ein Anflug von Doppelkinn zitterte an ihrem ansonsten sehr langen und eleganten Hals. Ihre silbergrauen Augen funkelten hinter dunklen Wimpern, unter Brauen, die so dünn gezupft waren, daß sie nur noch wie ein Federstrich aussahen. Ihr Blick verweilte nirgendwo sehr lange, und wenn ihm ein scharfes Auge begegnete, huschte er weiter wie ein fliehender Vogel. Vor vielen Jahren hatte Anna gelernt, daß es eine äußerst wirksame Methode war, unliebsame Fragen abzuwenden oder zumindest behaupten zu können, daß sie sie gar nicht gehört hatte. Sie hatte diese Fertigkeit zu einer Kunstform stilisiert und konnte damit allen Angriffen auf ihre Autorität geschickt ausweichen.

»Meine liebe Gräfin«, murmelte Anna leutselig und rauschte mit ausgebreiteten Armen auf ihre Gäste zu. »Welche Freude, Euch wiederzusehen.«

Synnovea versank graziös in einen tiefen Knicks, in Anerkennung der Stellung Annas. »Danke Prinzessin. Ich bin wirklich erleichtert, daß die Reise endlich ein Ende gefunden hat.«

»Ich hoffe doch, Ihr hattet keine Unannehmlichkeiten und Iwan war Euch ein großer Trost und eine Hilfe. Ich war mir sicher, daß er der richtige Mann ist.«

Synnovea quälte sich ein Lächeln ab. »Wir wurden gestern kurz durch Diebe aufgehalten, aber ich werde es Iwan Woronski überlassen, Euch die Details des Überfalls zu schildern. Er mußte eine schlimme Demütigung erdulden, die fast so schmerzlich war wie Hauptmann Nekrasows Wunde.«

Anna, offensichtlich sehr erstaunt, warf Iwan einen fragenden Blick zu. Aber angesichts seines zerlumpten Aussehens sagte sie hastig: »Ihr wollte Euch sicher frischmachen, bevor wir uns unterhalten.«

Sie wurde abgelenkt, als sich die Haupteingangstür öffnete und einige Soldaten mit Synnoveas größeren Schrankkoffern auf dem Rücken hereinkamen, andere trugen die kleineren Taschen und

Koffer auf den Schultern. Nach einem verärgerten Blick auf das stattliche Gepäck wandte sie sich dem Diener zu, der mit einem Tablett Wein zurückgekehrt war. »Boris, sei so gut und zeig diesen... äh... Herren... den Weg nach oben, zu den Gemächern der Gräfin. Und dann begleite den guten Woronski zu dem Quartier, das ich für ihn reserviert habe. In der blauen Truhe findest du gute, saubere Kleidung für ihn.«

Der Diener nickte und bedeutete den Männern, ihm zu folgen. Als letzter betrat jetzt der Sergeant die Halle mit einer weiteren großen Truhe auf den Schultern. Im Vorbeigehen stellte er Iwan eine staubige Reisetasche zu Füßen, dann folgte er den anderen nach oben.

»Oh, wie ich sehe, habt Ihr doch Kleidung mitgebracht«, sagte Anna hastig, als sie die Tasche erkannte, und war sehr erstaunt, als Iwan langsam den Kopf schüttelte.

»Im Gegenteil, Eure Hoheit, man hat mir alles geraubt, was ich besaß, selbst die Kleider, die ich trug. Ich kann von Glück sagen, daß ich mit dem Leben davongekommen bin.« Iwan faltete mit scheinheiliger Geste die Hände, seufzte dramatisch und sagte dann: »Ich habe um mein Leben gefürchtet, Prinzessin, das kann ich Euch versichern, aber wie Ihr seht, habe ich Eure Bitte erfüllt und die Gräfin hierhergebracht, trotz meines großen Verlustes.«

»Selbstverständlich werden wir alles ersetzen, was Ihr verloren habt, mein guter Woronski, aber erst müßt Ihr mir berichten«, bat ihn Anna. »Kommt in meine Gemächer, sobald Ihr Euch erholt habt. Ich muß schleunigst alles über diese Katastrophe erfahren, sonst verzehre ich mich noch vor Neugier und Sorge.«

»Ich kann Euch sogleich beruhigen, Madame. Ich habe zwar Ungeheuerliches erlitten, aber ich lebe und kann von meinen Leiden berichten«, sagte Iwan tapfer und verabschiedete sich mit einer kurzen Verbeugung.

Allein mit Synnovea musterte Anna unauffällig deren Kleidung, als diese gerade den Soldaten nachschaute, die die Treppe hochstiegen. Das Kleid war zwar sehr züchtig und schlicht, aber unverkennbar ausländischer Herkunft, was sie leider daran erinnerte, daß sie die Gegenwart einer Person dulden mußte, die in ihrer Jugend von einer Mutter erzogen worden war, die aus einem anderen Land und einer anderen Kultur stammte. Eingedenk des Edikts ihres Cousins konnte sie aber ihrer Verzweiflung nur in Gedanken Luft machen. Oh, warum mußte Michael ausgerechnet mir diese Kreatur schicken und anordnen, daß sie bei uns lebt? Es ist doch offensichtlich, daß sie sich nicht als russische Bojarina betrachtet!

Anna zwang sich ein bestenfalls gnädiges Lächeln ab und bat sie mit einer Geste in den großen Salon links der Eingangshalle. »Wie wäre es mit einer kleinen Erfrischung vor dem Abendessen, meine Liebe? Boris hat uns gekühlten Malijeno gebracht, genau das richtige für einen so heißen Tag. Elisaveta, meine Köchin, lagert die Flaschen neben dem Eis, das im Winter in die Keller geschafft wird. Ich finde den Trunk sehr erfrischend.«

Synnovea setzte sich in den Stuhl, den Anna ihr anbot, nahm das Getränk und nippte an dem dunklen Rotwein, während sich die Prinzessin auch ein Glas nahm.

»Zuerst möchte ich Euch mein Beileid über den unerwarteten Tod Eures Vaters aussprechen, meine Liebe. Soweit ich gehört habe, bekam er Fieber und starb plötzlich.«

»Ja, es traf uns völlig unerwartet.« Synnovea mußte mit den Tränen kämpfen. »Er schien so gesund und so munter, ehe er krank wurde. Sein plötzlicher Tod kam völlig überraschend für uns.«

»Uns?« Anna hakte sofort bei diesem Wort ein, denn sie suchte verzweifelt nach einer Alternative zum Dekret des Zaren. »Waren denn zu dieser Zeit andere Verwandte bei Euch? Soweit ich informiert bin, habt Ihr doch keine Verwandten hier in Rußland, zu denen Ihr hättet ziehen können, abgesehen von mir natürlich. Aber wir sind uns ja praktisch fremd. Vielleicht war Eure Tante aus England gerade zu Besuch, und Ihr habt schon in Erwägung gezogen, mit ihr dorthin zurückzuziehen.«

Synnovea starrte die andere Frau überrascht an. Jetzt wurde ihr klar, daß Anna genauso entsetzt war vom Dekret des Zaren wie sie und sie anscheinend nur zu gerne losgeworden wäre. Michael glaubte vielleicht, er würde ihnen beiden einen großen Gefallen tun: Anna, der kinderlosen Ehefrau, und ihr, der jungen Frau ohne Eltern. Anscheinend konnte er nicht begreifen, daß zwei völlig verschiedene Menschen, die keinerlei Zuneigung füreinander hegten und auch keine Blutsverwandten waren, eingesperrt im selben Haus zu Rivalinnen werden könnten. Synnovea fragte sich, ob schon bald der Tag kommen würde, an dem eine von ihnen es wagen würde, beim Zaren vorzusprechen mit der Bitte, das Arrangement zu ändern.

»Hattet Ihr zu der Zeit, als Euer Vater starb, jemanden zu Besuch?« fragte Anna noch einmal, etwas ungeduldig. Sie empfand es als Zumutung, daß sie auf eine Antwort warten mußte.

Synnovea überlegte sich ihre Antwort gut, denn sie erinnerte sich, wie aufgebracht die Prinzessin gewesen war, als ihr Vater ein paar Monate vor seinem Tod zusammen mit ihr und Natascha eine Versammlung reicher Bojaren und ihrer Damen besucht hatte. Annas Aversion gegen Natascha war von Anfang an unübersehbar gewesen, ein schwacher Trost für Synnovea, als sie jetzt antwortete: »Die Gräfin Andrejewna war zu diesem Zeitpunkt bei uns zu Besuch, Prinzessin. Sie ist eine gute Freundin der Familie.«

»Oh!« Eisiges Schweigen legte sich über den Raum. Anna konnte es nicht einmal ertragen, den Namen dieser Frau zu hören. Ihr Haß auf die Gräfin stammte aus der Zeit vor ihrer Heirat mit Aleksej. Bei ihrem letzten Treffen anläßlich einer Gesellschaft hatte Anna, wie sie sich nur allzugut erinnerte, Natascha boshaft vorgeworfen, sie wäre die Mätresse Alexander Zenkows. Aber die dunkeläugige Gräfin hatte ihre Anspielungen als Hirngespinste abgetan und sie dann gescholten, weil sie solch verzerrten Gerüchten Glauben schenkte, als wäre sie ein Kind, unfähig, Wahrheit und Fiktion zu unterscheiden. »Ich war mir nicht bewußt, daß Ihr eine persönliche Freundin der Gräfin Andrejewna seid, Synnovea. Eigentlich dachte ich, Ihr haßt die Frau. Schließlich hat sie Eurer Mutter die Zuneigung Eures Vaters gestohlen und versucht, ihren Platz in Eurem Leben einzunehmen.«

Synnovea errötete vor Zorn, und es dauerte einige Zeit, ehe sie sich so weit gefaßt hatte, daß sie mit ruhiger Stimme antworten konnte: »Ich glaube, Ihr habt eine falsche Vorstellung von der Beziehung, die mein Vater zu Natascha hatte. Ihre Freundschaft beruhte auf gegenseitigem Respekt und hatte mit Liebe nichts zu tun. Natascha war einmal die beste Freundin meiner Mutter, ehe sie unsere wurde. Und soweit ich weiß, waren mein Vater und Natascha nie ein Liebespaar und haben auch nie erwogen zu heiraten. Sie waren schlicht und einfach gute Freunde, mehr nicht.«

Wenn das Mädchen fähig war, eine so unmoralische Frau zu verteidigen, dachte Anna voller Verachtung, so zeigte das deutlich, wie dringend sie in den Ziemlichkeiten der Gesellschaft unterrichtet werden mußte.

Natascha! Am liebsten hätte Anna ihre Wut laut hinausgeschrien. Witwe von drei Ehemännern und immer umschwärmt von einem Haufen anderer Männer, die begierig darauf waren, der vierte zu werden! Allein der Gedanke daran, wie ungezwungen diese Frau mit Männern umging! Sie zu ihren Gesellschaften einlud, als wären sie alte Freude... oder Liebhaber! Für sie gab es nur einen Namen: Hure!

»Soweit Ihr wißt«, stichelte Anna mit einem giftigen Lächeln.

»Soweit ich weiß«, erwiderte Synnovea kühl und senkte den Blick in ihr Weinglas, um ihre Gefühle nicht zu zeigen. Es wäre sicher unklug, der Prinzessin die Abneigung zu zeigen, gegen die sie augenblicklich ankämpfte. Sie wollte nicht gleich beim ersten Treffen mit ihr streiten.

»Wie lange, sagt Ihr, ist Eure Mutter schon tot?«

Synnovea erwiderte leise: »Fünf Jahre.«

»Sprecht lauter, Synnovea!« keifte Anna ohne Rücksicht darauf, wie unwürdig eine solche Äußerung für jemanden in ihrer Position war. Aber schließlich und endlich hatte ja nicht sie dieses Mädchen hierher gebeten! Und sie wollte sie auch ganz bestimmt nicht hier haben. »Ich verstehe kaum, was Ihr sagt. Und ich mag es auch nicht, wenn man mich auf eine Antwort warten läßt. Ihr seid doch nicht zurückgeblieben oder macht zumindest nicht den Eindruck. Deshalb bestehe ich darauf, daß Ihr zuhört, wenn man Euch etwas sagt, und schneller antwortet. Ist das zuviel verlangt?«

»Wie Ihr wünscht.« Die Antwort kam bereitwillig und deutlich, obwohl Synnovea ihre Wut nur mühsam unterdrücken konnte. Die Prinzessin war anscheinend wütend auf sie, weil sie Natascha verteidigt hatte, und ließ das jetzt an ihr aus. Synnovea sah ein, wie dumm es wäre, so kurz nach ihrer Ankunft mit der Frau zu streiten, und sagte nichts mehr.

»Das ist schon besser.« Anna stellte ihren Pokal beiseite und erhob sich. Boris führte gerade die Soldaten wieder die Treppe hinunter. Synnovea setzte ihr Glas ab und folgte ihrem Beispiel. Um sie loszuwerden, sagte Anna rasch: »Ich bin sicher, Ihr wollt Euch vor dem Abendessen frischmachen. Boris wird Euch den Weg zu Euren Gemächern zeigen.«

Synnovea mußte noch eine Sache regeln, also wagte sie es, die Frau aufzuhalten: »Schenkt mir bitte noch einen Moment Eurer Zeit, Prinzessin, seid so gütig.«

Anna wandte sich mit einem strengen Blick ihrer kühlen grauen Augen zu ihr, offensichtlich baß erstaunt über soviel Frechheit. »Ja, was gibt es denn noch?«

»Ich habe Bedienstete mitgebracht, die während meines Aufenthalts hier für mein Wohlbefinden sorgen sollen, und ich brauche eine Unterkunft für sie. Wenn Ihr hier im Haus Platz für sie habt, wäre mir das sehr willkommen. Meine Kutsche und das Gespann würde ich auch gerne hier unterstellen, falls Platz vorhanden ist.«

Der schmale Mund verzog sich mißmutig. »Es war sehr voreilig von Euch zu erwarten, daß sie hier wohnen können, Synnovea. Es ist kaum Platz für Eure Zofe in Euren Gemächern, Ihr könnt nicht auch noch verlangen, daß wir Eure Lakaien und die Equipage hier unterbringen. Es wäre das beste, sie nach Nischni Nowgorod zurückzuschicken. Wir haben einfach nicht genug Platz für sie hier. Außerdem ist sehr unwahrscheinlich, daß Ihr sie während Eures Aufenthalts hier brauchen werdet.«

Synnovea erwiderte rasch, wie die Frau ihr befohlen hatte, und wesentlich freundlicher, als ihr momentan zumute war: »Wenn Ihr erlaubt, daß mein Kutscher heute nacht hierbleibt, werde ich morgen etwas anderes arrangieren. Ich möchte meine Kutsche zur Verfügung haben, solange ich hier bin, um Euch Unannehmlichkeiten zu ersparen, wenn ich ihrer Dienste bedarf.«

Synnoveas größter Wunsch war es, den Frieden mit ihrem neuen Vormund zu wahren, zumindest bis zu dem Zeitpunkt, an dem sie sich ihrer Obhut entziehen konnte, um wieder ihre eigene Herrin zu sein. Sie war sich aber darüber im klaren, daß sie das nur ertragen würde, wenn sie nicht hier eingesperrt war und nur ausfahren konnte, wenn es ihnen genehm war. Sie war kein Kind mehr, und sie war überzeugt, daß es nicht Zar Michaels Absicht war, sie von seiner Cousine als solches behandeln zu lassen.

»Und wo bitte, wollt Ihr sie unterbringen?« fragte Anna.

Obgleich Synnovea wußte, daß ihr Vorschlag die Frau zutiefst treffen würde, war diese Lösung doch akzeptabler als das, was Anna für sie geplant hatte. »Ich bin mir sicher, wenn hier kein Platz für meine Kutsche und meine Lakaien ist, wird Gräfin Natascha mir erlauben, ihre Stallungen zu benützen, solange ich hier bin. Sie lebt gar nicht weit von hier, nur ein Stück die Straße hinunter.«

»Ich weiß, wo sie lebt«, sagte Anna erbost, weil das Mädchen gewagt hatte, sie zu belehren. Und noch wütender machte sie ihre eigene Unfähigkeit, einen plausiblen Grund zu finden, mit dem sie die Bitte des Mädchens verweigern könnte. Sie mußte wohl oder übel ihr Einverständnis geben, da sie wußte, wie gefährlich es war, den Gerechtigkeitssinn ihres Cousins auf die Probe zu stellen oder zu versuchen, die Klatschmäuler zum Schweigen zu bringen. Einige Leute hatten eine geradezu unheimliche Fähigkeit, verborgene Motive ans Tageslicht zu zerren. Unter keinen Umständen wollte sie sich vor Zar Michael wegen dieser lästigen kleinen Kreatur, die er ihnen ins Haus geschickt hatte, verantworten müssen.

Um nicht zu zeigen, wie schwer es ihr fiel, sich geschlagen zu geben, kaschierte Anna ihr Einverständnis mit Unterwerfung gegenüber der Autorität eines anderen, obgleich im allgemeinen höchstens ein Befehl Seiner Majestät sie zu etwas zwingen konnte. Selbst das fiel ihr äußerst schwer, was sie sich aber nicht anmerken ließ. Auf jeden Fall hoffte sie, durch ihr hartnäckiges Zögern zukünftige Konfrontationen gleich im Keim zu ersticken. Aleksej war völlig egal, was sie mit ihrem Gast arrangierte, aber indem sie die Bürde der Entscheidung auf seine Schultern abwälzte, konnte sie der Bitte des Mädchens morgen früh stattgeben und eine angemessene Abfindung für die zusätzlichen Kosten der Unterbringung ihrer Diener und Pferde verlangen.

»Prinz Aleksej wird zum Abendessen hier sein«, informierte sie schließlich das Mädchen. »Er wird entscheiden, ob Eure Kutscher während Eures Aufenthalts hier unsere Stallungen benützen können.« Danach verabschiedete sich Anna mit einem kurzen Kopfnicken und warf ihr noch über die Schulter zu: »Boris wird Euch in Eure Gemächer geleiten.«

Synnovea stieß einen Seufzer der Erleichterung aus. Sie kam sich vor, als hätte sie gerade eine fürchterliche Schlacht gewonnen, wenn auch nur um Haaresbreite. Allmählich dämmerte ihr, daß Prinzessin Anna noch wesentlich schwieriger sein würde, als sie anfänglich geglaubt hatte. Sollte das soeben geführte Gespräch ein Maßstab dessen sein, was sie erwartete, hatte sie allen Grund zur Besorgnis, was die nächsten Tage und Monate bringen würden.

Synnovea begab sich jetzt noch einmal nach draußen, wo sie ihren Kutschern Anweisungen erteilte und sich dann von Hauptmann Nekrasow und seinen Männern verabschiedete. »Ich möchte Euch für Eure Hilfe und Rücksicht danken, Nikolai. Ich hoffe, daß wir uns irgendwann einmal wiedersehen.«

Nikolai gab ihr einen galanten Handkuß. »Auf Wiedersehen, edle Dame, ich bete, daß es nicht zu lange auf sich warten läßt.«

Synnovea schnürte es die Kehle zu, als sie die Sehnsucht in seinem Blick sah, die er sich jetzt das erste Mal gestattete zu zeigen. Sie konnte ihm keine Antwort geben, da sie nicht wußte, was die Zukunft bringen würde. »Seid auf der Hut, Nikolai... *Druga*, mein Freund.«

»Eure Freundschaft ehrt mich, Synnovea. Vielleicht begegnen

wir uns wieder... und das schon bald. Es wäre mir eine große Freude, Euch zu sehen... dann und wann.«

Synnovea legte zwei Finger auf ihre Lippen und berührte dann mit ihnen seine hagere Wange. »Selbst wenn es uns bestimmt ist, daß sich unsere Wege nie kreuzen, Nikolai, vergeßt nicht, daß ich Euch als Mann schätze, der meines Vertrauens würdig ist. Seine Majestät hat mir einen großen Dienst erwiesen, indem er Euch als Eskorte schickte. Ich stehe wirklich in seiner Schuld.«

Synnovea zog sich zurück, bevor Nikolai noch etwas sagen konnte, und winkte den Soldaten zu, die grinsend ihren Gruß erwiderten. Sie wandte sich ab, faßte Ali um die Taille und führte sie ins Haus und dann die Treppe hoch zu ihren Gemächern, die Boris ihnen zeigte. Nachdem der Diener gegangen war, hörte Synnovea, wie Hauptmann Nekrasow seinen Männern einen Befehl zurief, und ging zum Fenster. Sie lehnte sich gegen den Rahmen und sah zu, wie sie sich auf die Pferde schwangen. Einen Augenblick später waren sie außer Sichtweite verschwunden, nur noch das Klappern der Hufe war zu hören.

Mit einem nachdenklichen Seufzer sah sich Synnovea in den Räumen um, in denen sie während der Vormundschaft von Prinzessin Anna und ihrem Mann Prinz Aleksej wohnen würde. Ein Trio von Kandelabern erleuchtete die Zimmer, und selbst in ihrem hellen Licht konnte sie keinen Makel an ihrer Unterkunft entdecken. Die winzige Kammer neben ihrem Schlafzimmer war mit einem schmalen Bett und dem Notwendigsten für Alis Bedürfnisse möbliert. Das Schlafgemach selbst war geräumig und komfortabel eingerichtet mit einem Samtdiwan, einigen großen Truhen mit Silberbeschlägen, einem Paar zierlicher Stühle mit einem kleinen Tisch für private Mahlzeiten und einem großen Himmelbett mit roten Samtpolstern und goldenen Seidenvorhängen. Die Räume waren eines Königs würdig, aber im Augenblick fühlte sich Synnovea in dieser Pracht wie ein Bettler.

Da sich Ali immer noch nicht ganz erholt hatte, führte Synnovea ihre Zofe in die kleine Kammer und bestand darauf, daß sie sich ausruhte, bis die anderen Bediensteten zum Essen gerufen wurden. Sie blies die Kerzen aus und schob das kleine Fenster auf, um die kühle Abendbrise einzulassen, dann ging sie in ihr eigenes Schlafzimmer und schloß leise die Tür hinter sich. Dort legte Synnovea ihre Kleidung ab und goß Wasser in eine Schüssel, um den Schmutz der Reise abzuwaschen. Nachdem sie sich von Kopf bis Fuß abgerieben hatte, wickelte sie ihren nackten Körper in einen langen Morgenrock, löschte die Kerzen und ließ sich völlig erschöpft auf den Diwan fallen. Sie fühlte sich körperlich und geistig ausgelaugt. Annas gefährliche Stimmungsschwankungen hatten sie schwer mitgenommen. Sie brauchte jetzt Ruhe, um sich von den Anstrengungen dieses Treffens erholen zu können. Leider war der ersehnte Schlaf so wenig greifbar wie der legendäre Feuervogel, den Zar Iwan einer russischen Fabel nach gesucht hatte. Ihre Gedanken wanderten weit weg, verweilten kurz bei der Dienerschaft, die sie zur Pflege ihres Heimes zurückgelassen hatte, und ihren endlosen Fragen nach ihrer Rückkehr, die sie nicht hatte beantworten können. Im Falle einer baldigen Heirat mußte sie entscheiden, ob sie die Dienerschaft entlassen und das Haus verkaufen wollte oder es als Sommersitz behalten sollte.

Danach mußte sie wieder an ihre Ängste denken, mit denen sie zu kämpfen hatte, seit sie die Botschaft des Zaren erhalten hatte. Anna war zwar seine Cousine und bemüht, die Favoritin unter seinen Verwandten zu werden, aber einige, die dem Monarchen nahestanden, hatten gewagt zu behaupten, es wäre die Prinzessin selbst, die das behauptete, nachdem ihre verwandtschaftlichen Bande bestenfalls entfernter Natur waren. Schließlich und endlich war Anna erst vor kurzem aus der kleinen Provinz, in der sie aufgewachsen war, nach Moskau gezogen. Zar Michael war fast sein ganzes Leben lang in einem Kloster isoliert gewesen, wo seine Mutter eine sichere Zuflucht vor den Ränken und Intrigen der ehrgeizigen Bojaren gefunden hatte. Offensichtlich hatten sich Anna und Michael in den vergangenen Jahren kaum gesehen, was berechtigte Zweifel an ihrem tiefen Respekt füreinander zuließ.

Die Beziehung der beiden war es aber nicht, die Synnovea Sorgen machte, sondern Annas feindseliges Verhalten, das sich schon bei ihrem ersten Treffen gezeigt hatte. Und nach den neuerlichen Anspielungen, die Anna über Natascha gemacht hatte, fiel es Synnovea schwer, etwas Gutes an der Prinzessin zu finden.

Natascha verkehrte seit vielen Jahren mit einflußreichen Bojaren, aber Anna hatte offensichtlich nicht erkannt, daß sie eine wichtige Persönlichkeit war. Angesichts der engen Verbindung Annas mit Iwan Woronski fragte sich Synnovea, ob möglicherweise er Annas Abneigung gegen Gräfin Natascha geschürt hatte. Anfang dieses Jahres hatte Natascha den Mann für seine linkischen Manieren gerügt, nachdem er einen ihrer Gäste beleidigt hatte, und ihn freundlich gebeten, in Zukunft etwas rücksichtsvoller zu sein. Und nachdem sie mit eigenen Augen gesehen hatte, wie unverhohlen er jeden verachtete, der nicht alles, was er dachte und sagte, guthieß, konnte sich Synnovea gut vorstellen, wie bitterlich er sich danach beklagt hatte. Und Prinzessin Anna war sicher ein williger Zuhörer gewesen.

Was Prinz Aleksej anging, so hatte Synnovea flüstern hören, daß er heftiges Interesse an Mädchen hatte, die wesentlich jünger als seine Frau waren. Jahrelang hatte man die Schuld für die kinderlose Ehe Anna zugeschoben, aber in letzter Zeit hörte man von den Klatschmäulern, der Prinzessin wäre unrecht getan worden. Prinz Aleksej hatte angeblich seinen Samen wahllos unter einer ganzen Batterie Jungfrauen verteilt, was aber mit Rücksicht auf deren Ruf nie öffentlich angeprangert worden war. Synnovea fand solche Gerüchte sehr beunruhigend, da sie keine Ahnung hatte, was sie hier im Haus der Taraslows erwartete. Sich mit Prinzessin Anna zu messen war eine Sache, aber sich von einem liebestollen Wüstling vergewaltigen zu lassen eine andere.

Obwohl es anfangs unmöglich schien, beruhigten sich Synnoveas Gedanken nach einiger Zeit, so daß sie endlich schlafen und ihrem Verstand die bitter nötige Ruhe gönnen konnte. Doch leider war das nur von kurzer Dauer, denn sie erwachte schon nach kurzer Zeit. Aber was hatte sie geweckt? Sie konnte sich an kein Geräusch erinnern, es war nur, als hätte sie etwas gespürt, etwas, was sie nicht genau erklären konnte...

Die jadegrünen Augen wanderten unter schweren, schläfrigen Lidern über den dunkelroten Samthimmel. Mit einem Mal runzelte Synnovea die Stirn. Ein Lichtkegel warf einen seltsam vertrauten Schattenriß an die Wand. Es sah aus wie der Kopf und die Schultern eines Mannes.

Der Schatten bewegte sich, und Synnovea stockte der Atem, als ihr klar wurde, daß der Schatten kein Hirngespinst war. Sie richtete sich auf, drehte sich zur Tür und sah erstaunt, daß jemand die Tür geöffnet hatte, nachdem sie eingeschlafen war. Eine hochgewachsene männliche Gestalt zeichnete sich in dem Licht ab, das aus dem Gang hereinfiel, und dann wich der Eindringling zurück in den Gang und verschwand mit leisen Tritten.

Synnovea wußte sehr wohl, was den Mann so fasziniert hatte, als sie sah, daß ihr Mantel sich geöffnet hatte. Mit zornesrotem Kopf raffte sie den Seidenmantel fest zusammen, sprang auf und lief barfuß zur Tür.

Sie beugte sich vorsichtig durch die Öffnung und schaute links und rechts den Gang hinunter. Es war niemand zu sehen und auch nichts zu hören. Schwere Wandleuchter mit dicken Kerzen erleuchteten den Gang bis in den letzten Winkel. Zu ihrer Linken stand eine Tür offen, aber im Zimmer war es stockdunkel.

Der Mann hatte sich sicher dort versteckt, dachte Synnovea und der Gedanke jagte ihr eine Gänsehaut über den Rücken. Er hatte nicht genug Zeit gehabt, nach unten zu fliehen. Wenn er dort auf sie lauerte, mußte sie sich irgendwie schützen. Sie schloß rasch die Tür, schob mit viel Getöse den Riegel zu, damit jeder wußte, daß es keinen Sinn hatte, es noch einmal zu versuchen, und klemmte dann obendrein noch einen Stuhl unter den Riegel.

Synnovea hatte keine wirklichen Zweifel, was die Identität des Wüstlings anging, auch wenn ihr bei dem Gedanken eiskalt ums Herz wurde. Nicht nur, daß sie in den wenigen Stunden seit ihrer Ankunft schon eine Konfrontation mit der ehrfurchtgebietenden Prinzessin Anna hinter sich hatte, obendrein hatte sie auch noch ein notorischer Frauenschänder frech im Schlaf beobachtet, nämlich Prinz Aleksej Taraslow!

5. Kapitel

In der Sicherheit ihrer verriegelten Kammer bereitete sich Synnovea mit aller Sorgfalt auf ihren ersten Abend im Haus der Taraslows vor. Sie spielte zwar heftig mit dem Gedanken, sich vor Zar Michael zu Boden zu werfen und ihn anzuflehen, sie aus diesem Gefängnis zu befreien, in das er sie unwissentlich geschickt hatte, wußte aber, daß ein solcher Schritt unklug wäre. Sie würde sich nur harscher Kritik aussetzen. Wenn auch nicht seiner, aber sicherlich der Prinzessin Annas und Prinz Aleksejs, die wohl kaum Verständnis für Beschwerden haben dürften. Sie würden nicht dulden, daß durch so etwas das Vertrauen des Zaren ihnen gegenüber geschmälert würde, und wer konnte schon wissen, zu welchen Mitteln sie greifen würden, um ihr Gesicht zu wahren? Sicher würden sie die Tatsachen so verzerren, daß letztendlich sie als Schuldige dastehen würde, ein undankbares Kind, hoffnungslos verwöhnt und unbelehrbar. Deshalb war es von größter Wichtigkeit, den Frieden zu wahren und alle Prüfungen geduldig zu ertragen, bis sie ihre Freiheit wiedererlangt hatte.

Ihre Situation glich wirklich der des Kriegers auf dem Schlachtfeld, dachte Synnovea niedergeschlagen, denn es gab keinen Ort, an dem sie zur Ruhe kommen und sich sicher fühlen konnte. Vielleicht konnte ein Wahrsager prophezeien, was ihr während der Vormundschaft der Taraslows bevorstünde, aber ihre eigene Wahrnehmung reichte dazu nicht aus. Sie wußte nur eines: solange sie mit den beiden unter einem Dach lebte, mußte sie sowohl vor Anna als auch vor Aleksej auf der Hut sein. Es wäre sträflicher Leichtsinn, sich Blößen zu geben. Sie konnte keinem der beiden vertrauen, nicht einmal für einen Augenblick. Wenn sie das hier unbeschadet überleben wollte, mußte sie sich mit Sorgfalt,

Vorsicht und großer Geduld wappnen und ständig darum beten, daß diese Vorsichtsmaßnahmen ausreichend waren und sie bis zum Tag ihrer Entlassung aus ihrer Obhut schützen würden.

Im Zuge dieser Entscheidung beschloß Synnovea, heute das traditionelle Kleid eines unverheirateten russischen Mädchens anzulegen, in der Hoffnung, sich vor Aleksejs lüsternen Augen zu schützen und vielleicht auch Gnade in Annas Augen zu finden. Wenn Iwans Vorurteile ein Spiegel von Annas Ansichten waren, dann war es mit Sicherheit das beste, die übliche Tracht ihrer Heimat zu tragen.

Sie streifte einen Sarafan aus üppigem rotem Satin über einen mit Bändern besetzten Unterrock und eine Bluse mit bauschigen, weiten Ärmeln, deren prächtiges Dunkelblau sich in den reichen Stickereien auf dem Sarafan wiederholte. Die kleinen aufgestickten Blumen waren mit Goldfäden gefaßt, die bei jeder Bewegung funkelten. Flache blaue Schuhe mit derselben Stickerei und einer vergoldeten Sohle vollendeten das Ensemble. Sie hatte ihr langes, glänzend schwarzes Haar mit einem saphirblauen Band gebunden und zu einem Zopf geflochten, wie es für unverheiratete Mädchen in Rußland der Brauch war. Jetzt setzte sie sich einen runden mit winzigen Perlen und Juwelen bedeckten Kokoschniki auf den Kopf, in Form eines Halbmonds. Zuletzt befestigte sie zarte Goldohrringe, die mit winzigen Rubinen besetzt waren, in ihren Ohren.

Nachdem die letzte Schleife gebunden und der letzte Verschluß geschlossen war, betrachtete Synnovea das Ergebnis in einem langen silberbeschichteten Spiegel. Diesen Luxus hatte sie auch zu Hause genossen und war froh und dankbar, ihn auch hier zu haben. Sie ahnte nicht, daß ihre in ihren Augen so züchtige Toilette ihre Schönheit so betonte, daß sie bei den drei Menschen, die sie unten erwarteten, so völlig andere Reaktionen als vermutet auslösen würde. Kaum hatte sie die große Halle betreten, erkannte Synnovea ihren Fehler und wünschte sich inständig, sie hätte sich in das härene Gewand eines Einsiedlermönchs gehüllt, bevor sie sich in die Höhle des Löwen wagte.

Das hinterhältige verführerische Lächeln, das Aleksejs vollen Mund umspielte, erinnerte Synnovea an eine Schlange, die einen Vogel verfolgt, um ihn zu verschlingen. Ein Blick auf Anna verriet ihre Eifersucht, die sie mit wenig Erfolg hinter einem steifen Lächeln zu verstecken versuchte. Kein Wort kam aus diesem verzerrten Mund, aber der Prinz erwies sich als beredter.

»Meine liebe Gräfin Synnovea«, murmelte Aleksej, ging auf sie zu und nahm ihre zarte Hand zwischen seine beiden. Mit seinem roten, goldgestickten Seidenkaftan sah er aus wie ein dunkelhäutiger Scheich aus den Wüsten Arabiens. Seine braunen Augen funkelten herausfordernd, als sie sich in die ihren bohrten, und seine roten Lippen formten sich zu einem lüsternen Lächeln unter seinem sorgsam gepflegten Schnurrbart. »Ich hatte ja fast vergessen, wie liebreizend Ihr seid, meine Liebe. Ihr seht so bezaubernd aus wie ein eleganter Schwan, der uns mit seiner Schönheit erfreut.«

Am liebsten hätte Synnovea ihm laut ins Gesicht geschrien, was sie von ihm und seinem frechen Eindringen in ihre Privatsphäre hielt, aber sie war klug genug zu schweigen, nur das kühle Blitzen ihrer Augen verriet ihren Mißmut. Dennoch konnte sie der Versuchung, sich unauffällig ein bißchen zu rächen, nicht widerstehen. Mit demselben Geschick, mit dem sie sich ausländischer Würdenträger, die sich ihr gegenüber vergaßen, erwehrt hatte, entzog ihm Synnovea graziös ihre Hand und beraubte ihn der Chance, die langen, blassen Finger zu küssen, indem sie einen juwelenbesetzten Fächer zwischen ihnen öffnete. Seine Komplimente wehrte sie ebenso raffiniert ab, sehr wohl bewußt, daß Anna sie beide mit eisigen, feindseligen Augen genauestens beobachtete. In diesem Augenblick begriff sie, was für ein Gefühl es war, von einer anderen Frau gehaßt zu werden.

»Ihr beschämt mich mit Euren gütigen Worten, Prinz Aleksej«, sagte sie mit gespielt betretenem Blick. »Sie klingen zwar wie süße Musik in meinen Ohren, aber ich fürchte, Eure Güte wird nur noch von Eurem Mitleid für mich übertroffen.«

Ihr sanfter Tadel amüsierte Prinz Aleksej, und ihre abweisende Haltung steigerte nur seinen Appetit. Ihr Temperament faszinierte ihn, denn er hatte oft ekstatische Erlebnisse bei der Eroberung widerwilliger Jungfrauen gehabt, wenn sie sich ihm endlich unterworfen hatten und jeden seiner Wünsche erfüllten. Und dieser Ausbund an Schönheit war so leicht zugänglich, hier unter seinem Dach, daß er seinen Gelüsten ungehindert frönen und sich mit ihr befriedigen könnte, wie schon lange nicht mehr.

Aleksej begegnete Synnoveas hochmütigem Blick mit Augen voll schwelender Leidenschaft. Er war überzeugt, daß er sein Ziel erreichen würde. Welche Frau konnte schon seinen amourösen Avancen und seiner männlichen Attraktivität widerstehen? Diesen schwarzen Haaren mit den grauen Schläfen und der dunklen Haut, die ihm so etwas Sinnliches gaben, obwohl er schon dreiundvierzig war. Er beugte sich zu Synnovea und fragte mit leiser, verführerischer Stimme: »Seid Ihr Euch Eurer Schönheit und Eurer Wirkung auf Männer wirklich nicht bewußt, Synnovea?«

»Gütiger Herr, Ihr könnt ja einem Mädchen glatt den Kopf verdrehen mit so wohlgemeinten Komplimenten!« tadelte ihn Synnovea. Sie hatte sehr wohl die Herausforderung in seinem Blick erkannt. Er schien bloß darauf zu warten, daß sie den Fehdehandschuh aufnahm.

»Wohlgemeint?« Er lachte herzlich. »Oh nein! Ich bin schlicht und einfach hingerissen.«

Seine Kühnheit wurde allmählich bedrohlich, Synnovea hob den Fächer noch ein Stück höher, um ihre brennend roten Wangen zu verbergen. Jetzt begriff sie, wieso sein Ruf ihm vorauseilte. Er war ein ruchloser Weiberheld, der sich überall und zu jeder Zeit Befriedigung zu verschaffen suchte, indem er ohne Umschweife auf sein Ziel losging. Die Anwesenheit seiner Frau schien ihn dabei nicht zu stören, er zeigte keinerlei Rücksicht auf ihre Gefühle, während er ihren Gast zwang, sich gegen sein schweres Geschütz von Avancen zu wehren und dabei auch noch Annas scharfer Klinge des Hasses aus dem Weg zu gehen.

Synnovea stellte sich tapfer dieser Herausforderung, entschlossen, ihm ein für alle Mal zu zeigen, daß sie ganz sicher kein williger Zeitvertreib für ihn werden würde. Sie wich aus, indem sie Anna in ihr Gespräch miteinbezog. »Ihr braucht Euer Mitleid nicht auf die Spitze zu treiben, Prinz. Ich weiß sehr wohl, daß Ihr nur schmeichelt, denn das, was ich zu bieten habe, verblaßt angesichts Annas Schönheit, die selbst die Sonne beschämen würde.«

Aleksej warf einen gelangweilten Blick auf seine grimmig dreinschauende Frau und zwang sich ein Lächeln ab. »Aber natürlich«, erwiderte er ohne große Begeisterung, rang sich aber dann doch zu etwas mehr durch: »Wahrscheinlich schätzt man ein Juwel, das man besitzt, nicht mehr so.«

»Manchmal«, warf Anna mit eisiger Stimme ein, »übersieht man ein seltenes Juwel, wenn ein bunterer, aber längst nicht so wertvoller Stein ins Auge sticht.«

Iwan trat jetzt vom Fenster zurück, wo er kaum sichtbar im Schatten gestanden hatte, und musterte Synnovea vorwurfsvoll von Kopf bis Fuß. »Gräfin, ich muß schon sagen, ich bin erfreut, daß Ihr Euch dazu durchgerungen habt, die ziemliche Tracht Eurer Heimat anzulegen. Ich dachte, Ihr mögt sie nicht.«

»Ganz im Gegenteil«, erwiderte Synnovea vorsichtig, eingedenk seiner Vorliebe, Menschen zu demütigen, die seiner Meinung nach nicht von Bedeutung waren. »Ich wollte einfach vermeiden, daß derartige Schätze durch die Reise ruiniert werden.«

»Ihr werdet doch wohl schlichtere Kleider zum Reisen besitzen«, wandte Iwan ein. Er genoß die Macht, die Annas offensichtliche Abneigung gegen das Mädchen ihm gab. Wie schön, wenn man sich genüßlich rächen und dabei in den Augen der Prinzessin immer noch ein Heiliger bleiben konnte.

Angesichts dieser Spannungen fühlte Aleksej sich bemüßigt, Synnoveas Partei zu ergreifen. Daß er der eigentliche Auslöser für die Feindseligkeit seiner Frau gegenüber dem Mädchen war, kam ihm gar nicht erst in den Sinn. Meistens ignorierte er Annas Wutausbrüche und besuchte ihr Bett nur, wenn sich keine anderen Möglichkeiten boten. Wie die meisten Frauen konnte sie seiner Lüsternheit nur schwer widerstehen, aber ihr Hang zu nörgeln trieb ihn meist schleunigst wieder auf die Jagd nach unerforschten Territorien.

»Synnovea kann sich glücklich schätzen, daß sie so weitgereist ist. Ich bin mir sicher, wenn sie diese Tracht in England tragen würde, müßte sie sich einer Vielzahl neidischer und kritischer Blicke aussetzen. Wie sie bereits klar und deutlich gezeigt hat, ist sie in beiden Kulturen zu Hause und fühlt sich in unseren Sarafanen genauso wohl wie in diesen gräßlichen steifen englischen Halskrausen.« Er wandte sich Synnovea zu und fuhr fort: »Ich muß Eure Vielseitigkeit bewundern, meine Liebe. Ihr seid eben noch jung genug, um jede Art von Veränderung mitzumachen.«

Anna quälte sich zähneknirschend ein wenig überzeugendes Lächeln ab, als ihr Mann gelangweilt ihren giftigen Blick erwiderte. Seine ironisch hochgezogenen Brauen steigerten ihre Wut noch mehr. Wenn er nicht wieder zu später Stunde aus dem Haus entwischte, wie er es sich in letzter Zeit angewöhnt hatte, würde sie ihm gehörig die Leviten lesen. Wie konnte er es wagen, ihr so einfach die Jugend ihres Mündels vor Augen zu führen!

Boris kam zur Tür herein und meldete, daß zu Ehren der Gäste verschiedene Zakuski bereitgestellt worden waren und zog sich sofort wieder zurück. Anna wandte sich an Iwan und Synnovea. »Sicher seid ihr beide inzwischen halb am Verhungern und auch gründlich erschöpft von eurer Konfrontation mit den Dieben.« Sie ignorierte Aleksejs überraschten Ausruf und fuhr mit ihrer sorgsam geplanten Vorstellung von Besorgnis fort. Sie wollte so schnell wie möglich ihrem Mißmut über ihren Mann unter vier Augen Ausdruck geben und traf die notwendigen Vorkehrungen, um das Mahl möglich kurz zu gestalten. »Ich werde versuchen nicht zu vergessen, wie müde Ihr seid, und Euch nicht allzulange mit meinem Geplapper aufhalten.«

Nachdem sie ihnen somit Gelegenheit gegeben hatte, sich früh zurückzuziehen, ging Anna voran in den Speisesaal, nicht ohne Aleksej, der sich hinter Synnovea eingereiht hatte, einen warnenden Blick zuzuwerfen.

Die Zakuski: Kaviar, Schinken, Sardinen, eine magere Wurst aus Schweinefleisch, die Balik genannt wurde, und andere Köstlichkeiten waren auf einem Beistelltisch angerichtet. Es war der

Brauch, sie vor der Hauptmahlzeit im Stehen einzunehmen. Aleksej strich bewußt ganz dicht an dem Mädchen vorbei, um den sanften Duft englischer Veilchen einzuatmen, bevor er sich neben seiner Frau stellte. Boris hatte einen raffiniert geflochtenen Brotkorb mit Scheiben frischgebackenen Brotes bereitgestellt und goß jetzt einen mit Zitrone gewürzten Wodka für die Männer und einen milderen Chereunikina aus schwarzen Kirschen für die Damen ein. Aleksej ließ sich ein Stück Brot mit reichlich Kaviar von seiner Frau reichen, dann trat er mit seinem Getränk zurück und nahm die Gelegenheit wahr, ihr neues Mündel zu befragen. »Was muß ich von Dieben hören, Synnovea? Soll das etwa heißen, daß Ihr auf Eurer Reise von Gesetzlosen angegriffen wurdet?«

Synnovea wollte gerade antworten, aber Anna unterbrach sie, um ihre eigene Version zum Besten zu geben. »Ein gräßlicher Zwischenfall mit Mord und Todschlag.« Die Prinzessin schüttelte traurig den Kopf und seufzte. »Der arme Iwan hatte Glück, daß er mit dem Leben davongekommen ist. Und die liebe Synnovea, es wäre wirklich unschicklich zu sagen, was dieser räuberische Schurke ihr angetan hat, nachdem er sie in den Wald entführt hat...«

Synnovea starrte die Frau mit offenem Mund an. Wie konnte sie es wagen, so etwas zu behaupten und ihren guten Namen zu besudeln. Ihr Motiv lag klar auf der Hand: sie wollte sie nicht nur demütigen, sondern jeden Versuch ihres Mannes, seine unstillbaren Gelüste an einer weiteren Jungfrau zu befriedigen, im Keim ersticken. Synnovea lag zwar nichts ferner, als Aleksej wollüstige Vorstellungen anzuheizen, aber sie würde auf keinen Fall dulden, daß ihr Name durch solche Bosheiten befleckt wurde.

Aleksej schaute von einer Frau zur anderen, offensichtlich sehr betroffen von der Enthüllung seiner Gattin. »Wie soll ich das verstehen? Mein liebes Kind, hat Euch dieses Gesindel etwa unziemlich behandelt?«

»Ich fürchte, daß die Geschichte durch Gerüchte über die Maßen aufgebauscht wurde«, erwiderte Synnovea. Sie warf Iwan einen scheelen Seitenblick zu, überzeugt, daß er der Urheber dieses Gerüchts war, und erklärte dann: »Es gibt keinen Grund zur Besorgnis. Ich wurde durch das rechtzeitige Erscheinen eines Kommandanten der Husaren Seiner Majestät vor Schlimmerem bewahrt. Wäre Colonel Rycroft anwesend, könnte er meine Behauptung bestätigen, die er auch sicher in seinem Bericht an den Zaren erwähnen wird.«

Aleksej lehnte sich offensichtlich erleichtert in seinem Stuhl zurück. Als Galan von eigenen Gnaden war er stolz darauf, daß er immer darauf geachtet hatte, sich keine jener gräßlichen Krankheiten zuzuziehen, die unbedachte obszöne Aktivitäten oft mit sich brachten. Sein eigener Vater hatte schrecklich unter einer dieser Krankheiten gelitten und schließlich in Agonie, gepeinigt von Halluzinationen, selbst seinem Leben ein Ende gesetzt. Bis zu diesem Tag verfolgte Aleksej die Erinnerung an das geifernde Wesen mit dem irren Blick, das sich selbst die Kehle durchschnitten hatte. Er hatte sich geschworen, nie selbst ein Opfer dieser Geißel der Menschheit zu werden. Es war wesentlich tröstlicher und befriedigender, die unberührten Schenkel einer Jungfrau zu besteigen und seine Gelüste solange an ihr zu stillen, bis sie ihn langweilte und er sich auf die Suche nach anderer Kurzweil begeben konnte.

»Und dieser Colonel?« Aleksej richtete seine Aufmerksamkeit wieder auf die dunkelhaarige Schönheit. »War er vielleicht derjenige, der Euch hierherbegleitet hat?«

»Hauptmann Nekrasow wurde diese Aufgabe von seiner Kaiserlichen Hoheit zugeteilt«, informierte ihn Synnovea. »Der Mann, der mir zu Hilfe kam, ist ein Engländer im Dienste des Zaren. Er befand sich in der Nähe auf Manöver, als seine Männer zufällig auf unsere überfallene Kutsche stießen und die Diebe vernichtend schlugen.«

»Ein Engländer!« rief Anna, entsetzt, daß ein Ausländer in Rußland einen so hohen Rang bekleiden konnte. »Was denkt sich mein Cousin nur dabei, einen Engländer in seine Truppen einzugliedern? Oder hat da wieder sein Vater seine Hand im Spiel? Patriarch Filaret wird uns noch eines Tages im Schlaf ermorden lassen, indem er diese ausländischen Söldner in der Stadt einziehen läßt!«

»Meine Liebe, wie kannst du nur so von unserem guten Patriarchen sprechen?« spottete Aleksej.

»Iwan kann es dir sagen! Filaret hat durch seinen Sohn die Befugnisse des Zaren übernommen. Sein Ehrgeiz reicht weit über die Pflichten eines Patriarchen hinaus. Er würde statt seines Sohnes auf dem Thron sitzen, wenn Boris Godunow ihn nicht gezwungen hätte, Mönch zu werden, um den Zarenthron zu retten.«

Aleksej warf dem Kleriker einen grimmigen Blick zu, dieser zog sich aus der Affäre, indem er sich ganz auf sein Essen konzentrierte. »Solches Gerede ist gefährlich, Anna, und du weißt genauso gut wie ich, daß Seine Majestät gar nicht daran interessiert ist, Rußland ohne den weisen Rat seines Vaters zu regieren. Er hat seine Friedensverhandlungen mit Polen nicht nur geführt, um einen Waffenstillstand zu erreichen, sondern auch, um die Freilassung Filarets zu erwirken. Natürlich hat uns der Vertrag einige russische Städte und Marktflecken gekostet, aber er hat uns meiner Meinung nach etwas viel Wertvolleres eingebracht. Patriarch Filaret Nikititsch besitzt die Weisheit, die richtigen Entscheidungen für unser Land zu treffen. Wenn er Ausländer hierhergebracht hat, um den Frieden zu sichern und unsere Truppen auszubilden, dann kann ich ihm keinen Vorwurf machen. Er will lediglich unsere Fähigkeiten und unsere Verteidigungsmöglichkeiten stärken. Was dringend nötig ist!«

»Was sagst du da, Aleksej? Dieser Colonel Rycroft ist Engländer!« Anna konnte anscheinend nicht begreifen, daß ihr Mann das so leichtfertig akzeptierte.

Synnovea mußte jetzt einfach den Colonel verteidigen, obwohl sie sich nicht ganz sicher war, wieso sie sich seinetwegen so beleidigt fühlte. »Dieser Unhold Ladislaus hat sich über die Stärke der Männer des Zaren lustig gemacht, bevor Colonel Rycroft sein Wolfsrudel gestellt hat, und dann blieb dem Dieb nur die Klage über den Verlust derer, die das Schwert des Colonels fällte. Ich bin für meinen Teil sehr dankbar für diesen Engländer und sein Geschick, denn ohne ihn würde ich jetzt nicht die Sicherheit Eures Hauses genießen.«

Insgeheim fand Anna diese Aussage höchst verächtlich und erwiderte hochmütig: »Natürlich habt Ihr allen Grund, für so einen dankbar zu sein. Eure Mutter war ja schließlich Engländerin, doch unsere Bojarinas wären sicher nicht so kritiklos, Wert auf die Anwesenheit eines Ausländers zu legen.« Sie lächelte verständnisvoll. »Aber Ihr findet den Colonel wohl attraktiv?«

»Nicht besonders«, erwiderte Synnovea, etwas verärgert, daß Anna ihr unterstellte, ihr Urteilsvermögen würde durch das gute Aussehen eines Mannes beeinflußt. »Um ehrlich zu sein, Hauptmann Nekrasow sah wesentlich ansprechender aus, obwohl er nicht ganz so kühn mit dem Schwert umgeht. Ich bin sehr dankbar für den Begleitschutz des Hauptmanns, aber er hatte keine Möglichkeit, mir zu Hilfe zu kommen.«

»Einen so glücklichen Zufall könnte man wirklich göttliche Vorsehung nennen, außer daß möglicherweise eine mächtigere Hand im Spiel war, die die Ereignisse lenkte«, stichelte Anna weiter. »Es war wirklich Glück, daß dieser Engländer in der Nähe war und Euch zu Hilfe eilen konnte.« Mit verschlagenem Lächeln fügte sie noch hinzu: »Und wie Ihr betont, gerade noch rechtzeitig. Vielleicht hat er dort nur gewartet, um sich dann durch sein Erscheinen bei Euch einzuschmeicheln.«

Synnovea konterte mit kompromißloser Heftigkeit: »Im Hinblick auf die Gefahr, in der sich der Mann befand, sehe ich keinerlei Beweis für diese Anspielungen. Das ist schlicht undenkbar. Fast hätte er den höchsten Preis, den ein Mann bezahlen kann, für meine Rettung gegeben. Ich bin jedenfalls grenzenlos dankbar, daß ich diesen Räubern ungeschoren entkommen konnte, und genauso erleichtert, daß Colonel Rycroft die Sache überlebt hat.«

Anna wandte sich jetzt Iwan zu, der sich gerade so gierig einen Pfannkuchen mit Kaviar in den Mund stopfte, daß sich der Verdacht aufdrängte, er stünde unmittelbar vor einer heiligen Fastenzeit. »Habt Ihr das auch so gesehen, mein guter Woronski?«

Die schwarzen Knopfaugen blickten überrascht auf und richteten sich kurz auf die Prinzessin. Als er merkte, daß man eine Antwort von ihm erwartete, begann er eilig zu kauen, um den riesigen

Brocken in seinem Mund zu zerkleinern. Iwan schluckte heftig, spülte mit einem kräftigen Schluck Wodka und warf dann einen raschen Blick auf Synnovea, die ihn neugierig musterte. Er wischte sich mit dem Handrücken über den Mund, räusperte sich und stimmte ihr dann wenigstens dieses eine Mal zu. Er wußte sehr wohl, daß sie ihn einen Lügner schimpfen würde, wenn er ihre Worte in Frage stellte. »Es war ganz ähnlich, wie Gräfin Synnovea es geschildert hat«, sagte er. Als er das wütende Blitzen der silbernen Augen sah, versuchte er eilends, die Prinzessin zu beschwichtigen. »Dennoch kann keiner von uns beurteilen, was im Herzen dieses Engländers vorging. Sein Angriff auf die Diebe war ziemlich brutal.«

»Was?« Synnovea war fassungslos. »Mein Herr! Wollt Ihr damit etwa sagen, Colonel Rycroft hätte ihnen wie unartigen Kindern auf die Finger klopfen oder mit seinem Angriff warten sollen, bis sie einen von uns getötet hatten? Den Gerüchten zufolge zeigen Diebesbanden, wie die von Ladislaus, sehr selten Mitleid mit ihren Opfern. Sie rauben und morden, egal ob sie Edelmänner oder einfache Leute überfallen. Wir können uns glücklich schätzen, daß wir mit dem Leben davongekommen sind! Erinnert Ihr Euch denn nicht, wie Petrow Euch mit dem Schlimmsten drohte, falls Ihr seine Habgier nicht mit weiteren Münzen befriedigt?«

Iwan bestätigte das, um das Mitleid seiner Wohltäterin noch zu bestärken. »Und wie brutal er das sagte! Der Riesentölpel hätte sich nichts dabei gedacht, mich einfach umzubringen.«

Aleksej musterte den Kleriker mit einem boshaften Lächeln: »Ich kann aber keine Narben entdecken, Iwan. Ich muß schon sagen, Ihr scheint mir sehr gesund, wie auch Euer Appetit. Ich glaube, wir werden uns noch bei vielen Mahlzeiten Eurer Gesellschaft erfreuen.«

Iwans pockenvernarbtes Gesicht lief puterrot an. Der Prinz hatte seine helle Freude daran, ihn ständig zu verhöhnen, vielleicht weil sie beide wußten, von wem er Schutz erwarten konnte. In Annas Gunst zu stehen, hatte wirklich seine Vorteile. Ihre Anwesenheit garantierte ihm jede Art von Sicherheit. Das ging sogar so weit, daß er gelegentlich vor dem Prinzen mit seiner Position prahlte und ihn deswegen ab und zu stichelte. Und jetzt konnte er der Versuchung nicht widerstehen und sagte mit hochmütigem Lächeln: »Wie es aussieht, Prinz, werdet Ihr mich zweifellos noch öfter hier sehen.«

»Oh?« Aleksej zog erstaunt die Augenbrauen hoch.

»Die Prinzessin hat sich klugerweise dazu entschlossen, Euer Mündel täglich unterrichten zu lassen.«

»Was?« entfuhr es unwillkürlich Synnoveas Lippen. Sie wandte sich der Prinzessin zu, entsetzt von Iwans Behauptung. »Ihr wollt doch nicht etwa sagen, daß ihr diesen – diesen...«

»Gräfin Synnovea!« unterbrach Anna sie mit barscher Stimme. »Ihr vergeßt Euch!«

Synnovea verstummte. Sie wagte nicht, noch etwas zu sagen, solange sie innerlich vor Wut zu bersten drohte. Lange würde sie diese Situation nicht untätig ertragen können, sie suchte in Gedanken fieberhaft nach einer Möglichkeit zur Flucht, denn eins stand fest: sie würde unter keinen Umständen ein tägliches Zusammentreffen mit Iwan durchstehen können. Das hatte ihre Reise nach Moskau hinreichend bewiesen!

Anna musterte die junge Frau mit frostigem Blick. »Nur gut, daß man Euch zu mir geschickt hat, damit Ihr etwas lernt, Synnovea«, bemerkte sie herablassend. »Euer Vater hat Euch offensichtlich sehr verwöhnt, und dadurch konntet Ihr einige unangenehme Neigungen ungestört entwickeln. Das wird natürlich ein Ende haben. Ich dulde keine Bauernmanieren... oder Streitsucht. Wenn Ihr klug seid, meine Liebe, werdet Ihr schnell lernen, diese Neigungen zu zähmen. Habt Ihr verstanden?«

Synnovea war sich darüber im klaren, daß jeder Protest ihrerseits sofort als Streitsucht ausgelegt werden würde. Dadurch war es ihr versagt, ihre Meinung zu äußern, aber innerlich kochte sie immer noch.

Iwan grinste zufrieden, offensichtlich höchst erfreut über die nach seiner Meinung wohlverdiente Zurechtweisung der Gräfin. Und er beeilte sich, das Feuer auf dem Rücken des Opfers noch weiter zu schüren. »Ihr könnt Euch darauf verlassen, daß mein Unterricht äußerst gründlich sein wird, Prinzessin. Ich werde alles daran setzen, ihren Manieren den nötigen Schliff zu verleihen.«

Aleksej war von dieser Aussicht alles andere als angetan. »Das ist doch wohl ein Scherz, Anna. Synnovea braucht doch keinen Unterricht mehr. Nach allem, was ich gehört habe, ist sie von den besten Lehrern hier und im Ausland erzogen worden, ähnlich wie ich. Du willst doch nicht wirklich diesen harten Weg zur Bildung noch unnötig verlängern.«

»Das Mädchen braucht Unterweisung, was die Schwierigkeiten des Lebens und konventionelle Moral angeht«, sagte Anna hartnäckig. Sie würde unter keinen Umständen dulden, daß jemand ihre Entscheidung in Frage stellte.

»Verdammte Zeitverschwendung, wenn du mich fragst«, erwiderte ihr Gatte. Er knallte sein Glas auf den Tisch und schritt dann ohne jede Erklärung und Entschuldigung mit grimmigem Gesicht zur Tür und riß sie auf.

»Wohin gehst du?« fragte Anna, obwohl sie schon ahnte, daß sie einen weiteren Abend ohne seine Gesellschaft auskommen mußte.

»Aus!« Prinz Aleksej ging in die Halle, verschränkte die Arme und brüllte nach dem Diener. »Boris!«

Rasche Schritte waren zu hören, und der weißhaarige Bedienstete erschien ganz außer Atem. »Hier bin ich, Herr.«

Aleksej wandte sich dem Mann zu und brüllte: »Beweg dich in den Stall und sag Orlow, er soll meine schnellsten Pferde vor mein Droschki spannen. Ich werde heute abend ausgehen.«

»Jetzt sofort, Herr?«

»Sieht es so aus, als hätte ich die Geduld abzuwarten, bis unsere Gäste diniert haben?« fragte Aleksej barsch. »Natürlich sofort!«

»Wie Ihr wünscht, Herr.«

Synnovea hob den Kopf und sah, wie Anna die Stelle anstarrte, an der noch vor kurzem ihr Mann gestanden hatte. Auf ihren blassen Wangen glänzten hektische rote Flecken. Sie schien zu Stein erstarrt, bis auf ein Zucken ihres linken Augenlids.

Selbst Iwan hatte es die Sprache verschlagen, und das Mahl, das kurz darauf aufgetragen wurde, fand in eisigem Schweigen statt. Synnovea war völlig außer sich bei der Vorstellung, daß Iwan ihr Lehrer werden sollte, und schmeckte nichts von den Köstlichkeiten, die sie normalerweise sehr genossen hätte: das gebratene Moorhuhn mit Preiselbeersauce und den mit Spargel gefüllten Blätterteig mit seiner leichten Käsesauce. Iwan war voll des Lobes für die Köchin Elisaveta und verschlang alles mit größtem Appetit. Synnovea beobachtete ihn höchst erstaunt, es war kaum zu glauben, daß ein so zierlicher Mann soviel essen konnte.

Nachdem das Mahl glücklicherweise endlich beendet war, zogen sich die Gäste in ihre jeweiligen Gemächer zurück. Prinzessin Anna blieb allein zurück und machte sich dann mißmutig auf den Weg in ihre Räume, die sie nur allzu selten mit Aleksej teilte. Selbst die Streitereien mit ihm waren leichter zu ertragen als die Einsamkeit, die sie jetzt umgab.

Für Synnovea erwies sich die Nacht als genauso erschöpfend wie die Reise, die sie gerade überstanden hatte. Kaum etwas konnte ihr die Ängste vor den kommenden Tagen und Wochen nehmen. Wenn Iwan eins beherrschte, dann war es die Fähigkeit, sie bis aufs Blut zu reizen. Wie, in aller Welt, sollte sie also unter so widrigen Umständen ein ruhiges, sanftes Benehmen an den Tag legen? Sie war von Anfang an zum Scheitern verurteilt!

Synnovea warf sich rastlos auf dem Bett hin und her, die quälenden Gedanken raubten ihr den Schlaf. Erst als sie ganz unbewußt zu Colonel Rycroft wanderten und zu jenem Augenblick, in dem er sie an seinen geschmeidigen, nassen Körper gedrückt hatte, schlummerte sie friedlich ein.

6. Kapitel

Die drückende Schwüle der Nacht hielt Land und Leute fest umklammert, bis die Morgensonne ihr brennendes Gesicht über den Horizont hob und ihre sengenden Strahlen über die Berge und Täler, die die Stadt umgaben, ausschickte. Selbst zu dieser frühen Stunde flimmerten die staubigen Straßen schon vor Hitze, und diejenigen, die die Möglichkeit hatten, suchten Schutz, wo immer es ging, ob nun in prächtigen Häusern oder unter den welken Bäumen, die ums Überleben kämpften.

Ali schien die Wärme, die allmählich durch das ganze Haus kroch, nichts auszumachen. Sie erhob sich munter von ihrem Lager, sehr erfrischt, nachdem sie die ganze Nacht tief und fest geschlafen hatte. Sie wusch sich, zog sich an und packte ihre Habseligkeiten aus, bis sie aus dem großen Schlafzimmer Geräusche hörte. Sie klopfte kurz und betrat dann mit einem fröhlichen Lächeln das Zimmer und stutzte. Ihre Herrin saß im Bett, einen Ellbogen auf ihr Knie gestützt, und starrte lustlos mit sorgenvollem Gesicht aus dem Fenster. Ali glaubte zu wissen, warum ihre Herrin so traurig war, und legte eine tröstende Hand auf ihren schlanken Arm. »Ah, mein Lämmchen, trauert Ihr wieder um Euren Papa?«

Synnovea zwang sich ein Lächeln ab, um die ältere Frau zu beschwichtigen, aber ihre tränennassen Augen straften sie Lügen. Sie seufzte und erwiderte: »Wenn ich einen Funken Verstand gehabt hätte, hätte ich mich schleunigst verheiratet, als Papa noch am Leben war, dann wäre ich jetzt nicht hier und müßte mich nicht den Befehlen Fremder beugen.«

Die Zofe spürte, daß es diesmal wirklich etwas Ernstes war. Nicht umsonst hatte sie in den vielen Jahren im Dienste ihrer Herrin gelernt, ihre Launen zu erkennen. »Mein Lämmchen, haben Euch die Taraslows schlecht behandelt?«

Synnovea wagte nicht, ihr einzugestehen, wie besorgt sie war. Die treue Zofe würde sicher kein Blatt vor den Mund nehmen, wenn sie erfuhr, daß ein Wüstling ihr nachspionierte. Und sie würde lautstark ihrem Unmut Luft machen, wenn sie hörte, daß die Prinzessin Iwan als ihren Lehrer engagiert hatte. Trotzdem konnte sie das letztere nicht verschweigen wie die anderen Dinge, da es ein Teil der täglichen Routine sein würde.

»Ich habe mich geirrt, Ali, als ich dachte, wir wären bald von Iwan befreit«, sagte sie vorsichtig. Sie sah den mißtrauischen Blick der anderen Frau und erklärte ihr: »Er soll mich unterrichten, während ich hier bin, Anna hat es angeordnet.«

»Was Ihr nicht sagt!« Die winzige Frau stemmte die Fäuste in ihre Hüften und prustete verächtlich. »Und was, bitte, soll das armselige Wiesel Euch beibringen? Wie man vor der linken Hand versteckt, was die rechte tut? Pfui!« Sie schüttelte angewidert den Kopf. »Ich hab's von Anfang an gespürt, sein Herz ist so schwarz wie die Kutte, unter der es schlägt, das kann ich Euch sagen!«

»Trotzdem müssen wir seine Anwesenheit stumm erdulden, um die Prinzessin nicht zu provozieren. Ich fürchte, sie schwört auf diesen Mann.« Synnovea stellte sich dem fragenden Blick der winzigen Frau. »Verstehst du das?«

»Und ob, meine Schöne. Aber wie kommt Prinzessin Anna bloß dazu, ihn Euch als Lehrer aufzubürden? Er ist doch wirklich leicht zu durchschauen, wenn man Augen im Kopf hat. Da kommen einem doch Zweifel, ob sie ihren Verstand so ganz beisammen hat.«

»Ich nehme an, wir werden im Laufe der Zeit begreifen, was Anna in ihm sieht. Bis es soweit ist, gib ihr bitte keinen Grund, uns zu maßregeln, und ich werde versuchen, Iwan nicht meine Meinung zu sagen.« Synnovea lächelte spitzbübisch, als ihr plötzlich eine Idee kam. »Vielleicht erbitte ich mir aber ein paar Tage Ruhe, bevor ich mit meinen Studien beginne.«

Sie zwinkerte ihrer Zofe zu, die schadenfroh kicherte und einen fröhlichen Hüpfer machte. »Aber ganz sicher, meine Schöne! Das habt Ihr Euch auch verdient, nach der langen, beschwerlichen Höllenfahrt von Nischni Nowgorod hierher. Es ist wahrhaft ein Wunder, daß Ihr das alles ertragen habt, ohne in Ohnmacht zu fallen.«

Und so planten die beiden vergnügt, wie sie die Pläne Prinzessin Annas durchkreuzen würden, zumindest für heute. Nachdem sie sich versichert hatten, daß der ganze Haushalt wach war und damit beschäftigt, Anna zu versorgen, schickte Synnovea ihre irische Zofe mit der Botschaft nach unten, sie wäre auf Grund von Kopfschmerzen indisponiert und sähe sich außerstande, an Iwans Unterricht teilzunehmen. Es war keine direkte Lüge, denn Synnovea bekam schon allein bei der Vorstellung, sich mit Iwans Ansichten auseinandersetzen zu müssen, heftiges Kopfweh. Außerdem brauchte sie einfach noch ein bißchen Zeit, um sich seelisch zu wappnen, damit sie seine täglichen Belehrungen überhaupt durchstehen konnte. Am allermeisten fürchtete sie, daß es ihr nicht gelingen würde, ihr aufbrausendes Temperament zu zügeln, wenn er sie wieder bis an die Grenzen ihrer Geduld reizen sollte. Denn eines war sicher: wenn sie sich auf eine direkte Konfrontation mit dem Mann einließ, würde Anna sehr ungehalten sein. Auf jeden Fall war es besser, sich erst einmal hinter Unpäßlichkeit zu verstecken, als sofort das Schicksal herauszufordern.

Ali überbrachte der Prinzessin mit besorgter Miene Synnoveas Bedauern und erklärte ihr, daß die anstrengende Reise ihre Herrin überfordert hätte und es wohl ein oder zwei Tage dauern würde, bis Synnovea wieder völlig hergestellt wäre. Anna mußte diese Ausrede akzeptieren oder Synnovea offen der Lüge bezichtigen. Sie war zwar versucht, die jüngere Frau sofort zur Rede zu stellen, aber dann besann sie sich doch eines Besseren und entschied sich, die Sache zumindest für heute auf sich beruhen zu lassen. Anna konnte sich ein schadenfrohes Grinsen nicht verkneifen. Es wäre in der Tat ein Wunder, wenn die Gräfin es länger als einen Tag in ihren Räumen aushalten würde.

Synnovea ahnte nicht, wie knapp sie einem Verhör durch Prinzessin Anna entgangen war. Im Lauf des Nachmittags kamen ihr aber allmählich Zweifel, ob es wirklich sinnvoll gewesen war, Iwans Unterricht fernzubleiben. Die Lage ihrer Räume mußte ein echter Sadist erdacht haben, denn ihre Gemächer waren zu dieser Tageszeit offensichtlich die heißesten im Hause. Sie waren so ausgerichtet, daß sie, nachdem der Tagesstern seinen Zenith überschritten hatte, die ganze Nachmittagshitze auffingen und sich in einen Backofen verwandelten. Im Winter war das vielleicht sehr sinnvoll, aber unter den glühenden Strahlen der Sommersonne war es unerträglich.

Nachdem sie alle Möglichkeiten in Erwägung gezogen hatte, kam Synnovea zu dem Schluß, daß sie keine andere Wahl hatte, als zu bleiben. Sie konnte ihre Räume nicht einfach verlassen, ohne von Anna zur Rede gestellt zu werden, und diese Befriedigung gönnte sie ihr nicht. Deshalb beschränkte sie sich darauf, in einem hauchdünnen Hemd faul herumzuliegen, das schon bald nur noch ein durchsichtiger Schleier über ihrer schweißnassen Haut war. Ali öffnete die Fenster weit, damit die warmen Sommerbrisen ungehindert durchs Zimmer streichen konnten, trotzdem war die sengende Hitze der hoch am Himmel stehenden Sonne kaum zu ertragen. Auf der Suche nach ein wenig Erleichterung für ihre Herrin begab sich Ali in die Küche und überredete Elisaveta, ihr etwas von dem Eisvorrat, den man letzten Winter im Keller eingelagert hatte, zu holen. Sie brachte ein großes Stück nach oben, hackte es in kleine Stücke, die sie in ein Leinentuch wickelte. Stöhnend vor Wonne rieb Synnovea die kühle Packung über ihre nackte Haut, wo das schmelzende Eis feuchte Spuren hinterließ.

Die stickige Luft im Zimmer war nicht mehr zu ertragen, deshalb kletterte Synnovea auf das Fensterbrett, das ein kleiner Baum vor der Sonne schützte und sie vor neugierigen Blicken von der Straße. Sie machte es sich im Schneidersitz auf der Fensterbank bequem und strich genüßlich mit dem feuchten Tuch über ihre Arme, während sie das Kommen und Gehen auf der Straße beobachtete. Die wenigen Leute, die unterwegs waren, hatten es alle sehr eilig, wieder in den Schatten zu kommen, so daß die sonst sicher sehr belebte Straße praktisch leer war und keiner Interesse an der stillen Beobachterin hatte.

Synnovea lehnte sich gegen den Fensterrahmen, legte sich die Eispackung um den Hals, schloß die Augen und ließ ihre Gedanken in Richtung Heimat treiben. Sie verlor sich in einem tröstlichen Tagtraum, bei dem sie fast die Brisen riechen konnte, die von den Flüssen in der Nähe von Nischni Nowgorod wehten. Sie glaubte sogar, das Hufgetrappel des Pferdes ihres Vaters zu hören, wie damals, als er durch die Allee auf ihr Haus zugeritten kam und sie losrannte, um ihn zu begrüßen. Selbst das vertraute Knarzen seines Ledersattels, wenn er vor dem Haus abstieg, hörte sie ganz deutlich. Dennoch war die Erinnerung etwas getrübt, es fehlte das zarte Klingeln der Glöckchen, das seine Ankunft zu Pferde immer angekündigt hatte. Es war nämlich Brauch bei den russischen Edelleuten, ihre Rösser mit Glöckchen, Gehängen und reichen Überwürfen zu schmücken, damit man sie schon aus einiger Entfernung hören konnte.

Das dumpfe Klacken von Stiefelabsätzen auf Pflastersteinen beendete jäh Synnoveas Traum. Das waren sicher nicht die Schritte ihres Vaters. Sie öffnete rasch die Augen, legte den Kopf zur Seite und lugte durch die Äste, um die Straße besser überblicken zu können. Auf der Straße selbst war niemand zu sehen, aber als ihr Blick nach unten direkt auf den Haupteingang fiel, sah sie einen großen Mann in Lederwams und braunen, schenkelhohen Stiefeln über schmalen sandfarbenen Hosen auf das Haus zuschreiten. Sein Hemd war makellos weiß, mit einem breiten, spitzzulaufenden Kragen, der wegen der Hitze geöffnet war. Der breitkrempige Hut, den er trug, verdeckte das Gesicht des Mannes, aber er hatte die stolze Haltung und den festen, energischen Schritt eines Offiziers, was ihr zu denken gab. Sie konnte sich einfach nicht vorstellen, daß Nikolai Nekrasow oder ein anderer, der ähnlich zurückhaltend war, so gewagte europäische Kleidung tragen würde. Aber Synnovea mußte zugeben, daß der Kerl wirklich gut aussah. Natürlich würde man seine Hosen als schamlos eng empfinden im Vergleich zu den langen Kaftans der Männer hier, die fast bis zum Boden reichten. Der Mann sah eher aus wie ein englischer Kavalier und gar nicht wie ein Russe...

Synnovea schlug sich entsetzt die Hand vor den Mund, als ihr mit einem Schlag klar wurde, wer dieser Mann war. Um ganz sicher zu gehen, beugte sie sich durch die Äste, und tatsächlich, ihre schlimmsten Vermutungen wurden bestätigt. Dort, an einem Anleinpfosten, direkt neben der Auffahrt stand das Tier, das Synnovea ihr Leben lang nicht vergessen würde. Ihr wilder Ritt durch den Wald hatte sie so verängstigt, daß es sicher noch einige Zeit dauern würde, bis sie sich wieder einem Pferd anvertraute. Der einstige Stolz von Ladislaus, der große, schwarze Hengst, tänzelte dort hin und her, und sein Fell glänzte wie Seide.

Panik erfaßte sie. Was bewog Colonel Rycroft, hierher zu kommen? Wollte er sie etwa bloßstellen? Wollte er sich vielleicht rächen, weil sie ihm die Erlaubnis verweigert hatte, ihr den Hof zu machen, indem er Anna alles erzählte?

Oder war sie einfach zu mißtrauisch, und sollte sie ihm nicht zumindest die Chance einräumen, sich als Gentleman zu beweisen? Er hatte doch die Gelegenheit gehabt, sie mit Gewalt zu nehmen, und sie nicht genützt.

Allmählich beruhigte sich Synnovea wieder ein bißchen. Sie verdrängte bewußt ihre Zweifel und gestand sich ein, daß die Anwesenheit des Colonels eine willkommene Ablenkung von der mörderischen Hitze und der Langeweile ihrer selbstauferlegten Verbannung war. Es war doch wirklich albern, hysterisch zu werden, nur weil der Colonel kühn genug war, dem Haus der Taraslows einen Besuch abzustatten.

Natürlich verlangten die Anstandsregeln, daß sie jegliche Freude an seiner Anwesenheit im Keim erstickte und ihn mit vorgetäuschter Kühle empfing, aber hier oben konnte sie sich insgeheim ungeniert an seinem Anblick erfreuen. Synnovea lehnte sich erleichtert zurück und beobachtete, wie er sich dem Haus näherte. Sie mußte zugeben, daß es wirklich anregend war, ihn zu betrachten. Sie ließ ihren Blick langsam genüßlich über ihn gleiten und merkte gar nicht, wie ihre Augen vor Freude funkelten.

Wirklich schade, daß der Mann kein schöneres Gesicht hatte, dachte Synnovea traurig, wo er doch ansonsten so gut proportioniert war, mit langen, kräftigen Schenkeln, betont durch die hohen Schäfte der Stiefel. Die Hose umspannte seine schmalen Hüften und seinen muskulösen Po wie eine zweite Haut, nur seine Männlichkeit war unter dem Tuch nicht so markant, wenn auch vielleicht nicht weniger erregend für eine Jungfrau, die sich errötend an den Augenblick erinnerte, in dem er aus dem Becken gestiegen war.

Synnovea mußte verschämt kichern, als ihr klar wurde, was sie da so interessiert musterte, verstummte aber hastig, da Ali möglicherweise in der Nähe war. Sie schnitt eine Grimasse und sah sich vorsichtig nach der Zofe um. Zu ihrer Erleichterung entdeckte sie, daß die Frau die Gemächer verlassen und ihr seltsames Verhalten nicht mitbekommen hatte.

Da sie unbedingt hören wollte, was Colonel Rycroft zu Boris sagen würde, der gerade die Tür öffnete, beugte sich Synnovea, soweit es gefahrlos ging, aus dem Fenster. Sie mußte erfahren, was ihn ins Haus der Taraslows geführt hatte, und hoffte inständig, daß er sich nicht als Schuft erweisen würde.

»*Dobri den*, guten Tag«, sagte er und steckte seinen Hut unter den Arm. Dann sagte er langsam und bedächtig: »Gavarite je li po angliski?«

Sein Akzent war so fürchterlich, daß Synnovea zusammenzuckte. Eine lange Pause folgte. Boris, der kein Englisch sprach, war offensichtlich gegangen, um seine Herrin zu holen.

»Kann ich Euch irgendwie helfen, Sir?« fragte Anna, die jetzt an der Tür stand.

Colonel Rycroft machte eine elegante Verbeugung. »Prinzessin Taraslowna, nehm' ich an?«

»Die bin ich. Was wollt Ihr?«

»Eine Gunst, wenn Ihr die Güte haben würdet«, erwiderte Tyrone und entschuldigte sich dann mit einem verlegenen Lachen. »Ich bin noch nicht sehr lange in Eurem Land, und mein Russisch ist sehr schlecht. Ich fürchte, ich habe Euren Butler verwirrt. Verzeiht die Störung, aber ich bin Colonel Rycroft vom Dritten Regiment der Kaiserlichen Husaren Seiner Majestät. Es war mir vergönnt, der Gräfin Zenkowna auf ihrer Reise nach Moskau einen Dienst erweisen zu können, und ich möchte Euch um die Erlaubnis bitten, ein paar Minuten mit ihr sprechen zu dürfen.«

»Ich fürchte, das ist völlig unmöglich, Colonel«, erwiderte Anna abweisend. »Ihr müßt wissen, die Gräfin Zenkowna fühlt sich heute nicht in der Lage, Besuch zu empfangen. Sie hat sich in ihre Gemächer zurückgezogen, und nur ihre Zofe darf zu ihr.«

»Dann gestattet Ihr mir vielleicht, morgen noch einmal vorzusprechen?« schlug Tyrone vor.

»Habt Ihr einen Grund, sie zu belästigen?« Annas Ton war jetzt eindeutig schroff.

»Einer meiner Männer hat eine Brosche gefunden, die unserer Meinung nach ihr gehört. Ich würde sie gerne danach fragen, wenn ich darf.«

Anna streckte eine schlanke weiße Hand aus, um sich den Gegenstand überreichen zu lassen. »Wenn Ihr wünscht, daß ich ihr die Brosche gebe, Colonel, werde ich dafür sorgen, daß sie ihr sofort überbracht wird.«

Tyrone reichte ihr das Schmuckstück, aber als die Prinzessin sich anschickte, die Tür zu schließen, stellte er rasch einen gestiefelten Fuß dazwischen. Anna starrte entsetzt auf den Stiefel, sah Tyrone erstaunt an und überlegte, ob sie schreien sollte.

Tyrone sagte mit einem freundlichen Lächeln: »Wenn Ihr nichts dagegen habt, Prinzessin Taraslowna, würde ich gerne die Antwort abwarten. Falls die Brosche nicht der Gräfin gehört, sollte sie der Mann wiederbekommen, der sie gefunden hat.«

»Wenn Ihr darauf besteht«, sagte Anna mit eisiger Stimme.

»Das muß ich«, erwiderte er schlicht.

»Dann wartet hier«, sagte sie barsch. »Ich werde ihre Zofe bringen. Die Frau wird sicher wissen, ob die Brosche ihrer Herrin gehört.« Anna warf einen unmißverständlichen Blick auf seinen Fuß und sagte dann in warnendem Ton: »Boris wird die Tür im Auge behalten, solange ich fort bin.«

Tyrone nickte der Frau lässig zu und trat dann ein paar Schritte zurück. Um sich die Wartezeit zu verkürzen, setzte er seinen Hut wieder auf und schlenderte weg von der Tür in Richtung just jenes Baumes, der die Fenster von Synnoveas Schlafzimmer im ersten Stock verdeckte.

Synnovea drückte sich erschrocken an den Fensterrahmen und hielt die Luft an, als Tyrone am Rand seines Schattens stehenblieb. Sie wagte nicht, sich zu bewegen, aus Angst, von ihm entdeckt zu werden. Ihr Puls raste bei dem Gedanken, was passieren würde, wenn er zufällig nach oben sah. Ihr dünnes Hemd bedeckte sie nur sehr mangelhaft, und sie spürte, wie der zarte Batist an ihrer Haut klebte und sicherlich völlig durchsichtig war. Der Mann hatte aber anscheinend einen sechsten Sinn. Er stutzte plötzlich und hob dann schnell den Kopf, als hätte er gespürt, daß ihn jemand beobachtete. Synnovea war vor Schreck wie gelähmt und starrte ihn mit offenem Mund an, während Tyrone sich an ihrem Anblick weidete. Nichts blieb ihm in diesem kurzen Augenblick verborgen, wie man an seinem hocherfreuten Grinsen sehen konnte. Sein Kommen war wirklich reichlich belohnt worden, und er hatte sich mit eigenen Augen überzeugen können, daß die Vision vollkommener Schönheit jener Nacht nicht seiner Fantasie entsprungen war.

Endlich löste sich Synnovea aus ihrer Schreckensstarre, sprang ins Zimmer zurück und wich, soweit es ging, zurück, keuchend und nach Luft ringend. Ihre Wangen glühten nicht nur von der Hitze. Was mußte er von ihr denken? Welch haarsträubende Geschichten würde er über ihren schamlosen Auftritt verbreiten? Hatte sie ihm denn nicht im Badehaus schon Grund genug gegeben, sie für hemmungslos zu halten? Oh, wenn er doch bloß verschwinden würde! Zurück nach England, wo er hingehörte! Ohne sie noch weiter zu demütigen!

Die Eingangstür öffnete sich knarrend, und Tyrone wandte sich abrupt vom Fenster ab, riß sich den Hut vom Kopf und versuchte, sein in Wallung geratenes Blut wieder unter Kontrolle zu bekommen. Was immer sonst der Tag noch bringen würde, der kurze

Blick auf die Gräfin war den langen Ritt unter sengender Sonne wert gewesen.

Ali trat ins Tageslicht und schielte neugierig zu dem hochgewachsenen Mann hoch. Sie musterte eindringlich sein schwer mitgenommenes Gesicht, dann fragte sie mißtrauisch: »Ihr seid derjenige, der meine Herrin gerettet hat?«

»Es ist mir eine Ehre, mich dessen rühmen zu dürfen«, erwiderte Tyrone freundlich und zuckte vor Schmerz zusammen, als er versuchte, die alte Frau anzugrinsen.

Ali warf einen Blick auf die Smaragdbrosche in ihrer Hand und deutete mit einem gichtigen Finger darauf. »Die gehört tatsächlich der Gräfin Synnovea. Was verlangt Ihr denn als Finderlohn?«

»Die Belohnung gebührt nicht mir. Einer meiner Männer hat das Stück auf der Erde gefunden. Wenn es der Wunsch Eurer Herrin ist, kann sie ihn belohnen, aber ich möchte sie jetzt nicht wegen einer Antwort belästigen. Ich werde morgen noch einmal kommen. Vielleicht ist es mir dann vergönnt, Eure Herrin persönlich zu sprechen.«

»Ich sehe keinen Grund, daß Ihr Euch diese Mühe macht«, sagte Anna, die in der Tür stand, spitz. »Wir werden die Belohnung an Euer Regiment schicken.«

»Aber es ist ganz und gar keine Mühe«, versicherte ihr Tyrone fröhlich. »Es wäre mir eine große Beruhigung, die Gräfin wiederzusehen... um mich zu versichern, daß sie bei guter Gesundheit ist, natürlich.« Er stellte sich dem frostigen Blick der Prinzessin und ignorierte bewußt die Botschaft, die darin lag. Er hatte sich geschickt eine Ausrede wiederzukommen verschafft.

Tyrone schaute hinunter in die funkelnden blauen Augen der irischen Zofe, die ihm wohlwollend zulächelten, und stellte fest, daß er eine Verbündete gefunden hatte. Trotz der Schmerzen, die ihm sein geschwollener Mund bereitete, schenkte er der winzigen Dienerin sein strahlendstes Lächeln.

»Braucht Ihr vielleicht jemanden, der Eure Wunden versorgt?« bot ihm Ali geistesgegenwärtig an, doch ein vorwurfsvolles Räuspern von der Tür ließ diesen Versuch scheitern.

»Ich bin mir sicher, daß es genug Ärzte gibt, die er konsultieren kann«, sagte die Prinzessin sichtlich aufgebracht.

»Ich fürchte, Eure Wohltäterin ist von der Idee nicht begeistert«, erwiderte Tyrone mit einem weiteren leicht schmerzverzerrten Lächeln. »Ich muß mich auf den Weg machen. Aber wenn Ihr wollt, könntet Ihr Eurer Herrin meine Wünsche für eine schnelle Genesung überbringen. Ich hoffe, Sie wird sich bis zu meiner Rückkehr morgen besser fühlen.«

»Oh, das wird sie«, versicherte ihm Ali. »Dafür werd' ich schon sorgen!«

Tyrone verbeugte sich kurz vor den beiden Frauen, setzte seinen Hut auf und ging leise lachend zu seinem Pferd. Es war ihm zwar nicht gelungen, die Gräfin für sich zu gewinnen, aber zumindest hatte er sich jetzt die Unterstützung einer Person gesichert, die ihr sehr nahe stand. Und er war sich sicher, daß es ihr gelingen würde, bei der jüngeren Frau ein gutes Wort für ihn einzulegen.

7. Kapitel

Am nächsten Morgen begab sich Synnovea sofort nach unten in den Speisesaal. Nachdem sie sich hinreichend hatte überzeugen können, daß die Nachmittagssonne ihre Gemächer in eine Folterkammer verwandelte, war sie zu dem Schluß gekommen, daß Iwans Unterricht auch nicht schlimmer sein konnte, als bei lebendigem Leib geröstet zu werden, und hüpfte bester Laune die Treppe hinunter.

Iwan war selbst erst wenige Minuten vor ihr in den Speisesaal gekommen, und als Synnovea mit einem fröhlichen Lächeln und einem Morgengruß auf den Lippen hereinschwirrte, stolperte er fast über seine eigenen Füße in seiner Hast, ihr den Weg zur Tür zu versperren. Offensichtlich befürchtete er, sie würde bei seinem Anblick wie ein ungezogenes Kind flüchten.

»Heute morgen, Gräfin, werden wir uns mit den Vorzügen der Demut und Selbstkasteiung beschäftigen«, verkündete er und folgte ihr zur Anrichte, wo er sich seinen Zinnteller mit Honigkuchen, gedämpften Kartoffeln und Würstchen in saurer Sahne volltürmte.

Synnovea bekam gewisse Zweifel, ob sie Iwans langatmige Abhandlungen tatsächlich ertragen könnte, besonders zu einem Thema, von dem er offensichtlich keine Ahnung hatte. Aber sie fügte sich mit einem kleinen, heimlichen Seufzer in ihr Schicksal: alles war besser, als im Backofen ihrer Gemächer vor sich hinzuschmelzen.

Angesichts seines übervollen Tellers konnte sie sich aber nicht die Frage verkneifen: »Selbstkasteiung in welcher Hinsicht?«

»Nun ja, erst einmal in der Wahl der Kleidung«, erwiderte Iwan arrogant. Er sah sehr finster und hochnäsig aus in seiner dunklen

Robe, mit der er scheinbar die Ernsthaftigkeit seiner Aufgabe betonen wollte. Aber wie Synnovea zugeben mußte, würde er wahrscheinlich selbst im Adamskostüm so aussehen, ein Anblick, der ihr hoffentlich erspart bleiben würde.

Um festzustellen, wieso er schon wieder etwas an ihrer Kleidung auszusetzen hatte, hielt Synnovea ihren Teller zur Seite und schaute an sich hinunter. Für ihre Morgentoilette hatte sie einen türkisen Seidensarafan gewählt, der mit rosa Blumensträußchen bestickt war. Rosa und türkise Bänder waren in ihren Jungfernzopf gebunden, und ein Diadem aus denselben, mit winzigen Seidenblümchen verziert, bekränzte ihr Haupt. Das Kleid war die traditionelle Tracht ihrer Heimat, und es bedeckte sie von Kopf bis Fuß. Was also hatte er daran auszusetzen?

»Stimmt etwas nicht mit dem, was ich trage?« fragte sie neugierig. »Ist das nicht das ziemliche Kostüm einer russischen Bojarina?«

»Etwas zu bunt, um als sittsam zu gelten«, sagte Iwan vorwurfsvoll. »Es erinnert mich an einen Pfau, falls Ihr wißt, wie einer aussieht. Eine bescheidene Jungfer sollte nicht wie eine aufgeputzte Henne herumstolzieren.«

Synnovea spielte die Unschuldige. »Ich dachte, Pfauen wären männliche Vögel.«

»Das hat nichts mit der Sache zu tun!« keifte Iwan indigniert. »Und als junge Maid und meine Schülerin solltet Ihr mehr Respekt gegenüber Weiseren zeigen und Demut in Geist und Benehmen. Schließlich und endlich ist der Zar auf der Suche nach einer Braut, und wer kann schon sagen, welches Mädchen er wählen wird.«

Synnovea erstickte diese Wunschvorstellung im Keime. »Bei allem nötigen Respekt für Seine Majestät, ich möchte mich ganz bestimmt nicht den Intrigen und Eifersüchteleien aussetzen, die diese spezielle Stellung mit sich bringt. Ich bin absolut damit zufrieden, mein Leben außerhalb der strengen Regeln und Mauern eines Terem zu verbringen, und möchte mir nicht den Kopf darüber zerbrechen, was mir jemand ins Essen mischt. Seine Majestät hat schon viel ertragen müssen auf seiner Suche nach einer Braut, aber das war nichts im Vergleich zu dem, was seine Auserwählte erwartet.«

»Was wollt Ihr damit sagen?« fragte Iwan mißtrauisch.

Synnovea machte es sich am Tisch bequem. »Maria Klopowa war einmal die auserwählte Braut des Zaren und seht, was aus ihr geworden ist.«

Iwan setzte sich zu ihr an den Tisch und stellte seinen voll beladenen Teller vor sich. Seiner Meinung nach mußte seiner Schülerin vor Augen geführt werden, was für ein Schicksal eine Frau voller List und Tücke erwartete: »Das war vor fast fünf Jahren, und wenn Ihr Euch an die Umstände erinnern könnt, fiel Maria nur in Ungnade, weil sie versuchte, ihre Krankheit vor Zar Michael zu verheimlichen, damit sie seine Zarina würde. Und wäre sie nicht mit Schaum vor dem Mund mit wilden Zuckungen vor dem Zaren und seinen Gästen zusammengebrochen, wäre ihr das wohl auch gelungen. Die Verbannung der Klopowa nach Sibirien war kaum Strafe genug für ihre Hinterhältigkeit.«

Synnovea konnte nicht fassen, wie schlecht der Mann informiert war. Offensichtlich hatte er keine Ahnung von neueren Ereignissen bei Hof. »Oh, habt Ihr es denn nicht gehört? Kurz nach seiner Rückkehr aus Polen hat Patriarch Filaret ein Komplott der Saltikows aufgedeckt, das Maria Klopowa und ihre Familie in Mißkredit bringen sollte. Wie es scheint, hatten Mitglieder der Familie Saltikow Marias Essen mit einem Brechmittel versetzt und dann einige Ärzte bestochen, die die Lüge verbreiteten, sie hätte eine unheilbare Krankheit. Patriarch Filaret hat seinem Sohn von diesen Taten berichtet, und deshalb hat der Zar vor kurzem die Saltikows von seinem Hof verbannt und einige ihrer Ländereien konfisziert. Leider hilft das der armen Maria jetzt nur wenig.«

Iwan war etwas verwirrt, wollte das aber nicht so einfach akzeptieren. »Die Saltikows sind doch Verwandte der Zarinmutter. Marfa würde nie ein solches Edikt gegen ihre Familie dulden, nicht einmal von ihrem Sohn. Ihr müßt Euch irren, Gräfin.«

Synnovea gönnte ihm ein freundliches Lächeln. »Und genau das ist der Grund, aus dem Marfa sich hartnäckig weigert, ihrem Sohn die Einwilligung zur Heirat mit Maria Klopowa zu geben. Sie war außer sich über diese Behandlung ihrer Familie.« Synnovea nahm ein paar Bissen von ihrem Teller, dann richtete sie scheinheilig ihren Blick auf den sprachlosen Mann. Die Vernunft gebot zwar Vorsicht, aber sie konnte der Versuchung nicht widerstehen, ihn ein wenig damit zu necken, daß ihr Wissen dem seinen zumindest ebenbürtig war, wenn nicht größer. »Glaubt Ihr, ich hatte für heute genug Unterweisung? Ich möchte so gerne heute morgen der Gräfin Andrejewna einen Besuch abstatten, ehe es zu heiß wird. Wir könnten doch unsere Diskussion morgen fortsetzen.«

Iwans pockennarbiges Gesicht wurde rot vor Wut, und er senkte seine dunklen Augen auf seinen Teller. Er haßte es, verspottet und als Ignorant bloßgestellt zu werden, besonders von dieser Gräfin Synnovea, deren Erzeuger reich genug gewesen war, ihr die beste Erziehung durch die teuersten Lehrer zukommen zu lassen. Er dagegen hatte Speichel lecken und niedere Arbeiten auf sich nehmen müssen für jedes bißchen Wissen, alles nur um die Demütigungen seiner Jugend, die ihn bis zum heutigen Tag verfolgten, ein für alle Male auszumerzen. Nach dem Tod seiner Mutter hatte er sich bei alten Priestern eingeschmeichelt, um das geschriebene Wort zu erlernen und dann ihre gewichtigen Folianten und uralten Archive studieren zu können. Er hatte ihre armselige Roben und zerlumpten Kleider mit ihnen geteilt, nur um seinen Verstand zu bereichern. Jetzt, nachdem es ihm gelungen war, eine reiche Mäzenin zu finden, würde er ganz bestimmt denen gegenüber nicht nachsichtig sein, die ein Leben ohne Probleme führten. Dieser Paradiesvogel würde nicht einfach herumflattern, nachdem er gewagt hatte, sich über ihn lustig zu machen. Sie mußte ein für alle Male lernen, seine Wichtigkeit und seine Macht zu respektieren – ansonsten...

»Gräfin, Ihr werdet weder heute noch irgendein anderes Mal entschuldigt werden, wenn ich es nicht empfehle.«

Iwan wandte sich schroff ab, als wolle er jede weitere Diskussion im Keim ersticken, in Wirklichkeit wollte er sich aber nur vor diesen neugierigen grünen Augen schützen. Er hatte eine Schwäche, die ihn immer dann plagte, wenn er sehr erregt war, und die er mit allen Mitteln zu verbergen versuchte: ein nervöser Tick des Augenlids, den er nicht kontrollieren konnte, und außerdem heftige Zitterkrämpfe in den Händen, so daß er oft unfähig war, ein Glas zu halten. Dann erschien plötzlich ein Bild seiner Mutter aus den dunklen Nischen seiner Erinnerung, wie sie ihn als kleinen Jungen wüst beschimpfte. Sein ganzes Leben lang versuchte er, diese Erscheinungen aus seinem Kopf zu verdrängen, aber sie und die unschönen Reaktionen darauf quälten ihn immer noch.

Der Krampf verschwand, so schnell wie er gekommen war, und Iwan hatte sich wieder unter Kontrolle. Er holte tief Luft und wandte sich dann erneut der jungen Frau zu, die sich taktvoll mit ihrem Essen beschäftigte, als hätte sein Verbot sie gar nicht tangiert. Das ärgerte ihn. Er wollte seine Rache auskosten und hatte auch schon einen Plan, wie er das bewerkstelligen könnte.

Iwans Mund verzog sich verächtlich. »Es ist mir zu Ohren gekommen, Gräfin, daß es in der Küche verschiedene Pflichten gibt, auf die Ihr Eure Energien konzentrieren könnt, anstatt Eure Zeit damit zu verschwenden, Euch mit so fragwürdigen Kreaturen wie der Gräfin Andrejewna abzugeben. Sie ist wohl kaum der richtige Umgang für ein junges Mädchen.«

Synnovea lehnte sich erschrocken im Stuhl zurück und sah ihn mit gerunzelter Stirn an. Sie wußte sehr wohl, woher er diese Information hatte. Es gab anscheinend keine Geheimnisse zwischen Iwan und der Prinzessin. »Was sagt Ihr da, Herr? Kennt Ihr die Frau überhaupt, die Ihr schmäht? Die Gräfin Andrejewna ist eine Frau von unzweifelhaftem Charakter.«

»Wohl kaum!« höhnte Iwan. »Ich habe von diesen Empfängen gehört, die sie gibt. Reiche Bojaren und hochrangige Offiziere. Ihre Motive sind ja wohl offensichtlich. Eine Witwe, die schon drei Ehemänner überlebt hat, sucht nach einem vierten, der ihr ein Luxusleben bis zu ihrem Tod ermöglicht.«

Synnovea spürte, wie abgrundtief sein Haß war, und ihr wurde klar, wie dumm es gewesen war, ihn herauszufordern. Er würde

Natascha schlechtmachen, bis es ihm gelang, sie so in Rage zu bringen, daß sie sich vergaß. Aber den Gefallen würde sie ihm nicht tun. Das Beste war, seine Bösartigkeiten freundlich zu ignorieren. »Die Küche sagt Ihr? Aber natürlich. Aber welche Arbeit könnte es dort geben, die ich als Teil meiner Studien betrachten kann?«

Iwan warf ihr einen hochmütigen Blick zu. »Wie unschwer zu sehen ist, Gräfin, müßt Ihr erst einmal die Demut einer Dienerin erlernen, ehe man Euch als reif für die Ehe mit einem russischen Edelmann erklären kann. Die Prinzessin Anna hat mir freie Hand in der Gestaltung des Unterrichts gegeben. Und Punkt eins meiner Tagesordnung ist, Euch die Unterwürfigkeit und die Lasten der Leibeigenen und Bauern beizubringen.« Seine kleinen Augen huschten schadenfroh über ihre prächtigen Kleider. »Ich bin mir sicher, Ihr wollt etwas weniger Protziges für Eure Arbeit in der Küche anlegen.«

Synnovea erhob sich von ihrem Stuhl, bemüht, keinerlei Regung zu zeigen, die Iwan als Betroffenheit auslegen könnte. Diese Befriedigung gönnte sie ihm nicht. Was die Arbeit in der Küche anging, das war ihr ohnehin gleichgültig. Der boshafte Priester ahnte nicht, daß sie nach dem Tod ihrer Mutter nicht nur den Haushalt ihres Vaters geführt hatte, sondern auch Seite an Seite mit den Bediensteten gearbeitet hatte, wenn es darum ging, das Haus für Gäste vorzubereiten oder besondere Gerichte für ihren Vater und seinen Besuch zu kochen. Sie hatte mit großer Freude den Gärtnern beim Pflanzen und Pflegen von Blumen und Gemüse geholfen, um mit den Produkten Haus und Tisch zu schmücken. Wenn Iwan glaubte, mit dieser Anordnung einen Vorteil errungen zu haben, hatte er nur wieder einmal seine Unwissenheit bewiesen.

»Wenn Ihr mich bitte entschuldigt«, sagte Synnovea höflich. »Ich muß kurz in meine Gemächer, um mich entsprechend vorzubereiten, wie Ihr vorgeschlagen habt.«

Ihre Bereitwilligkeit machte Iwan stutzig. »Wenn Ihr glaubt, Ihr könnt Euch heute wieder in Eurem Zimmer verbarrikadieren,

Gräfin, irrt Ihr Euch. Ich bin mir sicher, Prinzessin Anna wird nicht dulden, daß Ihr die Hände in den Schoß legt, wenn ich Euch eine Aufgabe erteilt habe.«

»Ich würde nicht im Traum daran denken«, warf ihm Synnovea lachend über die Schulter zu, als sie zur Tür ging. »Wirklich, Iwan«, sie benutzte absichtlich seinen Vornamen, um ihm zu zeigen, wie wenig Respekt sie vor ihm hatte, »kein Grund, nervös zu werden. Ich folge doch nur Eurem Rat.« Der Priester blieb allein zurück, ziemlich verstört von ihrer Reaktion. Er hatte mit einem Wutausbruch gerechnet. Statt dessen schien sie geradezu entzückt von seinem Befehl. Er schwor sich, sie den ganzen Tag nicht aus den Augen zu lassen, für den Fall, daß sie plante, sich heimlich aus dem Staub zu machen. Er traute keiner Frau und schon gar nicht einer, die ihn nicht ernst nahm.

In ihren Gemächern, wo sie ihr prächtiges Gewand gegen die Bauerntracht tauschen wollte, die sie zu Hause immer bei solchen Gelegenheiten getragen hatte, wurde Synnovea von Ali zur Rede gestellt. Sie versuchte, ihr zwar zu erklären, daß sie nur kurz ein paar Aufgaben in der Küche zu erledigen hatte, aber die Zofe war so außer sich, daß sie sie nur mit Gewalt daran hindern konnte, nach unten zu stürzen und dem Priester die Meinung zu sagen.

»Was? Der Kerl besitzt die Unverschämtheit, Euch herumzukommandieren wie eine gewöhnliche Dienstmagd?« Ali war außer sich. »Der Schlag soll ihn treffen!«

»Ich mache nichts anderes als das, was ich zu Hause auch getan habe«, versuchte Synnovea, die temperamentvolle kleine Zofe zu beruhigen. »Es macht mir überhaupt nichts aus, glaub mir.«

»Mein Schatz, es ist was anderes, wenn Ihr Euch selbst die Aufgaben aussucht, als von jemanden die Befehle zu empfangen, der meint, er wär was Besseres.« Ali lief wutentbrannt im Zimmer auf und ab. »Der wird den Tag noch bereuen, an dem er sich in den Kopf gesetzt hat, Euch Böses zu tun!« schwor sie.

»Ali McCabe! Du wirst weder Iwan noch der Prinzessin Anna den Gefallen tun und ihnen zeigen, wie betroffen wir von den Bosheiten dieses Mannes sind. Wir werden Iwans Befehle liebenswürdig ausführen, hast du das verstanden?« Als keine Antwort kam, stampfte Synnovea wütend mit dem Fuß auf. »Ali! Hast du das verstanden?«

Die Zofe verschränkte schmollend ihre Arme. Die Entscheidung ihrer Herrin paßte ihr ganz und gar nicht. »Er ist ein hinterlistiger, armseliger kleiner Wurm, jawohl!«

Synnovea hatte zwar größte Mühe, nicht laut loszulachen, aber es gelang ihr, mit strenger Miene und erhobenem Zeigefinger zu sagen. »Ich möchte, daß du mir versprichst, Ali, alles zu tun, um den Frieden zu wahren, solange wir hier sind.«

Angesichts des bedrohlichen Fingers fügte sich Ali mit bester Märtyrermiene. Sie richtete den Blick gen Himmel, als wolle sie die Heiligen anrufen, und sagte dann seufzend: »Gut, ich mach's, aber nur, weil Ihr es mir befohlen habt, und es wird mir schwerfallen, das wißt ihr!«

Synnovea legte tröstend einen Arm um die schmalen Schultern und sagte: »Das weiß ich, Ali, mein Schatz, aber es ist das Beste, glaub mir. Wir werden Iwan und der Prinzessin keinen Grund zur Klage geben. Vielleicht schaffen wir es, ihre Wut und ihren Haß mit ein bißchen Güte zu besänftigen.«

»Von wegen! Eher geht ein Kamel durch ein Nadelöhr! Jawohl! Auch wenn die Priester mir immer wieder erzählen, daß solche Wunder passieren, Wolf bleibt Wolf, und Schaf bleibt Schaf!«

»Hilf mir beim Umziehen«, sagte Synnovea lachend, »dann kannst du meine Sachen wegräumen, während ich runtergehe und mich der Köchin stelle.« Sie mußte wieder lachen. »Die arme Elisaveta ahnt noch nicht, was ihr bevorsteht. Mit mir in der Küche wird sie womöglich das ganze Essen verbrennen.«

»Würde keinem schaden, kann ich nur sagen«, erwiderte Ali bissig. »So wie diese Krähe Iwan Woronski sich vollstopft, geschieht's ihm ganz recht, wenn er mal was Verbranntes runterwürgen muß.«

Wie vermutet, blieb Elisaveta, der Köchin mit den traurigen Augen, der Mund offen stehen, als Synnovea ihr Reich betrat, zwar nicht direkt wie eine Magd gekleidet, aber auch nicht wie eine edle Dame. Wenn Iwan sie in ihrer Tracht gesehen hätte, wären seine traurigen Vorstellungen vom Leben Bediensteter sicher völlig durcheinandergeraten. Die spitzenbesetzte Bluse mit dem grünen Mieder und die weiße Schürze über dem reich bestickten weiten Rock ließen das Mädchen besonders reizvoll aussehen. Zahlreiche Spitzenunterröcke gaben dem Rock Volumen, und unter dem knöchellangen Saum lugten schlanke Füße in dunklen Strümpfen und Slippern heraus, wie sie sich kein Mann schöner wünschen könnte. Ein großes, spitzenverbrämtes Kopftuch bedeckte ihr dunkles Haar, und ihr Zopf hing schmucklos bis zur Hüfte hinunter.

»Gräfin!« rief Elisaveta erstaunt. »Was wollt Ihr denn hier?«

»Aber, aber, ich bin gekommen, um dir zu helfen, Elisaveta«, sagte Synnovea fröhlich. »Gibt es irgend etwas, was ich machen könnte?«

»Njet! Njet, vielen Dank!« krähte die mollige Frau und fuchtelte ratlos mit den Händen herum. »Die Prinzessin wird das niemals dulden! Ihr seid ein Gast!«

Synnovea hatte nicht vor, einen Keil zwischen Dienerin und Herrin zu treiben. Es widerstrebte ihr natürlich, der Köchin zu sagen, daß man ihr die Arbeit befohlen hatte, aber etwas Schmeichelei würde sicher denselben Zweck erfüllen. »Ach, Elisaveta, ich möchte aber zu gerne lernen, wie du diese wunderbaren Gerichte machst, damit ich sie meinem Personal beibringen kann, wenn ich nach Nischni Nowgorod zurückkehre.« Sie setzte ihr gewinnendstes Lächeln auf und sagte: »Willst du mir das nicht zeigen?«

Die Köchin wiegte ihren graumelierten Kopf hin und her, dann strahlte mit einem Mal ihr rundes Gesicht. Sie verschränkte ihre feisten Arme unter ihrem ausladenden Busen und sagte, hocherfreut über dieses Kompliment: »Ich kann Euch zeigen, was ich weiß, Gräfin.«

»Dann werde ich sicher alles lernen, was man übers Kochen wissen muß«, sagte Synnovea lächelnd. »Was wirst du mir zuerst beibringen?«

»Na ja, das, was ich eben gerade mache«, sagte Elisaveta und watschelte zu einem langen Tisch, wo sie gerade Karotten, Zwiebeln, Trüffeln und Waldpilze geputzt hatte. »Wenn ich das alles gehackt habe, werde ich Piroschki machen. Der Herr mag diese gefüllten Teigtaschen sehr gerne.«

Synnovea warf der Frau einen besorgten Blick zu. »Erwartet Ihr den Prinzen Aleksej bald zurück?«

»Oh, normalerweise ist er nach höchstens ein, zwei Tagen wieder da. So wie ich ihn kenne, wird er entweder heute abend oder morgen früh zurückkommen.« Elisaveta seufzte. »Wenn Prinz Aleksej nicht wär, bräucht' ich überhaupt nicht zu kochen. Die Herrin ißt wie ein Spatz, wenn der Herr da ist, und fast gar nichts, wenn er fort ist. Es ist wirklich ein Jammer, mitansehn zu müssen, wie all das Essen verdirbt.«

»Aber es sind doch wohl genug Diener im Haus, um das, was übrigbleibt, aufzuessen.«

Die Köchin schüttelte traurig den Kopf. »Die Herrin duldet nicht, daß das Personal ißt, was für sie und die anderen an ihrem Tisch gekocht wird. Es würde ihnen den Geschmack am einfachen Essen verderben, sagt sie. Es gibt so viele andere, die es so dringend brauchen könnten...«

Synnovea entging nicht, wie Elisaveta sich verstohlen eine Träne wegwischte. Sie legte ihre Hand auf den dicken Arm: »Kennt Ihr jemand bestimmten, der in Not ist, Elisaveta?«

Sie nickte zögernd. »Es ist meine Schwester, Gräfin. Ihr Mann ist im letzten Winter gestorben, und sie ist krank und hat eine Tochter von drei Jahren. Sie kann nicht arbeiten, und die beiden verhungern. Und ich bin hier und muß lauter so feine Sachen kochen, aber ich darf ihr nichts bringen und auch nicht hier weggehen, um ihr zu helfen.«

»Also wirklich!« Synnovea stemmte entschlossen die Fäuste in die Hüften. Wenn es im Haus der Taraslows so aussäh, würde sie nicht tatenlos herumsitzen! »Ich habe eine Zofe, die ich losschikken kann. Sie wird Lebensmittel kaufen und was sonst noch nötig ist, und der Kutscher kann sie zu deiner Schwester bringen. Ich selbst darf zwar das Haus nicht ohne Erlaubnis verlassen«, Synnovea zuckte mit den Achseln, als Elisaveta überrascht den Kopf hob, »aber es wird sich keiner drum scheren, was meine Zofe macht.«

»Wollt Ihr damit sagen, daß Ihr hier nicht wegkönnt, wenn meine Herrin es nicht erlaubt?« fragte die Köchin überrascht.

»Das ist nur zu meinem Schutz«, beschwichtigte sie Synnovea mit einem Lächeln.

»Hmm!« Elisaveta dachte sich ihren Teil und warf einen giftigen Blick in Richtung Tür. Sie hatte einst in den Diensten der Eltern der Prinzessin gestanden und genug Gelegenheit gehabt, sich eine eigene Meinung über diese Tochter zu bilden, die ihre alternde Familie ins Kloster geschickt hatte, weil sie mit ihrem Mann allein in dem Haus leben wollte, in dem sie aufgewachsen war. Selbst als die Prinzessin nach Moskau gezogen war, hatte sie ihren Eltern nicht erlaubt zurückzukehren, damit sie die Ordnung im Haus nicht durcheinanderbrachten.

Bis zum späten Nachmittag hatte Synnovea ihre Aufgaben in der Küche erledigt, und nachdem sie Iwan pflichtschuldigst um Erlaubnis gebeten hatte, ging sie hinters Haus und suchte sich einen Platz im Schatten eines Baumes, der nahe dem Eingang zum Garten der Taraslows wuchs. Dort ruhte sie sich aus, während sie auf die Rückkehr von Ali und Stenka wartete, die vor einiger Zeit zu ihrer wohltätigen Mission aufgebrochen waren. Elisaveta steckte immer wieder fragend den Kopf zur Tür heraus, aber Synnovea konnte nur den Kopf schütteln, die Kutsche war noch nicht zurückgekehrt. Sie wandte ihre Aufmerksamkeit wieder den Versen zu, die sie in dem gewichtigen Folianten gefunden hatte, den Iwan ihr gegeben hatte.

Die Dämmerung war schon angebrochen, als Synnovea endlich die Kutsche die Straße entlangfahren sah. Elisaveta stellte gerade das Abendessen bereit und war sehr enttäuscht, weil sie ihren Platz nicht verlassen konnte, als die Gräfin in die Küche stürmte, um ihr zu sagen, daß Ali und Stenka endlich zurückgekehrt waren. Synnovea eilte weiter, durch den Speisesaal und von dort in die Eingangshalle, wo Anna gerade mit gerunzelter Stirn von der Eingangstür wegschritt.

»Ihr hättet dem Mann untersagen sollen hierherzukommen, als Ihr ihm das erste Mal begegnet seid!« schimpfte die Prinzessin. Sie war sehr ungehalten, weil man sie schon wieder zur Tür gerufen hatte, um die Fragen dieses arroganten Engländers zu beantworten. Der Mann wollte anscheinend nicht begreifen, daß er hier nicht willkommen war, oder er war zu stur, diese Tatsache zu akzeptieren. »Colonel Rycroft wollte Euch unbedingt wiedersehen und hatte die Frechheit, mir zu sagen, er würde morgen wiederkommen, als ob ihm das etwas nützen würde!«

Synnoveas Blick flog zur Tür, als ihr einfiel, daß Colonel Rycroft gesagt hatte, er würde heute wiederkommen. In ihrer Sorge um den Zustand von Elisavetas Schwester und Nichte hatte sie das völlig vergessen. »Ist Colonel Rycroft hier?«

»Er war gerade hier. Aber jetzt ist er fort«, informierte sie Anna bissig. »Ich habe ihm gesagt, daß Ihr nicht gestört werden wollt, und schon gar nicht von ihm, jetzt nicht und auch nicht in Zukunft! Ich habe ihm ein paar Münzen zur Belohnung für seinen Mann gegeben, als er wieder versucht hat, das als Ausrede für seine Rückkehr zu benutzen. Ich habe aber meine Zweifel, daß er es weitergeben wird. Ein einfacher Trick, um an Geld zu kommen, wenn Ihr mich fragt.«

Synnovea unterdrückte mühsam ihre wachsende Wut. Woher nahm die Frau das Recht, einen Besucher für sie einfach wegzuschicken, ohne sie von seiner Anwesenheit zu informieren? Auch wenn Colonel Rycroft ein Engländer war, der ihr zudem den Hof machen wollte, hätte sie ihn doch lieber selber weggeschickt. »Ihr sagt, Colonel Rycroft wird morgen noch einmal kommen?«

»Wenn er wagt, das zu ignorieren, was ich gesagt habe, aber es wird ihm kaum etwas nützen«, verkündete Anna streng. »Ich werde Euch nicht erlauben, ihn zu empfangen!«

»Ich kann nichts Schlimmes daran finden, den Mann mit der üblichen Höflichkeit zu behandeln«, erwiderte Synnovea kühl, ohne daran zu denken, daß sie ihn möglicherweise auch nicht sehr freundlich behandelt hätte. Sie hatte ihm noch nicht verziehen, daß er sie heimlich im Bad beobachtet hatte, aber das Recht, ihn dafür zu maßregeln, beanspruchte sie für sich selbst, was sie aber Anna natürlich nicht eingestand. »Der Mann hat mich schließlich und endlich gerettet und große Tapferkeit in Ausübung seiner Pflichten bewiesen.«

»Das gibt ihm aber noch längst nicht das Recht, in diesem Haus empfangen zu werden wie ein in Rußland geborener Bojar«, erwiderte die Prinzessin. »Ihr werdet meine Wünsche respektieren, Gräfin, oder es bereuen.«

»Und das werde ich«, beschwichtigte sie Synnovea mit einem gezwungenen Lächeln. Die Frage, ob Colonel Rycroft noch einmal kommen dürfte, war es nicht wert, einen Streit vom Zaun zu brechen, auch wenn es ihr gegen den Strich ging, daß die Frau versuchte, sie mit Drohungen gefügig zu machen.

Und mit einem befehlerischem Unterton fuhr Anna fort: »Ich erwarte, daß ich das Geld, das ich dem Mann in Eurem Namen gegeben habe, prompt zurückgezahlt bekomme... was mich zu einer weiteren wichtigen Angelegenheit bringt. Ihr habt genügend Geld, um Euren Unterhalt hier selbst zu bestreiten und den Eurer Dienerschaft. Ich werde also die entsprechende Summe zu Eurer Schuld addieren und Euch wöchentlich eine Rechnung präsentieren. Die fällige Summe werdet Ihr jeweils am Wochenanfang entrichten.«

»Wenn es Euer Wunsch ist«, erwiderte Synnovea und fragte sich, ob sie das aus Habgier machte oder um sich für ihre unerwünschte Anwesenheit in ihrem Haus zu rächen.

»Ich bin froh, daß Ihr so einsichtig seid, Gräfin.«

Synnovea enthielt sich eines Kommentars und entschuldigte sich: »Wenn Ihr erlaubt, Prinzessin, ich möchte mich jetzt gerne zum Abendessen umziehen.«

Anna nickte hochmütig und beobachtete, wie die junge Frau die Halle durchquerte. Als sie aber an der Treppe vorbeiging, zum hinteren Teil des Hauses, ging sie hastig hinterher.

»Wohin geht Ihr?« fragte sie wütend. »Eure Gemächer sind im ersten Stock.«

Synnovea ging einfach weiter und rief ihr über die Schulter zu: »Ich hole Ali, damit sie mir beim Umziehen hilft. Sie ist draußen im Stall bei Stenka!«

Anna warf einen besorgten Blick auf die Vordertür, während Synnovea durch die hintere verschwand. Es war zwar schon einige Zeit vergangen, seit sie den Colonel weggeschickt hatte, aber sie konnte nicht riskieren, daß er möglicherweise noch vor der Tür herumlungerte.

Mit zusammengebissenen Zähnen rannte Anna zum Eingangsportal und riß es auf, um dem Mann gehörig die Meinung zu sagen. Aber da war niemand, an dem sie ihre Wut auslassen konnte. Das Pferd stand nicht mehr am Anleinpfosten, und die Straße war leer, abgesehen von einer einsamen Kutsche. Mit einem Seufzer der Erleichterung schloß Anna die Tür und ging befriedigt zur Treppe. Es war ihr gelungen, die Bemühungen des Colonels, sich bei einer reichen russischen Gräfin anzubiedern, im Keim zu ersticken.

Nachdem sie das Haus verlassen hatte, lief Synnovea rasch den schmalen Weg zum Stall entlang und wollte gerade um die Hecke biegen, als sie den vertrauten schwarzen Hengst sah. Er war neben dem hinteren Tor angebunden. Sie blieb stehen und schaute sich hastig nach dem Colonel um. Er stand neben der Kutsche mit seinem Lederhelm unter einem Arm, seine andere Hand ruhte lässig auf dem Griff des Säbels, der von seinem Gürtel hing. Er schien sich sehr angeregt mit Ali zu unterhalten, die immer wieder kicherte und ihm kokette Blicke zuwarf. Synnovea hatte zwar schon bemerkt, daß der Mann ziemlich groß war, aber jetzt sah sie, daß er Ali mindestens um zwei Haupteslängen überragte. Der graue Kopf reichte ihm gerade bis an die Brust.

Heute war er nicht so elegant gekleidet wie gestern, sondern eher wie ein arbeitender Soldat. Die hohen Stiefel und die schmalen Lederhosen waren schon etwas abgeschabt, und seine Brust bedeckte ein Lederpanzer. Die blauen Flecken um seine Augen und auf seiner Wange waren immer noch zu sehen, aber die großen Beulen waren kleiner geworden, so daß er etwas menschlicher aussah. Sein Haar war frischgeschnitten und gekämmt, und sonnengebleichte Strähnen schimmerten aus dem hellen Braun.

Ali schaute sich um, und als sie ihre Herrin erblickte, winkte sie sie eifrig zu sich. »Herrin! Hier ist der Mann, der Euch vor den Räubern gerettet hat!«

Colonel Rycroft drehte sich rasch um, und seine Augen glitten bewundernd von Kopf bis Fuß über ihre Gestalt. Synnovea ahnte glücklicherweise nicht, was dabei in seinem Kopf vorging, denn Tyrone Rycroft wurde rasch klar, daß sie angezogen zumindest genauso attraktiv war wie hüllenlos.

Das offensichtliche Interesse ihres hartnäckigen Verehrers machte Synnovea verlegen. Sie errötete bis in die Haarspitzen, während er sie lächelnd mit Blicken verschlang.

»Gräfin Synnovea, Euer Erscheinen ehrt mich, und es ist mir eine große Freude, Euch bei so guter Gesundheit zu sehen.« Er verneigte sich tief, dann richtete er sich wieder auf, stellte seinen Helm ab und ging mit seinem wohl angeborenen schiefen Lachen rasch auf sie zu. Noch nie hatte irgendein Mann sie so schamlos angegrinst, da war sie sich sicher. »Ich hatte schon befürchtet, dieses Haus verlassen zu müssen, ohne Euren tröstlichen Anblick genossen zu haben und Euch am Ende nie mehr wiederzusehen.«

Seine unverhohlene Bewunderung ließ sie noch mehr erröten. Nur der Gedanke, daß er sicher schon zahllosen anderen Mädchen so den Kopf verdreht hatte, bestärkte Synnovea in dem Entschluß, seinem amourösen Vorhaben ein für alle Mal ein Ende zu machen. Sie konnte sich nur zu gut vorstellen, wie schädlich weitere Besuche ihrem Ruf sein könnten.

»Die Prinzessin Anna hat mich gerade von Eurem Besuch informiert«, sagte Synnovea, darauf bedacht, nichts zu sagen, was ihn in irgendeiner Weise ermutigen könnte. »Ich bedaure, daß Ihr den weiten Weg vom Lager hierher gemacht habt, um die Belohnung abzuholen, Colonel. Ich hätte doch Stenka damit zu Euch schicken können.«

Tyrone steckte zwei Finger in die kleine Börse an seinem Gürtel und holte einen Beutel Münzen heraus. Er legte das kleine Ledersäckchen in Synnoveas Hand, wobei er sie kurz festhielt. »Ich bezahle den Mann mit Freuden selbst, als Beweis für das Privileg, Euch sehen zu dürfen. Ich habe die Belohnung nur als Vorwand benutzt, um Euch wiedersehen zu können. Ich hätte ohne weiteres den Mann selbst schicken können.«

Synnovea entzog ihm rasch ihre Hand, aus Angst er könnte spüren, wie ihr Puls raste, und es falsch deuten. Wenn schon seine bloße Anwesenheit sie nervös machte, war es da ein Wunder, daß seine Berührung sie beunruhigte?

Ein Blick auf Ali genügte, um zu sehen, daß die zierliche Frau den Mann als Anwärter auf ihr Herz befürwortete. Sie enttäuschte ihre Zofe nur ungern, aber der Colonel war definitiv kein Teil ihrer Pläne, jetzt nicht und auch nicht in Zukunft. Selbst wenn sie ihn attraktiv gefunden hätte, was jetzt gar nicht mehr so abwegig war wie an dem Abend im Badehaus, so war er doch ein ruheloser Abenteurer, der offensichtlich kein Land als Heimat betrachtete.

»Ich kann unter keinen Umständen dulden, daß Ihr für die Rückgabe meiner Brosche bezahlt, Colonel.« Synnovea wollte den Beutel zurückgeben, aber der Colonel weigerte sich, ihn zu nehmen. »Ihr könnt Euch doch sicher diese Ausgabe nicht leisten.«

»Die Kosten sind mir gleichgültig, Mylady«, versicherte ihr Tyrone galant. »Der Preis, nach dem ich strebe, ist weit mehr wert.«

»Aber Euer Opfer ist sinnlos, Colonel. Der Prinzessin Anna wäre es lieber, wenn Ihr nicht mehr hierherkommt.« Das entsprach zwar der Wahrheit, aber Synnovea wußte, daß sie sich hinter den Anordnungen der anderen Frau versteckte, um ihn nicht selbst abweisen zu müssen. Er hatte es natürlich auch nicht anders verdient, und es hätte ihr nichts ausmachen dürfen, ihm eine Abfuhr zu geben. Aber irgendwie brachte sie es nicht übers Herz. »Ich bin ihr Mündel und muß ihre Wünsche respektieren. Genau wie Ihr auch.«

Tyrone hob fragend eine Braue und starrte in ihre grünen Augen, bis sie verwirrt die Lider senkte. Nach einer langen Pause seufzte er nachdenklich und warf einen kurzen Blick zu Ali. Die kleine Zofe war sichtlich enttäuscht. Er hätte der Frau gerne Mut gemacht, denn wenn er sich erst einmal etwas in den Kopf gesetzt hatte, gab er nicht nach, bis er absolut sicher war, daß es nicht die geringste Hoffnung gab. Nach ihrem Treffen im Badehaus war ihm klar geworden, daß er die Gräfin Zenkowna nicht so leicht vergessen könnte. Und er war sich auch nicht sicher, ob ihre Abweisung ihren eigenen Wünschen entsprach, deshalb betrachtete er sie als geringes Hindernis für sein eigentliches Ziel, nämlich diese Maid für sich zu gewinnen.

»Vielleicht wird die Prinzessin Anna im Lauf der Zeit ihre Meinung über mich ändern. Ich kann nur darauf hoffen«, erwiderte Tyrone. Er wußte sehr wohl, daß er das Mädchen mit dem, was er jetzt zu sagen hatte, wieder in Panik versetzen könnte, aber ihre Nähe hatte das Feuer seiner Leidenschaft wieder neu entflammen lassen. »Doch muß ich gestehen, Gräfin, Eure Wünsche interessieren mich mehr als die Gefühle anderer. Eure Gesellschaft ist ein wahrer Lichtblick im Vergleich zu dem, was sonst hier geboten wird, und ich muß gestehen, daß es mir äußerst schwerfällt, Eure Existenz einfach zu ignorieren, nur weil man mir befohlen hat, nicht wiederzukommen. Allein Euer Anblick genügt, um meine Fantasie zu beflügeln, und ich habe mich hoffnungslos in Euch verliebt.« Er hielt kurz inne, um ihr Zeit zu geben, seine Worte zu verdauen, dann fuhr er mit einem langsamen Schulterzucken fort: »Ich habe in meinem Leben eins gelernt: wenn viel Schweiß und Mühsal nötig sind, um einen Preis zu gewinnen, schätzt man ihn viel mehr, als wenn er einem in den Schoß fällt. Gräfin...«, er grinste, »ich kann Euch versichern, daß ich die Schlacht um die Ehre Eurer Gesellschaft noch nicht einmal begonnen habe.«

Synnovea war entsetzt von soviel Hartnäckigkeit und Unverschämtheit: »Colonel, ich bitte Euch, respektiert die Autorität derer, unter deren Dach ich augenblicklich lebe«, doch sie ahnte, daß nichts ihn von seinem Entschluß abbringen konnte. »Mir sind die Hände gebunden. Ich muß mich den Wünschen derjenigen fügen, die meine Entscheidungen treffen.«

»Würde es helfen, wenn ich den Zaren bitte, ein gutes Wort für mich einzulegen?« sagte Tyrone mit amüsiert funkelnden Augen. Er wartete gespannt auf ihre Reaktion. Wenn sie tatsächlich kalt und hochmütig war, würde er es gleich erfahren.

Ihr schöner Mund blieb vor Entsetzen offen. Synnovea konnte nicht fassen, wie er wagen konnte, so etwas vorzuschlagen. »Um Himmels willen, nein, Sir! Gott bewahre! Ganz Moskau wäre in Aufruhr, wenn das bekannt wird. Das dürft Ihr nicht! Ich verbiete es!«

Ali hüstelte hinter vorgehaltener Hand, um nicht laut loszulachen. Sie war sehr angetan von der Werbung dieses Colonels und hatte sich nur mit Mühe beherrschen können, ihre Herrin zu ermutigen. Seine Entschlossenheit begeisterte sie. Das war kein schwacher, willenloser Beau, der sich wie ein Blättchen im Wind drehte. Dieser Mann wußte, was er wollte und würde wie ein Tiger darum kämpfen. Und sein Vorname deutete daraufhin, daß irgendwo irisches Blut durch seine Adern floß! Das erklärte seinen ungeheuren Dickschädel!

»Keine Sorge, Mylady«, beschwichtigte Tyrone sie grinsend. Ihre Reaktion hatte seine Leidenschaft noch mehr beflügelt. »Ich werde erst seine Gunst gewinnen und dann die Bitte vortragen.«

Synnovea schlug entsetzt die Hände vors Gesicht. Der Mann hatte tatsächlich vor, die Sache bis zum Thron zu bringen! Das war doch sicher nur ein Scherz! Das konnte er doch nicht wirklich tun!

»Leider ruft jetzt die Pflicht«, informierte Tyrone sie. »Ich habe heute noch eine Nachtübung und morgen einen vollen Tag Kampftraining im Freien. Selbst wenn Prinzessin Anna mir nicht verboten hätte, Euch morgen zu sehen, hätte ich mich sicher nicht freimachen können, aber keine Angst«, fügte er mit einem Lächeln hinzu: »Ihr werdet mich wiedersehen.«

Tyrone verbeugte sich kurz, setzte seinen Lederhelm auf und schritt zurück zu seinem Hengst. Er schwang sich in den Sattel, drehte das Pferd in Richtung der beiden Frauen und salutierte kurz. Synnovea sah ihm nach, bis er außer Sicht war, und konnte nicht fassen, wie hartnäckig dieser Mann war.

»Ein wirklich kühner Mann«, bemerkte Ali mit zuckenden Mundwinkeln. Sie warf einen kurzen Blick auf ihre schweigende Herrin und verschränkte zufrieden die Arme über der Brust. »Wißt Ihr was? Er erinnert mich an Euren Papa, als er Eurer Mama den Hof gemacht hat! Er hat nicht lockergelassen, bis die Familie Eurer Mutter ihm die Einwilligung zur Heirat gegeben hat. Aber meine geliebte Eleanora, Gott sei ihrer armen Seele gnädig, hat auch gedacht, daß sich die ganze Welt nur um Graf Zenkow dreht!«

»Also, ich glaube nicht, daß sich die ganze Welt nur um Colonel Rycroft dreht! Aber ich kann mir gut vorstellen, daß er versuchen würde, es ihr zu befehlen!« sagte Synnovea erbost, was ihr ein schadenfrohes Kichern von Ali einhandelte.

»Was habt Ihr denn erwartet, Schätzchen?« Ali warf begeistert den Kopf zurück. »Er ist doch Kommandant der Husaren Seiner Majestät! Und ein Ire obendrein, da möcht' ich drauf wetten!«

Synnovea fixierte die hagere kleine Frau: »Und du, Ali McCabe! Du solltest doch schließlich auf meiner Seite sein! Nicht auf seiner! So wie du ihn mit den Augen verschlungen hast, möchte man fast meinen, du nimmst Maß, ob er für mich als Ehemann paßt!«

»Aber, aber, Lämmchen, das ist doch kein Grund, sich so aufzuregen«, beruhigte Ali sie. »Ich mag den Mann einfach, mehr nicht.«

Synnovea stöhnte resigniert und warf ihr dann einen mißtrauischen Blick zu. »Ich kenne dich gut genug, Ali McCabe, um zu wissen, daß du als Komplizin des Colonels entlarvt werden wirst, wenn er auf seinem närrischen Unterfangen beharrt. Dir kann man nicht trauen, wenn solche Männer im Spiel sind!«

»Kann ich denn was dafür, daß ich ein Auge für einen Prachtkerl von Mann habe?«

Synnovea seufzte schicksalsergeben. Ali McCabe würde immer das letzte Wort haben. »Ich nehme an, du weißt gar nicht mehr, weshalb ich dich losgeschickt habe.«

Ali nahm es sehr persönlich, wenn ihr jemand vorhielt, sie

würde allmählich alt und vergeßlich werden. »Ihr wißt genau, daß das nicht stimmt! Und was ich da gesehen habe, hat mir das Herz gebrochen!« Sie beruhigte sich wieder und sagte voller Mitleid: »Elisaveta hat wirklich nicht übertrieben. Ihrer Schwester geht es sehr schlecht. Ich habe mich um sie und das kleine Mädchen Sophia gekümmert und was gekocht und einer Nachbarin etwas Geld gegeben, damit sie nach ihnen schaut, bis ich wiederkomme. Mit ein bißchen Pflege sind sie bald wieder gesund, aber Danika muß eine Arbeit finden, damit sie sich und das Kind ernähren kann.«

»Ich glaube nicht, daß Anna sie hier arbeiten lassen wird, nicht mit dem kleinen Kind«, überlegte Synnovea. »Hast du vielleicht eine Idee?«

Ali schüttelte traurig den Kopf. »Nein, Herrin, aber es muß doch etwas geben, was wir tun können.«

Synnovea ließ niedergeschlagen den Kopf hängen. Wenn doch nur ihre Möglichkeiten nicht so beschränkt wären! Sie überlegte, ob sie die beiden in ihr Haus nach Nischni Nowgorod schicken sollte, aber für eine Frau von so schwacher Konstitution war die Reise viel zu anstrengend. Doch nach einigen Minuten angestrengten Nachdenkens erhellte sich ihr Gesicht: »Ich habe eine Idee. Vielleicht wäre die Gräfin Natascha bereit, sie einzustellen.«

»Glaubt Ihr etwa, daß Prinzessin Anna Euch hier weglassen wird, damit Ihr der Gräfin Natascha einen Besuch abstatten könnt?« sagte Ali skeptisch. »Ihr wißt doch, daß sie die Gräfin nicht ausstehen kann.«

»Ich werde Anna bitten, mich zur Kirche gehen zu lassen«, sagte Synnovea entschlossen. »Das kann sie mir doch sicher nicht abschlagen, und dann kann ich mit Natascha über die Angelegenheit reden.«

»Und sobald sie rausfindet, daß Ihr mit der Gräfin geredet habt, wird sie Euch überhaupt nicht mehr weglassen.«

»So streng kann sie doch gar nicht sein«, sagte Synnovea, klang aber wenig überzeugend.

Alis Kommentar war ein verächtliches Schnauben. »Die Prinzessin wird es Euch sehr übelnehmen, wenn Ihr die Gräfin hinter Ihrem Rücken besucht.«

Die schmalen Schultern hoben sich ratlos. »Wir können nur abwarten und sehen, was passiert. Es ist ohnehin unwahrscheinlich, daß Anna mich in nächster Zeit ausgehen lassen wird, aber später getattet sie es vielleicht.« Sie nahm Alis Arm und sagte: »Jetzt komm mit. Elisaveta wartet auf Nachricht von ihrer Schwester. Und ich muß mich zum Abendessen umziehen, bevor Prinzessin Anna rauskommt und uns sucht!«

Kurze Zeit später gesellte sich Synnovea zu Iwan und Prinzessin Anna, die sie in der großen Halle erwarteten. Am Ende des Abends präsentierte Anna ihr die Rechnung. Synnovea bemerkte erst bei ihrer Rückkehr in ihre Gemächer, daß der für die Belohnung angegebene Betrag nicht mit dem Inhalt des Beutels übereinstimmte, den Tyrone ihr gegeben hatte. Entweder hatte er sich einige Münzen daraus genommen, oder die Prinzessin hatte erheblich mehr aufgeschrieben, als sie eigentlich bezahlt hatte. Nachdem der Colonel ihr die Börse freiwillig ausgehändigt hatte, blieb ihr nur Verwunderung über die Habgier der Prinzessin, die weiß Gott ein staatliches Vermögen hatte.

Am nächsten Morgen kam Synnovea wieder in den Speisesaal und mußte zu ihrem Leidwesen feststellen, daß Iwan bereits da war und sich seinen Teller vollhäufte. Er schien sich wohl zu fühlen in seiner Rolle als Zuchtmeister und hielt eifrig Ausschau nach weiteren Fehlern, auf die er sich mit Elan stürzen konnte. Synnovea war fast erleichtert, als die Eingangstür aufflog und Aleksej ins Zimmer schritt. Er sah fast so furchterregend aus wie der Räuber Petrow. Er war unrasiert, und seine blutunterlaufenen Augen zeugten von hemmungslosen Trinkgelagen und sonstigen Exzessen.

»Du da!« brüllte er Iwan an, der heftig erschrak. Der Teller glitt aus seiner knochigen Hand und fiel krachend zu Boden. Aleksej fixierte Iwan mit grimmigen dunklen Augen. »Du bist wohl nur mutig, solange meine Frau in der Nähe ist«, sagte er verächtlich. »Warum zitterst du denn jetzt vor Angst, du kleine Kröte?«

Iwan schluckte ängstlich und versuchte, die bösartigen Sticheleien des anderen Mannes zu ignorieren, doch seine Stimme zitterte vor Angst, als er sagte: »Die Prinzessin Anna ist noch nicht aufgestanden, Euer Hoheit. Wünscht Ihr, daß ich sie Euch hole?«

»*Wenn ich meine Frau sehen will, hol' ich sie mir selbst!*« brüllte der Prinz, so daß der Priester vor Schreck einen Satz nach hinten machte. Doch jetzt hatte Aleksej Synnoveas ängstliches Gesicht gesehen und bemühte sich ernsthaft, seine Wut unter Kontrolle zu bringen. Er atmete einige Male tief durch und sagte dann in einigermaßen ruhigem Ton zu Iwan: »Man hat mich gerade informiert, daß Annas Vater im Kloster erkrankt ist. Ihre Mutter möchte, daß sie demnächst dort einen Besuch macht. Ich kann mir denken, daß Anna Euch als würdige Eskorte betrachtet. Deshalb würde ich an Eurer Stelle Vorkehrungen für die Reise treffen.«

Iwan schien entsetzt von der Aussicht auf eine weitere beschwerliche Reise, auf der man ihn womöglich noch einmal überfallen würde. »Aber, ich bin doch gerade erst…«

»So wie ich meine Frau kenne, bleiben Euch sicher noch ein paar Tage zur Vorbereitung«, sagte Aleksej gleichgültig. Dann hob er den Kopf und starrte ins Leere, bis Iwan sich leise aus dem Zimmer geschlichen hatte.

»Wie es aussieht, wird Euch Woronskis Unterricht in nächster Zeit erspart bleiben, Gräfin, zumindest für einige Zeit.« Aleksej nahm sich einen Teller und suchte sich ein paar delikate Häppchen aus dem Angebot, das Elisaveta auf der Anrichte bereitgestellt hatte. Er musterte Synnovea aus dem Augenwinkel und bemerkte die Sorgenfalten auf ihrer Stirn. »Seh' ich da einen Anflug von Trauer auf Eurem süßen Antlitz?« Er lächelte hinterlistig, wohlwissend, was sie betrübte. »Oder grämt Ihr Euch etwa, weil wir beide hier ganz allein sein werden? Abgesehen von den Dienern, werden wir das Haus ganz für uns haben.«

Synnovea sah ihm mutig in die Augen. »Ganz im Gegenteil, Prinz Aleksej. Ich bin mir sicher, Eure Frau wird mir jetzt gestatten, in ihrer Abwesenheit bei der Gräfin Andrejewna zu wohnen. Es wäre unziemlich, wenn wir beide ohne richtige Anstandsdame hier allein blieben. Ihr wißt doch, wie schnell die bösen Zungen so etwas aufgreifen würden, und ich möchte auf keinen Fall, daß Euer makelloser Ruf durch meine Anwesenheit hier besudelt wird.«

Aleksej warf den Kopf zurück und lachte herzhaft über diese absurde Vorstellung. »Ihr seid wirklich eine Frau mit Geist und Witz, Synnovea. Eure Gegenwart ist herzerfrischend.« Seine braunen Augen funkelten, und er strich sich genüßlich über den Bart. »Es wird mir ein Vergnügen sein, Euch besser kennenzulernen.«

»Natürlich, wenn wir beide in ziemlicher Begleitung sind«, stimmte ihm Synnovea mit einem herausfordernden Lächeln zu.

Danach machte sie einen kleinen Knicks und überließ ihn seinem Frühstück, während sie zurück in ihre Gemächer ging. Sie hatte keinerlei Bedürfnis, in seiner Nähe zu sein, wenn Anna ihrem Unmut Luft machte.

8. Kapitel

Eine kühle Morgenbrise strich über die Stadt, als Zar Michael Fjodorowitsch Romanow gemächlich den Wehrgang auf der hohen Mauer des Kremls entlangspazierte. Seine dunklen Augen verfolgten aufmerksam das Exerzieren eines berittenen Regiments auf dem riesigen Roten Platz. Die Reitkünste des Kommandanten dieses Elitekavallerieregiments begeisterten ihn. Nur wenige Reiter konnten sich mit seinem Talent messen, außer vielleicht die Kosaken, die mit ihren wagemutigen Reitkunststücken den Beobachter in Atem halten konnten. General Vanderhout hatte zwar einigen anderen russischen Generälen gegenüber damit geprahlt, wie er an der Spitze einer Truppe seiner ausländischen Division eine Strafexpedition gegen eine große Räuberbande angeführt hatte. Aber Michael hatte sich von seinem neuernannten Major Nekrasow über die Reise der Gräfin Zenkowna Bericht erstatten lassen und die wahre Geschichte gehört. Eine Horde Straßenräuber hatte das Gefolge der jungen Bojarina überfallen, angeführt von einem Polen mit Kosakenblut, und diese waren von einem gewissen englischen Colonel und seiner Truppe niedergemetzelt worden, als sie zufällig Zeugen des Angriffs wurden. Ein Teil dieses Regiments exerzierte jetzt für ihn, ohne es zu ahnen.

Die zackige Vorstellung der Husaren erwärmte Michaels Herz. Auf das scharfe Kommando ihres Befehlshabers drehten sich die Männer im Gleichklang herum. Ihre Schwerter hoben sich über die Köpfe und wurden dann mit der stumpfen Kante auf die Schultern geschlagen. Diese Übung hatte er bis jetzt noch nicht gesehen und merkte gerade, wie sehr er sie genoß. Er mußte diesen Engländer demnächst kennenlernen, denn dieser Offizier hatte offensichtlich eine Hand für prächtige Schauspiele auf dem Paradeplatz, und außerdem hatte er seine militärischen Fähigkeiten bereits im echten Kampf bewiesen.

Michael legte nachdenklich den Kopf zur Seite und warf einen fragenden Blick auf seinen Gardeoffizier, der direkt hinter dem Feldmarschall stand. »Major Nekrasow?«

Der Offizier kam zu ihm und salutierte zackig. »Zu Befehl, Größter Zar aller Russen.«

Michael verschränkte die Arme auf dem Rücken und musterte den makellos gekleideten Offizier. »Major Nekrasow, sprecht Ihr Englisch?«

Nikolai war etwas überrascht von dieser Frage, antwortete aber ohne zu zögern: »Ja, Erhabener.«

»Gut. Dann werdet Ihr die Güte haben, den Kommandanten des Regiments, das Wir gerade sehen, zu informieren, daß Wir uns gerne in den nächsten Tagen mit ihm unterhalten würden. Er hat die Erlaubnis, eine Bitte um Audienz in den Bittstellerkasten zu werfen, und Wir werden ihm einige Zeit später Unsere Antwort zukommen lassen. Habt Ihr irgendwelche Fragen?«

»Keine, Eure Exzellenz.«

»Der Mann ist Ausländer«, stellte Michael fest. »Unterweist ihn im Protokoll des Hofes, damit er sich nicht blamiert oder uns Grund gibt, ihn bestrafen zu müssen.«

»Ja, Eure Exzellenz.«

»Das ist alles.«

Nikolai schlug sich mit einer Hand auf die Brust und verbeugte sich vor dem Zaren, der ihm mit einer knappen Geste gestattete, sich zurückzuziehen. Der Major machte sich sofort auf den Weg nach unten. Dort angelangt, schritt er rasch über das Feld auf die exerzierenden Soldaten zu und rief dabei den Namen des Kommandanten der Husaren.

Es dauerte einige Zeit, bis er sich durch das Stampfen der Hufe und die scharf gebrüllten Befehle bemerkbar machen konnte: »Colonel Rycroft!«

Endlich hatte Tyrone ihn gehört und wendete sein Pferd in die Richtung, aus der der Ruf kam. Als er den Major erkannte, nickte er Hauptmann Twerskoi kurz zu und überließ seinem Adjutanten das Kommando über die Kavallerietruppe. Dann schob er seinen Lederhelm hoch und wische sich die schweißnasse Stirn, während der Offizier sich rasch näherte.

»Colonel Rycroft!« rief Nikolai noch einmal aufgeregt, als er neben dem Engländer stehenblieb. »Seine Majestät der Zar will Euch sehen!« Er zeigte auf die Mauer, und der Colonel schaute nach oben, wo einige Männer versammelt waren. »Er beobachtet Euch schon seit einiger Zeit!«

Tyrone hielt schützend die Hand über seine Augen und spähte noch einmal hinauf zu dem Häuflein hochrangiger Beamter, das sich dort versammelt hatte. »Und was glaubt Ihr, will er von mir?«

»Ihr habt ihn beeindruckt!« erwiderte Nikolai voller Ehrfurcht für den Mann, der so etwas bewerkstelligen konnte. »Ihr sollt in den nächsten Tagen eine Audienz bei ihm erbitten!«

Tyrone raffte die Zügel zusammen, legte seine Hand auf den Sattelknauf und sah den Major erwartungsvoll an. Er hatte sich zum Ziel gesetzt, die Aufmerksamkeit des Zaren zu gewinnen, war aber höchst erstaunt, wie schnell ihm das gelungen war. »Und wie soll ich das bewerkstelligen?«

»Ich soll Euch persönlich darin unterweisen, was Euch erwartet, Colonel. Wenn Ihr heute abend frei seid, können wir uns in meinem Quartier treffen. Je eher Ihr reagiert, desto mehr Respekt für Seine Majestät beweist Ihr.«

»Natürlich«, stimmte Tyrone zu und verwarf sofort seinen Plan, am späteren Abend zum Haus der Taraslows zu reiten. Er hatte seine Männer in den letzten zwei Wochen mit solcher Hingabe gedrillt, daß er sich nicht einmal die Zeit gegönnt hatte, Synnovea zu sehen. Er hatte gehofft, er könnte Ali dazu überreden, ein Treffen für heute nachmittag zu arrangieren und vielleicht dadurch seine Sehnsucht nach dem Mädchen zu stillen und noch einmal sein Anliegen vorzutragen. Die dunkelhaarige Schönheit ließ ihm einfach keine Ruhe. Oft erwachte er mitten in der Nacht aus rastlosem Schlaf und sah ihr Gesicht vor sich, spürte wieder ihre weiche, nackte Haut auf seiner. Und das Schwierigste war, diese sinnlichen Fantasien wieder loszuwerden. Egal, wie oft er in seinem Schlafgemach hin- und herlief, seine wachsende Liebe für sie quälte ihn ohne Unterlaß. Dieses Treffen mit Major Nekrasow war wesentlich wichtiger als sein geplanter Besuch dort. Eine Audienz beim Zaren würde ihn dem, was er wirklich wollte, wesentlich näher bringen. Ohne Zweifel konnte Zar Michael jede Tür in Rußland, die man ihm bisher vor der Nase zugeschlagen hatte, öffnen.

Einige Wochen waren seit Synnoveas Ankunft im Haus der Taraslows verstrichen. Während dieser Zeit hatte sie Iwans phlegmatische Vorträge, Annas Schimpftiraden und Aleksejs heimliche Verführungsversuche über sich ergehen lassen müssen. Synnovea kam sich allmählich vor wie ein kleiner Spatz, der gezwungen ist, unter den scharfen Augen von Raubvögeln sein Dasein zu fristen. In jedem dunklen Winkel lauerte die Gefahr, vom Prinzen überrascht und bedrängt zu werden. Es war gelinde gesagt zum Verrücktwerden, bei diesem Jagdspiel die Beute zu sein, aber Aleksej war offenbar wild entschlossen, jede Gelegenheit, die sich ihm bot, auszunutzen, während Anna ihre meiste Zeit und Aufmerksamkeit darauf verwendete, Iwans ehrgeizige Karrierepläne zu unterstützen.

Den Besuch am Krankenbett ihres Vaters hatte Anna verschoben, da sie die Planung eines Empfangs zu Ehren Iwans für wichtiger hielt. Die beiden waren inzwischen praktisch unzertrennlich, und während sich Aleksej anderweitig herumtrieb, besuchten die zwei reiche und mächtige Bojaren auf der Suche nach Gleichgesinnten, um den Widerstand gegen den Patriarchen Filaret Nikititsch zu schüren.

Mittwoch morgen informierte Prinz Aleksej seine Gemahlin, daß er Geschäftliches in einer benachbarten Stadt zu erledigen hätte und erst spät am folgenden Tag zurückkehren würde. Somit glaubte Anna, sie könnte gefahrlos ihr Mündel im Haus allein lassen, während sie mit Iwan ausging. Sie kam nicht einmal auf die Idee, daß man sie getäuscht hatte.

Kurz nachdem die beiden am Nachmittag aufgebrochen waren, schickte Synnovea Ali mit Stenka los, damit sie Elisavetas Schwester Danika und ihre Tochter versorgten. Beide hatten sich inzwischen gut erholt und freuten sich darauf, daß sie möglicherweise Arbeit im Haus der Gräfin Andrejewna finden würden.

Als Ali gegangen war, machte es sich Synnovea an einem Tisch im Garten bequem. Sie wollte die Werke Plinius des Älteren, die sich angeblich mit der biologischen Geschichte der Menschheit befaßten, durchforsten in der Hoffnung, einige von Iwans Behauptungen besser verstehen zu können. Sie hielt sie nämlich für viel zu weit hergeholt, was sich nach einigen Recherchen auch herausstellte.

Kurz nachdem es drei Uhr geschlagen hatte, öffnete ein etwas überraschter Boris die Tür für Prinz Aleksej. Nachdem er sich wieder gefangen hatte, sagte er hastig zum Hausherrn: »Aber wir haben erst morgen mit Eurer Rückkehr gerechnet, Prinz.«

»Ich habe meine Pläne geändert, Boris.« Aleksej sah sich unauffällig um. »Ist meine Frau hier?«

»Nein, Hoheit. Prinzessin Anna ist vor über eine Stunde mit...«

»Dem guten Iwan Woronski ausgegangen, nehm' ich an.« Aleksej gab sich bewußt etwas verärgert. Boris versuchte hastig, ihn zu beschwichtigen.

»Sie sind zu Besuch im Haus von Prinz Wladimir Dimitrijewitsch, Hoheit. Prinzessin Anna wäre sicher entzückt, wenn Ihr auch dort erscheinen würdet.«

»Was? Um noch einen Vortrag über die Absichten des alten Bojaren anzuhören, im vorgerückten Alter einen Schwung Kinder zu zeugen?« Aleksej lachte verächtlich, und der Diener versteckte sein hämisches Grinsen hinter vorgehaltener Hand. »Lieber nicht, Boris. In seinem Alter sollte Prinz Wladimir lieber daran denken, seinen Reichtum unter den Söhnen zu verteilen, die er bereits hat, anstatt daran, neue zu zeugen.«

Aleksej schlenderte aus der Eingangshalle quer durchs Haus und schließlich hinaus in den Garten, wo er Synnovea fand. Sie war so in ihre Lektüre vertieft, daß sie ihn zuerst gar nicht bemerkte...

»Meine liebe Synnovea...«

Der dunkle Kopf schnellte überrascht hoch, und Synnovea sagte entsetzt. »Prinz Aleksej!«

Einen Augenblick lang sah Aleksej in ihre erschrockenen Augen, dann lachte er begeistert über das, was er in ihnen entdeckte. Das Mädchen war verängstigt wie ein Hase, der vom listigen Fuchs gestellt worden war.

»Prinz Aleksej!« wiederholte Synnovea und erhob sich rasch. »Wir haben erst morgen mit Eurer Rückkehr gerechnet. Du meine Güte, wird Anna überrascht sein!« Ihr atemloser Tonfall verriet, wie nervös sie war. »Sie müßte jeden Augenblick zurück sein...«

Seine amüsierten Augen ließen sie verstummen. »Aber, aber, meine liebe Synnovea, wir wissen doch beide, daß Anna immer sehr lange wegbleibt, wenn sie Iwan auf einer seiner Suchen nach Berühmtheit begleitet. Sie hat Ambitionen, die den seinen sehr ähnlich sind, wie Ihr wißt.«

Sein Blick wanderte wie magisch angezogen in das verlockende eckige Dekolleté, das ihm einen gewagteren Einblick in die weiße Haut ihres Busens verschaffte, als es ihm bis jetzt vergönnt gewesen war. Eine steife, spitzenbesetzte Krause schmückte ihren schlanken Hals und war kokett mit einem lila Bändchen befestigt, das farblich genau zum geblümten Batist ihres Kleides paßte. Eine enge Korsage betonte ihre schlanke Taille, während der freche Ausschnitt Aleksej fast um den Verstand brachte. Er leckte sich die Lippen und konnte es kaum erwarten, diese köstliche Fülle aus ihrer hinderlichen Umhüllung zu befreien und sich an ihrem Anblick zu erfreuen.

Sie hatte dieses Kleid ausländischer Herkunft sicher erst nach Annas Abfahrt angelegt, wohl mehr weil es sehr kühl war und nicht, um sich zur Schau zu stellen. Er hatte gegen das Kleid ganz sicher nichts einzuwenden, da es ihm Einblicke gestattete, die ihm sonst verwehrt waren.

»Darf ich mich zu Euch setzen«, fragte er, ganz der perfekte Gentleman.

»A-aber natürlich«, erwiderte Synnovea und überlegte fieberhaft, wie sie ihn auf Distanz halten konnte. Er hätte sich sicher sofort auf sie gestürzt, wenn sie ihm diese Bitte verweigert hätte.

Aleksej wollte sich dicht neben sie setzen, aber Synnovea ging rasch zur anderen Seite des Tisches, um sich ein Glas gekühlten, gewässerten Wein einzugießen. Sie quälte sich ein mühsames Lächeln ab und nahm einen Schluck, bevor sie sich ihrer guten Manieren entsann. Sie zeigte widerwillig auf den Krug mit Wein und den kleinen Teller mit Keksen, den Elisaveta ihr gebracht hatte. »Darf ich Euch eine Erfrischung anbieten?«

Aleksej lächelte. Er wußte sehr wohl, daß sie damit nur eine Schranke zwischen sie bringen wollte, als ob der winzige Tisch sie vor den Avancen eines leidenschaftlichen Mannes bewahren könnte.

»Vielleicht ein Glas gewässerten Wein«, murmelte er und nahm seinen Kopfputz ab. Dann stemmte er beide Hände auf den Tisch und beugte sich nach vorn, um zu sehen, was sie las. »Plinius der Ältere?« sagte er skeptisch. »Über welches gewichtige Thema hat Iwan sich denn jetzt wieder ausgelassen, daß Ihr in Eurer Freizeit Plinius den Älteren studieren müßt?«

Synnovea schob wütend ihr Kinn vor. Iwan hatte sie verhöhnt, als er erfuhr, wie begrenzt ihr Wissen von den Schriften dieses Mannes war. »Iwan hat gesagt, Plinius der Ältere wäre ein Genie, der fast seine gesamte Zeit entweder mit Lesen, Anfertigen von Notizen oder dem Studium der Werke anderer verbracht hat, und daß jeder einigermaßen denkfähige Student seine Schriften genau beachten sollte, so als ob«, sie betonte die letzten Worte, um zu zeigen, wie wütend sie auf ihren Lehrer war, »sie mit den himmlischen Gesetzen gleichzusetzen wären.«

Aleksejs Mundwinkel zuckten amüsiert, als er merkte, wie sehr das ihren Stolz verletzt hatte. »Und wie denkt Ihr darüber, nachdem Ihr einige von Plinius' Werken kennengelernt habt? Ist er so weise, wie Iwan behauptet?«

Sie warf verächtlich den Kopf zurück. »Von wegen! Mundlose Männer, die sich nur vom Duft der Blumen nähren? Menschen mit Regenschirmfüßen, die sich mit so monströsen Extremitäten vor der Sonne schützen? Es ist vollkommen absurd zu glauben, Plinius wäre als Wunderkind nicht in Frage gestellt worden, selbst zu Zeiten der Römer.«

»Das sind natürlich nur extreme Beispiele aus Plinius' fantasievolleren Arbeiten«, sagte Aleksej, »aber solche Beobachtungen werfen natürlich gewisse Zweifel an seiner Glaubwürdigkeit als Gelehrter auf.« Er richtete sich auf und sah sie neugierig an. »Und, was haltet Ihr jetzt von Iwans Logik? Akzeptiert Ihr sie, oder lehnt Ihr sie ab?«

Synnovea wußte nicht, wieviel er Anna weitererzählen würde und sagte vorsichtig: »Das ist natürlich nur meine eigene Meinung, aber mir scheint, daß Iwan in mancher Hinsicht gar kein so brillanter Gelehrter ist, wie manche behaupten.«

»Meine Frau würde Euch da nicht zustimmen«, sagte der Prinz und nahm den Becher, den Synnovea ihm anbot. »Ich dagegen, meine Liebe, neige eher dazu, Eure Ansicht zu teilen. Der Mann ist mir ein Dorn im Auge, seit er sich an meine Frau gehängt hat. Er scheint die Fähigkeit zu haben, sie zu seiner Denkweise zu bekehren. Wirklich eine seltene Begabung, denn mir ist das in zwanzig langen Ehejahren kein einziges Mal gelungen.«

Aleksej hob den Kopf und ließ den Blick durch den sorgsam gepflegten Garten schweifen. Er war normalerweise kein Mensch, der derart schlichte Freuden genießen konnte, aber in Synnoveas Nähe fand er tatsächlich die friedliche Ruhe, die ihn hier umgab, entspannend. Wenn er vielleicht eine andere Frau geheiratet hätte, die nicht von dem unstillbaren Ehrgeiz getrieben gewesen wäre, von allem das Beste zu haben, hätte er möglicherweise auch gelernt, sie zu lieben. Manchmal war er sehr versucht, ihr seine vielen Eroberungen ins Gesicht zu schleudern, als wolle er sich für die Rastlosigkeit, die ihn trieb, rächen.

»Würdet Ihr mich auf einem Spaziergang durch den Garten begleiten, Synnovea?« fragte er und ging um den Tisch herum zu ihr. Er nahm ihren Arm und zeigte mit einer einladenden Geste auf die blumengesäumten Wege. »Es sind viele Jahre vergangen, seit ich mir das letzte Mal die Zeit genommen habe, die Blumenpracht zu bewundern.«

Synnovea willigte mißtrauisch ein, und sie machten sich auf den Weg. »Elisaveta erwartet mich in wenigen Minuten in der Küche«, sagte sie, um sich eine Fluchtmöglichkeit zu schaffen, falls er zudringlich werden würde. »Ich habe versprochen, ihr beim Brotbacken zu helfen, also darf ich sie nicht zu lange warten lassen.«

»Ein kleiner Spaziergang durch den Garten wird Euch doch wohl vergönnt sein, Synnovea«, beschwichtigte sie Aleksej. »Ich muß sowieso bald wieder weiter. Ich habe heute morgen ein paar wichtige Dokumente vergessen und mußte zurückkommen, um sie zu holen. Ich dachte, alle wären ausgeflogen, bis ich Euch entdeckte.« Er hob den Kopf und sog den süßen, betäubenden Duft der Blüten ein. »Ich hatte fast vergessen, daß solche kleinen Freuden existieren.«

Synnovea warf einen kurzen Blick über die Schulter und stellte fest, daß sie jetzt außer Sichtweite des Hauses waren, die ausladenden Äste eines Baumes verdeckten den Weg hinter ihnen. »Wir sollten jetzt umkehren.«

»Noch nicht, Synnovea.« Seine Hand glitt nach unten und umfaßte die ihre. Als sie erschrocken zurückwich und versuchte, sich zu befreien, lachte er und deutete auf den Weg. »Habt Ihr den Taubenschlag schon gesehen? Er ist gleich da vorne.«

Synnovea hörte das leise Gurren der Vögel und ließ sich widerwillig weiterführen. Er ließ ihre Hand los, als sie sich einem hohen, weißen, runden Schlag näherten, auf dem ein Dutzend oder mehr Tauben herumstolzierten. Flatternde Schwingen kündeten die Ankunft eines Vogels an, und Synnovea sah zu, wie die Taube sich mit einem letzten kurzen Flügelschlag vor einem leeren Schlupfloch niederließ.

»Das könnte gefährlich werden«, sagte Aleksej lachend, als ein weiterer Vogel direkt über sie hinwegflog. »Laßt uns gehen, bevor Euer hübsches Kleid voller Flecken ist.« Er nahm wieder ihre

Hand und zog sie hinter sich her zu einem Weg, der im rechten Winkel vom Taubenschlag abbog. Synnovea versuchte zwar, ihre Hand zu befreien, weil sie sich immer weiter vom Haus entfernten, aber Aleksej hielt sie fest und sagte über die Schulter: »Keine Angst, Synnovea. Kommt! Ich muß Euch noch etwas zeigen.«

Schließlich gelangten sie zu einer kleinen Hütte, die direkt an den hohen Zaun gebaut war, der den Besitz umgab. Er zog sie hinter sich her über die hölzerne Veranda, schob die Tür auf und wollte in das Haus gehen, aber Synnovea dachte nicht daran, sich gegen ihren Willen in die dunkle Hütte führen zu lassen. Sie stemmte ihre Füße wie ein widerspenstiges Kalb in den Boden und wehrte sich mit aller Kraft.

»Nein, Aleksej!« rief sie. »Das ist nicht recht! Bitte! Laßt mich los! Ich muß zurück ins Haus!«

Aleksej blieb stehen und lachte schadenfroh. »Ach, komm schon rein, Synnovea«, sagte er. »Laß mich dich zu der Frau machen, die du verdienst zu sein. Keiner wird wissen, daß wir zusammen waren.« Er lächelte gewinnend. »Die Dienerschaft ist mir treu ergeben, und keiner wird Anna erzählen, daß ich heute hier war, also brauchen wir uns nicht vor ihr zu rechtfertigen.« Er zeigte auf die Tür. »Keiner kommt hierher. Der alte Holzfäller, der im Winter hier lebt, ist jetzt weg und kommt erst im Herbst zurück. Wir haben die Hütte ganz für uns allein. Du brauchst dich nicht zu schämen oder Angst zu haben.«

»Nein!« Synnovea schüttelte energisch den Kopf. »Das, was Ihr wollt, wird nie geschehen, Aleksej! Es ist nicht recht!«

»Recht? Unrecht?« Er wiegte den Kopf hin und her. »Wer kann behaupten, daß es unrecht ist, wo wir doch für einander bestimmt sind, Synnovea?«

»Ich kann!« sagte sie wütend.

Er zuckte achtlos mit den Schultern. »Ich werde dich so oder so nehmen, Synnovea. Es spielt keine Rolle, ob du dich wehrst. Im Lauf der Zeit wirst du lernen, meine Liebkosungen zu genießen.«

Aleksej versuchte, sie um die Taille zu fassen und an sich zu ziehen, aber Synnovea riß sich los und starrte ihn mit wütend funkelnden Augen an. »Wenn Ihr mich gegen meinen Willen mit Gewalt nehmt, Aleksej, werde ich mich bitterlich rächen, das schwöre ich. Ich selbst werde zu Anna gehen und von Eurer schändlichen Tat berichten. Ich bin keine von Euren Dirnen, die Ihr nach Lust und Laune nehmen könnt! Sogar wenn mir keine andere Wahl bleibt, als zu Zar Michael selbst zu gehen, werde ich dafür sorgen, daß Ihr für das, was Ihr mir antut, büßt!«

Aleksej lachte höhnisch. Er hielt immer noch ihr Handgelenk fest und sah sie mitleidig an. »Du glaubst, du könntest mir drohen und dann einfach davonrauschen, wie es dir paßt, mein Mädchen! Oh nein, nicht mit mir! Deine Worte werden auf taube Ohren stoßen, denn ich werde schwören, daß du die Unwahrheit sprichst. Siehst du jetzt, daß es keinen Sinn hat, gegen mich anzukämpfen. Ich werde dich nehmen, wann und wo es mir gefällt.« Sein Blick tastete genüßlich über die reizvolle Fülle ihres Dekolletés, und seine Stimme wurde rauh: »Sogar heute, meine Süße.«

Er lächelte freundlich und steckte rasch seine Finger in die Kuhle zwischen ihren Brüsten und packte ihr Kleid. Synnovea schrie entsetzt auf, aber ehe sie zurückweichen konnte, hatte seine Hand das Mieder aufgerissen.

»Nein!« Synnovea taumelte zurück und starrte den Mann an, als hätte er den Verstand verloren.

»Du bist die Essenz, die meine Leidenschaft nährt, Synnovea. Wir sind füreinander bestimmt.«

Die dunklen Augen senkten sich, und er begann heftig zu atmen. Synnovea folgte seinem Blick und sah entsetzt, daß sich die Fülle ihres Busens unter dem Batisthemdchen deutlich abzeichnete.

Aleksej streckte wieder die Hand nach ihr aus, und Synnovea versuchte, mit einem Wutschrei zu flüchten. Es nützte ihr wenig, denn er bekam ihre Haare zu fassen und zerrte sie in seine Arme. Er stieß die Tür mit der Schulter auf, drängte sie in die Hütte, schloß sie mit einem Fußtritt und schob sie zu der schmalen Pritsche, die in einer Ecke des Raumes stand. Wolfsfelle bedeckten das schmale Lager, in denen Synnovea fast versank, als er sie auf das

Bett fallen ließ. Aleksej ließ sie keine Sekunde aus den Augen, während er seinen Kaftan aufriß, und Synnovea suchte in Panik vergeblich nach einer Fluchtmöglichkeit. Er stand jetzt in einem dünnen Hemd und engen Unterhosen vor ihr. Er ging einen Schritt zur Seite, und Synnovea erspähte eine schmale Öffnung zwischen ihm und dem kleinen Nachttisch am Kopfende des Bettes. Sie wollte sich aufrichten, aber er war schneller und warf sie zurück in die Felle, dort hielt er sie fest und bestieg sie wie ein Pferd, sein größeres Gewicht verhinderte weiteres Strampeln ihrerseits. Gewaltsam versuchte er ihr die Röcke bis zur Taille hochzuschieben.

Synnoveas Widerstand war noch längst nicht gebrochen, sie versuchte sofort, sich unter ihm wegzuschlängeln, aber Aleksej ließ sich einfach wieder auf sie fallen und verhinderte die Flucht. Synnovea biß frustriert die Zähne zusammen, und ihr Blick fiel auf den Tisch, wo sie einen kleinen Schleifstein entdeckte. Sie streckte die Hand danach aus. Aleksej war viel zu beschäftigt, denn er versuchte, Synnovea noch mehr zu entkleiden. Er sah nicht, wie die zarte kleine Faust den Stein umfaßte und langsam ausholte. Mit aller Kraft und Entschlossenheit, die sie aufbringen konnte, knallte Synnovea den Stein seitlich gegen seine Nase.

Sein Schmerzensschrei erschütterte die Hütte bis in die Grundmauern, als Aleksej unter der Wucht des Schlages nach hinten taumelte und sich die Hände vors Gesicht schlug. Blut tropfte auf sein weißes Hemd, und als sich sein Blick allmählich klärte, starrte er fassungslos die scharlachroten Flecken an. Es war eigentlich kaum zu glauben, daß eine so zarte Maid sein Blut vergießen konnte, aber die ungeheuren Schmerzen belehrten ihn eines besseren. Stöhnend versuchte er, die Röte unter seiner Nase wegzuwischen, aber er blutete so heftig, daß nichts dagegen zu machen war. Die kleinste Berührung löste qualvolle Schmerzpfeile aus, die sich in seine Stirn bohrten und sich von dort bis in alle Nervenenden ausbreiteten. Vergessen waren seine wollüstigen Begierden, er erhob sich vom Bett und stolperte benommen zum Waschtisch, raffte ein Handtuch auf und drückte es fest gegen seine Nase.

Synnovea überlegte nicht lange. Mit wehenden Röcken sprang sie vom Bett auf und rannte zur Tür. Keiner sah sie, als sie einige Minuten später wie von wilden Hunden gehetzt ins Haus stürmte. Aber erst nachdem sie die Tür ihres Schlafgemachs abgeschlossen hatte, fühlte sie sich einigermaßen sicher vor Prinz Aleksej. Dort wartete sie trotz der Bruthitze mit angehaltenem Atem, bis sie endlich nach einer Ewigkeit seine Kutsche hörte. Sein Hengst lief angebunden hinterher, was sie hoffen ließ, daß er einige Tage wegbleiben würde. Sie stieß einen Seufzer der Erleichterung aus, als das Gefährt endlich außer Sicht war, unendlich froh, daß sie seinen Angriff unbeschadet überstanden hatte.

9. Kapitel

Am dritten Sonntag nach Synnoveas Ankunft brachte eine kühle Brise endlich die langersehnte Erlösung von den schwülen heißen Sommertagen. Graue Wolken jagten über den Himmel und gaben denen wieder Hoffnung, die sich nach Regen sehnten. In wenigen Wochen würden die Tage kühler werden und die sengende Hitze bald nur noch eine Erinnerung sein.

Aleksej war ein paar Tage zuvor zurückgekehrt, mit der lahmen Entschuldigung, er hätte sich die Nase bei einem Sturz von seinem Hengst gebrochen. Um sein schönes Profil zu retten, hatte er sich der schmerzhaften Tortur unterzogen, sich die Nase von einem Arzt richten zu lassen und bekämpfte den Schmerz mit reichlichem Genuß berauschender Getränke. Ein dunkelvioletter Bluterguß um seine Nase und unter den Augen entstellte immer noch sein schönes Gesicht, und inzwischen war klar, daß ein sichtbarer Buckel die elegante Linie seines Profils für immer stören und an die Hand erinnern würde, die ihm das zugefügt hatte. Im Augenblick ging er Synnovea, die ihn mit steifer Zurückhaltung behandelte, tunlichst aus dem Weg. Er zweifelte nicht mehr an ihrer Fähigkeit, ihm Böses zu tun, und fürchtete, daß ein weiterer solcher Schlag sein Untergang wäre. Noch einmal könnte er eine solche Tortur nicht ertragen. Allein die Vorstellung genügte, und er ging dem Mädchen aus dem Weg, bis seine Nase vollkommen verheilt war.

An diesem Sonntag hatte er angekündigt, er würde zu Hause bleiben. Seine Eitelkeit hinderte ihn nämlich daran, seine anderen Amouren aufzusuchen, bevor der Bruch nicht ganz verheilt war. Anna hatte einen Besuch mit Iwan in der Privatkapelle des unermeßlich reichen Bojaren Wladimir Dimitrijewitsch arrangiert.

Doch weder Anna noch Iwan wollten, daß der alte Mann, ein Witwer, dem der Sinn nach einer neuerlichen Heirat stand, durch die Anwesenheit einer schönen jungen Maid von ihrem Diskurs abgelenkt wurde. Daher kam es nicht in Frage, daß Synnovea sie begleitete. Aber solange ihr Mann noch bettlägrig war, wollte Anna sie auch nicht alleine mit ihm im Haus lassen. Deshalb mußte sie zähneknirschend Synnovea erlauben, ihren freien Tag selbst zu arrangieren, Hauptsache sie entfernte sich so weit wie möglich vom Haus der Taraslows und von Prinz Aleksej.

Synnovea war überglücklich, endlich einen Tag lang wieder frei zu sein. Selbst Annas Ermahnungen und Drohungen, ja am späten Nachmittag wieder da zu sein, konnten ihre Begeisterung nicht dämpfen. Das Gefühl von Freiheit war so berauschend, daß Synnovea förmlich zur Kutsche rannte, als Stenka vor dem Haus vorfuhr. Sie konnte es kaum erwarten, die Welt da draußen nach ihrer langen Verbannung wiederzusehen.

Zur Feier des Tages hatte Synnovea einen prachtvollen eisblauen Sarafan aus Satin angelegt, mit üppigem Spitzenbesatz und Orientperlen geschmückt. Ein passend besticktes Kokoschniki saß auf ihrem Kopf, und ein mit winzigen Perlen besticktes blaues Band war in ihren dunklen Zopf geflochten. Ein passender Umhang wurde in die Kutsche gelegt, aber Synnovea zog es vor, ihn zurückzulassen, als sie sich anschickte auszusteigen. Es war immer noch zu warm dafür, und die Sonne schaute durch die Wolken, ein sicheres Zeichen, daß sich das Wetter klären würde.

Stenka brachte die Kutsche nahe einer Kirche auf dem Roten Platz zum Stehen, unmittelbar vor Natascha Andrejewna, die gerade aus ihrer eigenen Kutsche gestiegen war. Als die Frau den Kutscher und sein Gefährt erkannte, ging sie eilig zum Schlag, den Jozef gerade öffnete. Synnovea sprang hocherfreut aus der Kutsche, als sie ihre Freundin sah, die entzückt die Arme ausbreitete. Die beiden fielen sich überglücklich um den Hals.

»Ich sollte dir wirklich böse sein, daß du mich nicht besucht hast«, sagte Natascha unter Freudentränen. »Hast du denn vergessen, daß ich bei den Taraslows nicht willkommen bin?«

»Oh, Natascha, du weißt doch, daß ich so etwas nicht vergesse«, erwiderte Synnovea mit feuchten Augen, »aber Anna hat mir bis heute nicht gestattet, das Haus zu verlassen.« Sie legte beschwichtigend eine Hand auf den schlanken Arm der älteren Frau. »Aber ich vermute, daß sich das bald ändern wird.«

»Das hört sich ja an, als hätte Anna dich in einem extra für dich geschaffenen Terem eingesperrt wie eine Zarina«, sagte Natascha. »Es muß entsetzlich schwer sein, mit solchen Beschränkungen zu leben, wenn man wie du dieselbe Freiheit wie die Frauen in England und Frankreich genossen hat. Deine Mutter hat den Grundstein dazu gelegt, als sie Alexander die vornehmen Sitten eines englischen Gentleman beigebracht hast, und für einen Russen war dein Vater erstaunlich empfänglich für ihre Vorschläge. Unsere Eleanora konnte eben jeden um den Finger wickeln. Aber du sagst, deine Lebensumstände werden sich bald ändern?«

»Die Möglichkeit besteht.« Synnovea nickte, aber dann hob sie warnend die Hand. »Es steht natürlich noch nicht fest, ob Anna tatsächlich abreisen wird, und ich bin mir auch nicht sicher, ob sie mich wirklich fortläßt, wenn sie ihren kranken Vater besucht, doch ich vermute, daß sie mich unter keinen Umständen mit Aleksej allein lassen wird.«

»Das kann ich ihr wirklich nicht verdenken«, sagte Natascha mit sarkastischem Augenaufschlag. »Der Mann ist ein Schürzenjäger ersten Ranges.« Sie tätschelte die schlanke Hand der Jüngeren. »Sei auf der Hut, Kind.«

Synnovea nickte betreten. »Oh, ich habe schon gelernt, mich in acht zu nehmen. Ich trau mich oft nicht, allein meine Gemächer zu verlassen, aus Angst, die gierige Krähe fällt über mich her.«

»Hast du eine Ahnung, wann Anna abreisen könnte?«

»Wenn sie überhaupt fährt, dann erst irgendwann nach dem nächsten Samstag. Dann will sie nämlich Iwan Woronski zu Ehren einen großen Empfang geben.«

»Iwan Woronski«, sagte Natascha ungläubig, voller Mitleid für die junge Frau. »Oh, Synnovea, du Arme. Ich wünschte nur, seine Majestät hätte dich meiner Obhut anvertraut. Er wußte sicher nicht, daß wir so gute Freunde sind, schon gar nicht, wenn er Annas Worten Glauben geschenkt hat, ich wäre nur an deinem Vater interessiert. Er wollte dir wahrscheinlich nur einen Gefallen tun. Anna ist schließlich und endlich mit ihm verwandt, und unter normalen Umständen müßte man es als Ehre betrachten, das Mündel der Cousine des Zaren zu sein. Zar Michael hat deinen Vater sehr bewundert, und nachdem Alexander von uns gegangen ist, will seine Majestät sicher nur das Beste für dich. Wir sollten ihn also nicht verurteilen, meine Liebe.«

»Das würde ich nie tun. Er hat ja bereits gezeigt, wie besorgt er um mich ist. Aber sag mir eins, Natascha, wenn Anna Moskau verläßt, um ihren Vater zu besuchen, darf ich dann bei dir bleiben?«

»Mein Kind, wie kannst du so etwas fragen?« Natascha lachte fröhlich. »Natürlich kommst du! Ich würde gar nicht dulden, daß du bei jemand anderem wohnst!«

Die Glocken im Kirchturm über ihnen begannen zu läuten, und als die letzte verstummt war, gingen die beiden Frauen Arm in Arm in das prachtvoll geschmückte Gotteshaus. Die Sonnenstrahlen, die durch die Fenster drangen, tauchten den Teil der Kirche, der für Frauen und Kinder reserviert war, in rosiges Licht. Dort standen die beiden, murmelten ihre Gebete, sangen Lieder und lauschten den Litaneien des Priesters und den engelsgleichen Stimmen der jungen Knaben in ihren weißen Gewändern. Es war ein erholsames, friedliches Erlebnis wie schon sooft zuvor, wenn sie beide diese Kirche besucht hatten, nur würden sie jetzt nach der Messe allein sein. Die Erinnerung an Alexander Zenkow war beiden teuer, und sie nahmen einander schweigend bei der Hand, als ihre Gedanken sich ihm zuwandten und die Augen sich mit Tränen trübten.

Als sie nach etwa drei Stunden die Kirche verließen, hingen schwarze Wolken über der Stadt. Die ersten schweren Tropfen klatschten bereits auf das Pflaster und brachten endlich die langersehnte Abkühlung, aber Synnovea blieb unter dem Vordach stehen, sie wollte nicht schon wieder ein Kleid ruinieren. Die Straße füllte sich jetzt rasch mit zahllosen Menschen, die aus anderen Kirchen in der Nähe kamen, und eine Reihe von Gefährten hatte sich zu einem heillosen Chaos verkeilt. Es würde einige Zeit dauern, bis Nataschas Kutscher oder Stenka ihre Kutschen vor die Kirche manövrieren konnten, um sie abzuholen.

»Stenka ist näher«, sagte Synnovea. »Er kann uns beide zu dir nach Hause bringen.«

»Wenn die Straße erst mal wieder so weit frei ist, daß er durchkommt«, sagte Natascha. »Wir müssen entweder rennen oder hierbleiben. So wie der Himmel aussieht, hab' ich meine Zweifel, daß wir dem Gewitter entgehen können.« Sie hob einladend ihren Umhang, der groß genug war, um sie beide zu schützen. »Sollen wir versuchen, zu deiner Kutsche zu laufen, bevor es ernsthaft anfängt zu regnen?« Synnovea nahm das Angebot an, kauerte sich unter das teure Zelt und dann marschierten die beiden im raschen Gleichschritt los. Der Regen hatte anscheinend nur darauf gewartet, daß sie das schützende Dach verließen. Kaum waren sie losgegangen, öffneten sich die Schleusen des Himmels. Die Menge vor ihnen löste sich rasch auf, und Synnovea sah, wie Jozef heruntersprang, um ihnen den Schlag zu öffnen, während Stenka sich vom Kutschbock beugte und einem Mann, der neben der Kutsche stand, die Richtung zeigte, in der Synnovea sich befand. Der Mann, der einen langen schwarzen Umhang und einen breitkrempigen Hut trug, drehte sich um, und Synnovea blieb erschrocken stehen, als sie Colonel Rycroft erkannte. Er entdeckte sie sofort in dem Gewirr von Menschen und rannte auf sie zu.

Synnovea hatte keine Ahnung wie ihr geschah, als sie plötzlich von hinten einen kräftigen Stoß in den Rücken bekam und auf alle viere fiel. Der Schuldige, ein riesenhafter, beschränkter Tölpel, war in Panik geraten, als er die Leute, die auf ihn aufpaßten, verloren hatte, und stapfte achtlos an ihr vorbei und wäre fast noch auf sie getreten in seiner hektischen Suche nach einem vertrauten Gesicht. Dicht hinter ihm kam eine Gruppe kräftiger junger Männer gerannt, die zu ihren Pferden wollten. Der Regen prasselte inzwischen mit solcher Wucht vom Himmel, daß sie Synnovea erst sahen, als sie direkt vor ihnen lag, und über sie springen mußten, um nicht auf sie zu treten. Einer machte einen etwas zu kurzen Satz und landete auf ihrem Fuß. Synnovea schrie vor Schmerz und versuchte verzweifelt, sich aufzurichten, um nicht zertrampelt zu werden. Leider vergeblich. Sie konnte sich nur ängstlich zusammenkauern, während der Regen auf sie herunterklatschte und ihre Kleidung völlig durchweichte.

Natascha versuchte, ihre Freundin mit ihrem Körper zu schützen, aber sie war viel zu zart, um gegen diese Massen kräftiger Gestalten bestehen zu können. »Weg da!« schimpfte sie. »Paßt doch auf, wo ihr hintretet!«

Und dann erschien plötzlich eine dunkle Gestalt über ihnen, die die Männer beiseite stieß und Natascha ehrfurchtsvoll zurückweichen ließ. Ein langer Umhang legte sich schützend um Synnovea, und sie wurde von den kräftigen Armen Colonel Rycrofts hochgehoben. Sie registrierte benommen, daß er sie mit seinem Körper schützte, als sie einen Schritt nach vorn humpelte. Bevor sie einen zweiten machen konnte, bückte er sich und raffte sie hoch. Synnovea war so dankbar für sein Erscheinen, daß sie sich nicht gegen Tyrone wehrte, sondern sich genauso fest an seinen Hals klammerte wie an jenem Abend, an dem sie fast ertrunken wäre. Sein Hut bot etwas Schutz vor dem prasselnden Regen, also lehnte sie ungeniert ihre Stirn gegen seine Wange, ohne einen Gedanken an Ziemlichkeit zu verschwenden. Tyrone packte sie fester und rannte mit langen Schritten zu ihrer Kutsche, so locker, als hätte er ein kleines Kind im Arm.

Natascha war völlig überrumpelt von der Kühnheit dieses galanten Mannes und starrte den beiden einen Augenblick lang mit offenem Mund nach, dann lief sie auch in Richtung Kutsche los, wenn auch etwas langsamer und damenhafter. Ihr Mantel war inzwischen so durchnäßt, daß er keinen Schutz mehr bot, und ihre Schuhe so voller Wasser, daß sie sich Mühe gehen mußte, sie nicht zu verlieren.

»Seid Ihr unverletzt?« fragte Tyrone besorgt, als er Synnovea in die Kutsche hob.

»Ja, Colonel Rycroft, natürlich. Danke.« Synnovea schämte sich ihrer durchnäßten Erscheinung und vermied es, ihm in die Augen zu sehen.

Als er sie losließ, sah Tyrone, wie sie zusammenzuckte und sich vorsichtig an der Sitzkante abstützte. Er schob den Saum ihres triefenden Kleides über den Knöchel hoch und sah den Bluterguß, der jetzt eine Seite ihres schlanken Fußes anschwellen ließ. »Ihr seid verletzt?«

»Das ist nichts«, keuchte Synnovea. Sie entzog ihm hastig ihren Fuß und rutschte in die äußerste Ecke der Sitzbank. Wieder vermied sie es, ihm in die Augen zu sehen, während sie versuchte, ihre schamroten Wangen zu kühlen. »Das ist nur ein blauer Fleck, Colonel Rycroft. Er wird schnell wieder vergehen.«

Tyrone verstand nicht, wieso ihr eine Untersuchung so peinlich war, er hatte schließlich schon weit mehr von ihr gesehen als einen wohlgeformten Knöchel. Nachdem aber Jozef neben der Tür wartete, hielt er es für klüger zu schweigen, als das Mädchen an diesen Vorfall zu erinnern.

»Ein kalter Umschlag könnte helfen«, schlug Tyrone vor. Er hatte einige Erfahrung mit Verletzungen, nicht zuletzt mit seinen eigenen. »Ich müßt versuchen, den Fuß nicht zu belasten.«

»Wie es scheint, stehe ich schon wieder in Eurer Schuld, Colonel.« Synnovea blinzelte verlegen, wischte sich den Regen aus den Augen und wagte es schließlich, seinem unverblümten Blick zu begegnen. Sie hätte zu gerne den klatschnassen Sarafan von ihren Brüsten losgezupft, aber sie wagte es nicht, aus Angst er könnte sehen, wie der Stoff an ihr klebte. Seine Augen bohrten sich aber jetzt in die ihren, als wolle er ihre innersten Gedanken bloßlegen. Nachdem sie weder wußte, wonach er suchte, noch worauf er wartete, fühlte Synnovea sich bemüßigt, ihn zu fragen: »Können wir Euch ein Stück mitnehmen, Colonel?«

»Das ist nicht nötig«, sagte Tyrone immer noch ganz in Gedanken. »Mein Pferd steht ganz in der Nähe.«

Nichtsdestotrotz machte er keinerlei Anstalten zu gehen, sondern starrte sie weiter fasziniert an. Er fragte sich wie viele Facetten ihres Charakters noch darauf warteten, von ihm entdeckt und gehütet zu werden wie kostbare Perlen auf einer Schnur. Zuerst hatte er die entrüstete Gräfin in den Armen des Entführers gesehen, dann die sinnliche Verführerin im Bad und auf ihrem Fenstersitz. Er hatte sie als reizende Elfe in Bauerntracht bewundert und jetzt als verletzliches junges Mädchen, das einen Beschützer brauchte. Tyrone war ratlos. Er hatte immer noch damit zu kämpfen, welch heftige Beschützerinstinkte bei ihm erwacht waren, als er sie fallen sah. Seine Reaktion war wesentlich komplexer, als er mit Mitteln der Vernunft erklären konnte. Vor gar nicht langer Zeit war er sich absolut sicher gewesen, daß all die zarteren, verletzlicheren Gefühle, die ein Mann einer Frau entgegenbringen konnte, durch Verrat und Täuschung zerstört worden waren. Es reizte ihn zwar ungeheuer, die junge Gräfin Synnovea zu seiner Mätresse zu machen, aber er war sich bei weitem nicht sicher, ob er sein Herz den Wirren einer Jagd aussetzen wollte, die er bis jetzt nur als Fieber der Lust betrachtet hatte.

Tyrone zwang sich mit einem Ruck zurück in die Gegenwart und betrachtete lachend seine durchnäßte Kleidung. »Ich fürchte, Mylady, keiner von uns ist momentan in der Lage, dem anderen Trost zu spenden, zumindest nicht auf eine ziemliche Art und Weise.« Am liebsten hätte er sie gleich jetzt in sein Quartier eingeladen. Dort hätte er sie getröstet, ihren Knöchel versorgt, ihr trockene Kleidung gegeben, was sie sicher in zugängliche Stimmung versetzt hätte. Doch es wäre töricht, sich von niederen Instinkten leiten zu lassen, wenn Behutsamkeit geboten war. Tyrone widerstand der Versuchung, berührte kurz die Krempe seines triefnassen Hutes und lächelte in ihre besorgten grünen Augen. »Ein anderes Mal, Synnovea.«

Er drehte sich auf dem Absatz um und wäre fast mit Natascha zusammengestoßen, die gerade die Kutsche erreicht hatte. Er zog seinen Hut tiefer herunter und schwang sich auf den Rücken des schwarzen Hengstes, dann ritt er los in den Wolkenbruch und schaute sich nur noch einmal kurz um.

Natascha fühlte sich zwar wie eine getaufte Maus, als sie zu der jüngeren Frau in die Kutsche kletterte, aber die galanten Taten des Fremden interessierten sie wesentlich mehr als ihre triefnasse, bleischwere Kleidung. Als sie aber sah, wie Synnovea sich plötzlich ganz eindringlich und sehr verlegen mit ihrem Knöchel beschäftigte, unterdrückte sie ihre Neugier und vermied es, das Thema anzuschneiden, das das Mädchen offenbar um jeden Preis vermeiden wollte. Sie war natürlich wild entschlossen, die Identität des Mannes zu erfahren, aber im Augenblick würde sie die Privatsphäre ihrer jungen Freundin respektieren.

»Meine liebe Synnovea, ich wäre sehr verärgert, wenn du nicht geplant hast, mich heute nachmittag zu besuchen«, sagte sie. »Du hast das letzte Mal, als du mit deinem Vater zu Besuch warst, ein paar Kleider dagelassen, und nachdem du erst viel später zurück erwartet wirst, wäre es mir eine große Freude, mit dir zu plaudern. Kannst du denn nicht ein kleines bißchen von deiner Zeit für eine alte Freundin opfern?«

»Das kann ich, aber ich habe nicht viel Zeit«, beschwichtigte sie Synnovea. »Sonst verärgere ich Anna. Ich will aber keinesfalls zu den Taraslows zurückkehren, bevor sie wieder da ist und Aleksej im Zaume hält.«

»Das wäre also geregelt.« Natascha nickte dem triefnassen Lakaien zu: »Wir können jetzt losfahren, Jozef, wenn du nichts dagegen hast, diesen Wolkenbruch hinter uns zu lassen.«

Der Mann schloß lachend die Tür, kletterte auf seinen Sitz, setzte seinen Hut auf und warf sich würdevoll in Pose. Stenka schnalzte den Pferden zu und fuhr los.

Synnovea zerrte sich ihren schwer mitgenommenen Kopfputz vom Kopf und seufzte. »Er ertappt mich immer, wenn ich am schlimmsten aussehe.«

Natascha hörte die leise geflüsterte Klage trotz des Regens, der auf das Dach prasselte, und platzte fast vor Neugier. Sie mußte jetzt einfach fragen: »Wer denn, Schatz?«

Jetzt erst merkte Synnovea, daß sie laut gedacht hatte, schielte kurz zu Natascha und sagte: »Keiner, Natascha. Gar keiner.«

»Oh«, murmelte die ältere Frau und ließ sich enttäuscht in die

Polster zurückfallen. Sie wußte, daß das Mädchen nie ihr Schweigen brechen würde, wenn ihr die Sache am Herzen lag, und offensichtlich war dieser Fremde ein Thema, über das sich Synnovea lieber ausschwieg, was Natascha natürlich noch mehr zu denken gab. So wie das Mädchen reagierte, hatte dieser Mann, wer immer er war, ziemlichen Eindruck bei ihr hinterlassen.

Natascha seufzte traurig und bohrte weiter: »Ich werde wohl nie erfahren, wer der galante Gentleman war, der dich in die Kutsche getragen hat, weil du offenbar nicht im Traum daran denkst, dich einer Freundin anzuvertrauen.«

Synnovea wehrte mit einer ungeduldigen Handbewegung ab. »Er ist wirklich völlig unwichtig, Natascha. Ehrlich!«

Die ältere Gräfin konterte mit einem listigen Lächeln.

»Nichtsdestotrotz hat der Mann dich offensichtlich gründlich durcheinandergebracht.«

Synnovea errötete bis in die Haarspitzen und wollte das kaschieren, indem sie an ihren Kleidern herumzupfte und sagte: »Absolut ruiniert! Und es war eines meiner Lieblingskleider!«

»Du hast wirklich ganz zauberhaft darin ausgesehen«, sagte Natascha. »Aber eigentlich siehst du immer zauberhaft aus, egal, was du trägst. Deshalb interessiert sich ja auch dieser Mann für dich. Mir scheint, er ist sehr angetan von dir.«

Synnovea suchte in Gedanken verzweifelt nach einem anderen Thema und war sehr erleichtert, als sie sich daran erinnerte, weshalb sie ihre Freundin so dringend sprechen wollte. »Oh, meine liebe Natascha, verzeih meine Frechheit, aber Annas Köchin hat eine Schwester. Sie ist zwar augenblicklich krank, braucht aber dringend Arbeit, sobald sie wieder gesund ist. Hättest du vielleicht etwas für sie?«

Natascha fragte, ohne groß zu überlegen: »Kann sie möglicherweise kochen?«

Ein zweideutiges Achselzucken begleitete Synnoveas Antwort. »Ich fürchte, ich weiß nur sehr wenig über Danika, abgesehen davon, daß sie in Not ist. Aber ich kann auf jeden Fall Elisaveta fragen, was für Erfahrungen sie hat.«

»Wenn sie kochen kann, schick sie mir, sobald sie gesund ist«, schlug Natascha vor. »Meine alte Köchin ist seit deinem letzten Besuch bei mir gestorben, und ich brauche dringend einen Ersatz, bevor ich meinen Verstand dabei verliere, dem Küchenmädchen beizubringen, wie man Wasser kocht. Du weißt, bei den vielen Gästen, die ich habe, ist es eine Katastrophe, keine richtige Köchin zu haben.«

»Die Frau hat ein kleines Kind dabei«, warnte Synnovea ihre Freundin. »Eine dreijährige Tochter.«

Natascha lächelte. »Es wäre schön, das Lachen eines kleinen Kindes im Haus zu hören. Es gibt Tage, an denen ich mich sehr einsam fühle in diesem Riesenpalast, trotz der vielen Besucher. Das Haus braucht ein bißchen frischen Wind, um die dunklen Schatten zu vertreiben. Und wenn man dich von mir fernhält, Synnovea, dann muß ich mir ein anderes kleines Mädchen suchen, das ich verwöhnen kann.« Diesmal war Nataschas wehmutsvoller Seufzer nicht gespielt. »Ich wünschte, ich hätte selber Kinder haben können. Ich habe drei Ehemänner überlebt, und keiner von ihnen konnte mir ein Kind schenken, gleichgültig, wie sehr ich es mir gewünscht habe.«

Die junge Gräfin legte liebevoll ihre schlanke Hand auf die der älteren und sagte mit einem zärtlichen Lächeln: »Natascha, für mich wirst du immer die Frau sein, die ich fast so herzlich geliebt habe wie meine Mutter.«

Natascha erwiderte mit Tränen in den Augen: »Und du, Synnovea, bist die Tochter, die ich nie hatte, aber so gerne haben wollte.«

Es vergingen einige Tage nach Synnoveas erstem Treffen mit Natascha, bevor man ihr wieder erlaubte, das Haus der Taraslows zu verlassen. Ihr Knöchel hatte ihr nur einen Tag lang Unannehmlichkeiten breitet, dann war sie wieder auf den Beinen. Das Haus wurde für Iwans Empfang vorbereitet, und im Zuge dieses Unterfangens schickte Anna Synnovea zum Markt von Kitaigorod, um Lebensmittel einzukaufen. Sie bekam strikte Anweisungen, was sie zu kaufen hatte, wo sie es kriegen würde und was sie dafür bezahlen durfte. Alles, was diesen Preis überstieg, würde sie aus eigener Tasche bestreiten müssen. Anna ermahnte sie streng, ja nicht zu trödeln, ansonsten würde sie dafür bestraft.

Stenka stellte die Kutsche auf dem Roten Platz in der Nähe der Märkte von Kitaigorod ab, und Synnovea ging den Rest des Weges mit Ali und Jozef zu Fuß, um die aufgetragenen Dinge zu holen. Sie hatte ihre Bauerntracht angelegt, um den Verkäufern nicht den Eindruck zu geben, sie wäre reich. Sie wußte, daß sie dann eher bereit waren, sich mit weniger zufriedenzugeben.

Synnovea schaute auf die Kirchenuhr, als sie mit ihren Einkäufen begann, da Anna ihre Drohung sicher ernst meinte, und kaufte dann rasch, aber mit Bedacht ein, wobei ihr Ali und Jozef mit Rat und Tat zur Seite standen. Sobald der Korb bis zum Rand gefüllt war, lief der Lakai zurück zur Kutsche, um ihn auszuleeren, während die beiden Frauen weiter nach den besten Gemüsen und dem besten Fleisch suchten. Begleitet vom Gackern und Schnattern erboster Hennen und Gänse, kehrten Synnovea und Ali schließlich mit Jozef zur Kutsche zurück, gerade als sich eine Kompanie prächtig uniformierter, berittener Soldaten näherte. Synnoveas Puls beschleunigte sich, als sie Colonel Rycroft erkannte, der die Truppe anführte auf einem Pferd, das sie bis jetzt noch nicht gesehen hatte. Es war ein kastanienbrauner Hengst, genauso prächtig wie das erste Pferd, mit dem sie ihn gesehen hatte, und sie fragte sich, ob es wohl eins der Rösser war, die er für teures Geld aus England per Schiff hierhergebracht hatte. Sie wäre stehengeblieben, um es in Ruhe zu bewundern, aber Ali, die den Mann unbedingt auf sich aufmerksam machen wollte, huschte um die Kutsche herum, winkte und rief seinen Namen.

»Colonel Rycroft! Juhuu! Colonel Rycroft!«

»Ali! Hör sofort auf damit!« zischte Synnovea, beschämt über das würdelose Verhalten ihrer Dienerin.

Ali gehorchte prompt, stellte aber hocherfreut fest, daß es ihr bereits gelungen war, die Aufmerksamkeit des Offiziers auf sich zu lenken. Tyrone grüßte die Dienerin mit amüsiertem Grinsen, dann wanderte sein Blick weiter auf der Suche nach derjenigen, deren Gesicht ihn Tag und Nacht in seinen Träumen verfolgte. Seine blauen Augen strahlten, als er zwischen einigen Kisten voller Hühner und Enten die verlegene Gräfin entdeckte, die wünschte, die Erde würde sich auftun und sie verschlingen. Die Erde tat ihr diesen Gefallen nicht, und Synnovea war gezwungen stehenzubleiben und zu erdulden, wie der Colonel sie im Vorbeireiten musterte. Sie erwiderte seinen Gruß mit einem steifen Nicken. Der Schuft grinste noch unverschämter als sonst, und die Leute um sie herum waren aufmerksam geworden und starrten sie neugierig an. Wäre das Gackern des Federviehs nicht so laut gewesen, hätte man wohl ähnliche Geräusche von den Damen hören können, die die Köpfe zusammensteckten wie Hühner um den Futtertrog.

Unbemerkt von Synnovea am Rand der aufgeregten Menge stand die heiter lächelnde Gräfin Natascha Andrejewna und verfolgte das Geschehen mit großem Genuß; ebenso begeistert lauschte sie den Kommentaren ihres fürstlichen Begleiters, der als Verwalter des Zaren genauestens über die augenblicklichen Vorkommnisse innerhalb des Palastes informiert war.

Synnovea wand sich vor Scham, als sie merkte, daß sie die Neugier fast aller Umstehenden auf sich gezogen hatten. »Ali McCabe! Du hast es fertiggebracht, daß ich den Tag verfluche, an dem dich meine Mutter eingestellt hat!«

Stenka und Jozef verkniffen sich mühsam das Lachen und widmeten sich plötzlich mit Feuereifer dem Einladen der Einkäufe, während die Irin ihr Kichern hinter vorgehaltener Hand versteckte. Ali fing sich rasch und stellte sich dann mit Unschuldsmiene dem vorwurfsvollen Blick ihrer Herrin. »Was hab' ich denn getan?«

»Alles, was, verdammungswürdig ist!« Synnovea stöhnte und hob flehend die Hand gen Himmel. »Was würde ich nicht alles drum geben, eine schlichte, einfache Zofe zu haben, die weiß, wann sie den Mund zu halten hat!«

Synnovea fixierte die Frau mit grimmigem Blick und erhobenem Zeigefinger. »Du, Ali McCabe, hast mir heute furchtbaren

Kummer bereitet! Weißt du denn nicht, daß ich versuche, den Avancen Colonel Rycrofts aus dem Weg zu gehen? Und du hast nichts Besseres zu tun, als ihm quer über den Platz zuzurufen wie eine gewöhnliche Schlampe in einer Taverne! Zur Schadenfreude jedes Klatschmauls in Hörweite! Begreifst du denn nicht, was du mir angetan hast! Anna wird es sicher erfahren, noch bevor wir zu Hause sind!«

»Hmmmff!« Ali verschränkte erbost die Arme. »Und das ausgerechnet mir, als hätt' ich Euch nicht vom Tag Eurer Geburt an gewickelt! Als hätt' ich keinen Funken Verstand und wüßte nicht, was Ihr braucht! Ihr beklagt Euch über meine Manieren, dabei solltet Ihr lieber erst mal vor Eurer eigenen Tür kehren! Tyrone ist ein echter Gentleman, wenn ich das so sagen darf! Und wenn Ihr Augen in Eurem feinen Kopf hättet, würdet Ihr das auch sehen!«

»Tyrone, so, so. Und wer gibt dir das Recht, ihn bei seinem Vornamen zu nennen?« höhnte Synnovea. »Ihr seid wohl inzwischen Partner? Tyrone, ha!«

»Das ist ein guter irischer Name, jawohl«, konterte Ali. »Ein stolzer Name!«

»Colonel Rycroft ist Engländer!« erwiderte Synnovea wütend. »Auf englischem Boden zum Ritter geschlagen! Er ist *kein* Ire!«

»Ach, dann ist er ja der gute Sir Tyrone, nicht wahr? Ich für meinen Teil wette meine Röcke drauf, daß seine Mutter eine echte irische Schönheit war.« Ali grinste ihre Herrin an, die angewidert die Arme hochwarf.

»Ich habe weder die Geduld noch die Zeit, mit einem so unverschämten Weib wie dir zu streiten, Ali McCabe«, sagte Synnovea resigniert. »Ich muß zurück, bevor Prinzessin Anna einen Suchtrupp nach uns schickt.«

»Seid Ihr denn gar nicht neugierig, wohin der Colonel seine Männer in ihren besten Uniformen führt?« fragte Ali in der Hoffnung, ihr Interesse wecken zu können. »Könnten wir nicht ein Stück hinterherfahren?«

»Niemals!« Synnoveas barsche Antwort ließ Alis Hoffnung im Keim ersticken. Auf keinen Fall würde sie dem unbezähmbaren

Colonel Gelegenheit geben zu glauben, sie wäre hinter ihm her. Allein die Vorstellung, ihn zu ermutigen, ließ sie erschauern. Er hatte bereits bewiesen, daß er hartnäckig war. Wie würde er sich dann erst aufführen, wenn man ihn ein bißchen ermunterte?

10. Kapitel

Prinz Wladimir Dimitrijewitsch war ein untersetzter, weißhaariger, schnurrbärtiger Bojar von beachtlichen siebzig Jahren. Zwei Ehefrauen hatte er zu Grabe getragen und während dieser Verbindungen insgesamt sieben Söhne gezeugt. Es war hinreichend bekannt, daß er auf der Suche nach einer dritten Möglichkeit zur Zeugung einer neuerlichen Brut war, und so mancher Vater hätte ihm bereitwillig seine Tochter gegeben in der Hoffnung, dadurch Zugang zum Reichtum des alten Mannes zu bekommen. Aber Prinz Wladimir war so vorsichtig und wählerisch wie eine uralte Witwe, die Angst hatte, ihre Titel und ihr Vermögen an einen skrupellosen Abenteurer zu verlieren. Trotz seiner weißen Haare war Wladimir potenter als manche Männer, die nur halb so alt waren wie er, und entschieden williger, seine Manneskraft zu beweisen. Er war sichtlich stolz auf eine ungebrochene Virilität, und wenn man ihn ermutigte, prahlte er nur zu gerne mit seinen Fähigkeiten, besonders wenn er ein Auge auf ein junges, reizvolles Mädchen geworfen hatte.

Wladimirs Nachkommen waren allesamt kräftige junge Männer mit einem Hang zu exzessiven Trinkgelagen und Schlägereien. Sie waren sehr jähzornig, auch untereinander, und fanden immer einen Anlaß, sich mit anderen Rüpeln zu messen. Bei solchen Kraftproben passierte es auch gelegentlich, daß sie nicht nur ihre Gegner niederschlugen, sondern wahllos auch Freunde und Familienmitglieder. Sie waren, gelinde gesagt, ein chaotischer Haufen. Trotzdem waren sie in vieler Hinsicht liebenswert. Aber es bedurfte schon eines Menschen mit ausnehmend scharfer Beobachtungsgabe, diese Qualitäten zu entdecken.

Anna Taraslowna war sich sehr wohl bewußt, daß sie das

Schicksal herausforderte, wenn sie Prinz Wladimir Dimitrijewitsch und seine sieben Söhne zu ihrem Empfang einlud. Es konnte ohne weiteres passieren, daß die aggressive Familie bei der geringsten Provokation ihr Fest in ein Schlachtfeld verwandelte, aber sie fand einfach keinen plausiblen Grund, Vater und Söhne zu trennen, und um Iwans Willen mußte sie den Vater einladen. Der Kleriker hatte sich nämlich in den Kopf gesetzt, den Posten des Priesters von Wladimirs Hauskapelle zu bekommen, der gerade frei geworden war. Der Prinz hatte den Mönch nach kaum zwei Monaten gefeuert, weil er die Frechheit besessen hatte, ihn wegen seiner Maßlosigkeit und vor allem seiner Vorliebe für Wodka zu schelten. Mit Rücksicht auf Wladimirs ungeheuren Reichtum bestand Iwan darauf, daß Anna die ganze Familie einlud, damit der alte Mann sich nicht durch den Ausschluß seiner Söhne beleidigt fühlte.

Die Einladung des streitsüchtigen Clans machte aber Anna längst nicht so große Sorgen wie das Risiko, ihr Mündel an dem Fest teilnehmen zu lassen. Synnoveas Schönheit war nicht nur eine Versuchung für Aleksej, sondern auch für den greisen Wladimir Dimitrijewitsch.

Um jegliche Ambitionen des Mädchens in dieser Richtung im Keime zu ersticken, begab sich Anna vor Ankunft der Gäste in die Gemächer Synnoveas, um ihr genaue Verhaltensregeln zu verdeutlichen. Wenn Anna die Möglichkeit gehabt hätte, Synnovea die Teilnahme an den Festlichkeiten zu verbieten, ohne die Neugier jener Gäste herauszufordern, die sie und ihren verstorbenen Vater persönlich kannten, hätte sie es ohne zu zögern getan.

Aber erst als Anna ihr Mündel in seinem prächtigen Abendkleid sah, wurde ihr bewußt, wie gefährlich ihre Schönheit war. Ganz in Weiß gekleidet, sah Synnovea noch bezaubernder aus als die Schneekönigin. Nachdem sie die Gemächer des Mädchens ohne anzuklopfen betreten hatte, blieb Anna angesichts von soviel Liebreiz wie vom Donner gerührt stehen. Sie faßte sich rasch wieder und schritt auf das Mädchen zu. »Sollte ich Euch dabei ertappen, daß Ihr Euch unziemlich benehmt oder auch nur ein Wort der Klage über Euer Verhalten hören, dann werdet Ihr, so wahr ich Anna heiße, dieses Haus nicht verlassen dürfen, bis Ihr für jedes Vergehen angemessen bestraft worden seid. Habe ich mich klar genug ausgedrückt? Gleichgültig welche Freiheiten Graf Zenkows laxe Autorität Euch gestattet hat, hier werdet Ihr Euch demütig und zurückhaltend benehmen, wie es einem anständigen russischen Mädchen geziemt.«

Synnovea erwiderte das mit einem starren Lächeln, nicht gerade erfreut über die Drohungen dieser Frau. »Selbstverständlich, Prinzessin. Ihr habt Euch ja besondere Mühe gegeben, mir Eure Wünsche unmißverständlich darzulegen.«

Die grauen Augen blitzten wütend. »Höre ich da etwa einen sarkastischen Unterton?«

Synnovea konnte die Einschüchterungsversuche dieser Frau einfach nicht mehr ertragen. »Mein Benehmen ist normalerweise sehr zurückhaltend, Anna, es scheint mir also ziemlich überflüssig, daß Ihr mir erklärt, wie sich eine Dame zu verhalten hat. Schließlich und endlich ist es mir bis jetzt gelungen, an zahlreichen solcher Festlichkeiten teilzunehmen, ohne mich zu blamieren.«

»Wir reden hier nicht von Eurem Benehmen an den Höfen der Franzosen und Engländer, sondern davon, wie Ihr Euch in *meinem* Haus aufführt!« konterte Anna barsch. »Ich werde so zügelloses Verhalten in Anwesenheit meiner Gäste nicht dulden!«

»Wenn Ihr solche Angst habt, daß ich Euch blamiere, Anna, warum sperrt Ihr mich dann nicht einfach ein?« Synnovea konnte sich nur mit allergrößter Mühe beherrschen. »Ich bleibe gern in meinen Gemächern, wenn Euch damit geholfen ist.«

Annas hagere Gestalt richtete sich hochmütig auf. »Unglücklicherweise konnte ich nicht umhin, einige Bekannte von Euch einzuladen, die dem Hofstaat des Zaren angehören. Deshalb würde Eure Abwesenheit auffallen. Wie ich höre, seid Ihr eine enge Freundin der Prinzessin Zelda Pawlowna. Sie wird anwesend sein, obwohl ihr Mann sich von den Pflichten, die ihm der Feldmarschall auferlegt hat, nicht freimachen konnte. Ihre Eltern werden sie begleiten, Ihr kennt sie sicher besser als ich.«

Die herzerfrischende Aussicht, sich endlich wieder einmal mit ihren Freunden unterhalten zu können, dämpfte Synnoveas Wut. »Keine Sorge, Anna. Ich werde mir größte Mühe geben, Euren Wünschen Genüge zu tun.«

»Gut! Ich bin froh, daß Ihr zur Abwechslung endlich einmal Vernunft zeigt.«

Synnovea mußte die Zähne zusammenbeißen, um der Frau nicht an den Kopf zu werfen, was sie von dieser Bemerkung hielt. Sie wollte sich den Abend nicht verderben lassen.

Nach einer kurzen Schweigepause holte Anna tief Luft, stöhnte gelangweilt und sagte dann: »Wider mein besseres Wissen habe ich in meiner Güte die Gräfin Natascha eingeladen, und sie hat zugesagt.« Anna ignorierte das hocherfreute Gesicht ihres Mündels und vermied es, die Gründe für diesen Sinneswandel zu erläutern. Sie hoffte nämlich, Natascha würde das Mädchen die meiste Zeit für sich beanspruchen und somit verhindern, daß sie die falschen Leute bezauberte.

Anna wandte sich mit einer abrupten Bewegung von ihr ab und rauschte zur Tür. Dort drehte sie sich noch einmal kurz zu Synnovea. Der prachtvolle, perlenbesetzte Sarafan und ihr Kokoschniki waren schöner als alles, was Anna bis jetzt gesehen hatte. Sie hatte zwar für ihre gelb-goldene Toilette ein Vermögen ausgegeben, aber im Vergleich zu der atemberaubenden Erscheinung des Mädchens kam sie sich direkt schäbig vor. Angesichts dieser Schönheit bestand die Möglichkeit, daß all ihre Vorsichtsmaßnahmen umsonst gewesen waren und ihre Rivalin unbewußt als Sieger um die Vorherrschaft hervorgehen würde.

»Laßt Euch ruhig Zeit mit dem Hinunterkommen, Synnovea. Die ersten Gäste sind gerade erst vorgefahren, und es wird noch einige Zeit dauern, bis alle da sind. Natascha wird ohnehin erst später kommen.«

Anna verließ den Raum, ehe das Mädchen noch etwas sagen konnte, und eilte nach unten, um sich zu vergewissern, daß alles bereit war. Der Gedanke, Natascha entgegentreten zu müssen, beunruhigte sie etwas. Sie fragte sich, ob es ihr gelingen würde, die

Frau zumindest einigermaßen höflich zu begrüßen. Schwierig würde es in jedem Fall.

Synnovea blieb noch eine gute Stunde in ihren Gemächern, da das offensichtlich Annas Wünschen entsprach, obwohl sie es kaum erwarten konnte, ihre Freunde zu sehen. Sie hatte keine Ahnung, wie es nach dem heutigen Abend weitergehen sollte. Wenn Anna den Besuch bei ihrem Vater noch weiter hinauszögerte, stand in den Sternen, wann sie zu Natascha ziehen konnte. Und anscheinend war Anna wesentlich mehr an ihren gesellschaftlichen Verpflichtungen mit Iwan interessiert als am Gesundheitszustand ihres Vaters.

Synnovea schloß die Tür zu ihren Gemächern hinter sich, schritt den Gang entlang und wollte gerade die Treppe hinuntergehen, als ihr Aleksej mit raschen Schritten entgegenkam. Sie war überzeugt, daß er nur darauf gelauert hatte, daß ihre Schritte im Gang ertönten. Sie hatte keine andere Wahl, als zu warten, bis er den oberen Absatz erreicht hatte. Er stellte sich vor sie und ließ seinen Blick genüßlich von der Kappe ihres juwelenbesetzten Slipper bis zur perlenbestickten Spitze ihres Kokoschniki wandern. Sein roter Mund verzog sich zu einem lüsternen Lächeln, und seine dunklen Augen glänzten vor Begierde.

»Ich wollte schon lange mit Euch reden, Synnovea«, murmelte er und strich über seine immer noch empfindliche Nase. »Andere Männer wären vielleicht beleidigt von Eurer Entschlossenheit, Eure Tugend zu bewahren, meine Liebe. Ich dagegen bin mir bewußt, daß Eure Natur vielleicht anders ist als die der meisten Frauen und Ihr in Eurer augenblicklichen Situation ernsthafte Bedenken habt. Angenommen, wir würden ertappt und Ihr wärt der Verachtung Eurer Freunde und dem Haß Annas ausgesetzt. Ein entsetzlicher Gedanke, zugegeben. Aber wieviel schrecklicher wären die Konsequenzen, die Ihr ganz sicher erwarten könnt, wenn Ihr Euch mir weiter verweigert...«

Synnovea dachte gar nicht daran, sich seine Drohungen anzuhören. Annas Einschüchterungsversuche hatten ihr ohnehin schon gründlich die Laune verdorben. Wutentbrannt versuchte sie, sich an ihm vorbeizudrängen, aber er packte sie um die Taille und hielt sie fest. Einen Augenblick lang starrte sie überrascht in sein spöttisch grinsendes Gesicht, dann schleuderte er sie mit aller Kraft von sich, so daß sie gegen die hintere Wand prallte. Benommen vom Aufprall geriet Synnovea ins Taumeln und hielt sich den Kopf, in dem sich alles drehte. Aleksej folgte ihr und packte sie, immer noch lächelnd, sanft am Hals und drückte sie gegen die Wand.

»Bleib doch noch ein bißchen, mein weißer Schwan«, höhnte er, und sein Gesicht kam ihrem so nahe, daß sie seinen heißen Atem spürte. »So schnell wird dich unten keiner vermissen, mein Täubchen. Du mußt wissen, daß Anna vollauf damit beschäftigt ist, Iwan ihren Gästen vorzustellen, was uns die Freiheit gibt, uns ein bißchen zu amüsieren.«

Synnovea zerrte an den langen, dünnen Fingern, die ihr juwelenbesetztes Kragenband immer enger schnürten, bis sie kaum noch Luft bekam. Sie wand sich und strampelte in wachsender Panik, als ihr langsam schwarz vor Augen wurde. Wie aus weiter Ferne hörte sie sein höhnisches Lachen.

»Siehst du Synnovea? Diese kleine Demonstration wird dir wohl zeigen, daß es keinen Sinn hat, dich weiterhin gegen mich zu wehren. Du kannst mich nicht daran hindern, mir das zu nehmen, was ich begehre. Mir wäre es lieber, wenn du dich willig unterwirfst, aber solange du dich wehrst, bin ich gezwungen, dir zu zeigen, wie töricht es ist, sich mir zu widersetzen.«

Aleksej ließ sie abrupt los, und Synnovea ließ sich erleichtert gegen die Wand fallen. Sie griff keuchend mit zitternder Hand nach ihrem Hals und hob ihren Blick zu dem Mann, der eine Hand über ihrem Kopf gegen die Wand gestemmt hatte und auf sie herabsah. Er stand so dicht vor ihr, daß ihr Blickfeld von seinem Gesicht und dem strahlend blauen Seidenkaftan, den er trug, blockiert war.

»Ich wäre sehr sanft mit dir gewesen in der Holzfällerhütte, Synnovea, aber jetzt habe ich die Geduld verloren und will die

Sache rasch erledigen.« Er packte ihre Hände, drückte sie gegen die Wand und musterte ihr Gesicht. »Du strahlst wie der silberne Mond, Synnovea, aber du bist abweisend wie eine jungfräuliche Königin – eine Schneekönigin, die mein Herz gefangen hat. So nennen sie dich doch, nicht wahr? Gräfin Synnovea Altynai Zenkowna, die Schneekönigin! Die Frau aus Eis! Bist du so kalt, wie sie behaupten, Synnovea? Oder wirst du in meinen Armen schmelzen und dich in den Feuervogel verwandeln, nach dem ich schon die ganze Erde abgesucht habe?«

»Ich warne Euch, Aleksej!« krächzte sie aus schmerzender Kehle. Sie schloß kurz die Augen, weil sich plötzlich wieder alles drehte, dann biß sie entschlossen die Zähne zusammen und zischte: »Ihr müßt mich schon umbringen, wenn Ihr Eure schnöden Gelüste befriedigen wollt! Wenn Ihr mich nicht sofort losläßt, werde ich mit dem bißchen Atem, daß Ihr mir gütigerweise gelassen habt, das ganze Haus zusammenschreien! Da schwöre ich Euch!«

»Oh, Synnovea, wann wirst du es endlich begreifen? Du hast keine andere Wahl, als dich mir hinzugeben.« Und um ihr zu zeigen, daß sie gegen seine Kräfte keine Chance hatte, packte er sie am Nacken und zog sie hoch, bis nur noch ihre Zehenspitzen den Boden berührten und er direkt in ihre grünen Augen schauen konnte. »Wenn du immer noch glaubst, daß ich nur leere Drohungen ausstoße, dann hör gut zu. Wenn du dich mir weiterhin verweigerst, werde ich dafür sorgen, daß du mit dem ersten Tattergreis verlobt wirst, der mir über den Weg läuft. Vielleicht wird dich das Ehejoch empfänglicher für die mannhaften Stöße eines fähigeren Freiers machen.« Er verlieh seinen Worten Nachdruck, indem er sie gewaltsam mit seinem ganzen Gewicht an die Wand drückte. Synnovea zuckte zwar vor Schmerz zusammen, aber seine Drohungen ließen sie weiterhin kalt.

»Laßt mich sofort los!« keuchte sie und versuchte vergeblich, ihn wegzustoßen. »Laßt mich in Ruhe!«

»Ich werde dich in Ruhe lassen!« knurrte er und riß sie an sich. Sein Mund umschloß gierig den ihren, und seine Zunge drängte sich unverschämt zwischen ihre Lippen, er packte sie um den Po und preßte sie wollüstig an seinen Körper.

Synnovea strampelte wie eine Besessene und versuchte, sich aus seiner widerwärtigen Umarmung loszureißen. In ihrer Wut tastete sie nach einem der Wandleuchter, der dich neben ihr hing. Sie riß ihn von der Wand und schlug ihn über seinen Schädel.

Aleksej taumelte benommen zur Seite. Synnovea gab dem Wüstling keine Gelegenheit, sie noch einmal aufzuhalten, sondern schubste ihn beiseite und stürzte blindlings die Treppe hinunter. Boris, der unten im Foyer stand, hob überrascht den Kopf in Anbetracht dieser undamenhafte Eile.

Obwohl Synnovea von Kopf bis Fuß zitterte, schwor sie, sich nichts anmerken zu lassen. Sie atmete tief durch, versuchte heiter zu lächeln und schritt jetzt den Rest der Treppe langsam hinunter, obwohl ihr das Herz bis zum Hals pochte vor Angst, sie könnte Aleksejs Schritte hinter sich hören.

Unten angekommen, ging sie rasch in die Küche unter dem Vorwand, letzte Hand anzulegen. Sie brauchte eine kurze Verschnaufpause weit weg von den neugierigen Blicken Annas und ihrer Gäste und wo sie einigermaßen sicher vor Prinz Aleksejs Rache war. Dort drehte sie Elisaveta den Rücken zu und versuchte, den nicht enden wollenden Tränenstrom mit dem Taschentuch, das die Frau ihr gab, einzudämmen. Die Köchin wagte nicht zu fragen, was denn los sei, aber sie drückte der jungen Frau verständnisvoll ein Glas Wein in die zitternde Hand, und Synnovea nippte dankbar an dem Rebensaft, dessen beruhigende Wirkung sie dringend brauchte.

Es dauerte einige Zeit, bis das Mädchen sich etwas gefaßt hatte und versuchte, ihre Erscheinung wieder einigermaßen salonfähig zu machen. Dies war wesentlich leichter zu bewerkstelligen, als den Schaden zu beseitigen, den Aleksej mit seinem Würgegriff angerichtet hatte, denn sie war inzwischen so heiser, daß sie kaum reden konnte, und sie hatte brennende Halsschmerzen.

Um einiges später als geplant hatte Synnovea ihren großen Auftritt in der Halle, wo Iwan sich in der Bewunderung aalte, mit der

Anna und einige ihrer Bekannten, die kritiklos akzeptierten, was immer die Cousine des Zaren für gut befand, ihn überhäuften. Die etwas Reservierteren, die ihre Zweifel an Iwan hatten, beobachteten das aus respektvollem Abstand.

Synnovea blieb am Eingang stehen und ließ den Blick über die versammelten Gäste schweifen, bis sie Prinzessin Zelda entdeckt hatte, die mit ihren Eltern am hinteren Ende des Raumes stand. An der förmlichen Art und Weise, mit der die drei sich anhörten, was Iwan zu sagen hatte, merkte Synnovea sofort, daß sie davon nicht sonderlich begeistert waren. Kein Wunder, wenn man bedachte, daß Prinz Baschenow als Gesandter des Zaren die Verhandlungen zwischen Rußland und dem Land geleitet hatte, gegen das Iwan sich gerade aussprach.

»Ich sage Euch eins, meine Freunde, dieses Land befindet sich in einer Sackgasse. Wir haben unseren Zugang zur Ostsee durch den Vertrag mit Schweden verloren, das inzwischen versucht, den Handel in Nowgorod und anderen wichtigen Städten an sich zu reißen. Man hat ihnen aus äußerst rätselhaften Gründen die Fischereirechte auf dem Weißen See zuerkannt, und bald werden die lutheranischen Extremisten die Majorität in unserem Land haben! Wenn wir ihnen nicht bald entgegentreten, werden sie unsere Enkel zeugen! Denkt an meine Worte!«

Nervöses Gemurmel war von einigen Gästen zu hören, aber keiner wagte es, etwas gegen die Autorität zu sagen, die zugelassen hatte, daß die Schweden so hinterlistig das Land unterwandern konnten. Doch Prinz Baschenow scheute sich nicht, dieses Vorgehen zu verteidigen.

»Mit Schwedens Hilfe hat Zar Michael nach vielen Jahren des Konflikts endlich Frieden mit Polen geschlossen. Was sollten wir Eurer Meinung denn jetzt tun?« fragte er mißtrauisch. »Die Waffen gegen Schweden erheben?«

Iwan war vorsichtig mit seiner Antwort, da er gemerkt hatte, wie treu ergeben der alte Prinz dem Zaren war. »Vor allem müssen wir darauf achten, daß wir *niemals* jemanden dem Zarentum entfremden, denn dort schlägt das Herz unseres Daseins.« Er machte eine Kunstpause und warf sich in eine nachdenkliche Pose. »Wenn wir vielleicht den Rat eines anderen fähigen Strategen einholen, der sich in solchen Angelegenheiten auskennt, erhalten wir möglicherweise Einblick in die Diplomatie und die Taktiken, die wir gegen die Schweden einsetzen können.«

»Abgesehen vom Patriarchen Filaret, meint Ihr«, sagte Prinz Baschenow spöttisch.

Iwan breitete mit Unschuldsmiene die Hände aus. »Sind denn nicht zwei Köpfe besser als einer?«

Der ältere Mann quittierte das mit einem verächtlichen Schnauben. Kurz darauf entschuldigte er sich und seine Familie bei Anna und erklärte seinen verfrühten Aufbruch damit, der Zar erwarte ihn zu einer morgendlichen Inspektion, daher müsse er früh zu Bett.

Auf dem Weg zur Tür ging Zelda langsam hinter ihren Eltern her und schaute sich nach Synnovea um. Sie strahlte vor Freude, als diese plötzlich aus dem Gedränge auftauchte.

»Ich dachte, wir hätten Zeit, uns ein bißchen zu unterhalten«, flüsterte Zelda ihrer Freundin traurig ins Ohr, als sie sich umarmten. »Mein Mann hat mir Dinge erzählt, die dich sicher interessieren würden, aber wie du siehst, muß ich gehen. Papa ist außer sich. Wer immer dieser Iwan Woronski sein mag, in Papa hat er keinen Freund gefunden!«

»Ich besuche dich, sobald ich kann«, murmelte Synnovea mit heiserer Stimme. »Dann können wir reden. Hier ist es zu gefährlich.«

»Paß auf dich auf«, hauchte Zelda und küßte sie auf die Wange.

Synnovea wartete an der Tür, bis Prinz Baschenow seine Familie in der Kutsche verstaut hatte und diese abgefahren war. Dann ging sie wieder ins Haus, und Boris schloß die Tür hinter ihr. Sie blieb am Eingang zur Halle stehen und lauschte dem unaufhörlichen Dröhnen von Iwans Stimme. Seine Ansichten waren wirklich beunruhigend. Nach einiger Zeit zog sie sich in den Speisesaal zurück, wo sie in kürzester Zeit eine Schar bewundernder Bojaren um sich versammelte. Es waren sieben an der Zahl, die alle sehr kräftig und groß waren und sich sehr ähnlich sahen. Sie hatten sogar das gleiche Grinsen, waren also sicher miteinander verwandt.

»Bezaubernd«, seufzte einer von ihnen. Er grinste Synnovea an, dann ließ er sich stöhnend in die Arme eines seiner Gefährten fallen, als raube ihm ihr Anblick das Bewußtsein.

»Hinreißend! Überwältigend!« rief ein anderer begeistert.

»Erlaubt, daß ich mich vorstelle, Bojarina«, sagte der größte von ihnen: »Ich bin Prinz Fjodor Vladmirowitsch, ältester Sohn von Prinz Wladimir Dimitrijewitsch und die hier«, er deutete auf die anderen, »sind meine Brüder: Igor, Peter, Stefan, Wassili, Dimitri und Sergej, der jüngste.«

Bei Nennung seines Namens trat der jeweilige Bruder grinsend vor, schlug die Hacken zusammen und verbeugte sich. Dann trat Fjodor vor. Er führte offensichtlich das Wort, die anderen drängten sich hinter ihn. »Und Euer Name, Bojarina?«

Synnovea lächelte huldvoll, machte einen tiefen Knicks und versuchte, ihre Heiserkeit zu kaschieren, als sie leise erwiderte: »Ich bin die Gräfin Synnovea Altynai Zenkowna, vor kurzem aus Nischni Nowgorod hier eingetroffen.«

»Habt Ihr vielleicht Schwestern?« fragte Sergej neugierig und sagte dann vorwurfsvoll: »Wir sind so viele, aber Euch gibt es nur einmal.«

Zum ersten Mal an diesem Abend wurde es Synnovea leichter ums Herz, und sie sagte mit einem vergnügten Lächeln und einem koketten Augenaufschlag: »Ich fürchte nein, Prinz Sergej. Wie das Schicksal es will, bin ich ein Einzelkind.«

»Und Euer Gatte?« Er sah sie erwartungsvoll an: »Wo ist er?«

Sie erwiderte: »Verzeiht, edler Prinz, aber ich habe keinen.«

»Zu schade!« jammerte er lachend. Dann strich Prinz Sergej seinen Kaftan glatt, stolzierte um seine Brüder herum und baute sich vor ihr auf. »Gestattet mir, Gräfin, Euch meiner tiefen Bewunderung für Eure Schönheit zu versichern. In den zwanzig Lenzen meines Daseins war es mir bis jetzt nicht vergönnt, eine so bezaubernde Maid kennenzulernen. Es wäre mir eine große Ehre, wenn Ihr mir erlaubt, Euch den Hof zu machen…«

Der dunkeläugige Stefan schubste ihn grob zur Seite und stellte sich seinerseits vor Synnovea: »Sergej ist doch noch ein Kind, Gräfin! Ein Knabe ohne Erfahrung, aber ich hab' schon dreißig Jahre hinter mir und muß gestehen, daß Eure Schönheit unvergleichlich ist. Ihr müßt doch zugeben, daß ich viel besser aussehe als Sergej!«

»Ha!« sagte der massige Igor verächtlich und schob Stefan mit einem Arm zur Seite. Igor warf sich vor ihr in Pose und strich sich über seinen stattlichen Bart. »Wenn's um Erfahrung geht, kann's keiner meiner Brüder mit mir aufnehmen«, er warf eine abfälligen Blick auf seine Geschwister, »und ich sehe viel besser aus als sie.«

Lautes Gelächter begleitete diese Worte, und die Brüder fingen an, untereinander zu streiten und sich hin und her zuschubsen.

»Das ist nicht wahr! Ich bin der Schönste!«

»Ach, komm jetzt! Die Gräfin glaubt doch solche Lügen nicht, wenn ich hier stehe!«

Synnovea wollte kichern, aber das verging ihr schnell, als der Beleidigte dem anderen einfach mit der Faust auf die Nase schlug. Die Brüder krempelten rasch die Ärmel hoch und hätten die Sache mit Gewalt geklärt, wenn nicht plötzlich ein lautes Räuspern hinter ihnen ertönt wäre. Das Geräusch hatte eine erstaunliche Wirkung auf die Männer, als wenn jemand einen Eimer kaltes Wasser über ihre Hitzköpfe gekippt hätte. Sie stolperten zur Seite, um den Weg für einen älteren Mann freizumachen, der mit dem rollenden Schritt eines Seemanns näher kam. Er war tatsächlich noch größer als Colonel Rycroft oder Ladislaus, und Synnovea hatte einige Schwierigkeiten, nicht zu zeigen, wie beeindruckt sie war, als der weißhaarige Mann sich näherte. Eine riesige Hand legte sich auf Sergejs Schulter, und der Greis blieb neben dem Jüngsten seiner Brut stehen.

»Was soll denn dieses Gerangel?« dröhnte seine tiefe Stimme, während er neugierig die junge Frau musterte.

»Die Gräfin Zenkowna hat keine Geschwister, Papa«, sagte der junge Mann. »Wir haben versucht auszuhandeln, wer von uns ihr den Hof machen darf.«

»Tatsächlich? Der Greis war sehr angetan von der schönen jungen Frau, und der Kommentar seines Sohnes bestärkte ihn noch darin. Sie war zwar etwas zu schlank für seinen Geschmack, aber doch an den richtigen Stellen angenehm gerundet. Außerdem war sie groß genug, einen Riesenkerl wie ihn umfangen zu können. Er strich sich genüßlich den Bart und strahlte sie mit blendend weißen Zähnen an. »Erlaubt mir, mich vorzustellen, Gräfin. Ich bin Prinz Wladimir Dimitrijewitsch, und die hier, wie Ihr wohl inzwischen gemerkt habt, sind meine Söhne. Haben Sie sich vorgestellt?«

»Ganz wie es sich gehört, Eure Hoheit«, sie machte wieder einen Knicks. Als sie hochschaute, sah sie, wie sich Prinzessin Anna einen Weg durch die Gäste bahnte, um zu sehen, was die prinzliche Brut hier so interessierte.

»Was geht hier vor?« fragte die Prinzessin nicht sehr höflich, obwohl sie es versuchte. Was immer hier vorging, sie war sich sicher, daß Synnovea die Ursache des Übels war. Ihr scheeler Seitenblick zeigte das deutlich, und Synnovea fragte sich, wie Anna sie wohl dafür bestrafen würde.

»Meine Söhne und ich haben uns mit dieser schönen Maid bekannt gemacht«, erklärte ihr Wladimir. »Darf ich fragen, wieso Ihr uns die Anwesenheit der Gräfin Zenkowna bis jetzt vorenthalten habt?«

Prinzessin Anna öffnete den Mund, um sich zu rechtfertigen, verstummte aber verwirrt, weil ihr auf die Schnelle keine Erklärung einfiel. Sie überlegte fieberhaft und sagte schließlich: »Ich habe nicht gewußt, daß Ihr sie kennenlernen wollt.«

»Mumpitz! Jeder Mann wäre daran interessiert, eine Frau kennenzulernen, die so aussieht wie sie! Wenigstens langweilt sie mich nicht zu Tode.«

Dieser Kommentar zeigte klar, was er von Iwan hielt, und war eine schroffe Ablehnung von Annas Versuch, ihm den Kleriker schmackhaft zu machen. Er war zwar alt, aber seinen Verstand hatte er noch längst nicht verloren.

Anna mußte sich zumindest für jetzt geschlagen geben, lächelte und murmelte Synnovea zu: »Ich glaube, ich habe gerade Gräfin Nataschas Kutsche vorfahren sehen. Möchtet Ihr sie nicht begrüßen, meine Liebe?«

»Ja, natürlich«, sagte Synnovea bereitwillig und machte einen graziösen Knicks vor dem alten Herrn. »Wenn Ihr mich bitte entschuldigt, Prinz Wladimir, meine Freundin ist gerade gekommen, und ich muß sie dringend sehen.«

Der alte Mann nickte gnädig, und Synnovea drängte sich durch die Gäste in Richtung Eingang, höflich nach allen Seiten grüßend. Als sie die große Halle betrat, sah Synnovea, wie Prinz Aleksej gerade die Treppe herunterkam. Äußerlich war nichts von seiner Blessur zu erkennen, aber er bewegte sich sehr vorsichtig, als hätte er Angst, das Gleichgewicht zu verlieren. Als er sie entdeckte, funkelten seine dunklen Augen vor Zorn, und sie wußte, daß er nicht ruhen würde, bis er sich gerächt oder sie genommen hatte.

»Synnovea, mein liebes Kind!« rief Natascha von der Tür. »Komm her und laß dich anschauen.«

Sollte Aleksej doch ruhig grimmig schauen, dachte Synnovea und ging rasch mit ausgebreiteten Armen auf die Gräfin zu. »Natascha, du siehst wirklich hinreißend aus!«

Die Gräfin lachte und drehte eine kleine Pirouette, damit Synnovea sie von allen Seiten bewundern konnte. Ihr schwarzsilberner Sarafan war ein perfekter Kontrast zu ihrer Porzellanhaut und betonte ihre samtschwarzen Augen mit den dichten, dunklen Wimpern. Ihr pechschwarzes Haar war schon von vielen Silbersträhnen durchzogen, aber das kaschierte ein zarter Silberschleier, der in schimmernden Falten über ihre Schultern bis zur Taille hing. Ein mit silbernem Faden und edlen Steinen besticktes Kokoschniki zierte ihr Haupt.

Angesichts von Nataschas atemberaubender Schönheit kam Synnovea der Gedanke, daß der Grund für Annas Haß auf diese Frau möglicherweise schlichte Eifersucht war. Die blasse Schönheit der Prinzessin war wesentlich schneller verblüht als die Nataschas, obwohl Anna drei Jahre jünger war.

»Die letzte Woche war einfach wunderbar«, sagte Natascha

fröhlich. »Ich hatte das Glück, höchst interessanten Klatsch zu erfahren, den du sicher dringend hören willst.«

»Sollte es dabei um Prinz Aleksej gehen, hab' ich da meine gewissen Zweifel«, sagte Synnovea lakonisch.

»Mit solchem Unrat würde ich dich nie langweilen, meine Liebe«, versprach die ältere Gräfin. »Was ich gehört habe, ist viel aufregender!«

Synnovea hakte sich bei ihr ein und führte sie in den großen Raum zu einer gepolsterten Bank in einer stillen Ecke. »Prinzessin Zelda wollte mir auch etwas erzählen, aber sie mußte gehen, bevor wir miteinander reden konnten. Und jetzt kommst du und sagst, du hättest aufregende Neuigkeiten. Erzähl, hat der Zar womöglich eine Frau gefunden?«

»Oh nein, meine Liebe.« Natascha lächelte verschmitzt, wartete aber ab, da Boris mit einem großen Silbertablett voller Getränke vorbeikam. Sie dankte dem Mann und ließ sich einen Becher mit Obstwein reichen. Als er weitergegangen war, beugte sie sich zu Synnovea und sagte leise. »Dich interessiert doch sicher, daß ein bestimmter Engländer Gesprächsthema Nummer eins ist...«

Synnoveas sanfter, schöner Mund öffnete sich überrascht, dann sagte sie etwas mißtrauisch: »Sollte dieser Engländer zufälligerweise Colonel Rycroft sein?«

Natascha nahm schnell einen Schluck aus ihrem Glas, um nicht zu zeigen, wie amüsant sie das fand, und fragte dann mit Unschuldsmiene: »Ist das nicht derselbe Mann, der dich vor diesem polnischen Unhold gerettet hat... Wie hieß er denn noch?«

»Ladislaus?« Eine zarte Braue schoß mißtrauisch nach oben, und Synnovea sagte spitz: »Woher weißt du denn von Ladislaus? Ich kann mich nicht erinnern, dir etwas von seinem Überfall auf die Kutsche erzählt zu haben.«

Der silberne Schleier schimmerte im Kerzenlicht, als Natascha enttäuscht den Kopf hin- und herwiegte. »Wenn ich mir vorstelle, daß ich die letzte bin, der du's erzählst! Ich bin am Boden zerstört!« Sie seufzte scheinheilig. »Ich fange allmählich an daran zu zweifeln, daß du mich überhaupt magst.«

»Ich habe von diesem Räuber nur erzählt, wenn ich dazu gezwungen war!« verteidigte sich Synnovea.

»Ach, über den habe ich auch einige Gerüchte gehört«, bemerkte Natascha. »Anscheinend war er seit dem Vorfall schon ein oder zweimal in Moskau, aber den Soldaten des Zaren ist es nicht gelungen, ihn zu fassen. Es gab da irgendwelche fürchterlichen Behauptungen, er wolle sich an dem Colonel rächen wegen der Verluste, die er und seine Männer erlitten haben.«

»Ich bin mir sicher, der Colonel würde sich gerne mit ihm schlagen, wenn er dadurch das Pferd wiederbekommen könnte, das der Räuber gestohlen hat«, bemerkte Synnovea. »Aber ein solcher Wettkampf wäre nichts für ängstliche Zuschauer.«

»Ich glaube, im Augenblick hat der Colonel kein sonderliches Interesse an Ladislaus, meine Liebe«, sagte Natascha. »Ich glaube, er hat wichtigere Dinge im Kopf.«

Jetzt war Synnoveas Neugier geweckt. »Also bitte, was genau hast du über Colonel Rycroft gehört?«

»Nun, meine Liebe, ich bin wirklich höchst überrascht, daß du noch nicht gehört hast, daß Colonel Rycroft beim Zaren Bittschriften eingereicht hat, in denen er um Erlaubnis ersucht, dir den Hof zu machen!«

Synnovea blieb vor Entsetzen der Mund offenstehen, und sie merkte, wie ihre Wangen anfingen zu glühen. »Er hat es doch nicht wirklich gewagt?«

»Oh doch! Und sehr überzeugend nach allem, was ich höre!« beschwichtigte sie Natascha. »Er hat genau erklärt, wie er deine Bekanntschaft gemacht hat, als er dich vor einer Horde Diebe gerettet hat, und dann gefragt, ob es irgendwelche russischen Gesetze gäbe, die ihm verbieten würden, einer gewissen jungen Bojarina den Hof zu machen.«

»Ich bin ruiniert!« stöhnte Synnovea.

»Ganz im Gegenteil. Michael hat dem Colonel gesagt, er würde die Bitte ernsthaft in Betracht ziehen, sobald er sich mit den Tatsachen vertraut gemacht hat. Es gibt bis jetzt natürlich noch keine Hinweise, ob der Zar die Bitte des Colonels erfüllt. Wie es scheint, hat Major Nikolai Nekrasow kurz darauf den Zaren um dieselbe Gunst gebeten. Meiner unmaßgebenden Meinung nach hat Nikolai von der Bittschrift des Engländers gehört und beschlossen, ebenfalls seine Forderungen geltend zu machen.«

»Wie können sie es wagen, meinen Namen vor den Zaren zu zerren, ohne zuerst mich zu fragen!« Synnovea rutschte wütend auf der Bank hin und her. Hatte sie denn in dieser Sache überhaupt nichts mehr zu sagen?

Natascha sah ihre Freundin verwundert an. »Bist du denn inzwischen so mit den Sitten anderer Länder verwachsen, daß du nicht mehr weißt, wie solche Angelegenheiten hier gehandhabt werden? Du müßtest wissen, daß es völlig unziemlich wäre, zuerst die junge Frau zu fragen, ob man ihr den Hof machen dürfe. Die beiden Männer wären sicher zu Prinz Aleksej gegangen, wenn sie nicht gewußt hätten, daß er ihnen nie die Erlaubnis geben würde, und Anna hat den beiden, besonders Colonel Rycroft, unmißverständlich gezeigt, daß er in diesem Haus nicht willkommen ist. Also sind sie zu einer höheren Autorität gegangen. Dem Zaren persönlich.«

»Ich habe Colonel Rycroft in keiner Weise ermuntert!« protestierte Synnovea.

Natascha war nicht entgangen, daß sie den Major nicht in derselben Weise erwähnte. Dafür gab es zwei Erklärungen: entweder hatte sie Nikolai ermutigt und wollte es nicht zugeben, oder sie hatte ihn nie ernsthaft in Betracht gezogen. Colonel Rycroft war ohne Zweifel ein sehr außergewöhnlicher Mann und konnte eine junge Frau alle anderen Verehrer vergessen lassen. Dennoch wollte Natascha unbedingt wissen, wen von den beiden das Mädchen bevorzugte. »Und, hast du Major Nekrasow in irgendeiner Weise Hoffnungen gemacht?«

Allein die Vorstellung schockierte Synnovea. Sie hatte doch weiß Gott noch nie einen Mann ermutigt! »Bist du verrückt? Natürlich nicht!«

Natascha hatte ihre Antwort und mußte lachen. »Ein Mann wie Colonel Rycroft braucht keine Ermutigung, nicht wahr? Er sucht sich einfach das aus, was er haben will. Und es gibt wohl keinen Zweifel, daß er dich haben will, meine Liebe.«

»Ich kenne den Mann doch nicht einmal

»Aber Synnovea, was redest du da? War er nicht derjenige, der dich vor Ladislaus gerettet hat? War es nicht er, der dich vor ein paar Tagen in die Kutsche getragen hat?« Natascha lächelte zufrieden, als sie sah, wie ihre Freundin errötete.

»Ja, natürlich.«

»Dann kennt ihr beide euch doch«, sagte die ältere Frau.

»Aber nur sehr flüchtig! Wir sind nicht offiziell vorgestellt worden«, sagte Synnovea, verzweifelt bemüht, das zu klären.

Die Gräfin nickte fröhlich. »Offensichtlich hat es gereicht, um das Interesse des Colonels zu wecken.«

»Ich werde ihm klarmachen, daß ich kein Interesse habe!« sagte Synnovea mit Nachdruck.

»Wie schade.« Natascha seufzte. »Ich muß zugeben, daß ich zu den Damen gehöre, die vom Colonel fasziniert sind. Soviel Aufregung um einen Mann hat es nicht mehr gegeben, seit der falsche Dimitri vor gut zwanzig Jahren den Zarenthron an sich reißen wollte und seine Überreste durch eine Kanone gefeuert wurden. Ich sage dir eins, ich finde Colonel Rycroft wirklich aufregend!« Ihr Blick wurde ganz verträumt. »Hast du gesehen, wie dieser Mann auf einem Pferd sitzt? Kerzengerade, aber so geschmeidig, daß man meinen könnte, er wäre mit dem Pferd verwachsen. Kannst du dir einen solchen Mann in deinem Bett vorstellen?«

»Ganz bestimmt nicht!«

Natascha ignorierte diese Bemerkung. Synnovea würde sich zwar nie eingestehen, daß sie je an so etwas gedacht hätte, aber Natascha wußte es besser. Sie brauchte nur ihr Gesicht anzusehen, das inzwischen bis unter die Haarspitzen glühte. Sie kicherte vergnügt, als das Mädchen versuchte, ihr schamrotes Gesicht hinter ihrer Hand zu verstecken. »Du hast ihn also doch bemerkt.«

Sie nickte kaum merklich. »Kurzzeitig.«

»Oh, Synnovea«, seufzte Natascha, »wäre ich zwanzig Jahre jünger, würde ich diesen nicht aus den Fängen lassen.«

Synnovea nahm liebevoll ihre Hände. »Liebe Natascha, ich verstehe nicht, wieso du so wild auf diesen Mann bist, aber ich bewundere deine Begeisterungsfähigkeit. Sollte ich es mir je anders überlegen und den Colonel doch empfangen, werde ich ihn dir sofort vorstellen.«

»Das brauchst du nicht!« kicherte Natascha. »Das Ereignis hat bereits stattgefunden. Prinz Tscherkow hat ihn mir vorgestellt, nach einer Parade, die der Colonel vor ein paar Tagen im Kreml angeführt hat! Es war fantastisch, meine Liebe! Du hättest es sehen sollen! Ich war ganz hingerissen von den Reitkünsten des Colonels und seiner Truppe! Ich glaube, der Zar war sehr zufrieden, zumindest sah es so aus!«

»Wann war das?« fragte Synnovea vorsichtig und fragte sich, ob sie ihn an diesem Tag gesehen hatte, der Tag, an dem Ali sich so peinlich benommen hatte.

Nataschas Mundwinkel zuckten. »Also, ich bin mir nicht ganz sicher, aber ich glaube, ich habe dich an diesem Tag auch in der Nähe des Roten Platzes gesehen. Und hast du vielleicht deine Bauerntracht getragen?«

Der Gedanke, daß Natascha auch Zeuge dieses peinlichen Auftritts gewesen war, war ein schwerer Schlag für Synnoveas Stolz. »Ich war dort, aber ich habe dich nicht gesehen.«

»Ach, das spielt doch keine Rolle«, beschwichtigte sie Natascha, als sie merkte, wie sehr sich das Mädchen schämte. »Das einzig Wichtige dabei ist, daß ich die Gelegenheit hatte, den Colonel für nächste Woche zu mir einzuladen, zusammen mit einigen seiner Offiziere, Prinz Tscherkow und ein paar meiner engsten Freude. Und du, meine Liebe, bist natürlich auch eingeladen. Ich bitte dich inständig, daß du Anna überredest, dich teilnehmen zu lassen. Ich habe gehört, daß sie sich endlich entschlossen hat, ihren Vater zu besuchen, was dir möglicherweise die Freiheit gibt, nach der du dich sehnst. Deine Anwesenheit würde sicher eine Flut gutaussehender Männer anlocken.«

Synnoveas Lächeln war etwas zweifelnd. »Willst du denn *meine* Gesellschaft oder die der Männer?«

»Beides!« erwiderte Natascha unumwunden, legte die Hand auf den Arm der jüngeren Frau und sagte mit einem gewinnenden Lächeln: »Und diesmal, mein Kind, sei bitte nicht so furchterregend abweisend. Wenn ich noch einmal das Wort Eisjungfrau im Zusammenhang mit dir höre, werde ich die Suche nach dem richtigen Mann für dich aufgeben. Ich habe zu deinem Vater gesagt: ›Alexander‹, habe ich gesagt, ›dieses Mädchen sollte heiraten, bevor sie zu alt ist, um Kinder zu kriegen!‹ Und er hat zu mir gesagt: ›Natascha, hör auf mit dieser ewigen Nörgelei! Ich warte darauf, daß sie sich verliebt!‹ Bah!« Die Frau warf ungeduldig die Hände hoch, dann beugte sie sich zu Synnovea und sagte leise: »Weißt du, was die beste Methode ist, sich zu verlieben? Kinder machen mit einem Mann wie Colonel Rycroft. Ich wette, du wärst nicht so kühl und abweisend, wenn du das Bett mit ihm teiltest!«

»Natascha! Du bist wirklich skandalös!«

Natascha seufzte wehmütig. »Das hat mein dritter Mann auch immer gesagt, und mit dem war ich am längsten verheiratet.« Ihre Augen strahlten voller glücklicher Erinnerungen, als sie ihr anvertraute: »Aber dazu mußt du wissen, daß Graf Emelian Stefanowitsch Andrejew meines Wissens nie eine andere Frau angesehen hat, während wir verheiratet waren.«

Synnovea hatte immer schon geahnt, daß Natascha ihren letzten Mann mehr geliebt hatte als die anderen beiden, und ihr wurde ganz warm ums Herz bei dem Gedanken an die Liebe und Freude, die dieses Paar gemeinsam erlebt hatte. »Sollte ich jemals heiraten, Natascha, werde ich dich um Rat fragen. Ich bin mir sicher, du kennst alle Geheimnisse, wie man einen Mann glücklich und zufrieden macht.«

Gräfin Natascha mußte lachen. »Ich kann dir schon so einiges beibringen.« Sie überlegte kurz, dann nickte sie und sagte: »Um ehrlich zu sein, ich kann dir viel darüber erzählen, wie man sich die Aufmerksamkeit eines Gatten sichert. Und solltest du einen Mann heiraten, den ich schätze, werde ich dich unterrichten.«

Das machte Synnovea mißtrauisch. »Und du würdest mich natürlich wissen lassen, wen du bevorzugst?«

»Natürlich, meine Liebe.« Natascha grinste listig. »Ich möchte den offiziellen Anfang machen, indem ich Colonel Rycroft einlade, sich mit dir zu unterhalten, wenn er kommt.« Sie wehrte Synnoveas Protest mit einer Handbewegung ab. »Ist das zuviel verlangt? Schließlich und endlich hat dich Colonel Rycroft davor bewahrt, von diesem Schurken entführt und vergewaltigt zu werden. Kannst du denn nicht wenigstens höflich sein zu dem Mann, der dir ein so grausames Schicksal erspart hat?«

Synnovea seufzte resigniert. Sie hatte es allmählich satt, das immer wieder vorgehalten zu bekommen. »Du wirst ja doch keine Ruhe geben, bis ich zustimme, aber gefallen wird es mir nicht, sei gewarnt!«

Natascha faltete zufrieden die Hände. »Wir werden abwarten und sehen, wie hartnäckig du den Mann abweist, meine Liebe.«

»Du magst zwar die geborene Kupplerin sein, Natascha, aber das wird dir nichts nützen. Die Prinzessin Anna wird nie dulden, daß der Colonel mir den Hof macht. Sie verabscheut Ausländer.«

Natascha hob den Kopf und lächelte zufrieden. »Wie ich schon sagte, meine Liebe, der Mann hat die Aufmerksamkeit des Zaren gewonnen. Man erzählt sich, Seine Majestät wäre so fasziniert und begeistert von den Scheinschlachten und Exerzierübungen, die der Colonel und seine Männer vorführen, daß er jeden Wochentag morgens auf der Kremlmauer steht und ihnen zuschaut. Und in Anbetracht dessen, meine Liebe, glaubst du wirklich, daß Zar Michael so ungnädig sein wird, dem Colonel seinen Herzenswunsch zu verweigern? Meine liebe Synnovea, ich würde nicht darauf wetten, daß Anna die Macht hat, dem Zaren das auszureden, wenn er sich entschließt, der Bitte des Colonels stattzugeben.«

»Du bist ja anscheinend ganz hingerissen von diesem Mann«, sagte Synnovea verwundert.

»Angetan wäre wohl eine bessere Umschreibung für meine Gefühle, mein Schatz. Meiner Meinung nach sind Männer wie Colonel Rycroft eine sehr seltene Spezies.«

11. Kapitel

Ein heftiger Sturm fegte im Morgengrauen über die Stadt, peitschte durch die Bäume und ließ die Fensterläden entlang der dunklen Straße klappern. Ein Seufzer der Erleichterung ging durch die Häuser, als endlich Ruhe einkehrte, und es schien, als hätte sich der Sturm zumindest für den Augenblick verzogen. Doch bereits wenige Stunden später tobte ein weiteres Gewitter über Moskau und der Umgebung, begleitet von Windböen und Wolkenbrüchen.

Das launische Wetter war ein schlechtes Vorzeichen für das, was Synnovea an diesem Tag bevorstand. Kaum hatte sie sich in der Ruhe, die dem Sturm folgte, etwas erholt, klopfte es bereits an ihrer Tür. Prinzessin Anna hämmerte so heftig gegen die verschlossene Tür und forderte sie in so barschem Ton auf zu öffnen, daß Synnovea und Ali sofort wußten, wie schlecht ihre Laune war. Die Tür wurde geöffnet, und Anna rauschte ins Zimmer wie eine Gewitterböe. Sie baute sich hochmütig vor den beiden auf und verkündete schadenfroh wie eine boshafte Hexe, welch grausame Pläne sie für Synnovea geschmiedet hatte.

»Aleksej hat mich gebeten, seinen Vorschlag zu überdenken, und nachdem es Euch jetzt gelungen ist, Prinz Wladimir von ernsthafteren Dingen abzulenken, kann ich meinem Gatten nur zustimmen. Eigentlich war es Prinz Wladimir, der Aleksej gestern abend darauf ansprach. Wie es scheint, ist der lüsterne alte Bojar sehr angetan von Euch, genau wie seine Söhne.«

»Aber ich habe doch nur kurz mit ihnen geredet...«, sagte Synnovea hastig, voller Angst vor dem, was Anna ihr enthüllen würde.

»Nichtsdestotrotz«, fuhr Anna fort und tupfte gebieterisch mit einem Spitzentaschentuch ihre Nase, »angesichts der Situation, mit der wir uns jetzt konfrontiert sehen, bleibt uns keine andere Wahl, als eine Heirat für Euch zu arrangieren. Unsere Gäste konnten sich gar nicht mehr beruhigen über die Gerüchte von Colonel Rycrofts Unverschämtheit. Allein der Gedanke, daß dieser dahergelaufene Kerl den Zaren um Erlaubnis bittet, Euch den Hof machen zu dürfen! Eine solche Unverfrorenheit! Glaubt mir, meine Liebe, wenn die Sache endlich bereinigt ist, könnt Ihr Euch einer Sache sicher sein: die Pläne des Colonels sind zum Scheitern verurteilt! Dafür werde ich sorgen! Heute morgen habe ich bereits Prinz Wladimir die Nachricht überbringen lassen, daß wir mit der Heirat einverstanden sind. Der alte Bojar will die Sache geheimhalten, bis alles geregelt ist, aber ein solcher Kontrakt verhindert jede weitere Einmischung durch den Engländer oder irgendeinen anderen, der Eure Hand begehrt, auch Major Nekrasow.«

Synnovea war so schockiert von dieser Ankündigung, daß sie die Frau nur fassungslos anstarren konnte. Es war wie ein Schlag ins Gesicht. Wie durch einen Nebel sah sie Ali neben der Tür zu ihrer kleinen Kammer stehen, eine knochige Hand an ihrem Hals, mit entsetztem Gesicht. Tausend wirre Gedanken wirbelten durch Synnoveas Kopf, aber eins war ihr klar: sie war sich sicher, daß ihr Schicksal nicht heute früh von Anna entschieden worden war, sondern gestern abend, als sie Aleksejs Avancen und Drohungen so gewaltsam abgewehrt hatte. Er hatte sie ja gewarnt und geschworen, er würde sich bitterlich rächen, wenn sie sich ihm verweigerte. Und jetzt würde man sie mit einem Greis verheiraten, der zwar noch nicht tatterig und senil war, aber doch weit entfernt von ihrem Traum des jungen, gutaussehenden Verehrers.

»Prinz Wladimir begehrt Euch als Braut, und weil er es so eilig hat, haben wir ihm unsere Zustimmung gegeben, die Hochzeitsfeierlichkeiten während unserer Abwesenheit zu arrangieren. Iwan und ich reisen morgen ab, um meinen Vater zu besuchen, und nachdem Iwan noch am Ende dieses Monats Verpflichtungen in Moskau hat, werden wir in vierzehn Tagen zurückkehren. Die Hochzeit kann in der Woche darauf stattfinden...«

»So bald?« Synnovea konnte nicht fassen, wie schnell Anna ihre Pläne in die Tat umgesetzt hatte.

»Ich sehe keinen Grund, warum wir einen langen Aufschub der Hochzeit erdulden sollen.« Anna sah ihr Mündel herausfordernd an. »Ihr etwa?«

Synnovea hätte ihr eine Reihe plausibler Gründe nennen können. »Wenn ich ein paar Tage mehr Zeit hätte, könnte ich mich besser auf das Ereignis vorbereiten. Ich könnte mir ein neues Kleid nähen lassen, und die Taschentücher für die Bojarinas, die mich begleiten, müssen genäht werden...«

Anna erwiderte knapp: »Prinz Wladimir ist zu alt für eine lange Wartezeit, Synnovea. Ihr werdet Euch mit der Zeit zufriedengeben müssen, die man Euch zugestanden hat.«

Synnovea kämpfte mit den aufsteigenden Tränen und wandte sich ab. Anscheinend blieb ihr keine andere Wahl. Sie mußte sich in das Schicksal fügen, das für sie geplant war. Man gönnte ihr nicht einmal genug Zeit, die üblichen Feiern und Festivitäten zu genießen, die mit einer Verlobung oder einer kommenden Hochzeit verbunden waren.

Anna ging zum Fenster und schaute hinaus auf die Allee, die langsam zum Leben erwachte. Trotz des katastrophalen Fehlschlags des gestrigen Abends hatte sie immer noch gehofft, Iwan könnte den verlorenen Boden wiedergutmachen, als sie sich in ihre Gemächer zurückgezogen hatte. Und dann war zu ihrer übergroßen Freude auch noch Aleksej erschienen und hatte ihr wieder einmal seine überwältigende Überzeugungskraft in den Künsten der Leidenschaft demonstriert. Aber als sie dann hinterher befriedigt und glücklich in seinen Armen lag und er ihr von dem Antrag des alten Prinzen erzählte und den Intrigen ihres Mündels, war ihre Welt plötzlich aus den Angeln gekippt.

»Natascha ist gestern nacht zu mir gekommen und hat mich gebeten, die Möglichkeit eines Besuches bei ihr in meiner Abwesenheit in Betracht zu ziehen«, sagte Anna gelangweilt über die Schulter hinweg. »Ich war mir sicher, daß Ihr einverstanden seid, und habe meine Zustimmung gegeben. Ich bin überzeugt, Natascha wird Euch mit Freuden helfen, Eure Hochzeit vorzubereiten.«

»Die Zeit reicht ja nicht einmal für ein paar Kleinigkeiten«, sagte Synnovea lustlos, »geschweige denn, um wirklich etwas zu bewerkstelligen.«

Scheinbar ignorierte Anna die sarkastischen Bemerkungen ihres Mündels, aber sie rächte sich auf andere, sehr befriedigende Weise. Sie hatte jetzt unmißverständlich ihre Macht und Autorität über ihre Rivalin bewiesen, indem sie das Leben der jungen Frau nach ihren Vorstellungen ein für alle Mal geregelt hatte. »Aleksej und ich haben uns gnädigerweise bereit erklärt, Prinz Wladimirs Einladung heute abend anzunehmen. Wir werden die letzten Vorbereitungen für die Hochzeit besprechen, und wir waren so frei, ihm zu versichern, Ihr würdet uns begleiten.«

»Wie gütig von Euch.«

Anna lächelte schadenfroh, als sie hörte, wie die Stimme des Mädchens zitterte. »Ihr seid sicher froh zu hören, daß Iwan heute mit seinen Reisevorbereitungen beschäftigt ist und keine Zeit für Euren Unterricht hat. Er ist sehr ungehalten über Euch, da er überzeugt ist, Ihr hättet absichtlich seine Pläne sabotiert, Wladimirs priesterlicher Mentor zu werden. Deshalb schlage ich vor, daß Ihr jede Gelegenheit nutzt, ihn zu versöhnen, bevor wir heute abend Euren ehrenwerten Verlobten treffen. Das wird den Abend wesentlich angenehmer gestalten, da Iwan darum gebeten hat, uns begleiten zu dürfen. Es ist vielleicht seine letzte Gelegenheit, den alten Prinzen dazu zu bewegen, sich mit konstruktiveren Dingen zu beschäftigen als der Befriedigung seiner niederen Instinkte mit Euch.«

»Ich wünsche ihm viel Glück«, erwiderte Synnovea niedergeschlagen. »Es wäre mir ein großer Trost, wenn es ihm gelänge, Wladimir umzustimmen.«

Anna gab sich erstaunt. »Aber Synnovea! Das klingt ja, als würdet Ihr Euch gar nicht freuen über Eure Verlobung. Kann es sein, daß Ihr wirklich bereut...«

Synnovea wußte sehr wohl, daß die Frau sich nur an ihrem

Unglück weiden wollte und unterbrach sie rasch: »Ihr habt gesagt, ich dürfte Natascha in Eurer Abwesenheit besuchen. Wann darf ich mit Eurer Abreise rechnen?«

»Ihr könnt sofort packen, was Ihr braucht«, sagte Anna desinteressiert, »dann könnt Ihr morgen früh aufbrechen, wenn Ihr wollt. Das heißt natürlich, nur wenn Euch der Sinn danach steht...«

»Natürlich will ich sie besuchen.« Synnovea verstand nicht ganz, was diese Bemerkung sollte. »Warum sollte ich denn nicht wollen?«

Anna konnte sich eine höhnische Bemerkung nicht verkneifen. Sie hätte Iwan sicher mehr Zeit zugestanden, Wladimir von den Vorteilen seiner Vorschläge zu überzeugen und dessen Antrag nicht gleich zugestimmt, wenn Aleksej sich nicht bei ihr darüber beklagt hätte, wie das Mädchen versuche, ihn zu verführen. Aber nachdem ihr Mann ihr gestanden hatte, welche Avancen er bereits abgewehrt hatte, hatte sie die Rachsucht an der jungen Gräfin gepackt. »Oh, ich dachte, da ich dann weg bin und Aleksej günstigerweise allein hierbleibt, möchtet Ihr vielleicht...«

»Verzeiht, Anna«, sage Synnovea spitz, »aber ich würde nicht im Traum daran denken, den Ruf Eures Gatten zu schädigen, indem ich während Eurer Abwesenheit hierbleibe.«

»Nein, natürlich nicht.« Die grauen Augen sprühten vor Bosheit. Anna war zwar von der Schuld des Mädchens überzeugt, wagte es aber immer noch nicht, ihr das direkt ins Gesicht zu sagen. Das Mädchen würde nur alles leugnen, was unschöne Reibereien zur Folge hätte, in denen sie sich vielleicht eine Blöße geben würde.

Selbst in ihrem schockierten Zustand merkte Synnovea, daß Anna sie unbedingt aus dem Haus haben wollte und ihre großzügige Erlaubnis, Natascha zu besuchen, nur ein Vorwand war. Aber es war wirklich der Gipfel, daß Anna es wagte, ihr zu unterstellen, daß sie es gar nicht erwarten könnte, mit Aleksej allein zu sein. Wenn sie die Wahl gehabt hätte, wäre sie noch vor Ablauf der nächsten Stunde aufgebrochen.

Aber Anna war noch längst nicht fertig. Mit selbstzufriedener

Miene fuhr sie fort: »Stellt Euch nur vor, in bereits drei Wochen werdet Ihr Wladimirs Braut sein. Es wird Euch sicher sehr erfreuen, daß Ihr dann Herrin im eigenen Haus sein werdet und die Frau eines so vermögenden Bojaren. Angesichts der Tatsache, daß er so hingerissen ist von Euch, werdet Ihr sicher keine Schwierigkeiten haben, ihm alles zu entlocken, was euer Herz begehrt.« Der schmale Mund verzog sich zu einem verächtlichen Lächeln. »Obwohl ich sagen muß, Ihr habt ja ohnehin keine Skrupel, hemmungslos Eure Launen zu befriedigen. Wie Eure zahllosen Gewänder und Juwelen beweisen. Dennoch werdet Ihr als Wladimirs Braut noch wesentlich reicher sein als jetzt. Das sollte euch doch darüber hinwegtrösten, daß Ihr im Bett nicht soviel Freude an ihm haben werdet. Den Gerüchten zufolge ist Wladimir immer noch fähig, ein Mädchen zu bedienen. Aber für Euch wird es sicher kein so erfreuliches Erlebnis sein, zumindest nicht so erfreulich wie mit einem jüngeren Mann, besonders mit einem, der mit Frauen so erfahren zu sein scheint wie Colonel Rycroft.«

Synnovea warf Anna, die jetzt auf sie zuging, einen sehr skeptischen Blick zu. »Ich war mir gar nicht bewußt, daß Ihr Colonel Rycroft gut genug kennt, um seine Erfahrung mit Frauen beurteilen zu können.«

»Oh, man hört so dieses und jenes.« Anna machte eine abfällige Handbewegung. »Jede Bojarina, die ihn kennenlernt, kann offenbar über nichts anderes mehr reden. Die Tatsache, daß er im deutschen Viertel lebt bei all den anderen Ausgestoßenen, verschafft ihm natürlich reichlich Gelegenheit, seine männlichen Gelüste zu befriedigen. Oder habt ihr geglaubt, Ihr seid der einzige Vogel, in den dieser englische Raubvogel seine Klauen schlagen will? Es ist hinreichend bekannt, daß es mindestens ein halbes Dutzend Huren gibt für jeden Ausländer, der dort wohnt. Es wäre doch ziemlich weit hergeholt anzunehmen, daß der Engländer dieses Angebot ignoriert, während er sich um Eure Hand bemüht, meint Ihr nicht auch?«

»Das sind doch nur Eure Vermutungen«, erwiderte Synnovea mit einer Zurückhaltung, nach der ihr gar nicht zumute war. Sie war sich nicht ganz sicher, wieso sie die Unterstellungen dieser Frau so verletzend fand. »Ihr könnt doch unmöglich wissen, was der Colonel in seinem Privatleben macht, außer Ihr laßt ihm nachspionieren.«

Anna warf verächtlich den Kopf zurück. »Eine Närrin seid Ihr, wenn Ihr glaubt, daß Colonel Rycroft sich nicht mit diesen Dirnen vergnügt. Er wird seinen Samen noch übers ganze Land verstreuen, bevor er hier abreist, da könnt Ihr sicher sein. Aber wenn Ihr so wenig Ahnung von Männern habt, daß Ihr glaubt, er würde keine andere Frau in sein Bett holen, dann hab' ich wirklich etwas Besseres zu tun, als mit Euch über die Abgründe seines Charakters zu sprechen.«

Anna stolzierte zur Tür, legte eine Hand an den Griff und drehte sich noch einmal zu ihrem Mündel um. Nachdem sie Aleksejs Beschuldigungen gehört hatte, hätte sie ihr diese grünen Augen am liebsten ausgekratzt und ihr ihr schönes Gesicht so entstellt, daß kein Mann sie je wieder ansehen würde, aber jetzt hatte sie eine andere Art der Rache gefunden, wie Synnoveas Bestürzung hinreichend bewies.

Der schmale Mund verzog sich zu einem triumphierenden Lächeln, dann rauschte Anna aus dem Zimmer, sehr zufrieden mit dem, was sie erreicht hatte.

Die Tür hinter ihr schloß sich mit einem tiefen Knarren, wie das Portal eines Mausoleums. In der düsteren Stille des Gemachs ließ Synnovea sich verzweifelt auf ihr Bett fallen. Die Ungerechtigkeit, die ihr widerfahren war, war eine zu große Last, um stumm ertragen zu werden. Sie begann, hemmungslos zu schluchzen und trommelte in ohnmächtiger Wut gegen die Laken.

»Oh, mein Lämmchen! Mein Lämmchen! Bitte, bitte, weint nicht sosehr!« Ali lief zu ihrer Herrin, aber Synnovea wehrte sie ab, nichts würde sie jetzt noch trösten können. Ihre Zukunft war ohne jede Hoffnung.

»Pack alles ein«, schluchzte sie. »Wenn der Himmel noch einen Funken Gnade für mich übrig hat, werde ich *nie* wieder hierher zurückkehren!«

»Könnt Ihr denn nicht verhindern, was die Euch antun wollen?« fragte Ali besorgt. »Könnt Ihr nicht Zar Michael um Gnade bitten? Oder nach England fliehen, zu Eurer verwitweten Tante?«

»Ich kann nirgendwohin gehen«, sagte Synnovea resigniert. »Am allerwenigsten nach England. Wenn ich mich um eine Schiffspassage bemühen würde, könnte ich nie mehr hierher zurückkehren. Der Kontrakt ist unterzeichnet, Ali, und seit heute morgen bin ich die Verlobte von Prinz Wladimir Dimitrijewitsch.«

Anna hatte ihr Schicksal besiegelt, indem sie Wladimir als ihren Verlobten anerkannte. Nur Zar Michael oder Prinz Wladimir konnten diesen Vertrag brechen, der Zar aus was für Gründen auch immer und Wladimir, indem er sie für unwürdig erklärte. Letzteres war ziemlich unwahrscheinlich, nachdem Wladimir bereits so kurz nach ihrer ersten Begegnung um ihre Hand angehalten hatte. Er hatte sich wohl hinreichend über sie informiert und würde sich durch nichts von seiner Absicht abbringen lassen. Und Aleksej hatte seine Rache sicher sehr genossen, als er dem alten Bojaren die nötigen Einzelheiten über ihre Herkunft und Familie mitteilte.

Synnovea suchte fieberhaft nach einer Möglichkeit, sich aus ihrer mißlichen Lage zu befreien. Ein halbes Dutzend Möglichkeiten kamen ihr in den Sinn, wurden aber genauso schnell wieder verworfen.

Sie schloß die Augen, legte ihre Wange auf das Laken und zwang ihren Körper, sich zu entspannen, indem sie ihre Gedanken gewaltsam auf etwas anderes lenkte. Sie wehrte sich nicht gegen die provokanten Fantasien, die Colonel Rycroft durch seinen lässigen Umgang mit seiner Nacktheit und ihrer Naivität ausgelöst hatte. Natürlich war es jetzt ziemlich sinnlos, sich mit solch lustvollen Träumen zu quälen, die nie in Erfüllung gehen konnten. Doch als junge Frau eines greisen Bojaren würden diese Erinnerungen vielleicht das einzige sein, was ihr blieb. Ihr kurzes Treffen mit dem Engländer mußte vielleicht als Trost dienen für das, was sie in ihrer Ehe verpaßte, denn sie würde nie erfahren, wie aufregend es sein konnte, mit einem Mann verheiratet zu sein, der ihr körperlich etwas zu bieten hatte. So ein Traum war vielleicht mehr, als den meisten Frauen in ihrem Leben vergönnt war. Aber Synnovea fragte sich, ob sie der kurze Anblick eines so prachtvollen Exemplars für alle Zeit für das Normale und Alltägliche verdorben hatte und sie deshalb das, was ihr bevorstand, noch schlechter ertragen konnte.

Leider waren Träume eben nur Träume, und so beschloß Synnovea, das Beste aus ihrer Situation zu machen, denn einen Ausweg gab es nicht. Zumindest war Prinz Wladimir nicht völlig abstoßend wie manch anderer Mann, und es würde sicher auch nicht langweilig werden, wenn man bedachte, daß seine sieben Söhne mit ihnen das Haus teilen würden. Im Gegenteil, bei dem Übermut der Brüder würde sie sich wohl manchmal nach ein bißchen Einsamkeit und Frieden sehnen.

Synnovea biß die Zähne zusammen, wischte sich die Tränen ab und erhob sich von ihrem Bett. Dann stürzte sie sich mit Ali ins Packen. Zumindest war es ein kleiner Trost zu wissen, daß sie die Schwelle der Taraslows nie wieder überschreiten würde.

Nachdem der letzte Koffer eingeladen und in Vorbereitung ihrer frühmorgendlichen Abreise bei Natascha abgeliefert war, machte sich Synnovea, wenn auch widerwillig, auf den Weg zu Iwan, um ihm die Bücher zurückzugeben, die er ihr geliehen hatte. Seine Arroganz zeigte, daß er offensichtlich jede Hoffnung aufgegeben hatte, sie den höheren Weihen der Intelligenz zuzuführen oder irgendwelche liebenswerten Charakterzüge bei ihr zu entdecken.

»Ich hoffe, Ihr werdet jetzt glücklich sein, Gräfin.«

Ein langer Seufzer entfuhr Synnovea, als sie seinem widerwärtigen Blick begegnete. Sie fühlte sich völlig ausgelaugt, als hätte Annas Entscheidung ihr die letzten Kraftreserven geraubt. Sie hatte nicht einmal die Energie, sich gegen Iwans Spitzen zu wehren. »Ich werde es versuchen.«

»Aber, Ihr müßt doch glücklich sein«, tadelte er sie, »mit all dem Reichtum, der Euch erwartet.«

»Glück hängt nicht unbedingt vom Reichtum eines Menschen ab, Iwan«, sagte sie mit leiser Stimme. »Ein Mensch kann alle Reichtümer der Welt haben und trotzdem noch unglücklich sein. Besitztümer sind ein armseliger Ersatz für die Liebe von Freunden und Familie.«

Iwan waren solche Platitüden völlig unverständlich. »Was hat meine Familie je für mich bedeutet? Meine Mutter habe ich verachtet. Meinen Vater? Nun, man hat mir erzählt, er wäre kurz vor meiner Geburt umgekommen, aber ich habe den Namen meiner Mutter erhalten wie jeder andere Bastard. Ich habe nie Beweise für seine tatsächliche Existenz gesehen, und sollte er wirklich existiert haben, wäre mir sein Andenken wesentlich teurer, wenn er mir etwas vererbt hätte, das mich ernährt und gekleidet hätte, bis ich auf eigenen Füßen stehen konnte.«

»Tut mir leid, Iwan«, murmelte Synnovea. Sie hatte wirklich Mitleid mit ihm und verstand allmählich, warum der Mann so unleidlich war. »Ihr müßt eine sehr harte Jugend gehabt haben.«

»Es war schwer«, gab er mit selbstzufriedener Miene zu. »Aber ich habe alles überwunden und etwas aus mir gemacht. Ich bin ohne jede Hilfe das geworden, was ich bin.«

»Seid Ihr manchmal einsam?«

»Wieso einsam?« fragte er barsch, als wäre ihre Frage ein Affront.

»So ohne Menschen, ohne Freude. Ohne jemanden wie Anna, der zu schätzen weiß, was Ihr seid und was Ihr macht...«

»Keiner weiß das mehr zu schätzen als ich.«

Seine Antwort war so schroff, daß Synnovea einsehen mußte, wie sinnlos dieses Gespräch war. Iwan hatte offenbar vor langer Zeit beschlossen, daß Freunde und eine liebevolle Familie für das Wohlbefinden eines Menschen nicht notwendig waren. Ihrer Ansicht nach war ein so einsames Dasein gar nicht lebenswert.

Inzwischen war es an der Zeit, daß sich Synnovea für den Besuch auf den weitläufigen Besitzungen Wladimirs vorbereitete. Damit verbrachte sie eine angenehm ruhige Stunde, ohne sich darum zu scheren, daß Anna sicher wütend über die Verspätung war. Und das war sie, wie die junge Gräfin feststellen konnte, als sie zehn Minuten nach dem vereinbarten Zeitpunkt nach unten kam.

»Schöne Manieren sind das, uns so warten zu lassen!« zischte Anna. »Aber Ihr habt das sicher mit Absicht getan!«

Synnovea hatte sich vorgenommen, erhobenen Hauptes alle Sticheleien ihrer drei Folterknechte wortlos über sich ergehen zu lassen. Annas grimmige Miene und Iwans streitsüchtiger Blick konnten ihr nichts anhaben, aber die lüsternen Blicke Aleksejs, mit denen er sie von Kopf bis Fuß musterte, empörten sie. Seine geilen Augen tasteten über ihren schimmernd grünen Seidenkaftan, als würde er sie immer noch als potentielle Mätresse betrachten. Synnovea wandte sich steif Anna zu und fragte: »Ihr wolltet doch, daß ich für Prinz Wladimir so schön wie möglich aussehe, nicht wahr?«

Die Prinzessin mußte zugeben, daß ihrem Mündel das voll und ganz gelungen war. Die kunstvolle Stickerei auf dem steifen Kragen, den Ärmeln und dem Saum des Sarafans sowie das passende juwelenbesetzte Kokoschniki, das das Mädchen trug, konnten nur die Hände einer begnadeten Schneiderin geschaffen haben. Das schwarze Haar, die strahlend helle Haut und die grünen Augen, zusammen mit ihrer schlanken und doch kurvenreichen Figur, waren wie geschaffen für dieses Kostüm, das ihre ungewöhnliche Schönheit noch betonte. Trotzdem scheute Anna sich nicht, die beiden Männer zur Kritik anzustacheln, wenn das auch nur aus Rache an dem Mädchen geschah.

»Was denkst du, Aleksej?« Anna wandte sich mit fragendem Blick an ihren Mann. »War die Wartezeit das Ergebnis wert?«

Dem Prinzen gelang es, sich ein tolerantes Lächeln für seine Frau abzuquälen. Er wußte nur zu gut, was sie hören wollte. Synnoveas Schönheit suchte zwar ihresgleichen, aber dem Mädchen mußte man eine Lektion erteilen, damit sie endlich gefügig wurde. Er war entschlossen, ihre Heirat mit Wladimir zu erzwingen und genauso entschlossen, sie sich vorzunehmen, sobald die Zeit reif war. Jetzt mußte er Anna vor ihrer morgendlichen Abreise beschwichtigen, damit sie seine Pläne, ihrem Mündel seinen Willen aufzuzwingen, nicht zunichte machen konnte. »Etwas mehr Zeit würde Synnovea vielleicht nicht bei ihrer Toilette schaden, deshalb sollten wir eventuell unsere Abfahrt noch etwas hinausschieben.«

»Wir haben ohnehin schon genug ertragen«, beklagte sich Iwan. »Ich bitte Euch, laßt uns fahren.«

Aleksej verbeugte sich vor seiner Frau. »Euer Wunsch ist mir Befehl, meine Liebe.«

Anna ging an Synnovea vorbei und nahm Iwans Arm, Aleksej ließ sich auf dem Weg zur Eingangstür die Gelegenheit nicht nehmen, wie üblich als letzter zu gehen, um ungehindert Synnoveas kurvenreiche Rückenansicht genießen zu können. Nachdem Iwan und Anna in die Kutsche gestiegen waren, drückte er sich in scheinbarer Hast gegen sie. Aber ein kurzer Tritt ihres kleinen Absatzes genügte, um ihn wieder auf respektvolle Distanz zu bringen.

Bei ihrer Ankunft im Haus der Dimitrijewitschs wurde Synnovea überschwenglich von dem greisen Prinzen begrüßt. Er überhäufte sie mit Komplimenten, drückte einen leidenschaftlichen Kuß auf ihre Hand und führte sie dann durch seine prachtvolle Residenz in die große Empfangshalle, wo seine Söhne in ihren prächtigen Kaftans und mit ihren besten Manieren sie erwarteten. Iwan und die Taraslows folgten etwas beleidigt als Anhang der Frischverlobten und mußten sich mit weniger guten Plätzen zufriedengeben, nachdem Wladimir seine Braut mit aller Förmlichkeit zu einem Polsterstuhl an seiner Seite geführt hatte.

Dieses Arrangement störte Iwan offensichtlich sehr. Bevor das Mädchen ihm so schnöde den Rang abgelaufen hatte, war dieser Ehrenplatz ihm zugewiesen worden. Jetzt wurden seine Versuche, den alten Mann in ein Gespräch zu verwickeln, kaum beachtet, der greise Bojar hing nur an den lächelnden Lippen seiner Verlobten.

Synnovea ignorierte bewußt Iwans grimmige Miene und lachte und plauderte mit ihrem zukünftigen Mann und seinen Söhnen.

Anna und Aleksej zogen sich für kurze Zeit mit dem Prinzen zurück, um die Hochzeitsformalitäten zu besprechen. Aber bei ihrer Rückkehr erreichte Iwans Empörung ihren Höhepunkt, da Wladimir Synnovea ein Smaragdkollier mit passenden Ohrgehängen und einen Verlobungsring überreichte, dessen Stein so groß war, daß der Priester dem Wahnsinn nahe war.

»Ich werde Euch in goldene Roben hüllen, meine liebste Synnovea«, versprach Wladimir großzügig, »und Euch mit kostbaren Juwelen in allen Farben überhäufen.

»Aber, aber«, tadelte Anna mit gequältem Lächeln. »Ihr verwöhnt das Mädchen zu sehr mit solch extravaganten Geschenken. Ich muß Euch ernsthaft raten, sie nicht so zu verwöhnen, sondern sie zur Demut zu erziehen, wenn Ihr eine wohlgeordnete Ehe wollt.«

Bei dieser Bemerkung stellte Aleksej überrascht sein Getränk beiseite und starrte seine Frau erstaunt an. Es störte sie jedoch wenig, daß sie auf diese Weise seine eheliche Autorität in Frage stellte. Vielmehr ärgerte sie über alle Maßen, daß solche Schätze an jemanden verschwendet wurden, den sie so verabscheute. Sie konnte den Gedanken nicht ertragen, daß Iwan leer ausging, während diese kleine Schlampe so kostbare Geschenke gar nicht richtig zu schätzen wußte. Solcher Reichtum hätte Iwan geholfen, die Bojaren für seine Sache zu begeistern und um sich zu scharen. Aber zu ihrem großen Erstaunen hörte sie, wie die Gräfin darum bat, die Juwelen aus Sicherheitsgründen in Wladimirs Obhut zu lassen.

»Nur bis zu dem Tag, an dem ich hier einziehe«, sagte Synnovea mit sanftem Lächeln. »Ich könnte es nicht ertragen, wenn so kostbare Dinge versehentlich verschwinden.« Sie hatte die Augen züchtig niedergeschlagen aus Angst, Iwans grimmigem Blick zu begegnen. Sie vermutete nämlich, daß Iwan sein Priestergewand dazu nutzte, alles, was greifbar war, an sich zu raffen, wie Petrows Entdeckung seines heimlichen Schatzes bestätigt hatte. Ein Wolf im Schafspelz, Ali hatte wirklich recht gehabt!

Wladimir fügte sich bereitwillig Synnoveas Wünschen, als sie eine Hand auf seinen Arm legte und ihn bittend ansah. Er drückte einen Kuß auf ihre schlanken Finger, nahm die Juwelen und gab sie Igor, der sie wegbrachte und an einem sicheren Ort verstaute.

»Meine eigene Mutter war wunderschön«, sagte Sergej, als er Synnovea ein Glas Visnoua, ein Getränk, das sie an den Rotwein in Frankreich erinnerte, überreichte. »Aber ich glaube, diesmal hat mein Vater sich selbst übertroffen, als er Euch als seine zukünftige Braut auserwählt hat.«

»Ihr seid sehr gütig«, erwiderte Synnovea und zwang sich zu einem gnädigen Lächeln, bevor sie an dem Silberkelch nippte.

Fjodor löste den jüngsten der Brüder ab. Mit einer schwungvollen Verbeugung überreichte er ihr einen großen Blumenstrauß. »Ihr erfreut uns mit Eurer Schönheit und Eurem Duft wie diese kostbaren Blüten.«

Synnovea war beschämt, weil sie nicht fähig war, mehr Begeisterung zu zeigen, und beugte ihren Kopf in die Blumen, um ihr süßes Aroma zu genießen. Seufzend richtete sie sich wieder auf, mit einem angedeuteten Lächeln erwiderte sie: »Ihr ehrt mich, Prinz Fjodor, wenn Ihr mein unwürdiges Aussehen mit diesen herrlichen Wundern der Natur vergleicht.«

Ihre Augen füllten sich mit Tränen, als er ihre Hand nahm und sie behutsam küßte. Sie fühlte sich ihrer so ehrlichen Achtung so unwürdig, daß sie am liebsten weggerannt wäre.

Nachdem der Älteste sich zurückgezogen hatte, trat Stefan vor und legte ihr einen Blätterkranz um den Hals. »Eure Gesellschaft ist viel mehr wert als Rubine und Gold, Synnovea. Seid versichert, daß wir alle, die Söhne Wladimir Dimitrijewitschs, von Eurem Charme hingerissen sind.«

Synnoveas Lächeln trübte ein neuerlicher Schwall schuldbewußter Tränen. Wider ihren Willen hatten es diese jungen Männer geschafft, sie mit dieser galanten Vorstellung für sich zu gewinnen, aber ihr Lob konnte die Last ihres schlechten Gewissens auch nicht mindern. »Habt Gnade, edle Herren! Ihr umgarnt mich mit so beredten Komplimenten, daß jeder Versuch, es Euch gleichzutun, wie das Stammeln eines unmündigen Kindes klingen muß.«

Wladimir griff noch einmal nach ihrer schlanken Hand und führte sie an den Mund. »Um ehrlich zu sein, Synnovea, selbst wenn Eure Zunge für immer verstummen würde, wären wir immer noch überwältigt von Eurer liebreizenden Gegenwart in unserer bescheidenen Hütte. Wir sind nur ungeschickte Tölpel, die Eurer sanften, ändernden Hand bedürfen.«

Wie sehr sie auch ihre Gesellschaft genoß und ihre galanten Versuche, ihr zu zeigen, wie hocherfreut sie über ihre Anwesenheit waren, es gelang Synnovea dennoch nicht, ihre Komplimente mit ehrlich empfundener Freude zu erwidern. Sie beherrschte sich zwar, als Wladimir sich mit einem leidenschaftlichen Kuß von ihr verabschiedete, aber sie schaffte es einfach nicht, sich mit dem unwiderruflichen Hochzeitsarrangement abzufinden. Hätte Wladimir sie gebeten, seine Tochter zu sein, hätte sie ihm diese Ehre mit Freuden zugestanden, obgleich sie ihren Vater über alles geliebt hatte, aber die Vorstellung, den alten Prinzen als Gatten zu haben, mit allem was diese Stellung mit sich brachte, erfüllte sie nach wie vor mit Schrecken.

Auch als Synnovea an diesem Abend in ihrem Bett lag, liefen ihr Tränen übers Gesicht, während sie den Betthimmel über ihrem Kopf anstarrte. Sie betete darum, daß irgendein gütiger Geist ihr einen Ausweg aus ihrem Dilemma zeigen würde, ohne daß sie den alten Mann zu sehr verletzte. Sie schätzte nämlich, trotz ihres Rufes, die Freundschaft des Prinzen Wladimir und seiner Söhne. Leider sah sie sich außerstande, sich für die Ehe mit ihm zu begeistern und noch mehr zuwider war ihr die Vorstellung, darauf zu warten, daß sein Tod sie aus diesem Gefängnis erlöste. Aber gleichgültig, was auch passierte, eins war sicher, bei ihm würde sie nicht die Erfüllung ihrer Träume von Liebe und Zufriedenheit finden.

12. Kapitel

Die ersten Strahlen der Morgensonne tasteten sich gerade erst übers Land, als Ali ans Bett ihrer Herrin trat, um sie zu wecken. Kurze Zeit später verließ Synnovea ihre Gemächer und ging nach unten. Anna war noch im ersten Stock, um die letzten Vorbereitungen für ihre eigene Reise zu treffen, aber Prinz Aleksej wartete vor dem Haupteingang, als Synnovea aus der Tür trat. Er legte eine Hand auf ihren Arm, dann warf er einen vorwurfsvollen Blick auf die aufgehende Sonne, deren grelles Licht ihm offensichtlich zu schaffen machte.

Aleksej nach einer durchzechten Nacht leiden zu sehen, war nur ein schwacher Trost für Synnovea, der allein schon bei seinem Anblick übel wurde vor Haß. Sie war versucht, ihm die Meinung zu sagen, aber sie widerstand dem Drang und opferte ihm widerwillig einen Augenblick ihrer Zeit. Es bestand wohl keine Gefahr, daß er sich ihr unverschämt nähern würde, während Ali, Stenka und Jozef dabeistanden.

»Euch hier wegzulassen war Annas Idee, nicht meine«, informierte Aleksej sie beleidigt.

»Ich habe Euren ruchlosen Plan, mich hier in dieser Höhle der Wollust festzuhalten, bereits an dem Tag durchschaut, als ihr mich davon informiert habt, daß Anna verreisen würde«, sagte Synnovea sehr ruhig. Nur um der Diener willen bemühte sie sich, zumindest nach außen hin höflich zu sein. »Es ist mir aber immer noch ein Rätsel, wie Ihr glauben konntet, Ihr würdet damit durchkommen. Anna ist nicht dumm, das wißt Ihr. Deshalb kann sie es kaum erwarten, mich mit Wladimir zu verheiraten. Sie will mich aus dem Haus haben. Natürlich hat sie guten Grund dazu.«

»Anna hat jetzt noch mehr Grund, Euch zu hassen als zuvor«,

sagte Aleksej höhnisch. »Nachdem ich ihr von Euren Verführungsversuchen erzählt habe, war sie ganz begierig, Euch schnell zu verheiraten.«

Synnovea zog überrascht eine schön geschwungene Braue hoch. »Wie ich sehe, scheut Ihr Euch nicht, an den Haaren herbeigezogene Lügen zu erzählen, Aleksej, aber Eure kleine Intrige wird keinerlei Einfluß auf mein Handeln haben, also seid gewarnt.«

»Ihr solltet besser gewarnt sein, mein Mädchen«, zischte er wütend und konnte nur mit Mühe die Fassung wahren. »Ich habe nicht die Absicht, Euch entfliehen zu lassen. Auch wenn Natascha die widerliche Angewohnheit hat, sich über die Gepflogenheiten der Moral hinwegzusetzen, um ihre Wünsche zu befriedigen...«

Synnovea unterbrach ihn rüde: »Und Ihr, Herr? Habt Ihr denn nicht genau dasselbe getan?«

Aleksej ignorierte diesen Einwurf und fuhr zynisch fort: »Ich bin mir sicher, daß Natascha Eure Verlobung untergraben will, indem sie genau die Männer, die Eurem Ruf schaden können, zu sich einladen wird...«

Synnovea starrte ihn fassungslos an. Der Gedanke, daß sie durch den Ruin ihrer Ehre einer Heirat mit Wladimir entgehen könnte, war ihr noch nicht in den Sinn gekommen. Ein wirklich hoher Preis für ihre Freiheit, das mußte sie zugeben. Aber eine Möglichkeit, die man in Betracht ziehen könnte, wenn wirklich kein anderer Ausweg mehr blieb. »Ich verstehe ja, daß Ihr Euch Sorgen um meinen Ruf macht, wenn man bedenkt, daß Wladimir größte Bedenken hätte, ein Mädchen zu heiraten, deren Tugend besudelt worden ist«, erwiderte sie verächtlich. »Aber ich muß gestehen, Aleksej, es will mir einfach nicht in den Sinn, daß Ihr Euch damit zufrieden gebt, mich zu verheiraten, ohne mich noch weiter zu quälen. Aber sagt mir bitte, wie wollt Ihr das bewerkstelligen? Jeder weiß, daß Ihr Jungfrauen den Vorzug gebt, genau wie mein Verlobter. Seid Ihr etwa gewillt, ihm den ersten Biß in die unberührte Frucht zu gestatten, bevor ihr Eure Rache vollzieht?«

»Falls nötig, mache ich in Eurem Fall eine Ausnahme«, sagte Aleksej verächtlich.

»Wie gütig von Euch«, sagte Synnovea spöttisch, mußte sich aber abwenden, um ihre Wut unter Kontrolle zu bringen. Dann wandte sie sich ihm wieder zu, fest entschlossen, diesen Hochmut zu brechen. »Aleksej, sollte es in meiner Macht stehen, Eure Pläne zu vereiteln, werde ich jeden Trick, dessen ich fähig bin, anwenden, um dieses Ziel zu erreichen, selbst wenn ich dazu mit Colonel Rycroft ins Bett steigen muß.«

Die dunklen Augen blitzten vor Wut, und er zischte: »Glaubt Ihr wirklich, so etwas könnte passieren, solange ich noch atmen kann? Da irrt Ihr Euch, meine Schöne, denn ich werde nicht zulassen, daß ein anderer Mann Euch kriegt!«

»Nicht einmal Prinz Wladimir?« höhnte sie.

»Durch ihn werde ich mich an Euch rächen für das, was Ihr mir angetan habt! Es wird nicht lange dauern, dann werdet Ihr seiner schwachen Versuche überdrüssig sein und mich auf Knien anflehn, Euch zu befriedigen. Nein, der Heirat mit Wladimir werdet Ihr nicht entrinnen, denn ich werde Männer anheuern, die Euch und das Haus, in dem ihr lebt, bis zu dem Augenblick, in dem die Gelübde gesprochen werden, bewachen! Keiner kann Euch helfen, meine Schöne. Keiner wird kommen und Euch retten, nicht einmal Euer, ach so wunderbarer, Engländer.«

»Das werden wir ja sehen, nicht wahr?« sagte Synnovea forsch. Dann hob sie mahnend einen Finger wie eine Lehrerin, die einen unartigen Schüler rügt. »An Eurer Stelle, Aleksej, würde ich mich davor hüten, auch nur ein Wort über diese Angelegenheit vor der Abreise Eurer Frau zu äußern, denn ich gedenke, mich von jetzt an vor Euren Bosheiten zu schützen. Sollte es nötig sein, werde ich meine Beschwerden bis zu Zar Michael selbst bringen. Er kann dann mit euch beiden verfahren, wie ihr es verdient habt. Das ist mein voller Ernst, das schwöre ich!«

Synnovea wandte sich wutentbrannt von ihm ab und stieg in die Kutsche, die sie hoffentlich endgültig vom Haus der Taraslows wegbringen würde.

Die Fahrt zum Haus der Gräfin Andrejewna war nur sehr kurz, aber für Synnovea schien die Zeit noch schneller zu fliegen, so fieberhaft arbeitete ihr Verstand. Ihr ging die Idee, die Aleksej ihr unfreiwillig präsentiert hatte, nicht mehr aus dem Kopf. Das Wichtigste war, daß sie eine Antwort auf die Frage finden mußte, ob es ihr lieber wäre, mit unbefleckter Ehre eine unglückliche Ehe zu führen oder ihren Ruf zu opfern, um in Freiheit ihr eigenes Leben zu führen oder vielleicht sogar einen Mann zu finden. Die zweite Lösung war zwar sehr verlockend, könnte aber ihren Ruf derart ruinieren, daß sie sich nie wieder davon erholte. Gefallene Frauen waren der Gesellschaft ein Dorn im Auge, und sie würde wahrscheinlich ihr Leben lang eine Ausgestoßene sein. Aber wenn es ihr irgendwie gelänge, die Klatschmäuler zu verwirren und ihr Handeln geheimzuhalten, oder vielleicht sogar die Tat nur vorzutäuschen (falls das überhaupt möglich war), könnte sie damit alles erreichen, was sie für ihr persönliches Glück begehrte.

Als die Kutsche in die Einfahrt einbog, kam Natascha aus dem Haus gelaufen und begrüßte sie mit einem strahlenden Lächeln. Mit einem Mal schien der Morgen gar nicht mehr so trübe. Nicht nur war sie jetzt sicher im Haus einer engen Freundin untergebracht, sondern dank Aleksej war da ein Hoffnungsschimmer, an den sie sich klammern konnte. Ihr blieb nur wenig Zeit, deshalb mußte sie möglichst schnell entscheiden, ob ein solches Opfer alles in allem gesehen wirklich gerechtfertigt war.

Dennoch wußte Synnovea sehr wohl, daß die Antwort auf ihre Frage eigentlich viel zu kompliziert war, um sie in nur wenigen Tagen zu lösen. Und dann mußte sie auch noch feststellen, daß Aleksej seine Drohung wahrgemacht hatte und sie auf Schritt und Tritt verfolgten, sobald sie das Haus verließ.

Sie war mit Natascha und Ali zu einer grobgezimmerten Kapelle am Rand der Stadt gefahren, wo die drei einem gütigen Mönch helfen wollten, der sein Leben der Wohltätigkeit geweiht hatte. Ob alt, ob blind, arm oder lahm, kein Bedürftiger klopfte je vergeblich an die kleine Kirche, wo der gute Bruder Philip versuchte, allen, soweit es in seinen Kräften stand, zu helfen. Für viele war er der heilige Philip, obwohl seine Kutte schäbig war und er dem Reichtum entsagt hatte, der nach Ansicht der Josephiten für die Kirche von so entscheidender Bedeutung war. Sein Hauptanliegen war die Pflege seiner »Schäfchen«, all derjenigen, die der Nahrung, Kleidung oder der Seelenruhe bedurften. Sein Mitgefühl hatte schon viel dazu beigetragen, die Leiden der Armen zu lindern, nicht zuletzt durch die, die ihm freiwillig in seinem selbstlosen Kampf gegen das Elend zur Seite standen.

Nach ihrer Ankunft früh am Morgen hatte sich Synnovea mit Hilfe von Ali und Natascha daran gemacht, eine Mahzeit in dem Küchenschuppen hinter der Kirche zuzubereiten. Alle drei hatten sich bewußt schlicht gekleidet, um nicht aufzufallen, auch wenn ihre Kutsche von ihrem Reichtum zeugte. Kurz nachdem sie mit dem Kochen fertig waren, machte sich Synnovea daran, die Brotlaibe zu verteilen und den kräftigen Eintopf in die Holzschalen zu schöpfen, die die Zerlumpten und Hungrigen ihr im Vorbeigehen reichten. Natascha verteilte Kleidung aus mehreren Bündeln, die sie von ihren Freunden eingesammelt hatte, während Ali die Kinder mit Liedern und Spielen unterhielt, damit ihre Mütter sich die Kleidung aussuchen konnten, die sie und ihre Familien über den nahenden Winter warmhalten würde.

In diese Versammlung der Ärmsten der Armen stolzierte Aleksej, im prachtvollen Ornat des reichen und mächtigen Prinzen. Als er die Gräfinnen entdeckte, schritt er zielstrebig auf sie zu, so daß die zerlumpten Gestalten hastig zur Seite wichen. Er verbeugte sich höhnisch vor den beiden Bojarinas und musterte dann verächtlich ihre Umgebung.

»Wie großzügig von Euch beiden, diesen armseligen Wesen Eure Zeit zu widmen. Iwan Woronski wäre sicher beeindruckt.«

Synnovea war nicht in der Stimmung, sich das einfach anzuhören. »Und ich bin mir genauso sicher, daß Iwan überhaupt nicht begreift, was Wohltätigkeit ist, außer es bedeutet Geld, das in seine eigene Tasche fließt.«

Als sie sich kurz umsah, entdeckte Synnovea, daß die Leute, die auf das Essen gewartet hatten, nicht an dem reich gekleideten

Prinzen vorbeizugehen wagten. Aleksej machte ihnen offensichtlich angst.

»Geht aus dem Weg, Aleksej!« befahl sie und zeigte auf die ängstlich zurückweichenden Menschen. »Seht Ihr denn nicht, daß sie sich vor Euch fürchten?«

»Vor mir fürchten? Warum denn nur?« Sein Erstaunen war wenig überzeugend. »Ich bin doch nur gekommen, um mit eigenen Augen Euer Mitleid für diese übelriechenden Tölpel zu sehen. Anna wird auch sehr erstaunt sein, wenn sie davon hört. Sie war der Meinung, Ihr wäret nur an Euch selbst interessiert. Aber zugegeben, sie ist nicht so mitfühlend, als daß sie andere richtig beurteilen kann.« Sein roter Mund verzog sich zu einem herablassenden Lächeln. »Was hat Euch denn überhaupt auf diesen Pfad der Wohltätigkeit gelockt? Sucht Ihr Buße für Eure Sünden?«

Synnovea stemmte wütend die Fäuste in ihre schmale Taille und baute sich vor ihm auf. »Meine größte Sünde habe ich bis jetzt noch nicht begangen, Aleksej. Nämlich wenn ich die Häscher anheure, die Euch aufhängen. Falls es nicht ein Geheimnis ist, das Ihr gerne verstecken würdet, darf ich fragen, warum Ihr hier seid?«

»Also wirklich, ich bin aus demselben Grund hier wie Ihr, als gütiger Fürst, der den Armen Linderung bringt.« Er wandte sich dem bescheidenen Priester zu. »Schau her, Philip, oder wie immer du heißen magst! Ich will mein Scherflein zu deinem Wirken beitragen.« Er zog ein paar minderwertige Münzen aus der Tasche und warf sie dem Mönch vor seine Sandalen.

»Ich werde Gott für Eure Güte danken, mein Sohn«, murmelte der weißhaarige Mönch höflich und kniete sich hin, um sie aufzuheben. Er ahnte wohl, daß der Bojar ihn demütigen wollte, aber er konnte sich nicht erlauben, Stolz zu zeigen, seine Pfarrei war so arm, daß er jeden Pfennig brauchte.

»Du tätest besser daran, mir zu danken, alter Mann«, höhnte Aleksej. »Ich habe hier auf Erden die Macht, dich einsperren zu lassen dafür, daß du dich mit Diebesgesindel umgibst.« Er zeigte auf den zerlumpten Haufen, der in seiner Angst immer weiter vor dem Bojaren zurückwich. Aleksej fragte hochmütig: »Hab' ich solche wie euch nicht schon dabei ertappt, als sie Brot gestohlen haben?«

»Oh, Herr, wenn ja, dann war es nur ein kleines Stück, und das würdet Ihr ihnen vergeben!« Der Mönch richtete sich rasch auf. »Viele würden verhungern ohne das kleine bißchen Nahrung, das man ihnen gibt oder daß sie finden!«

»Habe ich dich nicht auch schon gesehen, wie du diese ruchlosen Verbrecher fütterst, die im Gefängnis von Kitaigorod eingesperrt sind? Vielleicht steckst du auch unter einer Decke mit denjenigen, die sie heimlich befreien wollen? Ich habe gehört, daß diese Schurken aus der Stadt fliehen und sich dann Räuberbanden anschließen. Vielleicht machen sie hier sogar Rast und holen sich Verpflegung für unterwegs.«

Der heilige Mann breitete flehend die Arme aus. »Es stimmt, daß ich den Gefangenen zu essen gebracht habe, aber das Gesetz der Stadt sieht nicht vor, daß Sträflinge in Ketten zu essen bekommen. Und wer kann schon sagen, welche Verbrechen sie begangen haben? Ob es nur geringe Vergehen sind oder Verbrechen, die kein weltliches Gericht bestrafen kann. Alle haben sie Hunger nach einem Stück Brot oder einer Tasse Wasser. Ich frage sie nicht nach ihren Verbrechen, wenn ich Essen verteile. Ich versuche nur zu zeigen, daß es Liebe und Güte gibt, gleichgültig, wie groß ihre Fehler sind. Aber verzeiht, mein Sohn, seid Ihr selbst denn so vollkommen und rein, daß Ihr den ersten Stein auf diese armseligen Kreaturen werfen könnt?«

Aleksejs dunkle Haut verfärbte sich rötlich, als er den Priester anschrie: »Ich bin ein Prinz! Ein Aristokrat von Geburt an!«

Der alte Mann lächelte freundlich. »Wollt Ihr etwa Gott mit Eurem Adel beeindrucken, da wir doch in Seinen Augen alle gleich sind, mein Sohn? Keiner ist vollkommen.«

Aleksej warf verächtlich den Kopf zurück. »Ist denn Gott blind gegenüber Mördern und Dieben?«

»Gott sieht alles, mein Sohn, aber Er verzeiht auch, wenn wir uns die Mühe machen, Ihn darum zu bitten.«

Aleksej erwiderte spöttisch: »Wenn es überhaupt einen Gott gibt!«

»Jeder Mensch muß für sich entscheiden, ob er glauben will oder nicht. Keiner kann ihn dazu zwingen. Allein das Herz kann entscheiden.«

Der Prinz sah ihn mit finsterer Miene an. »Ich ziehe es vor, nicht zu glauben. Es ist doch einfältig, an etwas zu glauben, was man nicht sehen kann!«

»Gott hat die Einfältigkeit dieser Welt dazu auserwählt, die Weisheit der Weisen zu verwirren.« Der Mönch lächelte mühsam. »Ob Ihr glaubt oder nicht, mein Sohn, Gott könnt Ihr nicht vernichten. Er existiert trotzdem.«

»Nur in Köpfen, die für solche Einfalt empfänglich sind.«

Der gütige Priester sagte freundlich, aber bestimmt: »Es tut mir leid, aber ich begreife nicht, warum Ihr hierherkommt, wenn das Eure Überzeugung ist. Sucht Ihr Rat bei einem Einfaltspinsel?«

»Oh, ich hab' von Leuten wie dir gehört«, höhnte Aleksej. »Dessen kannst du gewiß sein! Männer Gottes! Heilige Narren! So nennen sie euch! Skitalets! Heilige Wanderer! Die ihr eure Skity aufschlagt nach den Regeln dieses sogenannten Ordens von Nilus Sorski, dem größten aller Narren! Aber du weißt genausogut wie ich, daß Nilus gestorben ist, nachdem seine Argumente gegen den Reichtum der Kirche von Joseph Sanin zunichte gemacht wurden und im Anschluß daran seine Jünger von den Josephiten und den Großherzögen von Moskau verfolgt wurden – wie du demnächst auch!«

»Euer Wissen um die Geschichte ist beachtlich, mein Sohn, aber Ihr habt immer noch nicht meine Frage beantwortet. Sucht Ihr Rat bei mir?«

Aleksej lachte abfällig. »Ich verzichte gerne auf deine Narrenweisheit, heiliger Mann. Ich bin nur hier, um mich von der Sicherheit meines Mündels zu überzeugen, solange sie unter diesen dreckigen Bauern ist.«

Der Mönch richtete jetzt seinen Blick auf die junge Gräfin, die heute morgen mit ihrer Zofe und der Gräfin Andrejewna gekommen war. Die letztere hatte sich in den vergangenen Jahren als sehr großzügige und gütige Wohltäterin erwiesen. Er versuchte zwar, mit einem Gemüsegarten und einer kleinen Schafherde die Bedürfnisse der Armen zu stillen, war aber immer dankbar für solche freiwilligen Helfer. Sie hatten sogar ihren Kutscher geschickt, noch mehr Lebensmittel zu kaufen, als klar wurde, daß die vorhandenen nicht reichen würden, um alle, die kamen, zu verköstigen. Jetzt konnten dank ihnen noch viele mehr sich satt essen.

»Keiner hier würde ihr etwas zuleide tun«, sagte der Priester. »Diese Leute wissen zu schätzen, was die Gräfin für sie getan hat.«

Aleksej schnaubte verächtlich. »Es ist einer Gräfin nicht würdig, sich mit solchem Ungeziefer abzugeben.«

»Und mit wem soll sie sich Eurer Meinung nach abgeben?« sagte der heilige Mann, dem allmählich dämmerte, was Aleksej wirklich wollte. »Wollt Ihr sie etwa überreden, mit Euch zurückzufahren?«

Synnovea drehte sich mit einem vielsagenden Blick auf dem Absatz um und schritt wortlos zur Tür, um Aleksej von dem weißhaarigen Mönch wegzulocken. Dort angelangt, fuhr sie ihn an: »Ihr seid wirklich sehr leicht zu durchschauen, Aleksej. Selbst der Heilige Philip hat Eure wahren Motive erkannt. Wenn Ihr noch einen Funken Anstand im Leib habt, flehe ich Euch an, geht jetzt und laßt uns in Ruhe.«

»Nehmt Euch meine Worte zu Herzen, Synnovea«, sagte Aleksej hartnäckig.

»Ich warne Euch noch einmal, Aleksej, Ihr solltet Euch besser meine zu Herzen nehmen! Ich habe genug von Euren Lügen und Euren widerlichen Versuchen, mich ins Bett zu zerren! Jetzt verschwindet hier, sonst bekommt Ihr die Peitsche zu spüren! Und laßt Euch ja nicht wieder hier blicken!«

Natascha hatte die Drohung des Mädchens auch gehört und ging jetzt mit amüsiertem Lächeln auf den Prinzen zu. »Seid auf der Hut, Aleksej. Ich glaube, das Mädchen macht keine Scherze!«

Aleksejs durchdringender Blick bohrte sich in Synnoveas Augen. »Ich habe Männer angeheuert, die Euch überallhin folgen.

Ihr werdet mir nicht entrinnen. Sie werden Euch drangsalieren, bis Ihr mich anfleht, sie Euch vom Hals zu schaffen.«

»Soll ich mich bei Prinz Wladimir über Eure allzu große Aufmerksamkeit beklagen?« sagte Synnovea herausfordernd. »Er ist reich genug, mir Wächter zu schicken, die mich vor Eurer Bosheit beschützen.«

»Ja! Schickt nur nach ihm«, höhnte Aleksej. »Er wird darauf bestehen, die Hochzeit sofort zu vollziehen, nur um Euch vor dem Gesindel zu retten, daß ich auf Euch angesetzt habe. Nur zu, dann werde ich meine Rache um so schneller haben!«

Er verbeugte sich kurz und stolzierte zur Tür hinaus. Synnovea sah ihm wutentbrannt nach, wie er auf den Platz zuschritt, wo ein Trupp Berittener ihn erwartete. Aus der Ferne sahen die Männer aus wie ein bunt zusammengewürfelter Haufen von üblem Gesindel. Später an diesem Nachmittag hatte Synnovea Gelegenheit, sich davon zu überzeugen, daß ihr erster Eindruck richtig war. Es war ein wilder Haufen, dem es in kürzester Zeit gelang, sie in Harnisch zu bringen, als sie ihren Beobachtungsposten vor der Kirche einrichteten. Einige Dirnen gesellten sich nach kurzer Zeit zu ihnen, Kwass und Wodka flossen in Strömen, und schon bald grölten alle obszöne Lieder und tanzten herum. Synnovea mußte sich notgedrungen von Bruder Philip verabschieden und versuchte, sich zu entschuldigen.

»Ich hatte keine Ahnung, daß ich Euch so viele Schwierigkeiten machen könnte, wenn ich hierherkomme.«

»Mein Kind, ihr braucht Euch nicht schuldig zu fühlen für das, was diese Männer tun«, murmelte er mit einem kurzen Seitenblick auf die Rabauken, die die Leute, die in der Kirche Zuflucht suchten, angrölten und anpöbelten. »Ich weiß, daß Ihr nichts mit ihnen zu tun habt. Die Gräfin Natascha ist gütig und großzügig, und Ihr seid ihr sehr ähnlich. Laßt Euch von diesem Pöbel nicht daran hindern, wieder hierherzukommen. Heute habt Ihr den weniger Glücklichen einen guten Dienst erwiesen. Und das Geld, das Ihr gegeben habt, wird lange vorhalten und noch viele Hungrige satt machen.«

»Ich werde meine Dienerin mit einer regelmäßigen Spende schicken, damit Ihr die Armen verköstigen könnt.«

»Seid versichert, Gräfin, daß ich es nur dafür verwenden werde.«

»Das weiß ich.« Synnovea lächelte, nahm seine rauhe, abgearbeitete Hand und küßte sie. »Ich werde wiederkommen, sobald ich mich von diesen Männern befreit habe, guter Pater, aber momentan muß ich mich anscheinend mit ihrer Nähe abfinden, wohin ich auch gehe.«

»Habt acht, mein Kind, und möge Gott mich Euch sein.«

Synnovea kniete sich vor ihn und empfing seinen Segen, dann verabschiedete sie sich mit Natascha und Ali, und die drei stiegen in die wartende Kutsche. Die Horde Rabauken schwang sich ebenfalls auf die Pferde und folgte der Kutsche die Straße hinunter. Die zurückgebliebenen Huren brüllten ihnen Beschimpfungen nach.

Nataschas Kutscher sah, daß Eile geboten war, und gab dem Gespann die Peitsche, bis es im gestreckten Galopp dahinjagte. Doch als die Dämmerung anbrach und sich die dunkleren Schatten der Nacht breitmachten, wurde das Gesindel frecher und ritt grölend neben der Kutsche her. Um sich die Zeit zu vertreiben, machten sie Kunststückchen, setzten sich rückwärts in den Sattel und schlugen Saltos. Wären die drei Frauen nicht so verängstigt gewesen, hätten sie sich vielleicht für die Reitkünste der Schurken begeistern können, aber so, wie die Dinge lagen, ging ein Seufzer der Erleichterung durch die Kutsche, als sie wider Erwarten sicher zu Hause angelangt waren. Das johlende Gesindel sammelte sich vor dem Haus, und die Diener verriegelten eilends die Türen und stellten überall Wachen auf.

Kurz darauf meldete der Diener, Prinz Wladimir und seine Söhne würden jeden Moment erwartet, was den ganzen Haushalt in helle Aufregung versetzt. Natascha befahl rasch ihren Dienern, sich mit allem, was greifbar war, zu bewaffnen und sich bereit zu halten, um die Prinzen vor einer gefährlichen Auseinandersetzung mit dem Pöbel zu bewahren. Aber dann machte eine Magd, die am

Fenster stand, ihre Herrin darauf aufmerksam, daß die Bande nirgendwo zu sehen war, und Natascha und Synnovea liefen erleichtert zum Fenster, um sich zu überzeugen, ob sie wirklich weg waren. Und so konnten sie Wladimir und seine Söhne bester Laune begrüßen und erwähnten mit keinem Wort die ungehobelte Horde, die sie nach Hause begleitet hatte.

Aber in den nächsten paar Tagen verfolgte die Horde Rabauken Synnovea auf Schritt und Tritt, sobald sie das Haus verließ. Letztendlich war es aber das selbstgefällige Grinsen Aleksejs, als er vor ihrem Haus stand, das die Sache für sie endgültig entschied. Eher würde sie sich hängen und vierteilen lassen, als ihm seinen Triumph zu gönnen! Es war ein wesentlich geringeres Opfer, sich ins Bett zerren und beschmutzen zu lassen!

Selbst eine so zweifelhafte Lösung genügte, um der Ruhelosigkeit und Grübelei ein Ende zu bereiten, unter der Synnovea litt, seit Anna ihr ihre Pläne eröffnet hatte. Sie fand sich mit dieser recht zwiespältigen Methode als Ausweg ab und konzentrierte sich nun mit aller Energie auf die Aufgabe, Taktiken zu entwikkeln, mit denen sie den erfahrenen Colonel Rycroft dazu bringen konnte, sie zu verführen. Das war an sich keine Herausforderung, das Schwierige daran war nur, dabei ihre Tugend zu bewahren. Nach allem, was sie im Badehaus mit ihm erlebt hatte, war sie überzeugt, daß er sehr erfahren war in diesem Spiel, von dem sie keine Ahnung hatte. Wenn es ihr nicht gelänge, seine Leidenschaften nach ihrem Gutdünken in die richtigen Bahnen zu lenken, würde sie dann nicht unweigerlich in seinem Bett landen?

»Ich werde deine Hilfe brauchen«, bat sie Natascha, nachdem sie ihr alles erklärt hatte, »aber wenn du dich scheust, es zu tun, kann ich das verstehen. Es könnte für uns beide gefährlich sein, wenn meine Pläne schiefgehen. Wie du bereits selbst gesehen hast, wird Prinz Aleksej mit allen Mitteln versuchen, jedes Eingreifen zu verhindern, das meine Heirat mit Prinz Wladimir gefährden könnte. Und er hat den Verdacht, daß du mir dabei helfen willst.«

»Ich fürchte mich nicht vor dieser eingebildeten Krähe, aber ich habe meine Bedenken, was dir dabei zustoßen könnte.« Natascha war sehr vorsichtig in der Wahl ihrer Worte, sie wollte ihre Freundin nicht entmutigen, aber sie wußte, daß äußerste Vorsicht geboten war. »Ich rate dir, sei auf der Hut, Synnovea. Ich wäre keine echte Freundin, wenn ich das nicht täte und dich nur ermutigen würde. Offen gesagt, ich glaube, du hast von diesem Engländer mehr zu befürchten als von Aleksej, zumindest im Augenblick. Uns beiden ist klar, daß es nicht zu Aleksejs Charakter paßt, wenn er versucht, deine Tugend für Prinz Wladimir zu wahren. Colonel Rycroft hat hingegen keine Veranlassung, solche Spielchen zu spielen. Ich fürchte nur, sobald du ihn ermutigst, wirst du die größten Schwierigkeiten haben, ihn davon abzuhalten, dich sofort zu verführen. Du bist nur ein Mädchen und hast keine Ahnung von den Leidenschaften, die einen Mann um den Verstand bringen können. Ich bin mir sicher, wenn du ihn zu sehr reizt, wirst du wahrscheinlich sehen, wie schwer er zu bremsen ist.«

»Aber er ist doch umringt von Dirnen, dort, wo er wohnt. Ich habe gehört, daß die Huren sich mit Wonne auf die Ausländer stürzen, die ohne Familie hierherkommen. Er ist wahrscheinlich völlig erschöpft von ihren Diensten.«

»Wer verbreitet denn solchen Klatsch über diesen Mann?« fragte Natascha erbost.

Synnovea antwortete rasch, verwirrt durch ihre eigenen Gefühle. Tief in ihrem Innersten hoffte sie, in diesem Fall nicht recht zu bekommen. »Prinzessin Anna war überzeugt, daß Colonel Rycroft sich häufig ihrer Dienste erfreut.«

Natascha schnaubte verächtlich, dann beugte sie sich vor, als wolle sie ein dunkles Geheimnis enthüllen: »Mein liebes Mädchen, ich dagegen habe gehört, daß er einige seiner Kollegen baß erstaunt hat, als er mehrere Einladungen gewisser Bojarinas abgelehnt hat, junger Witwen, die ihn zum Geliebten haben wollten. Und du glaubst, er würde für das bezahlen, was er von reichen, attraktiven Frauen umsonst hätte haben können und abgelehnt hat? Er konzentriert sich nur auf zwei Dinge: seine Arbeit und darauf, dich zu gewinnen. Wenn du also vorhast, ihn zu täuschen, sei vorsichtig. Er wird es nicht gutwillig hinnehmen, daß du ihn reizt und dann mit deiner Verweigerung quälst.«

Seltsam beruhigt von Nataschas Ausführungen, fuhr Synnovea fort, alle für das Gelingen ihres Planes notwendigen Details zu besprechen. »Es ist von allergrößter Wichtigkeit, daß Aleksej und seine Horde genau zum richtigen Zeitpunkt informiert werden und mich retten können, bevor ich bezahlen muß. Du bist die einzige, die ich mit dieser Mission betrauen kann«, sagte sie. »Ich bin verloren, wenn der richtige Zeitpunkt verpaßt wird. Sobald ich mit Colonel Rycroft aufbreche, wird er alles daran setzen, mich in sein Quartier zu bringen und in sein Bett zu kriegen. Ich muß ihn irgendwie hinhalten, bis Aleksej kommt und sein Vorhaben vereitelt. Und wenn er kommt, ist die Sache hoffentlich so weit fortgeschritten, daß Aleksej keine andere Wahl bleiben wird, als meinem Verlobten von meiner Indiskretion zu erzählen. Wladimir wird mich verstoßen, und damit ist die Sache erledigt.«

Natascha versuchte noch einmal, ihrer jungen Freundin einen weisen Rat zu geben. »Was glaubst du wird passieren, wenn Colonel Rycroft und Prinz Aleksej aufeinandertreffen? Glaubst du, der Colonel wird dich ohne Kampf aufgeben?«

»Colonel Rycroft ist hoffentlich weise genug zu wissen, daß es ihm nur schaden kann, sich mit Aleksej anzulegen.«

»Ich bezweifle, daß der Colonel logisch denken kann, wenn er an der Schwelle zur Erfüllung seiner Leidenschaften unterbrochen wird.«

»Dann werde ich ihm raten zu fliehen, ehe man ihn festsetzen kann. Wenn er sich weigert, ist er weiß Gott Manns genug, sich zu verteidigen. Was Aleksej betrifft: Er ist ihm nicht gewachsen, aber er hat sicher seine bezahlten Häscher dabei, die ihn beschützen.«

»Mein liebes Kind, ich muß dir sagen, daß ich diesen Plan gefährlich finde«, sagte Natascha besorgt. »Dir wird es noch leid tun, daß du deinen Ruf so leichtfertig ruiniert hast, und wenn es einmal passiert ist, kannst du kaum noch etwas daran ändern. Glaube ja nicht, daß alles so glatt gehen wird, wie du hoffst. Selbst bei den besten Plänen geht meist etwas schief. Und wenn du auch vielleicht nicht dafür bezahlen müssen wirst, denk doch einmal an Colonel Rycroft. Er ist ein Fremder in diesem Land. Wer wird ihm helfen, wenn er gefangengenommen wird? Zar Michael betrachtet vielleicht den Verlust deiner Jungfernschaft als Affront gegen das Andenken deines Vaters und wird den Colonel dafür zur Verantwortung ziehen.«

»Ich werde Colonel Rycroft verteidigen«, sagte Synnovea stur. »Wenn nötig, werde ich mich sogar Zar Michael zu Füßen werfen und zugeben, daß ich den Colonel absichtlich ermutigt habe, mich zu verführen, damit ich Prinz Wladimir nicht heiraten muß.«

»Ich muß schon sagen, diese Geschichte wird die eine oder andere Augenbraue bis zur Decke hochschnellen lassen«, bemerkte Natascha skeptisch.

Synnovea kniete sich neben sie und sah ihr flehend in die Augen. »Oh, Natascha, wenn ich das nicht versuche, gibt es kein Entrinnen mehr für mich. Aleksej wird seine Rache haben, und ich werde für immer an Prinz Wladimir gebunden sein, bis einer von uns unter der Erde liegt.«

Die ältere Frau seufzte traurig. »Ich halte deinen Plan für riskant, mein Kind, kann aber auch verstehen, daß du den Greis nicht heiraten willst. Als ich noch viel jünger war, war mir der Gedanke, mich meinem ersten Mann zu unterwerfen, ebenfalls ein Greuel. Er war zwar ein guter Mensch, doch sehr alt, und ich habe keine Freude in unserem Ehebett gefunden.«

Synnovea legte ihre Wange auf das Knie der Frau. »Ich hasse Wladimir nicht, Natascha. Er ist ein viel besserer Mann, als ihn mir Aleksej sicher ausgesucht hätte, wenn er mehr Zeit gehabt hätte. Es ist nur...«

»Ich weiß Synnovea. Du brauchst mir nichts zu erklären. Man hat dir den Kopf vollgestopft mit wunderbaren Visionen von Liebe und Ehe, wie sie deinen Eltern vergönnt war. Wenn irgendeinen die Schuld an den Hoffnungen trifft, an die du dich klammerst, dann Alexander und Eleanora. Sie wollten für dich dasselbe Glück und dieselbe Zuneigung, die sie erfahren durften.«

»Vielleicht hatte Anna recht«, murmelte Synnovea grimmig.

»Vielleicht bin ich mein ganzes Leben lang viel zu sehr verwöhnt worden.«

»Wenn dem so wäre, würde ich dafür sorgen, daß alle Kinder so verwöhnt werden, denn du hast alle Qualitäten, die ich mir von einer Tochter wünschen würde.« Natascha streichelte liebevoll den dunklen Kopf. »Zerbrich dir nicht den Kopf über Anna und ihre Vorhaltungen. Sie lebt in ihrer eigenen privaten Hölle und versucht, ihr Schicksal mit anderen zu teilen. Wir müssen sie vergessen und uns auf wichtigere Sachen konzentrieren, wie zum Beispiel das Ausfeilen deines genialen Planes. Je weniger wir dem Zufall überlassen, desto besser für dich... und vielleicht auch für Colonel Rycroft. Natürlich besteht die Möglichkeit, daß er dich nach alldem haßt. Der Stolz eines Mannes ist am verletzlichsten, wenn eine Frau achtlos mit seinen Gefühlen und seiner Zuneigung umgeht.«

»Colonel Rycroft wird das wesentlich besser verdauen können als Wladimir, falls ich ihm meine Abneigung offenbare. Soll ich etwa die Wahrheit sagen und den alten Mann ins Grab bringen?«

Natascha schüttelte energisch den Kopf. »Nein, nein, Kind! Ich werde nicht dulden, daß du den alten Prinzen so verletzt. Ich wünschte nur, es gäbe eine Möglichkeit, den Schlag für den Colonel zu mildern. Es ist eine Schande, die Gefühle eines solchen Mannes zu verschwenden.«

Synnovea hob den Kopf und sah sie mit traurigen Augen an.

»Willst du etwa, daß ich mich ihm hingebe, nur damit sein Stolz nicht verletzt wird?«

Natascha runzelte die Stirn. »Wenn es doch nur eine andere Möglichkeit gäbe, dein Vorhaben zu realisieren. Ich hatte so große Hoffnungen für Colonel Rycroft. Ich war mir sicher, daß er, von allen Männern, die dich bewundern, derjenige sein wird, der dich gewinnt.«

»Du hast in ihm weit mehr gesehen, als ich es je konnte, Natascha«, erwiderte Synnovea leise, wandte sich aber ab. Unter keinen Umständen wollte sie zugeben, daß sie möglicherweise mehr in ihm gesehen hatte, als sie sich eingestehen wollte.

»Da hast du wohl recht.« Die wehmütige Antwort verhallte in der Stille des Raumes, und es dauerte einige Zeit, bis sich Synnovea von ihren eigenen Ängsten losreißen konnte und sah, daß die dunklen Augen voller Tränen waren. Angesichts der traurigen Stimmung ihrer Freundin wurde Synnovea erst wirklich die Tragweite ihres Plans bewußt, aber sie brachte es nicht fertig, die unaufhaltsam verrinnende Zeit aufzuhalten, die sie ihrem Ziel näherbrachte.

13. Kapitel

Das Pendel schwang durch die langen Stunden, bis die Nacht dem Tag folgte und der Tag der Nacht. Dann endlich war der Abend der geplanten Verführung da. Synnovea war nervös wie eine junge Braut vor der Hochzeitsnacht. Jeden Moment würde Colonel Rycroft eintreffen, und sie würde tatsächlich versuchen, ihn zu verführen, gleichgültig wie. Da sie nicht das Geschick und die Raffinesse einer erfahreneren Verführerin hatte, wußte sie nicht, wie man sich darauf vorbereiten sollte. Sie würde sich auf ihren Instinkt verlassen müssen, nur bei der Wahl ihres Kleides fügte sie sich Nataschas Vorschlag. Ein prächtiges, dunkelblaues Kleid nach europäischer Mode wurde gewählt, ein schöner Kontrast zu ihrer hellen Haut, und das Dekolleté enthüllte gerade so viel von ihrem Busen, daß es reizvoll aussah, ohne vulgär zu sein.

»Wenn Colonel Rycroft großen Wert auf schamlos enthüllte Busen legen würde, hätte er sich sicher mit den Dirnen zufriedengegeben. Statt dessen hat er sein Auge auf dich geworfen, Synnovea, und das mit gutem Grund. Und ich bin mir sicher, du hast ihm nicht mehr gezeigt, als einen flüchtigen Blick auf dein Ohr oder deinen Nacken.«

Synnovea hob rasch die Hand und strich sich eine Locke aus der Stirn, um ihre geröteten Wangen zu verbergen. Um nichts auf der Welt würde sie der Gräfin widersprechen, obwohl sie berechtigte Zweifel hatte, daß Tyrone Rycroft sich so heftig für sie interessieren würde, wenn er sie nicht im Evakostüm gesehen hätte.

»Hast du Ali erzählt, was du für heute abend geplant hast?« fragte Natascha und machte es sich auf dem Diwan bequem, während Synnovea aus der Wanne stieg und in das Badebecken ging, das von einer unterirdischen Quelle gespeist wurde. Ali war gerade gegangen, weil sie den Veilchenbalsam vergessen hatte, mit dem sie ihre Herrin einreiben wollte. Da das Badehaus am äußersten Ende des Hauses gelegen war, würde es einige Zeit dauern, bis die Zofe zurückkam, was Natascha die Möglichkeit gab, ihrer jungen Freundin noch einige Fragen zu stellen. Je näher der Zeitpunkt der geplanten Täuschung rückte, desto besorgter wurde sie. »Ali ist ganz aus dem Häuschen, weil Colonel Rycroft heute abend kommt. Hat sie denn die leiseste Ahnung davon, was du ihm antun willst?«

»Wie bitte? Damit sie mich auch noch beschimpfen kann!« Synnovea schüttele energisch den Kopf. »Und außerdem, Natascha, es geht nicht darum, was ich Colonel Rycroft antue, sondern darum, was ich ihm gestatte, mir anzutun! Ich werde ihn nicht fesseln und mich zwischen seine Schenkel drängen, wie du zu glauben scheinst! Wenn ich mir das herausnehmen würde, wäre allerdings die Chance, daß etwas Skandalöses passiert, wesentlich geringer! Glaub mir, wenn Colonel Rycroft mit seinen Händen so schnell ist wie mit den Augen, kann ich mir gut vorstellen, wie gefährlich es ist, mit dem Mann allein zu sein.«

Natascha unterbrach die Tirade der anderen mit erhobener Hand. »Ich werde kein Wort mehr darüber verlieren, wenn es dich so aufregt.«

»Das wird auch gut sein«, sagte Synnovea gekränkt. »Du ergreifst ja lieber Partei für Colonel Rycroft als für mich!«

Natascha beugte sich vor und sah ihrer wütenden Freundin direkt in die Augen. »Du kannst ruhig schmollen und mein Mitleid mit ihm verurteilen, Synnovea, aber du mußt eins bedenken. Ich habe die Waffen gesehen, die dir zur Verfügung stehen, und zittere bei dem Gedanken, was für ein Chaos du aus dem Leben dieses Mannes machen wirst.«

Synnovea errötete unter den vielsagenden Blicken ihrer Freundin und versank mit einem beleidigten Stöhnen bis zum Kinn im Wasser. »Es ist einfach nicht fair, daß du dich auf seine Seite schlägst und nicht auf meine.«

»Ganz im Gegenteil. Du planst, einen Mann zu deinem Vorteil

zu verführen, das ist auch nichts anderes als das, was eine Dirne tut, nur ist dein Handeln wesentlich verletzender. Eine Dirne würde zumindest bleiben und ihre Schuld begleichen, aber du? Wenn du ihn soweit hast, dich zu nehmen, ergreifst du die Flucht.«

»Natascha! Gnade!« rief Synnovea. »Du verletzt mich bis ins Mark!«

»Gut! Genau das willst du ja ihm antun!« sagte die ältere Frau befriedigt.

Synnovea musterte Natascha mit gerunzelter Stirn: »Liegt dir denn der Mann so am Herzen?«

»Ja, das tut er!«

Das zierliche Kinn schob sich beleidigt vor. »Und verachtest du mich so sehr für das, was ich plane?«

»Meine liebe Synnovea, ich verstehe ja, warum du das machst.« Natascha schüttelte ihr graugesträhntes Haupt. »Ich kann nur nicht mitansehen, wie du etwas verschwendest, was eine große Liebe hätte werden können.«

»Ich werde nie erfahren, was ich mit Colonel Rycroft hätte haben können«, sagte Synnovea niedergeschlagen. »Ich weiß nur, was mich erwartet, wenn ich meine Freiheit nicht erlange. Willst du mir deinen Segen verweigern?«

»Nein, Synnovea, das kann ich nicht, aber ich werde für dich beten, denn das wirst du dringend brauchen... *und* Colonel Rycroft auch. Aleksej könnte versucht sein, euch beide zu töten.«

»Mußt du denn alles so schwarz sehen?« schimpfte Synnovea.

Natascha betrachtete die strahlende Schönheit lange, dann sagte sie: »Synnovea, mein Kind, ich glaube, du hast keine Ahnung, worauf du dich da einläßt.«

Die Tür hinter ihnen öffnete sich, und Ali kam mit kleinen Tippelschritten herein. »Da bin ich endlich.« Sie nahm sich kaum Zeit, Luft zu holen und fuhr dann hastig fort: »Und dabei bin ich fast gerannt. Wenn das Haus noch größer wär, könnte man die Villa der Taraslows reinstellen und hätte immer noch genug Platz für ein Bankett! Die arme Danika hat in ihrem Leben noch keine so große Speisekammer gesehn, ganz zu schweigen von den Zimmern, die sie und die kleine Sophia gekriegt haben. Die zwei sind glücklich, das kann ich Euch sagen!«

»Danika ist eine echte Bereicherung für das Personal. Eine ausgezeichnete Köchin«, stimmte Natascha fröhlich zu. »Ich bin mir sicher, unsere Gäste werden das gleich bestätigen.«

»Elisaveta kocht genausogut, aber sie fürchtet, ihre Künste sind bei den Taraslows verschwendet«, warf Synnovea ein, dankbar für die Ablenkung von ihren beängstigenden Plänen. Sie hob den Kopf, als die alte Dienerin an den Rand des Beckens kam. »Warum besuchst du denn nicht heute abend Elisaveta, Ali? Sie wird sich sicher freuen zu erfahren, wie gut es Danika geht. Stenka kann dich hinbringen und später wieder abholen.«

»Ja, Herrin, das werd' ich sicher machen, aber zuerst möcht' ich mir kurz Colonel Rycroft anschaun. Er ist einer der bestaussehensten Männer, die ich je gesehn habe.«

Synnovea konnte nicht umhin, dem zu widersprechen, sie hatte die ewigen Lobeshymnen auf den Mann satt. »Ich fürchte, du übertreibst noch mehr als sonst, Ali. Der Mann hat zwar eine recht gute Figur, das muß ich zugeben, aber sein Gesicht läßt doch sehr zu wünschen übrig.«

Natascha warf ihrer Freundin einen höchst erstaunten Blick zu, behielt sich aber einen Kommentar vor, die nächsten paar Stunden würden das ohnehin klären.

Die Zeit verging wie im Flug, und mit einem Mal stand die Ankunft der Gäste unmittelbar bevor. Natascha nickte zustimmend, als Synnovea ihre Röcke ausbreitete und eine langsame Pirouette vor ihr drehte.

»Wie lautet Euer Urteil, Gräfin?« fragte das junge Mädchen mit einem charmanten Lächeln.

»Ich bin hingerissen!« sagte Natascha und strahlte. »Dein Kollier mit den Saphiren und Perlen läßt die Haut so wunderbar weiß aussehen... und das Kleid... einfach eine Pracht!«

Synnovea strich ihre Röcke glatt und tänzelte zur Tür, wo sie sich in der Glasscheibe sehen konnte. Der steife Kragen aus elfenbeinfarbener Spitze umrahmte wie ein kostbarer Blütenkelch ihr Gesicht und ihren Busen. Ein passendes Stück Spitze, mit winzigen Perlen durchwirkt, bedeckte und enthüllte zugleich die einladende Kluft zwischen den blassen Rundungen ihrer Brüste.

Das Schnürmieder war aus schwerem Samt mit üppiger Silberstickerei. Bodenlange geschlitzte Ärmel öffneten sich über engen Unterärmeln, deren Spitzenmanschetten ebenfalls mit Orientperlen bestickt waren. Das glänzende schwarze Haar war zu einer Krone von Zöpfen geflochten, und an ihren Ohren baumelten Perlentropfen, gefaßt in Saphire, Diamanten und Perlen, das extravagante Kollier vollendete die prachtvolle Toilette.

»Wie die Tochter eines Bettlers siehst du nicht gerade aus«, bemerkte Natascha lächelnd. »Ich fürchte, der arme Colonel wird Mühe haben, seinen Verstand nicht zu verlieren, wenn er dich sieht. Von da an wird er so verletzlich sein wie ein unschuldiges Lamm, das zur Schlachtbank geführt wird.«

»Natascha, bitte! Hör endlich auf zu nörgeln, bevor ich den Mut verliere!« schmollte Synnovea. »So wie du auf mir herumhackst, könnte man meinen, du wärst meine Mutter.«

Natascha warf lachend den Kopf zurück. Nachdem sie sich wieder beruhigt hatte, sah sie liebevoll in die ernsten grünen Augen. »Wenn es so offensichtlich ist, daß ich wie eine Mutter um dich besorgt bin, Synnovea, kannst du dann nicht verstehen, daß mir dein Glück wichtiger ist als alles andere? Ich flehe dich an, achte den Stolz des Mannes, den du in die Falle locken willst.«

Vor dem Haus war das Klingeln winziger Glöckchen zu hören. Eine Kutsche bog in die Einfahrt ein und kurz darauf verkündete Stimmengewirr, daß mehrere Männer sich dem Haus näherten. Synnovea sah Natascha ein letztes Mal in die Augen und sagte mit zitternder Stimme: »Ich werde tun, was ich kann, um den Colonel nicht zu sehr zu verletzen.«

Natascha nickte kurz und machte sich dann auf, ihre ersten Gäste zu begrüßen. Das Versprechen hatte ihre Ängste zumindest für jetzt beschwichtigt.

Es dauerte etwa eine Viertelstunde, dann betrat Colonel Rycroft das Foyer der Andrejewna-Villa, in Begleitung seines Adjutanten, Hauptmann Grigori Twerskoi. Der Russe trug einen königsblauen Seidenkaftan und sah sehr elegant aus. Der Engländer dagegen hatte sich nach der Mode seiner Heimat gekleidet und war von Kopf bis Fuß in Schwarz gehüllt, abgesehen von seinen Spitzenmanschetten und einem lose fallenden Kragen aus demselben strahlend weißen Material. Ali wartete auf der Treppe über dem Eingang und war ganz aus dem Häuschen vor Freude, als Tyrone sie mit einer höflichen Verbeugung begrüßte.

»Euer fröhliches Lächeln versüßt mir den Tag, Ali McCabe!« rief er ihr zu.

Ali lief kichernd vor Freude zu den Gemächern ihrer Herrin. Nachdem sie sich überzeugt hatte, wie prachtvoll der Engländer sich herausgeputzt hatte, konnte sie sich jetzt beruhigt auf den Weg zur Küche der Taraslows machen und Elisaveta besuchen.

»Kein Wunder, daß Ali Euch so schätzt, Colonel«, sagte Natascha, als er sich jetzt ihr zuwandte. »Mit einem Namen wie Tyrone und einem Charme, der Blarney Castle bis in die Grundfesten erschüttern könnte, war es nicht schwer, ihr Herz zu gewinnen. Sie ist überzeugt, daß Ihr aus Irland stammt.«

»Um ehrlich zu sein, meine Großmutter ist tatsächlich Irin«, vertraute ihr Tyrone an. »Und sie hat mich praktisch aufgezogen, denn meine Mutter segelte häufig mit meinem Vater über die Meere.«

»Und Euer Vater, was macht er?«

»Er ist Schiffsbauer, Gräfin, und wenn ihn die Laune packt, Schiffskaufmann.«

»Kein Soldat?« Natascha lachte und fügte hinzu: »Ich hätte gedacht, er wäre ein stolzer Kavalier wie Ihr selbst, Colonel. Wie habt Ihr es nur geschafft, so ein Künstler im Sattel zu werden, wenn Euer Vater auf Schiffsbau spezialisiert ist?«

»Meine Großmutter Megan liebt Pferde.« Er grinste. »Kaum war ich der Mutterbrust entwöhnt, hat sie mich in den Sattel verfrachtet. Sie ist schon dreiundsiebzig, reitet aber immer noch jeden Morgen eine Stunde.«

»Hat Eure Großmutter denn nichts dagegen, daß Ihr hier in diesem fernen Land seid? Ihr wäre es doch sicherlich lieber, wenn Sie Euch ab und zu sehen könnte.«

»Natürlich, aber ich fürchte, es geht nicht anders. Zumindest jetzt noch nicht.«

Sie sah ihn neugierig an. »Das klingt sehr ernst, Colonel.«

»Das ist es auch«, sagte er ohne Umschweife. »Ich habe einen Mann in einem Duell getötet, Gräfin, und da seine Familie sowohl Titel als auch Macht hatte und meine nur Geld, wurde mir geraten, das Land zu verlassen, bis sich die Gemüter beruhigt oder sie ein Einsehen haben.«

»Was müssen sie denn einsehen?« fragte Natascha alarmiert.

»Es war ein Streit um eine Frau«, murmelte er.

»Oh.« Natascha wurde merklich blaß. »Neigt Ihr dazu, Euch wegen Frauen zu duellieren, Colonel?«

»Für gewöhnlich nicht, Gräfin.«

»Und die Dame? Ist sie froh, daß Ihr weg seid?«

»Ich fürchte, das spielt für sie keine Rolle mehr. Sie starb, kurz bevor ich England verließ.«

»Wie traurig für Euch, Colonel. Ihr müßt sie sehr geliebt haben, wenn Ihr um sie gekämpft habt.«

»Es gab eine Zeit, in der ich überzeugt war, meine Liebe zu ihr würde jeder Feuerprobe standhalten.« Seine Mundwinkel zuckten. »Ich habe mich geirrt.«

Natascha wagte nicht, weiter zu fragen. Sie spürte, daß er das Thema beenden wollte. Sie wandte sich mit einem Lächeln Hauptmann Twerskoi zu. »Wie schön, daß es Euch möglich war, Euren Kommandanten hierher zu begleiten, Hauptmann. Ihr werdet sicher erfreut sein zu hören, daß Prinz Tscherkow und seine Tochter Tanja auch hier sind. Ich glaube, Ihr kommt aus derselben Provinz wie sie.«

Natascha nutzte geschickt ihre Freundschaft mit dem Prinzen und seiner schönen jungen Tochter und verwickelte Grigori in ein Gespräch mit ihnen. Danach führte sie Tyrone quer durchs Zimmer zu Synnovea, die gerade zwei alte Damen mit Zakuski und

Gläsern mit Amarodina versorgte. Sie hoffte inständig, daß sie das, was sie jetzt tat, nicht ein Leben lang bereuen würde.

»Darf ich dich kurz stören, Synnovea«, murmelte Natascha, als sie hinter dem Mädchen angelangt war. Während die jüngere Gräfin sich von den Damen verabschiedete, sah Natascha kurz zu Tyrone. »Ich bin sicher, Sie beide sind sich schon begegnet, aber einander nie offiziell vorgestellt worden.«

Synnovea zitterte zwar innerlich vom Kopf bis zu den Zehenspitzen, aber sie umklammerte tapfer ihren Weinkelch und zwang sich zu lächeln, als sie sich langsam ihm zuwandte. Sie rüstete sich innerlich für den Moment, in dem sich ihre Blicke begegnen würden. Langsam hieß sie ihre Augen von den schwarzen Schuhen mit den ordentlichen Schleifen zu den wohlgeformten seidenbestrumpften Waden hochwandern, weiter über seine Kniebundhosen aus schwarzem Samt, bis hinauf zu dem verzierten Wams aus demselben Stoff. Dann glitt ihr Blick zu seinen Lippen, die nicht mehr geschwollen waren und sich jetzt lächelnd öffneten und strahlend weiße Zähne enthüllten. Mit angehaltenem Atem ließ Synnovea ihren Blick noch höher schweifen und begegnete schließlich den erstaunlich blauen Augen, die sie amüsiert anfunkelten, und ihr Mund blieb unwillkürlich offen...

Natascha stellte ihren Gast mit einer eleganten Geste vor: »Synnovea, das ist Colonel Tyrone Rycroft von den Kaiserlichen Husaren Seiner Majestät...«

Tyrone verbeugte sich mit einer dramatischen Handbewegung. »Es ist mir ein großes Vergnügen, Euch endlich offiziell kennenzulernen, Gräfin Zenkowna.«

Synnovea klappte rasch ihren Mund zu und öffnete ihren Fächer, um ihre Verwirrung zu verstecken. »Also wirklich, Colonel Rycroft, ich hätte Sie nicht wiedererkannt«, hauchte sie. Er richtete sich auf, und sie sah mit Erstaunen, daß er viel größer war, als sie in Erinnerung hatte. Sie redete hastig weiter, wenn auch etwas verworren: »Das letzte Mal, als wir uns begegnet sind, wart Ihr tropfnaß... Na ja, vielleicht habe ich Euch auch nicht so genau angesehen. Ihr wart etwas mitgenommen...«

Das Funkeln seiner Augen wurde immer unverschämter: »Das letzte Mal, als wir uns begegnet sind, Gräfin, waren wir, fürchte ich, alle beide ziemlich feucht vom Regen, wenn vielleicht auch nicht ganz so naß wie bei unserem ersten Zusammentreffen.«

»Oh!« sagte Synnovea kaum hörbar und wedelte noch heftiger mit ihrem Fächer, um ihre brennend roten Wangen zu kühlen, ohne Rücksicht darauf, daß es ziemlich kühl im Raum war. Sie schielte kurz zu Natascha, aber sie schien die Bemerkung Gott sei Dank nicht zu interessieren, trotzdem klopfte ihr Herz immer noch wie verrückt. Sie versuchte, die Gesprächspause mit einem belanglosen Kommentar zu überbrücken: »Aber all das ist ja schon eine Ewigkeit her, zumindest kommt es mir so vor!«

»Wirklich?« sagte Tyrone mit leiser, zärtlicher Stimme und seine Augen bohrten sich in die ihren. »Ich dachte, es wäre erst gestern passiert, aber ich muß auch gestehen, daß ich täglich daran denke... jede Nacht... jede Stunde meines wachen Daseins.«

Synnovea wäre blindlings davongerannt, aber ein kurzer Blick auf Nataschas zufriedene Miene erinnerte sie abrupt an ihr Vorhaben. Es bedurfte keiner allzugroßen geistigen Sprünge um zu erkennen, daß die ältere Frau absolut entzückt war von der Fähigkeit des Colonels, sie durcheinanderzubringen.

Synnovea biß energisch die Zähne zusammen und pochte mit ihrem Fächer auf Tyrones Arm: »Vielleicht solltet Ihr Eurer Fantasie ein bißchen Ruhe gönnen, Colonel. Wie mir scheint, ist sie etwas festgefahren.«

Tyrones Mundwinkel zuckten amüsiert, und seine Augen tasteten sie zärtlich ab, als er sagte: »Ich kann Euch versichern, Gräfin, meine Fantasie streift frei und ungehindert umher, aber für gewöhnlich innerhalb der Grenzen eines Themas.«

Synnovea kämpfte vergeblich gegen die neuerliche Schamröte an, die ihr seine Worte ins Gesicht trieben. Sie konnte sich nur allzugut vorstellen, worauf sich seine Fantasie konzentrierte, wenn er immer nur das Badehaus vor Augen hatte! Ohne Zweifel hatte er sie in seinen Träumen schon ein dutzendmal mit Gewalt genommen!

Unter Einsatz all ihrer Reserven gelang es Synnovea, ihren schwindenden Mut wieder unter Kontrolle zu bringen. Und obwohl sie ihren Fächer am liebsten in sein grinsendes Gesicht geschlagen hätte, gelang es ihr, zärtlich damit über seinen Arm zu streichen. »Ihr habt mich inzwischen so oft gerettet, Colonel, daß ich den Überblick verloren habe. Ich kann nur hoffen, daß Ihr mich in Euren Gedanken genausogut behandelt. Ich würde Euch nur ungern für vulgäre Gedanken maßregeln.«

Tyrone quittierte das mit einem leisen Lachen. Er mußte zugeben, daß sie mit Recht errötete, denn seine Fantasien waren viel zu sinnlich, um sie mit einer unschuldigen Maid zu teilen. »Leider bin ich manchmal ein Opfer meiner Träume, Gräfin, aber kann ich Eure Sorgen beschwichtigen, indem ich Euch meiner Zuneigung versichere?«

»Das wird nicht genügen«, sagte Synnovea und reizte ihn bewußt mit einem wehmütigen Schmollmund. »Ich brauche einen Beweis für Eure Behauptung, Colonel. Und nachdem ich Euch schon zwei oder drei Wochen nicht gesehen habe, werdet Ihr doch sicher verstehen, daß ich denken könnte, Ihr spielt nur mit meinen Gefühlen.«

Natascha mußte sich sehr zusammennehmen, um nicht laut zu stöhnen. Das Mädchen war wirklich zu keß! Inzwischen hatte sie sich hinreichend davon überzeugt, daß der Colonel sehr gut auf sich selbst aufpassen konnte, und beschloß, sich zu entfernen, weil sie sicher war, daß sie sich eines Kommentars nicht enthalten könnte, wenn Synnovea weiterhin so schweres Geschütz auffuhr. Also verabschiedete sie sich rasch und hoffte, daß Synnoveas Plan nicht mit einem weiteren tödlichen Duell enden würde.

»Ihr paßt doch auf die Gräfin Synnovea auf, nicht wahr, Colonel?« sagte sie zuckersüß. »Ich habe Prinzessin Anna versprochen, sie wie einen Augapfel zu hüten.« Sie kicherte. »Aber ich habe nicht versprochen, das ganz allein zu tun.«

Das liebenswert schiefe Lächeln des Colonels verschlug Natascha fast den Atem. »Ich werde mich dieser Aufgabe mit dem größten Vergnügen widmen, Gräfin Andrejewna.«

»Für Euch Natascha«, sagte die Frau. »So nennen mich alle meine Freunde.«

»Es wäre mir eine große Ehre, Natascha, wenn Ihr diese Gunst erwidern würdet. Ich heiße Tyrone.«

Die Frau tätschelte seinen Arm geradezu fürsorglich: »Paßt auf Euch auf, Tyrone.«

Der Colonel verbeugte sich elegant. »Ich versichere Euch, Natascha, diese Aufgabe habe ich mir immer sehr zu Herzen genommen.«

»Bitte tut das auch weiterhin«, sagte sie und warf Synnovea einen vielsagenden Blick zu, dann verließ sie die beiden und gesellte sich zu den beiden älteren Frauen, die kichernd ziemlich heftig dem Wein zusprachen.

Trotz der vielen Leute, die um sie herum waren und trotzdem weit entfernt von ihnen schienen, hatte Tyrone das Gefühl, ein lang begehrtes Geschenk erhalten zu haben. Zu lange hatte man ihn ihrer Gesellschaft beraubt, er durfte jetzt keinen Augenblick verschwenden und labte seinen durstigen Blick an ihrer Schönheit. Ihre Blicke begegneten sich, und er hauchte: »Es war nicht gelogen, daß Ihr meine Gedanken und Träume in Euren Bann gezogen habt, Synnovea. Kein Mann könnte leichtfertig vergessen, was ich gesehen habe.«

Synnovea wand sich innerlich vor Scham. »Es gehört nicht zu meinen Gepflogenheiten, mich vor Männern zur Schau zu stellen, Colonel, und ich würde es sehr übelnehmen, wenn Ihr irgend jemandem von dem Vorfall im Badehaus erzählt oder sonst irgend etwas tut, was mich kompromittieren könnte.«

»Keine Angst, Synnovea«, beschwichtigte Tyrone sie mit einem Lächeln. »Unser Geheimnis ist bei mir sicher.«

Dieser Versicherung beruhigte Synnovea etwas, und sie nippte erleichtert an ihrem Wein. »Ich muß gestehen, daß ich sehr besorgt war, Colonel«, gab sie zu. »Meine Mutter war Engländerin, müßt Ihr wissen, und sie hat mir eine Aversion gegen das Baden in der Öffentlichkeit anerzogen. Ihr wart meine erste Begegnung in so einer verfänglichen Situation.«

Seine Augen strahlten. »Ich bin froh, daß kein anderer die Schätze gesehen hat, deren Anblick mir vergönnt war.«

Synnovea hörte kaum, was sie sagte, so fasziniert war sie von seinem steten Blick. Auf all ihren Reisen in Rußland und im Ausland hatte sie noch nie Augen gesehen, die so blau und so schön waren. Da war keine Spur von dem Grau, das sie im Badehaus geglaubt hatte zu sehen, sie waren strahlend himmelblau mit einem saphirblauen Ring. Sein gebräuntes Gesicht betonte das auch noch, und die Sonne hatte sein Haar mit hellen Strähnen durchsetzt, bis hin zum kurzgeschnittenen Nacken, wo sie in kräftiges Braun übergingen. Sein kurzgeschorenes Haar entsprach nicht der Mode, aber Synnovea begriff, wie vorteilhaft dieser Schnitt war, wenn man ständig einen Helm tragen mußte. Und es stand ihm hervorragend. Alles in allem gesehen mußte sie Ali tatsächlich recht geben. Tyrone Rycroft war mit der attraktivste Mann, den sie je gesehen hatte! Die Ereignisse des Abends würden wohl doch nicht so schwer zu ertragen sein, wie sie anfangs befürchtet hatte.

Mit kokettem Augenaufschlag und einem bezaubernden Lächeln sagte Synnovea verschmitzt: »Ich war überzeugt, Prinzessin Anna hätte Euch mit Erfolg vertrieben, Colonel.«

Tyrone lachte. »Sie hat mich lediglich in meinem Vorhaben angespornt, Seine Majestät zu beeindrucken.«

Synnovea beugte sich kurz vor, um ihr halbvolles Glas auf einen nahen Tisch zu stellen. Ein Kandelaber, der auf seiner polierten Platte stand, erstrahlte im Licht von einem Dutzend brennender Kerzen, deren warmer Schein auf ihrer weichen Haut schimmerte. Ein erregendes Kribbeln durchfuhr Synnovea, als sie merkte, wie diese Beleuchtung auf Tyrone wirkte. Sie nutzte die Gelegenheit, beugte sich noch ein wenig weiter vor und sagte: »Und ist Euer Vorhaben gelungen, wenn ich fragen darf?«

»Ich – ich bin mir nicht ganz sicher«, stammelte Tyrone, während sein Blick sich in die Schatten unter der Spitze tastete. »Seine Majestät hat mir meine Bitte noch nicht gewährt.«

»Und welche Bitte war das, Colonel?« Ihre Brüste wurden

angenehm warm, als sie merkte, wie sein Blick die zarte Spitze durchbohrte. Sie ließ sich Zeit, strich mit einem schlanken Finger über den Glasrand und kostete seine Bewunderung bis zur Neige aus. Sie war schon öfter angestarrt und bewundert worden, aber das hier war wie ein berauschender Nektar, wie sie ihn nie zuvor gekostet hatte.

»Genau die, die ich Euch ans Herz legte, als Prinzessin Anna mir die Tür gewiesen hat... Euch den Hof machen zu dürfen.« Tyrone beugte sich vor, nahm den Kelch und frischte seine Erinnerung mit einem weiteren Blick auf ihre weichen weißen Brüste auf. Er führte das Glas zum Mund, nippte daran und sah ihr tief in die Augen. »Um die Wahrheit zu sagen, Mylady, Ihr habt mein Herz erobert.«

Synnovea streckte die Hand aus und zupfte die Spitze an seinem Ärmel zurecht, vermied es aber, ihn anzusehen. »Darf ich es wagen zu fragen, wie vielen anderen Mädchen Ihr das gleiche geschworen habt?«

»Fragt nur«, flüsterte Tyrone und rückte einen heimlichen Schritt näher, »ich werde in keiner Weise antworten.«

»Wie kommt es, daß Ihr den Banden der Ehe so lange entrinnen konntet? Ich denke Ihr seid etwa...«

»Vierunddreißig. Mylady.«

»Alt genug, um verheiratet zu sein, wie es sich geziemt... wenn Ihr den anderen Mädchen soviel Beachtung geschenkt hättet wie mir.« Synnovea merkte, wie seine Augen zu ihrem Dekolleté hinunterhuschten, machte aber keine Anstalten, ihm den Blick zu verwehren, obwohl ihre Haut unter ihrem blauen Feuer brannte. Sie stellte überrascht fest, daß sie Schwierigkeiten beim Atmen hatte, so greifbar war seine Begierde.

»Gibt es denn noch andere Mädchen, die der Bewunderung eines Mannes so würdig sind wie Ihr?« fragte Tyrone. »Wenn es sie gäbe, hätte ich es sicher bemerkt.«

»Seid Ihr denn so wild entschlossen, mir den Hof zu machen?« murmelte sie und sah ihm endlich in die Augen.

»Entschlossen ist ein zu schwaches Wort dafür«, flüsterte er ohne zu zögern und bewegte sich auf sie zu, bis nur noch der Saum ihrer Röcke ihn zurückhielt. Die glühend blauen Augen berührten ihre Lippen und unwillkürlich gab sich Synnovea dieser Zärtlichkeit hin, öffnete sie und atmete zitternd ein. Sie wußte nicht, mit welchem Zauberbann er sie belegt hatte, aber fast konnte sie die erregende Berührung seiner Lippen auf ihrem Mund spüren, obwohl nur seine Augen sie betasteten. Sie war wie hypnotisiert, konnte den Blick nicht von ihm abwenden, als er ihren Kelch an seinen Mund führte und kurz den Rand berührte, an dem sie genippt hatte.

»Süß«, seufzte er leise. »Genau wie ich es mir vorgestellt habe.«

Synnovea schüttelte den Kopf, um sich aus dem Bannkreis seiner Augen zu lösen, holte tief Luft und sah sich dann erschrocken um. Sie waren umringt von Leuten. Aber keiner interessierte sich, wie befürchtet, für sie beide. Alle unterhielten sich angeregt. Hier fehlten die notorischen Klatschmäuler, die gierig nach jedem Gesprächsfetzen haschten. Hier gab es nur lebenslustige Menschen aller Altersklassen, die sich amüsieren wollten. Und genau das machte Nataschas Freunde so unterhaltsam, jeder hatte Geist und Witz.

Synnovea taumelte etwas benommen einen Schritt zurück, und dann spürte sie, wie Tyrones Arm sanft ihre Brust streifte, als er den Kelch zurück auf den Tisch stellte. Die Berührung löste eine Woge der Erregung in ihr aus, die gegen das Bollwerk ihrer Fassung brandete, ihre Sinne losriß und in eine See lodernder Leidenschaft schleuderte. Es war ein ziemlicher Schock zu entdecken, wie bereitwillig ihr weiblicher Körper auf die Berührung eines Mannes reagieren konnte.

Atemlos, mit großen Augen, begegnete sie Tyrones amüsiert herausforderndem Blick, und ein rosiger Hauch färbte ihre Wangen. Und mit einem Mal wurde ihr schmerzlich bewußt, daß dieser Mann kein unerfahrener Knabe war, den sie mit kokettem Augenaufschlag und Wimperngeklimper an der Nase herumführen konnte. Tyrone Rycroft beherrschte dieses Spiel wesentlich besser als sie. Nicht sie würde ihn an der Nase herumführen, sondern er sie. Und am Ende erwartet sie ein Schicksal, das sie unter allen Umständen vermeiden wollte.

Wenn sie sich nicht vorsah, würde sie auf dem Rücken liegen und ihre Jungfräulichkeit geopfert haben, noch bevor sie sein Quartier betreten hatten.

»Ich muß mich für einen Augenblick entschuldigen«, stammelte sie. Sie mußte einfach ein paar Minuten für sich haben, um ihren wankenden Mut wiederzufinden.

»Kann ich Euch irgendwie behilflich sein, Mylady?« fragte Tyrone mit übertriebener Höflichkeit. Seine Berührung hatte sie anscheinend so erschreckt, daß er sich fragte, ob das aufreizende Spiel von vorhin etwa doch keine Absicht ihrerseits gewesen war. »Ihr scheint sehr verstört.«

Synnovea zog es vor, nichts zu sagen aus Angst, sich zu verraten. Sie schüttelte den Kopf und versuchte, an ihm vorbeizugehen. »Ich muß gehen.«

»Vielleicht beruhigt Euch ein Glas Wein«, schlug Tyrone vor, griff geschickt nach ihrer Hand und küßte sie sanft. Er hatte ehrliche Bedenken, sie gehen zu lassen, denn er war sich nicht sicher, ob sie auch wiederkommen würde. Schließlich und endlich war sie ja schon einmal wie ein verschrecktes Häschen geflohen, als er versuchte, ihr eine Antwort auf die Frage zu entlocken, ob er ihr den Hof machen dürfe.

»Ich muß gehen!« keuchte Synnovea erneut. Panik erfaßte sie, als sie merkte, wie ihre Finger unter seinen Lippen erzitterten. Sie entwand ihm ihre Hand und drückte sie flach gegen seine Brust: »Bitte, geht beiseite.«

»Werdet Ihr zurückkommen? Oder soll ich vergessen, daß wir uns je begegnet sind?«

Die leise Frage ließ Synnovea erstarren. Er klang so verletzlich, so enttäuscht, daß es ihr durch Mark und Bein ging. Sie hob den Kopf und sah ihm direkt in die Augen, und mit einem Mal wurde ihr klar, daß dies kein leichtfertiges Spiel für Colonel Rycroft war: er wollte ihr wirklich ernsthaft den Hof machen und sie für sich gewinnen.

Synnoveas Panik verflog. Ein Mann, dem die Gefühle einer Frau wichtig waren, würde sie nie mit Gewalt nehmen. Ein zögerndes Lächeln umspielte ihre Lippen, und sie strich über die Schnürung seines Wamses. »Ich werde wiederkommen«, versprach sie mit leiser Stimme. »Werdet Ihr auf mich warten?«

»Solange wie Ihr wollt«, schwor Tyrone und nahm noch einmal ihre schlanke Hand und streifte sie mit einem zärtlichen Kuß.

Synnovea schenkte ihm ein herzliches Lächeln. Sie hatte zwar am Abend ihrer Verlobung mit Wladimir ein Dutzend solcher Küsse ertragen müssen, aber keiner hatte ihren Puls so zum Rasen gebracht wie der Tyrone Rycrofts.

Ohne sich noch einmal umzudrehen, eilte Synnovea quer durch die große Halle und dann weiter, nach oben in ihr Zimmer. Ali war schon vor einiger Zeit zu ihrem Besuch bei Elisaveta aufgebrochen, wodurch Synnovea die Einsamkeit vergönnt war, die sie so dringend brauchte, um all diese ungewohnten, aufrührerischen Empfindungen zu verdauen. Sie rannte wie eine Katze im Käfig in ihren geräumigen Gemächern hin und her bei dem Versuch, etwas Klarheit in ihre verworrenen Gedanken zu bringen. Nur eines war sonnenklar: der Unterschied zwischen ihrer gelangweilten Reaktion auf Wladimirs leidenschaftliches Werben und dem Tumult von widersprüchlichen Gefühlen, die der Colonel in ihr auslöste. Heute abend, selbst als er sie noch nicht einmal berührt hatte, genügte allein seine Anwesenheit, um all ihre Sinne ins Flattern zu bringen.

Synnovea schob das Fenster auf und lehnte sich an den Rahmen. Ihr Blick schwenkte hinauf zum Sternenhimmel, und in Gedanken durchlebte sie noch einmal die Augenblicke, die sie gerade mit dem Engländer verbracht hatte. Sie wollte die erfrischende Kühle der Nachtluft auf ihrer Haut spüren und einsaugen, sie wieder ausatmen und diese seltsamen, fremden Sehnsüchte verjagen, die seine Berührung in ihr geweckt hatte. Im nachhinein gesehen war seine zärtliche Berührung ihrer Brust noch erregender, wenn man bedachte, daß der Mann die Frechheit besaß, sie, wenn auch heimlich, so doch in aller Öffentlichkeit zu liebkosen.

Der Mond erschien hinter einer Wolke, und Synnovea sah aus dem Augenwinkel eine Bewegung auf der Straße. Sie spähte angestrengt in die laternenbeschienene Dunkelheit, bis sie schließlich zwei männliche Gestalten ausmachen konnten, die Seite an Seite vor dem Haus standen. Es dauerte einen Moment, bis sie den kleineren als Prinz Aleksej identifizierte. Sein Gefährte war sicher einer der Wächter, die er für sie angeheuert hatte, aber irgend etwas an ihm beunruhigte sie sehr. Der Kopf des Mannes war zwar von einer Pelzmütze bedeckt, wie sie Mongolen trugen, aber seine kraftvolle Gestalt kam ihr irgendwie seltsam bekannt vor.

Jetzt hatte Aleksej sie entdeckt, stolzierte näher heran und starrte hinauf zu ihr. Sein leises Kichern zerstörte die Stille der Nacht, und dann warf er den Kopf zurück und grölte in den Nachthimmel. Synnovea erstarrte. Es bestand kein Zweifel, daß er sie auslachte, jede Hoffnung zur Flucht zunichte machen wollte, aber das würde er noch bitterlich bereuen. Sein Hohn war der Ansporn, den sie brauchte. Sie würde Tyrone Rycroft in ihre Falle locken.

14. Kapitel

Aleksej wäre entsetzt gewesen, hätte er geahnt, welche Energien sein Spott bei Synnovea ausgelöst hatte. Er hatte ihren Stolz verletzt, und jetzt würde sie dafür sorgen, daß ihm das Lachen in der Kehle erstickte. Mit der Verführungskunst einer Circe bereitete sie sich auf ihre neuerliche Attacke vor. Sie zog die Schnüre ihres Mieders fester, um die Taille noch schmäler zu machen, und lockerte kaum merklich das Kleid über dem Busen, um besser atmen zu können und die Einsicht zu erleichtern. Sie würde Tyrone umgarnen, bis er den Verstand verlor. Und wenn Natascha recht hatte mit ihrer Warnung, einen Mann nicht bis zum Anschlag zu reizen, dann würde der Colonel sie an den Haaren in sein Quartier schleifen.

Zum Abschluß bauschte Synnovea die Spitze um ihr Dekolleté noch auf, um den Busen besser zur Geltung zu bringen, und lockerte ihr Kollier, bis der größte Perltropfen verlockend in die seidige Schlucht baumelte. Zu guter Letzt tupfte sie noch etwas Veilchenwasser auf Hals und Ohrläppchen und zupfte ein paar Löckchen über die Stirn, alles für den Mann, den sie in die Falle locken wollte.

Ein letzter prüfender Blick in den Spiegel, um sich zu überzeugen, daß diese Galione weiblicher Schönheit für ihre größte Schlacht gerüstet war und selbst ein so erfahrener Mann keine Chance haben würde, dann öffnete sie die Tür zum Korridor.

Einer frischen Frühlingsbrise gleich rauschte Synnovea die Treppe hinunter und blieb am Eingang zur großen Halle stehen, um Ausschau nach ihrer Beute zu halten. Sie entdeckte den Colonel ganz in der Nähe. Er unterhielt sich mit einigen Männern, aber er sah sie im selben Moment, und seinem Lächeln zufolge hatte er voller Ungeduld auf ihr Erscheinen gewartet. Sein Blick schweifte langsam, sehr sorgfältig über ihre Person, wie der eines Connaisseurs, der ein Kunstwerk betrachtet. Und Synnovea wußte, daß er mehr sah als jeder andere Mann. Er wußte, wie ihr Haar aussah, wenn es wie ein Wasserfall über ihren nackten Rücken fiel, wußte, wie diese schwellenden Brüste nackt im Lampenschein schimmerten und welch lange, schlanke Beine sich unter diesen Röcken verbargen. Seine Augen waren wie Hände, die sich neugierig über jeden Zentimeter ihrer Haut tasteten.

Synnovea erschauderte im Rausch der Gefühle, die er bei ihr auslöste. Errötend versuchte sie, diese gefährlichen Gedanken zu verdrängen, sich aus dem Bann seines Blickes zu lösen, der unliebsame Erinnerungen an ihr erstes Treffen heraufbeschwor, als er sie aus den trüben Tiefen des Wassers gezogen und sie sich verzweifelt an ihn geklammert hatte, nicht ahnend, welche Wirkung ihr nackter Leib auf ihn haben würde.

Jetzt, da sie ihn ein bißchen besser kannte, war sie sich seiner strotzenden Männlichkeit noch mehr bewußt. Ihre Brüste schmerzten förmlich bei dem Gedanken an den Augenblick, in dem er sie an seine Brust gedrückt hatte. Sie konnte sich noch an jedes Detail erinnern. Und jetzt stand sie willig vor ihm, nicht nur seinen Blicken ausgeliefert, denn sie wußte nicht, was sie in dieser Nacht erwarten würde. Ihre Mutter hatte zwar vage Andeutungen gemacht, was die Pflichten einer Ehefrau betraf, aber das genügte nicht. Ein Gebirge der Unwissenheit türmte sich vor ihr auf, das es zu überwinden galt, denn dahinter lockten grüne Wiesen von Wollust und Erfüllung, die sie nur erahnen konnte.

Synnovea holte tief Luft und atmete dann langsam, seufzend aus. Mit eisernem Willen raffte sie die traurigen Reste ihrer Selbstbeherrschung zusammen und versuchte, ihre Fantasien und Sehnsüchte, die sie in einen Taumel der Verwirrung stürzten, wieder in den Griff zu bekommen. Unter keinen Umständen durfte sie sich dazu verleiten lassen, ihre Neugier zu stillen oder sich von ihren Verführungsplänen hinreißen lassen. Es war ohnehin schwer genug, Haltung zu wahren.

Synnovea atmete noch einmal zitternd aus und war überzeugt, daß sie jetzt Tyrones durchdringendem Blick begegnen könnte, ohne zu erschaudern. Sie war locker und zuversichtlich, als er gemessenen Schrittes auf sie zuging. Sie hob den Kopf, sah direkt in seine Augen und spürte, wie sie trotz aller Vorbereitung errötete. Er stellte sich dicht hinter sie, und ihr stockte der Atem, als seine Hand über ihren Rücken strich, Wogen von herrlicher Gänsehaut über ihren Rücken jagte und sich dann um ihre Taille legte, wo kein neugieriges Auge es sehen konnte.

»Ihr seid jetzt noch schöner als damals, als Ihr mich vor einem Jahrhundert verlassen habt«, flüsterte Tyrone und beugte sich vor, um sich an ihrem Duft zu laben. »Oder hab' ich es in der langen Zeit einfach vergessen?«

Zögernd hoben sich die grünen Augen zu seinen, und Synnovea mußte erkennen, daß diesem Mann nichts verborgen blieb. Dieser lächelnde, strahlend blaue Blick hatte jedes Detail ihrer veränderten Erscheinung registriert.

Sie konnte natürlich nicht ahnen, wie gründlich sie Tyrone verwirrt hatte, oder wissen, wie erfreut er von ihrer offensichtlich erwachten Sinnlichkeit war. Er hatte damit gerechnet, daß sie eingemummt wie eine alte Jungfrau zurückkehren würde, wild entschlossen, ihre Tugend zu bewahren.

»Ich bin als Soldat weit herumgekommen«, fuhr er mit heiserer Stimme fort. Sein Blick glitt vielsagend zu ihrem gelockerten Dekolleté. »Aber keine Frau hat mich je so mit ihrer Schönheit gefangen wie Ihr, Synnovea. Es ist ungeheuer schwer für mich, Euch nicht so zu berühren, wie ich möchte.«

»Ihr schmeichelt, Colonel.« Sie spürte, wie seine Hand die Schnürung ihres Kleides abtastete und erzitterte. »Mir ist noch nie ein Mann begegnet, der Frauen so gut kennt, daß er sofort sieht, wenn sie sich frisch zurechtgemacht haben.« Sie senkte ihre Wimpern, warf ihm aus dem Schutz ihrer seidigen Fülle einen koketten Blick zu und fragte sittsam: »Ist es denn ein Fehler, wenn ich für Euch besonders schön sein will?«

»Wie könnte ich der Vollkommenheit Fehler unterstellen?«

konterte Tyrone gewandt. Sein Lächeln fesselte sie, zog ihren Blick unausweichlich in seinen Bann. »Ich habe nur noch Augen und Ohren für Euch, Synnovea, ich wünschte nur, wir wären allein, dann könnte ich Euch beweisen, wie sehr ich nach Eurer Gesellschaft lechze.«

Ihr Plan war also tatsächlich aufgegangen, dennoch durfte sie jetzt nichts überstürzen, das wußte Synnovea. Sie schenkte ihm ein einladendes Lächeln, während sie versuchte, ihren rasenden Puls wieder etwas unter Kontrolle zu bringen. Der Mann brachte all ihre Sinne in Wallung, und das Gefühl war alles andere als unangenehm. »Darf ich etwa so frei sein anzunehmen, daß Ihr den Wunsch habt, mich in Euer Quartier zu bringen, Colonel?«

»Das ist mein sehnlichster Wunsch, Synnovea. Bei dem Gedanken mit Euch allein zu sein, stockt mir schon der Atem. Unsere erste Begegnung im Badehaus ist mir noch in bester Erinnerung, und ich wünsche mir von ganzem Herzen, daß es wiederholt werden könnte.«

»Ich glaube, davor sollte ich mich hüten«, sagte Synnovea mit einem gekonnten Augenaufschlag. »Damals habt Ihr mich ungeschoren entkommen lassen, aber würdet Ihr das ein zweites Mal dulden?«

»Ich halte es für äußerst zweifelhaft, daß ich noch einmal soviel Selbstbeherrschung aufbringe«, sagte Tyrone mit seinem unwiderstehlichen Lächeln. »Aber, gesetzt den Fall, eine solche Chance wäre mir noch einmal vergönnt, so hoffe ich, daß Ihr gewillt seid, mich bei meinem Namen zu nennen. Nach alldem was wir gemeinsam erlebt haben, wäre das nur recht und billig. Kommt Euch denn Tyrone so schwer über die Lippen? Oder Tyre, wenn Euch das lieber ist. So nennt mich meine Großmutter.«

Synnovea ließ die Namen auf der Zunge zergehen wie eine köstliche Frucht. »Tyrone. Tyre. Tyrone.« Sie entschied sich mit einem Lächeln. »Bis ich Euch besser kenne, wird Tyrone wohl genügen müssen.«

»Aus Eurem Mund klingt das süßer als warmer Met«, versicherte Tyrone, und sein Blick heftete sich auf ihren Mund. »Aber der süße Nektar Eurer Lippen verlockt mich noch mehr. Euch das Küssen zu lehren, wäre sicher ein Festmahl ohnegleichen.«

Synnovea errötete. Sie war etwas pikiert von seiner Unterstellung, daß sie ein unerfahrenes Mädchen sei. »Wie kommt Ihr darauf, daß ich solcher Unterweisung bedarf?«

Tyrone lächelte amüsiert. »Mir war von Anfang an klar, daß Ihr unschuldig seid. Und, mein süßes Herz, ich wäre sehr eifersüchtig, wenn dem nicht so wäre.«

Beschwichtigt von seinem Kosenamen und dem sanften Kuß, den er auf ihre Hand drückte, sah ihm Synnovea lächelnd in die Augen. »Sollte ich eifersüchtig sein auf all die Frauen, die Euch unterwiesen haben?«

Tyrone lachte. »Das ist nicht nötig, Mylady. Seit unserer ersten Begegnung bin ich allein Euer Sklave.«

Synnovea hob zweifelnd die Brauen. »Ich frage mich, wessen Sklave ihr wirklich seid, Tyrone. Ihr behauptet zwar, Ihr wäret der meine, doch in letzter Zeit habe ich Euch verdächtig wenig gesehen.«

Tyrone legte theatralisch eine Hand aufs Herz. »Eine Beschwerde, die ohne Zweifel dem Zaren vorgetragen werden muß, da seine Dienste mich von Euch fernhielten. Aber ich habe ständig an Euch gedacht.«

»Eine solche Entschuldigung muß ich wohl gelten lassen... Trotzdem, mir sind da Gerüchte zu Ohren gekommen, und ich habe keinen stichhaltigen Beweis für Eure Behauptungen.«

Tyrone merkte, daß sie das Gespräch auf die Frauen in seiner Vergangenheit lenken wollte, war aber entschlossen, ihr keine Gelegenheit dazu zu geben. »Ich würde zwar Eure Schönheit am liebsten vor aller Augen außer den meinen verbergen, Synnovea, aber ich muß die Freude Eurer Bekanntschaft mit einem Freund teilen.«

Tyrone hob den Arm und winkte, und Synnovea ließ langsam ihren Blick über die Gäste schweifen, um zu sehen, wen er Ihr vorstellen wollte. Ein Teil der Kerzen war gelöscht worden, um einen

Rahmen zu bilden für einen alten, schlicht gekleideten blinden Mann, der eine Ballade von einem edlen Krieger und einer schönen Maid sang. Die meisten Gäste hatten ihre Unterhaltung unterbrochen und sich um den Sänger versammelt, dem sie hingerissen lauschten.

Ein Russe, der mit einem jungen Mädchen und ihrem Vater am hinteren Ende des Raumes stand, reagierte auf die Geste des Colonels. Der gutaussehende Mann entschuldigte sich bei den beiden und schlängelte sich dann durch die Gäste in ihre Richtung. Tyrone nahm Synnoveas Arm und führte sie ein Stück von der Tür weg. Mit leiser Stimme, um den Sänger nicht zu stören, stellte er den Mann vor, der jetzt vor ihnen stand.

»Darf ich Euch meinen Adjutanten vorstellen, Hauptmann Grigori Twerskoi... Gräfin Synnovea Zenkowna.«

Grigori machte eine förmliche Verbeugung und sagte auf englisch: »Es ist mir wirklich eine große Ehre, endlich Eure Bekanntschaft zu machen, Gräfin.« Er richtete sich auf und grinste sie fröhlich an. »Ihr erinnert Euch sicher nicht an mich. Ihr wart ziemlich beschäftigt mit Ladislaus, als ich die Ehre hatte, zu denen zu gehören, die Euch nach dem Überfall auf Eure Kutsche zu Hilfe kamen. Der Ruhm gebührt natürlich allein Colonel Rycroft, er hat der Gruppe den Befehl gegeben umzukehren und den Grund für die Schüsse, die wir gehört hatten, zu erkunden.«

Synnovea lachte vergnügt. »Ich brauche Euch sicher nicht zu sagen, wie dankbar ich für Eure Mitwirkung bin, Hauptmann, und Eurem Kommandeur für sein Pflichtbewußtsein.«

»Ich bin überzeugt, Gräfin, Colonel Rycroft war es ein ganz besonderes Vergnügen, Euch zu Diensten sein zu können. Er hat nämlich ein paar Tage zuvor einigen Bojarinas, die an einer Kutschstation von Gesindel belästigt wurden, fast denselben Dienst wie Euch erwiesen, aber er hat es entschieden abgelehnt, eine Einladung zu ihrem Vater nach unserer Rückkehr in Moskau anzunehmen.«

Tyrone konnte das nicht ungestraft auf sich sitzen lassen. Mit ironischen Grinsen sagte er: »Eine der Schwestern hatte noch größere Schwierigkeiten als die anderen, durch eine Tür zu passen. Und ausgerechnet diese hatte sich in den Kopf gesetzt, Grigori zu ihrem Bräutigam zu machen. Um sich zu retten, hat er sich im Räucherhaus versteckt, bis sie schließlich die Suche aufgab und mit ihren gewichtigen Schwestern weiterreiste.« Tyrone hob den Kopf und bemerkte, daß das junge Mädchen an Prinz Tscherkows Seite dem Hauptmann schüchterne Blicke zuwarf. Mit einer kaum merklichen Kopfbewegung in ihre Richtung sagte er: »Wie ich sehe, wartet bereits wieder eine Maid auf Euch, mein Freund. Ihr scheint ein gewisses Talent zu haben, junge Damen zu bezaubern.«

Grigori strahlte, als er den sehnsüchtigen Blick des jungen Mädchens sah. Er stellte sich vor seinen Kommandanten, schlug die Hacken zusammen und verabschiedete sich. »Colonel, da wir morgen frei haben, werde ich nicht mit Euch in der Mietkutsche zurückfahren. Ich habe Prinz Tscherkows Einladung angenommen, den Abend in seinem Haus zu verbringen und Erinnerungen über das Dorf auszutauschen, in dem wir beide aufgewachsen sind.«

Tyrone beobachtete amüsiert, wie der Hauptmann sich rasch einen Weg zu dem Mädchen und ihrem Vater bahnte. »Ich glaube fast, die Prinzessin hat Grigori den Kopf verdreht«, bemerkte er.

»Sonst würde er schleunigst zum Stall rennen und sich verstecken.«

»Ich muß wohl stolz sein, daß Ihr hier bei mir seid und Euch nicht irgendwo versteckt«, sagte Synnovea mit einem herausfordernden Lächeln.

Tyrone lachte. »An Eurer Stelle, Mylady, würde ich mich als die Verfolgte betrachten. Oder muß ich mich noch deutlicher ausdrücken: ich lechze nach Eurer Gesellschaft.«

Synnovea erwiderte das mit einem leisen Lachen und merkte, wie seine schlanken Finger sehnsüchtig die ihren umspannten. Er führte sie quer durch das große Zimmer zu einer Tür neben dem Garten, von wo aus sie den Balladensänger besser sehen konnten. Die Türen standen offen, und eine sanfte Brise trug den Duft der

Blüten aus dem Garten herein. Die beiden stellten sich dicht nebeneinander, jeder wollte die Nähe des anderen auskosten, während sie fasziniert dem Gesang lauschten, voller Sehnsucht nach verbotener Berührung. Synnovea bekam Gänsehaut und mußte sich eingestehen, daß die Nachtluft keine Schuld daran traf. Tyrones Nähe, sein frischer Duft, machten ihr bewußt, wie verletzlich sie war. Und sie stellte sich seinem forschenden Blick, der wagte, was seinen Händen verwehrt war.

»Seid Ihr denn so ausgehungert nach weiblicher Gesellschaft, Colonel, daß Ihr mich zum Abendessen verschlingen müßt?«

»Wären wir allein«, murmelte Tyrone heiser, »würde ich Euch zeigen, wie hungrig ich nach Euch bin. Bis dahin muß ich mit dem vorlieb nehmen, was meinen Augen gestattet ist.«

Die süße Melodie des Liedes umfing sie und steigerte Synnoveas Erregung mit jedem Ton. Sie hatte gehofft, Tyrone in einem Netz der Verführung zu fangen, um ihn gefügig zu machen, aber allmählich dämmerte ihr, daß sie selbst sich im Netz verfangen hatte. Trotzdem spielte sie ihr Spiel weiter, denn zu beängstigend war die Vorstellung, zu versagen und die Konsequenzen tragen zu müssen. Sie stellte sich auf die Zehenspitzen und beugte sich vor, um ihr Dekolleté besser zur Geltung zu bringen, dann flüsterte sie ihm ins Ohr: »Habt Ihr den Garten gesehen? Selbst nachts ist er noch eine Augenweide.«

Mit einem einladenden Lächeln entfernte sie sich elfengleich von seiner Seite und verschwand im Garten. Dort eilte sie zu einem Baum, durch dessen Blätterwerk helle Mondstrahlen wie Lichtpfeile zu Boden schossen und ihr Kleid mit silbernen Flecken übersäten. Sie wartete in der Stille der lauen Nacht, kühl und gefaßt nach außen hin, doch innerlich zitternd vor Unsicherheit und Empfindungen, die sie nur vage begreifen konnte. Jetzt verstand sie, wovor Natascha sie gewarnt hatte. Sie wußte nicht, was sie hinter der Tür, die sie geöffnet hatte, erwartete. Aber noch bevor die Nacht zu Ende war, würde sie mehr wissen, soviel war sicher.

Einige diskrete Augenblicke später betrat Tyrone den Garten.

Seine ersten Schritte waren eher zögernd, als er nach ihr Ausschau hielt. Doch dann hatte er sie entdeckt, und ein paar hastige Schritte brachten ihn zu ihr. Ihre Blicke begegneten sich, und dann beugte er den Kopf und bemächtigte sich ihrer Lippen. Sein leidenschaftlicher Kuß zerschmetterte ihre Bedenken wie die Breitseite eines Kriegsschiffes. Ihre Seufzer wurden eins, als sein Mund begierig mit dem ihren spielte, liebkosend, mit behutsam tastender Zunge, forschend, bis sie die Arme ausstreckte und sie um seinen Hals schlang und sich diesem Gefühl hingab, das berauschender war als jedes Getränk, das sie je zuvor gekostet hatte.

Atemlos ließen sie voneinander ab, rangen nach Luft, als wären sie im gestreckten Galopp über die Steppe gehetzt, aber Tyrone wollte mehr, war nicht aufzuhalten. Er wollte den süßen Kelch bis zur Neige leeren. Seine Hände glitten langsam ihren Rücken hinunter, schmiegten ihren weichen Körper an seine harten Muskeln, und sein Mund umschloß erneut begierig den ihren, seine Zunge schlängelte sich durch den Spalt, saugend, kosend, drang tief ein in die warme Süße ihres Mundes, bis Synnovea schier die Sinne schwanden. Sie brauchte keine Verzückung vorzutäuschen. Ihre Welt drehte sich wie ein tanzender Derwisch und entriß sie den Fängen der Realität. Jeder Gedanke an sorgsam geplante Taktiken zerbrach unter der Macht seines flammenden Kusses.

Synnovea drehte den Kopf zur Seite, um Atem zu schöpfen und wieder Boden unter den Füßen zu bekommen. Ihr schwindelte von der Heftigkeit seiner Leidenschaft, und doch mußte sie sich an ihn klammern, denn er war der einzige statische Punkt in diesem Karussell der Sinne. Ein Wonneschauer durchfuhr sie, als seine geöffneten Lippen sich zu ihrem Ohr tasteten und er zärtlich an der weichen Muschel knabberte. Dann wanderte sein Mund weiter, zog eine flammende Spur von fiebrigen Küssen über ihre Haut. Synnovea schloß die Augen, überwältigt von diesen Empfindungen, die sie selbst in ihren kühnsten Träumen nicht erahnt hatte. Mit einem leisen Seufzer gab sie sich seinen Liebkosungen hin, warf den Kopf zurück, daß Hals und Schultern entblößt waren und nur noch das prachtvolle, gewichtige Kollier den feurigen Abstieg seiner Lippen behinderte. Er zögerte nur den Bruchteil einer Sekunde, dann überwand er diese Schranke und drückte seine Lippen auf die reife Wölbung über ihrem Gewand.

Synnovea stockte der Atem. Sein kühner Vorstoß war ein unmißverständlicher Beweis seiner Männlichkeit. Sie erschauderte, aber dieses Schaudern entsprang nicht der Keuschheit eines unschuldigen Herzens. Sein Mund war der Blitz, der ihren Körper entflammt hatte. Und wieviel erregender war es, seine Lippen auf ihren Brüsten zu spüren, als ihn mit einem kurzen Einblick in ihr Dekolleté zu reizen.

Doch sie durfte sich nicht ganz diesen Wonnen hingeben, mußte die Reste ihres Verstandes bewahren, sonst wäre sie ein für alle Mal verloren. Sie legte behutsam eine Hand gegen seine Brust, abwehrbereit, um sich einen Fluchtweg offenzuhalten.

Tyrones Taktik war in seiner langen Zeit als Soldat und den vielen Jahren als Liebhaber und Gatte perfektioniert worden. Er beherrschte alle Spielregeln, ob auf dem Schlachtfeld oder im Bett einer Frau. Wenn er kein Anzeichen von Widerstand erkennen konnte, war für ihn klar, daß der Gegner bereit war zu kapitulieren wie jetzt Synnovea. Dennoch wollte er nichts überstürzen, wollte all ihre Ängste beseitigen, bis sie ihm nicht mehr widerstehen konnte. Er zog sie wieder an sich und küßte sie mit solcher Leidenschaft, daß ihre Knie ihr den Dienst versagten. Eine kleine Hand schlang sich um seinen Nacken und grub sich in das kurze Haar. Er lächelte insgeheim, ließ einen kurzen Moment verstreichen, dann wanderte sein Mund weiter, kostete den duftenden Tau ihres Halses und wagte sich kühn ihn weichere, verlockendere Gefilde vor.

Synnovea hielt den Atem an, als sein Mund federleichte Küsse über ihren Brustansatz verstreute, nicht ahnend, welch vernichtende Salve er für sie vorbereitet hatte. Bevor sie zurückweichen konnte, war seine Hand in ihre Corsage geglitten, umfaßte ihre Brust mit seinen warmen, neugierigen Fingern, entblößte sie in der kühlen Nachtluft und umfing sie mit der sengenden Hitze seines Mundes.

»Nein, Herr! Das dürft Ihr nicht!« keuchte sie entsetzt. »Das ziemt sich nicht!« Sie versuchte, sich loszureißen, aber der eiserne Griff seines Arms machte jeden Gedanken an Flucht zunichte.

»Süße Synnovea, weißt du denn nicht, wie sehr ich dich begehre!« Sein Atem war ein warmer Hauch auf ihrer Haut. »Meine Leidenschaft für dich ist grenzenlos, ich muß dich haben. Wehr dich nicht gegen mich, mein Herz.«

Synnovea hatte noch nicht einmal geahnt, daß solch wollüstige Empfindungen existierten, wie sie jetzt seine warme Zunge auf ihren Brustwarzen auslöste. Ein Feuer der Sinnlichkeit erfaßte ihren Körper und drohte, sie zu verzehren, und walzte die Schranken ihres Widerstandes nieder, als sie sich leise stöhnend seinen Liebkosungen hingab.

Doch Tyrone wollte diese Süße nicht nur kosten. Er hob den Kopf und suchte in ihren grünen Augen nach einem Anzeichen von Angst oder Abwehr. Aber da war nichts.

Er raffte sie in seine Arme hoch und sah sich rasch nach einem ungestörten Platz um, wo er ihr beweisen konnte, wie groß seine Sehnsucht nach ihr war. Es gab kein Zurück mehr für ihn, jede Vorsicht war vergessen, er mußte sie hier und jetzt nehmen, gleichgültig wie.

Synnovea war nur allzu willig, ihm auf diesem Pfad des Leichtsinns zu folgen, aber ein Rest von Vernunft tastete sich durch den Nebel von Wollust und gab ihr die Kraft, sich zur Wehr zu setzen. Sie kuschelte ihren Kopf an seine Brust und flüsterte: »Bitte, nicht hier, Tyrone, ich flehe dich an. Wenn du es willst, komm ich mit dir in dein Quartier.«

»Ich brauche dich jetzt, Synnovea«, keuchte Tyrone. Sein Leib brannte vor schmerzlicher Begierde, die nur zwischen ihren süßen Schenkeln Erlösung finden könnte. »Es wird mir ungeheuer schwerfallen zu warten«, murmelte er mit heiserer Stimme und beugte sich wieder über sie, um das Ambrosia ihrer Haut noch einmal zu kosten. Fast wäre es ihm gelungen, ihren Widerstand damit endgültig zu brechen. Einen Augenblick lang schwanden ihr die Sinne, dann brandete eine Woge der Erregung durch ihren

Körper, der sich bebend an ihn schmiegte. Doch noch einmal siegte die Vernunft.

»Wollt Ihr denn eine Jungfrau an einem so öffentlichen Ort unterweisen?« hauchte sie in sein Ohr.

Mit ungeheurer Willenskraft richtete sich Tyrone auf und gab ihre Lippen frei. Sie hatte natürlich recht. Der Garten war kein Ort für Liebende, die ihrer Leidenschaft mit Genuß frönen wollten. Sie hatte etwas Besseres verdient, diese Frau, die er mehr begehrte als jede andere vor ihr, einschließlich Angelina. Behutsam und geduldig hatte er damals vor drei Jahren seine jungfräuliche Braut in die Freuden der Liebe eingeweiht. Synnovea hatte ein Recht, dieselbe Rücksicht zu erfahren.

»Das Warten wird mich auf eine harte Probe stellen, Synnovea, aber wenn es dein Wunsch ist, will ich ihn dir gewähren.« Er küßte sie noch einmal leidenschaftlich, dann ließ er sie los. »Wirst du jetzt mit mir kommen?« bedrängte er sie. »Meine Kutsche wartet draußen.«

»Ich brauche noch einen Augenblick. Warte hier auf mich. Ich zieh mich nur rasch um und hol mir einen Mantel.«

»Das ist doch wohl nicht nötig«, sagte Tyrone ungeduldig. »Ich werde dich warmhalten, und dein Kleid spielt keine Rolle mehr, sobald wir in meinem Haus sind.«

Die Anspielung ließ Synnovea erröten. Die Vorstellung, nackt in seinen Armen zu liegen, war so beängstigend, daß sie beinahe ihre Pläne über Bord geworfen hätte. Aber so leichtfertig durfte sie ihre einzige Chance, von Wladimir befreit zu werden und Aleksejs Pläne zu vereiteln, nicht verspielen. Sie stammelte: »Ich will mich doch nur für dich zurechtmachen.«

»Also gut«, sagte Tyrone, »nur noch einen letzten Kuß, bevor du gehst.« Er schloß sie noch einmal in die Arme und drückte sie an sich. »Er wird mir das Warten versüßen.«

Synnovea erwiderte seinen Kuß mit großer Bereitwilligkeit, gab sich seinen Lippen genüßlich hin und wagte selbst einen kleinen Vorstoß mit ihrer Zunge, was genügte, um Tyrone wieder lichterloh entflammen zu lassen.

»Wir müssen weg von hier, bevor ich mich vergesse und dich hier und jetzt nehme«, flüsterte Tyrone, packte ihren Po und preßte sie an sich. »Es ist sehr schmerzhaft für mich, so lange warten zu müssen.«

Synnovea befreite sich widerwillig aus seiner Umarmung. »Ich werde mich beeilen. Wirst du hier auf mich warten?«

»Ja, mein Herz, mach schnell!«

Tyrone sah ihrer entschwindenden Gestalt nach und stöhnte. Er begann auf und ab zu laufen, in der Hoffnung sich ablenken zu können. Er hatte noch nie eine Frau mit Gewalt genommen, aber Synnovea hatte sein Blut so in Wallung gebracht, daß er stark versucht war, ihr nachzulaufen und seine Leidenschaft im Schutz ihrer Gemächer zu stillen.

15. Kapitel

Synnovea blieb atemlos zitternd vor der Tür zur großen Halle stehen. Irgendwie mußte es ihr gelingen, sich wieder unter Kontrolle zu bringen, damit keiner merkte, welch emotionales Erdbeben Tyrones Küsse in ihr ausgelöst hatten.

In wenigen Minuten würde sie mit Natascha Kleider tauschen müssen, und ihrem kritischen Auge entging nur selten etwas. Ihre größte Sorge war, daß sie sich vor der anderen Frau ausziehen mußte, denn sie fürchtete, daß Tyrones leidenschaftliche Küsse unverkennbare Spuren auf ihren Brüsten hinterlassen hatten; sollte Natascha auch nur ahnen, wie weit sie gegangen war, wären all ihre Pläne zunichte.

Sie holte tief Luft, schob ihr Kinn vor und schritt hocherhobenen Hauptes mit einem Lächeln auf den Lippen in die Halle. Nach kurzer Zeit hatte sie Natascha entdeckt und nickte ihr kurz zu, dann ging sie rasch quer durch die Halle, lief die Treppe hinauf, rannte zu ihren Gemächern und schlug die Tür hinter sich zu. Sie lehnte sich einen Moment gegen die Tür, bis sie wieder normal atmete und gelassen zum Fenster gehen konnte. Dort öffnete sie die Flügel, schlug die Vorhänge beiseite und beugte sich hinaus. Aleksej trat aus den Schatten, um sich zu zeigen und salutierte spöttisch, worauf sie sich zurückzog, sich ein kurzes triumphierendes Lächeln gönnte und dann sorgfältig die Seidengardinen wieder schloß.

Als Natascha eintraf, hatte Synnovea bereits ihr Kleid abgelegt und eine andere Kreation in Grün übergestreift, deren schlichte Eleganz ihre Schönheit noch betonte. Das tiefe Dekolleté würde außerdem dafür sorgen, daß Tyrones Leidenschaft nicht verebbte, bis sie in seiner Wohnung angelangt waren.

Synnovea schlang rasch einen Schal um ihre Schultern, um etwaige verräterische Flecken auf ihrer Brust zu verdecken, und ließ Natascha herein.

Während sie der älteren Frau aus ihrem Sarafan half, hörten die beiden das leise Klingeln winziger Glöckchen, das die Rückkehr ihrer Kutsche ankündigte.

»Das ist Stenka, der gerade von den Taraslows zurückkommt«, sagte Synnovea. »Er hat Anweisung, vor dem Haus auf mich zu warten.«

»Glaubst du, er merkt nicht, daß ich du bin?« fragte Natascha ängstlich. Ihr war ganz und gar nicht wohl in ihrer Haut, auch wenn sie entschlossen war, dem Mädchen bei der Durchführung ihres Plans zu helfen.

»Versuch am besten gar nicht zu reden, damit Stenka keinen Verdacht schöpft«, warnte sie Synnovea. »Wenn er es merkt, wird er dir Fragen stellen, und mit Aleksej in der Nähe wäre das riskant. Steig einfach ein, dann denkt er, ich möchte eine Spazierfahrt machen. Ich habe ihm bereits gesagt, wohin er fahren soll.«

»Ich habe Prinz Tscherkow eingeredet, eine plötzliche Unpäßlichkeit hätte dich befallen, er wird also nicht überrascht sein, wenn ich länger wegbleibe, da er denkt, ich kümmere mich um dich. Er hat versprochen, in meiner Abwesenheit als Gastgeber zu fungieren, und solange keiner der Gäste uns aufbrechen sieht, sollten wir einigermaßen sicher sein. Wo hast du denn Colonel Rycroft gelassen?«

»Er wartet im Garten auf mich. Er hat für heute abend eine Kutsche gemietet, also brauchen wir deine nicht.«

Nataschas Stimme klang etwas undeutlich, da sie gerade das blaue Kleid über den Kopf streifte: »Es war natürlich nicht schwer, ihn zu überreden, all das zu tun, dich zu sich mitzunehmen und so weiter, meine ich?«

»Nicht sonderlich«, Synnovea weigerte sich, näher auf die Frage einzugehen, und konzentrierte sich auf das Schnüren von Nataschas Kleid.

Natascha musterte sich im Spiegel und sagte erstaunt. »Aus der

Ferne kann Aleksej uns wahrscheinlich nicht unterscheiden.« Sie drehte sich nach allen Seiten und zupfte dann verärgert an ihrem Haar. »Aber ich fürchte, dieser graue Schopf wird mich verraten. Hast du einen Schleier, mit dem ich es verdecken kann?«

»Der hier wird gehen.« Synnovea hatte das bereits bedacht und holte einen weißen Spitzenschleier, den sie locker über Nataschas silbergesträhntes Haupt drapierte.

Natascha stellte sich lächelnd Synnoveas prüfendem Blick. »Wie sehe ich aus?«

»Wunderschön, wie immer«, beschwichtigte sie Synnovea. »Jetzt stell dich vors Fenster, als würdest du Ausschau nach der Kutsche halten, und zeig dich Aleksej. Aber wenn du erst einmal draußen bist, laß ihn nicht in deine Nähe, sonst erkennt er dich. Solange er denkt, ich wäre in der Kutsche, wird er mit seinen Männern folgen, bis Stenka die Kutsche anhält. Bis dahin sollte ich in Colonel Rycrofts Quartier sein.«

»Weiß Aleksej denn, wo Colonel Rycroft wohnt?«

»Wenn nicht, wird er keine Schwierigkeiten haben, es herauszufinden«, erwiderte Synnovea lakonisch.

Natascha seufzte und strich der Jüngeren über die Wange. »So wie Colonel Rycroft dich heute abend angesehen hat, wird er sehr schnell zur Sache kommen. Du wirst vielleicht Schwierigkeiten haben, ihn hinzuhalten, bis Aleksej kommt.«

»Wenn mir das nicht gelingt, kann ich nur mir selbst die Schuld geben«, murmelte Synnovea, vermied es aber, Natascha in die Augen zu sehen. Sie hatte nämlich erstaunt festgestellt, daß sie gar nicht mehr so erpicht darauf war, ihn abzuwehren, was natürlich katastrophale Folgen für ihren Plan haben würde. Irgendwie mußte sie es schaffen, ihren verräterischen Körper wieder unter Kontrolle zu bringen.

»Ich muß gehen«, seufzte Natascha. Die Aussicht, alleine in der Stadt herumzufahren, war nicht gerade aufregend. Mit einem verschmitzten Grinsen sagte sie: »Vielleicht könnte ich mit dir tauschen und mit Colonel Rycroft gehen, während du allein durch die Stadt fährst.«

Synnovea lachte. »Ich bezweifle, daß uns das das gewünschte Ergebnis bringen würde.«

Natascha fügte sich mit einem theatralischen Seufzen in ihr Schicksal und zog den Schleier noch tiefer ins Gesicht, schritt zum Fenster und beugte sich kurz hinaus. Synnovea drückte sich gegen die Wand, bis die seidenen Vorhänge wieder geschlossen waren. Natascha küßte sie kurz auf die Wange und verließ das Zimmer, wo das Mädchen wartete, bis das Klappern der Räder die Abfahrt der Kutsche verkündete. Sie ließ noch ein paar Minuten verstreichen, bevor sie es wagte, den Vorhang zu lüpfen und vorsichtig hinauszuspähen. Ihr Herz machte vor Freude einen Satz, als sie sah, wie Aleksej und seine Schergen der Kutsche folgten.

Sie warf rasch einen schwarzen Samtumhang über, zog die Kapuze über den Kopf, verließ ihr Zimmer und lief schnell die Privattreppe neben Nataschas Gemächern hinunter. Einen Augenblick später war sie im Garten und flog in Tyrones Arme.

»Ich habe mich schon gefragt, ob du überhaupt noch kommst«, murmelte er und drückte sie an sich.

Synnovea gab sich seinen suchenden Lippen und dem leidenschaftlichen Kuß hin, bis sie glaubte, in seinen Armen dahinzuschmelzen. Atemlos ließen sie voneinander ab, und Tyrone nahm lächelnd ihre Hand und führte sie ums Haus zu ihrer wartenden Kutsche. Er hob sie hinein und sprach kurz auf Russisch mit dem Fahrer, dann stieg er ein und setzte sich neben sie.

»Ihr macht rasche Fortschritte, Colonel«, sagte Synnovea lachend, als er die Tür hinter sich schloß.

»Hätte ich gewußt, daß ich in dieses Land komme, hätte ich schon vor drei Jahren angefangen, die Sprache zu lernen.« Tyrone grinste ihr kurz über die Schulter zu, während er die Rolladen der Kutsche herunterzog, um sie vor neugierigen Blicken zu schützen. Die Kutsche setzte sich schwankend in Bewegung, und er ließ sich lachend in den Sitz zurückfallen, dann beugte er sich vor und sah ihr eindringlich in die Augen: »Hauptsache, du verstehst mich, Synnovea, meine Schöne. Mehr will ich nicht. Dich hier zu entdecken, war alle Mühsal wert.«

»Ich war mir sicher, daß Natascha dir erzählt hat, daß ich heute abend bei ihr zu Gast bin.«

»Ich wollte sagen, du warst es wert, daß ich den weiten Weg nach Rußland gemacht habe«, erklärte er. »Und was heute abend angeht, ich bin überglücklich, daß du wiedergekommen bist. Ich war drauf und dran, mich auf die Suche nach dir zu begeben und dich zu nehmen, wo immer ich dich finde.«

Synnovea strich zärtlich über seine Wange, zeichnete die Lachfalten neben seinem Mund nach und ließ ihre Finger über seine Lippen tanzen. »Ihr scherzt, Herr.«

»Ich ahnte nicht, wie lange ein Jahrhundert sein kann, bis ich auf dich im Garten warten mußte«, flüsterte Tyrone.

Die zierlichen Finger folgten dem edlen Schwung seiner Adlernase. »Und wie vergeht die Zeit jetzt?«

»Viel zu schnell, fürchte ich.«

Ihr Daumen glättete eine dichte Braue, dann wanderte die Hand über seine Wange. »Was müssen wir tun, um sie aufzuhalten?«

»Bleib für immer bei mir«, erwiderte er.

Ihre Hand erstarrte, und sie sah in die blauen Augen, die sie unbarmherzig beobachteten. »Ich kann nur zwei Stunden bei dir bleiben. Ich muß heute nacht wieder zurück.«

»Dann ist jeder Augenblick, der ungenutzt verstreicht, für immer für mich verloren«, murmelte Tyrone, legte sein Gesicht kurz in ihre Hand und küßte sie. Dann hob er den Kopf und liebkoste ihr Gesicht mit seinem Mund wie ihre Finger zuvor das seine. »Ich muß dich so rasch wie möglich zur Meinen machen.«

»Ich bitte dich, hab Geduld«, hauchte Synnovea, benommen von seinen Küssen. »Wir müssen die gemeinsame Zeit genießen und sie zu einer kostbaren Erinnerung machen, an der wir beide uns laben können. Die Liebe braucht Zeit, man muß jeden Augenblick bis zur Neige auskosten, um sie wirklich zu genießen.«

Sein Mund strich über ihre Brauen und wanderte dann zu ihren Schläfen, wo das Blut immer rascher durch die Adern pulsierte. »Deine Weisheit erstaunt mich, Synnovea. Erfahrung kann es nicht sein, woher kommt sie dann?«

»Von meiner Mutter«, hauchte sie und tastete über die Seidenschnüre, die sein Wams verschlossen.

»Eine weise Frau. Sie muß deinen Vater sehr geliebt haben, wenn sie für ihn ihre Heimat verlassen hat und alles, was ihr teuer war, um in dieses Land zu ziehen.«

»Es war kein großes Opfer, wenn man bedenkt, was den beiden vergönnt war.« Sie seufzte traurig. »Ich wünschte, sie wären nicht so früh von mir gegangen. Prinzessin Anna war ein armseliger Ersatz, und Prinz Aleksej ist ein haltloser Wüstling. Jede Frau täte besser daran zu fliehen, bevor sie ihn kennenlernt. Ich habe in ständiger Angst gelebt, er könnte mich alleine überraschen. Und bei seinen ständigen Drohungen ist es wirklich ein Wunder, daß ich bis jetzt noch unberührt bin.«

»Seine Drohungen?« Tyrone hob den Kopf und sah sie überrascht an.

Synnovea errötete. »Prinz Aleksej hat kein Hehl daraus gemacht, daß er mich in seinem Bett haben will, und hat mit schweren Konsequenzen gedroht, wenn ich mich ihm widersetze.«

»Ich kann ihm zwar nicht verdenken, daß er dich begehrt, aber seine Methoden sind mir zutiefst zuwider.«

»Ihr sprecht mir aus der Seele, Colonel.«

Sein offener Mund näherte sich dem ihren. »Mir ist es viel lieber, wenn du dich mir willig hingibst.«

Synnovea schloß zitternd die Augen und überließ sich der sengenden Flamme seines Kusses, und als Tyrone eine Ewigkeit später den Kopf hob, seufzte sie vor Wonne und flüsterte: »Deine Küsse machen mich willig.«

»Sind sie befriedigend?«

»Nein, das sind sie nicht«, sie beugte sich zu ihm. »Sie machen mich hungrig auf mehr.«

Tyrone streifte ihr lachend die Kapuze vom Kopf und besänftigte ihre hungrigen Lippen mit sanften, schnellen Küssen, während er die Bänder ihres Umhangs löste. Dann schob er das Cape von ihren Schultern und ließ es achtlos auf den Sitz fallen. Mit vor Leidenschaft glühenden blauen Augen verschlang Tyrone den verlockenden Anblick, der sich ihm bot, während Synnovea sich fragte, ob es klug gewesen war, soviel zu enthüllen. Sie hielt den Atem an, während er langsam über ihre Schulter strich, das zarte Schlüsselbein liebkoste und weiter hinunterglitt, bis er den Rand ihres Kleides erreicht hatte. Synnovea bot ihm rasch ihre geöffneten Lippen, das einzige Mittel, das sie kannte, um seine Hand von ihrer Brust fernzuhalten, nicht ahnend, daß sie Feuer mit Feuer bekämpfte. Sein Kuß tauchte wie ein Feuerstrahl bis ins Mark ihrer Weiblichkeit und erweckte mit flatternder Zunge all ihre Sinne, die sie in einen Taumel der Leidenschaft rissen.

Seine Hand stahl sich unter ihren Po, und dann zog Tyrone sie auf seinen Schoß und lehnte sich, immer noch im Kuß vereint, im Sitz zurück. Erst als sie zitternd Luft holte, merkte Synnovea, daß ihre Röcke nicht mehr unter ihr waren. Unter ihrem Po spürte sie die männliche Härte seiner samtbekleideten Schenkel und wurde sich mit Erschaudern ihrer Verletzlichkeit bewußt. Wenn sie nicht auf der Hut war, würde er seine Gelüste noch hier in der Kutsche befriedigen.

Synnovea versuchte, von seinem Schoß zu rutschen, aber Tyrone hinderte sie mit zärtlichen Armen daran. Er wollte ihre Nähe auskosten, die weichen, nackten Schenkel ohne die hinderlichen Röcke auf sich spüren, bis diese endlose Fahrt zu Ende war und er sie endlich zur Seinen machen konnte.

»Bleib bei mir, Synnovea«, flüsterte er ihr ins Ohr. »Ich will dich spüren.« Dann küßte er sie erneut, griff rücksichtslos die letzten Bollwerke ihres Widerstands an, bis sie schließlich ihre Bedenken vergaß und ihm gab, was er suchte. Zögernd tastete ihre Zunge sich in seinen Mund vor, schlängelte sich in wachsender Leidenschaft um die seine und erwiderte schließlich hemmungslos seinen Kuß.

Nach langer Zeit hob er den Kopf, stellte sich lächelnd ihrem Blick und ließ seine Hand über ihren Busen gleiten, weiter zur Schulter wo sich sein Daumen unter die Naht ihres Ärmels schlich.

Synnovea konnte es nicht erwarten, ihre neuen Künste noch

einmal auszuprobieren, schmiegte sich an ihn und bedeckte seinen Mund mit zarten Küssen. Aber er reagierte nicht. Enttäuscht umfing Synnovea seinen Nacken und schaute ihm direkt in die Augen.

»Langweilen dich meine unerfahrenen Küsse?« flüsterte sie verwirrt.

Tyrone mußte lachen. »Alles an dir ist hinreißend, Synnovea, nur im Augenblick finde ich dein Gewand besonders verlockend.«

Sein Blick wanderte zurück zu der süßen Schwellung über ihrem Dekolleté und glitt dann tiefer, in die lockende Schlucht zwischen den weißen Halbmonden. Er stöhnte und hob den Kopf, dann riß er sie an sich und küßte Synnovea, bis sie nicht mehr atmen konnte und ihre Welt nur noch ein Kaleidoskop köstlichster Empfindungen war und jeder Gedanke an Widerstand nur eine vage Erinnerung. Und diesmal war Tyrone nicht mehr aufzuhalten.

Mit geschickter Hand streifte er die Ärmel von ihrer Schulter und zog langsam ihre Corsage hinunter, bis die köstliche Fülle von ihrer armseligen Hülle befreit war. Gierig umfaßten seine Hände das weiche warme Fleisch, stillten endlich die Sehnsüchte seiner Fantasien. Ermutigt von ihrem Mangel an Widerstand schob er die Korsage bis zur Taille hinab und bog sanft ihren Körper nach vorn. Die zarten Brüste schimmerten blaß im schwachen Licht, ein Festmahl für einen Hungernden, der seit Wochen darbte. Tyrones Hand umfing eine Brust, sein Mund bemächtigte sich der empfindlichen Spitze der anderen und entfachte das schwelende Feuer in Synnoveas Lenden zu lodernden Flammen. Dennoch war sein Hunger längst nicht gestillt, das Eroberte nicht Beute genug. Tyrone wollte alles.

Synnovea, berauscht von der Woge der Ekstase, die seine Liebkosungen in ihr ausgelöst hatten, merkte zuerst gar nicht, wie seine freie Hand unter ihre Röcke glitt, erschauderte erst, als sie ihren Schenkel hochtastete und sich schließlich dort zu schaffen machte, wo noch keiner gewagt hatte, sie zu berühren. Ein Schwall siedenden Wassers hätte sie nicht mehr erschrecken können. Keuchend vor Entsetzen versuchte Synnovea, sich aufzurichten, aber sein Mund erstickte ihre Proteste. Sein feuriger Kuß steigerte die beängstigenden Wonneschauer, die seine Hand ausgelöst hatte, ins Unerträgliche.

»Bitte! Das darfst du nicht!« keuchte sie und riß sich von seinen Lippen los. Sie versuchte, seinen Arm zu packen, um ein weiteres Vordringen zu verhindern. »Du darfst das nicht! Nicht hier!«

Tyrone zog seine Hand zurück. Es bedurfte all seiner Willenskraft, seine entfesselten Begierden wieder einigermaßen unter Kontrolle zu bringen und sie nicht sofort zu nehmen. Ihre Reaktion war zwar so heftig gewesen, daß er sie willig glaubte, aber sie würde sicher keine Freude daran haben, wenn er sie mit Gewalt nahm. Er war fest überzeugt, daß Synnovea mit ein bißchen Geduld eine wunderbare Mätresse werden würde, die er lieben könnte wie eine Ehefrau. Er wollte sie behutsam in die Freuden der Liebe einführen und sie zu solcher Ekstase hinreißen, daß sie ihm hörig würde. Deshalb mußte er sich gedulden, wenn auch nicht mehr lange.

»Komm, Synnovea«, sagte er zärtlich, als sie versuchte, ihre Blöße mit dem Arm zu bedecken. Dann hob er ihren Mantel auf und legte ihn schützend um sie. »Beruhige dich mein Herz. Ich werde dir nicht wehtun.«

Synnovea zitterte immer noch vom Schock seines kühnen Eindringens und rutschte ein Stück weg, um sich das Kleid unter dem Cape wieder hochzuziehen, ohne ihn eines Blickes zu würdigen. Seine freche Hand hatte ihr unmißverständlich klargemacht, daß die Geister, die sie gerufen hatte, nicht mehr zu bändigen waren und Tyrone sie noch heute nacht zur Seinen machen würde, wenn nicht ein Wunder geschah.

Tyrone befreite behutsam eine ihrer Locken, die sich im Cape verfangen hatte, und sagte sanft: »Meine Berührung, Synnovea war nichts anderes als das, was jeder Ehemann oder Geliebte mit seiner Angebeteten macht. In der Ehe ist das ganz natürlich.«

»Wir sind nicht verheiratet!« stöhnte Synnovea.

»Würdest du denn anders reagieren, wenn wir es wären?« fragte er und fügte dann mit entwaffnender Offenheit hinzu: »Du willst doch anscheinend diese Vereinigung genausosehr wie ich, hast aber keine Ahnung, was dich erwartet. Liebste Synnovea, wenn du mich so berühren würdest, wäre es die köstlichste Vorspeise für das Bankett, das uns erwartet.«

Synnovea hob überrascht den Kopf und sah Tyrones etwas verlegenes Lächeln.

»Hältst du mich etwa für unberührbar, Synnovea? Nein, mein Schatz, ich bin ein Mann und begehre dich, wie ein Gatte seine Ehefrau begehrt. Ich will dich berühren, dich lieben und hoffe inständig, daß du das auch willst. Jemandem Lust zu bereiten ist eine ganz natürliche Sache.« Er sah, daß sie sich etwas beruhigt hatte und zog sie lachend näher zu sich. »Ich dachte, du weißt, was dich erwartet.«

»Ich war noch nie mit einem Mann zusammen«, murmelte Synnovea und lehnte sich zögernd an ihn. »Meine Mutter hat mir zwar erzählt, was mich in der Ehe erwartet, aber ihre Informationen waren sehr allgemein. Sicher hat sie gedacht, mein Gatte würde die Einzelheiten erklären. Sie dreht sich wahrscheinlich gerade vor Entsetzen im Grabe herum. Das hier ist nicht unbedingt das, was sie sich für mich vorgestellt hatte. Sie hatte schon mit einer ehrbaren Hochzeit gerechnet.«

»Ich werde behutsamer sein als jeder Ehemann«, versprach ihr Tyrone mit Inbrunst. »Du brauchst keine Angst davor zu haben, daß ich dich mißbrauche. Es ist viel schöner für den Mann, wenn die Frau seine Leidenschaft erwidert.«

Tyrone zog sie fester an sich, lehnte sich zurück und lauschte dem Klingeln der Silberglöckchen in der abendlichen Stille. Synnovea kuschelte sich enger an seine Brust, und er legte lächelnd seine Wange auf ihre Stirn und gab sich für den Augenblick damit zufrieden, ihre Nähe zu genießen.

Die Kutsche hielt mit einem Ruck vor dem schmalen, einstöckigen Haus, das Tyrone sich im deutschen Distrikt von Moskau gemietet hatte. Ein kleineres Haus wäre ihm lieber gewesen, aber bei seiner Ankunft war nichts anderes zu haben gewesen. Die Zimmer waren spartanisch eingerichtet, aber seinen Zwecken genügte es, und für Ordnung sorgte eine vierschrötige Witwe, die regelmäßig saubermachte. Der größte Nachteil waren die Gesetze, die die Ausländer in Gettos pferchten, die meilenweit von allen wichtigen Anlaufpunkten entfernt waren. Es war jedesmal eine lange Fahrt zum Quartier seiner Rekruten und eine noch längere zu Synnovea.

Tyrone sprang aus der Kutsche, hob Synnovea heraus und bezahlte den Kutscher, dem er dann mit Synnoveas Hilfe klarmachte, daß er zwei Stunden am Ende der Straße warten sollte. Die Kutsche machte sich rumpelnd auf den Weg, und Tyrone wandte sich Synnovea zu, nahm sie in die Arme und küßte sie mit all der Leidenschaft, die er bis dahin so mühsam im Zaum gehalten hatte. Dann ließ er sie lachend los, und Synnovea mußte kichern, als er mit ihr wie ein Betrunkener auf die Tür zutaumelte.

»Du machst mich trunken vor Entzücken«, sang er ihr ins Ohr.

»Dann werde bitte schnell wieder nüchtern, sonst fällst du noch«, sagte Synnovea und hielt sich ängstlich an seinem Hals fest.

Tyrone lachte schallend, raffte sie in seine Arme und wirbelte sie durch die Luft, ohne das Gleichgewicht zu verlieren, und drehte Pirouetten mit ihr, daß sie nicht mehr wußte, wo unten und oben war, als er stehenblieb und seine heißen Lippen die ihren erneut verschlangen.

Endlich waren sie an der Tür angelangt, und Tyrone bückte sich, um das etwas launische Schloß vorsichtig zu öffnen. Nach einigen Fehlversuchen sprang die Tür auf, er betrat schwungvoll das dunkle Zimmer, trat die Tür hinter sich zu und lehnte sich dagegen. Jetzt küßte er sie noch einmal eindringlich und ließ sie langsam zu Boden gleiten, ohne sie loszulassen.

»Laß mir einen Moment Zeit, bis ich wieder Luft kriege«, flehte Synnovea. »Mir dreht sich alles im Kopf.«

Tyrone ließ von ihr ab, nahm ihre Hände und drückte einen glühenden Kuß auf jede, dann richtete er sich auf und ging zur anderen Seite des Zimmers, um die Kerzen anzuzünden.

Synnovea stellte sich neben ihn und schaute sich in dem spärlich eingerichteten Raum um. Jetzt war sie im Nest des Adlers, und es war nur noch eine Frage von Augenblicken, bis sie seine Beute wurde. Ihre Angst davor hatte sich zwar gelegt, aber sie wollte etwas ganz anderes.

»Sauber ist es ja«, bemerkte Tyrone lakonisch, »Aber wohl ein bißchen spartanisch für den Geschmack einer Frau.«

»Es sieht genauso aus, wie ich es mir vorgestellt habe«, erwiderte Synnovea mit einem zögernden Lächeln. »Du bist eben ein Soldat in den Diensten Seiner Majestät, der nur ein kurzes Gastspiel hier gibt, dafür ist es erstaunlich gepflegt.«

»Ich habe eine Frau angestellt, die für mich saubermacht und kocht«, gab Tyrone zu, nahm ihr das Cape ab und legte es über einen Stuhl. Sein Blick heftete sich wie hypnotisiert auf ihre makellose Elfenbeinhaut hat, er streckte die Hand aus, strich zärtlich über ihre Schulter und sagte etwas abwesend: »Sie kommt jeden Tag ein bis zwei Stunden, geht aber immer, bevor ich zurück bin. Sie bringt zwar etliches mehr auf die Waage als ich, aber ich glaube, sie hat Angst vor mir.«

»Vielleicht sollte ich auch Angst vor dir haben«, murmelte Synnovea sorgenvoll, angesichts des erwartungsvollen Blitzens seiner Augen. »Ich kenne dich kaum und bin trotzdem jetzt hier allein mit dir.«

Tyrone küßte ihre Stirn und flüsterte: »Hast du im Badehaus Angst vor mir gehabt?«

Synnovea war außerstande, sich gegen die schnellen, zarten Küsse zu wehren, mit denen er ihre Lippen liebkoste. »Ich war empört über deine Unverfrorenheit, mich einfach zu beobachten, ohne mich von deiner Anwesenheit zu informieren.«

Tyrone grinste. »Hättest du mir erlaubt, dich zu beobachten, wenn ich mich gemeldet hätte?«

»Natürlich nicht!« Sie lächelte und schmiegte sich an ihn. »Wie kannst du so etwas fragen?«

»Dann verstehst du ja vielleicht, wieso ich es vorzog, stumm zu bleiben. Die Versuchung war einfach zu groß. Sogar in diesem

Augenblick möchte ich dich so sehen wie an jenem Abend und dich wieder festhalten wie im Schwimmbecken.« Er strich mit seinem Mund über ihre Lippen. »Hat dir schon einmal jemand gesagt, wie atemberaubend schön du ohne Kleider bist?«

Synnovea versuchte, sich mental aus dem Bann seiner Küsse zu lösen und wandte sich von diesen Lippen und diesen Augen ab, die all ihre Vorsätze im Handumdrehen zunichte machen konnten. »Frauen sind mit derartigen Kommentaren eher sparsam«, sagte sie leise über die Schulter und spürte, wie er sich dicht hinter sie stellte. »Und nachdem du bis jetzt der einzige Mann bist, der mich in diesem Zustand überrascht hat, muß ich wohl dein Urteil akzeptieren, was immer es sein mag.«

Tyrone erwiderte zuerst nichts, so hingerissen war er von der Aussicht in das süße Tal ihrer mangelhaft bekleideten Brüste, die sein Blut zum Sieden brachte. »Deine Brüste sind süß wie Honigtau, so weich und verlockend, daß allein der Gedanke, dich zu besitzen, mir den Verstand raubt.«

Synnovea war machtlos gegen die Röte, die ihr diese Vorstellung ins Gesicht trieb.

Tyrone neigte den Kopf, drückte einen sanften Kuß auf ihren einladenden Nacken und fragte leise: »Hast du wirklich Angst vor mir, Synnovea?«

»Erst seit heute abend«, war ihre ehrliche Antwort, und sie erschauderte vor Wonne, als seine Hände von ihrer Taille hochglitten, sich ihrem Busen näherten und dann die Spitzen reizten, bis sie unter dem Stoff steif wurden und ihr der Atem stockte. Synnovea versuchte lachend, ihren schwindenden Widerstand zu zügeln und warf ihm über die Schulter zu: »Aber jetzt bin ich mir sicher, daß ich Angst habe.«

»Ein Glas Wein wird vielleicht deine Ängste beschwichtigen«, schlug Tyrone vor und öffnete sein Wams, während er sich an einem kleinen Schrank zu schaffen machte. Er warf das Wams über einen Stuhl und öffnete sein Hemd bis zur Taille, dann nahm er eine Karaffe und ein Glas aus dem Schränkchen und wandte sich ihr zu. Seine halbentblößte, muskulöse Brust mit den lockigen

Haaren weckte in Synnovea die Erinnerung an das Gefühl, das sie bei ihrer ersten Begegnung im Badehaus gehabt hatte, ein Gedanke, der ihren Widerstand noch weiter zerbröckeln ließ. Er war wirklich ein Bild von einem Mann.

Tyrone blieb neben dem Tisch stehen, goß den Wein in den Becher und brachte ihn ihr. Er küßte sie lange und eindringlich, dann reichte er ihr den Becher: »Wir werden den Becher teilen«, flüsterte er. »Dein Geschmack macht ihn um so süßer für mich.«

Synnovea hob den Kelch mit zitternden Fingern, nippte daran und reichte ihn Tyrone, der ihn mit einem Zug leerte und dann sanft ihren weichen Mund liebkoste.

Einen langen Augenblick später, ließ er von ihr ab und sah direkt in ihre unergründlichen grünen Augen. »Ich werde nach oben gehen und ein paar Kerzen für uns anzünden.«

Synnovea schaute zögernd nach oben, wo die Treppe in der Dunkelheit verschwand. »Was ist da oben?«

»Mein Schlafzimmer«, erwiderte Tyrone und zog erstaunt eine Braue hoch, als er sah, wie sie erschauderte. »Dort oben ist es wesentlich bequemer als hier, Synnovea«, er zeigte auf die spärliche Möblierung, »wie du selbst sehen kannst.«

»Natürlich«, sagte sie, erstaunlich gelassen dafür, daß sie in wenigen Augenblicken ihre Jungfernschaft opfern würde und kaum noch Zeit zur Flucht blieb. Sie hatte das Gefühl, jemand anderes wäre in ihren Körper geschlüpft und mache all das, was sie noch vor zwei Wochen schärfstens verurteilt hätte, und sah sich außerstande, ihn direkt anzusehen, da ihr jetzt allmählich dämmerte, worauf sie sich eingelassen hatte.

Irgendwie hatte Synnovea immer noch Bedenken, sich ihm hinzugeben, und er hatte schwere Zweifel, daß seine Küsse ihre Ängste beschwichtigen könnten. Das Beste war wohl, sie für einige Zeit sich selbst zu überlassen, damit sie ihre Entscheidung in Ruhe überdenken konnte.

Tyrone ging resigniert in Richtung Treppe und warf ihr einen Blick über die Schulter zu: »Ich bin gleich wieder da!«

16. Kapitel

Das Dröhnen seiner Schritte auf den Holzplanken verebbte langsam, und Synnovea stellte sich dem letzten Hindernis, das ihrem Plan noch im Wege stand. Jetzt, da das Spiel fast zu Ende war, regte sich ihr Gewissen. Ehrlichkeit! Ehre! Integrität! Keuschheit! Skrupel! Tugend! Güte! Alles, was ihren Eltern teuer gewesen war, hatte sie zu einem Haufen Asche reduziert durch ihr skandalöses Verhalten, nur weil sie einen Mann wollte, den sie als Gatten lieben konnte. Sie wollte absichtlich einen Mann verführen, der sie begehrte, um durch diesen Ehrverlust die Hoffnungen eines anderen zu zerstören, der sie zu seiner Frau machen wollte. Warum konnte sie nicht die Leiden ertragen, die andere Frauen um der Ehre willen erduldeten? kam die quälende Frage ihres Gewissens. Natascha hatte vor langen Jahren auch einen älteren Mann geheiratet und später doch noch die große Liebe gefunden. Warum mußte ausgerechnet sie ihren Kopf durchsetzen gegen alle Regeln der Gesellschaft und liebenswerte Menschen zutiefst verletzen?

Sie wand sich innerlich bei dem Gedanken, daß es ausgerechnet Tyrone am schwersten treffen würde. Die Ausrede, er wäre nicht von Bedeutung für sie, war längst hinfällig! Er war ein menschliches Wesen! Er hatte Gefühle! Er war verletzlich wie jeder andere auch!

Was sollte sie tun? Wie sich all dem entziehen, das sie geplant hatte?

Es gab nur eine Möglichkeit: Flucht!

Der Gedanke bohrte sich wie ein glühender Pfeil in ihr Bewußtsein. Sie taumelte in Richtung Tür, blieb stehen, hin und her gerissen zwischen ihren Schuldgefühlen und dem Schicksal, das sie erwartete, wenn sie floh. Panik ergriff Synnovea, als sie merkte, in welche Falle sie sich manövriert hatte. Aber sie durfte nicht bleiben. Natascha hatte recht, Colonel Rycroft hatte es nicht verdient, von einer hinterlistigen Frau an der Nase herumgeführt zu werden.

Jetzt hörte sie ihn die Treppe herunterkommen. Synnovea riß mit unterdrücktem Schluchzen ihren Umhang an sich und rannte zur Tür. Doch es war ihr nicht vergönnt, unbemerkt zu fliehen, in ihrer Hast brach sie den ohnehin lockeren Türgriff ab.

»Synnovea ...«

Beim Klang ihres Namens wirbelte sie herum und stellte sich mit tränennassen Augen seinem Blick. Er stand am unteren Treppenabsatz, mit einer Hand an den Balken über seinem Kopf gestützt und sah sie unverwandt an. Sie sah die Pein in seinem Gesicht, spürte sie in ihrem Herzen, das für sie beide blutete, aber es gab keinen Ausweg: Sie mußte fliehen!

»Geh nicht«, sagte er leise. »Bitte bleib bei mir.«

Seine Bitte schnitt ihr Herz entzwei, der Mantel glitt aus kraftloser Hand, und sie machte ein paar zögernde Schritte auf ihn zu. »Wir müssen uns beeilen! Ich muß schnell wieder weg von hier...«

Mit einem Satz hatte er sie erreicht, raffte sie in seine Umarmung, und sie schlang ihre Hände um seinen Hals. Wie der Wind trug er sie nach oben und folgte dem Lichtstrahl, der am Ende des schmalen dunklen Ganges durch eine offene Tür fiel. Er betrat das Schlafzimmer und setzte sie neben dem grobgezimmerten Himmelbett ab.

Tyrones Mund ergriff wie ein sengender Blitzstrahl Besitz von ihrem Mund, seine Zunge bohrte sich in die Süße ihres Mundes und entfesselte ein Feuer, das wie glühende Lava ihren Körper durchströmte. Jetzt gab es kein Zurück mehr aus dem Taumel der Leidenschaft, der beide erfaßt hatte, um sie zu neuen Höhen der Erregung fliegen zu lassen.

Seine Hände zerrten an der Schnürung am Rücken ihres Kleides, und einen Augenblick später streifte er Gewand und Hemd über ihren seidigen Körper zu Boden. Seine Hände folgten dem

Fall der Kleider, bis diese sich, einer verblühten Rose gleich, um ihre bestrumpften Beine legten. Jetzt legte er rasch seine Kleider ab, während Synnovea sich verängstigt auf den Bettrand setzte und ihre Strümpfe abstreifte. Im Schutz ihrer Wimpern beobachtete sie heimlich seine Entblößung und erbebte angesichts der breiten Schultern, der schmalen Hüften mit dem flachen, sehnig harten Bauch, und dann glitt ihr Blick tiefer, und seine stolze Männlichkeit ließ sie erröten.

Tyrone merkte, daß sie ihn beobachtete, streckte die Hand aus und hob ihren Kopf, damit er ihr Gesicht sehen konnte und sagte leise: »Du brauchst dich nicht zu schämen, Synnovea. Schau mich ruhig an. Faß mich an, wenn du willst.«

Die Selbstverständlichkeit, mit der er seine Blöße zur Schau trug, verwirrte Synnovea und machte sie noch verlegener.

Tyrone merkte, wie ratlos sie war, und fügte hinzu: »Ich schäme mich nicht, daß ich ein Mann bin und dich begehre, Synnovea. Ich gebe dir alles, was ich zu bieten habe.« Dann nahm er ihre Hand und zog sie langsam an seine muskulöse Brust. Seine Daumen wanderten zu ihren weichen Brüsten und spielten zärtlich mit den Spitzen, bis sie leise zu stöhnen begann und er ihr mit einem feurigen Kuß den letzten Atem raubte.

Synnovea legte vorsichtig ihre Arme um seine breiten Schultern, er packte sie, hob sie hoch und sie schlang ihre Beine um seine Schenkel. So nah war sie ihm noch nicht einmal im Badehaus gewesen, dennoch machte er noch keine Anstalten, das zarte Hindernis zu durchstoßen. Er reizte sie mit langsamen, verführerischen Bewegungen seiner Hüften, bis sie sich keuchend an ihn klammerte, ließ sie immer höher auf den Wogen der Erregung treiben, die ihren Körper erbeben ließ. Jetzt setzte er sie langsam wieder auf den Boden, und sein Mund wanderte zu ihren blassen Brüsten. Plötzlich wußte Synnovea nicht mehr, wohin mit ihren Händen und rieb hektisch seine Brust und seine harten Warzen, dann schlang sie die Arme um ihn, schmiegte sich wieder an seine Hüften, versuchte blindlings, die vage und unbeschreibliche Leere in sich zu füllen, gierig nach Sättigung. Das Feuer in ihrem Schoß wollte sich aber nicht besänftigen lassen, immer heftiger pulsierte die Begierde, bis sie wild entschlossen die Hand zwischen sie beide steckte und nach seiner Männlichkeit griff, was Tyrone ein erschrockenes Stöhnen entlockte.

»Beeil dich«, drängte sie und zog ihn zum Bett, getrieben von Instinkten, die ihre Angst, von Aleksej entdeckt zu werden, völlig verdrängt hatten.

»Sachte, Synnovea«, keuchte Tyrone. Er konnte sich kaum noch beherrschen, so nahe hatte ihre Berührung ihn an den Rand des Ergusses gebracht. »Ich kann mich nicht mehr lange zurückhalten.«

Synnovea ließ ihn los und ließ sich aufs Bett zurückfallen, wo sie sich wohlig auf dem frischen Laken räkelte. Tyrone kniete sich neben sie, ließ noch einmal seine Augen voller Begehren über ihre entblößten Schätze gleiten, und dann küßte er ihren Mund wie ein Verdurstender, der endlich den Brunnen der Labsal gefunden hatte. Er streckte seinen langen Körper neben ihr aus, rollte sich auf sie und öffnete ihre weichen Schenkel mit seinen schmalen Hüften. Synnovea hielt den Atem an, wartete auf den Schmerz, aber er murmelte beschwichtigende Worte, und sein Mund strich zärtlich über ihre Schläfen. »Es wird bald vorbei sein, Schatz. Versuch, dich zu entspannen.«

Synnovea wandte sich verschämt ab und versuchte nicht zu zittern, als die unerbittliche Härte sich langsam einschlich und behutsam gegen das zarte Schild vorstieß. Ein brennender Schmerz durchfuhr mit einem Mal ihren Schoß, und sie bäumte sich erschrocken auf, so daß Tyrone das bißchen Boden, das er gewonnen hatte, wieder verlor. Fast hätte er sich jetzt einfach in sie gerammt, blind vor Begierde, das lang ersehnte Ziel zu erreichen, aber sein eiserner Wille siegte unter Einsatz jedes Quentchens Selbstbeherrschung, das er besaß.

»Verzeih«, flüsterte Synnovea mit tränenerstickter Stimme, als er sie mit zärtlichen Küsse überschüttete. »Es tut mir so leid.«

»Still, mein Herz«, beschwichtigte sie Tyrone und tastete sich langsam an ihre warme Weiblichkeit heran.

Diesmal gab Synnovea sich seiner Hand hin, beschämt, weil sie sich wie ein feiges Kind gegen den Vollzug gewehrt hatte, den sie genauso leidenschaftlich wollte wie er. Was Tyrone fand, war nicht ermutigend, ihre Jungfernschaft hatte er nur zum Teil bewältigt, und sie war immer noch viel zu eng, um ihm leichten Zugang in den warmen Kanal zu ermöglichen.

Synnoveas Hand legte sich zögernd auf seine Brust. »Darf ich dich noch einmal anfassen?«

»Noch nicht, mein Schatz«, ächzte Tyrone, gepeinigt von wachsender Erregung. »Entspann dich und laß dich von mir befriedigen, dann bin ich an der Reihe.«

Nur wenige Augenblicke später merkte Synnovea, wie ihre Scham und der Schmerz durch seine kundigen Hände verdrängt wurden und erneut Wonneschauer ihren Körper erbeben ließen. Zitternd und leise stöhnend gab sie sich seinen wandernden Lippen lustvoll hin. Aus dem Stöhnen wurde erstauntes Keuchen, und sie wand und drehte sich unter ihm. Ihr Körper bäumte sich in Ekstase, und sie packte ihn und zog ihn zu sich herunter, versuchte, ihn in die zarte Pforte zu locken.

Tyrone spürte, daß er sich nicht mehr lange beherrschen konnte, und packte zitternd ihre Hüften, um sich in sie zu rammen, als ein plötzliches Geräusch ihn erstarren ließ.

»Was ist denn?« flüsterte Synnovea und hob erschrocken den Kopf. Ihre Augen weiteten sich vor Angst, als sie klappernde Hufe hörte, die vor dem Haus zum Stehen kamen.

Tyrone sagte erstaunt: »Da kommt jemand!«

Synnovea stöhnte vor Verzweiflung, als er sich losriß und zur Bettkante rollte. Er zog hastig seine Hose an.

»Zieh dich an, Synnovea!« befahl er. »Beeil dich!«

Synnovea war gelähmt vor Entsetzen. Jetzt wurde ihr die Tragweite dessen, was sie getan hatte, bewußt. Alles verlief nach Plan, ohne Rücksicht darauf, daß sie es längst nicht mehr wollte. In wenigen Augenblicken würde Aleksej seinen Männern befehlen, die Tür einzutreten, und für Tyrone würde die Falle zuschnappen, genau wie sie gewollt hatte.

Tyrone packte sie an den Schultern und schüttelte sie. »Gütiger Gott, Weib, was ist denn los? Hörst du nicht? Draußen vor dem Haus sind Männer, und die werden gleich hier sein! Ich kann uns nicht verteidigen, wenn du splitternackt bist!«

Er zerrte sie aus dem Bett, raffte ihre Kleider zusammen und warf sie neben sie. Er war gerade dabei, ihr Unterkleid auszuschütteln, als eine schwere Faust unten gegen die Tür hämmerte und eine Stimme rief: »Colonel Rycroft! Ich muß mit Euch sprechen.«

»Heb deine Arme!« flüsterte Tyrone. Synnovea gehorchte, und er zog ihr das Hemd über den Kopf und zerrte es über ihre schlanke Taille.

»Ich kann mich selber anziehen«, sagte Synnovea, die sich allmählich aus ihrer Starre löste, als er die winzigen Knöpfe zwischen ihren Brüsten zumachte. »Du solltest dich anziehen und verschwinden!«

»Was?! Und dich schutzlos diesen Männern überlassen?« sagte Tyrone mit einem barschen Lachen. »Wenn ich überhaupt flüchte, dann nehme ich dich mit, Synnovea.«

Von unten war erneutes Hämmern an der Tür zu hören und die undeutliche Frage: »Colonel Rycroft? Seid Ihr da?«

Die Tür bereitete den Männern offensichtlich mehr Schwierigkeiten als erwartet. Schwere Fäuste klopften ungeduldig gegen die Planken.

»Colonel Rycroft, wir wissen, daß Ihr da seid!«

Tyrone ging zur Tür seines Schlafzimmers und brüllte die Treppe hinunter: »Einen Moment noch. Ich komme gleich.«

»Öffnet sofort die Tür, Colonel!« tönte eine ungeduldige Stimme. »Ich weiß, daß die Gräfin Synnovea bei Euch ist. Wenn Ihr nicht sofort aufmacht, werden meine Männer die Tür aufbrechen.«

»Aleksej!« flüsterte Synnovea. Sie stellte sich Tyrones fragendem Blick und errötete. »Er hat Männer angeheuert, die Nataschas Haus beobachten!«

»Mein Gott, Synnovea! Warum hast du mir das nicht früher

gesagt? Dann wären wir woanders hin!« Tyrone schob sie sanft in Richtung Bett. »Zieh dein Kleid und deine Schuhe an. Wir müssen weg von hier!«

Ein dumpfer, heftiger Schlag, der die untere Tür in den Angeln erschütterte, verlieh der Aussage Gewicht.

Synnovea erkannte, daß hier eine Chance lag, den Konsequenzen ihres Plans zu entkommen, und versuchte hastig, ihr Kleid überzustreifen, während Tyrone sich Hosen, Stiefel und ein Hemd anzog. Er gürtete sein Schwert fest, packte ihre Hand und rannte mit ihr die Treppe hinunter. Er blieb kurz stehen, um sich von der Standhaftigkeit der Haustür zu überzeugen, dann raffte er ihren Mantel vom Boden auf, warf ihn ihr über die Schulter und zerrte sie zur Hintertür.

Tyrone zog sein Schwert, ermahnte sie mit einem Finger auf dem Mund zu schweigen und bedeutete ihr, hier zu warten. Sie nickte, und er schob behutsam den Riegel zurück, öffnete die Tür und schlich lautlos hinaus. Draußen sah er sich vorsichtig um, drehte sich nach rechts und riß sein Schwert hoch, um den Schlag eines anderen zu blockieren. Ein Mann hatte auf zwei Holzfässern neben der Tür gelauert. Der Mann schrie und holte erneut mit dem Schwert aus, Tyrone parierte, und da waren auch schon rasche Schritte zu hören, und ein Dutzend oder mehr Schergen kamen angerannt. Tyrone sprang zurück ins Haus, schloß die Tür und knallte den Riegel zu.

»Geh nach oben.« Er deutete mit dem Kopf in Richtung Schlafzimmer. »Ich versuche, sie hier aufzuhalten!«

»Du mußt mich hier zurücklassen und fliehen!« schrie Synnovea angstvoll.

»Weib, wirst du wohl gehorchen!« zischte Tyrone. »Ich lass' dich hier doch nicht schutzlos zurück!«

Synnovea hämmerte frustriert gegen seine Brust und schrie gegen die dröhnenden Schläge an der Tür an: »Würdest du mir bitte zuhören, Tyrone? Ich weiß, was ich sage!«

»Was? Und zulassen, daß dich Aleksej vergewaltigt, bevor er dich in Sicherheit bringt? Geh, sag' ich!«

Stöhnend vor Verzweiflung eilte Synnovea in Richtung Treppe, gerade als die Haupttür mit lautem Getöse aus den Angeln brach und einige stämmige Gesellen ins Haus stolperten. Synnovea rannte weiter, obwohl sie Aleksej hörte, der aus sicherem Abstand hinter der Vorhut ihren Namen brüllte. Tyrone schwang drohend seine lange Klinge, um ihren Rückzug zu decken.

»Packt ihn!« schrie Aleksej und deutete auf den Colonel.

Tyrone lachte höhnisch. »Habt Ihr denn nicht den Mumm, es selbst zu tun?«

Ein halbes Dutzend Männer stürzte sich auf ihn, zog sich aber rasch, aus mehreren Wunden blutend, vor seinem heftigen Gegenangriff zurück.

»Ein Beutel Gold demjenigen, der den Schurken überwältigt«, versprach Aleksej wutentbrannt. »Ihr wolltet ihn doch haben! Da ist er! Macht das mit ihm, was er und seine Soldaten euch angetan haben! Packt ihn!«

Tyrone hatte keine Chance, etwas zu erwidern, denn ein volles Dutzend der stämmigen Kerle stürzte sich jetzt auf ihn und zwang ihn, zur Treppe zurückzuweichen. Er rannte nach oben ins Schlafzimmer und schlug die Tür hinter sich zu, warf das Schwert aufs Bett und zerrte einen Schrank vor die Tür. Synnovea beobachtete verwirrt, wie er einen kleinen Stuhl packte und ihn durchs Fenster schleuderte, dann riß er das Laken vom Bett, verknotete ein Ende und beugte sich hinaus, um den schmalen Vorsprung unter dem Fensterbrett zu überprüfen. Jetzt winkte er Synnovea zu sich.

»Ich werde dich von dem Vorsprung hinunterlassen, dann klettere ich hinterher.« Er warf einen Blick auf die Tür, die sich unter den heftigen Schlägen nach innen bog, und flüsterte dann etwas lauter, um den Krach zu übertönen. »Wenn ich es nicht schaffe, lauf zur Kutsche und laß dich von dem Fahrer zu Natascha bringen. Hast du verstanden?«

»Ich hab' verstanden, Tyrone, aber ich flehe dich an, fliehe von hier, bevor sie dich erwischen können.«

Tyrone raffte sie in seine Arme, schwang sie durchs Fenster auf den Vorsprung und packte sie an den Händen, damit sie das

Gleichgewicht nicht verlor. Plötzlich ertönte lautes Gelächter von unten, und als Tyrone sich hinausbeugte, sah er einen Mann mit zottigem Schnurrbart und Glatze, aus der ein langer Pferdeschwanz sproß, mit ausgebreiteten Armen unter dem Fenster stehen.

»Oh-ho! Colonel Rycroft! So, wir sehen uns wieder, was? Sehr nett von Euch, mir das Weibsstück gleich runterzuwerfen.« Der Riese brüllte vor Lachen. »Ein leckeres kleines Täubchen, was? Jetzt werd' ich mir nehmen, was Ihr schon gekostet habt.«

»Petrow!« keuchte Synnovea entsetzt und warf einen Blick auf den leise fluchenden Tyrone.

»Dann ist Ladislaus auch hier!« murmelte er. »Ich muß mich wirklich sehr wundern, mit welchen Leuten Prinz Aleksej verkehrt!« Er half Synnovea zurück ins Zimmer. »Ich fürchte, der Prinz hat das Haus umstellt, und es bleibt keine Möglichkeit zur Flucht. Er hat diese Schurken nur gedungen, weil er wußte, daß sie sich an mir rächen wollen.«

»Woher wußte er denn, wo sie zu finden sind?« fragte Synnovea verwirrt.

»Die Frage werde ich Aleksej stellen müssen, wenn ich noch Gelegenheit dazu habe.«

»Ohne mich hättest du eine viel größere Chance zu entkommen«, erwiderte Synnovea, und ihre Hand stahl sich zärtlich in die Öffnung seines Hemdes. »Willst du es nicht versuchen? Aleksej wird bestimmt nicht zulassen, daß diese Männer mich entführen, wenn die Möglichkeit besteht, daß der Zar es erfährt...«

Tyrone wehrte mit einer verächtlichen Handbewegung ab. »Aleksej hat wahrscheinlich keinen Einfluß darauf, wenn Ladislaus dabei ist. Der Räuber will dich haben und wird sich nicht so leicht davon abhalten lassen.«

»Bitte, hör auf mich, Tyrone! Ich bin wirklich nicht erpicht auf die Gesellschaft von Aleksej oder Ladislaus. Aber wenn du mich zurückläßt und fliehst, hast du vielleicht die Chance, eine Truppe zusammenzustellen, die mich befreit. Du hast mich schon einmal vor Ladislaus gerettet. Kannst du es nicht versuchen?«

Tyrone überlegte mit gerunzelter Stirn. Wenn man sie beide gefangennahm, hatte er keine Chance gegen die überwältigende Übermacht, soviel war klar. »Vielleicht wäre das eine Möglichkeit. Ein paar Freunde von mir wohnen ganz in der Nähe. Englische Offiziere. Wenn ich es schaffe durchzukommen, werden sie mir sicher helfen.«

Das laute Splittern der Tür ließ die beiden zusammenschrecken, und Tyrone griff nach seinem Schwert. Als er es in die Scheide steckte, fiel sein Blick auf einige rote Tropfen auf dem weißen Laken. Er schaute kurz zu Synnovea und sagte: »Ich werde schon bald beenden, was ich hier begonnen habe«, flüsterte er und gab ihr einen hastigen Kuß. »Warte auf mich!«

Synnovea lächelte ihn unter Tränen an: »Paß auf dich auf!«

Tyrone grinste noch einmal über die Schulter zurück, als er zum Fenster schritt, und sagte: »Du kannst Aleksej und Ladislaus ausrichten, daß ich sie umbringe, wenn sie dir auch nur ein Haar krümmen.«

Synnovea lief zum Fenster und beobachtete, wie er sich breitbeinig auf den Vorsprung stellte, zwei Finger in den Mund steckte und laut pfiff, so daß Petrow um die Ecke gerannt kam. Der stämmige Riese starrte mit offenem Mund Tyrone an, der sich grinsend verbeugte.

»Wirklich nett, du kommst angelaufen wie ein Hund, wenn man dir pfeift, Petrow! Jetzt fang mich, wenn du kannst«, höhnte er und sprang direkt auf den Giganten zu, der entsetzt, laut brüllend zurücktaumelte. Sein Schrei verstummte abrupt, als der Colonel mit seinem ganzen Gewicht auf ihn stürzte.

Wie Tyrone gehofft hatte, dämpfte der massige Körper des Riesen seinen Fall mit Erfolg, und er holte aus und verpaßte dem benommenen Mann einen so heftigen Schlag gegen das Kinn, daß er bewußtlos liegenblieb. Er sprang auf, winkte seiner Geliebten am Fenster noch einmal grinsend zu und rannte weg.

Synnovea warf ihm erleichtert lachend eine Kußhand zu und sah ihm nach, wie er auf das nächste Haus zulief und in der Nacht verschwand.

Mit einem Ruck rutschte der Schrank ins Zimmer, und Synnovea wirbelte herum und sah, wie mehrere Männer, angeführt von Ladislaus, ins Zimmer stürmten. Er zog seine große Pelzkappe vom Kopf, schritt zum Bett und musterte es lange, ehe sein Blick auf die flatternden Vorhänge am offenen Fenster fiel. Er durchquerte mit raschen Schritten den Raum, beugte sich durch die Öffnung und sah nach unten, wo die reglose Gestalt auf dem Boden lag.

Synnovea richtete sich auf und starrte ihn hochmütig an, als er grinsend vom Fenster zurückkam. »Ihr kommt zu spät«, sagte sie mit arroganter Stimme. »Der Engländer ist fort!«

»Das seh' ich selbst, Gräfin. Ich seh' aber auch, daß er sein hübschestes Juwel zurückgelassen hat.« Die himmelblauen Augen glitten lüstern ihren Körper entlang, und seine Hand griff nach einer Locke. »Du hast meinem Feind gestattet, sich an deinen üppigen Schätzen zu laben, meine Schöne. Aber ich verzeih dir, denn da ist genug für uns beide, nur würde ich gerne erfahren, wohin er geflohen ist.«

»Glaubt Ihr denn, das würde ich Euch verraten?«

Aleksej drängte sich durch die Tür, nachdem jetzt die Gefahr gebannt war. »Vergeude deine Zeit nicht mit ihr, sie wird nicht antworten«, sagte er barsch. »Du wirst ihn schon selbst suchen müssen.« Er drehte sich um, schnippte hochnäsig mit den Fingern, worauf die Banditen kehrtmachten und losrannten. »Eine stattliche Summe Goldes demjenigen, der ihn fängt!«

Nachdem alle das Zimmer verlassen hatten, wandte sich Aleksej mit grimmiger Miene an Ladislaus. »Und? Willst du deine Männer allein suchen lassen? Oder hast du etwa Angst vor ihm?«

Mit höhnischem Grinsen erwiderte Ladislaus: »Hier gibt's nur einen Feigling, und der steht momentan vor mir.«

Aleksejs dunkle Augen sprühten vor Wut: »Nach allem, was ich höre, bist du weggerannt, als der Engländer auftauchte.«

»Zähmt Eure Zunge«, warnte ihn der Riese mit bedrohlich erhobenem Finger: »Ein Bojar weniger in der Stadt wird kaum auffallen.«

Synnoveas Blick wanderte von einem zum anderen voller Hoffnung, sie würden sich in die Haare kriegen und Tyrone zumindest so lange vergessen, bis seine Flucht gelungen war. Sie grinste den Prinzen herausfordernd an: »Eure gedungenen Häscher zeigen ja keinen sehr großen Respekt, Aleksej. Sind sie schon lange in Euren Diensten?«

Der Räuberhauptmann schnaubte verächtlich. »Ladislaus läßt sich von keinem Mann verdingen. Euer feiner Prinz hat sich aus Moskau aufgemacht, mich aufzuspüren, als ich in der Stadt verlauten ließ, daß ich einen gewissen Engländer suche. Ansonsten würden wir nicht zusammen hier vor Euch stehen.«

»Habt Ihr denn vor, den Engländer zu töten?« fragte sie ängstlich.

»Ich werde dem Prinzen gestatten, seine Rache zu nehmen, bevor ich ihn mir vorknöpfe. Aber gleichgültig in welcher Reihenfolge, Gräfin, wenn wir mit dem Colonel fertig sind, wird für Euch nicht mehr viel bleiben«, erwiderte Ladislaus spöttisch grinsend.

»Falls es Euch tatsächlich gelingen sollte, ihn zu fangen«, warf Aleksej wütend ein. »Nachdem Ihr hier sinnlos Zeit vergeudet, anstatt ihn zu jagen.«

Ladislaus' Antwort war ein spöttisches Grinsen. »Ich hab' versprochen, ihn zu fangen, und das werden wir auch.«

Mit diesen Worten drehte er sich auf dem Absatz um und verließ das Zimmer. Einige Augenblicke später ertönte seine Stimme unter dem Fenster. Er versuchte, Petrow aus seiner Ohnmacht zu holen.

Aleksej sah sich mit gerümpfter Nase in dem spärlich möblierten Zimmer um und entdeckte schließlich die Blutstropfen auf dem Laken. Er wirbelte herum und verpaßte Synnovea einen so heftigen Schlag mit dem Handrücken, daß sie gegen die Wand prallte.

»Es ist also wahr, du Luder! Du hast dich diesem Schuft hingegeben!«

Synnovea taumelte benommen von der Wand weg und tastete

ihre blutige Unterlippe und ihren Kiefer ab. Dann richtete sie sich tapfer auf und warf dem Prinzen einen verächtlichen Blick zu. »Vor kurzem noch wollte ich mich Colonel Rycroft hingeben, nur um Eure Pläne zu vereiteln, Aleksej, aber von jetzt an werde ich seine Gesellschaft mit Freuden suchen. Er ist ohne Zweifel ein wesentlich besserer Mann, als Ihr es je sein werdet.«

»Du wirst zusehen, wie er dafür bezahlt!« schrie Aleksej wutentbrannt, weil sie einem Ausländer das, was sie ihm verwehrt hatte, willig gegeben hatte. »Ich werde dafür sorgen, daß es sehr schmerzvoll für ihn wird!«

»Dazu müßt Ihr ihn erst fangen, Aleksej, und ich bezweifle, daß Ihr und eure gedungenen Mörder das Zeug dazu habt«, erwiderte Synnovea spöttisch.

»Da bin ich anderer Meinung.« Aleksej grinste verächtlich. »Ihr müßt wissen, daß Ladislaus und seine Männer den Engländer fast so sehr hassen wie ich. Es ist nur eine Frage der Zeit, bis er in ihre Hände fällt. Sie werden ihm auflauern, bis er wieder auftaucht und sich dann wie hungrige Hunde auf ihn stürzen.« Der Prinz stellte sich dicht vor sie und lachte ihr verächtlich ins Gesicht. »Wenn er erst einmal in meinen Klauen ist, wird er diese Nacht sicher nicht so bald vergessen können. Wenn ich mit ihm fertig bin, wird sein Rücken in Fetzen sein, und ich werde dafür sorgen, daß er weder dich noch eine andere Frau mehr begatten kann, solange er lebt.«

In einiger Entfernung vom Haus, im Schutze der Schatten einer kleinen Baumgruppe dicht neben der schmalen Lehmstraße, blieb Tyrone stehen und suchte die Umgebung ab. Keine Menschenseele war unterwegs, nicht einmal der Kutscher, der ganz in der Nähe auf seinem Gefährt döste. Tyrone zog leise seinen Säbel und schlich zum Rand des Gehölzes, blieb stehen und ließ den Blick noch einmal über das Terrain schweifen. Nichts war zu sehen, und trotzdem wurde er das Gefühl nicht los, daß hier irgend etwas nicht stimmte. Er wollte sich gerade wieder vorsichtig in die Schatten zurückziehen, als mit einem Mal sein Kopf vor Schmerz explodierte. Er sank auf die Knie, und die zallosen Sterne vor seinen Augen verblaßten langsam zu dumpfem Grau. Er sah die vagen Umrisse einer dunklen Gestalt, die einen Knüppel schwang, und mußte machtlos mitansehen, wie dieser auf seinen Kopf heruntersauste und schwarze Nacht ihn umfing.

17. Kapitel

Langsam lauter werdendes Hufgetrappel und klappernde Räder durchbrachen die Nacht und ließen Aleksej aufhorchen. Eine Kutsche und ein größerer Trupp Reiter hielten vor dem Haus. Einen Augenblick später ertönte Ladislaus' Stimme am unteren Treppenabsatz:

»Ihr könnt jetzt runterkommen, Allergnädigste Hoheit.« Die Verachtung in seiner Stimme war unüberhörbar. »Wir haben den Engländer gefangen.«

Die Worte des Riesen bohrten sich wie ein brennender Pfeil in Synnoveas Herz. Sie war so überzeugt gewesen, daß Tyrone die Flucht gelingen würde, und jetzt zitterte sie vor Angst, was Aleksej und die Räuber ihm antun würden.

»Jetzt wirst du sehen, was wir mit ihm machen!« Aleksej lachte triumphierend.

Er packte Synnoveas Arm und zerrte sie hinter sich die Treppe hinunter. Die Mietkutsche stand vor der Tür, daneben warteten Ladislaus, Petrow und einige ihrer Männer. Etwa zwanzig Schurken saßen hoch zu Roß dahinter.

Angesichts der enormen Überzahl wurde Synnovea klar, warum Tyrone keinen Erfolg gehabt hatte. Sie hatten die gesamte Umgebung umstellt, und ihm somit jede Möglichkeit zur Flucht genommen. Und Aleksej hatte anscheinend Ladislaus und seinen Mannen eine hohe Belohnung versprochen.

Aleksejs lange, knochige Finger packten Synnovea unsanft und zerrten sie zur Kutsche, dann quetschte er ihre feingliedrige Hand, bis sie vor Schmerz in die Knie ging: »Sei gewarnt, Mädchen, keine Tricks, sonst wird es der Engländer büßen!«

Angesichts dieser Drohung stellte Ladislaus sich neben ihn und fixierte ihn mit seinen blassen Augen, bis der Prinz ihre Hand losließ. Der Dieb grinste spöttisch und riß den Kutschenschlag auf. »Euer Opfer ist hier drin, Großer Prinz Aleksej. Verschnürt wie ein Paket, wie befohlen. Jetzt dürfte er keinen Schaden mehr anrichten.«

»Ausgezeichnet!« rief Aleksej hocherfreut.

Synnovea stemmte angewidert ihre Hände gegen Aleksejs Brust und stieß ihn mit all ihrer Kraft von sich weg. Aleksej war so überrascht von diesem unerwarteten Angriff, daß er zurücktaumelte und sie losließ. Wie der Blitz kletterte Synnovea in die Kutsche. Inzwischen hatte Aleksej sich wieder gefangen und schrie den Räubern zu, sie sollten die andere Tür sichern. Er selbst sprang rasch zum Kutschenschlag. um sie aufzuhalten, sah aber sofort, daß das Mädchen keine Fluchtgedanken hatte.

Synnovea fiel mit leisem Stöhnen vor Tyrones regloser Gestalt auf die Knie. Er lag zusammengerollt da, still wie der Tod, aber seine Arme und Beine waren gefesselt und mit einer Lederschnur verbunden, was ihr wieder Hoffnung gab. Sicher hätten sie ihn nicht so verschnürt, wenn er nicht mehr am Leben wäre.

Sie tastete besorgt seinen Körper ab, um zu sehen, wie schwer er verwundet war. Als nichts zu entdecken war, strich sie behutsam durch sein zerrauftes Haar und mußte entsetzt feststellen, daß sich darunter eine klaffende Wunde und eine stattliche Beule verbargen. Sie hob sein Haar, das über dem Gesicht hing und stieß einen Schrei aus, als sie das geronnene Blut darunter sah.

»Das ist nur der Anfang«, sagte Aleksej genüßlich. Die Macht, die er jetzt über sie hatte, war Balsam für seinen verletzten Stolz. Solange er den Engländer in seiner Gewalt hatte, konnte er das Mädchen nach Herzenslust erpressen und sie auf Knien um sein Leben betteln lassen, während er seine blutigen Rachegelüste an diesem Schuft befriedigte. »Seid getröstet, meine Liebe. Euer feiner Colonel ist noch am Leben, aber schon bald wird er wünschen, er wäre tot.«

»Ihr könnt ihm nicht die Schuld an dem geben, was ich getan habe!« schrie Synnovea ihm wütend ins Gesicht.

»Oh doch, das kann ich«, versicherte Aleksej ihr geradezu freundlich und sprang zu ihr in die Kutsche. Das Gefährt setzte sich mit einem Ruck in Bewegung. Im spärlichen Licht des Mondes konnte er erkennen, daß ihr Gesicht tränenüberströmt war, und schäumte innerlich vor Wut, daß sie um den Colonel so besorgt war, aber für ihn kein Wort des Mitleids übrig gehabt hatte, als sie ihm seine edle Nase gebrochen hatte. Noch heute zeugte eine unansehnliche Beule von ihrem schändlichen Angriff. »Colonel Rycroft hat mich einer ganz besonderen Freude beraubt, die ich ganz allein mir vorbehalten hatte, meine Liebe, und dafür wird er mir teuer bezahlen.« Mit schadenfrohem Grinsen beugte sich Aleksej zu ihr vor und sagte: »Und du wirst alles mitansehen, meine schöne Synnovea, als Teil deiner Bestrafung.«

Die grünen Augen sprühten vor Haß. »Euch vorbehalten, Aleksej? Ich dachte, es wäre Eure Absicht, mich unbefleckt Prinz Wladimir zu übergeben.«

Aleksej strich sich vergnügt den Bart. »Vielleicht hätte ich deinem Mann die erste Kostprobe gestattet, vielleicht aber auch nicht.«

Synnovea schwieg, weil sie wußte, daß Flehen keinen Sinn hatte. Der Gedanke, neben ihm sitzen zu müssen, erfüllte sie mit Ekel, also nahm sie jetzt behutsam Tyrones Kopf, setzte sich und legte ihn auf ihren Schoß, ohne Rücksicht auf das Blut, das die Seide ihres Gewands verschmierte.

»Wie liebevoll du ihn behandelst!« höhnte Aleksej. »Wenn ich dem Colonel erst einmal eröffnet habe, daß er nur armseliges Mittel zum Zweck in deinem frivolen kleinen Spiel war, wird er dir sicher sehr dankbar sein. Er wird dich mit Ehren überhäufen, wenn ich ihm mit eigenen Händen die Juwelen seiner Männlichkeit aus den Lenden gerissen habe!«

Synnovea wandte zitternd vor Angst ihr Gesicht ab. Sie würde keinen Tag mehr in Frieden leben können, wenn Aleksej tatsächlich seine Drohung wahrmachte.

Aber so leicht wollte Aleksej sich nicht zufriedengeben. Er beugte sich noch weiter zu ihr und sagte verächtlich: »Weißt du, was das für einen Mann bedeutet, Synnovea?« Er beschrieb ihr in obszönen Details rücksichtslos jede Einzelheit und sagte dann: »Du bist ja nicht mehr unschuldig, Synnovea, also weißt du, daß ich die Wahrheit spreche. Er wird nie wieder eine Frau bedienen können, und daran bist allein du schuld. Ich hab' dich gewarnt, aber du wolltest ja nicht hören. Wenn ich mit ihm fertig bin, wird er nur noch ein nutzloser Eunuch sein.«

Wenn sie auch nur die geringste Hoffnung auf Erfolg gehabt hätte, wäre Synnovea auf die Knie gefallen und hätte Aleksej um Gnade für Tyrone angefleht. Sie wußte, wie grenzenlos seine Rachsucht war, und zerbrach sich verzweifelt den Kopf nach einer Möglichkeit, Tyrone aus der mißlichen Lage, in die sie ihn gebracht hatte, zu befreien, während die Kutsche sie erbarmungslos dem Augenblick der Abrechnung näherbrachte.

Als die Kutsche in die Einfahrt des Taraslowschen Hauses einbog, war Synnovea klar, daß sie dem, was sie erwartete, weder mental noch körperlich gewachsen war. Sie machte sich die bittersten Vorwürfe wegen des diabolischen Plans, der sie beide in diese furchtbare Lage gebracht hatte, und hätte alles getan, selbst Wladimir geheiratet, wenn sie dadurch das, was Tyrone bevorstand, verhindern könnte.

Ladislaus und seine Mannen sprangen von den Pferden und drängten sich um die Kutsche, als fürchteten sie, der Engländer könnte einen Fluchtversuch wagen. Doch er war immer noch bewußtlos, wie sie nach einem kurzen Blick in die Kutsche feststellten.

Aleksej befahl vier strammen Banditen, den Gefangenen in den Stall zu tragen und dort an den Handgelenken an der Balkendecke aufzuhängen. Ladislaus ließ sicherheitshalber noch einige Mann mit gezogenen Pistolen mitgehen, falls der Colonel wider Erwarten doch zur Besinnung kommen sollte.

Der Gedanke, daß Synnovea einen Fluchtversuch wagen könnte, war Aleksej offenbar nicht in den Sinn gekommen. Er war viel zu sehr damit beschäftigt, die kleine Prozession triumphierend zum Stall zu führen, sonst hätte er die kleine Gestalt bemerkt, die schnell hinter einem Busch verschwand, als Ladislaus und seine Männer mit ihrer Last passierten. Genausowenig registrierte er, daß der winzige Schatten nach Synnoveas Hand griff und sie hinter den selben Busch zerrte.

»Ali!« hauchte Synnovea erschrocken, obwohl sie am liebsten laut hinausgeschrien hätte. Endlich jemand, der helfen konnte. »Warum bist du noch hier?«

»Wie Ihr Euch ja wohl selbst denken könnt, Herrin, läßt sich Stenka reichlich Zeit damit, mich abzuholen.« Die Irin sah neugierig hinter den Männern her. »Was hat denn dieser Langfinger Ladislaus hier verloren? Und was, bitte, hat Prinz Aleksej mit dem zu schaffen?«

»Ali, du mußt mir helfen!« Synnovea hatte keine Zeit, auf die Fragen einzugehen. »Colonel Rycroft ist in Gefahr!«

»Das hab' ich mir fast gedacht, so wie die ihn rumschleppen«, sagte die Dienerin giftig. »Aber ich hab' keine Ahnung, wie ich Euch gegen diese Bestien helfen könnte.«

»Du bist meine einzige Hoffnung, Ali, hör gut zu!« befahl Synnovea. »Du mußt sofort loslaufen und die Kutsche auf der Straße aufhalten, ehe dich einer der Männer entdeckt. Wenn du Stenka gefunden hast, laß dich von ihm zum Zarenpalast bringen, und sag der Wache, sie sollen Major Nekrasow zu dir bringen. Sag dem Major, Ladislaus wäre hier, und Colonel Rycroft sei in Lebensgefahr. Er muß sofort eine Truppe hierherbringen, die ihn rettet. Hast du verstanden?«

»Ja, das hab' ich, Lämmchen«, flüsterte Ali. »Aber ich muß jetzt los. Ich hör' Stenka kommen.« Sie rannte hinaus auf die Straße, auf die Kutsche zu, die auf das Haus zurumpelte.

Der kleine Hoffnungsschimmer gab Synnovea wieder Mut. Sie raffte ihre Röcke und rannte zu den Männern, die sich im Stall drängten, um zu sehen, wie der Engländer bestraft würde. Einige Talglichter waren entzündet worden, um die Szene besser zu beleuchten, und Synnovea drängte sich durch die breitschultrigen Reihen zu Aleksej vor. Als er sie sah, winkte er sie mit schadenfrohem Grinsen zu sich.

»Du kommst gerade zur rechten Zeit, Synnovea.« Er zeigte auf die langgliedrige Gestalt, die jetzt von einem Balken baumelte. »Wir wollten deinen Geliebten gerade mit einem kühlen Bad wekken. Möchtest du ihn noch ein letztes Mal bewundern, bevor er für immer entstellt und verkrüppelt ist?«

Synnoveas Knie wurden weich, als ihr Blick Tyrone fand. Sein Kopf baumelte leblos zwischen den nackten, hochgestreckten Armen, die Beine waren gespreizt und an zwei schwere Ambosse gekettet. Er trug nur seine langen Unterhosen, die weit nach unten gerutscht waren und kaum noch seine Blöße bedeckten.

Nur mit großer Mühe konnte Synnovea einen Aufschrei unterdrücken, als Ladislaus jetzt brutal Tyrone an den Haaren packte und seinen Kopf hochriß und ein anderer ihm einen vollen Eimer Wasser mitten ins Gesicht kippte. Der Gefangene zuckte zusammen und regte sich ein bißchen, dann fiel der Kopf wieder herunter. Ein weiterer Eimer folgte, und diesmal erwachte Tyrone mit einem überraschten Schrei. Er schüttelte sich und sah sich grimmig um. Sein Blick wurde etwas sanfter, als er Synnovea sah, verdüsterte sich aber schlagartig, als er ihre geplatzte Lippe und den Bluterguß auf ihrer Wange entdeckte.

Aleksej trat fröhlich vor. »Und so, Colonel Rycroft, lernen wir uns endlich kennen.«

»Spart Euch die Begrüßung«, knurrte Tyrone mit grimmiger Miene. »Ich weiß, wer Ihr seid. Ihr seid die Kröte, die versucht hat, ihre Gelüste an der Gräfin Synnovea zu befriedigen. Es muß ein schwerer Schlag für Euren Stolz sein, daß sie mir den Vorzug gegeben hat.«

Aleksej lachte barsch. »Auch nicht schlimmer als der für Euch, wenn Ihr erfahrt, daß sie Euch nur als Mittel zum Zweck benutzt hat. Erst vor wenigen Tagen wurde mein Mündel offiziell mit Prinz Wladimir Dimitrijewitsch verlobt. Sie hat geschworen, sich lieber von Euresgleichen entehren zu lassen, als in diese Heirat einzuwilligen. Ihr seht also, mein Freund, sie hat Euch nur vorgegaukelt, daß sie Euch liebt, um sich vor dieser Heirat zu retten, die ihr so zuwider ist.«

Tyrone sah Synnovea in die Augen und wußte, daß jedes Wort wahr war. Wie ein Dolch bohrte sich der Schmerz ihres Verrats in seine Brust. Sie hatte ihn benutzt! Hintergangen! Zum Narren gemacht! Und jetzt mußte er dafür bezahlen.

Die blauen Augen wurden zu Eis und wandten sich angewidert von ihr ab, den höhnisch grinsenden Männern zu, die ihn umringten. Sie kicherten schadenfroh, als jemand das Gesagte ins Russische übersetzte, und plötzlich erkannte er einige unter ihnen. Ladislaus' Männer, die offensichtlich hocherfreut waren, sich endlich an ihm rächen zu können.

»Jetzt habt Ihr mich also in der Falle.« Er wandte sich Aleksej zu. »Was habt Ihr mit mir vor?«

»Oh, für Euch habe ich mir etwas ganz Besonderes ausgedacht, Colonel, etwas das Euch Euer ganzes Leben vergällen und Euch daran erinnern wird, wie dumm es war, eine russische Bojarina zu beschmutzen. Nach der heutigen Nacht, mein Freund, werdet Ihr Euer Leben lang keine Frau mehr besteigen können. Wenn wir Euch gründlich ausgepeitscht haben, werden wir Euch vor den Augen des Mädchens kastrieren.«

Tyrone biß die Zähne zusammen und versuchte, seine Beine nach oben zu schleudern, um den Mann damit zu greifen. Aber selbst Tyrones ungeheure Kräfte reichten nicht, um die Gewichte mehr als ein paar Zentimeter zu heben. Trotzdem stolperte Aleksej erschrocken ein paar Schritte zurück, und in seinen Augen sah man für einen Augenblick, wie groß seine Angst vor dem Colonel immer noch war. Als er sich wieder gefangen hatte, nickte Aleksej schnell einem großen, kräftigen Burschen zu, dessen haarige Brust bis zur Taille entblößt war. Es war der Goliath, der bei dem Überfall dem Colonel den Helm vom Kopf gestoßen hatte. Er wollte den Colonel persönlich bestrafen.

Der Goliath packte eine mehrschwänzige Peitsche und stellte sich ein Stück rechts hinter Rycroft. »Mach dich auf etwas gefaßt, Engländer!« dröhnte seine Stimme. »Die Peitsche ist eine ungewohnte Waffe für mich, aber du wirst dir ein schnelles Ende wünschen, bevor ich mit dir fertig bin.«

Aleksej strahlte vor Vorfreude. Er spreizte die Beine und verschränkte die Arme wie ein dunkelhäutiger Sultan, der seinen Sklaven auspeitschen läßt. Der Titan holte aus und schüttelte kurz die Peitsche.

»Neeeiiiin! O bitte! Das dürft Ihr nicht!« Synnovea warf sich Aleksej zu Füßen und stotterte schluchzend: »Ihr habt gewonnen, Aleksej! Ich unterwerfe mich Euch! Bitte, ich flehe Euch an! Tut das nicht! Ich gebe mich Euch hin! Nur bitte, tut ihm nicht weh!«

»Glaubst du, ich will die Reste von seinem Tisch?« höhnte Aleksej. »Du warst nur eine von vielen, die sich der Colonel für eine Nacht holt, meine Liebe! Weißt du das nicht? Die Soldaten besteigen jedes Weib, das ihnen gefällt, wenn sie nicht gerade damit beschäftigt sind, Feinde zu jagen! Keiner weiß, wie viele andere dein feiner Colonel schon gehabt hat, bevor er dich bestiegen hat! Aber nein! Du mußtest ja in sein Bett springen. Und jetzt will ich dich nicht mehr! Wenn wir hier fertig sind, kannst du Ladislaus' Gelüste befriedigen, er kann dich mitnehmen. Das wird eine gerechte Strafe sein dafür, daß du nicht auf mich gehört hast.«

Aleksej hob den Kopf und sah den Anführer der Diebe an: »Was meinst du, Ladislaus? Genügt sie dir als Bezahlung?«

Synnoveas Kopf schnellte herum, und sie starrte voller Entsetzen auf den blondschopfigen Riesen, der sie mit eisig blauen Augen angrinste.

»Oh, Großer Erhabener Prinz«, spottete er gelassen. »Wenn der Colonel seine verdiente Strafe erhalten hat, bin ich mehr als zufrieden, besonders wenn ich dann auch noch die Lady obendrein bekomme. Aber meine Männer müßt Ihr, wie versprochen, mit Gold entlöhnen.«

Synnovea drehte sich rasch zu Aleksej zurück und schrie empört: »Ihr würdet es nicht wagen, das zu tun! Der Zar...«

Aleksej unterbrach sie. »Die Gräfin Andrejewna war während der Abwesenheit meiner Gattin verantwortlich für dich. Wenn sie dir erlaubt hat, mit dem Engländer fortzugehen und du dann auf Nimmerwiedersehen verschwindest... dann trifft Natascha die Schuld daran. Mehr wird der Zar nicht erfahren.«

Aleksej wandte sich von ihr ab und gab dem Riesen mit der Peitsche ein Zeichen. Dieser holte aus, und einen Augenblick später fand die Peitsche ihr Ziel. Tyrone zuckte vor Schmerz zusammen, und Synnovea warf sich schreiend zwischen ihn und den Folterknecht. Sie schlang ihre Arme um Tyrones schlanke Hüften und versuchte, ihn mit ihrem zarten Körper zu schützen, aber der Engländer wollte ihre Hilfe nicht.

Tyrone tobte vor Wut, und wie durch einen Nebelschleier sah er die Gesichter seiner Feinde, die ihn wegen seiner Leichtgläubigkeit gegenüber Synnovea verhöhnten. Der sengende Schmerz auf seinem Rücken war nichts im Vergleich zu der Pein in seinem Herzen. Er biß knurrend vor Zorn die Zähne zusammen und schleuderte sie mit einer Drehung von seinem Körper weg.

»Du hinterlistiges, kleines Luder! Hinweg von mir! Selbst wenn diese Tölpel mir bei lebendigem Leib die Haut abziehen, will ich nichts von dir, schon gar nicht dein Mitleid und deinen Schutz! Was mich angeht, kann Ladislaus dich gerne haben! Mit meinem Segen!«

Aleksej kicherte vergnügt, als er das fassungslose Gesicht der schönen Gräfin sah. »Wie es scheint, will keiner von uns dich mehr, Synnovea. Das muß eine völlig neue Erfahrung für dich sein, wenn gleich zwei Männer dich nicht haben wollen.« Er griff sich einen Rechen und drängte sie damit weiter weg vom Colonel, da er Angst hatte, dem Mann zu nahe zu kommen. »Jetzt tritt zurück, damit der Kerl seine gerechte Strafe kriegt. Folg seinem Beispiel und lerne, den Schmerz der Ablehnung mit zusammengebissenen Zähnen zu ertragen. Und freue Dich darüber, daß Ladislaus dich noch will.«

Mit einem herrischen Nicken befahl Aleksej dem Goliath weiterzumachen, suchte aber rasch sicheren Abstand, bevor der erste Schlag fiel. Synnovea stolperte halbblind vor Tränen in eine dunkle Ecke, wo sie stumm kauerte und jedesmal erbebte, wenn das Leder sein blutiges Ziel fand. Von Tyrone war kein Laut zu hören, keine Bitte um Gnade, obwohl er hilflos den brutalen Schlägen ausgeliefert war, die seinen Rücken in Streifen schnitten.

Synnovea hielt sich schützend die Arme über den Kopf, aber das Zischen und Knallen der Peitsche ließ sich nicht aussperren. Jeden Schlag spürte sie bis ins Mark und hätte am liebsten gebrüllt vor Schmerz und vor lauter Angst, wenn sie unerbittlich aufs Neue ausholte, bis sie glaubte, es nicht mehr ertragen zu können.

Tyrone hing inzwischen schlaff in seinen Fesseln und hatte nicht einmal mehr die Kraft, den Kopf zu heben, aber sein Mut war ungebrochen, und er blieb stumm. Allmählich machte sich Bewunderung für diese unerbittliche Ausdauer unter denen breit, die ihn nach ihren Regeln hatten bestrafen wollen. Ladislaus und seine Männer lebten und kämpften seit langen Jahren im Geruch des Todes. Der Colonel hatte ihnen übel mitgespielt. Einige waren von seiner Hand getötet worden, aber es war ein ehrenvoller Tod gewesen, mit der Waffe in der Hand. Ihrer Meinung nach hatte dieser tapfere Feind dasselbe verdient. Die Peitsche gab man nur winselnden, feigen Hunden, und Colonel Rycroft war in ihren Augen ein hervorragender, mutiger Krieger. Die Räuber murrten inzwischen bei jedem Schlag und wurden zusehends erregter, als Aleksej mindestens noch hundert Schläge und mehr forderte. Dreißig blutige Spuren hatte die Peitsche in Tyrones Rücken gebrannt, als der Goliath angewidert sein Folterinstrument wegschleuderte und sich weigerte, es noch einmal aufzunehmen.

»Bist du verrückt?« schrie Aleksej wutentbrannt. Ehre und Respekt waren Fremdwörter für ihn, er hatte keinerlei Bedenken, die Bestrafung weiterzuführen, bis seine Rachegelüste endgültig befriedigt waren. »*Ich* gebe hier die Befehle, und ich *sage* daß du weiterpeitschen sollst... oder ich schwöre, du wirst keinen Heller sehen!«

»Wir haben unsere Arbeit getan!« brüllte Ladislaus und ging auf ihn zu. »Ihr werdet zahlen – oder sterben!«

Petrow zog grinsend seine blitzende Klinge und drehte die funkelnde Spitze zwischen Daumen und Zeigefinger. »Wir werden holen uns das Geld aus deinem Balg, so wie du machen es mit dem Engländer.«

»Ich bezahle Euch, wenn er kastriert ist und keine Minute

eher!« schrie Aleksej, so erzürnt über die Befehlsverweigerung, daß er seine Angst vergaß.

»Dann macht's doch selber«, knurrte Ladislaus verächtlich. »Wir werden ihm, nur um Euresgleichen zu rächen, kein Haar mehr krümmen! Was uns betrifft, hat er seine Schuld voll gebüßt. Wir sind Männer des Schwerts und respektieren ihn als Schwertkämpfer. Wenn Ihr uns ein Duell mit ihm befohlen hättet, hätten wir ihn ohne zu zögern getötet, aber nicht so, wie Ihr das wollt.« Der Räuber deutete mit dem Kopf auf den blutigen, aufgerissenen Rücken. »Das ist eine Strafe für feige Memmen. Der Colonel wurde nur gefangen, weil wir zwanzig zu eins in der Überzahl waren, aber eins sag' ich Euch, Bojar, er ist ein besserer Mann, als Ihr es je sein könnt!«

Schon das zweite Mal diesen Abend mußte Aleksej sich diesen besonderen Vorwurf anhören, was seine Wut ins Grenzenlose steigerte. Halb wahnsinnig vor Zorn fletschte er die Zähne, packte eine scharfe Klinge, stürzte sich auf Tyrone und packte seine Unterhose. Dieser versuchte sich zu wehren und strampelte verzweifelt, war aber zu schwach.

Doch jetzt warf sich Synnovea wild entschlossen gegen Aleksej und schlug ihm verzweifelt ihre langen Nägel ins Gesicht, um ihn abzulenken. Er wollte sich losreißen, aber sie war schneller und schlug ihre Zähne in die Hand, die das Messer hielt. Aleksej schrie vor Schmerz, doch sie ließ nicht locker, biß heftiger zu, bis er endlich die Klinge fallen ließ. Synnovea ließ los, bückte sich, um das Messer aufzuheben, aber er kriegte ihren wehenden Mantel zu fassen, riß sie mit aller Kraft herum und schleuderte sie absichtlich gegen einen kräftigen Pfosten.

Aleksej griff sich befriedigt grinsend erneut das Messer, um sich auf das Objekt seiner Eifersucht zu stürzen, aber Ladislaus kam Tyrone laut brüllend vor Wut zu Hilfe und schlug die Klinge aus der Hand des Prinzen.

»Schluß, sag' ich! Das dulde ich nicht! Ihr habt Euren Blutzoll gehabt! Jetzt gebt Ruhe, sonst werd' ich selbst dafür sorgen, daß man Euch entmannt!«

Aleksej war so außer sich vor Zorn, daß er jede Angst vergessen hatte, und brüllte Ladislaus ins Gesicht: »Du dreckiger Barbar! Wie kannst du es wagen, mich zu bedrohen! Ich habe schon bessere Männer als dich vierteilen lassen, wenn sie wagten, sich mir entgegenzustellen!«

»Ihr macht mir entsetzliche angst, mein guter Freund«, sagte Ladislaus spöttisch und sammelte mit einer kurzen Handbewegung seine Männer um sich. »Ich glaube, Ihr braucht eine kleine Lektion. Bojaren wie Euch können wir nämlich nicht ausstehen.«

Mit einem Mal sprang die Stalltür auf. Ladislaus und seine Männer wirbelten überrascht herum und sahen Major Nekrasow, gefolgt von einem Dutzend Soldaten, hereinstürmen. Ladislaus erkannte den Anführer sofort, und ein Blick auf die prachtvollen Uniformen der übrigen genügte, um ihn zu überzeugen, daß es höchste Zeit war, sich zu empfehlen. Es war eine Sache, einen kleinen Trupp Soldaten in der Wildnis zu überfallen, aber sich der kaiserlichen Wache des Zaren innerhalb Moskaus entgegenzustellen, wäre Selbstmord. Und Synnovea würde er auch zurücklassen, da er nicht die geringste Lust hatte, sich auf ein weiteres Geplänkel mit dem Major einzulassen. Er stürmte mit Riesensätzen aus dem Stall, gefolgt von seiner Horde, die durch jede Öffnung oder Tür im Stall entkamen. In Sekunden saßen alle auf ihren Pferden, und nur noch das rasch verhallende Getrappel der Hufe war zu hören.

Aleksejs Blick war leider nicht so scharf. Er trat vor, um gegen diese Einmischung in seine Privatangelegenheiten zu protestieren, und taumelte erschrocken ein paar Schritte zurück, als er erkannte, wer da durch eine sich öffnende Gasse zwischen den Soldaten auf ihn zuschritt. Sprachlos fiel er vor seinem Souverän auf die Knie.

»Eure Majestät!« Seine Stimme war vor Angst eine Oktave höher. »Was bringt Euch zu solch später Stunde in mein Haus?«

»Ränke!« tönte Zar Michael mit donnernder Stimme, und seine dunklen Augen schweiften prüfend durch den Raum. Er nickte Synnovea, die rasch einen Knicks machte, kurz zu und registrierte ihre geplatzte Lippe und den Bluterguß auf der Wange, ehe er sich

Colonel Rycroft zuwandte. Tyrone hatte inzwischen die Besinnung verloren und baumelte schlaff von den Schnüren, die ihn an die Balken fesselten. Der Zar zuckte sichtlich zusammen, als er seinen blutigen, zerfetzten Rücken musterte.

»Schneidet Colonel Rycroft sofort los!« befahl Zar Michael Major Nekrasow, der mit Hilfe einiger Männer den Engländer eilends von seinen Fesseln befreite und vorsichtig herunterhob. »Bringt ihn in meine Kutsche. Meine Leibärzte werden sich heute nacht um ihn kümmern.«

Nikolai warf Synnovea einen sehnsüchtigen Blick zu, aber sie sah ihn gar nicht, sondern sammelte die Kleidung des Colonels ein und drückte sie schluchzend einen Augenblick an ihr Herz, ehe sie sie dem Gardisten überreichte.

»Bitte seid vorsichtig«, flehte sie unter Tränen, als Tyrone zur Tür getragen wurde.

Der Zar zog ob dieser Besorgnis erstaunt die Brauen hoch, dann fuhr er Aleksej barsch an: »Hattet Ihr irgendeinen Grund, diesen Mann auspeitschen zu lassen?«

»Verzeihung, mein Fürst, Edle Majestät«, murmelte Aleksej und verbeugte sich verschämt. Dann sagte er mit leiser Stimme: »Colonel Rycroft wurde mit unserem Mündel, der Gräfin Zenkowna ertappt, nachdem er sie entehrt hatte. Wir konnten diesen Affront gegen eine russische Bojarina nicht ungesühnt lassen und waren gerade im Begriff, eine gerechte Bestrafung durchzuführen.«

»Und zu diesem Zwecke habt Ihr Euch mit Dieben verbünden müssen?«

»Dieben, Eure Majestät? Wie das?« Aleksej spielte den Verwunderten.

»Habt Ihr denn nicht gewußt, mit wem Ihr es da zu tun habt?«

Aleksej sagte mit Unschuldsmiene: »Ich habe diese Männer noch nie zuvor gesehen. Sie sagten, sie wären Söldner, und ich habe sie angeheuert, um dem Colonel zu zeigen, wie leichtsinnig es ist, eine russische Maid zu schänden.«

Der Zar wandte sich mit gerunzelter Stirn an Synnovea, die sich inzwischen wieder etwas gefangen hatte. »Habt Ihr in dieser Sache etwas zu sagen, Gräfin?«

»Eure Majestät...«, sagte sie schüchtern, voller Schuldbewußtsein. »Darf ich vortreten und etwas zur Verteidigung des Colonels sagen?«

Michael winkte sie zu sich. »Kommt, Synnovea. Was Ihr zu sagen habt, interessiert mich sehr.«

Synnovea ging zu ihm, kniete sich vor ihn und wagte nicht einmal ihn anzusehen vor Scham über das, was sie getan hatte. »Ich bitte Euch demütigst um Verzeihung, Eure Majestät. Mich trifft die Schuld an all dem, was hier passiert ist. Ich sah mich außerstande, mich mit meiner Verlobung mit Prinz Wladimir Dimitrijewitsch abzufinden, und habe absichtlich Colonel Rycroft dazu verleitet, mich in sein Bett zu bringen. Ich wollte lieber meine Tugend opfern, als den Ehevertrag, der für mich bestimmt worden war, auf mich zu nehmen. Ihr könnt mit mir machen, was Ihr wollt, Majestät, denn allein mich trifft die Schuld an dem Unglück, das dem Colonel passiert ist.«

»Ich bin mir sicher, Colonel Rycroft hätte größte Mühe gehabt, Euch zu widerstehen, angesichts Eurer Schönheit und seiner Entschlossenheit, Euch zu freien, Synnovea.« Während dieser Ausführungen wanderte sein Blick unbemerkt zum Prinzen. Der Mann hatte keinerlei Erklärung für die Verlobung abgegeben, obwohl Michael sich sicher war, daß jeder bei Hof wußte, daß er die Bitte des Colonels, Synnovea den Hof zu machen, ernsthaft in Betracht zog. Entweder hatten seine Cousine und ihr Gatte diese spezielle Möglichkeit einfach ignoriert, oder sie waren Gerüchten gegenüber völlig taub.

Zar Michael schaute auf das gebeugte Haupt seiner Untertanin und legte sanft die Hand auf ihre zerzausten Locken. »Ich möchte mich gerne eingehend mit dem Colonel und Euch über dieses Thema unterhalten, Synnovea. Ihr dürft in zwei Tagen um Audienz ersuchen, doch für den Augenblick muß ich Euch einen sicheren Aufenthaltsort fern von diesem Haus finden. Kennt Ihr jemanden, der Euch aufnimmt?«

»Die Gräfin Andrejewna ist eine gute Freundin, Eure Majestät. Meine Kutsche müßte bereits warten, um mich dorthin zu bringen.«

»Gut! Dann geht! Und kein Wort von dieser Angelegenheit zu irgend jemandem. Ich möchte nicht, daß das Volk gegen den Colonel aufgebracht wird oder Euch von bösen Zungen Schaden angetan wird. Habt Ihr das verstanden?«

»Eure Güte ist grenzenlos, Eure Majestät.«

Nachdem Synnovea gegangen war, drehte sich Michael mit starrem Lächeln zu Aleksej. »Wo ist überhaupt meine Cousine? Ich möchte sie sprechen.«

»Prinzessin Anna ist nicht hier, Erhabener Fürst. Ihr Vater ist krank und hat sie gebeten, ihn zu besuchen.«

»Soll ich glauben, daß diese Angelegenheit allein Euch zu verdanken ist?«

Aleksej versuchte, seine wirren Gedanken zu ordnen, schluckte und sagte: »Welche Angelegenheit meint Ihr, Ehrenwerte Majestät?«

»Habt Ihr etwa nicht die Verlobung der Gräfin Synnovea mit Prinz Wladimir Dimitrijewitsch arrangiert, obwohl Euch bekannt war, daß der Colonel ihr den Hof machen wollte, oder trifft die Schuld allein Anna?«

Aleksej breitete hilflos die Arme aus. »Natürlich haben wir vom Interesse des Colonels gehört, aber es war uns nicht bewußt, daß wir Rücksicht auf ihn nehmen sollten. Zu diesem Zeitpunkt schien es uns klug, eine Heirat zwischen dem Mädchen und Prinz Wladimir Dimitrijewitsch zu arrangieren, in Anbetracht des Reichtums des alten Mannes und der Tatsache, daß er Synnovea gut behandeln würde. Zumindest dachte Anna das.«

»Ich verstehe.« Michael schürzte nachdenklich die Lippen. »Und hat Anna nicht gehört, wie sehr ich den Colonel schätze?«

»Wie meint Ihr das: schätzen, Eure Majestät?« sagte Aleksej mit gespielt nachdenklicher Miene. »Haben wir etwas falsch gemacht und Eure Majestät irgendwie beleidigt?«

»Das könnte leicht sein«, erwiderte Michael mit wachsendem

Zorn. Er spürte sehr wohl, daß der Mann ihm den Unschuldigen vorgaukeln wollte. »Vielleicht habe ich etwas falsch gemacht, als ich Euch die Gräfin Synnovea als Mündel schickte. Ich hätte bedenken müssen, daß das Mädchen außerhalb der strengen Regeln, unter denen die meisten Bojarinas erzogen werden, aufgewachsen ist. In Anbetracht dessen ist es verständlich, daß sie sich gegen Eure Autorität aufgelehnt hat, als Ihr diese Verlobung für sie arrangiert habt. Die spielt jetzt ohnehin keine Rolle mehr. Ihr werdet Prinz Dimitrijewitsch diskret davon informieren, daß die Gräfin Synnovea sich außerstande sieht, ihn zu heiraten, da ich etwas anderes befohlen habe. Ich muß Euch warnen. Sollte ein Wort weiter als bis zu Wladimir gehen, der hoffentlich so klug ist, den Mund zu halten, werde ich persönlich anwesend sein, wenn Eure Zunge von ihrem rechtmäßigen Platz entfernt wird. Irgendwelche Fragen?«

»Keine, Eure Gnädigste Majestät. Ich werde schweigen wie das Grab in dieser Angelegenheit.« Bemüht, den Zar zu beschwichtigen, verbeugte sich Aleksej gleich mehrmals.

»Gut, dann haben wir uns verstanden.«

»Ohne Zweifel, Eure Majestät.«

»Dann verabschiede ich mich, Prinz Taraslow. Ich hoffe, Ihr werdet nie wieder so leichtsinnig sein und Euer Gift an jemanden verspritzen, der in meiner Gunst steht, noch Diebe anheuern, um solche Ränke zu schmieden. Mein Urteil in dieser Angelegenheit steht noch aus, aber ich werde Geduld haben, bis Klarheit geschaffen ist. Um Euretwillen hoffe ich, daß wir Euch nicht vorwerfen können, daß ihr Diebe zu Komplizen gemacht habt.«

18. Kapitel

Synnovea erschien sehr früh im Palast der Facetten zur Audienz mit dem Zar aller Reußen, Seiner Majestät Michael. Es waren exakt vierzig Stunden vergangen, seit Seine Kaiserliche Hoheit sie gebeten hatte, zu ihm zu kommen. Ihre Ängste waren zwar immer noch nicht beigelegt, aber davon war ihr äußerlich nichts mehr anzumerken, als sie scheinbar gefaßt und bezaubernd demütig in einem mauvefarbenen Sarafan vor seinen Privatgemächern wartete. Hier in diesem Alkoven wurde sie zum mitfühlenden Zuschauer des sorgsam inszenierten Auftritts Colonel Rycrofts. Sie wurde so gesetzt, daß er nicht umhin konnte, sie zu sehen, aber Tyrone weigerte sich, mit grimmiger Miene und energisch vorgeschobenem Kinn, ihre Anwesenheit zu bemerken, als Major Nekrasow ihn in den Raum führte, wo der Zar ihn erwartete.

In der folgenden Stille hatte Synnovea reichlich Gelegenheit, sich noch einmal seine verächtliche Miene ins Gedächtnis zu rufen, mit der er sie angewidert von sich gestoßen und Ladislaus gestattet hatte, sie mitzunehmen. Natascha hatte sie gewarnt, daß er sie hassen würde, falls er ihre Pläne durchschaute. Zu dieser Zeit hatten seine Gefühle für sie noch keine große Rolle gespielt, doch jetzt deprimierte sie der Gedanke an Tyrones Ablehnung unendlich. Und sie wußte, daß jeder Versuch einer Entschuldigung hoffnungslos war. Offensichtlich war Colonel Rycroft nicht einmal bereit, ihre Existenz wahrzunehmen. Ihre Lage schien so hoffnungslos, daß sie die Einwände, die er jetzt gegen den Vorschlag des Zaren brachte, nicht im geringsten überrascht hätten.

»Verzeiht, Eure Majestät.« Tyrone hatte größte Mühe, sich zu beherrschen, so unannehmbar fand er den Vorschlag des Zaren. »Ich muß mit allem Respekt ablehnen. Ich könnte die Gräfin Zenkowna niemals zur Frau nehmen, nachdem ich weiß, wie sie mich für ihre Zwecke mißbraucht hat. Wenn ich in den kommenden Monaten und Jahren mein Leben auf dem Schlachtfeld lassen muß, hoffe ich, daß ich ehrenvoll mein Blut in Euren Diensten vergieße, aber das, was Ihr empfehlt, ist viel zu viel verlangt.

»Ich fürchte, Ihr habt mich mißverstanden, Colonel Rycroft.« Zar Michael lächelte gütig. »Ich bitte Euch nicht um Euer Einverständnis für meinen Vorschlag. Solange Ihr hier in diesem Land seid, werdet Ihr bedingungslos jedem meiner Befehle gehorchen. Ich wünsche, daß Ihr die Gräfin Zenkowna mit aller gebotenen Eile zur Frau nehmt. Ich habe ihrem Vater vor seinem Tod versprochen, daß ich für ihr Wohlergehen sorgen werde, und ich wäre sehr nachlässig in der Einhaltung dieses Versprechens, wenn ich Euch gestattete, ungeschoren aus dieser Affäre davonzukommen.«

»Sind die Narben auf meinem Rücken nicht Bezahlung genug für das, was ich getan habe?« fragte Tyrone unumwunden.

»Diese Auspeitschung war in der Tat eine furchtbare Sache, aber sie löst unser Problem mitnichten. Die Gräfin Zenkowna hat gestanden, daß sie Euch absichtlich verführt hat und sich Euch als eine Art Weißer Ritter ausgesucht hat…« Er schaute kurz hoch, als der Colonel kaum hörbar verächtlich schnaubte, und fuhr nach einem kurzen Blick auf sein Gesicht noch entschlossener fort.

»Trotz alledem wart Ihr es, der die Tat vollbracht hat, und Ihr seid der einzige, der die Situation zu einem guten Ende bringen kann. Schließlich und endlich seid Ihr kein grüner Junge mehr, der sich mit Naivität entschuldigen kann. Ihr seid alt genug, um die Konsequenzen Eures Spiels zu tragen und, wie ich doch annehmen darf, weit erfahrener in diesen Dingen als das Mädchen? Meines Erachtens liegt klar auf der Hand, daß sie guten Grund hatte zu glauben, Ihr wollt sie haben, ansonsten hätte sie eine Entehrung durch Euch nie als Ausweg aus ihrer Situation in Betracht gezogen.«

»Eure Majestät, seid Ihr nicht gewillt, Euch gnädigst in meine Lage zu versetzen?«

Michael verlor allmählich die Geduld mit diesem hartnäckigen Engländer und fragte mit herrischer Stimme: »War sie denn keine Jungfrau, bevor Ihr sie in Euer Bett nahmt?«

Tyrone lief rot an und konnte sich kaum noch beherrschen: »Sie war Jungfrau, aber...«

»Dann bleibt nichts mehr zu sagen! Ich werde nicht dulden, daß ein anderer Mann Eure Fehler ausbadet, nur weil Ihr Euch von diesem Kind hinters Licht habt führen lassen. Würdet Ihr Betrug auf dem Schlachtfeld schreien, wenn Euch ein General, der noch feucht hinter den Ohren ist, hereinlegt?«

»Nein, natürlich nicht, aber...«

Der Zar schlug mit der flachen Hand auf seine Armlehne. »Entweder Ihr heiratet die Gräfin Zenkowna, oder bei Gott, ich werde dafür sorgen, daß Ihr aus Euren Diensten hier entlassen werdet.«

Angesichts einer solchen Drohung konnte Tyrone sich nur der Autorität des Mannes unterwerfen. Er schlug die Hacken zusammen und salutierte zackig als Zeichen seines Einverständnisses. »Wie Ihr befehlt, Eure Majestät.«

Michael zog an der seidenen Klingelschnur, und Major Nekrasow kam zurück ins Zimmer. »Ihr dürft die Gräfin Zenkowna jetzt hereinführen.«

Tyrone wagte es noch einmal zu unterbrechen. Der Major blieb abrupt stehen. »Ich bitte Euch noch um einen Augenblick Eurer Zeit, Majestät.«

»Ja? Was wollt Ihr?« Michael überlegte skeptisch, was der Colonel wohl jetzt noch zu sagen hätte.

»Ich werde mich Eurem Befehl unterwerfen, solange ich hier bin, aber wenn ich Rußland verlasse, unterstehe ich nicht mehr Eurer Befehlsgewalt.« Tyrone hielt inne, als der Zar mißtrauisch nickte, und fuhr dann in respektvollem Ton fort: »Solltet Ihr zu diesem Zeitpunkt zufrieden mit der Durchführung meiner Pflichten sein und ich mich von der Gräfin Zenkowna ferngehalten haben, was durch ihre Unfähigkeit, mir einen Erben zu schenken, bewiesen werden könnte, gewährt Ihr mir dann eine Annullierung dieser Ehe, bevor ich nach England zurückkehre?«

Major Nekrasows Kopf schnellte herum, und er sah die beiden Männer fassungslos an, entsetzt über die Vorstellung, wie Synnoveas Ehe mit dem Colonel aussehen würde. Er konnte die Bitte des Colonels nicht einmal annähernd begreifen, da er sein Leben dafür hingegeben hätte, die Gräfin zur Frau zu bekommen.

Michael war schockiert von dieser Bitte, fand aber keine Entschuldigung, sie abzulehnen. Sollte er ihr nicht stattgeben, würde der Colonel mit Sicherheit die Annullierung in England beantragen, und diese Schmach wollte Michael der Gräfin ersparen. »Sollte alles so sein, wie Ihr geschildert habt, Colonel, und Ihr diese Trennung dann noch wünschen, dann wird Eurer Bitte stattgegeben werden, aber ich muß Euch daran erinnern, daß Euch noch drei Jahre Dienst hier bevorstehen.«

»Drei Jahre, drei Monate und zwei Tage, Sire.«

»Das ist eine lange Zeit, um einer bezaubernden Frau zu widerstehen. Glaubt Ihr wirklich, Ihr seid dazu fähig?«

Tyrone ließ sich die Frage durch den Kopf gehen. Er mußte sich eingestehen, daß er nicht wußte, ob er Synnovea als seine Frau einfach ignorieren und seine Begierden in solchem Ausmaß zähmen könnte, aber er wollte sich eine Möglichkeit offenhalten, diese Ehe aufzulösen, falls er keinen Grund sah, sie weiterzuführen. Im Augenblick war er wild entschlossen, seinen Weg zu gehen, weil sie ihn schmählich hintergangen hatte. Aber die Möglichkeit bestand, daß sein Entschluß ins Wanken geriet. Sicher nicht in den nächsten Tagen, nicht solange er noch innerlich vor Wut kochte, aber wer konnte schon wissen, was in den kommenden Monaten und Jahren passieren würde, wer konnte sagen, wohin seine Leidenschaft ihn führen würde? Wie der Zar so treffend bemerkt hatte: Synnovea war so bezaubernd, wie sie schön war, und er konnte nicht dafür garantieren, daß er dem Lied dieser Sirene nicht wieder verfallen würde. Andererseits bestand die Möglichkeit, daß sein wundes Herz nie heilen würde. »Mein Erfolg oder Versagen wird sich noch vor meiner Abreise zeigen, Eure Majestät. Und dann könnt Ihr Euch vom Zustand meiner Ehe überzeugen.«

»Ich hoffe, daß bis dahin Euer Herz fähig sein wird, zu verzeihen.« Michael seufzte. »Eine so schöne Frau einfach zu ignorieren! Ich hatte sie selbst einmal als Braut in Betracht gezogen, aber ich war überzeugt, daß sie sich den strikten Regeln des Terem nicht unterwerfen könnte. Es täte mir weh, wenn sie durch Eure Ablehnung verletzt würde.«

»Ihr könnt Ihr den Schmerz der kommenden Jahre ersparen, indem Ihr uns jetzt erlaubt, getrennte Wege zu gehen«, schlug Tyrone mit einem kurzen Seitenblick auf den Zaren vor.

»Niemals!« Der Zar sprang empört auf. »Bei allen Heiligen, aus dieser Ehe werdet Ihr Euch nicht herausmanövrieren! Ich werde dafür sorgen, daß Ihr noch vor Ablauf dieser Woche heiratet!«

Tyrone war klug genug zu erkennen, wann er geschlagen und sofortige Unterwerfung der einzige Ausweg war. Er legte die Hand auf die Brust, verbeugte sich steif vor dem russischen Monarchen, obwohl die Schmerzen in seinem Rücken ihn fast seine Beherrschung kosteten. »Wir Ihr befehlt, Sire.«

Michael nickte Major Nekrasow kurz zu, der rasch aus dem Zimmer ging, um seinen Befehl auszuführen. Im Vorzimmer rang er sich ein mühsames Lächeln für die Frau ab, die er bewunderte und liebte.

»Zar Michael möchte, daß Ihr jetzt hereinkommt, Synnovea.«

Sie erhob sich mit einem zögernden Lächeln. »Ich dachte, ich hätte jemanden schreien hören. Ist Seine Majestät sehr zornig?«

»Aber doch sicher nicht mit Euch, Synnovea«, beschwichtigte Nikolai.

»Hat er gesagt, warum er mich sprechen will?« fragte sie besorgt.

»Mir war nicht gestattet, im Zimmer zu bleiben, während er mit Colonel Rycroft gesprochen hat. Das müßt Ihr ihn selbst fragen.«

»Ich hätte nie gedacht, daß ich so viele Leute verärgern könnte mit dem, was ich getan habe...« Sie verstummte, als sie Nikolais fragenden Blick bemerkte.

»Und was bitte könnte das gewesen sein, Synnovea?«

Sie schlug hastig die Augen nieder. »Nichts, worauf ich stolz bin, Nikolai, und ich möchte lieber nicht darüber reden.« Dann fiel ihr plötzlich ein, daß sie ihm noch gar nicht für seinen Auftritt zur Rettung des Colonels gedankt hatte. Sie hob den Kopf und legte ihre zitternde Hand auf seinen Arm. »Ich werde Euch ewig dankbar sein für Eure Hilfe, Nikolai. Ich hätte nicht im Traum erwartet, daß Ihr Seine Majestät mitbringt. Wie, in aller Welt, habt Ihr denn dieses Kunststück fertiggebracht?«

»Ich habe ihm lediglich mitgeteilt, Colonel Rycroft wäre in Gefahr, und Seine Majestät war nicht mehr aufzuhalten. Wie es scheint, hat der Engländer die Gunst und den Respekt des Zaren gewonnen, Synnovea, und diese Tatsache hat seine Majestät bewogen, ihm zu Hilfe zu eilen.« Nikolai warf einen Blick auf die Tür, hinter der der Zar inoffiziell Hof hielt und sagte rasch: »Ich muß Euch jetzt hineinführen, Synnovea. Zar Michael erwartet Euch.«

Synnovea holte tief Luft, um ihre kribbelnden Nerven zu beruhigen, dann nickte sie kurz, nahm Nikolais Arm und ließ sich in den Raum führen. Beim Betreten des Zimmers ließ sie rasch den Blick durch das große Gemach schweifen und sah Tyrone, der stocksteif unmittelbar links vom Stuhl des Zaren stand. Er machte keinerlei Anstalten, sie anzusehen, sondern starrte stur geradeaus, als Michael sie zu sich winkte. Sie gehorchte, machte einen tiefen Knicks vor dem Monarchen und verharrte mit gebeugtem Knie, zitternd, bis Major Nekrasow das Zimmer verlassen hatte.

»Synnovea, ich habe heute nachmittag mehrere Entscheidungen betreffs Eurer Zukunft getroffen«, verkündete Michael. »Ich hoffe, sie werden keine allzu große Belastung für Euch sein.«

»Euer Wille ist mir Befehl, Eure Majestät«, erwiderte sie leise. Sie hatte keine Ahnung, was sie erwartete, war aber entschlossen, sich allem ohne Murren zu fügen.

»Ich habe beschlossen, daß der Colonel und Ihr heiraten werdet...«

Synnovea hob erstaunt den Kopf und drehte sich zu Tyrone. Er weigerte sich immer noch, ihrem fragenden Blick zu begegnen, aber sie sah, wie er wütend die Zähne zusammenbiß.

Michael fuhr fort, noch ehe sie Zeit hatte, sich von dem ersten Schreck zu erholen. »Ihr werdet übermorgen in meinem Beisein getraut werden. Das sollte Euch genug Zeit geben, Eure Angelegenheiten zu bereinigen. Es ist undenkbar, daß eine russische Bojarina im deutschen Distrikt lebt. Deshalb dürft Ihr, Synnovea, die Gräfin Andrejewna bitten, ob sie mir einen persönlichen Gefallen erweist und Euch aufnehmen kann. In der Überzeugung, daß sie das wird, betrachte ich diese Angelegenheit als bereits geregelt. Sobald die Zeremonie beendet ist, könnt Ihr beide nach Gutdünken feiern. Ich bin mir sicher, Natascha wird mit Freuden ein großes Fest ausrichten. Der Colonel ist zwar noch etwas unpäßlich aufgrund seiner Verletzungen, aber ich möchte Euch beide ersuchen, sie nach Kräften zu unterstützen, damit es eine großartige Feier wird. Es passiert nicht oft, daß der Zar aller Reußen persönlich die Heirat zweier von ihm favorisierter Untertanen in die Wege leitet. Ihr dürft meine Einmischung in diese Angelegenheit als persönliches Kompliment für Euch beide betrachten. Gibt es noch irgendwelche Bedenken Eurerseits, die besprochen werden müssen?« Er wartete, bis beide das verneint hatten, dann sagte er lächelnd: »Dann dürft Ihr jetzt gehen.«

Die beiden verabschiedeten sich, Synnovea mit einem tiefen Knicks und Tyrone mit einer schmerzvollen Verbeugung. Er richtete sich auf, drehte sich zackig auf dem Absatz um und wollte das Zimmer verlassen, aber Michael hielt ihn noch einmal auf.

»Colonel Rycroft, ich hoffe doch, Ihr seid Euch bewußt, wie glücklich Ihr Euch schätzen könnt, eine so schöne Braut zu haben. Ihr solltet sie dementsprechend behandeln. Ist es denn in Eurem Land nicht Sitte, daß ein Gentleman seiner Geliebten den Arm reicht und damit seine Zuneigung demonstriert, besonders vor Publikum? Hier in diesem Land verlangt es die Sitte. Habe ich mich klar ausgedrückt, Colonel?«

»Absolut, Eure Majestät«, erwiderte Tyrone knapp, stellte sich neben Synnovea und bot ihr steif seinen Arm. Sie spürte seine innerliche Wut, bemerkte aber auch, wie sein Blick sie kurz von

Kopf bis Fuß streifte, ehe er sich der Tür zuwandte. Ihr genügte die Erinnerung, um zu wissen, wie stolz und schön er jetzt aussah. Seine Nähe brachte ohnehin ihren Puls zum Flattern, und sie mußte überrascht feststellen, daß ihre Hand zitterte, als sie sie auf seinen Ärmel legte. Seit dem Abend ihres Verführungsspielchens war sie hin- und hergerissen von undefinierbaren Gefühlen. Sollte Sie, die stolze Synnovea, sich am Ende in so kurzer Zeit in einen Mann verliebt haben?

»Wartet Eure Kutsche draußen?« fragte Tyrone, als sie das Audienzzimmer verlassen hatten.

»Ja«, erwiderte sie schüchtern. Sie spürte, wie zuwider es ihm war, sie selbst auf diesem kurzen Weg begleiten zu müssen. »Aber Ihr braucht mich nicht zu begleiten, wenn es Euch zuviel Mühe bereitet.«

»Seine Majestät hat befohlen, Euch mit Aufmerksamkeit zu behandeln, zumindest in der Öffentlichkeit«, erwiderte er knapp. »Ich werde versuchen, seinen Befehlen zu gehorchen, solange wir nicht allein sind.«

Der Feldmarschall kam durch den Haupteingang spaziert, und Tyrone blieb abrupt stehen und begrüßte den Mann mit einem zackigen Salut. Nachdem er weitergegangen war, sah Synnovea plötzlich Tyrone besorgt an. Er war aschfahl und sah ganz eingefallen aus. Doch er fing sich rasch wieder und schritt unbeirrbar weiter, wenn auch etwas langsamer.

Am Fuße der Treppe half Tyrone ihr in die wartende Kutsche, schloß den Schlag und verabschiedete sich mit einem kurzen Salut für Stenka. Die Kutsche fuhr los, und Synnovea ließ sich in die Kissen fallen, nagte an ihrer zitternden Lippe und versuchte, mit zusammengekniffenen Augen die Tränen zurückzuhalten, die aus ihrer Seele hochquollen. Doch die Flut war nicht zu bremsen, sie liefen in immer breiteren Rinnsalen ihre Wangen hinunter. Natürlich hatte sie sich das alles nur selbst zuzuschreiben, aber wie konnte ein Mann, der bald ihr Gatte werden sollte, soviel Haß in sich aufstauen?

Als die Kutsche kurze Zeit darauf vor der Residenz der Gräfin

Andrejewna vorfuhr, erwartete sie Natascha besorgt am Hauptportal. Die tränenüberströmte Synnovea stammelte eine lahme Entschuldigung und lief an ihr vorbei, die Treppe hoch in ihre Gemächer. Hier erwartete sie Ali und überhäufte sie mit entsetzten Fragen.

»Oh, mein Lämmchen, mein Lämmchen? Was hat Euch denn das Herz gebrochen?«

Die einzige Antwort war die gemurmelte Bitte, sie allein zu lassen, dann ließ Synnovea sich mit dem Gesicht zuerst auf das Himmelbett fallen und schluchzte sich die Seele aus dem Leib. Als der Tränenstrom endlich versiegte, versuchte sie, Erlösung im Schlaf zu finden, doch er blieb ihr versagt. Und so saß sie denn da und starrte dumpf auf das Fenster und die bunten Blätter, die langsam zu Boden flatterten. Einige Zeit später klopfte es leise an der Tür, und Synnovea erhob sich schwerfällig und ließ Natascha ins Zimmer.

»Ich hätte es keinen Augenblick länger ausgehalten«, entschuldigte sich die Gräfin mit einem besorgten Blick auf Synnoveas verschwollene Augen. »Liebes Kind, was, in aller Welt, hat dich denn so getroffen? Bist du vom Hof verbannt worden?« Ein kurzes Schütteln des schönen dunklen Kopfes war die stumme Antwort. »Vom Zaren verstoßen? In ein Nonnenkloster verbannt.«

»Nichts so Triviales«, flüsterte Synnovea.

Nataschas Geduld war am Ende, sie nahm das Mädchen bei den Schultern, schüttelte sie und fragte streng: »Du lieber Himmel, Kind. Sag endlich, was für eine Strafe Seine Majestät gegen dich verhängt hat?«

Synnovea schluckte, um nicht erneut in Tränen auszubrechen, und sagte dann mit gemessener Stimme: »Seine Majestät Zar Michael hat angeordnet, daß Colonel Rycroft mich noch vor Ablauf dieser Woche heiratet.«

»Was?« rief Natascha erfreut. »Oh, gütige Heilige Mutter! Eine so weise Entscheidung hätte ich ihm nicht zugetraut!«

Synnovea sah ihre Freundin traurig an: »Du verstehst nicht, Natascha. Colonel Rycroft haßt mich, genau wie du prophezeit hast. Er will nichts mit mir zu tun haben, und die Heirat mit mir erfüllt ihn mit Abscheu.«

»Oh, mein liebes Kind, vergiß deine Trauer und deinen Schmerz«, sagte die ältere Frau. »Siehst du denn nicht, was passieren wird? Im Lauf der Zeit wird der Colonel seinen Haß vergessen. Ein Mann kann nur schlecht seine Ehefrau ignorieren.«

»Er haßt mich! Er verabscheut mich! Er wollte mich nicht einmal aus dem Palast begleiten!«

»Das spielt keine Rolle, er wird sich trotzdem ändern«, beschwichtigte sie Natascha. »Wie soll es denn vonstatten gehen?«

»Seine Majestät hat gebeten, daß du uns beide aufnimmst...«

Natascha lachte und strich nachdenklich über ihr Kinn. »Keiner soll sagen, daß Zar Michael nicht weise genug ist, Rußlands Angelegenheiten allein zu regeln. Diese Entscheidung war wahrhaft salomonisch.« Sie lächelte in die verweinten Augen Synnoveas und versuchte, ihr Mut zu machen: »Einige Zeit werdet ihr euch durch eure Wut und Aversion das Leben zur Hölle machen, Synnovea, aber wenn der Zorn verraucht ist...« Sie hob die Schultern, »Gott allein kennt das Ende. Wir können nur abwarten und das Beste hoffen.«

Natascha ging zur Tür und grinste Ali an, die ängstlich draußen wartete. Sie nahm die Hand der Zofe und zog sie ins Zimmer.

»Du wirst es nie erraten, Ali«, sagte sie und strahlte. »Colonel Rycroft hat Befehl vom Zaren erhalten, deine Herrin zur Frau zu nehmen.«

»Was Ihr nicht sagt!« Ali war völlig überrumpelt.

»Oh doch, es ist wahr«, versicherte ihr Natascha. »Und die Hochzeit soll noch vor Ablauf der Woche stattfinden, also wohl übermorgen.«

»So bald?« Ali schielte mißtrauisch zu ihr hinauf. »Seid Ihr sicher?«

»Das hat Eure Herrin selbst gesagt.«

»Warum ist sie denn dann so niedergeschlagen?« fragte Ali ratlos. Sie konnte nicht begreifen, warum jemand weinte, der einen so prächtigen Mann heiraten sollte.

»Wirklich rätselhaft, zugegeben, aber das Klagelied wird schon bald zum Freudengesang werden, meinst du nicht auch, Ali?« Die winzige Frau nickte eifrig. »Ja, Ali. Es ist nur eine Frage der Zeit. Aber wir müssen auf jeden Fall ein Fest zu Ehren dieses Ereignisses planen! Wir müssen den Colonel bitten, seine Freunde einzuladen, und wir laden unsere ein!« Natascha lachte vergnügt. »Ich bin schwer versucht, Aleksej dazu zu bitten, nur um ihn leiden zu sehen. Ich fürchte aber, seine Anwesenheit wird den Colonel provozieren, und das können wir nicht zulassen. Prinzessin Anna wird sehr schockiert sein, wenn die beiden bei ihrer Rückkehr bereits verheiratet sind. Als ich sie das letzte Mal sah, war sie außer sich vor Empörung über das Bittgesuch des Colonels an den Zaren.« Sie beugte sich zu Ali: »Wenn du mich fragst, Ali, Prinzessin Anna war nur eifersüchtig, weil sich der Colonel so heftig um deine Herrin bemüht hat. Unsere blonde Prinzessin wird schließlich auch nicht jünger, und ihre Schönheit verblaßt zusehends. Anstatt das beste aus ihrem Alter zu machen, trauert sie ihrer Jugend nach.« Natascha warf ihren dunklen Kopf zurück und lachte. »Ich hoffe, sie ist am Boden zerstört, wenn sie die Nachricht von Synnoveas Hochzeit bekommt. Aber es geschieht ihr ganz recht, nachdem sie dem Colonel die Erlaubnis verweigert hat, Eure Herrin zu sehen. Sie wären wahrscheinlich längst verheiratet, wenn diese Hexe nicht gewesen wäre!«

»Raus hier, alle beide!« stöhnte Synnovea. »Ihr macht euch lustig, und ich leide wie ein Hund. Ich werde wahrscheinlich ein Jahr lang kein Auge mehr zutun können!«

»Dann werden wir dich allein lassen, damit du in Ruhe trauern kannst«, sagte Natascha ohne eine Spur von Mitgefühl. »Ali und ich übernehmen mit Freuden die Planung, da du ja unpäßlich bist.« Sie ging zur Tür und drehte sich noch einmal kurz um. »Wo soll denn die Zeremonie stattfinden?«

»Das hat Seine Majestät für uns entschieden. In seiner Anwesenheit, im Palast.«

»Dann müssen wir ein prächtiges Gewand für dich finden. Du mußt besonders schön aussehen für den Zaren und den Colonel.«

»Ich glaube keiner von beiden wird sich darum scheren, wie ich aussehe«, erwiderte Synnovea mit grimmiger Miene.

»Trotzdem mußt du dich prächtig herausputzen, wenn du dem Colonel gefallen willst.«

Ali mischte sich ein. »Meine Herrin hat sich bereits einen Sarafan für ihre Hochzeit mit Prinz Dimitrijewitsch ausgesucht. Er ist wunderschön und etwas Besseres wird in der kurzen Zeit nicht aufzutreiben sein. Und Rosa hat ihre Schönheit immer schon am besten zur Geltung gebracht.«

»Die Sonne wird scheinen«, verkündete Natascha, »und die Braut wird absolut atemberaubend aussehen...«

»Absolut atemberaubend!« hauchte Major Nekrasow zwei Tage später, als er Zeuge des Auftritts der Gräfin Synnovea im Palast wurde. Sie trug einen blaßrosa Sarafan aus Satin, dessen Ärmel und Unterröcke über und über mit zarten Goldfäden und Unmengen rosa Perlen bestickt waren. Ihr dunkles Haupt schmückte ein kostbares Kokoschniki mit zarten Orientperlenfransen, die über ihre Stirn fielen, ein würdiger Rahmen für ihr makelloses Gesicht. Sie sah so königlich und doch so zerbrechlich aus, daß Nikolai glaubte, sein Herz würde vor Trauer über diesen Verlust zerspringen.

Tyrone stand mit dem Rücken zur Tür und unterhielt sich mit Grigori, als Synnovea den Raum betrat, sah aber Natascha, die zu Nikolai eilte, und drehte kaum merklich den Kopf, um seine Verlobte heimlich zu betrachten. Keiner außer Grigori und Nikolai sah, wie eindringlich sein Blick über ihre Gestalt glitt, trotz seiner abweisenden Miene.

Synnovea hatte gerade ihr Gewand geordnet, hob den Kopf und begegnete seinen kühlen blauen Augen. Er nickte kurz und wandte sich dann rasch ab. Sein kalter, abweisender Blick war wie eine eisige Dusche und nahm ihr jede Hoffnung, daß sein Haß sich gelegt haben könnte.

Kurz darauf erschien ein Diener und überbrachte die Aufforderung, sich in die Kapelle zu begeben, wo Michael sie erwartete.

Synnoveas Herz machte einen Satz, als Tyrone ihr pflichtschuldigst seinen Arm bot. Sie legte eine zitternde Hand auf den Ärmel seines dunkelblauen Wamses, nahm all ihre Kraft zusammen und ging mit ihm los, gefolgt von den übrigen Gästen.

Synnovea erlebte die Zeremonie wie in Trance, eine willenlose Puppe, die sich herumführen ließ. Manchmal stand Tyrone neben ihr, dann kniete er, seine braune Hand nahm ihre blasse und steckte einen großen Siegelring auf ihren Zeigefinger, und kühle Lippen auf ihrem zitternden Mund besiegelten den Bund.

Und dann war die Zeremonie auch schon vorbei, der Zar beglückwünschte sie, und Tyrone führte sie zu ihrer Kutsche. Sie fuhren schweigend zur Andrejewna-Residenz, eine Fahrt, die nicht enden wollte, da Natascha den Kutscher angewiesen hatte, einen Umweg zu nehmen, damit die Gäste vor dem Brautpaar eintreffen konnten. Tyrone saß am anderen Ende der Kutsche, als wäre sie etwas Unreines, mit dem er nicht in Berührung kommen wollte. Ein zögernder Blick in seine Richtung überzeugte Synnovea, daß seine Miene immer noch grimmig und haßerfüllt war.

Vor dem Haus entluden immer noch Kutschen ihre Fracht von Gästen, als Stenka vorfuhr und sich in die Schlange einreihte, damit er seine Herrin und ihren frischgebackenen Ehemann direkt vor der Tür absetzen konnte. Leider hatte es in der Nacht zuvor heftig geregnet, und der Boden war aufgeweicht. Die beiden Hinterräder der Kutsche gruben sich im Schlamm so fest, daß die Pferde sie nicht mehr weiter bewegen konnten.

Tyrone beugte sich aus dem Fenster, um zu sehen, was passiert war. Da er keine Lust hatte zu warten, bis zwei weitere Pferde eintrafen, sprang er aus der Kutsche, machte Synnovea ein Zeichen, zur Tür zu rutschen und nahm sie in die Arme. Seine unerwartete Nähe verunsicherte Synnovea so, daß sie nicht wußte, wie sie sich verhalten sollte. Sie überlegte noch, ob sie die Arme um seinen Hals legen oder sich nur an seiner Schulter abstützen sollte, als er plötzlich ausrutschte und sie sich, aus Angst in den Schlamm zu fallen, hastig an seinen Hals klammerte.

Natascha empfing die beiden an der Eingangstür und führte

Synnovea zu den Gästen, während Tyrone sich seiner schlammigen Stiefel entledigte und auf Strumpfsocken zur Küche ging. Ein Diener nahm sie ihm dort ab und eilte davon, um sie zu reinigen. Während Tyrone auf die Rückkehr des Mannes wartete, entdeckte er ein kleines Mädchen von etwa drei Jahren, das hinter der Schürze seiner Mutter hervorlugte. Irgendwie erinnerte sie ihn an seine junge Braut. Vielleicht lag es an den großen grünen Augen und dem sanft gewellten Haar, aber vielleicht war es auch der ängstliche Ausdruck, den er heute bei Synnovea bemerkt hatte. In letzter Zeit war von dem hochmütigen Mädchen, das ihm damals im Badehaus begegnet war, nichts mehr zu erkennen gewesen. Womöglich fürchtete sich Synnovea inzwischen genauso vor ihm wie die schüchterne kleine Kreatur.

Tyrone grinste das Mädchen an, kniete sich neben ein paar Holzklötze, die am Boden verstreut waren und begann, ein Haus zu bauen. Das Mädchen beobachtete ihn fasziniert. Sie rückte Schritt für Schritt näher, um seine Arbeit zu bewundern, und kicherte hocherfreut, als eine unvorsichtige Bewegung das ganze Gebäude zum Einstürzen brachte. Danika beobachtete lächelnd, wie die beiden sich anfreundeten, obwohl sie kein Wort von dem, was der Mann sagte, verstehen konnte.

Synnovea kam, um Tyrone zu den wartenden Hochzeitsgästen zu geleiten, aber sie blieb unbemerkt in der Tür stehen und beobachtete die beiden. Er lachte und redete auf das Kind ein, das nur verwirrt mit den Schultern zuckte, weil es ihn nicht verstand. Aber sein strahlendes Lächeln zeigte, daß es seinem Charme trotzdem nicht widerstehen konnte. Synnovea wurde warm ums Herz. Er war so sanft und behutsam mit diesem Mädchen. Genauso zärtlich und umsichtig hatte er sie in seinem Quartier behandelt, obwohl die Leidenschaft ihn fast zum Wahnsinn getrieben hatte. Wenn doch nur sein Haß ihr gegenüber nicht so groß wäre, hätte sie sich einen solchen Mann als Gatten nur wünschen können. Aber selbst so düster und abweisend, wie er sich jetzt gab, war er für sie immer noch ein wesentlich befriedigenderer Partner, als Prinz Wladimir es je hätte sein können.

Schließlich kam der Diener mit Tyrones frisch polierten Stiefeln zurück. Tyrone zog sie an, erhob sich und nahm die Hand des kleinen Mädchens: »Ich muß gehen, aber ich wohne jetzt hier und würde dich gerne wieder in der Küche besuchen.«

Das Kind sah ihn verwirrt an, aber dann entdeckte es Synnovea, lief rasch zu ihr und nahm ihre Hand. In der kurzen Zeit, die sie unter einem Dach wohnten, hatte sie die Gräfin sehr liebgewonnen. Tyrone richtete sich zu seiner vollen Größe auf und beobachtete, wie seine Frau dem Mädchen seine Frage ins Russische übersetzte. Das Kind strahlte übers ganze Gesicht, machte einen Knicks vor dem Colonel und plapperte aufgeregt eine Antwort.

Synnovea übersetzte und wagte es jetzt endlich, ihm in die Augen zu sehen. »Sofia sagt, sie wäre entzückt, wenn Ihr sie, sooft Ihr wollt, besuchen kommt.«

Tyrone sah, wie seine Braut unter seinem Blick errötete. Als sie rasch die Augen niederschlug, merkte er, daß sie ihn mißverstanden hatte und den Blick für einen Vorwurf über ihre Einmischung hielt. Er war ihr im Moment nicht sonderlich wohlwollend gesonnen, und so ließ er sie in ihrem Glauben, aber trotz seines Ärgers und seiner Enttäuschung konnte er ihre Schönheit und ihr gewinnendes Wesen nicht ignorieren.

»Ich wollte nicht stören«, entschuldigte sich Synnovea schüchtern und strich zärtlich über das Haar des Mädchens, das neugierig die Stickereien auf ihrem Sarafan inspizierte. »Ich dachte nur, du hättest deine Worte gern übersetzt.«

»Du wirst mir die Sprache beibringen müssen, jetzt, wir unter einem Dach leben«, sagte Tyrone kühl. »Wir müssen ja irgend etwas mit unserer gemeinsamen Zeit anfangen.«

Synnoveas Kopf schnellte bei dieser spitzen Bemerkung hoch, aber ehe sie etwas sagen konnte, hörte man eilige Schritte an der Tür. Einen Augenblick später platzte Natascha in die Küche.

»Synnovea!« keuchte die Frau atemlos. »Prinz Wladimir und seine Söhne sind hier. Sie wollen sich Colonel Rycroft anschauen, ob er als Mann für dich taugt, und ihrer Stimmung nach zu schließen, werden wir bald Verstärkung brauchen.«

Tyrone warf seiner jungen Frau einen spöttischen Blick zu. »Dein verschmähter Verlobter, nehm' ich an?«

»Was sollen wir bloß tun?« flüsterte Synnovea entsetzt. Noch einen Angriff auf Tyrone würde sie nicht überleben.

»Beruhigt Euch, Madame«, riet ihr frischgebackener Ehemann. »Es ist nicht das erste Mal, daß ich einem Eurer Freier begegne. Ich hoffe nur, dieser Prinz ist nicht auch so jähzornig wie der letzte.«

»Seid bitte auf der Hut«, warnte Natascha ihn. »Prinz Wladimirs Söhne sind echte Kampfhähne und jederzeit bereit, einen Streit mit den Fäusten auszutragen. Mit anderen Worten, Colonel, im Vergleich zu ihnen könnte man Aleksej als Heiligen betrachten.«

»Dann wird unsere Feier möglicherweise in wenigen Minuten beendet sein«, bemerkte Tyrone ironisch. Er wandte sich zu Synnovea und reichte ihr die Hand. »Sollen wir uns den Herren gemeinsam stellen, meine Liebe? Es passiert schließlich nicht jeden Tag, daß ein verschmähter Freier den Ehemann seiner Verlobten kennenlernt.«

Synnovea war verärgert über seinen sarkastischen Ton und sagte spitz: »Du hast keine Ahnung, wozu diese Brut fähig ist, wenn sie gereizt wird. Außerdem bist du in keinem Zustand, dich leichtfertig mit ihnen anzulegen.«

»Vielleicht nicht, meine Liebe. Aber es wäre zumindest interessant, sie kennenzulernen.«

»Wenn du es überlebst!« sagte Synnovea barsch, reichte ihm ihre Hand und folgte ihm zur Halle.

Tyrones Grinsen war unverschämt. »Ich muß mich wohl darauf einstellen, eine ganze Legion Freier zu konfrontieren, die du in deinem Kielwasser gelassen hast. Das könnte sogar eine größere Herausforderung werden, als alle Feinde des Zaren zu bekämpfen. Ich hätte gewarnt sein müssen nach unserem ersten Treffen, als ich dich vor Ladislaus retten wollte.«

»Vielleicht hättest du mich meinem Schicksal überlassen, wenn du gewußt hättest, was auf dich zukommt.«

»Vielleicht«, erwiderte Tyrone. Er war nicht in der Stimmung, sie eines Besseren zu belehren. Doch als Synnovea ihm erbost ihre Hand entreißen wollte, hielt er sie fest. »Aber, aber, meine Liebe. Wir müssen Seiner Majestät gehorchen und vor unseren Gästen den Augenschein wahren.«

Synnovea warf ihm einen entrüsteten Blick zu, fügte sich aber, um eine unschöne Szene zu vermeiden. Und so führte Tyrone sie in die Halle, wie es einem liebevollen Bräutigam geziemt.

»Meine Damen und Herren, ich heiße Sie in diesem prächtigen Haus willkommen«, verkündete er an der Schwelle der Halle, die mit Gästen gefüllt war. Alles applaudierte, und das Brautpaar dankte mit einer knappen Verbeugung und einem Knicks.

Prinz Wladimir applaudierte nicht. Er war gereizt und gefährlich wie ein alter, verwundeter Bär. Mit grimmiger Miene fixierte er, umringt von seinen Söhnen, den hochgewachsenen Mann an Synnoveas Seite, als sie an ihnen vorbeigingen.

Synnovea klammerte sich ängstlich an Tyrones Arm und fragte sich, wie das weitergehen sollte. Der Gedanke, ihr Mann müßte noch einmal die Folgen ihres leichtsinnigen Planes ausbaden, ließ ihr das Blut in den Adern gefrieren.

Grigori und einige englische Offiziere, die in der Nähe des kriegerischen Clans standen, stellten ihre Becher ab, als sie sahen, daß die Prinzen es offensichtlich darauf anlegten, den Bräutigam in eine Schlägerei zu verwickeln. In Anbetracht der stürmischen Werbung des Colonels waren sie nicht weiter verwundert gewesen, als sie hörten, daß er mit dem Vormund seiner Angebeteten aneinandergeraten war und dieser ihn durch gedungene Männer für seine Kühnheit hatte bestrafen lassen. Und der Ärger der Prinzen war auch verständlich. Sie hatten das Mädchen ebenfalls begehrt, und die übereilte Hochzeit hatte all ihre Pläne zunichte gemacht.

»So, Ihr seid also der Schurke, der mir das Mädchen gestohlen hat«, dröhnte Wladimirs tiefe Stimme durch den Saal. »Ihr Barbaren von Engländern glaubt wohl, ihr könnt euch alles erlauben? Uns einfach die Bräute vor der Nase wegstehlen? Auspeitschen sollte man euch!«

Die Söhne murmelten beifällig ihre Zustimmung und rückten bedrohlich näher. Tyrone stellte sich dem herausfordernden Blick des weißhaarigen Bojaren, der jetzt die Hand auf seinen Säbel legte. Die Drohung war unmißverständlich und konnte nicht ignoriert werden.

Synnovea versuchte, sich zwischen die beiden zu stellen, um ihren ehemaligen Verlobten zu beschwichtigen, aber Tyrone packte sie am Arm und zog sie hinter sich.

»Halt dich da raus, Synnovea«, befahl er. »Ich bin absolut imstande, diese Angelegenheit allein zu regeln.«

»Auf mich würde Prinz Wladimir vielleicht hören«, flüsterte Synnovea eindringlich und lugte über Tyrones Schulter zu dem greisen Riesen. Sie wagte sogar, ihre zitternde Hand auf die Brust ihres Mannes zu legen. »Bitte, laß es mich versuchen.«

Prinz Wladimir räusperte sich wutentbrannt, weil sie offensichtlich um diesen Ausländer besorgt war. Er ging auf den Colonel zu, riß ihn am Ärmel herum und sagte. »Hört Ihr etwa auf Weibergeschwätz?«

»Ja! Wenn Weisheit darin liegt!« erwiderte Tyrone und riß sich von dem alten Mann los. »Kein Mann hat mir zu sagen, auf wen ich hören soll!«

Der greise Prinz spuckte verächtlich. »Der Zar mag Euch ja gebeten haben, hierherzukommen und unsere Soldaten zu trainieren, aber Ihr werdet feststellen, daß die meisten Bojaren die Anwesenheit von Ausländern hier als Affront betrachten. Ihr mischt Euch nicht nur in unsere Kriegsmethoden ein, sondern wagt es auch noch, mit unseren Frauen zu spielen!«

»Wer beklagt sich denn hier über Einmischung?« sagte Tyrone barsch. »Ich habe das Mädchen vor Euch kennengelernt und Seine Majestät um Erlaubnis gebeten, Ihr den Hof machen zu dürfen. Dann seid Ihr gekommen und habt mit Taraslow Intrigen geschmiedet, ohne Rücksicht auf den Wunsch des Zaren. Wollt Ihr etwa ein Gelöbnis anfechten, das in Gegenwart des Zaren gegeben wurde?«

Wladimir ballte die Hände zu Fäusten, und sein Gesicht wurde beängstigend rot. »Ich habe der Sitte gemäß um die Verlobung mit der Gräfin Synnovea ersucht. Wo wart Ihr, als der Ehevertrag unterzeichnet und besiegelt wurde?«

Tyrone schnaubte verächtlich. »Dieselben hinterlistigen Menschen, die diese Dokumente mit Euch besiegelt haben, hatten mir den Zugang zum Haus der Taraslows verwehrt und mir untersagt, die Maid zu sehen. Durch Tat und kaiserliche Gunst habe ich jedenfalls mehr Anrecht auf sie, als diese hinterhältigen Memmen es je hatten. Wäre ich nicht gewesen, hätte sie Moskau nie erreicht, sondern würde jetzt die Gelüste eines räuberischen Bastards befriedigen, der sie entführen wollte!«

»Ihr glaubt, sie gehört Euch, nur weil Ihr sie vor einer Räuberhorde gerettet habt?« brüllte Wladimir fassungslos.

»Oh nein!« konterte Tyrone. »Sie gehört mir, weil wir das Ehegelübde abgelegt haben, mit dem Zaren als Zeugen! Ich möchte Euch also bitten, mich nicht länger mit Euren banalen Argumenten zu langweilen, und Euch warnen: Ich kann sehr ungehalten werden, sollte einer versuchen, sie mir wegzunehmen.« Er trat einen Schritt zurück, ließ aber die Söhne keinen Moment aus den Augen, dann machte er noch einen Schritt, um sicher zu gehen, daß ihm keiner in den Rücken fallen würde, und sah dann kurz zu seiner Braut. Sie hatte Tränen der Dankbarkeit in den Augen, wohl weil er sich so energisch für sie eingesetzt hatte. Es erstaunte ihn, wie wenig sie seinen Charakter begriffen hatte. Hatte sie etwa gedacht, er würde sie einfach diesen Schweinen zum Fraß vorwerfen?

»Die Befehle des Zaren sind eben allmächtig, nicht wahr, Mylady?« flüsterte er spöttisch, bereute es aber sofort, als er sah, wie sehr sie das verletzte. Ein Teil von ihm hätte sie nur zu gerne beschwichtigt, aber ein anderer gierte immer noch nach Rache für das, was sie ihm angetan hatte. Und es würde sicher noch eine Weile dauern, bis die Entscheidung in diesem Kampf der Gefühle gefallen war.

Tyrone wandte sich jetzt wieder Wladimir und seinen Söhnen zu, und um ihretwillen versuchte er, den leutseligen Gastgeber zu spielen, obwohl sein Rücken ihm immer noch sehr zu schaffen machte. »Wenn Ihr und Eure Söhne an unserem Fest teilnehmen wollt, seid ihr willkommen.«

»Sehr nett von Euch!« rief Sergej mit verächtlicher Miene und schlug Tyrone kräftig auf den Rücken, so daß diesem hörbar der Atem stockte. Synnovea sah, wie er blaß wurde und die Zähne zusammenbiß, wagte aber nichts zu sagen. Die blauen Augen blitzten vor Wut, als er herumschwang und den grinsenden jungen Mann an seinem Kaftan packte und an sich riß. So grimmig war die Miene des Colonels, daß der junge Sergej sich in Panik loszureißen versuchte. Aber Tyrone packte ihn am Nacken, griff seinen linken Arm und drehte ihn ihm auf den Rücken. Sein Schmerzensschrei brachte die Brüder in Harnisch, und sie hätten sich auf Tyrone gestürzt, wenn Sergej sie nicht angefleht hätte stillzuhalten.

»Paß auf, wo du mich anfaßt, Junge«, zischte ihm Tyrone ins Ohr. »Oder ich schwöre, du hast einen Arm weniger, wenn du dieses Haus verläßt. Habe ich mich klar ausgedrückt?«

Wladimir und seine Söhne sprachen alle ausgezeichnet Englisch, und jeder hatte die Warnung verstanden. Der Vater trat vor und sagte: »Laßt ihn los, oder ich hetze noch vor Tagesanbruch die Hunde auf Euch.«

Tyrone berührte das nicht sonderlich. »Dann ruft diese bellenden Köter, mit denen Ihr Euch umgeben habt, zurück, sonst habt Ihr womöglich noch guten Grund, hinter mir herzujagen.«

Wladimir hob überrascht seine buschigen weißen Brauen. Ein Mann, der sich ihm und seinen Söhnen so mutig entgegenstellte, mußte etwas Besonderes sein. Er hob eine runzelige Hand und bedeutete seiner Familie, sich zurückzuziehen. Tyrone gab Sergej einen heftigen Stoß, der ihn mitten unter seine Brüder katapultierte, dann legte er eine Hand auf die Brust und machte eine kleine Verbeugung. »Ich bitte Euch in aller Demut um Verzeihung für diesen Wutanfall, Gentlemen. Ich hatte vor ein paar Tagen eine wenig erfreuliche Begegnung mit einer Horde von Schurken, die mir die Haut vom Rücken gezogen haben. Er ist noch etwas empfindlich. Ich möchte Euch bitten, ihm möglichst nicht zu nahe zu kommen, dann kann ich Euren Besuch als freundlicher Gastgeber genießen.«

Sergej rieb seinen schmerzenden Arm und murmelte beleidigt: »Ihr seid sehr jähzornig, Engländer.«

»Ein Fehler, mit dem ich immer zu kämpfen habe, wenn man mir Schmerz zufügt.« Tyrone schaute sich unter den Mitgliedern der Familie um und sah, daß alle Augen jetzt auf Synnovea gerichtet waren. Er stellte sich zu ihr, nahm ihren Arm, um seine Besitzansprüche noch einmal geltend zu machen, und sagte: »Seid Ihr gekommen, um mir zu meinem Glück zu gratulieren, eine so süße und schöne Braut gefreit zu haben?« Er legte einen Arm um die schlanken Schultern seiner Frau, nahm einen Becher vom Tablett eines Dieners und erhob ihn.

»Gentlemen, ich möchte einen Toast auf Lady Synnovea Rycroft ausbringen, Herrin meines zukünftigen Hauses.« Er nahm einen Schluck Wein, beugte sich zu seiner Braut und murmelte ihr zu, während er ihr den Becher reichte: »Trink aus, mein Schatz. Vergiß nicht, wir müssen unseren Gästen zeigen, wie glücklich wir sind.«

Major Nekrasow kam gerade in die Halle, als der Toast ausgesprochen wurde, und war nicht sonderlich begeistert. Eine widerliche Farce, fand er, wenn man bedachte, welches Versprechen der Mann dem Zaren abgerungen hatte. Jeder Respekt vor dem Soldaten und Kameraden war vergessen. Nikolai war fest entschlossen, Synnovea vor dem Plan ihres Mannes zu warnen und sie anzuflehen, sich ihm zu verweigern, bis der Colonel nach England abreiste.

Nikolai ließ das Brautpaar den Rest des Nachmittags nicht mehr aus den Augen, aber es bot sich keine Gelegenheit, Synnovea allein zu sprechen. Und je näher der Abend rückte, desto schlechter wurde seine Laune. Die beiden bewegten sich unter ihren Gästen, als wären sie unsterblich ineinander verliebt. Hand in Hand verabschiedeten sie Wladimir und seine Söhne und schritten dann, eng umschlungen zum Speisesaal, um bei dem üppigen Bankett, das zu ihren Ehren vorbereitet worden war, den Vorsitz an der Tafel zu übernehmen. Diese Zurschaustellung gegenseitiger Zuneigung war für Nikolai kaum zu ertragen, und noch schlimmer war der Gedanke daran, was Synnovea schon bald diesem Mann opfern würde. Während der Zeremonie war sie so süß und scheu gewesen, als würde sie diesen Mann tatsächlich lieben, der sie jetzt auch noch mit solcher Vertrautheit betätschelte, als hätte er ein Recht dazu nach dem, was er mit dem Zaren ausgehandelt hatte! Die langen Finger, die ganz beiläufig über ihre Taille strichen und sie näher an ihn zogen... all das entsprach genau den Fantasien, die Nikolai so teuer waren, nämlich Synnovea eines Tages selbst zu besitzen.

Doch das Schlimmste stand ihm noch bevor, wie Nikolai mit einem Schlag klar wurde. Er würde mitansehen müssen, wie das Paar sich in das Brautgemach zurückzog, und nach allem, was er heute nachmittag gesehen hatte, war der Engländer sicher nicht bereit, abstinent zu bleiben. Er überlegte fieberhaft, wie er Synnovea vor der Falschheit ihres Gatten warnen könnte, in der Hoffnung, ihre Vereinigung verhindern zu können, aber ohne Erfolg. Seine braunen Augen mußten grimmig mit ansehen, wie sie schließlich die Halle verließ, begleitet von Natascha und einer Handvoll Frauen, Synnoveas beste Freundinnen, die sie dazu eingeladen hatte.

Kurz nachdem sie den Raum verlassen hatten, mußte Tyrone einige neugierige Fragen beantworten und mußte sich schelten lassen, weil er den anderen Männern die schönste Frau vor der Nase weggeschnappt hatte. Einige fragten auch, wieso er es denn so eilig gehabt hätte mit dem Heiraten, was er mit einem vielsagenden, lüsternen Grinsen beantwortete.

»Ihr habt doch alle gehört, mit welcher Ungeduld ich um die Gräfin gefreit habe. Könnt Ihr Euch nicht denken, wie begierig ich darauf bin, sie endlich im Bett zu haben? Der Zar hat sich meiner erbarmt und angeordnet, daß alle Verlobungspläne nichtig sind und wir sofort in seiner Gegenwart heiraten müssen. Mehr steckt nicht dahinter.«

Nikolai lächelte grimmig, als er hörte, wie geschickt der Engländer die Geschichte darstellte. Es tat ihm in der Seele weh, daß Synnovea nicht hier war, um zu hören, wie heimtückisch ihr Mann die Tatsachen verdrehte.

Kurze Zeit später kehrte Natascha in die große Halle zurück, um mitzuteilen, daß die Braut ihren Bräutigam erwarte. Die Männer drängten sich johlend um Tyrone, der in scheinbarer Vorfreude rasch seinen Becher leerte. Keiner ahnte, daß er versuchte, nicht nur die Schmerzen seines wunden Rückens zu betäuben, sondern auch die Erinnerungen ertränken wollte, die der Gedanke, mit Synnovea allein in einem Schlafzimmer zu sein, ausgelöst hatte.

Einige seiner Freunde wollten ihm fröhlich auf den Rücken klopfen, worauf Tyrone sich hastig von ihnen entfernte. »Seid vorsichtig, sonst macht ihr mich nutzlos für meine Braut«, warnte er sie. »Mein Rücken ist so empfindlich, daß er mich manchmal alles andere vergessen läßt. Also bitte ich euch um Schonung.«

»Hebt ihn auf die Schultern, Kameraden!« rief ein englischer Offizier namens Edward Walsworth. »Er muß seine Kräfte für bessere Aufgaben schonen. Außerdem hat er dem Wein so reichlich zugesprochen, daß er vielleicht den Weg nach oben zu anderen Genüssen nicht mehr finden kann.«

Mit lautem Gelächter und unverschämten Liedchen wurde Tyrone die Treppe hinaufgetragen. Im Vorzimmer von Synnoveas Gemächern ließen sie Tyrone herunter und stellten ihn vor die Tür zum angrenzenden Schlafgemach. Alles drängte sich dicht hinter ihm, um einen Blick auf die Braut zu erhaschen, die man für ihren Mann herausgeputzt hatte.

Tyrone wußte zwar, daß er heute abend viel zu heftig dem Wein zugesprochen hatte, aber das war sicher keine Erklärung für den heftigen Satz, den sein Herz machte, als er seine Braut sah. Vom ersten Augenblick ihrer Begegnung an hatte er gewußt, daß Synnoveas Schönheit unvergleichlich war, aber jetzt, als sie vor ihm stand, ihm rechtmäßig angetraut, bereute er bitterlich, was er aus verletztem Stolz gelobt hatte.

Synnovea stand im Kreise ihrer Vertrauten und sah so verlokkend und atemberaubend aus, wie ein Bräutigam es nur wünschen konnte. Ihr dunkles Haar war zum Zeichen ihres neuen Status als verheiratete Frau in zwei Zöpfe geteilt und mit goldenen Bändern geflochten. Eine exquisite Robe aus schimmernder Goldseide fiel lose von den Schultern zu Boden, über einem hauchdünnen Untergewand, das jetzt noch verhüllte, was noch vor wenigen Tagen so willig und weich in seinen Armen gelegen hatte. Ihr Anblick brachte alle Vorsätze ins Wanken, und Tyrone wußte nicht, ob sein Körper noch lange dem Diktat seines ziemlich berauschten Gehirnes folgen könnte. Mit einem Mal schien es absurd, sie durch Abstinenz zu bestrafen, wenn er die schlimmeren Qualen erdulden mußte.

Verdammt! Es mußte einen Weg geben, diesen Wankelmut zu besiegen. Disziplin war des Soldaten Brot! Wenn er sich nicht in acht nahm, würde er demnächst mit hochrotem Kopf vor dem Zaren stehen und versuchen zu erklären, wieso er schon in der Hochzeitsnacht seinen Schwur gebrochen und sie sofort geschwängert hatte!

Die männlichen Gäste gaben ihrer Bewunderung für die Braut mit lautem Gejohle und Pfeifen Ausdruck, was Synnovea mit einem schüchternen Lächeln dankte. Prinzessin Zelda beugte sich zu ihr und flüsterte ihr etwas ins Ohr, worauf sie bis unter die Haarspitzen errötete.

Tyrone lehnte sich mit einer Hand lässig in den Türrahmen, wohl wissend, daß die beiden Frauen über ihn sprachen. Und so wie die beiden Augenpaare ihn von Kopf bis Fuß musterten, konnten sie nur über seine körperlichen Vorzüge sprechen, über die Synnovea ja hinreichend informiert war. Anscheinend war sie aber nicht gewillt, näher darauf einzugehen, denn die andere Frau verstummte, und Synnovea stellte sich seinem Blick, ganz offen, wie sie es seit dem Ablegen der Gelübde noch nicht getan hatte.

Sein Eintritt in die Kammer hatte auch die Erinnerung an ein ähnliches Ereignis vor etwa drei Jahren geweckt, als er Angelina, seine erste Frau, in ihrem Brautgewand gesehen hatte. Damals war er anderer Stimmung gewesen, fröhlich und ausgelassen wie jeder

Bräutigam, der sich darauf freut, als erster die Frucht zu pflücken. Es könnte wieder genauso sein, sagte er sich, wenn er nur bereit wäre nachzugeben...

Oder möglicherweise würde es noch viel besser sein, schlich sich ein vorwitziger Gedanke ein, als er beide miteinander verglich. Während er sich auf der Stelle in Synnovea verliebt hatte, war seine Kapitulation vor Angelinas hartnäckigen Bitten eine recht langatmige Angelegenheit gewesen. Angelina war die Tochter der Nachbarn seiner Eltern gewesen, die er in jüngeren Jahren mehr oder weniger ignoriert hatte. Erst etwa zwei Jahre vor ihrer Hochzeit hatte sie seine Aufmerksamkeit erregt, aber die große Leidenschaft war es nicht gewesen, die diese Ehe zustandegebracht hatte, wohl eher eine Zermürbung seines männlichen Widerstands durch ein süßes junges Ding.

Es hatte auch andere Frauen gegeben, denen er den Hof gemacht hatte. Aber entweder war die Zeit zu kurz gewesen, die ihm als Soldat für sein Privatleben zur Verfügung stand, oder das Interesse war geschwunden, und er hatte einsehen, daß sie nicht die Richtige für ihn war. Diesmal hatte seine kühle Logik aber endgültig versagt, und er fragte sich, wie, in aller Welt, er es bewerkstelligen sollte, die Anwesenheit Synnoveas im selben Zimmer, geschweige denn im selben Bett, zu ertragen, ohne sie zu nehmen.

Er hatte Natascha diskret darum gebeten, ihm ein separates Quartier zu geben, egal wie winzig, aber die Frau hatte nur freundlich gelächelt und ihm geantwortet, es wäre angesichts der vielen Gäste, die sie ständig hätte, unmöglich. Und so mußte Tyrone sich angesichts der verlockenden Vision im Brautgemach eingestehen, daß er entweder schleunigst sein Gelübde brechen oder sehr viel Zeit fern von diesem Haus verbringen mußte.

Tyrone warf einen kurzen Blick über die Schulter auf die lachenden, johlenden Gäste und ließ sie mit einer Handbewegung verstummen, bis nur noch das leise Murmeln der Frauen zu hören war. Er ging langsam auf den Kreis von Freundinnen zu und musterte mit funkelnden Augen seine strahlend schöne Braut.

Jeder Blick, jede Geste wurde von den Brautjungfern genau verfolgt, und Synnovea lächelte ihn zögernd an, nur ihre Augen beobachteten ihn mißtrauisch. Mit einer steifen Verbeugung verabschiedete Tyrone die Damen, die kichernd aus der Kammer liefen, dann näherte er sich seiner Braut.

»Für unsere Gäste, Madame«, flüsterte er, nahm ihr zartes Kinn und küßte sie voll auf den Mund, viel mehr um seinetwillen als zur Befriedigung seiner Kameraden.

Nur zu gerne hätte Synnovea sich an ihn gelehnt und ihre Lippen seinem fragenden Kuß hingegeben, aber sie fürchtete seine Ablehnung und wollte sich nicht blamieren, also hielt sie den Mund fest geschlossen.

Tyrone hob kurz den Kopf und sah sie an, enttäuscht von ihrer Zurückhaltung, trotz allem, was er geschworen hatte und möglicherweise nie würde halten können. Wie absurd dieser Schwur war, hatte ihm ihre Nähe erneut unmißverständlich gezeigt. Er löste sich von ihr und ging zurück in den Vorraum, wo er ein letztes Mal mit seinen Freunden anstieß. Er war aber längst noch nicht so betrunken, daß er nicht bemerkt hätte, wie Nikolai heimlich Synnovea durch die Tür beobachtete. Es überraschte ihn nicht, daß er darüber erbost war. Er hatte im Verlauf des Abends ohnehin schon zu viele Verehrer ihrer Schönheit erdulden müssen und war nicht gewillt, diesem Kerl auch nur einen Blick zu gönnen, der ihm immer alles nachmachte und auch noch hinter ihm her zum Zaren gerannt war, um auch um Erlaubnis zu bitten, sie zu freien.

Tyrone griff hinter sich und schob die Tür zu, mit einem herausfordernden Blick auf den Major, um ein für allemal klarzustellen, daß sie ihm gehörte, bis er bereit war, dies zu akzeptieren. Er starrte Nikolai an, bis dieser zornesrot auf dem Absatz kehrtmachte und den Raum verließ.

19. Kapitel

Die Gäste entfernten sich schließlich aus dem Brautgemach, die schwere Holztür wurde geschlossen, und der Bräutigam konnte den Riegel sichern, um sich und seine Braut vor gutwilligen Streichen zu schützen. Ein paar seiner Kameraden hatten Tyrone noch ein paar wohlgemeinte Ratschläge für den Umgang mit Jungfrauen gegeben, denen er scheinbar aufmerksam lauschte, während er in Gedanken noch einmal sah, wie Synnovea nackt über sein Bett glitt und bereitwillig Platz für ihn machte. Der Wodka, den er so reichlich konsumiert hatte, reichte zwar, um die Schmerzen in seinem Rücken zu dämpfen, aber er konnte diese und andere ähnlich verlockende Visionen nicht aus seinen Gedanken vertreiben. Die Ratschläge seiner Kameraden interessierten ihn ohnehin nicht, selbst wenn sie von angeblich großen Verführern stammten, die unendlich viele Frauen beglückt hatten. Er zog es vor, die Dinge auf seine Art zu machen, zumindest im Spiel von Liebe und Leidenschaft. Die ihm gerade erst angetraute Verführerin hatte jedenfalls mit erregender Leidenschaft auf seine Liebeskünste reagiert, falls es nicht ein Teil ihres Planes gewesen war. Und auch seine erste Frau Angelina hatte sich nach ihrer Heirat erst richtig in ihn verliebt, wenn man ihrem Geständnis auf dem Totenbett glauben konnte. Erst als er so lange von ihr getrennt war, im Dienste seines Landes, hatte sie sich so einsam gefühlt, daß sie anderweitigen Verlockungen erlegen war. Das hatte sie ihm zumindest geschworen, als sie ihn auf dem Totenbett angefleht hatte, ihr zu verzeihen.

Tyrone machte sich auf den Weg in das Schlafgemach und näherte sich dann sehr bedächtig dem großen Himmelbett, in dem seine zweite Ehefrau ihn erwartete. Sie hatte die goldene Robe abgelegt, und ihre weiblichen Formen waren augenblicklich diskret durch ein Laken bedeckt, das sie über den Busen hochgezogen hatte, um zu verhüllen, was das durchsichtige Nachtgewand so frech entblößte. Während Tyrone sein Wams lockerte, schweifte sein finsterer Blick über die einladenden Hügel und Täler, die unter ihrem Laken nun seiner harrten.

»Zar Michael hatte recht«, bemerkte Tyrone und verfluchte insgeheim den Wodka, der seine Zunge so schwer machte und trotzdem keine Hilfe war gegen sein aufgewühltes Blut, dem er jetzt die Erlösung verweigern mußte. »Ihr seid sehr schön, Madame. Vielleicht sogar die schönste Frau, die ich je gesehen habe.«

Synnoveas aufgesetzte Heiterkeit hatte sich schlagartig nach dem Abgang der Damen gelegt. Sie beobachtete ihren Gatten mißtrauisch und fragte sich, was sie in seiner augenblicklichen Laune von ihm zu erwarten hatte. Würde er sich an ihrem schlanken Körper für ihren Verrat rächen? Würde sie den Tag bereuen lernen, an dem ihr die Idee, ihn in ihren Plan einzubeziehen, gekommen war? »Wir hatten gar keine Zeit für uns allein, in der wir hätten reden können, Tyrone...«

»So, Ihr wollt also reden.« Er verbeugte sich mit einiger Mühe und taumelte einen Schritt zurück, ehe er sich wieder gefangen hatte. Er grinste. »Ihr müßt meinen Zustand entschuldigen, Madame, aber ich habe heute abend gegen meine Prinzipien gehandelt und zuviel des süßen Weins genossen... Pardon, von diesem tödlichen Getränk, das ihr Russen so reichlich konsumiert. Ein Teufelszeug, dieser Wodka, aber er lindert meine Schmerzen...« Er legte eine Hand aufs Herz, als stummen Hinweis darauf, wo die echte Wunde saß. »Welche Angelegenheit wolltet Ihr besprechen, oh, mein Weib? Meine Aversion dagegen, benutzt zu werden?« Er rieb sich die Brust. »Oh, ja, Euer lieblich Händchen hat mich schwer verletzt. Keiner hätte mich so geschickt bis ins Mark treffen können. Während ich Euch alles zu Füßen gelegt habe, wie armselig es auch sein mag, habt Ihr mich zum Narren gemacht. Jetzt ist dieser arme Tölpel gefangen, gefangen in den Ketten der Ehe. Und er sieht dieses köstliche Naschwerk in seinem Bette, seine Gedanken sind getrübt von Wollust, aber es gibt keinen Ausweg für ihn.« Tyrone klammerte sich mit einer Hand an den Bettpfosten und winkte mit der anderen einem imaginären Publikum zu. »Was haltet Ihr von meiner Torheit, Madame? Und von Eurer, bitte sagt doch? Indem Ihr einen Ehemann in spe losgeworden seid, habt Ihr Euch einen ganz anderen eingehandelt. Seid Ihr zufrieden mit dem, was Eure Ränke erbracht haben?«

Synnovea setzte sich vorsichtig auf, das Bettuch fest um ihren Busen gewickelt. »Ich war nicht willens, Prinz Wladimir zu heiraten...«

»Das habt Ihr hiermit klar und deutlich gezeigt, Madame.« Tyrone entledigte sich seines Samtwamses und warf es auf einen Stuhl. Seine Bemühungen, sich bewußtlos zu trinken, waren nicht erfolgreich gewesen, der Anblick, der sich ihm bot, ließ ihn mitnichten kalt. Im Licht der Kerzen, die in einem hohen Leuchter auf dem Tisch hinter ihr standen, schimmerte ihre Haut unter dem durchsichtigen Gewebe des zart gelben Gewandes und weckte die Begierde in ihm, mehr zu sehen, sich an dem zu laben, was das Laken verbarg.

Tyrone mußte sich zerknirscht eingestehen, daß er seine junge Braut in diesem Augenblick noch mehr begehrte, als vor ihrer verhinderten Vereinigung, falls so etwas überhaupt möglich war. Keine Frau hatte je seine Fantasie so beflügelt wie Synnovea. Vom ersten Tag an hatte er nur noch einen Gedanken gehabt: sie zu besitzen, und diese Begierde war ihn teuer zu stehen gekommen, sie hatte sein ganzes Leben in Chaos verwandelt. Und trotzdem begehrte er sie immer noch. Er fragte sich, ob er sie bestrafen könnte, indem er sie gebrauchte wie die Hure, die sie ihm vorgespielt hatte, um ihn in ihre Fänge zu locken, und ob das seine Rachegelüste, seine Wut und Enttäuschung befriedigen könnte.

»Was ich wissen will, Madame, ist, ob Ihr mit dem zufrieden seid, was Ihr Euch mit Eurem Spiel eingehandelt habt?«

Synnovea wurde schamrot, während sie fieberhaft überlegte, welche Antwort seinen Haß und seine Wut besänftigen könnte. Wenn sie ihm sagte, sie wäre sehr glücklich, ihn zum Manne zu haben, würde er vielleicht glauben, das wäre von Anfang an ihr Ziel gewesen. Andrerseits wäre es eine glatte Lüge zu sagen, sie hätte sich nicht in ihn verliebt. Oder hatte sie etwa die ganze Zeit ihre Gefühl für ihn verdrängt und wurde sich erst jetzt bewußt, welche Zuneigung sie für ihn empfand?

»Ihr könnt mir nicht antworten?« fragte Tyrone verbittert.

Sein feindseliger Ton ließ Synnovea zusammenzucken, dann sagte sie leise: »Könnt Ihr denn die Wahrheit nicht selbst erkennen?« Sie senkte die Lider, um seinem bohrenden Blick zu entgehen und fragte sich, wieso sie sich überhaupt die Mühe machte zu antworten, er würde ihr ohnehin nicht glauben. »Jedes Mädchen würde lieber Euch zum Mann haben als irgendeinen greisen Patriarchen, Mylord. Aber es war nicht Teil meines Planes, Euch zur Ehe zu zwingen.«

»Oh nein!« sagte er in abfälligem Ton. »Ihr wolltet mich nur benutzen und wie ein billiges Spielzeug achtlos wegwerfen, sobald Ihr mit mir fertig wart! Ich war nur ein geiler Bock für Euch, Madame! Ein verliebter Tor, der Euren Zwecken dienlich war, und Eure Tugend sollte der Preis für meine Dienste sein!«

Tyrone wandte sich wütend von ihr ab und torkelte quer durch den Raum ins Ankleidezimmer. Unmengen von Schuhen in Seidensäckchen standen ordentlich aufgereiht in den Regalen, neben gobelinbezogenen Hutschachteln und lackierten Schmuckkästchen sowie reich verzierten Truhen und Schränken, in denen fein säuberlich geschichtet Gewänder, Unterröcke und spitzenbesetzte Hemdchen hingen. Erstaunt von diesem Überfluß an prächtigen Kleidern, ließ Tyrone prüfend die Hand über die herrlichen Stoffe gleiten und hielt den zarten Batist eines Unterhemds erstaunt gegen das Licht.

Seine eigene Kleidung und die anderen Habseligkeiten waren sorgsam ausgepackt und eingeordnet worden, überraschenderweise in vorderster Reihe, wirklich erstaunlich rücksichtsvoll von ihr, fand er. Vielleicht hatte er das auch Ali zu verdanken, aber ohne die Einwilligung ihrer Herrin hätte sie es wohl nicht gemacht.

Tyrone zog behutsam das Hemd von seinem wunden Rücken, dann nahm er sich einen der beiden Wasserkrüge, die bereitstanden, und kippte das kühle Naß in die Waschschüssel. Das Waschen erfrischte ihn zumindest soweit, daß er hoffte, den Kopf zu bewahren, wenn er sich zu seiner bezaubernd schönen Frau ins Bett legte. Ansonsten vertraute er auf die dämpfende Wirkung des Alkohols, der ihn hoffentlich schnell einschlummern lassen würde.

Für seine Rückkehr ins Schlafgemach streifte Tyrone eine Unterhose über, um seine Blöße zu bedecken, was im Augenblick dringend notwendig schien, dann machte er sich auf den Weg. Seine Braut hatte ihm die Seite des Bettes neben dem Ankleidezimmer frei gelassen, und die oberste Decke war einladend aufgeschlagen. Um dem fragenden Blick seiner Braut nicht begegnen zu müssen, sah er sich im Brautgemach um. Ein erstaunlich geräumiges Zimmer, prachtvoll eingerichtet, sehr weiblich, sehr elegant. Natascha mußte das Mädchen wirklich sehr gern haben, das Zimmer war sicher eines der schönsten im Haus. Solchen Luxus hatte er nicht mehr genossen, seit er England verlassen hatte, und auch dort war er solche Pracht nicht gewohnt. Das Tudorhaus, das ihm sein Vater anläßlich seiner Hochzeit mit Angelina überschrieben hatte, war zwar groß und komfortabel gewesen, aber es war auch im Tudorstil möbliert gewesen und wesentlich weniger üppig und luxuriös als dieses weibliche Nirwana.

Tyrone blieb kurz neben dem Kerzenleuchter stehen, löschte die Flammen und drehte dann seiner Braut den Rücken zu, um jede Art visueller Stimulation zu vermeiden, die Vorstellung alleine war Qual genug. Schon ihre bloße Nähe brachte sein Blut in Wallung, und er war dankbar für die Schatten, die etwas Schutz boten, als er seine Unterhose abstreifte und rasch unter das Laken glitt.

Die Kerzen, die hinter Synnovea brannten, waren die einzige Beleuchtung im Raum, aber ihr Schein genügte, um die häßlichen Striemen zu erkennen, die kreuz und quer den Rücken ihres Gatten verunstalteten. Die meisten Wunden waren schon am Verheilen, bis auf eine Schwellung, die sich unter dem dunklen Schorf einer größeren Platzwunde verbarg, was Synnovea sofort aus dem Bett springen ließ.

Tyrone war nicht aus so hartem Holz geschnitzt, daß er sich die Gelegenheit entgehen ließ, ihre spärlich verhüllte Nacktheit zu bewundern, wenn sie so offen zur Schau gestellt wurde. Er warf einen kurzen Blick über die Schulter und sah, wie sie die goldene Robe überstreifte und ins Ankleidezimmer huschte. Einen Augenblick später kehrte sie zurück, mit einer großen Schale Wasser, einem kleinen Handtuch über dem Arm und einem Tiegel mit übelriechendem Balsam.

»Da ist eine Stelle auf Eurem Rücken, die sich entzündet hat«, informierte ihn Synnovea und stellte die Schale auf den Nachttisch. »Ich muß sie reinigen und einen Umschlag machen, der das Gift herauszieht.«

Tyrone hatte sich die Unterhose über den Schoß gelegt. Vielleicht das erste Mal in seinem Leben schämte er sich dessen, was seine Blöße verraten könnte. »Im Augenblick bereitet mir das keine Schwierigkeiten, Madame.«

»Aber es wird Schwierigkeiten machen, wenn nichts getan wird«, konterte Synnovea und zündete die Kerzen im Leuchter neben seinem Bett wieder an. »Ich werde Euren Dolch brauchen, um die Wunde zu öffnen...«

»Ich hab' gesagt, laßt es in Ruhe!« zischte Tyrone mit zusammengebissenen Zähnen. Er wußte, daß jede Berührung ihrer Hände fatal wäre und den siedenden Kessel der Leidenschaften in seinem Inneren zum Überkochen bringen würde.

Synnovea sagte verwundert: »Warum wollt Ihr Euch nicht behandeln lassen?«

»Das kann ich auch selbst«, knurrte er.

»Wohl kaum«, sagte sie und deutete auf die kleine Bank neben dem Bett. »Würdet Ihr Euch jetzt bitte dorthin setzen und Euch den Rücken verbinden lassen?« Ein langer Augenblick verstrich, und seine Miene verdüsterte sich zusehends. Tyrone weigerte sich, ihr in die Augen zu sehen, und starrte in die flackernden Kerzenflammen, bis sie sich zu ihm beugte und sagte: »Colonel Rycroft, habt Ihr etwa Angst vor meiner Berührung?«

Tyrones mühsam unterdrückte Wut explodierte. »Ja, verdammt noch mal! Ich habe es Euch schon einmal gesagt! Ich will nichts von Euch, und schon gar nicht Euer Mitleid...«

Synnovea taumelte zurück, als hätte er ihr ins Gesicht geschlagen, dann packte sie tränenüberströmt die Schüssel, wirbelte herum und ergoß in ihrer Hast den Inhalt quer über seine Brust.

Tyrone sprang erschrocken auf, und die schützende Hose fiel von seinem Schoß. In dem kurzen Augenblick, den er brauchte, um sich wieder zu fangen und die Hose hochzureißen, glitt Synnoveas Blick zu dem, was er zu verbergen suchte, und er sah, wie ihre Augen sich erstaunt weiteten.

Zähneknirschend stellte er sich ihrem fragenden Blick, dann schleuderte er aufgebracht die Hose beiseite und zischte:»Was hast du erwartet? Ich bin ein Mann aus Fleisch und Blut! Gütiger Gott, Weib, laß mich in Ruhe!«

Dann riß er das Laken bis zur Taille hoch, rollte sich mit dem Rücken zu ihr und starrte grimmig ins Leere.

Synnovea packte erbost die Schüssel, ging ins Ankleidezimmer und zog sich ein anderes Nachthemd an, das sie von Kopf bis Fuß züchtig verhüllte, während unaufhaltsam Tränen über ihre Wangen rollten. Dann ging sie, immer noch lautlos weinend, zurück ins Schlafgemach. Dort warf sie einen wütenden Blick auf seinen Rücken, löschte die Kerzen auf seiner Seite, dann auf der ihren und legte sich behutsam ins Bett, so weit wie möglich von ihm entfernt. Sie zog Laken und Steppdecke hoch bis zum Kinn, warf einen letzten giftigen Blick auf seine reglose Gestalt und kuschelte sich dann leise weinend in die Kissen.

Tyrone war wütend, ohne Zweifel mehr auf sich selbst als auf seine Braut. Sie hatte doch nur seine Wunden versorgen wollen, nur seine Gedanken waren alles andere als unschuldig gewesen. Sein Körper hatte auf ihre Nähe so heftig reagiert, daß er sie am liebsten gepackt und mit Gewalt genommen hätte. Dieser Mangel an Selbstdisziplin hatte seinen Zorn auf sich selbst ins Unermeßliche gesteigert, aber leider das Feuer seiner Begierden noch geschürt. Selbst jetzt kostete es ihn ungeheure Überwindung, sie nicht in den Arm zu nehmen und die Tränen wegzuküssen und ihr Schluchzen mit sanften Worten zu beschwichtigen.

Die Versuchung war zu bedrohlich, Tyrone kniff die Augen fest zusammen und kämpfte mit zusammengebissenen Zähnen seine heftigen Gelüste mit aller ihm zur Verfügung stehenden Entschlossenheit nieder. Es war ein schwerer Kampf, aber nach einiger Zeit gelang es ihm, seine Gedanken in den Griff zu bekommen und sich auf einen Plan für eine kleine Strafexpedition außerhalb der Stadtgrenze von Moskau zu konzentrieren. Awar, sein Kundschafter, mußte Ladislaus' Lager ausfindig machen, ehe er seine Truppe auf eine solche Übung schickte. Es war wesentlich leichter für einen einzelnen Mann, unsichtbar zu bleiben, als für ein ganzes Regiment.

So lagen denn die beiden kaum eine Armlänge voneinander entfernt, wortlos, reglos wie Statuen. Synnovea fiel als erste in einen erschöpften Schlaf, und als Tyrone ihr leises, regelmäßiges Atmen hörte, entschlummerte auch er. Etwa drei Stunden lang dösten sie so dahin, wenn auch etwas unruhig, aber der kurze Schlummer gestattete ihnen doch, sich etwas von den Spannungen des Zusammen- und doch schmerzvollen Getrenntseins zu erholen.

Gegen zwei Uhr morgens schreckte Tyrone aus dem Schlaf hoch und hörte, wie Synnovea das Bett verließ. Neugierig beobachtete er, wie sie im Schein des Mondes durchs Zimmer schlich, zu dem Stuhl, über den er seinen Säbelgurt gehängt hatte, und dort seinen Dolch behutsam aus der Scheide zog. Sie tippelte auf Zehenspitzen zurück zu ihrer Seite des Bettes, und Tyrone, überzeugt sie würde ihn angreifen, spannte seine Muskeln, um sie abzuwehren. Gleichzeitig schwor er sich, falls sie tatsächlich versuchen sollte, ihn zu töten, würde er sofort die Ehe annullieren lassen, ohne Rücksicht auf die Drohungen des Zaren. Kein Mensch konnte verlangen, daß er bei einer Wahnsinnigen blieb!

Mit wachsender Besorgnis beobachtete Tyrone aus halbgeschlossenen Augen, wie sie ihren Ärmel hochstreifte und das Messer an der Innenseite ihres Unterarms ansetzte. Er warf sich auf sie, und Synnovea stieß einen leisen Schmerzensschrei aus, als er das Messer ihrer schmalen Hand entwand.

»Was hast du vor?« fragte Tyrone barsch. »Willst du dich etwa umbringen, weil du gezwungen wurdest, mich zu heiraten?«

»Nein, Mylord! Das war nie meine Absicht«, beschwichtigte Synnovea ihn mit bebender Stimme. Sie zitterte am ganzen Körper, schockiert von der Wucht seines Angriffs. Sie konnte jetzt gut verstehen, wie Ladislaus' Männer sich gefühlt hatten, als er sich plötzlich auf sie stürzte. Die Tatsache, daß er nackt mit ihr in einem Bett lag, machte es auch nicht gerade leichter, seine breiten Schultern und kräftigen Gliedmaßen waren gut sichtbar im Mondlicht.

Tyrone warf den Dolch beseite, schwang seine langen Beine über die Bettkante und erhob sich. Nachdem er einige Kerzen entzündet hatte, drehte er sich wieder zu ihr, nahm ihr Kinn und drehte ihr Gesicht zum Licht. Dann fragte er mißtrauisch: »Was gäbe es denn sonst für Gründe, dir den Arm mit meinem Dolch aufzuschlitzen?«

»Bitte, Tyrone, du mußt mir glauben. Ich wollte mir ganz bestimmt nicht das Leben nehmen.« Sie senkte den Kopf und stammelte: »Es ist nur... wir sind hier zusammen in diesem Zimmer... und du willst nichts von mir wissen. Morgen werden die Frauen kommen und mir beim Anziehen helfen. Wenn kein Blut auf dem Laken ist, als Beweis für den Verlust meiner Jungfernschaft, muß ich mich vor meinen Freundinnen schämen.«

Jetzt dämmerte Tyrone allmählich, was sie meinte. Er griff rasch zur Klinge und verpaßte sich einen kurzen Schnitt in den Unterarm, der sofort zu bluten begann. Dann setzte er sich neben sie und rieb die Wunde über das Laken in der Mitte des Bettes.

»Erfüllt das den Zweck, Madame?« fragte er und sah, daß Synnovea ihn fassungslos anstarrte.

»Ja, selbstverständlich«, erwiderte sie hastig, ziemlich erstaunt über diese galante Geste. Ein solches Opfer hatte sie nicht erwartet nach allem, was sie ihm angetan hatte. Ein anderer hätte seine

Rache ausgekostet und sie dem Gelächter ihrer Freundinnen preisgegeben. »Ich hätte von dir nie soviel Verständnis und Güte erwartet. Warum hast du das getan?«

Tyrone tat das mit einem verächtlichen Schulterzucken ab, um nicht in den Verdacht zu kommen, er würde sich noch einmal von ihren weiblichen Reizen manipulieren lassen. »Der Tölpel ist gar nicht so galant, wie Ihr glaubt, Madame. Er muß nur auch an seinen Ruf denken! Ohne diesen Beweis unserer Vereinigung würde ich mich zum Gespött meiner Kameraden machen, denn Ihr habt weiß Gott alles, um auch den widerwilligsten Gatten zu verlokken.«

Das traf Synnovea. Sie schob erbost ihr Kinn vor und sagte: »Wenn dem so ist, Euer Lordschaft, wie kommt es dann, daß Ihr der Paarung entsagt, die man von uns erwartet, und mich als Braut ignoriert?«

Tyrone zwang sich mit größter Mühe, eine lockere Antwort zu geben: »Madame, wäre da nicht mein verletzter Stolz, der genauso schmerzt wie die Peitsche dieser Räuber, könnte ich es nicht ertragen, der Verlockung zu widerstehen, aber jedes schmerzhafte Zucken in meinem Rücken erinnert mich wieder an meine Torheit.«

»Ihr seid weder ein Narr noch töricht, Mylord«, erwiderte Synnovea in der Hoffnung, die Spannung zwischen ihnen etwas zu lockern. »Ihr seid der gescheiteste Mann, den ich kenne.«

Tyrone zog skeptisch eine Braue hoch: »Kennt Ihr denn so viele Männer, daß Ihr Euch ein solches Urteil erlauben könnt?«

Synnovea errötete und gestand widerwillig: »Nein, Mylord, sehr viele habe ich nicht kennengelernt.«

»Dann werde ich in Zukunft Euren Mangel an Erfahrung einkalkulieren, wenn Ihr solche Äußerungen macht.«

»Erfahrung mag ich ja vielleicht nicht haben, Sir, aber ich habe einen guten Kopf und die Fähigkeit, für mich selbst zu denken«, protestierte sie.

»Einen sehr schönen Kopf, Mylady«, sagte er, indem er ihre Bemerkung absichtlich falsch deutete. »Ich kenne keinen besseren, das ist wahr. Ich muß zugeben, daß es Eure Schönheit war, auf die ich hereingefallen bin.«

Synnovea wandte sich erbost ab und versuchte, sich zu beherrschen.

Zufrieden über seinen Sieg in dieser Angelegenheit wandte Tyrone seine Aufmerksamkeit seiner neuesten Wunde zu. Er zerrte den Saum ihres Nachthemdes unter ihr vor und fing an, sich den immer noch blutenden Schnitt abzuwischen, dabei bewunderte er insgeheim den schlanken Schenkel und die Wölbung ihrer Hüfte, die sein Griff freigelegt hatte. Und wieder überkam ihn die Erinnerung an jene Nacht, in der er so begierig die weiblichen Kurven liebkost hatte, die das Nachthemd jetzt verbarg. Wütend tupfte er wie ein Besessener die Wunde ab, bis Synnoveas fragender Blick ihm Einhalt gebot.

»Bei all dem Blut werden unsere Freunde das Schlimmste denken. Ihr Mitleid ist Euch gewiß, sie werden mich für einen brutalen Liebhaber halten.«

Synnovea warf ihm einen herausfordernden Blick zu. »Wenn Ihr so besorgt um Euren Ruf seid, Sir, wieso mußte ich dann zuerst daran denken, ihn zu wahren? Trotz aller gegenteiligen Proteste, sollte ich Euch wohl danken, weil Ihr sie nicht in dem Glauben gelassen habt, ich wäre eine... Hure?«

Alte Erinnerungen reckten ihre häßlichen Köpfe, und Tyrone wandte sich mit einem nachdenklichen Seufzen ab. »Die Ehre seiner Frau zu wahren ist doch wohl das mindeste, was ein Ehemann tun kann, denkt also, was Ihr wollt.«

Synnoveas Augen füllten sich mit Tränen bei dem Versuch, ihre Gedanken in Worte zu fassen. »Es fällt mir schwer zu glauben, daß Ihr mich als schützenswert betrachtet, besonders in einer Angelegenheit, die meine Tugend betrifft.«

Tyrone sah sie überrascht an. Gleichgültig, wie groß sein Zorn auf sie war, es wäre ihm nie in den Sinn gekommen, sie den Beleidigungen und Schmähungen Dritter auszusetzen, auch wenn er es nicht zugeben wollte. »Ihr wißt in der Tat nur sehr wenig über mich, Synnovea.«

»Ja«, stimmte sie traurig zu. »Ich weiß überhaupt nichts von Euch, Tyrone.«

»Einige Männer sind ungeheuer mitfühlend«, sagte er. »Andere sind unfähig zu begreifen, daß eine Frau vor bösen Zungen geschützt werden muß. Ich kannte einst einen Mann. Er erfuhr durch böse Klatschmäuler im Ausland von der Untreue seiner Frau und forderte ihren Liebhaber zum Duell. Der Verführer machte Scherze über die Affäre und ließ verbreiten, er hätte sie nur aus einer Laune heraus genommen und sie fallenlassen, als sie begann, ihn zu langweilen. Er war einer jener Männer, die sich jede verbotene Frucht holen wollen. Wäre der Ehemann so rachsüchtig gewesen wie Aleksej, hätte er den Mann vielleicht kastriert, damit er büßt für all die Frauen, die er gehabt hat.«

»Was ist dann passiert?« fragte Synnovea zögernd. »Hat sich der Liebhaber entschuldigt, oder mußte die Angelegenheit im Duell geklärt werden?«

»Der Ehemann hat ihn getötet«, erwiderte Tyrone schroff. »Er hat den Schürzenjäger gestellt, kaum zwei Wochen nachdem seine Frau törichterweise versucht hatte, sein Kind loszuwerden, und ihn zum Duell gefordert. Sie war inzwischen im fünften Monat und wollte damit ihrem Mann einen Gefallen tun, obwohl er versprochen hatte, mit ihr aufs Land zu ziehen und bei ihr zu bleiben, bis das Kind geboren war. Aus irgendeinem Grund glaubte sie, alles würde gut werden, wenn sie nur das Kind des Mannes loswerden könnte. Um das Kind zu töten, stürzte sie sich die Treppe hinunter, während ihr Mann auf Reisen war. Sie verlor das Kind tatsächlich, bekam aber Fieber und starb eine Woche später in den Armen ihres Mannes.«

Synnovea sah ihm direkt in die Augen und sagte langsam: »War diese Frau jemand, den du geliebt hast, Tyrone? Die Geschichte scheint dir sehr nahe zu gehen.« Eine lange Schweigepause folgte, in der ihr Mann ins Leere starrte, und sie versuchte es erneut: »Vielleicht deine Schwester?«

Tyrone wandte sich mit einem Seufzer ab. »Das spielt jetzt keine Rolle mehr, Madame. Sie ist tot und begraben.«

Ein weiterer langer Augenblick verstrich, während Synnovea seine vergeblichen Versuche beobachtete, den Blutfluß aus der winzigen Wunde zu stoppen. Schließlich nahm sie all ihren Mut zusammen und fragte: »Willst du mich nicht den Arm verbinden lassen?«

Tyrone war entschlossen, ihr Angebot abzulehnen, merkte aber zu seiner Überraschung, daß er keine Lust hatte, sie mit einer erneuten Ablehnung zu verletzten. »Wenn es sein muß.«

Synnovea strahlte ihn an und sprang auf, was ihrem Mann einen weiteren, sehr verlockenden Ausblick auf einen reizvoll gerundeten Po und schlanke Beine erlaubte. Als sie mit einer frischen Schale Wasser zurückkehrte, saß Tyrone auf der Bank, wie sie vorhin vorgeschlagen hatte. In weiser Voraussicht hatte er sich ein kleines Handtuch um die Lenden gewickelt und war sehr froh darum, als sie sich an seinen Schenkel lehnte, um den Arm zu verbinden.

Synnovea schob die Hand beiseite, mit der er den Schnitt zuhielt, und verband ihn rasch, wobei Tyrone sie ungestört beobachten konnte. Im Kerzenschein war ihre Haut fast durchsichtig und von ungeheurer Zartheit. Die dunklen Wimpern verdeckten die dunkelgrünen Teiche ihrer Augen, die fähig waren, bis in sein Innerstes vorzudringen. Sein Blick wanderte magisch angezogen weiter zu den Rundungen, die sich unter dem hauchdünnen Stoff abzeichneten, so weich, so fraulich, daß ihm der Atem stockte.

»Darf ich mir jetzt deinen Rücken ansehen?« fragte Synnovea zaghaft, als sie mit dem Arm fertig war. Sie fürchtete eine erneute Tirade, obgleich ihr seine Blicke nicht entgangen waren.

»Macht, was Ihr wollt mit mir, Madame. Ich bin zu müde, um mit Euch zu streiten.« Das war zwar eine lahme Entschuldigung, aber er war erschöpft und hatte keine Lust, den Streit die ganze Nacht fortzusetzen. Zu seiner großen Erleichterung ging Synnovea den Dolch und den Balsam holen, was ihm Gelegenheit gab, sich von ihrer erregenden Nähe zu erholen.

Synnovea kam zurück, wusch seinen Rücken mit einer milden Seife, dann öffnete sie behutsam mit der Spitze des Dolches die eiternde Schwellung. Bei dem Einschnitt zuckte Tyrone kurz zusammen, war aber ansonsten erstaunt, wie sanft sie mit ihm umging. In seinen Jahren beim Militär hatte er sich an grobe Sanitäter gewöhnt, im Vergleich dazu war ihre Berührung wie die Liebkosung einer Geliebten.

Synnovea drückte rasch die Wunde aus, bis frisches Blut kam, dann strich sie vorsichtig den Balsam darüber, riß ein großes, sauberes Handtuch in Streifen, beugte sich über ihn und wickelte sie um seinen Rücken und seine Brust.

»Halt mir bitte die Enden«, hauchte sie in sein Ohr und zog die beiden Enden vorne an der Brust zusammen. Sie spürte, wie er die Streifen aus ihren Händen nahm. Ihr Blick strich zärtlich über seine Schläfen, dann wanderte er weiter zu den kantigen, ausgeprägten Linien seiner Backenknochen und seines Kinns. Der Engländer hatte zwar schon zahllose ihrer Tagträume belebt, aber aus diesem speziellen Winkel hatte sie ihn noch nie betrachtet. Sie fragte sich, wie er wohl reagieren würde, wenn sie langsam mit der Zunge über sein Ohr strich. Würde er sie wieder abweisen, genau wie beim Brautkuß, oder würde er sich umdrehen und ihren bereitwilligen Lippen mit den seinen begegnen.

Synnovea widerstand der Versuchung und stellte sich wieder vor ihn, um den Verband über der Brust zu verknoten. »Ich habe nie gewollt, daß so etwas passiert«, sagte sie vorsichtig. »Ich habe nie gewollt, daß man dir weh tut.«

Tyrone lachte ungläubig. »Ich wäre fast geneigt, deinen Versicherungen zu glauben, leider habe ich die schmerzliche Erfahrung gemacht, daß ich dir nicht vertrauen kann. Diese Lektion ist so tief in meinem Gehirn eingegraben wie die Narben auf meinem Rücken.«

»Ich war verzweifelt«, flüsterte Synnovea und hoffte von ganzem Herzen, er würde Verständnis zeigen. »Ich konnte den Gedanken, mit Prinz Dimitrijewitsch verheiratet zu sein, nicht ertragen. Lieber wollte ich meinen guten Ruf verlieren, als mit ihm das Bett teilen. Und du warst so willig... dein Drang, mich zu besitzen, so überwältigend...«

»Ja, ich war willig!« stimmte ihr Tyrone zu. »Wie sollte ich nicht? Deine Schönheit hat mich von Anfang an gereizt, und deine verführerischen Spielchen haben ein übriges getan. Ich habe es in deinen Augen und auf deinen Lippen gesehen. Wie sollte ich wissen, daß du mich absichtlich in eine Falle lockst, die mich fast das Leben gekostet hätte! Ich bin sehr froh, daß mein Kopf noch an seinem Platz sitzt, ganz zu schweigen von meiner Männlichkeit!«

Ein Hauch roter Farbe wärmte ihr Gesicht, und ihr Blick fiel unwillkürlich auf das Handtuch, das seine Lenden zu spärlich bedeckte. Sie war erstaunt, wie selbstverständlich sie es mit einem Mal fand, ihn so ungeniert zu betrachten, als hätte sie ein Recht darauf. »Ich wußte nicht, daß Aleksej so gewalttätig sein könnte.«

»Was du nicht sagst!« knurrte Tyrone. Er sprang auf, ohne weitere Anstalten zu machen, seine Blöße zu bedecken und lief zum anderen Ende des Raumes, dann kehrte er wieder zurück und baute sich vor ihr auf. Wenigstens half die Wut, das Feuer in seinen Lenden zu kühlen, wenn auch nicht den Haß, der in ihm schwelte. Er stemmte die Hände in die Hüften und fuhr sie an: »Ich weiß nicht, in welchem Augenblick Ihr mich als Euer Opfer auserkoren habt, Madame, aber selbst eine erfahrene Dirne hätte die Sache nicht besser einfädeln können. Verführerisch wie eine zur Erde gestiegene Göttin wart Ihr, Madame, oh ja. Ich habe einiges in meinem Leben gesehen, aber nie eine schönere Frau, noch einen reizvolleren Körper als den Euren. Und Ihr habt Eure Reize so raffiniert eingesetzt, daß ich Eurem Charme erlegen bin wie ein tolpatschiger, entwöhnter Junge. Ich hatte keine Chance. Euer Blick war so einladend, Euer Mund so weich und hingebungsvoll, Eure Brust so begierig, berührt zu werden, und wie ein blinder Tor dachte ich, Eure Schenkel sehnten sich danach, von mir geöffnet zu werden. Selbst jetzt giere ich danach, meine Leidenschaft zu befriedigen. Ich bin zwar dankbar, daß ich noch fähig bin, solche Lust zu empfinden, aber trotzdem verzweifelt, weil ich weiß, daß Ihr, wenn das so weitergeht, meine Männlichkeit wesentlich gründlicher beschneiden werdet, als Aleksejs Klinge es je vermocht hätte.«

Seine Augen bohrten sich wie glühende Pfeile in Synnoveas, aber ihr fehlten die Worte, ihn zu beschwichtigen. Er war so verletzt von ihrem Täuschungsmanöver, daß jeder Versuch der Entschuldigung hoffnungslos war. Der Gedanke, daß eine Frau ihn hinters Licht geführt hatte, war unerträglich für ihn. Er vergaß völlig, daß ihre Verführungsversuche bestenfalls naiv und ungeschickt waren, und sein Drang, sie zu besitzen und seine Erfahrung letztendlich den Ausschlag gegeben hatten. Natürlich hatte sie ihn verführen wollen, aber dabei hatte sie ihm nicht nur ihren Körper hingegeben, sondern auch ihr Herz. Aber wie sollte sie ihm das erklären? Sein Verhalten war ihr unbegreiflich. Wie sollte sie ihn je verstehen? Was mußte sie anstellen, damit er sich seine Gefühle ihr gegenüber eingestand und wieder zu dem Geliebten wurde, dem sie nichts verweigern konnte?

»Tyre.« Synnoveas Stimme war sanft, strich wie ein Seidenhauch über die Nesseln seines Stolzes. »Könnten wir nicht zu Bett gehen und ein bißchen reden... ich meine über uns beide? Ich kenne dich überhaupt nicht... und ich möchte dich... sehr gerne... kennenlernen.«

Tyrone warf stöhnend den Kopf zurück und starrte lange an die schattenverhangene Decke. Er versuchte, seine Gedanken zu sammeln, aber er war wie ein Tiger im Käfig, der die Witterung eines läufigen Weibchens aufgenommen hat. Ihre Nähe trieb ihn an den Rand des Wahnsinns, und trotzdem weigerte er sich, seinen animalischen Trieb zu befriedigen. Und sie wollte nur mit ihm ins Bett gehen... und *reden!*

»Synnovea, Synnovea«, ächzte er. »Du stülpst meine Eingeweide um, verwandelst meine Nacht in ein Fegefeuer... und zwitscherst dann so süß in mein Ohr. Was soll ich tun? Nein sagen, wenn du an den Saiten meines Herzens mit sanften Bitten zupfst? Dich schmähen, wenn du mich so süß umgarnst? Das kann ich nicht.«

Synnovea wartete schweigend, bis er den Kopf senkte und seine durchdringenden blauen Augen sich in ihre bohrten. Ihre Worte waren nur ein leises Flüstern in der Stille der Kammer. »Ehrlich,

Tyrone, ich habe nicht geahnt, daß man dich so verletzen wird. Ich habe dich als Partner für meinen Plan auserkoren, aber ich hatte nie die Absicht, dich gegen deinen Willen an mich zu binden.«

Tyrone gab mit einem Seufzer zumindest für den Augenblick klein bei und machte eine vage Geste in Richtung Bett. Er wußte, welche Qual es sein würde, so dicht neben ihr zu liegen und sie nicht zu berühren, war aber willens, den Streit für heute zu begraben. »Wir können reden, wenn du willst, Synnovea, oder schlafen.«

Er holte noch einmal tief Luft wie der Schwimmer, der sich unter eine riesige Welle stürzt, folgte ihr zum Bett und sah zu, wie sie auf ihre Seite rutschte. Sein Blick schweifte noch einmal sehnsüchtig über ihren Po, der sich unter dem Gewand abzeichnete, bevor sie unter die Decke kroch und sie bis zum Kinn hochzog. Sie vermied es bewußt, ihn anzusehen, als er sich neben sie legte, und drehte sich dann erwartungsvoll mit dem Gesicht zu ihm, als erwarte sie eine Flut von Enthüllungen aus seinem Mund.

Die Vorstellung ließ Tyrone innerlich stöhnen, und er drehte sich rasch auf den Bauch, griff nach dem Leuchter und blies die Kerzen aus. Gnädige Finsternis legte sich über den Raum, und er war froh, daß er die grünen Augen nicht mehr sah, in denen man sich so leicht verlieren und damit jede Zurückhaltung vergessen konnte.

»Können wir nicht einfach schlafen«, murmelte er. »In letzter Zeit habe ich nicht sehr viel Schlaf gehabt, und ich muß zugeben, daß ich ihn dringend brauche.«

»Was immer du möchtest, Tyrone«, erwiderte Synnovea leise, dankbar für seine Freundlichkeit. Sie beobachtete, wie er den Arm zum Fuß des Bettes streckte und die Daunendecke hochzog und über sie legte, dann kuschelte sie sich lächelnd in die Wärme, glücklich, ihm nahe sein zu können.

20. Kapitel

Die Sonne hatte schon die Spitzen der Bäume erklommen und breitete gerade ihre Strahlen über der Stadt aus, als Tyrone sich aus den Tiefen seiner Träume kämpfte und benommen feststellte, daß es diesmal keine seiner sinnlichen Fantasien war. Synnovea! Er riß die Augen auf, und da lag sie, seine Frau, das Gesicht an seine Schulter gekuschelt, und ihr warmer Atem kitzelte seine Haut. Einen Arm hatte sie um seine Brust geschlungen und ihr spärlich bekleideter Busen schmiegte sich verlockend an ihn. Ein schlanker Schenkel ruhte über seinen Lenden, und als wäre das noch nicht genug, um seine selbst auferlegte Zurückhaltung zu zerschmettern, spürte er die lockende Wärme ihrer Weiblichkeit an seinem Schenkel.

Tyrone hatte das Gefühl, mit seidenen Banden an eine Folterbank gefesselt zu sein, gepeinigt von der Geisel seiner wachsenden Leidenschaft. Aber das Schlimmste an seiner augenblicklichen mißlichen Lage war die Erkenntnis, daß er nur Erlösung von seinen Qualen finden würde, wenn er schließlich doch dem Drang nachgab, die Reste ihrer Jungfernschaft bezwang und von seinem Gattenrecht Gebrauch machte.

Zar und Kirche hatten sie ihm rechtmäßig angetraut, und trotz seiner törichten Versprechungen gegenüber dem Zaren, war er begierig, das zu erobern, was er verbal so vehement ablehnte. Und gerade der jetzige Augenblick wäre so unglaublich günstig, sich den Freuden der Ehe hinzugeben. Durch eine geringe Änderung seiner Stellung könnte er in den verletzlichen Kelch ihrer Weiblichkeit eindringen und seine Begierde nach dem süßen Nektar erwiderter Leidenschaft stillen.

Irgendwie gelang es Tyrone, die verräterischen Gedanken wieder zu verdrängen. Statt dessen nutzte er die Gelegenheit, sich nach Herzenslust am Anblick seiner schlafenden Braut zu weiden. Keine Spur war mehr zu sehen von der listigen Füchsin, die ihn betört hatte. Ein unschuldig schlummerndes Mädchen lag vor ihm, dem sich selbst das kälteste Herz nicht verschließen konnte. Sie war wirklich ungewöhnlich schön, so strahlend und frisch, mit zarten, fein modellierten Gesichtszügen. Schwarze, zerzauste Löckchen umrahmten das perfekte Oval ihres Gesichts, eine glänzende Strähne fiel über ein zierliches Ohr. Unter elegant geschwungenen Brauen warfen die seidigen Halbmonde ihrer Wimpern Schatten auf das Porzellan ihrer Wangen, das von einem Rosenhauch überzogen war. Der weiche Mund war leicht geöffnet, als harre er dem Kuß des Geliebten.

Synnovea hatte sich anscheinend im Schlaf auf der Suche nach Wärme an ihn geschmiegt. Ihr hauchdünnes Nachthemd war ihr zu kalt geworden, nachdem die Decken, wie er merkte, auf den Boden gefallen waren. Das spitzenbesetzte Hemdchen war ihr bis zur Taille hochgerutscht und hatte sanft geschwungene Hüften und schlanke Schenkel entblößt. Ein so aufreizender Anblick war eine schwere Prüfung für einen Mann, der sich strenge Abstinenz auferlegt hatte, anstatt seine Lust wahllos mit käuflichen Frauen zu befriedigen oder mit gewissen anderen Frauen, deren Männer sich genau wie er nach Rußland verdungen hatten. Eine dieser koketten Damen hatte wiederholt versucht, ihn zu verführen. Der nicht mehr ganz junge General Vanderhout ahnte wohl nichts von den Eskapaden seiner Frau Aleta, aber praktisch jeder Offizier unter seinem Kommando wußte, daß sie leicht zu haben war und einen unersättlichen Appetit auf gutaussehende junge Männer hatte. Tyrone hatte ihre Avancen erfolgreich abgewehrt, da er zu jener Zeit ohnehin nur einen Gedanken hatte, nämlich Synnovea schnellstmöglich in sein Bett zu kriegen. Und jetzt lag sie buchstäblich in seinen Armen, und er war gezwungen zu überlegen, ob seine Rolle als verratener Freier wirklich vernünftig und vertretbar war. Wenn er sie so ansah, hatte er größte Mühe sich zu erinnern, daß sie ihn tatsächlich hintergangen hatte.

Immer wieder plagte ihn der Gedanke, daß Synnovea der Schatz war, den er mit allen Mitteln hatte erobern wollen und daß er sie ohne ihren hinterlistigen Plan möglicherweise nie bekommen hätte. Vielleicht sollte er dankbar sein, daß sie so raffiniert und stark genug gewesen war und die Versuche ihres Vormunds, sie mit Wladimir zu verheiraten, vereitelt hatte. Ihre Heirat mit dem Greis hätte ihn sicher schwer getroffen. Sollte er angesichts dieser Tatsache nicht endlich aufhören, den beleidigten Bräutigam zu spielen und das Glück genießen, sie seine Frau zu nennen?

Er wußte nur allzu gut, daß sich unter Synnoveas hochmütigem Äußeren eine Frau verbarg, die sich jeder Mann nur wünschen konnte. Sie war schön, leidenschaftlich, geistreich und charmant. Sie würde einen Mann sicherlich niemals langweilen, selbst wenn er Wladimirs stattliches Alter erreichte und ebenso viele Söhne mit ihr zeugte.

In jedem Fall mußte er sich jetzt sofort aus ihren süßen Banden befreien, bevor sein verräterischer Körper die Entscheidung für ihn übernahm. Er streifte behutsam ihren Arm und ihr seidiges Bein ab, glitt übers Bett und erhob sich rasch, ein großer Fehler, wie ihm sofort bewußt wurde. Ein stechender Schmerz explodierte in seinem Kopf, und er stolperte benommen, sich die Schläfen haltend, in das Ankleidezimmer, wo er sich kaltes Wasser über Kopf und Schultern goß. Jetzt konnte er schon etwas klarer sehen, streifte sich eine Hose über und suchte sich dann bequeme Kleidung, da er heute Urlaub hatte. Dann ging er zurück zum Bett und gönnte sich noch einmal einen bewundernden Blick, bevor er Laken und Decke vom Boden aufhob und sie behutsam um seine schlafende Frau legte.

Danach machte sich Tyrone auf den Weg nach unten, wo er einen Lakaien nach dem Weg zum Badehaus fragte. Zum Glück traf er auf einen Mann, dem Gräfin Eleanora Zenkowna zu ihren Lebzeiten Englisch beigebracht hatte. Der Mann war hocherfreut, endlich wieder einmal seine Sprachkenntnisse beweisen zu können, und führte ihn persönlich zum Badehaus.

»Eure Braut ist hier gekommen als kleine Kind! Schön war sie!

Und ihre Mutter auch! Die Jungs haben Gräfin Synnovea immer jagen, aber sie lieber studieren und reisen mit Familie. Sie sehr eigensinnig.«

»Daran hat sich nichts geändert«, bemerkte Tyrone lakonisch. Der Lakai lachte.

»Sie sehr ähnlich wie Gräfin Andrejewna, glaub' ich. Beide können Mann verrückt machen. Aber wenigstens Euch wird nie langweilig, Mylord, so lang Ihr leben.«

»Das ist meine größte Sorge! Wie lange werde ich wohl am Leben bleiben können in einer Ehe mit diesem Weib?«

»Selbst wenige Jahre werden sein wie Paradies, Sir«, beschwichtigte ihn der Diener augenzwinkernd, dann öffnete er eine Tür. »Da wir sind, Colonel, Sir. Genießt Euer Bad.«

Tyrone schloß die Tür hinter sich und stellte fest, daß viele seiner Freunde ihn bereits erwarteten, nachdem sie die Nacht hier zu Gast gewesen waren. Sie waren bereits wieder bester Laune und machten sich lautstark über sein spätes Aufstehen lustig. Tyrone hatte das Gefühl, der Lärm würde seinen Kopf sprengen, und wand sich vor Schmerz, was noch lauteres Gejohle zur Folge hatte.

Grigori kam auf ihn zu, ein Handtuch um die Hüften gewickelt, und reichte seinem Kommandanten ein kleines Fläschchen Wodka. »Das sollte deine Pein etwas lindern.«

»Oder mich ins Grab bringen«, sagte Tyrone resigniert. Er kippte den Inhalt des Fläschchens schaudernd hinunter und schwor sich, in Zukunft mit diesem Getränk vorsichtig umzugehen. Dieses Gebräu als tödlich zu bezeichnen, war in seinen Augen eine schlichte Untertreibung.

»Was ist passiert?« Lieutenant Colonel Walsworth deutete auf den Verband um Tyrones Torso. »Was hat Euch denn Mylady angetan? Hat sie versucht, sich in den Rücken zu krallen oder Euch bloß weggestoßen?«

Tyrone winkte mit schlaffer Hand ab. »Erspar mir deinen Humor, Edward, bis ich mich besser wehren kann, sonst werde ich mich bitterlich rächen!«

»Für heute ist ein weiteres Fest geplant«, informierte Grigori kichernd seinen Kommandanten, was ihm einen entsetzten Blick Tyrones einhandelte. »In Rußland macht man aus allen feierlichen Anlässen das Beste. Das rettet uns vor der Langeweile unserer langen Winter. Und unser geliebter Wodka erfrischt natürlich den Geist, schon bevor wir anfangen zu feiern.«

»Versuch einen klaren Kopf zu behalten«, warnte ihn Tyrone. »Morgen sind wir wieder im Dienst.«

Grigori folgte ihm in eine privatere Ecke des Badehauses, wo ein Diener gerade eine große Wanne füllte. »Du klingst, als gäbe es ernste Probleme.«

Tyrone warf einen kurzen Blick auf den Diener und zog es vor zu warten, bis er gegangen war.

»Ich möchte Ladislaus sobald wie möglich in seinem Räubernest aufspüren und, so Gott will, ihn und seine Anführer gefangennehmen. Morgen möchte ich den Männern einige neue Taktiken für diese Expedition unterbreiten.«

»Willst du etwa deine Braut so kurz nach der Hochzeit schon wieder allein lassen?« fragte Grigori erstaunt. Er wußte besser als jeder andere, wie heftig sein Kommandant sich um diese Maid bemüht hatte, und es überraschte ihn, daß er sich so schnell von ihr trennen konnte.

»Du weißt, daß ich meine Verpflichtungen nicht aufgrund meines Privatlebens vernachlässigen darf«, erwiderte Tyrone ruhig. »Seine Majestät würde mich als erster maßregeln, wenn ich meinen Pflichten nicht nachkomme, weil es zu Hause bequemer ist. Es wird aber dennoch einige Zeit dauern, bis mein Rücken vollständig verheilt ist, und der Zar hat mich informiert, daß wir demnächst eine Parade vor ausländischen Diplomaten abhalten sollen. Unsere Vorbereitungen dafür und für die Expedition werden uns ganz schön auf Trab halten.«

»Deine Braut ist sehr schön, und du hattest seit deiner Ankunft hier überhaupt noch keinen Urlaub. Ich dachte, unter diesen Umständen würdest du in der Stadt bleiben und die Truppen hier trainieren.«

»Der Winter naht, und wenn ich die Sache bis in den Frühling aufschiebe, werden wir Ladislaus niemals finden. Die Männer müssen Kondition und Ausdauer haben, wenn wir gegen ihn vorrücken. Wir dürfen nichts dem Zufall überlassen.«

»Wenn du so entschlossen bist, das zu machen, sollten wir einen Späher schicken, der Ladislaus' Lager auskundschaftet.«

»Daran habe ich schon gedacht. Awar ist der geeignete Mann. Er haßt Ladislaus, nachdem der Räuber letztes Jahr seine Schwester entführt hat.«

»Wie hat ihn denn Prinz Taraslow gefunden?«

»Ladislaus hat überall verbreiten lassen, daß er auf der Suche nach mir ist. Darauf hat Taraslow wohl reagiert, als er mich aus dem Weg haben wollte. Wie auch immer diese Verbindung zustande gekommen ist, meiner Meinung nach sind die beiden nicht unbedingt die besten Freunde.«

»Wenn man bedenkt, wie sie dich zugerichtet haben, hast du wirklich Glück gehabt, daß Lady Synnovea ihre Zofe ins Schloß geschickt hat, um Major Nekrasow zu Hilfe zu holen.«

Tyrone war offensichtlich äußerst erstaunt. Er konnte sich nicht vorstellen, wann es Synnovea gelungen war, ihrer Zofe diesen Auftrag zu geben. »Was soll das heißen? Wann?«

»Major Nekrasow hat mir erzählt, es wäre Ali gewesen, die ihm die Botschaft, daß du in Nöten bist, gebracht hat. Wie es scheint, war die alte Frau im Haus der Taraslows, als sie dich in den Stall getragen haben.«

Tyrone schüttelte lachend den Kopf. »Dann muß ich Ali noch meinen tief empfundenen Dank aussprechen. Bis jetzt hatte ich keine Ahnung, wie es zu meiner Rettung kam. Ich wußte nur, daß Major Nekrasow und Zar Michael plötzlich da waren, als ich sie am dringendsten brauchte.«

»Ali hat dem Major erzählt, ihre Herrin hätte sie geschickt, ihn zu holen und daß du in ernster Gefahr bist.« Grigori rieb sich die Bartstoppeln und warf seinem Kommandanten einen fragenden Blick zu. »Aber wie konnte Lady Synnovea bei den Taraslows sein, wo sie doch angeblich hier krank im Bett lag? Zumindest hat man das Prinz Tscherkow eingeredet.« Grigori wartete auf eine Antwort des Colonels, aber dieser war plötzlich sehr damit beschäftigt, den Knoten seines Verbandes über der Brust zu lösen.

Grigori senkte die Stimme und sagte: »Die Gräfin war mit dir zusammen, nicht wahr?«

Tyrone packte den Verband mit beiden Händen und riß ihn entzwei. »Selbst wenn es wahr wäre, Grigori, glaubst du wirklich, ich würde dir das sagen?«

»Ob du es nun tust oder nicht, mein Freund, deine Antwort wird zwischen uns beiden bleiben. Das weißt du.«

Tyrone war nicht bereit, Synnovea in irgendeiner Weise zu beschämen, obwohl sie seine Gefühle mit Füßen getreten hatte. »Sollte ich etwa damit prahlen? Die Dame ist meine Gemahlin.«

Grigori ließ nicht locker. »Zar Michael hatte es sehr eilig mit eurer Heirat. Was ist wirklich passiert?«

Tyrone versuchte es mit einem gespielt strengen Blick. »Ich habe meine Zweifel, daß du je zum Major befördert wirst, wenn du nicht endlich lernst, deine Neugier zu bezähmen.«

Grigori lachte. »Mein lieber Freund, ich weiß, daß du kein Lügner bist, also nehme ich an, Prinz Taraslow und Ladislaus haben dich überrumpelt und dich dann auspeitschen lassen. Und wenn man Ali zu Major Nekrasow geschickt hat, neige ich dazu zu glauben, daß man Lady Synnovea mit dir zusammen zu den Taraslows gebracht hat. Wenn man dich gezwungen hat, sie zu heiraten, kann ich natürlich besser verstehen, warum du gestern früh so abweisend zu ihr warst.«

»Wer sagt, ich wäre abweisend gewesen?« Tyrone war überrascht, wie genau der Hauptmann seine Gefühle eingeschätzt hatte.

»Jetzt ist mir alles klar«, sagte Grigori nachdenklich. Tyrones Frage ignorierte er einfach. Er strich sich noch einmal über sein stoppeliges Kinn und fing an zu grinsen. »Die Sache ist klar. Man hat dich in flagranti mit dem Mädchen erwischt, und ihr Vormund Prinz Aleksej hat dich dafür bestrafen lassen...«

»Der Teufel soll ihn holen! Er wollte sie selbst haben!«

»Dann hat man dich ausgepeitscht, weil du ihm die Dame weggenommen hast.« Grigoris Augen blitzten boshaft. »Und die ganze Zeit warst du scharf darauf, sie in dein Bett zu zerren. Du konntest es einfach nicht erwarten, bis der Zar sie dir gibt. Jetzt hast du für deinen Fehler bezahlen müssen und bist wütend auf sie...«

»Was, zum Teufel!« schimpfte Tyrone. »Glaubst du jetzt auch noch, du könntest meine Gedanken lesen? Wie kommst du darauf, daß ich wütend auf sie bin?«

»Ich kenne dich, mein Freund. Wenn du nicht wütend auf sie wärst, würdest du diese armselige Scharade beenden...«

»Ach nein! Jetzt wirfst du mir auch noch Scharaden vor?«

»Wenn zwischen euch beiden alles so wäre, wie es sein sollte, könnte die ganze russische Armee hier einmarschieren, um dich zu holen. Du würdest trotzdem oben in ihrem Bett bleiben und erst herunterkommen, wenn du deine Gelüste endgültig befriedigt hast.«

Tyrone konnte nicht fassen, daß dieser junge Mann ihn anscheinend besser kannte als er sich selbst, und blieb stumm.

»Und du wirst keinen Frieden finden, bis du diese Kluft zwischen euch nicht bereinigt hast. Wenn du sie liebst, so wie ich glaube, wirst du dir schleunigst etwas einfallen lassen müssen.«

Der Colonel warf irritiert seinen Verband beiseite. »So einfach ist das nicht, Grigori. Ich bedeute ihr nichts!«

»Das möchte ich stark bezweifeln«, sagte der jüngere Mann. »Die Lady Synnovea schien sehr angetan von dir.«

Tyrone winkte skeptisch ab. »Eine begabte Schauspielerin. Ihr Talent verdient Beifall.«

»Erspar ihr solche Schmähungen, mein Freund! Es ist wirklich absurd zu glauben, sie mag dich nicht!«

»Wie kannst du behaupten zu wissen, was in ihrem Kopf vorgeht, wenn sie mich ständig vor neue Rätsel stellt?« fragte Tyrone wütend. »Ich habe keine Ahnung, was sie denkt, obwohl ich noch vor kurzem so töricht war zu glauben, ich wüßte es!«

»Colonel! Bedeutet dir unsere Freundschaft denn gar nichts?

Hältst du mich nicht für einen loyalen Kameraden? Einen Towarisch? Habe ich es nicht hinreichend bewiesen? Habe ich dich nicht gewarnt, als Major Nekrasow deinem Beispiel folgte und zum Zaren rannte, um seine Ansprüche auf ihre Hand geltend zu machen? Du wolltest den Mann sofort zum Duell fordern, und ich habe dir geraten zu warten. Geht es nicht in deinen Dickschädel, daß ein Außenstehender in dieser Sache klarer sieht als du? Dein Blick ist getrübt. Du willst schnell Antworten und fällst vorschnelle Urteile. Gib deiner Frau eine Chance, ihre Liebe zu beweisen.«

Tyrone seufzte erschöpft. »Sie wird genug Zeit haben, ihre Gefühle für mich unter Beweis zu stellen, solange wir hier sind. Ich kann die Ehe schlecht annullieren lassen, solange mir Zar Michael im Nacken sitzt und aufpaßt, daß ich mich seinem Befehl füge.«

»Deine Arbeit in Rußland wäre ziemlich sinnlos, wenn man das zulassen würde«, sagte Grigori, pikiert, daß sein Freund so etwas überhaupt in Betracht zog. »Wir Russen haben nämlich kein Verständnis, wenn ein Ausländer eine unserer Bojarinas verschmäht oder kompromittiert. Alexander Zenkow war ein Diplomat, der in diesem Land großen Respekt genoß. Ich möchte dir als Freund raten, seine Tochter gut zu behandeln.«

»Beim Geiste Caesars! Für wen hältst du mich? Glaubst du etwa, ich schlage sie?« Tyrone war fassungslos. »Synnovea ist meine Frau! Wenn schon aus keinem anderen Grund, so hat sie allein deshalb ein Anrecht darauf, daß ich sie beschütze und behüte.« Er entledigte sich erbost seiner Hose, stieg in die Wanne und glitt vorsichtig in das heiße Wasser, mit Rücksicht auf seinen malträtierten Rücken. Als er sah, daß der Hauptmann ihn immer noch nachdenklich anstarrte, sagte er herausfordernd: »Gibt es sonst noch etwas, was du mit mir besprechen willst?«

Grigori nahm sich einen Hocker und setzte sich. »Du gibst mir mehr zu denken als jeder andere Mann, den ich kenne, mein Freund. Du erzählst mir, du willst dich von deiner Frau distanzieren, und im nächsten Moment verkündest du im Brustton der

Überzeugung, daß allein du das Recht hast, sie zu beschützen. Als du in dieses Land kamst, schien es, als würdest du alle Frauen hassen, weil du mit keiner etwas zu tun haben wolltest. Während dieser Zeit sah ich keinen Soldaten besessener kämpfen als dich. Du hast dich zwar an den Ehrenkodex gehalten, aber dich ohne jede Rücksicht auf dich selbst auf den Feind gestürzt. Dir war es anscheinend gleichgültig, ob du im Kampf getötet wirst...«

»Das ist nicht wahr!«

So leicht war Grigori nicht von seinem Thema abzubringen.

»Vielleicht ja, aber ich war immer besorgt um dich, weil du das Risiko einfach ignoriert hast. Wenn du das Gefühl hattest, eine Aufgabe wäre zu riskant für uns, hast du sie immer übernommen...«

»Erfahrung hat seine Vorteile, oder ist dir das immer noch nicht klar?« konterte Tyrone kurz und bündig. »Ich beherrsche alle Kampftechniken besser als jeder andere im Regiment und habe dem Tod schon zahllose Male ins Auge gesehen. Wenn ich nicht soviel Erfahrung im Kampf hätte, wäre ich jetzt nicht hier und würde für das bezahlt, was ich mache... euch zu unterrichten.«

»Ich frage mich nur, ob du mehr Rücksicht auf die Gefahren der Kriegsführung nehmen würdest, wenn du mit deinem Leben zufriedener wärst...«

»Du bohrst zu tief, Kamerad«, murmelte Tyrone, während er sein Gesicht einseifte. »Ich kann ja verstehen, daß du versuchst, hinter alldem eine Logik zu finden, aber ich kann dir nicht garantieren, daß ich von jetzt an irgend etwas anders machen werde. So Gott will, werde ich überleben und meinen Dienst bis zum Ende ausüben.«

»Dieses Gebet will ich für uns beide sprechen, mein Freund. Mögen wir ein langes Leben und viel Glück haben. Ich möchte dich auch bitten zu bedenken, wie kurz das Leben ist und so schnell wie möglich Frieden mit deiner Frau zu schließen.«

Tyrone spülte sich die Seife vom Gesicht und sah Grigori an, der grinsend salutierte und dann wegschlenderte. Tyrone lehnte sich in die Wanne zurück und ließ sich die Worte seines Freundes durch den Kopf gehen. Zugegeben, der Mann hatte recht. Im Nachhinein gesehen waren manche seiner Aktionen sträflich leichtsinnig gewesen, wie auch sein Angriff auf Ladislaus' Horde. Aber wenn er nicht so gehandelt hätte, wären Unschuldige zu Schaden gekommen, und Synnovea wäre jetzt nicht sein, sondern das Liebchen dieses ruchlosen Räubers. Ein schrecklicher Gedanke, auch wenn augenblicklich zwischen ihnen nicht alles zum Besten stand.

Kurze Zeit später wurde Tyrone, frisch gebadet und elegant gekleidet, von denselben Männern, die ihn gestern abend nach oben getragen hatten, zum Brautgemach geleitet. Seine Gefährten klopften und begehrten Einlaß, was heftiges Gegacker auslöste, als wäre eine Gänseherde hinter der Tür verborgen. Einen Augenblick später öffnete sich die Tür einen Spalt, und ein junges Mädchen lugte heraus.

»Einen Moment bitte... meine Herren.« Hinter ihr war Kichern und Geflüster zu hören. »Die Dame Synnovea... ist noch nicht mit dem Ankleiden fertig.«

»Bitte sie doch vorzutreten, damit wir sie sehen können«, sagte Walsworth lachend.

»Komm schon, Mädchen«, sagte Tyrone grinsend. »Willst du etwa auch dem Bräutigam verwehren, seine Braut zu sehen? Geh beiseite, sag ich, und laß mich eintreten.«

Synnoveas gedämpfte Stimme ertönte aus dem Gemach, und die junge Bojarina öffnete die Tür für die Herren. Sie betraten die Kammer, begleitet vom fröhlichen Lachen elegant gekleideter Frauen und zweier Kammerzofen, die versuchten, eine Kupferwanne aus dem Ankleidezimmer zu zerren. Man hatte sie Synnovea gebracht, damit sie sich in Ruhe baden und parfümieren konnte, bevor Ali die kichernden Mädchen und Matronen hereinließ, die sich den Hals ausrenkten, um zu sehen, in welchem Zustand das Bett und die Laken waren. Ali glättete gerade den Saum des Sarafans, als die Herren erschienen, etwas zu früh. Synnovea wandte sich rasch ab, um die letzten Verschlüsse ihres Kleides zu schließen und machte damit Zeldas Bemühungen zunichte, ihr offenes schwarzes Haar mit einem Schleier zu bedecken. Die junge Bojarina wich erschrocken zurück, als Tyrone neben ihnen stehen blieb und das schimmernde Tuch ganz vom Haar seiner Frau entfernte.

»Das brauchen wir nicht, Prinzessin, ich möchte das Haar meiner Frau lieber ohne Zöpfe und Schleier sehen«, sagte er lächelnd. Zeldas entsetzte Miene ließ ihn aber sofort erkennen, daß sein Wunsch offenbar nicht mit den Traditionen vereinbar war. »Wir brauchen es anscheinend doch«, fügte er beschämt hinzu.

Synnoveas grüne Augen strahlten ihn an, hocherfreut, weil er sie in der Gegenwart ihrer neugierigen Freundinnen so aufmerksam betrachtete. Er beugte sich zu ihr, und sie atmete beglückt seinen würzigen, männlichen Geruch ein, bevor sie ihm die Notwendigkeit des Schleiers erklärte: »Es ist undenkbar, daß eine verheiratete Frau irgendeinem anderen außer ihrem Mann ihr Haar enthüllt, Mylord. Das ist ein russischer Brauch. Aber wenn Ihr wollt, daß ich es offen trage, wenn wir allein sind, braucht Ihr es nur zu sagen.«

Tyrone ließ langsam seine Hand über die seidigen Wellen gleiten und erinnerte sich an das erste Mal, als er diese glänzenden Haare gesehen hatte, nur hatte ihn ihr schlanker, nackter Körper damals mehr interessiert. »Ich würde es gerne sehen«, sagte er schlicht und reichte Zelda mit einer knappen Verbeugung den Schleier. Die Prinzessin schenkte ihm ein schüchternes Lächeln und befestigte rasch den Schleier, während Tyrone sich seinem grinsenden Adjutanten zuwandte, der ihm ein kühles Glas Wein reichte und sagte:

»Vielleicht würde es Lady Synnovea Spaß machen, Euch unsere Sprache zu lehren und vielleicht auch einige Bräuche unseres Landes. Ich bin mir sicher, daß diese Lektionen für euch beide sehr von Nutzen sein könnten.«

»Nachdem Synnovea und ich bereits verheiratet sind, sind deine Kupplertalente etwas fehl am Platz, mein Freund«, sagte Tyrone mißmutig.

Das Grinsen des Hauptmanns wurde noch breiter. »Eine gute

Kupplerin ruht nicht, ehe sie sicher ist, daß ihr beide miteinander zufrieden seid. Und wenn Ihr nicht glücklich seid, Colonel, wie soll ich da je zu meiner Beförderung kommen?«

»Du bist mir ein schöner Freund«, Tyrone mußte lachen. »Und ich habe gedacht, du meinst es wirklich ehrlich, dabei warst du nur auf deinen Vorteil bedacht!«

Grigori hob verlegen die Schultern. »Irgendwie muß ich doch weiterkommen.

Diese Antwort wurde von der Männerrunde mit herzlichem Lachen quittiert, und die Frauen lächelten erfreut. Einen Augenblick später rauschte Natascha herein, um ihre Gäste in den Speisesaal zu entführen, wo Danika ein Festmahl vorbereitet hatte. Der Colonel führte die Prozession mit seiner Braut an, und Natascha nahm mit einem Lächeln Grigoris galant dargebotenen Arm.

»Und was haltet Ihr von der Braut, die Euer Kommandant gewählt hat?« fragte Natascha den jungen Russen.

»Die beiden sind ein ideales Paar, Mylady. Ich bewundere Euren Geschmack in der Wahl Eurer Freunde.«

»Und ich den Euren«, erwiderte sie. »Aber sagt mir, was hat der Colonel zu all dem zu sagen?«

»Ich bin mir sicher, daß nur Gutes aus dieser Verbindung kommen wird, Gräfin. Im Lauf der Zeit werden die beiden sehr glücklich werden.«

Natascha nickte zufrieden. Genau das hatte sie von ihm hören wollen, der junge Mann hatte eine erstaunlich gute Beobachtungsgabe.

Das Morgenmahl entwickelte sich zu einem ausgelassenen Fest, bei dem der Wodka in Strömen floß und das junge Paar immer wieder angefeuert wurde, sich nach Sitte des Landes zu küssen, um das Mahl zu versüßen, wenn alle im Chor: »*Gorko! Gorko!* Bitter! Bitter!« riefen.

Kurz darauf erschien eine Gruppe Skomorokhi, die die Gäste mit Gesang und Mummenschanz unterhielten und zu Spiel und Tanz animierten. Selbst Tyrone amüsierte sich blendend, der

Wein hatte den Schmerz in seinem Rücken gedämpft, und er rannte und tanzte mit seiner Braut wie die anderen durchs Haus und ließ sich von den fröhlichen Spielen mitreißen.

Der Narr spielte seine Rolle mit Hingabe, warf sich knurrend und fauchend den grauen Wolfspelz über und schlich dann los, um sich ein geeignetes Mädchen für die Rolle des Feuervogels zu fangen. Tyrone zerrte Synnovea rasch nach draußen und suchte sich ein Versteck zwischen zwei Bäumen, die hinter einem großen Gebüsch wuchsen. Hier warteten sie schweigend auf den Wolf und versuchten, sich gegenseitig zu ignorieren, was durch die drangvolle Enge des Verstecks nicht gerade einfach war. Selbst durch den dicken Stoff des Sarafans spürte Synnovea seine wachsende Erregung und das heftige Hämmern seines Herzens. Kleine Wonneschauer weckten auch ihre schlummernde Leidenschaft, und sie schmiegte sich enger an ihren Mann in der Hoffnung, ihm eine Reaktion zu entlocken. Sie hob den Kopf und sah die unmißverständliche Leidenschaft in seinen Augen schwelen.

Sie waren so ineinander vertieft, daß keiner den nahenden Narren bemerkte, der prompt Synnoveas Saum unter dem Gebüsch herausblicken sah und sich mit Triumphgeschrei auf sie stürzte. Die beiden fuhren erschrocken auseinander, und der »graue Wolf« packte seine Gefangene am Handgelenk und zerrte sie in Richtung Haus. Als er sah, wie grimmig Tyrone ihm nachstarrte, lachte er schadenfroh. Genau das hatte er von einem frisch verheirateten Bräutigam erwartet, und deshalb wählte er auch ein besonders schwieriges Versteck für die Braut. Kurz darauf erschien Tyrone, der krampfhaft versuchte, gute Miene zum bösen Spiel zu machen. Der »graue Wolf« hüpfte um ihn herum und forderte ihn mit schriller Stimme auf, doch den »gefangenen Feuervogel« in seinem goldenen Käfig zu finden, bevor die »bösen Brüder« ihn töteten und sie für sich beanspruchten. Tyrone durchsuchte, begleitet von spöttischem Gelächter, im Laufschritt das Haus, um den anderen zuvorzukommen. Dann sah er plötzlich die winzige Sofia in der Küchentür. Sie zeigte verstohlen auf die Speisekammer, wo er seine Frau mit Siegesgeheul in die Arme raffte und vor seiner »diabolischen Verwandtschaft« davonlief, um den »Feuervogel« bei der »Zarina« Natascha abzuliefern, die ihn lachend mit einem Blütenkranz krönte. Diesen Preis brachte Tyrone in die Küche, kniete sich vor klein Sofia und setzte ihr den Kranz auf, was sie mit einem strahlenden Lächeln und einem hastigen Küßchen auf die Wange dankte. Als Tyrone zur Tür zurückkehrte, empfing ihn Synnovea mit glänzenden Augen.

»Ihr scheint eine besonders gute Hand mit Kindern zu haben, Colonel Tyrone Rycroft. Habt Ihr schon einmal daran gedacht, selbst welche zu zeugen?«

»Mehrmals«, erwiderte er und dachte an seine Enttäuschung, als Angelina drei Fehlgeburten innerhalb der ersten zwei Jahre ihrer Ehe erlitten hatte. Ihre Blutungen waren sehr unregelmäßig gewesen, was ihr Arzt aber durch Verabreichung verschiedener Kräuter schließlich geregelt hatte. Es war wirklich Ironie des Schicksals, daß sie, kaum geheilt, es für notwendig hielt, ihr eigenes Leben in Gefahr zu bringen, um das Kind des anderen Mannes loszuwerden.

»Dann habt Ihr nichts dagegen, Kinder zu haben?« fragte Synnovea unumwunden.

»Das, Madame, ist nicht mein Problem«, erwiderte Tyrone mit derselben Offenheit. Er nahm ihren Arm und führte sie in die Halle. »Mein Problem ist, daß ich nicht weiß, ob ich Euch trauen kann, nachdem ihr mich so schnöde hintergangen habt?«

»Wie soll ich wissen, was in Eurem Herzen vorgeht, wenn Ihr mich in einer Minute voller Begehren ansiehst und in der nächsten mit Verachtung straft?« konterte sie. »Seid Ihr launisch, Colonel? Euer Mund spricht schmähende Worte, aber Eure Augen sagen etwas ganz anderes.«

»Ja, Madame, ich habe in letzter Zeit einen gewissen Zwiespalt in mir entdeckt, der mich innerlich zerreißt«, gab Tyrone bereitwillig zu. »Ihr könnt einen Mann mit Eurem koketten Lächeln und Euren Reizen um den Verstand bringen, Synnovea, ich muß mich irgendwie schützen, damit Ihr mich nicht noch einmal verletzt.«

»Sir, Ihr dürft kein so strenges Urteil über mich fällen. Ich will Euch nicht verletzen. Ich versuche nur, eine gemeinsame Basis zu finden, damit wir in dieser Ehe zusammenfinden und zufrieden sein können. Aber, wie ich sehe, seid Ihr bemüht, mich auf Distanz zu halten. Werdet Ihr mir denn auf immer und ewig Eure Zuneigung und Euer Kind verweigern?«

Er schien überrascht von dieser unverblümten Frage. »Auf immer und ewig, Madame? Wer weiß, was der morgige Tag bringen wird, aber inzwischen sollte Euch ja klar sein, daß das Zeugen eines Kindes einer gewissen Intimität bedarf...«

»Habt Ihr denn Einwände gegen diese Nähe?« fragte Synnovea ohne jeden Hintergedanken.

»Im Augenblick, Madame, muß ich eingestehen, daß ich die Intimität, derer es bedarf, ein Kind zu zeugen, fürchte. Ich habe Angst vor diesem Sirenengesang, der einen Mann in seidene Bande schlägt. Wenn ich ihm erst einmal erlegen bin, ist es zweifelhaft, ob ich Euch widerstehen kann, gleichgültig, welche Ränke Ihr schmiedet.«

»Mein Lied ist kein Sirenengesang, Mylord, sondern nur die Hoffnung Eurer Gattin, daß Ihr Euch ihr nicht verweigert. Ohne Euch hätte ich nie erfahren, daß die bloße Vereinigung unserer Körper nicht alles ist. Und Ihr, Sir, lockt mich und verweigert Euch dann, und wie ein hilfloser Spatz muß ich warten, bis der Adler seine Beute ergreift, bevor ich erfahren kann, was Erfüllung ist.«

Tyrone sah sie überrascht an. Es war wirklich erstaunlich, wie offen und ehrlich sie ihre Sehnsüchte ausdrücken konnte. Ihre Offenheit faszinierte ihn und regte ihn an, selbst ein Geständnis zu machen.

»Ja, Madame, ich kann es kaum erwarten, diesen Drang zu befriedigen, der mich wie einen brunftigen Hirsch durch die Wildnis treibt. Ihr seid weiß Gott nicht weniger reizvoll und schön als an dem Tag, an dem ihr in mein Quartier kamt. Ihr würdet jeden Mann in Versuchung führen, und ich bin wahrscheinlich wesentlich empfänglicher dafür als die meisten.«

»Es wäre doch nur eine körperliche Angelegenheit, wenn Ihr mit mir schlaft. Männer sind so, hat man mir gesagt«, stichelte Synnovea, weil sie die Diskrepanz zwischen seinen Worten und seinem Handeln nicht begreifen konnte. Wenn er wirklich so empfänglich war für ihre Reize, wie er behauptete, warum war ihm dann der Gedanke, mit ihr zu schlafen, so zuwider? »Warum dann nicht ich? Ihr habt selbst gesagt, Ihr wäret schon seit längerer Zeit ohne weibliche Gesellschaft, also müßte Euch doch jede Frau recht sein, um Eure Bedürfnisse zu befriedigen.«

»Nicht unbedingt, Madame.«

Eine elegant geschwungene Braue hob sich verwundert nach oben. »Ich habe gehört, daß es reichlich Dirnen im deutschen Distrikt gibt. Habt Ihr sie denn nie in Betracht gezogen auf Eurer Suche nach Gesellschaft?«

»Niemals«, war seine schroffe Antwort. »Im Lauf der Zeit werdet Ihr lernen, daß ich sehr eigen bin, was die Frauen betrifft, mit denen ich mein Bett teile.«

»Wozu ich wirklich nicht mehr gehöre«, sagte Synnovea mit tränenerstickter Stimme.

Tyrone merkte nicht, wie betroffen sie war, und erwiderte rasch: »Das habe ich nicht gesagt, Synnovea, also legt mir keine Worte in den Mund.«

Synnovea wandte sich ab, damit er ihre nassen Wangen nicht sehen konnte, und fragte: »Habe ich Euch denn so verletzt, daß es Euch anwidert, mich zu lieben und mir ein Kind zu schenken?«

Tyrone gab keine Antwort, aus Angst sich festlegen zu müssen, und entzog sich zu Synnoveas Leidwesen ihren Fragen, indem er sagte, ihre Freunde würden sie mit Ungeduld erwarten.

Es war schon später Nachmittag, als General Vanderhout und seine junge, schöne Frau Aleta zu Besuch kamen. Keiner der beiden schien sonderlich enthusiastisch, als sie dem frisch vermählten Paar ihre Glückwünsche überbrachten. Vielmehr war Vincent Vanderhout darauf aus, seinem Unmut Luft zu machen. Sobald es die Höflichkeit erlaubte, nahm er Tyrone beiseite und führte ihn in den Garten, um ungestört zu sein.

»Muß ich Euch daran erinnern, Colonel Rycroft, daß der Kommandant das Recht hat, unmittelbar von den Heiratsabsichten eines Offiziers unterrichtet zu werden. Ich betrachte es als persönliche Beleidigung, daß...«

»Verzeiht, General«, unterbrach Tyrone erbost den aufgeblasenen Mann. Er war nicht nach Rußland gekommen, um sich von irgendeinem Ausländer sein Privatleben vorschreiben zu lassen. Es war ohnehin schwer genug gewesen, die Einmischung des Zaren zu akzeptieren. Er war schwer versucht, dem General zu sagen, sein Privatleben würde ihn nichts angehen, glaubte aber, die Wahrheit genüge, um den Älteren zum Schweigen zu bringen. »Es war der ausdrückliche Wunsch Seiner Majestät Zar Michaels, daß ich die Gräfin Synnovea ehelich.«

»Was, zum Teufel, habt Ihr denn getan? Das Mädel geschwängert, bevor die Ringe getauscht wurden?« schrie der Holländer. »Verdammt, Rycroft! Habt Ihr vergessen, daß wir in einem fremden Land sind?«

Tyrones Blick wurde eisig, er schlug die Hacken zusammen und sagte barsch: »Nein, *General*! Die Gräfin Tyrone war eine Jungfrau, als ich sie geheiratet habe, Sir! Falls Euch das etwas angehen sollte, *Sir*!«

General Vanderhout musterte ihn mit zusammengekniffenen Augen. »Seid vorsichtig, Colonel Rycroft. Ich kann dafür sorgen, daß Ihr umgehend nach England zurückgeschickt werdet.«

»Das würde ich Euch nicht raten, *General*, es sei denn, Ihr tragt die Angelegenheit vorher dem Zaren vor, *Sir*!«

Der General kochte innerlich vor Wut, wußte aber nicht, wie er den Colonel noch bedrohen könnte, also räusperte er sich wütend und stolzierte ins Haus zurück. Tyrone war außer sich. Sicher hatte jeder im Haus ihr Geschrei gehört. Auf die Diskretion seiner Freunde konnte er zählen, aber bei den anderen war er sich nicht so sicher.

Tyrone wandte sich leise fluchend dem Haus zu. Er mußte dem General aus dem Weg gehen, solange er hier war, ansonsten konnte er für nichts garantieren. Er würde sich in das Brautgemach zurückziehen, bis er fort war.

Keiner bemerkte ihn, als er rasch die Treppe hochlief, und er schloß mit einem Seufzer der Erleichterung die Tür des Schlafgemachs hinter sich. Er lief im Zimmer auf und ab, bis er sich wieder einigermaßen beruhigt hatte, dann streifte er Wams und Hemd ab, warf es auf einen Stuhl und ging ins Ankleidezimmer, wo er sich kaltes Wasser über den Kopf goß, um seinen Zorn zu kühlen.

Er hatte sich ein Handtuch über den nassen Kopf gelegt und trocknete sich das Gesicht auf dem Weg zurück ins Schlafgemach. Er rieb sich gerade die Haare, als er plötzlich eine kleine Hand spürte, die langsam über seinen flachen, harten Bauch glitt. Er hatte gar nicht gemerkt, daß Synnovea ins Zimmer gekommen war, und wollte schon zurückweichen, aber dann fiel ihm ein, wie enttäuscht er gewesen war, als sie sich gestern abend schüchtern seinem fragenden Kuß entzogen hatte. Er grinste unter seinem Handtuch und ließ sie gewähren, trotz aller guten Vorsätze, nicht einfach unbedacht zu handeln.

Ihre zärtliche Berührung ließ ihn schnell das Haare trocknen vergessen, er lehnte mit einem genüßlichen Seufzer seinen Kopf unter dem Handtuch zurück und gab sich den überwältigenden Gefühlen hin. Er hörte, wie sie leise, bewundernd stöhnte, und ihm stockte der Atem, als ihre Liebkosungen immer drängender wurden. Sie hatte in der kurzen Zeit wirklich erstaunlich viel gelernt. Ihre Finger tasteten nach der Öffnung in seiner Hose, und er schob sich das Handtuch vom Gesicht und ließ es um seinen Hals fallen, in der Absicht ihre Bemühungen zu unterstützen. Und dann sah er die Frau vor sich, und ihr Anblick war wie ein Sturz in einen eiskalten Bach.

»Aleta!«

»Du schlimmer Mann, du«, sagte die blonde Frau mit kokettem Augenaufschlag und schlang lächelnd die Arme um seinen Hals. »Einfach so Hals über Kopf zu heiraten! Also wirklich. Die Frauen sind ganz aus dem Häuschen, seit verlautet ist, daß du die Gräfin heiratest. Vincent sagt, du hättest den Zaren verärgert, weil du die Tochter seines ehemaligen Botschafters in Schwierigkeiten gebracht hast. Tut es dir jetzt nicht leid, daß du nie zugelassen hast, daß Aleta deine Bedürfnisse befriedigt?«

Tyrones Enttäuschung war grenzenlos. Es kostete seine ganze Willenskraft, seine Wut nicht an dieser Frau auszulassen, weil sie nicht die war, die er erwartet hatte und trotzdem seinen Körper in solche Unruhe versetzt hatte. Er packte ihre Arme, zog sie von seinem Hals und schob sie weg von sich. »Verzeiht, Aleta, aber Ihr wißt, daß es mir schon immer widerstrebt hat, mit der Frau meines Vorgesetzten ins Bett zu steigen. Ihr solltet wissen, daß solche Abenteuer gefährlich sind und eine zu große Bedrohung für die Karriere eines Offiziers sind.«

»Oh, Tyrone, jeder weiß, daß du dich vor nichts fürchtest, schon gar nicht vor einer zarten kleinen Frau wie mir.« Sie schmiegte sich wieder an ihn und sah ihn mit sehnsüchtigen Augen an. »Du solltest zu mir kommen, wenn du wirklich etwas erleben willst, Tyrone. Ich mache alles, was dir gefällt. Bei mir vergißt du die kleine Göre, die du geheiratet hast. Sie hat doch keine Ahnung davon, wie man einen Mann befriedigt, besonders einen so wollüstigen wie dich.«

»Ja, sie hat viel zu lernen, aber ich freue mich schon darauf, sie zu lehren, wie sie mich befriedigen kann.« Tyrone schob erneut die Frau von sich weg, ging gelassen zur Tür und öffnete sie. »Ich glaube, Ihr solltet jetzt besser gehen, Aleta. Weder meine Frau noch Euer Gatte werden sonderlich erfreut sein, wenn man Euch hier findet.«

»Ach, komm schon, Tyrone, du wirst dich doch nie mit der kleinen Ignorantin zufrieden geben, die du geheiratet hast. Du brauchst eine erfahrene Frau.« Sie lächelte ihn verführerisch an, schmiegte sich an seinen Körper und griff erneut nach dem Schlitz in seiner Hose.

Tyrone packte sie an den Schultern und schubste sie wütend von sich. »Aleta! Ich bin nicht in Stimmung! Könnt Ihr das denn nicht verstehen?«

»Ich weiß es besser, Tyrone«, sagte sie mit heiserer Stimme, umarmte ihn, packte sein Gesäß und drückte ihn gierig an sich. »Gerade warst du noch in Stimmung!«

»Ich dachte, es wäre meine Frau!« erwiderte er knapp.

»Oh, Tyrone, es wird ihr nicht weh tun, dich ein bißchen zu teilen. Mußt du denn so verdammt edel sein? Du hast genug für uns beide.«

Tyrone packte sie am Kinn und zwang sie, sich seinem wütenden Blick zu stellen. »Wie ich sehe, muß ich noch deutlicher werden, Aleta. Ich habe nicht das geringste Interesse an dem, was Ihr zu bieten habt, also bitte – geht jetzt!«

»Du hast Angst vor meinem Mann!« bezichtigte ihn Aleta, die sich nicht damit abfinden wollte, daß er sie nicht begehrte.

»Ich möchte keinen Ärger mit ihm, das ist richtig«, stimmte Tyrone zu. »Aber ich will auch nichts von Euch. Es wird nie etwas zwischen uns sein, also laßt mich bitte in Ruhe. Und haltet Euch von jetzt an fern von mir!«

Aleta verzog verächtlich den Mund, rückte ihr Kleid zurecht und wollte gerade erbost aus dem Zimmer gehen, da sah sie die Frau, die schon seit einiger Zeit in der Tür stand, und blieb überrascht stehen. Tyrone, drehte sich um und sah seine Frau, die ihn mit hochgezogenen Augenbrauen musterte.

»Ich hoffe, ich störe nicht«, sagte sie mit einem wenig überzeugenden Lächeln.

»Synnovea... Ich...« Tyrone konnte nur hoffen, daß er nicht so schuldbewußt aussah, wie er sich momentan fühlte. »Ich – ich wollte mich nur ein bißchen ausruhen...«

»Das bedarf keiner Erklärung«, beschwichtigte sie ihn merklich kühl. »Ich habe gehört, wie du unten mit dem General gestritten hast, und konnte die neugierigen Blicke der anderen nicht mehr ertragen, die alles mitgehört haben.« Ihr Blick richtete sich jetzt auf Aleta, und die frostigen grünen Augen verhießen nichts Gutes. »Hätte ich gewußt, daß diese Frau hier ist und versucht, dir an die Hose zu gehen, hätte ich mich besser gewappnet. Sie hätte wohl mehr Erfolg gehabt, wenn du ihr gesagt hättest, daß deine Hosen geknöpft und nicht geschnürt sind.«

Tyrone hüstelte hinter vorgehaltener Hand, um nicht laut loszuprusten. Synnovea war offensichtlich sehr verärgert über diese Frau und wollte ihre Rechte als Ehefrau unmißverständlich kundtun. Aleta stakste erhobenen Hauptes zur Tür hinaus, und er registrierte amüsiert, mit welch grimmiger Miene Synnovea ihr nachschaute.

»Eine ungeduldige Verehrerin?« sagte Synnovea bissig. »Sagt mir, Colonel, ist sie der Grund, warum Ihr nicht an mir interessiert seid?«

»Mach dich bitte nicht lächerlich, Synnovea! Die Frau bedeutet mir überhaupt nichts! Ich weiß nicht einmal, wie sie ins Zimmer gekommen ist. Ich habe mir gerade die Haare abgetrocknet und gedacht, du wärst hereingekommen, als die Frau sich mir an den Hals geworfen hat.«

Synnovea verschränkte beleidigt die Arme und sagte: »Na ja, wenn du sie mit mir verwechselt hast, kann ich dir wohl nicht vorwerfen, daß du zu heftig reagiert hast, nicht wahr?« Sie warf noch einen giftigen Blick in Richtung Tür. »Aber es hat Ihr offensichtlich großen Spaß gemacht, dich zu liebkosen – wahrscheinlich dank deiner entsprechenden Reaktion.«

»Nicht alle Frauen sind solche Muster an Tugend wie du, meine Liebe«, spottete Tyrone grinsend. »Sie brauchte keine Ermunterung.«

Synnovea warf beleidigt den Kopf zurück und verließ mit rauschenden Röcken das Zimmer. Tyrone mußte zugeben, daß Aleta Vanderhout seiner Frau nicht das Wasser reichen konnte, was Charme, Grazie und weibliche Schönheit betraf.

Es war noch ziemlich früh, als Tyrone sich von seinen Freunden unter lautstarkem Protest verabschiedete. Er entschuldigte das mit seiner morgigen Rückkehr in den Dienst, winkte ihnen kurz zu, legte seinen Arm um die Schultern seiner Braut und brachte sie in ihre Gemächer.

Ali erwartete sie im Schlafgemach, um ihrer Herrin beim Entkleiden zu helfen. Während die beiden Frauen sich in das Ankleidezimmer zurückzogen, legte Tyrone seine Uniform und die Ausrüstung für den kommenden Tag bereit. Auf der Suche nach seinem Säbelgurt ging er ohne Anzuklopfen in das Ankleidezimmer und überraschte seine Frau hüllenlos. Sie hatte die Arme hochgestreckt, und Ali streifte ihr gerade ein Nachthemd über. Er blieb wie angewurzelt stehen, aufs neue gepackt von allen Gelüsten, die er tagsüber verdrängt hatte, und murmelte verlegen etwas von wegen seines Gurtes. Er merkte gar nicht, wie Ali auf ein oberes Regal zeigte, so fasziniert war er vom nackten Körper seiner Frau. Schließlich gelang es ihm, sich loszureißen, er ging an ihr vorbei, nahm seinen Säbel und erhaschte auf dem Rückweg noch einen Blick auf ihre verlockenden Brüste, die runden Hüften und die zarte Haut ihres Bauches, ehe das Nachthemd die Schätze verhüllte.

Zurück im Schlafzimmer, mußte Tyrone erst einmal Luft holen, dann zog er sich bis auf die Hose aus und versuchte, seine Erregung durch das Ordnen seiner Ausrüstung wieder in den Griff zu bekommen. Vergeblich, wie er einsehen mußte, als Ali sich empfahl und seine Frau das Schlafgemach betrat und das Feuer der Leidenschaft in seinen Lenden erneut entfachte. Ihr Haar hing in schimmernden dunklen Wellen bis zur Taille, wie er es sich gewünscht hatte, und ihr Nachthemd betonte jede köstliche Rundung ihres zauberhaften Körpers.

Synnovea war ebenfalls in rastloser Stimmung aufgrund des Besuches von Aleta in ihrem Schlafzimmer. Tyrones kurzer Auftritt im Ankleidezimmer hatte ein übriges getan. Seine glühenden Blicke hatten die Begierde in ihrem Leib zu neuem Leben erweckt, und sie war nicht gewillt, noch einmal eine Nacht schweigender Abweisung zu ertragen.

»Wie früh mußt du morgen aufbrechen?« Sie stellte sich neben ihn und beobachtete, wie er seinen Säbel polierte.

»Kurz nach dem Morgengrauen, aber du brauchst deshalb nicht aufzustehen, Synnovea. Ich bin es gewohnt, allein zurechtzukommen. Ali hat außerdem gesagt, Danika würde etwas zu essen für mich bereitstellen und einen Korb zum Mitnehmen packen. Es wird spät, du brauchst nicht auf mich zu warten.«

»Es macht mir nichts aus, auf dich zu warten«, murmelte Synnovea und fragte sich, ob es töricht wäre zu versuchen, ihm durch ihre Nähe eine Reaktion zu entlocken. Er wollte anscheinend um jeden Preis vermeiden, sie anzusehen und konzentrierte sich auf seine Aufgabe. Aber das wollte Synnovea nicht akzeptieren.

Ganz beiläufig strich sie mit schlanken Fingern durch das kurze Haar in seinem Nacken, und er riß erschrocken den Kopf hoch. »Deine Haare werden länger«, hauchte sie. »Soll ich sie dir schneiden?«

»Nicht heute abend«, erwiderte er atemlos, wie hypnotisiert von ihren sanften grünen Augen.

»Es wird nicht lange dauern«, sagte Synnovea, nahm eine der löwenfarbenen Strähnen und zupfte sanft daran. »Nur ein bißchen zurechtstutzen, damit es ordentlich aussieht.«

»Es ist schon spät, und ich brauche meinen Schlaf«, sagte Tyrone leise, und sein Blick wanderte hinunter zu den Schätzen, die der dünne Batist ihres Nachtgewandes nur sehr mangelhaft verbarg. Im Schein der Kerzen zeichnete sich die verlockende Fülle ihrer zarthäutigen Brüste ab, ihre schmale Taille und der dunkle Hauch ihrer langen, graziösen Schenkel.

Ein plötzlicher stechender Schmerz ließ Tyrone zusammenzucken. Er schaute hinunter und sah, daß er sich den Daumen an seiner gute geschärften Schwertklinge aufgeschlitzt hatte.

»Hölle und Verdammnis!« knurrte er. »Ich kann nicht einmal mein Schwert polieren, ohne mich zu verletzen, wenn du in der Nähe bist! Geh zu Bett, bevor ich mir noch etwas Lebenswichtiges abschneide und Aleksej einen Gefallen tue.«

Synnovea zog sich mit feuchten Augen auf ihre Seite des Bettes zurück und setzte sich auf die Kante, wo sie, mit giftigen Blicken auf den stattlichen Rücken ihres Mannes, ihr Haar zu Zöpfen flocht. Ihr wiederholtes Schniefen trieb Tyrone schließlich ins Ankleidezimmer, ansonsten hätte er der Versuchung, sie in den Arm zu nehmen und zu trösten, nicht mehr lange widerstehen können.

Als er endlich ins Schlafgemach zurückkehrte, nachdem er sich gewaschen und einen Morgenmantel übergestreift hatte, sah er, daß Synnovea bis zum Kinn zugedeckt im Bett lag. Ihrem beleidigten Schweigen nach zu schließen, würde er heute nacht vor weiteren Versuchen ihrerseits, seinen Vorsatz zu brechen, sicher sein. Sie wollte offensichtlich nichts mehr mit ihm zu tun haben, zumindest nicht für den Augenblick. Eigentlich hätte er darüber froh sein müssen, aber es war ihm zutiefst zuwider, daß Synnovea jetzt glaubte, er wolle sie nicht in seiner Nähe haben. Im Gegenteil, er genöß ihre Gesellschaft so sehr, daß er gar nicht genug davon bekommen konnte, und der einzige Weg das zu erreichen war, sie in jeder Hinsicht zu seiner Frau zu machen.

21. Kapitel

Vor nicht gar zu langer Zeit hatte Tyrone geglaubt, er würde jedes Quentchen Energie, das er besaß, darauf verwenden, den Zaren zu beeindrucken. Inzwischen war ihm klar geworden, daß dies ein Kinderspiel gewesen war im Vergleich zu der Kraft, die ihn Synnoveas ständige Nähe kostete. Früher hätte er die Gelegenheiten, die sich ihm jetzt ohne Unterlaß boten, sofort genutzt, jetzt war er gezwungen, seinen neugierigen Blick abzuwenden, wenn seine junge Frau mehr oder minder mangelhaft bekleidet durchs Zimmer ging oder kaum eine Armlänge entfernt neben ihm im Bett lag. Er litt so heftig unter seiner selbst auferlegten Abstinenz, daß er sogar kurzzeitig versucht war, wieder in sein altes Quartier zu ziehen, nur um ein bißchen dringend benötigte Ruhe zu finden und nicht ständig den Versuchungen in ihrem Schlafgemach ausgesetzt zu sein. Leider war sein Rücken noch immer nicht richtig verheilt, und ihm fehlte die Kraft und Beweglichkeit, sich einem Kampf auf Leben und Tod zu stellen. Ansonsten wäre er sofort losgeritten, um Ladislaus aufzustöbern, nur um sich von den Niederlagen in seinem Bett abzulenken.

Statt dessen trieb er sich und sein Regiment mit schwierigen Trainingsaufgaben bis an den Rand der Erschöpfung, so daß er jeden Abend völlig ausgelaugt ins Bett fiel und selbst Synnoveas verlockende Nähe ihn nicht mehr wachhalten konnte und er seinem Vorsatz nicht untreu werden mußte. Aletas Verführungsversuch hatte schließlich hinreichend bewiesen, daß er Synnovea nicht widerstehen könnte, wenn sie etwas Ähnliches unternahm.

Inzwischen war es ein Teil seiner täglichen Routine geworden, seine Morgenmahlzeit mit Natascha einzunehmen, die immer bei Tagesanbruch aufstand. Danach verließ er das Haus und kam meist erst lange nach Abschluß des Abendessens völlig erschöpft zurück. Nach seiner Rückkehr verbrachte er etwa eine Stunde im Stall, wo er den großen Rappen von Ladislaus und seinen Braunen fütterte und striegelte. Den Braunen benutzte er ausschließlich für Paraden vor dem Zaren und zur Demonstration der Reitkunst, die er seinen Männern beibringen wollte. Der Hengst war einer von zweien, die er aus England mitgebracht hatte und auch wieder mit zurücknehmen würde, sollten er und das Tier solange leben.

Anschließend nahm er seine Abendmahlzeit in der Küche ein, bedient von Danika und Synnovea, deren Reize er, wenn sie dicht neben ihm stand oder sich über ihn beugte, nicht so einfach übersehen konnte.

Nach dem Essen begab er sich ins Badehaus und gönnte seinem schmerzenden Körper ein langes, heißes Bad, bevor er schließlich die Treppe zu seinem Ehegemach erklomm. Dort fiel er erschöpft in die Federn, zu müde selbst für eine Unterhaltung. Sein einziges Zugeständnis an Synnoveas ehefrauliche Instinkte war, sich von ihr den Rücken mit einem heilenden Balsam einreiben zu lassen, der die Haut elastisch machte und allzu starke Narben verhinderte. Dafür entledigte er sich seines Morgenmantels und legte sich mit dem Gesicht nach unten auf die Matratze, nachdem Synnovea Laken und Decke ordentlich zur Seite geschlagen hatte. Ihre sanfte Massage entspannte ihn meist innerhalb kurzer Zeit so, daß er sanft entschlummerte.

Diese Augenblicke gehörten zu den wenigen, in denen Synnovea klar wurde, wie schön es sein konnte, Ehefrau zu sein. Kein barsches Wort störte die Harmonie, während sie ihren Mann versorgte, und sie genoß die Intimität und Vertraulichkeit, die ihr im Bett verwehrt war.

Gegen Ende der folgenden Woche kam Tyrone überraschend früh nach Hause. Sie stand am Fenster ihrer Gemächer, als sie ihn auf das Haus zureiten sah, warf rasch einen prüfenden Blick in den Spiegel und lief dann die Treppe hinunter zur Hintertür. Dort strich sie das Kopftuch, die Schürze und die weiten Bauernröcke zurecht, die sie heute morgen angelegt hatte, um Natascha bei der

Überprüfung einiger Lagerbestände zu helfen. Dann schlenderte sie gemächlich zum Stall.

Tyrone hatte ihr Kommen nicht gleich bemerkt, so beschäftigt war er damit, den langen Schwanz seines Braunen einzuseifen. Er hatte ihr den Rücken zugedreht, und erst als Synnovea vor der Box stand, in der er arbeitete, sah er eine Bewegung aus dem Augenwinkel und drehte sich um. Wie immer, wenn sie in seiner Nähe war, glitten die blauen Augen genüßlich über ihre Erscheinung, und Synnovea errötete vor Freude.

»Du kommst früh nach Hause«, sagte Synnovea, da ihr nichts Besseres einfiel, und ihr Blick wurde magisch angezogen von seinem schweißbedeckten Oberkörper, der aus dem offenem Hemd glänzte.

Tyrone deutete mit dem Kopf auf einen randvollen Wassereimer am Rand der Box. »Bringst du mir bitte den Eimer und gießt langsam das Wasser über den Schwanz, damit ich die Seife rausspülen kann?«

Hocherfreut über diese Gelegenheit, in seiner Nähe zu sein, hievte Synnovea den schweren Eimer hoch und schleppte ihn zu ihm, dann spreizte sie ihre schlanken Beine, stemmte den Eimer hoch und begann zu gießen. Leider war sie so damit beschäftigt, ihren Mann anzusehen, daß sie erst gar nicht merkte, wie sie sich Schuhe und Strümpfe bespritzte, bis sie völlig durchnäßt waren. Sie schnitt eine Grimasse und schaute betreten ihre tropfnassen Schuhe an.

»Hier, gib mir den Eimer«, sagte Tyrone und griff danach. »Du machst dich ja ganz naß.«

»Nein, warte, ich zieh mir nur schnell die Schuhe aus«, sagte Synnovea und stellte den Eimer beiseite. Sie ging rasch in eine Ecke, schlüpfte aus den nassen Schuhen, hob ihre Röcke, streifte sich die Strümpfe ab und zog dann den Saum ihrer Röcke durch die Beine nach vorne und steckte ihn in ihr Taillenband, was einen aufreizenden Einblick auf ihre wohlgeformten Beine freigab.

Tyrone war zwar sehr erfreut über diesen unerwarteten Anblick, sagte aber: »Du wirst dir den Tod holen«, als sie mit ihren kleinen nackten Füßen durch das Wasser auf ihn zustapfte. »Und ich bin schuld daran, weil ich dich gebeten habe, mir zu helfen.«

»Oh, ich möchte aber helfen«, sagte Synnovea, rümpfte aber die Nase, als sie den Boden der Box genauer ansah. »Ich bin eher besorgt, daß ich in etwas treten könnte.«

Tyrone lachte. »Ich habe gar nicht gewußt, daß Ihr so empfindlich seid, Madame.«

»Es gibt ein paar Dinge, die ich lieber vermeide«, gab Synnovea zu. »Dazu gehört, in Pferdemist zu treten.«

Tyrone mußte wieder lachen. Er hatte nicht geahnt, daß Pferde waschen so viel Spaß machen konnte. Die beiden arbeiteten still vergnügt nebeneinander, wuschen und striegelten beide Pferde und genossen die ungewohnte Harmonie.

Als er die letzte Laterne neben der Box ausblies, sah Tyrone, wie seine Frau einen angewiderten Blick auf den strohbedeckten Weg zur Tür warf. Mit einem spöttischen Grinsen erbarmte er sich ihrer, steckte ihr Schuhe und Strümpfe in die Schürzentasche und ließ sie dann auf einen Hocker klettern, von dem aus er sie zu ihrer großen Freude auf den Rücken nahm.

»Seit ich klein war, bin ich nicht mehr so geritten«, kicherte Synnovea, schlang die Arme um seinen Hals wie ein kleines Mädchen, das mit ihrem Vater spielt, und flüsterte ihm ins Ohr: »Aber keiner darf uns so sehen, Tyrone. Sie denken vielleicht, ich wäre nicht züchtig genug.«

»Es wird unser Geheimnis bleiben, Madame«, erwiderte er und grinste sie über die Schulter an.

»Gut!« Strahlend vor Freude über diese ungewohnte Nähe, lehnte sie sich vorsichtig an seinen Rücken, um ihm nicht wehzutun, und hielt sich an seinem Hals fest. Ihre rechte Hand glitt in sein Hemd und liebkoste seine linke Brust, während sie ein russisches Kinderlied in sein Ohr summte.

Ein paar Schritte weiter wechselte mit einem Mal ihre Stimmung, sie schwang lachend ihre Waden um seine Hüften und wippte vergnügt mit den Zehen, dann beugte sie sich wieder an sein Ohr und flüsterte: »Hat ein Mann, der ein Pferd reitet, genauso viel Spaß wie ich, wenn ich dich reite?«

Irgendwo auf den letzten Metern hatte Tyrone seine Zurückhaltung vergessen und zwickte sie in den Po, was sie mit einem vergnügten Quietschen quittierte. »Beruhigt Euch, Madame«, sagte er lachend. »Wir nähern uns dem Haus, und bei Eurem Gekicher werden bald alle aus den Fenstern hängen.«

»Zu schade, daß es so kühl im Garten ist«, murmelte sie in sein Ohr, um ihn an ihr erstes Abenteuer mit ihm zu erinnern. »Ich würde gerne sehen, wohin du mich gebracht hättest, wenn wir in jener Nacht geblieben wären und uns geliebt hätten.«

Tyrone verschlug es die Sprache, und er war schwer versucht, sofort einen verschwiegenen Ort zu suchen, um ihrer Einladung Folge zu leisten. Leider sah er in diesem Augenblick Natascha, die ihnen lächelnd von der Tür zuwinkte. Jetzt erst wurde ihm klar, wie nahe er daran gewesen war, alle Vorsätze zu vergessen und sich an seiner Frau zu befriedigen. Mit einem Seufzer sagte er: »Madame, ich glaube, jemand hat uns entdeckt.«

»Schade«, stöhnte Synnovea enttäuscht. »An dem Abend waren wir so nahe daran vereint zu sein... und jetzt fürchte ich, daß du nie zu Ende bringen wirst, was du angefangen hast.«

Tyrone sagte nichts, und da kam auch schon Natascha auf sie zu. Aber er hatte schon oft darüber nachgedacht, was wohl passiert wäre, wenn er Zeit gehabt hätte, sie wirklich zu entjungfern und den Akt gegenseitiger Leidenschaft zu vollziehen.

Später an diesem Abend, kurz bevor sie zu Bett gingen, informierte er sie ganz beiläufig, daß für morgen eine Parade und eine Waffendemonstration im Kreml angesagt waren und mehrere Kompanien Husaren eine Vorstellung für den Zaren und seine ausländischen Gäste geben würden. Da er der Initiator dieser Paraden war, die inzwischen regelmäßig stattfanden, würden er und seine Männer in vorderster Reihe stehen. Von Synnovea wurde erwartet, daß sie ebenfalls erschien, zusammen mit den anderen Offiziersfrauen, und nachdem es eine öffentliche Angelegenheit war, konnte sie Natascha oder andere Freunde einladen.

»Ali kann auch kommen«, sagte Tyrone und grinste die kleine Zofe an, die schnell aus dem Ankleidezimmer gelaufen kam. »Viele andere Frauen bringen auch ihre Kinderfrauen und Ammen mit, die auf die Kinder aufpassen. Ali wird der Ausflug sicher gefallen.«

Synnovea warf ihm einen gespielt vorwurfsvollen Blick zu. »Nachdem du so unvorsichtig warst, ihr das zu sagen, wird sie wohl kaum davon abzuhalten sein teilzunehmen.«

»Kann ich Euch noch irgend etwas bringen, bevor Ihr zu Bett geht, Mylord?« fragte Ali bereitwillig.

»Danke, Ali, ich habe alles, was ich brauche.«

»Dann wünsche ich Euch eine gute Nacht, Sir... und Euch auch, Herrin.« Sie machte einen kleinen Knicks, zwinkerte Tyrone kurz zu und huschte aus dem Zimmer.

»Inzwischen wirst du wohl gemerkt haben, wie sehr Ali dich ins Herz geschlossen hat«, sagte Synnovea, streifte ihren Morgenmantel ab und warf ihn beiseite. Dann kroch sie in die Mitte des Bettes, setzte sich auf ihre Fersen und sah ihm zu, wie er seine beste Uniform für den morgigen Tag bereitlegte. »Du verwöhnst sie so, daß sie kaum noch zu ertragen ist.«

Tyrone hängte sein Wams über die Stuhllehne und wandte sich dann seiner Frau zu. »Was hat sie denn jetzt wieder gemacht, daß du so böse mit ihr bist?«

»Sie vernachlässigt mich eiskalt, während sie sich für dich die Beine ausreißt. Sie kann auch über nichts anderes mehr reden als über dich!«

»Ich verstehe.« Seine Mundwinkel zuckten amüsiert. »Kein Wunder, daß Euch das ärgert, Madame.«

In Wirklichkeit waren es natürlich die ständigen Versuche ihrer Zofe, sie dazu zu bringen, ihrem Mann jeden Wunsch von den Lippen abzulesen, die Synnovea so irritierten. Wie sollte sie die Art Frau werden, die Ali sich vorstellte, solange sie Tyrone mehr oder minder ignorierte? »Allmählich glaube ich, ihr beide habt euch gegen mich verschworen. Und Natascha singt auch ständig dein Loblied, seit sie sich in die Schar deiner Bewunderer eingereiht hat. Wie Danika mir berichtet, hast du es dir inzwischen zur Gewohnheit gemacht, das Morgenmahl mit ihr zu nehmen. Ich möchte nicht wissen, was da wieder alles ausgeheckt wird. Sicher nichts Gutes für mich, da möchte ich drauf wetten.«

»Eure Situation kann doch unmöglich so ernst sein, wie Ihr sie schildert, Madame. Ali und Natascha werden immer Eure guten und treuen Freunde sein.«

Synnovea hatte bereits alles für die abendliche Rückenmassage vorbereitet, ein kleines Tablett mit Salben und frischen Handtüchern stand neben ihr auf dem Bett. Sie wartete nur darauf, daß er seine langen Gliedmaßen neben ihr ausstreckte, aber Tyrone schien es nicht eilig zu haben. Er nippte an dem gewürzten Wein, den sie ihm eingegossen hatte, und genoß ihren liebreizenden Anblick. Die dunklen Haare waren aus ihren Zöpfen befreit und wellten sich sanft über Schultern und Brust, wo sie verbargen, was das spitzenbesetzte Nachthemd so frech enthüllte. Die Silhouette ihres Körpers unter dem dünnen Stoff zeichnete sich vor den Kerzen ab und Tyrone hatte größte Mühe, sich nicht auf sie zu stürzen und sie zu nehmen.

Heute nachmittag war Tyrones Geduldsfaden endgültig gerissen. Er hatte die Nase voll von diesem idiotischen Abstinenzspiel, das er sich selbst auferlegt hatte, und war entschlossen, es zu einem korrekten Ende zu bringen. Dazu sollte er vielleicht, bevor er seine Ehe vollzog, beim Zaren vorsprechen und beichten, daß er seine Meinung geändert hatte und seine Bedingung zurückziehen wollte. Dann würde er sich zumindest in den kommenden Jahren nicht als Mann fühlen, der den unwiderstehlichen Kräften weiblicher Verführung zum Opfer gefallen war. Nach dem heutigen Nachmittag war aber äußerst zweifelhaft, ob er bis zu seiner Audienz mit dem Monarchen durchhalten würde, bevor seine eiserne Selbstbeherrschung zerbrach.

»Vielleicht sollte ich besorgt sein wegen dieser morgendlichen Tête-à-têtes, die du mit Natascha hast.« Trotz ihrer engen Freundschaft mit der Gräfin war Synnovea doch etwas beleidigt, daß Tyrone ihr Angebot, mit ihm zu frühstücken, abgelehnt hatte, und die Gesellschaft der älteren Frau vorzog.

»Warum denn?« Tyrone schien etwas verwirrt.

Synnovea hob hochmütig die Schultern. »Wenn eine Frau so schön ist wie Natascha, spielt das Alter keine Rolle. Außerdem sind neun Jahre kein so großer Unterschied. Du ziehst ja ihre Gesellschaft offensichtlich vor.«

»Diese Vorstellung ist doch wirklich absurd, Synnovea«, sagte Tyrone lachend. Wie konnte sie so etwas glauben, nachdem noch keine andere Frau es geschafft hatte, ihn in ein derartiges Chaos der Gefühle zu stürzen, wie sie es momentan mit ihm machte? Angelina hatte es in all den Tagen und Monaten, die sie zusammen verbracht hatten, nie geschafft, sein ganzes Wesen so in Anspruch zu nehmen wie jetzt Synnovea. Vom ersten Treffen an war Synnovea ihm nicht mehr aus dem Sinn gegangen. Als sie ihn nach ihrer Rettung vergessen hatte, und er sich allein und ohne Pferd im Wald fand, hatte er sie wegen ihres mangelnden Mitgefühls und ihrer Undankbarkeit verflucht. Seit ihrer Hochzeit war er hin und her gerissen zwischen Feindseligkeit und Haß, Liebe und Leidenschaft. Und sein ständiger Begleiter war der Gedanke, daß sie jetzt seine Frau war und er sich einfach nehmen konnte, wofür er Himmel und Hölle in Bewegung gesetzt hatte... in dem Augenblick, in dem er sich geschlagen gab.

»Deine Sorge, was Natascha und ich zu besprechen haben, ist völlig unbegründet, Synnovea. Genau wie Ali beschränken wir uns eigentlich nur auf ein Thema, nämlich dich.« Er prostete ihr mit seinem Becher zu. »Inzwischen weiß ich wahrscheinlich mehr über dich als jede von den beiden allein. Nach allem, was Natascha mir erzählt hat, scheint es, daß du schon eine ganze Reihe Verehrer vor den Kopf gestoßen hast, ganz zu schweigen von einigen hochnäsigen französischen Diplomaten, die den Fehler machten, in dir ein ahnungsloses Mädel aus den Steppen Rußlands zu sehen.«

Synnovea schob irritiert ihr Kinn vor. »Du mußt mich ja inzwischen recht gut verstehen«, bemerkte sie spitz. Es paßte ihr gar nicht, daß Natascha ihm Dinge erzählte, die sie heute noch ärgerten. Diese arroganten Schnösel hatten versucht, mit ihr in schlechtem Russisch Konversation zu machen, während sie untereinander auf Französisch über das skandalöse Verhalten der russischen Bojarinas scherzten, die sich angeblich nackt mit fremden Männern in öffentlichen Badehäusern vergnügten. Sie hatte in einwandfreiem Französisch auf ihr russisches Kauderwelsch geantwortet und Natascha in fließendem Englisch laut und deutlich erklärt, daß diese Landpomeranzen offensichtlich das erste Mal französischen Boden verlassen hätten. Einige der Herren sprachen sehr gut Englisch und zogen sich darauf mit hochroten Köpfen zurück.

»Eure Gedankengänge sind viel zu kompliziert für einen schlichten Kerl wie mich, Madame«, erwiderte Tyrone. »Aber ich bin nicht der einzige, dem es so geht, Ihr schafft es sogar gelegentlich, Natascha völlig durcheinanderzubringen, wie auch Euch selbst.«

Synnovea überlegte lange, ehe sie bereit war, diese Schwäche einzugestehen. »Es stimmt, daß ich oft keinen rechten Sinn in meinen Gefühlen entdecken kann. Es passiert mir immer wieder, daß Leute, die ich respektiere, das mit einem zärtlichen Gefühl verwechseln und versuchen, mich zu küssen oder mir zu nahe zu treten, dann muß ich mich sehr zusammennehmen, um sie nicht allzu schroff abzuweisen. Das ist wohl der Grund, warum ich den Spitznamen Eismädchen habe, und viele finden, ich wäre zu kalt und zu reserviert.«

Tyrone hatte in der Hinsicht keinen Grund zu klagen. Seiner Erfahrung nach war eher das Gegenteil der Fall. Synnovea war zu herzlich, zu lebendig und anziehend, als daß man ihr so etwas vorwerfen könnte. »Sagt mir, Madame, hattet Ihr auch das Bedürfnis, mich abzuweisen?«

Synnovea lächelte amüsiert. »Nein, Mylord, und das ist die Wahrheit. Nach unserem ersten Treffen im Badehaus war ich überzeugt, Ihr wärt ein Schurke, aber zu meinem großen Ärgernis konnte ich Euch leider nicht vergessen. Ihr wart der Held meiner Träume. Ich ertappe mich immer noch dabei, daß ich Euch mit anderen Männern vergleiche, aber ich fürchte, die meisten lassen sehr zu wünschen übrig.«

Tyrone war überrascht von der eigenartigen Wirkung, die ihre Antwort auf sein Herz hatte. Es machte einen Satz, und aus seinem Kern strahlte eine Wärme, die den ganzen Körper durchflutete. Trotzdem war er vorsichtig, hatte immer noch Angst, getäuscht zu werden. »Ein wirklich schönes Kompliment, Synnovea. Wenn man bedenkt, wie viele Verehrer du hattest, sollte ich wohl stolz sein. Trotzdem war es dir offensichtlich gleichgültig, wie sehr du mich durch deine Täuschung verletzt.«

Synnovea hob den Kopf, und ihre Augen flehten ihn an, den Abend nicht wieder mit einem Streit zu beenden. Es bedurfte keiner Worte, Tyrone konnte diesem Blick nicht widerstehen und enthielt sich weiterer Kommentare. Er stellte seinen Becher beiseite, zog seinen Morgenmantel aus und warf ihn beiseite, ohne zu merken, wie seine Frau sich am Anblick seines Körpers weidete.

In den vergangenen Tagen hatte Synnovea die Freiheit gehabt, seinen Rücken nach Herzenslust zu massieren, und das hatte die Lust in ihr erweckt, endlich den ganzen Mann nach Belieben anfassen und ansehen zu können. Er war schließlich und endlich ihr Gemahl und hatte ihr dieses besondere Privileg gestattet, bevor sie die Ringe getauscht hatten, und jetzt sehnte sie sich mit jeder Faser ihres Herzens nach solchen Rechten.

Als Tyrone sich dem Bett zuwandte, bemerkte er sofort, worauf sich die Blicke seiner Frau konzentrierten. Aletas Avancen waren kaum erregender gewesen, als diese neugierigen grünen Augen, die ihn so schamlos ansahen. Er holte mühsam Luft und sagte amüsiert: »Wenn dich der Anblick meiner Blöße stört, Synnovea, sollte ich mir vielleicht angewöhnen, ein Nachthemd zu tragen.«

Synnovea richtete sich hochmütig auf und sah ihm in die Augen, die ihre Reaktion genau beobachteten. »Falls Ihr die Güte habt, Euch zu erinnern, Mylord, Ihr habt mir einmal die Erlaubnis gegeben, Euch nach Herzenslust zu betrachten, sollte mir danach sein. Stört es Euch, wenn ich Euch ansehe?« Ihre Augen blickten kurz nach unten, und sie beantwortete ihre eigene Frage mit einer gewissen Befriedigung: »Wie ich sehe, stört es Euch tatsächlich. Wirklich, Mylord, Ihr seid sehr leicht erregbar. Vielleicht müßt Ihr ein Nachthemd tragen, wenn meine Blicke eine solche Wirkung auf Euch haben.«

Tyrone mußte grinsen. »Ich werde keine Weiberkleider tragen, um diesen Beweis unerfüllter Leidenschaft zu verstecken, Madame. Er soll Euch an Eure tückischen Pläne erinnern, mich zu entmannen.«

Erbost konterte Synnovea: »Ihr tragt offensichtlich Euren Verstand in der Hose, Sir, wenn Ihr so leicht zu reizen seid...«

»Ich muß zugeben, Madame, in letzter Zeit ist mir der Gedanke auch gekommen«, erwiderte Tyrone lachend. »Wie es scheint, kann ich an nichts anderes mehr denken.«

»Mein Herr und Gemahl, nach allem, was ich gesehen habe, muß ich sagen, daß Ihr ein Sklave Eurer Gelüste seid, die Euch wie einen Bären am Nasenring herumführen. Es war von Anfang an so, als Ihr mich im Badebecken überfallen habt.«

»Überfallen?« Eine skeptische Augenbraue schoß nach oben. »Ich habe nur versucht, dich vor dem Ertrinken zu retten.«

»Wenn du mir nicht nachspioniert hättest, wäre ich nie in Gefahr gekommen«, sagte Synnovea mit spitzem Mündchen.

»Aber der Anblick war so unwiderstehlich, ich mußte einfach die Gelegenheit nutzen, ihn zu genießen.«

»Du hast mich von Anfang an bedrängt, dir zu erlauben, mir den Hof zu machen. Jetzt weigerst du dich, deinen ehelichen Pflichten nachzukommen, als hätte man dir ein fürchterliches Unrecht angetan. Aber nach allem, was ich bis jetzt gesehen habe, hat lediglich dein Stolz fürchterlich gelitten. Sag mir bitte eins, oh mein Gemahl, was ist denn der Unterschied zwischen uns beiden? Du wolltest mich zu deinem Vergnügen, ich war aber wirklich in Nöten und war bereit, dir das zu geben, was du wolltest, um mein Ziel zu erreichen.«

»Wie eine Dirne«, sagte Tyrone schroff, und seine Augen funkelten vor Zorn, als sie ihn erstaunt ansah. »Hast du etwa das Spiel nicht zu deinem eigenen Vorteil gespielt?«

Synnovea verschlug es kurz den Atem ob dieser Beleidigung. »Ich bin keine Dirne, Sir!«

»Nein, nur eine Jungfrau mit dem Herzen einer Hure!« zischte er wutentbrannt.

»Wie kannst du das sagen!« klagte Synnovea, den Tränen nah. »Und ohne jeden Grund! Du weißt, daß ich mit keinem außer dir zusammen war!«

Tyrone mußte ihr zustimmen. »Ja, aber deine Freier muß ich unter Einsatz meines Lebens vertreiben. Sie sind wie ein Rudel wilder Hunde, die eine läufige Hündin riechen. Soll ich etwa glauben, daß du nie einen von ihnen ermuntert hast?«

Für einen Augenblick blieb Synnovea der Mund offen, dann hatte sie sich wieder gefaßt und schrie: »Niemals!«

»Mich hast du ermutigt!«

»Du wolltest mich haben!«

»Ja! Das wollte ich! Aber sei ehrlich, nachdem ich unfähig bin, deine Gedanken zu lesen. Warum hast du ausgerechnet mich aus all den Männern ausgewählt, die dich begehrten? Jeder hätte dir nur zu gerne diesen Dienst erwiese, aber du hast mich gewählt. Warum ausgerechnet ich? Major Nekrasow wäre sofort mit dir ins Bett gestiegen und hätte dich postwendend geheiratet...«

»Wohingegen du nur dein Vergnügen haben wolltest und geflohen wärst, bevor du den Preis bezahlen mußtest«, erwiderte Synnovea verächtlich.

»Du kennst mich überhaupt nicht, Weib!«

»Da muß ich dir recht geben!«

»Und du weichst vom Thema ab! Kannst du mir nicht sagen, wieso du mich gewählt hast?«

Synnovea schüttelte wütend den Kopf, dann versuchte sie, sich erneut zu rechtfertigen. »Von Anfang an hast du kein Hehl daraus gemacht, daß du mich besitzen willst, Major Nekrasow dagegen hat mir nie Avancen gemacht.« Sie sagte offensichtlich die Wahrheit, nur leider nicht die ganze. Tyrones Werben hatte sie von Anfang an erregt, viel mehr als der andere Mann. Wieso wollte er nicht begreifen, daß sie in ihn verliebt war?

Tyrone fixierte sie mit grimmiger Miene. »Ich habe dir keine ungebührlichen Avancen gemacht, bis man mir absichtlich vorgetäuscht hat, daß du sie wünschst!«

»Nein, aber du hast mir unmißverständlich gezeigt, was du im Sinn hattest. Du hast mir wiederholt gesagt, du möchtest mir den Hof machen!«

»Das war es also! Du hast mich nur gewählt, weil ich der hartnäckigste deiner Freier war, aber ich glaube mich zu erinnern, daß du dich über Prinz Aleksej und Ladislaus beklagt hast. Wenn sie so wild darauf waren, dich zu besteigen, dann muß es doch wohl auch noch andere, genauso eifrige gegeben haben!«

»Was verlangst du von mir? Blut?« rief Synnovea entnervt und warf sich in die Kissen.

Tyrone hatte sie absichtlich in die Enge getrieben, in der Hoffnung, ihr etwas ganz anderes zu entlocken, als sie tatsächlich gesagt hatte. Ihre Antworten waren Öl auf sein Feuer gewesen. Er packte wütend das Tablett mit der Salbe und knallte es auf den Nachttisch, dann griff er zum Fuß des Bettes und riß die Decken hoch, über sie beide.

Synnovea hörte an seinem heftigen Atem, wie wütend er war. Behutsam, als läge eine wilde Bestie neben ihr, zog sie sich bis zur Bettkante zurück. Die Stunde verflog, und immer noch gab es keine Erleichterung für sie beide. Er drehte und wendete sich rastlos im Bett, bis sie schließlich Mut faßte, sich aufsetzte und sagte: »Keiner von uns beiden wird ein Auge zutun können, solange wir wütend aufeinander sind. Der morgige Tag wird schwer, du brauchst deinen Schlaf. Meinst du, es hilft, wenn ich dir deinen Rücken einreibe?«

»Nein!« erwiderte Tyrone barsch, beleidigt, weil sie wieder alle Gefühle erweckt hatte, die er zu unterdrücken versuchte.

Synnovea ließ sich betroffen auf den Rücken fallen, legte einen Arm über ihr Gesicht und ließ den Tränen freien Lauf. Ihre Angst, verschmäht zu werden, hinderte sie daran, ihm eine Antwort zu geben, die ihn sicher erstaunt hätte. Aber die Kluft zwischen ihnen schien unüberwindbar.

Inzwischen bereute Tyrone seine schroffe Ablehnung ihres Angebots, und er richtete sich auf, um sich zu entschuldigen, und sah ihre Tränen. Reumütig gestand er sich ein, daß sie Recht gehabt hatte. Er würde kein Auge zutun können, ehe sie sich versöhnt hatten.

Tyrone rutschte näher zu ihr und zog ihr den Arm vom Gesicht, obwohl sie sich wehrte, dann legte er den seinen um sie und studierte ihr abgewandtes Profil. »Synnovea, es tut mir leid. Ich wollte nicht so grob zu dir sein.« Er hob die Hand und wischte mit dem Daumen die kleinen Rinnsale von ihrem Gesicht, und sein warmer Atem strich über ihre zitternden geschlossenen Lider. »Ich habe dich so unendlich begehrt, Synnovea. Kannst du denn nicht verstehen, wie schrecklich für mich der Gedanke war, daß du mich nur benutzen willst und mich fallen läßt, sobald ich meinen Zweck erfüllt habe? Ich weiß immer noch nicht, ob ich meinen Gefühlen trauen kann, wenn ich mit dir zusammen bin. Angelina hat auch den Eheschwur geleistet und dann...«

Die grünen Augen weiteten sich vor Entsetzen, und Synnovea rollte sich weg von ihm, als hätte er Aussatz. Sie kauerte sich auf die Bettkante und fuhr ihn an: »Soll das etwa heißen, Sir, daß Ihr mit einer anderen verheiratet seid?« Sie ballte drohend die Faust, als er nach ihr greifen wollte. »Ihr habt mich hintergangen! Mir eingeredet, Ihr hättet keine Frau! Und Ihr habt den Verletzten gespielt und mich belogen und hereingelegt!«

»Synnovea, es ist nicht das, was du denkst!« Tyrone wollte sie in den Arm nehmen, um sie zu beruhigen, aber sie riß sich los.

»Rühr mich nicht an, du verlogener Schuft!«

»Verdammt noch mal, Synnovea, hör mir zu!« schrie er, packte sie bei den Armen und schüttelte sie. »Ich war vor einigen Jahren in England verheiratet, aber meine Frau starb, bevor ich hierher kam! Du bist die einzige Frau, die ich habe!«

Der Schmerz, der ihr Herz wie ein glühendes Schwert durchbohrt hatte, verebbte allmählich, und sie hatte das Gefühl, neu geboren zu sein.

Mit einem Mal schlich sich ein Gedanke ein, und Synnovea sah sich das schöne, gebräunte Gesicht, das dem ihren so nahe war, genauer an. »Du bist der Mann, von dem du vor kurzem erzählt hast, nicht wahr? Der Ehemann, dessen Frau ihn mit einem anderen betrogen hat...«

Tyrone nickte traurig. »Ja, ich bin es.«

»Wie kann eine Frau dich betrügen?« fragte Synnovea erstaunt. Sie konnte sich nicht einmal vorstellen, daß die widerlichste Dirne sich einen anderen suchen würde, wenn sie mit einem solchen Mann verheiratet war.

Tyrone rutschte auf seine Seite des Bettes, legte einen Arm unter den Kopf, lehnte sich in die Kissen zurück und starrte lange den Himmel über ihren Köpfen an. Nach einiger Zeit kam Synnovea und setzte sich neben ihn. Er spürte ihren Blick und wandte sich ihr mit einem verlegenen Lächeln zu und begann zu erzählen: »Angelina war jünger als du, als wir heirateten. Sie wäre jetzt etwa in deinem Alter, wenn sie noch leben würde. Sie wurde schon von Männern umschwärmt, als sie noch viel zu jung war, um an eine Heirat zu denken. Sie warteten in Scharen darauf, um ihre Hand anhalten zu können. Ihre reiche Mitgift war daran sicher nicht unschuldig. Sobald sie alt genug war, hat sie viel Zeit bei Hof verbracht und wurde von den besten Galanen hofiert. Unsere Eltern waren Nachbarn, mußt du wissen, und ich habe das alles aus der Ferne beobachtet, während sie heranwuchs, und habe immer nur das Kind in ihr gesehen. Eines Tages hat sie beobachtet, wie ich zur Jagd ausritt und ist hinterhergeritten, um mit mir zu reden, wahrscheinlich um mir zu zeigen, daß sie erwachsen geworden war, seit wir uns das letzte Mal unterhalten hatten. Sie war geistreich, schön, alles, was ein Mann sich von seiner Frau wünscht. Sie hatte mir schon als Kind gesagt, daß sie davon träumen würde, eines Tages meine Frau zu werden und sich dann in den Kopf gesetzt, mich zu erobern, nachdem sie im Lauf der Jahre aus der Ferne einige meiner Liebschaften mitbekommen hatte. Sie hat nicht geruht, bis ich schließlich um ihre Hand angehalten habe. Ich habe sie geheiratet, ohne wirklich zu bedenken, daß sie sich während meiner häufigen Abwesenheit von zu Hause langweilen würde, nachdem sie vorher von so vielen Galanen umschwärmt worden war. Den Rest kennst du. Als ich im dritten Jahr unserer Ehe wieder unterwegs war, hat sie mich mit einem anderen Mann betrogen, der nichts mehr von ihr wissen wollte, nachdem sie ihm erzählte, daß sie ein Kind von ihm erwartet. Er hat sie verspottet, weil sie so dumm war, ihn ernst zu nehmen und vor anderen mit dem Bastard geprahlt, den er ihr gemacht hatte. Als ich nach Hause zurückkehrte, versuchte Angelina, ihren Zustand vor der Welt geheimzuhalten, obwohl die Schwangerschaft schon weit fortgeschritten war.«

»Du sagst kein Wort von Liebe, und trotzdem spüre ich, daß sie dir etwas bedeutet hat«, sagte Synnovea, um ihm noch mehr zu entlocken.

»Sie hat mir das bedeutet, was eine Frau ihrem Mann bedeuten sollte«, gab Tyrone zu und hätte beinahe hinzugefügt, aber du bedeutest mir mehr.

»Ich bin deine Frau«, erinnerte ihn Synnovea schüchtern. »Macht das einen Unterschied?«

»Ja.« Tyrone nickte kurz, wagte aber nicht mehr zu sagen, aus Angst, sie könnte seine Zuneigung ausnützen.

Synnovea war nicht gerade erbaut von diesem dürftigen Angebot, wollte aber selbst dieses kleine Anzeichen von Zuneigung um jeden Preis fördern. Sie kuschelte sich an ihn, legte einen Arm über seine Brust und ihren Kopf auf seine Schulter. »Ich bin froh, Tyrone«, seufzte sie leise. »Ich bin gerne deine Frau. Ich wünschte nur, wir würden uns besser vertragen.«

Tyrone war wie vor den Kopf geschlagen. So redete nicht die rücksichtslose, selbstsüchtige Frau, für die er sie gehalten hatte. Dennoch wagte er immer noch nicht, seine Gefühle zu offenbaren, aus Angst sie würde versuchen, seinen Widerstand zu brechen.

»Ich werde in naher Zukunft auf die Jagd nach Ladislaus gehen«, sagte er. »Ich will ihn und seine Bande unter allen Umständen vor Gericht bringen. Ich weiß nicht, wie lange ich weg sein werde.«

»Du wirst mir fehlen«, sagte Synnovea und versuchte, die Tränen zu unterdrücken, die ihr den Blick trübten.

»Natascha wird dir in meiner Abwesenheit Gesellschaft leisten und dir die Zeit verkürzen.«

Synnovea nickte wortlos. Sie liebte Natascha, aber seine Nähe war ihr wesentlich lieber.

»Ich habe übermorgen frei«, murmelte Tyrone und vergrub sein Gesicht in ihren weichen Locken. »Wenn du nichts Besseres vorhast, wärst du bereit, mir Sprachunterricht zu geben?

Hocherfreut über die Aussicht, einige Zeit mit ihm verbringen zu können, nickte Synnovea und drückte sich an seine Schulter. Er breitete die Decke über sie beide und zog sie enger an sich. Synnovea rutschte tiefer ohne Rücksicht, daß ihr Hemd über die Schenkel hochglitt, legte eine Wange auf seine Brust und strich vorsichtig über seine Brustwarze, dann schlichen sich ihre Finger in das dichte Haar, das sie umgab, und ihre Lippen streiften kurz die rosa Spitze, bevor sie ihren Kopf wieder lächelnd an ihn schmiegte. Seine Erregung war offensichtlich, aber er sollte ruhig allein mit seinen Gefühlen und seinem Körper fertig werden. Zumindest hatte sie die Befriedigung, daß sie seine Leidenschaft immer noch entfachen konnte.

Tyrone stöhnte insgeheim und versuchte, sich ihrer erregenden Nähe zu entziehen, indem er sich zur anderen Seite drehte und ihr den Rücken zuwandte. Aber so leicht gab Synnovea nicht auf. Sie schmiegte sich wieder an ihn, kuschelte ihre Schenkel unter seinen nackten Po und drückte ihren Busen an seinen Rücken.

In dieser Folterkammer der Sinne lag Tyrone und war keines vernünftigen Gedankens mehr fähig außer dem einen: die Erkenntnis, wie ungeheuer töricht es gewesen war zu glauben, er könnte dem Schatz entsagen, nach dem er sich so heftig sehnte.

22. Kapitel

Ali war ganz aus dem Häuschen vor Freude, weil sie den Colonel in einer Parade sehen durfte, die sie bislang nur aus Erzählungen her kannte. Es war wahrscheinlich ihr zu verdanken, daß sie so früh im Kreml eintrafen, aber sie war sicher nicht die einzige, die sich auf dieses Ereignis freute. Synnovea war sehr aufgeregt bei dem Gedanken, Tyrone und seine Männer vor dem Zaren exerzieren zu sehen. Sie hoffte inständig, er würde eine makellose Vorstellung geben, da noch einige andere Husarentruppen aus seiner Einheit danach strebten, die beste Übung zu zeigen.

Synnovea hatte auf Wunsch ihres Mannes ein dunkelgrünes, irisierendes Taftkleid nach europäischer Mode angelegt. Um den Sitten des Landes für verheiratete Frauen gerecht zu werden, hatte sie sich eine aufwendige Samtbedeckung für ihren Kopf schneidern lassen. Das Ergebnis ähnelte einem großen Turban, geschmückt mit geschwungenen schwarzen Federn und der juwelenbesetzten Spange, die Tyrone ihr vor kurzem geschenkt hatte. Synnovea konnte nicht ahnen, daß ihre Kreation schon in wenigen Wochen die große Mode unter den europäischen Frauen in Moskau werden sollte.

Natascha hatte sich von der allgemeinen Begeisterung über den Ausflug anstecken lassen, stieg bester Laune aus der Kutsche und eilte an ihren Freunden und Bekannten vorbei, denen sie fröhlich zuwinkte. Prinz Tscherkow machte ihr von weitem ein Zeichen und versuchte, sie einzuholen, während sie ihrerseits versuchte, mit Synnovea Schritt zu halten. Am Pavillon, wo die anderen Frauen und Familien sich versammelten, blieb Synnovea stehen und holte tief Luft, zur großen Erleichterung der beiden Frauen, die völlig außer Atem waren, trotz der kühlen Morgenluft.

»Du solltest froh sein, daß Tyrone deine Ankunft nicht gesehen hat, meine Liebe«, keuchte Natascha und tupfte sich den Schweiß von den Wangen. »Ansonsten würde dein Mann vielleicht glauben, du könntest es gar nicht erwarten, ihn in Paradeuniform zu sehen.«

»Also wirklich, Natascha«, sagte Synnovea lachend. »Ich glaube, du bist nur mitgekommen, um dich über mich lustig zu machen, und hast gar kein Interesse an der Parade. Vielleicht kann Prinz Tscherkow dich unterhalten, während ich sie mir ansehe.« Sie machte eine unauffällige Kopfbewegung in Richtung des grauhaarigen Mannes, der auf sie zugeeilt kam. »Da kommt er schon, um dich vor diesem schrecklich langweiligen Spektakel zu retten...«

Natascha mußte lachen. »Selbst Prinz Tscherkows bestes Gespann könnte mich hier nicht wegkriegen, meine Liebe. Das weißt du genausogut wie ich.«

»Natürlich«, erwiderte Synnovea mit einem selbstgefälligen Lächeln. »Ich wollte es nur aus deinem Mund hören.«

Beide Frauen versanken in einen tiefen Knicks, als Prinz Tscherkow sich zu ihnen gesellte. Seine dunklen Augen zwinkerten bewundernd, als er Synnovea ein Kompliment für ihre Toilette machte, aber für Natascha strahlten sie voller Anbetung. Natascha hatte ihm zwar schon ein paar sanfte Abfuhren erteilt, aber er hatte die Hoffnung noch nicht aufgegeben, daß sie eines Tages doch seinen Heiratsantrag annehmen würde. Schließlich und endlich rechneten alle schon seit Jahren damit.

»Ich denke, soviel weibliche Schönheit sollte den Pavillon des Zaren schmücken, wo sie besser gesehen werden kann«, schlug Prinz Tscherkow großzügig vor, »dort kann ich Euch auch besser zu Diensten sein.«

Synnovea lehnte diese Gunst höflich ab. »Ich fürchte, ich muß auf Eure großzügige Einladung verzichten, Prinz Tscherkow. Mein Gemahl rechnet mit meiner Anwesenheit hier, und ich möchte nicht, daß er denkt, ich hätte mich geweigert zu kommen. Aber für Natascha besteht natürlich kein Grund, hier zu bleiben.«

Der Prinz war sehr bemüht, die ältere Frau zu überzeugen. »So viele unserer Freunde sind dort«, sagte er und fügte mit einem amüsierten Lächeln hinzu: »Selbst die Prinzessin Taraslowna hat es sich nicht nehmen lassen zu erscheinen. Ich glaube, sie will versuchen, sich beim Zaren wieder Liebkind zu machen. Und es wird Euch sicher sehr amüsieren, wie dieser traurige kleine Priester, auf den sie so große Stücke hält, versucht, sich Patriarch Filaret aufzudrängen. Ich bin fest überzeugt, daß Seine Heiligkeit Woronskis Komplimente durchschaut und der Mann ihn schon sehr bald langweilen wird. Was immer passiert, es wird sicher interessant werden.«

»Ich komme später, Wassili«, sagte Natascha mit liebenswürdigem Lächeln. »Vielleicht nach der Parade, wenn Ihr nicht so damit beschäftigt seid, Seiner Majestät ausländische Diplomaten und Gesandte vorzustellen. Werdet Ihr denn heute abend Zeit haben, mit uns zu dinieren, oder müßt Ihr an dem Bankett für die Würdenträger teilnehmen?«

»Ich fürchte, meine Dienste werden bei dem Bankett gebraucht. Aber vielleicht ein anderes Mal?«

»Natürlich, Wassili, aber darüber unterhalten wir uns später.«

Seine dunklen Augen strahlten vor Freude. »Nach der Parade?« Sie nickte, und er nahm ihre schlanke Hand und küßte sie. »Ich werde Euch abholen.«

Die beiden Frauen sahen ihm lächelnd nach, wie er in der Menschenmenge verschwand. Synnovea warf ihrer Freundin einen neugierigen Blick zu, als diese ihm immer noch nachsah.

»Glaubst du, du wirst ihn jemals heiraten?«

Natascha seufzte zufrieden. »Irgendwann vielleicht. Ich will nur sichergehen, daß sich die Erinnerungen an meinen letzten Mann nicht zwischen uns stellen. Wenn man das Beste gehabt hat, ist es schwer, sich mit weniger zufrieden zu geben.«

»Nach allem, was ich über diesen Mann weiß, bezweifle ich, daß Prinz Tscherkow dich enttäuschen kann, er liebt dich wirklich.«

Natascha zwinkerte ihrer Freundin vergnügt zu. »Was werden die Klatschmäuler dann erst über mich zu sagen haben? Diese schreckliche Natascha Katharina Andrejewna! Zum vierten Mal verheiratet! Eine Schande ist das!«

»Es gibt keine Frau in deinem Alter, die nicht eifersüchtig auf dich ist.«

»Anna Taraslowna wird bestimmt einiges dazu zu sagen haben. Nach all den Jahren hat sie immer noch nicht verziehen, daß Aleksej mich zuerst heiraten wollte.«

Synnovea sah ihre Freundin überrascht an. »Das habe ich nicht gewußt.«

»Es ist wirklich nicht der Rede wert, meine Liebe. Aleksej und ich kannten uns kaum, aber nach einem kurzen Treffen hat er sich geschworen, mich zu kriegen. Er hat meinen Eltern einen Ehevertrag angeboten, aber sie hatten mich bereits meinem ersten Mann versprochen. So einfach war das. Die Sache war damit erledigt, und zwei Jahre später haben er und Anna geheiratet.«

»Ich habe immer gespürt, daß es einen triftigeren Grund für ihren Haß gegen dich geben muß. Jetzt kann ich es etwas besser verstehen.«

»Guten Morgen«, ertönte eine Stimme hinter ihnen. Die beiden Frauen drehten sich um und sahen Aleta Vanderhout, die sie süffisant anlächelte. Sie musterte mit einem affektierten Lächeln die eleganten Toiletten der beiden Frauen und sagte dann mit verächtlicher Stimme: »Ihr beide versucht ja wirklich alles, um die Aufmerksamkeit der Männer von uns übrigen abzulenken! Es ist schon ein Wunder, daß Ihr nicht draußen auf dem Feld bei ihnen seid.«

Es kostete Synnovea einige Mühe, höflich zu bleiben, als sie ihrer Freundin die blonde Frau vorstellte: »Du erinnerst dich an Madame Vanderhout, Natascha? Sie war nach der Hochzeit zu Besuch in deinem Haus.«

Natascha nickte kurz. Sie konnte sich nur allzugut an General Vanderhouts Geschrei erinnern. »Natürlich! Wie könnte ich das vergessen! Euer Mann ließ mich das ganze Haus durchsuchen, weil er es so eilig hatte aufzubrechen. Ich war sehr froh, daß Ihr endlich aufgetaucht seid.«

Aleta enthielt sich eines Kommentars und wandte sich Synnovea mit einem etwas mühsamen Lächeln zu. »Wie nett von Euch, zur Parade Eures Gemahls zu kommen, Synnovea. Oder seid Ihr nur gekommen, um die anderen Männer zu sehen?«

»Das wäre wohl ziemlich überflüssig, da mein Mann sicherlich der attraktivste ist«, sagte Synnovea mit einem ebenso gezwungenen Lächeln. Eher würde sie sich vierteilen lassen, als Aleta zu zeigen, daß ihre Anwesenheit sie ärgerte. »Ich kann natürlich verstehen, wenn Ihr das macht, aber es besteht absolut kein Grund, daß ich Eurem Beispiel folge.«

Natascha hüstelte verzweifelt in ihr Taschentuch, um nicht laut loszulachen. Es war wirklich zu komisch, wie Aleta mit offenem Mund Synnovea anstarrte.

Eine peinliche Schweigepause entstand, bis Aleta hinter den beiden Frauen etwas entdeckte und mit einem Mal lächelte. Sie entschuldigte sich und verließ eilends den Pavillon.

Synnovea sah ihr erbost nach, Natascha beugte sich zu ihr und flüsterte: »Ich habe das unbestimmte Gefühl, Aleta hat dir einen triftigen Grund gegeben, sie zu hassen.«

Synnovea warf indigniert den Kopf zurück. »Diese schamlose kleine Hure hat es doch tatsächlich gewagt, sich in *unserem* Schlafzimmer an *meinen* Gemahl heranzumachen!«

»Das ist ja wirklich eine bodenlose Unverfrorenheit!« sagte Natascha lachend, und Synnovea mußte auch grinsen. »Und wie, wenn ich fragen darf, hat Tyrone darauf reagiert?«

»Glücklicherweise hat er darauf so reagiert, wie eine Ehefrau es sich nur wünschen kann, und nachdem keiner von beiden meine Anwesenheit bemerkt hat, denke ich doch, daß die Abfuhr nicht gespielt war.«

»Ich bin froh, daß dich Tyrone nicht enttäuscht hat, meine Liebe, aber das war mir ohnehin klar. Er ist sehr verliebt in dich, weißt du.«

Synnovea sagte achselzuckend: »Dessen kann ich mir nicht sicher sein, so wie die Dinge zwischen uns stehen, aber das gilt auch für mich.« Sie sah den erstaunten Blick der älteren Frau. »Du hattest recht, was ihn betrifft, Natascha. Alles, was du über ihn gesagt hast, ist wahr.«

Natascha lachte leise. »Ich bin froh, daß du allmählich anfängst, mir zu glauben.«

Ihre Blicke richteten sich wieder auf Aleta, die sich durch die Menschenmenge drängte. Ihr Ziel schien ein russischer Bojar, der eingehend alle jungen Damen betrachtete, die an ihm vorbeikamen. Aleta legte eine Hand auf seine Schulter, und er wandte sich ihr zu.

»Aleksej!« Synnovea faßte sich mit einer zitternden Hand an den Hals, und sie erinnerte sich voller Angst an die letzte Konfrontation mit ihm. Das Bild Tyrones, der hilflos vom Balken hing, verfolgte sie, und die Angst jener Nacht ließ sie im Nachhinein erschaudern.

Natascha musterte besorgt Synnoveas blasses Gesicht. »Synnovea, mein Kind, was ist denn los? Du siehst ja aus, als hättest du ein Gespenst gesehen.«

Zitternd wie Espenlaub starrte Synnovea den dunkelhäutigen Prinzen an. »Aleksej hätte Tyrone getötet für das, was ich getan habe, um Prinz Wladimir loszuwerden, Natascha. Beinahe hätte ich seinen Tod mitansehen müssen... alles nur, weil ich so selbstsüchtig war.«

»Still, mein Schatz«, beruhigte sie Natascha. »Das ist jetzt alles Vergangenheit. Alles hat sich zum Besten gewendet. Du solltest versuchen zu vergessen, was Aleksej euch beiden antun wollte.«

Synnoveas Ängste ließen sich nicht so leicht beschwichtigen. »Ich sehe keinen Grund für Aleksej hier zu sein, außer er will Tyrone Ärger machen.«

»Aber wie könnte er das, meine Liebe, solange Zar Michael hier ist!« versuchte Natascha sie zu beruhigen. »So töricht ist Aleksej nicht.«

»Der Mann ist abgrundtief böse, Natascha. Er ist brutal und boshaft, und irgendwann wird er versuchen, sich an uns zu rächen, wenn wir am wenigsten damit rechnen. Ich traue ihm nicht über den Weg.«

»Ich auch nicht, aber das heißt noch lange nicht, daß ich mir von ihm die Freude verderben lasse.« Natascha legte ihren Arm um die Taille der Jüngeren und drehte sie in die andere Richtung. »Hier würde er es nie wagen, etwas zu tun, weil er weiß, daß Tyrones Freunde ihn in Stücke reißen würden. Außerdem würde es der Zar auch nicht dulden.«

Synnovea beruhigte sich, denn Nataschas Argumente waren einleuchtend. Aleksej war viel zu feige, etwas zu unternehmen, solange ihm die Niederlage gewiß war.

»Schaut, Lämmchen, schaut!« Ali hopste förmlich vor Begeisterung und zeigte auf eine Truppe, die sich hoch zu Roß dem Feld näherte. An ihrer Spitze ritt Tyrone, prächtig anzuschauen in einer kurzen roten Jacke mit dunkelgrünem Kragen und Manschetten, üppig mit Goldtressen geschmückt. Dunkelgrüne Hosen steckten in schwarzen, schenkelhohen Stiefeln, die wie Seide glänzten. Sein Silberhelm war tief ins Gesicht gezogen, mit einer roten Straußenfeder geschmückt, die ihn als kommandierenden Offizier der Truppe auswies. Die Feder flatterte und tanzte im Wind, so daß Synnovea keine Mühe hatte, ihm zu folgen, als er quer über das Feld ritt, um dem Zaren seine Ehrerbietung zu erweisen.

Synnoveas Herz klopfte bis zum Hals, als die Trompeten eine Fanfare bliesen. Die Hörner verstummten, und leise Trommeln setzten ein, wurden stetig lauter, bis sie über das ganze Feld hallten. Im perfekten Takt der Schläge trabte die erste Kavallerieschwadron im Gleichschritt an, in völliger Harmonie, als ob Pferde und Reiter miteinander verwachsen wären, und begannen eine Reihe von Manövern. Wie gebannt beobachtete Synnovea die Truppe, die sich jetzt teilte und entgegengesetzte Kreise zog, dann zurück übers Feld ritt, über Kreuz die anderen passierte und sich wieder vereinte, eine atemberaubende Demonstration perfekter Reitkunst.

Die Schwadron teilte sich jetzt in zwei Kolonnen, die einen weiten Kreis zogen und dann wieder präzise aufeinander trafen, was die Leute in helle Begeisterung versetzte.

Zu Synnoveas großer Freude verlegte die Schwadron ihre Demonstration jetzt in die Nähe des Pavillons, in dem die Ehefrauen der Offiziere standen. Ali huschte hin und her wie eine aufgeregte Henne, zeigte immer wieder auf den Colonel und brüstete sich vor den anderen Bediensteten damit, daß er ihr Herr sei. Synnovea zupfte sie warnend an den Röcken, aber die kleine Zofe war nicht zu bremsen.

»Fantastisch!« bemerkte Natascha.

»Ja, das ist er wirklich, nicht wahr«, murmelte Synnovea, völlig hingerissen von der Vorstellung ihres gutaussehenden Gatten. Für sie war sonnenklar, daß kein anderes Regiment den Zaren so beeindrucken würde wie das Tyrones.

Nataschas Mundwinkel zuckten, als sie sich ihrer Freundin zuwandte. »Ich habe die Vorstellung an sich gemeint, aber ja, dein Mann ist es auch.«

Synnovea errötete beschämt, aber Nataschas Lachen war so ansteckend, daß sie auch zu kichern begann.

Prinzessin Zelda eilte zu ihnen, als Tyrones Einheit das Feld verließ und eine weitere Truppe erschien, um ihre Künste vor dem Zaren zu demonstrieren. »Was habe ich dir gesagt, Synnovea, ist dein Mann nicht fantastisch?«

Natascha und Synnovea brachen in schrilles Gelächter aus, und Zelda starrte sie ratlos an, bis Synnovea sich fing und ihr erklärte, daß sie gerade darüber geredet hätten.

»Hier sind viele Frauen, die derselben Meinung sind«, vertraute ihr Zelda an. »Du wirst sehen, wie umschwärmt er ist, wenn das hier vorbei ist. Sie beten den Colonel an!«

Synnovea war etwas beunruhigt von dieser Äußerung der Prinzessin. »Frauen wie Aleta?«

Zelda legte einen Finger auf ihre lächelnden Lippen, sah sich rasch um, dann beugte sie sich zu ihr und flüsterte: »Etwas subtiler, hoffe ich doch!«

»Und was, bitte, schlägst du vor, soll ich tun, um meine Besitzansprüche geltend zu machen?«

»Oh, hat es dir dein Mann nicht gesagt?« fragte Zelda. »Du

wirst ihm dein Banner überreichen. Das ist Tradition unter den Frauen, also kannst du alle anderen, die es auf deinen Mann abgesehen haben, enttäuschen. Viele wissen, daß er bis jetzt noch nie das Banner einer Frau getragen hat. Sie wissen vielleicht noch nichts von seiner Heirat und versuchen möglicherweise, ihre Banner als Trost anzubieten.«

Synnovea schien mit einem Mal sehr betrübt. »Aber Tyrone hat es mir nicht erzählt, und ich habe nichts, was ich ihm geben könnte.«

Zelda musterte nachdenklich die Toilette ihrer Freundin und entdeckte schließlich einen elegant gestickten grünen Schal, den sie unter dem hohen Kragen trug. »Wenn du nichts Besseres hast, wird der Schal sicherlich genügen. Er ist wunderschön.«

Synnovea zog strahlend vor Freude den Seidenschal von ihrem Hals und schloß züchtig den Kragen. Zelda nickte zustimmend, und kurze Zeit später wurde sie Zeuge, wie Tyrone mit den anderen Männern auf den Pavillon zuritt. Mehrere junge Frauen drängten sich um ihn, als er vom Pferd sprang und gratulierten ihm überschwenglich zu seinen hervorragenden Reitkünsten. Zarte Hände griffen nach seinem Ärmel oder strichen über seinen Rücken, um ihn aufzuhalten, und wie Zelda prophezeit hatte, hielten einige Schals in den Händen, die sie ihm aufdrängen wollten. Tyrone dankte ihnen höflich, aber bestimmt und entzog sich rasch ihrem Zugriff. Er nahm den Helm vom Kopf und schritt auf Synnovea zu, die ihn mit einem Lächeln erwartete.

»Ich habe gehört, es wäre Brauch, daß die Ehefrauen hier ihren Männern ein Banner überreichen«, murmelte sie. »Würdet Ihr mir die Ehre erweisen, mein Banner anzunehmen?«

Tyrone reichte ihr seinen Arm, damit sie den Schal festbinden konnte und sagte: »Es ist mir eine Ehre, es zu empfangen, Madame.«

»Es war sehr aufregend, dich zu beobachten.«

Sie sah ihn so bewundernd an, daß es Tyrone den Atem verschlug. »Es war auch sehr aufregend, von dir beobachtet zu werden.«

Natascha berührte Synnoveas Arm und flüsterte warnend: »Anna kommt mit diesem Ziegenbock Iwan auf uns zu. Sie sieht etwas verärgert aus.«

Synnovea drehte sich irritiert um, gerade als die Frau die Treppe zum Pavillon hinaufmarschierte. Mit wutverzerrtem Gesicht stellte sie sich vor Synnovea, und ihre grauen Augen bohrten sich wie Dolche in ihre.

»Kaum habe ich Euch den Rücken zugedreht, habt Ihr angefangen, Eure niederträchtigen Spielchen zu spielen, um mich vor meinem Cousin zu blamieren. Ich hätte Moskau nie verlassen, wenn ich gewußt hätte, welche Ränke Ihr in meiner Abwesenheit schmiedet.«

Zelda unterbrach sie behutsam. »Das geht mich wirklich nichts an, ich sollte mich wohl besser auf die Suche nach meinem Mann begeben.« Sie drückte kurz Synnoveas Hand, legte ihre Wange an die ihre und flüsterte: »Anna ist nur wütend, weil sie es nicht geschafft hat, dich mit Prinz Dimitrijewitsch zu verheiraten.«

Zelda wandte sich zum Gehen und wäre fast über Iwan Woronski gestolpert, der dicht hinter ihr stand und offensichtlich versucht hatte, sie zu belauschen. Er schnaubte verächtlich, als Zelda ihn überrascht ansah und sich dann eilig empfahl.

»Wieder eine von Euren hirnlosen kleinen Freundinnen, nehme ich an«, sagte Iwan spöttisch.

»Prinzessin Zelda ist alles andere als hirnlos, mein Herr. Und Ihr habt weiß Gott nicht die Bildung, das beurteilen zu können!«

»Ihr solltet besser schweigen!« rief Iwan herausfordernd. »Ich weiß, was Ihr seid! Ich habe es die ganze Zeit gewußt! Ihr seid nichts als eine dreckige, kleine Schlampe!«

Eine stählerne Hand packte den hageren Arm des Priesters, der mit einem Schmerzensschrei den Kopf hochriß und direkt in die eisigen blauen Augen des Engländers sah.

»Vorsicht, Kröte«, sagte Tyrone mit gefährlich ruhiger Stimme. »Jemand könnte versucht sein, dir dein armseliges Genick zu brechen und der Welt einen großen Gefallen zu tun. Mit anderen Worten, kleiner Mann, wenn du deine dreckige Zunge nicht zähmen kannst, wenn du mit meiner Frau sprichst, könnte ich gezwungen sein, das persönlich zu tun.« Er ließ den völlig verängstigten Mann los und nahm seine Frau an der Hand. »Seine Majestät hat mich gebeten, dich in seinen Pavillon zu bringen, bevor wir uns in die Feierlichkeiten stürzen.« Er nickte Anna kurz zu. »Wenn Ihr uns bitte entschuldigt, Prinzessin, der Zar wartet.«

Tyrone setzte seinen Helm auf und reichte Synnovea den Arm. »Kommt, Madame. Wir dürfen Seine Majestät nicht warten lassen.«

»Ich komme mit«, sagte Natascha. »Prinz Tscherkow hat mich gebeten zu kommen, und nachdem die Luft hier ziemlich verpestet ist, möchte ich lieber an einen besser riechenden Ort.« Natascha lächelte Anna boshaft an, warf den Kopf zurück und folgte ihren Freunden zum kaiserlichen Pavillon.

Zar Michael unterhielt sich gerade mit dem Feldmarschall, als die drei eintrafen, wandte sich aber sofort Tyrone und Synnovea zu. »Ich bin hocherfreut, ein so strahlendes Paar zu sehen! Wie es scheint, bekommt die Ehe Euch beiden.« Seine dunklen Augen musterten Synnovea wohlwollend. »Ihr scheint mir sehr glücklich, meine Liebe. Geht es Euch gut?«

»Sehr gut, Majestät«, sie lächelte schüchtern.

Michael wandte sich dem Mann an ihrer Seite zu. »Ich muß sagen, Eure Truppe hat heute die beste Vorstellung ihrer Karriere gegeben, Colonel Rycroft. Und Ihr wart offensichtlich bester Dinge da draußen auf dem Feld, soweit ich es beurteilen kann.« Ein bedrohliches Lächeln umspielte seinen Mund. »Ich habe mich auch gefragt, wieso Ihr ausgerechnet heute so ungeheuer motiviert wart, Euer Bestes zu geben, aber dann fiel mein Blick zufällig auf den anderen Pavillon, und da habe ich den Grund gesehen...«

Tyrone errötete unter seiner Sonnenbräune und stammelte: »Ich bitte Euch demütig um Verzeihung, Eure Majestät, wenn ich unkonzentriert schien...«

Michael hob abwehrend die Hand. »Ich bin sehr dankbar für das, was Euch zu dieser unvergleichlichen Perfektion motiviert hat, Colonel. Ihr habt meinen Gästen und mir ein unvergeßliches

Erlebnis geboten, was wir zu würdigen wissen.« Er strich nachdenklich über seinen Mund, um nicht zu zeigen, wie amüsiert er war. »Ich hätte auch nichts dagegen, wenn Ihr Euch in Zukunft durch diese Inspiration weiter zu Höchstleistungen anspornen laßt. Es ist nur zu unserem Besten, wenn Ihr so guter Laune seid.«

Tyrone verbeugte sich zackig. »Ich bin wirklich dankbar für Eure Nachsicht und Güte, Eure Majestät.«

»Vielleicht sollten wir uns zu einem späteren Zeitpunkt über Eure letzte Bitte unterhalten. Ich bin sicher, Ihr spielt mit dem Gedanken, sie zurückzuziehen.«

Tyrone senkte den Kopf, holte tief Luft und richtete sich auf. »Ihr habt mich durchschaut, Eure Majestät. Ich wäre Euch äußerst dankbar, wenn Ihr meine Impertinenz verzeiht und gestattet, daß ich die Bitte zurückziehe.«

»Natürlich!« Michael grinste übers ganze Gesicht. »Ich war mir sicher, daß Ihr sie früher oder später überdenken würdet!«

23. Kapitel

Am nächsten Morgen ließ Synnovea ihren Mann ausschlafen, während sie und Ali ihre morgendliche Toilette in den Baderaum im Erdgeschoß verlegten. Nach dem langen, harten Training für die Parade und den Vorbereitungen auf die Strafexpedition gegen Ladislaus brauchte er dringend ein bißchen Erholung. Am Abend zuvor hatten sich zahllose Gratulanten im Haus eingefunden, und bei all dem Feiern und Trinken war es Synnovea nicht gelungen, ihren Gemahl auch nur einen Augenblick allein für sich zu haben. Die Gäste hatten erst im frühen Morgengrauen das Haus verlassen, und zur Abwechslung war sie es gewesen, die einschlief, während sie auf sein Erscheinen wartete.

Etwa zwei Stunden später erwachte Tyrone, sah, daß der Platz neben ihm leer war, und sprang aus dem Bett. Jetzt erst bemerkte er Synnovea, die, bekleidet mit einem pastellfarbenen Morgenmantel, in einem Stuhl neben dem Fenster saß. Sie flickte gerade eine seiner Hosen, die bei einem Übungskampf zerrissen worden war.

»Guten Morgen«, murmelte er.

Synnoveas Blick glitt bewundernd über seinen langen, nackten Oberkörper, dann erwiderte sie sein Lächeln. »Guten Morgen.«

Tyrone fuhr sich mit der Hand durchs Haar. Er war etwas verlegen, weil er so lange geschlafen hatte. »Ich hätte nie gedacht, daß ich so lange schlafe.«

Synnovea legte die geflickte Hose beiseite, erhob sich, strich mit einem Lächeln an ihm vorbei und ging zur Tür. »Ich habe Ali gesagt, ich würde sie informieren, sobald du wach bist, damit Danika etwas zu essen für dich schicken kann.«

Sie öffnete die Tür und rief ihre Zofe, um ihr die Anweisung zu geben. Während sie damit beschäftigt war, ging Tyrone ins Ankleidezimmer, wo er sich ein Handtuch um die Hüften schlang und sein Gesicht einseifte, um sich zu rasieren.

»Ich glaube, es ist allerhöchste Zeit, daß ich dir ein bißchen Russisch beibringe!« rief Synnovea ihm aus dem Schlafgemach zu. »Bist du einverstanden?«

Tyrone kam zur Tür, lehnte sich in den Rahmen und grinste sie an. »Ich habe mich schon gefragt, wann du endlich daran denkst. Ich habe schon darauf gewartet.«

Synnovea warf ihre lose Mähne zurück und sagte: »Du warst so wenig hier, daß wir kaum reden konnten, geschweige denn Zeit für Sprachunterricht hatten.«

»Jetzt bin ich hier, Madame«, sagte er und musterte wohlwollend ihren spärlich verhüllten Körper. »Und ich schwöre Euch, daß ich ein sehr eifriger Schüler sein werde.«

Sein fröhliches Grinsen machte Synnovea etwas mißtrauisch. Sie ging zu ihm und nahm ihm das Rasiermesser aus der Hand.

»*Ja hotschu pabritsa*«, sagte sie und betonte jede Silbe überdeutlich, damit er den Satz wiederholen konnte, während sie die scharfe Klinge behutsam über seine Wange gleiten ließ und die Stoppeln wegschabte. Sie wiederholte den Satz noch einmal, beugte sich vor und kratzte die Seife von seinem Kinn. »*Ja hotschu pabritsa*. Ich möchte eine Rasur. Jetzt wiederhol es.«

»*Ja hotscha pabritsa.*«

»*Tschu!*« Sie packte sein Kinn und zwang ihn, ihr direkt in die Augen zu sehen. »*Ja hotschu pabritsa*. Und sag es diesmal richtig.«

»*Ja hotschu pabritsa.*«

Synnovea lächelte und wischte ihm die restliche Seife vom Gesicht. »Ausgezeichnet!«

Tyrone beobachtete, wie sie das Rasiermesser beiseite legte, und zog skeptisch eine Augenbraue hoch, als sie eine Schere nahm und ihm damit bedrohlich nahe kam. Mit boshaft funkelnden Augen klappte sie sie vor seiner Nase auf und zu, so daß er erschrocken den Kopf zurücklehnte.

»*Ja hotschu pastritschsa*. Ich möchte einen Haarschnitt.«

»Wie sagt man, ich will keinen Haarschnitt?« fragte er trocken.
»*Nje nada pastritschsa*«, erwiderte sie kichernd.
»*Nje nada pastritschsa*«, wiederholte er mit einem verlegenen Grinsen.

»Feigling!« Sie packte ihn kichernd an den Haaren und zerzauste sie mit einer raschen Bewegung. Mit spielerischem Knurren sprang er auf und drückte sie an seine breite Brust.

Synnovea quietschte vor Vergnügen und wollte sich aufrichten, aber Tyrone wirbelte sie durchs Zimmer, bis sich ihr alles im Kopf drehte. Dann blieb er stehen, hob sie hoch über den Kopf und ließ sie dann langsam an seinem Körper entlang zu Boden gleiten. Das Handtuch glitt von seiner Hüfte, der Gürtel ihres Morgenmantels löste sich, und er fiel auseinander. Ihre Hüften berührten sich, und beide erbebten, Synnovea stockte der Atem, als sie in das kantige Gesicht ihres Mannes sah, der eingehend ihre nackten Brüste musterte. Sie wartete atemlos, wollte berührt werden, seine warmen Lippen auf ihrer Haut spüren. Sie konnte seine Gedanken nicht lesen und fragte sich, ob der Krieg in seinem Inneren ihn wieder gelähmt hatte. In der Hoffnung, ihn aus seiner Starre zu lösen, ließ sie den Mantel langsam zu Boden fallen und begann, langsam ihren Körper zu bewegen, rieb sich sanft gegen ihn, ließ genüßlich ihre Hüften kreisen. Sie spürte seine pulsierende Erregung und rieb aufreizend ihre Brüste gegen seinen nackten Oberkörper und berührte vorsichtig seinen Mund mit geöffneten Lippen.

»Wann wirst du mich lieben?« hauchte sie an seinen Mund. »Wann wirst du mich berühren... dich von mir berühren lassen? So kann es nicht weitergehen... ich bin eine Frau und du mein Gemahl...«

Ein leises Klopfen an der Tür zerstörte die Stimmung des Augenblicks, und Tyrone hob überrascht den Kopf und warf einen grimmigen Blick zur Tür.

»Wer ist da?« fragte er barsch.

»Ich bin's, Mylord«, erwiderte Ali. »Ich bring Euer Essen, und unten wartet ein Bote auf Euch. Er sagt, Euer Kundschafter ist wieder da, und er hat das Lager von Ladislaus gefunden und will mit Euch drüber reden. Er will wissen, ob der Kundschafter herkommen soll, oder ob Ihr heute irgendwann in die Kaserne kommt?«

Tyrone überdachte kurz seine Möglichkeiten. Er hatte nicht die geringste Lust, jetzt loszureiten, aber er wußte auch, daß Awar sicher sehr erschöpft war, deshalb würde der langersehnte Vollzug seiner Ehe noch einmal kurz aufgeschoben werden müssen. »Sag dem Boten, ich werde selbst rüberreiten und mit dem Kundschafter sprechen.«

Er griff sich Synnovea noch einmal und wirbelte sie fröhlich im Kreis, dann umarmte er sie und stellte sie wieder auf die Füße. Ein leidenschaftlicher Kuß, dann lief er ins Ankleidezimmer, zog sich rasch an, kehrte zurück ins Schlafgemach und gürtete seinen Säbel um. Zu seinem Leidwesen mußte er feststellen, daß Synnovea enttäuscht ihren Morgenmantel wieder angezogen hatte. Er stellte sich hinter sie, zog sie an sich und seine Hand glitt in die Öffnung des Mantels und umfaßte eine wohlgerundete Brust. Seine Berührung verschlug ihr den Atem.

»Ich werde zurückkommen, so schnell es geht«, flüsterte er in ihr Ohr, was ihr warme Wonneschauer über den Rücken jagte. »Wirst du auf mich warten?«

Synnovea nickte und lehnte sich an ihn. »Bitte beeil dich.«

Tyrone drehte sie um, umarmte sie und küßte sie leidenschaftlich, ohne jede Zurückhaltung. Sein heftiger Kuß ließ sie schwindelig werden, aber jetzt war Hoffnung in ihrem Herzen erblüht, und sie verabschiedete ihn mit einem Lächeln auf den Lippen und winkte ihm vom Fenster aus nach, als er aus dem Hof ritt.

Synnovea war so überglücklich, daß sie jeden im Haus daran teilhaben lassen wollte. Ihre Fröhlichkeit steckte alle an. Lachend und singend tänzelte sie durchs Haus, unter den zufriedenen Augen Nataschas und Alis, die sich wissend zunickten. Die Kluft, die die Familie Rycroft trennte, war scheinbar überwunden.

Leider fanden diese überschwengliche Stimmung und Synnoveas Zukunftsträume am frühen Nachmittag ein jähes Ende.

Nemesis, in Gestalt Major Nekrasows, überbrachte die finstere Kunde. Der Major hatte Colonel Rycroft auf dem Roten Platz getroffen, und nachdem er sich die Sache einige Stunden überlegt hatte, war er zu dem Schluß gelangt, daß es seine Pflicht wäre, Synnovea zu informieren. Und so kam es, daß Nikolai in der Andrejewna-Residenz vorsprach und um ein Gespräch unter vier Augen mit Lady Synnovea bat. Man ließ ihn ein und bat ihn zu warten, und kurz darauf erschien Synnovea im Empfangsraum. Sie reichte ihm freundlich die Hand, er nahm sie beglückt und küßte die blasse, makellose Haut.

»Wie nett von Euch, mich zu besuchen, Nikolai«, murmelte sie lächelnd und führte ihn zu einer Fensterbank, wo sie sich ungestört unterhalten konnten. »Ich hoffe, es geht Euch gut.«

»So einigermaßen«, sagte Nikolai. Das weiche Licht, das durch die leicht getönten Fensterscheiben fiel, ließ sie schöner aussehen denn je. »In letzter Zeit habe ich sehr unter Eurer Heirat gelitten, und ich habe es bis jetzt nicht über mich gebracht, Trost in der Gesellschaft anderer Frauen zu suchen.«

»Oh, aber Ihr müßt es versuchen, Nikolai!« sagte Synnovea voller Mitgefühl. »Zwischen uns kann niemals etwas sein, und es würde mich sehr traurig machen, wenn Ihr unter meiner Ehe mit dem Colonel leidet.«

»Wie könnt Ihr mit ihm glücklich sein?«

Auf diese Frage war Synnovea nicht vorbereitet. Eine innere Stimme warnte sie, nicht nach einer Erklärung zu fragen, und sie sah ihn verwirrt an, was Nikolai den Mut gab fortzufahren.

»Behandelt er Euch so, wie ein Ehemann es sollte?«

Sie überlegte genau, ehe sie sehr kühl erwiderte: »Und warum sollte er das nicht? Ich bin seine Gemahlin.«

Nikolai fuhr rasch fort, voller Angst, der Colonel könnte womöglich der starken Versuchung nicht widerstanden haben. »Euer Gemahl hat dem Zaren gesagt, er würde sich bis zu seiner geplanten Abreise von Euch fernhalten und besaß auch noch die Unverfrorenheit, Seine Majestät darum zu bitten, die Ehe vor seiner Rückkehr nach England zu annullieren.«

»Ihr müßt Euch irren...«, begann Synnovea und spürte, wie Eiseskälte ihr Herz umfing.

»Ich habe es mit eigenen Ohren gehört!«

»Warum kommt Ihr jetzt hierher, um mir das zu sagen?« fragte Synnovea mißtrauisch. »Was bezweckt Ihr damit?«

Der Major hörte den irritierten Unterton in ihrer Stimme und beeilte sich, sie zu beschwichtigen. »Ich bin hierhergekommen, um Euch meiner Loyalität im Fall, daß es passiert, zu versichern. Wenn Ihr bereit seid, mich zu nehmen, wäre es mir eine Ehre, Euch zum Altar zu führen, sobald Eure jetzige Ehe aufgelöst ist. Ich möchte Euch lieben und hegen wie es einer Gemahlin gebührt.«

Synnovea wandte sich abrupt dem Fenster zu und versuchte, gegen einen heftigen Schwall von Tränen anzukämpfen. Mit einem Mal waren die Gründe für Tyrones Zurückhaltung schmerzlich klar. Er hatte vor, sich ihrer zu entledigen, bevor er nach Hause, nach England zurückkehrte. Er wollte sie wegwerfen wie ein nutzloses Kleidungsstück und vergessen, sobald er wieder die heimatlichen Inseln erreicht hatte, selbst wenn er sich dazu herablassen würde, mit ihr ins Bett zu steigen.

»Wie lange plant er denn, hier zu bleiben?« fragte sie mit verbitterter Stimme.

»Etwas über drei Jahre – bis seine Dienstzeit vorbei ist.«

»Danke für die Warnung, Nikolai«, sagte Synnovea mit kaum hörbarer Stimme, »aber bis dahin ist noch so viel Zeit, daß ich Euch meine Hand nicht versprechen kann. Ich weiß nicht, was alles passieren kann. Wir müssen abwarten und sehen, was die nächsten Jahre bringen. Vielleicht verliebt Ihr Euch in eine andere und bereut Euer Versprechen.«

»Niemals!« rief der Major im Brustton der Überzeugung.

»Trotzdem ist es besser, wir gedulden uns bis zum Tag von Colonel Rycrofts Abreise. Ich möchte nicht, daß er denkt, ich halte mich nicht an die Gelübde, bis sie aufgehoben sind.«

»Ihr wollt Euch an die Gelübde halten, obwohl Ihr wißt, daß sie ihm nichts bedeuten?« fragte Nikolai erstaunt.

Synnovea raffte die Reste ihrer Würde zusammen. »Es bleibt viel Zeit für ihn, seine Meinung zu ändern. Ich möchte diese Möglichkeit nicht gefährden.«

»Aber warum?« Nikolai konnte es einfach nicht begreifen. »Jede andere Frau wäre zutiefst beleidigt über das, was ich Euch gerade eröffnet habe.«

»Vielleicht hat der Colonel vorschnell gesprochen. Ich habe ihn schwer verletzt.« Sie lächelte traurig. »Vielleicht liebe ich ihn aber auch zu sehr, um aufzugeben, kaum, daß die Schlacht begonnen hat.«

So mußte Nikolai sich erst einmal geschlagen geben und nahm traurig seinen Abschied von ihr.

Er verließ das Haus und wollte gerade losreiten, als er Colonel Rycroft auf das Haus zureiten sah. Er wollte sich schleunigst davonmachen, aber Rycroft schnitt ihm den Weg ab.

»Major Nekrasow«, sagte Tyrone mit sehr gezwungenem Lächeln. »Was bringt Euch hierher? Sollte ich annehmen, daß der Zar Euch geschickt hat oder habt Ihr Euch herausgenommen, meine Frau in meiner Abwesenheit zu besuchen? Ich habe Euch doch vorhin auf dem Roten Platz gesehen. Wolltet Ihr etwa wieder in meine Fußstapfen treten und die Zeit meiner Frau für Euch beanspruchen?«

Nikolai wurde rot vor Zorn. Nach seiner Enttäuschung mit Synnovea war er dem Colonel alles andere als freundlich gesonnen. »Ich bin hierhergekommen, um Eure Frau zu besuchen, aber was schert Euch das? Wäret Ihr denn nicht erleichtert, wenn sie Euch jemand abnimmt?«

Tyrone schwang sich vom Pferd, band es am Gatter neben dem Haus an und baute sich dann vor dem Major auf. »Wir können die Sache gleich hier und jetzt regeln, Major, wenn Ihr ernsthaft die Absicht habt, sie mir abzunehmen.« Er lachte verächtlich. »Ihr habt Eure Absicht oft genug hinter meinem Rücken kundgetan. Dieses Mal werden wir die Sache von Angesicht zu Angesicht austragen.«

»Die Sache ist bereits entschieden«, sagte Nikolai barsch. »Die

Dame zieht es vor zu glauben, daß Ihr sie bei Eurer Rückkehr nach England nicht zurücklassen werdet.«

Tyrone starrte ihn überrascht an, bis er sich erinnerte, daß Nekrasow anwesend war, als er dem Zaren sein törichtes Anliegen vorgetragen hatte. Offensichtlich wußte jetzt auch Synnovea von dem Pakt. »Vielleicht habe ich gar nicht vor, meine Frau zurückzulassen«, erwiderte er wütend. »Vielleicht werde ich sie bei jeder Gelegenheit besteigen und so oft schwängern, daß Ihr nie mehr die Chance habt, Euch einzumischen. Jetzt verschwindet von hier, bevor ich Euch alle Knochen im Leib breche.«

So leicht war Nikolai nicht einzuschüchtern. »Seid gewarnt, Colonel. Wenn Ihr sie nicht wollt, es gibt andere, die es tun, und wenn ich auch nur ein Wort darüber höre, daß Ihr sie schlecht behandelt, werdet Ihr den Tag bereuen, an dem Ihr russischen Boden betreten habt. Habe ich mich klar ausgedrückt?«

»Das wird ein verdammt kalter Tag in der Hölle sein, mein Freund, bevor Ihr tatsächlich solche Gerüchte hört«, knurrte Tyrone.

»Gut.« Nikolai nickte kurz. »Dann werdet Ihr vielleicht lange genug leben, um nach England zurückkehren zu können.«

Damit schwang Nikolai sein Pferd herum und galoppierte davon. Tyrone sah ihm kurz nach, dann rannte er fluchend auf das Haus zu. In den unteren Räumen war Synnovea nicht, also lief er die Treppe hoch zu ihren Gemächern. Er riß die Tür so heftig auf, daß sie gegen die Wand knallte, und Synnovea drehte sich überrascht vom Fenster weg und versuchte, sich die Tränen abzuwischen, die ihr über die Wangen liefen.

»Major Nekrasow war hier«, sagte Tyrone überflüssigerweise, mit fragendem Blick.

»Er kam, um zu sehen, wie es mir geht«, erwiderte Synnovea vorsichtig, ging aber rasch zur offenen Tür, um nicht darüber sprechen zu müssen. »Natascha hat mit dem Essen bis zu deiner Rückkehr gewartet und erwartet uns unten.«

Tyrone versuchte, seine Ungeduld zu zügeln. Diese Sache mußte unter vier Augen zwischen ihnen ausdiskutiert werden, nicht vor anderen Leuten. Er bot Synnovea seinen Arm, und sie legte ihre Hand auf seinen Ärmel.

»Du siehst heute abend sehr schön aus, Synnovea«, murmelte er, bemüht, die starre Atmosphäre etwas zu lockern.

»Ach, wirklich?«

»Fast so schön wie an dem Tag, als du in den Palast kamst, um mich zu heiraten.«

Synnovea erwiderte gleichgültig. »Ich war mir nicht bewußt, daß du mich überhaupt bemerkt hast. Du schienst sehr verstört über die ganze Angelegenheit; ich hatte fast damit gerechnet, daß du die Zeremonie abbrechen läßt.«

»Ich war sehr durcheinander.«

»Ich nehme an, jeder Mann haßt es, zu einer Heirat gezwungen zu werden, die ihm zuwider ist.«

»Die Heirat war mir nicht zuwider, nur die Umstände, die dazu führten.«

»War es Euch denn zuwider, daß ich Eure Gelüste angestachelt habe, Colonel? Ich glaube, mich erinnern zu können, daß sie bereits am Kochen waren.«

Ihre abweisende Haltung legte sich auch während des Essens nicht. Tyrone wußte nicht, wie er den Schaden wiedergutmachen sollte und wurde zusehends einsilbiger und nachdenklicher. Er ließ sich ständig Wein nachgießen, spielte aber nur mit den Köstlichkeiten auf seinem Teller. Er ignorierte zum Großteil Nataschas Versuche, ihn in ein Gespräch zu verwickeln, ließ Synnovea aber nicht aus den Augen.

Trotz des vielen Weines schien Tyrone stocknüchtern, als er sich von Natascha verabschiedete und seine Frau nach oben begleitete. Während Ali Synnovea vor dem Ofen im Schlafgemach in ihr Nachthemd half, zog Tyrone sich im Ankleidezimmer aus und kam mit einem dicken Morgenmantel ins Schlafzimmer. Er machte es sich in einem Stuhl bequem und beobachtete, wie Ali Synnoveas langes Haar bürstete. Sie war offensichtlich immer noch böse, da sie Ali befahl, es zu flechten.

»Ich mag es offen lieber«, sagte er schroff.

Synnovea nickte Ali zu, und die alte Zofe verließ den Raum. Tyrone erhob sich und wollte sie in den Arm nehmen, aber sie entwand sich seinem Zugriff und ging zu dem kleinen Schreibtisch neben dem Fenster. Dort holte sie ein kleines ledergebundenes Büchlein mit Sonetten aus der Schublade, fest entschlossen, darin zu lesen, bis sie der Schlaf übermannte.

»Major Nekrasow war hier.« Tyrone versuchte, das Gespräch von vorhin wieder aufzunehmen, trotz ihrer abweisenden Haltung. »Gehört es zu deinen Gewohnheiten, Männer in meiner Abwesenheit zu empfangen?«

»Wir waren keinen Augenblick wirklich allein«, sagte Synnovea, ohne ihn anzugucken. »Jeder, der an der Tür vorbeiging, konnte uns sehen...«

»Der Major glaubt offensichtlich, er wäre in dich verliebt«, warf Tyrone ein. »Wenn er die Gelegenheit dazu hätte, würde er dich sicher verführen. Er scheint mir äußerst erpicht darauf.«

Sein Sarkasmus traf Synnovea bis ins Mark, und in der Hoffnung eine weitere Konfrontation mit ihm zu vermeiden, blies sie die Kerze auf dem Schreibtisch aus. Sie war verletzt und brauchte etwas Zeit zum Nachdenken. »Major Nekrasow hat sich in der kurzen Zeit, in der ich ihn kenne, als sehr guter Freund erwiesen. Hätte er den Zaren nicht von Aleksejs Absichten informiert, wärst du heute nicht hier, zumindest nicht als ganzer Mann.«

»Er ist sehr erpicht darauf«, sagte Tyrone hartnäckig und kam näher. »Genau wie ich es war.« Er lachte verbittert. »Ich war so willig, daß du dir nichts dabei gedacht hast, mich für dein kleines Spielchen zu benutzen. Du hast bereitwillig deine weichen Brüste berühren lassen, ohne dir etwas dabei zu denken. Würdest du ihn auch zu deinen Zwecken mißbrauchen... und ihn liebkosen lassen, was du mir jetzt vorenthältst?«

Synnovea wirbelte erbost herum, und zum ersten Mal sah Tyrone sie in Rage, was er ihr nie zugetraut hätte. Entweder konnte sie ihre Gefühle sehr geschickt unter Kontrolle halten, oder sie hatte bis jetzt keinen Grund gefunden zu zeigen, wie heftig ihr Zorn sein konnte.

»Ich habe Euch nichts vorenthalten, Sir!« fauchte sie, und ihre grünen Augen funkelten wie die einer Wildkatze. »Ihr selbst habt die Grenzen gezogen, damit Ihr Eure Freiheit fordern könnt, bevor Ihr nach England zurückkehrt! Und nachdem Ihr das getan habt, erwartet Ihr, daß ich Euch mit offenen Armen empfange? Was wollt Ihr denn noch? Ihr wollt weder mich noch die Bande dieser Ehe. Ihr habt zwar die Gelübde gesprochen, aber Ihr fühlt Euch mir nicht ehrlich verbunden, zumindest nicht mit dem Herzen oder dem Verstand! Deshalb habt Ihr auch kein Recht, mir Fragen zu stellen! Und was das angeht, ich sehe nichts Falsches daran, Major Nekrasows Gesellschaft zu akzeptieren, Ihr habt schließlich kein Interesse daran gehabt, mich als Frau zu akzeptieren. Er hat Eure galante Bitte um Befreiung von dieser Ehe gehört, als Ihr beim Zaren wart, und er ist hierhergekommen, weil er mich heiraten will, sobald Ihr abgereist seid.«

»Ach, *das hat er?*« schrie Tyrone. Sie hatte ihn noch nie so wütend gesehen, und diesmal war es Synnovea, die überrascht war. Er schritt mit wutverzerrtem Gesicht auf sie zu, und sie wich verängstigt zurück. »Möchte er vielleicht auch eine Kostprobe deiner Schätze, bevor er dich heiratet und mich zum Hahnrei macht, während ich mich vor Sehnsucht nach dir verzehre? Verdammt soll er sein! Das wird mir nicht noch einmal passieren! Ich werde nicht dulden, daß ein anderer Mann hinter meinem Rücken seinen Samen in meine Frau ergießt!«

Außer sich vor Empörung gab Synnovea ihm eine schallende Ohrfeige, und Tyrone starrte sie mit bebenden Nasenflügeln an.

»Der Major wird deine Schenkel nicht mit jungfräulichem Blut taufen«, knurrte er, packte ihr Gewand am Ausschnitt und riß es mit einem Ruck bis zur Taille auf. Synnovea stolperte erschrocken zurück, warf einen kurzen Blick auf ihre entblößten Brüste und wirbelte rasch herum, um zu fliehen. Aber Tyrone packte sie an der Taille, drehte sie herum und riß sie an sich. Für den Bruchteil einer Sekunde bohrte sich sein brennender Blick in ihre Augen, dann ergriff sein Mund Besitz von ihrem, und sein fordernder Kuß erschütterte sie bis ins Mark. Synnovea versuchte vergeblich, sich aus seiner Umarmung zu befreien, und seine Zunge bohrte sich tiefer, fragend, fordernd, gnadenlos. Seine alles verzehrende Leidenschaft erfaßte auch sie, ließ kleine Feuer der Lust auf ihrer Haut lodern und entfachte sie zu einer unlöschbaren Flamme. Ihre Welt kippte aus den Angeln, als sein offener Mund ihre Brust umschloß. Seine Zunge raubte ihr den Atem, sie wand sich in seinen Armen, schmiegte sich enger an seinen Körper, begierig wie er.

Tyrone zerrte seinen Mantel mit einer Hand auseinander und streifte ihn ab, dann schob er ihr Nachthemd von den Schultern und ließ es achtlos zu Boden fallen. Endlich stand sie nackt vor ihm, dann begannen seine Hände, sie zu erforschen, eroberten jede Rundung, jeden Hügel und jede Schlucht, die höchsten Gipfel, das tiefste Tal und entfachten all ihre Sinne, die so lange brach gelegen hatten.

Dann beugte er sich über sie, raffte sie in seine Arme und war mit zwei langen Schritten am Bett, wo er sie sanft in die Kissen legte und ihren Körper mit glühenden Küssen bedeckte. Synnovea begann zu zittern, und Tyrone kniete sich auf die Matratze und schloß die schweren Bettvorhänge, um ihre nackten Leiber vor der Kühle der Nacht zu schützen. Synnovea beobachtete mit angehaltenem Atem das Spiel der Muskeln unter seiner Haut. Keine noch so rege weibliche Fantasie hätte sich einen stattlicheren Geliebten erträumen können, mit so breiten Schultern, den schmalen Hüften, die stolz seine Männlichkeit trugen, und solch muskulösen langen Schenkeln. Sie hatte ein bißchen Angst vor dem, was sie erwartete, aber gleichzeitig erbebte ihr Körper vor Wonne bei dem Gedanken, endlich die Seinige zu werden.

Im nächsten Augenblick war er über ihr, und diesmal hatte Tyrone keine Geduld mehr. Eine breite Hand glitt unter ihren Po und hob ihre Hüften seinem Gemächt entgegen, dessen sengende Hitze ihre Schenkel erglühen ließ. Seine harten, funkelnden Augen bohrten sich bis in ihre Seele, und dann stieß er sein Schwert der Lust mit aller Macht in sie. Ein stechender Schmerz explodierte in Synnoveas Schoß, als er tief in ihre Wärme eindrang, und Tyrone kam es vor, als wären Lichtjahre vergangen, seit er die Befriedigung empfunden hatte, die er jetzt suchte. Er war keines logischen Gedankens mehr fähig, vergessen waren alle Vorsätze, sie langsam zu erobern, er wollte nur noch in sie stoßen, heftiger, tiefer, unersättlich. Am Rand seines Bewußtseins registrierte er, daß er zu grob war, doch sein Trieb hielt ihn gefangen und ließ ihn weiterstoßen, rücksichtslos, sein keuchender Atem erfüllte Synnoveas Ohren und machte ihr bewußt, wie schwer die Abstinenz für ihn gewesen sein mußte.

Schließlich legte sich der Sturm, und die Leidenschaft verebbte in Tyrones Körper, und jetzt begriff Synnovea, welche Qualen er erlitten haben mußte, als er nächtelang tatenlos in ihrem Bett gelegen hatte. Anfangs hatte der Schmerz seines ungewohnten Eindringens jede Lust zerstört, doch dann erwachten all die Gefühle, die seine Liebkosungen ausgelöst hatten wieder, trotz seines ungestümen Temperaments. Und jetzt war er erschöpft, hatte sich ergossen und war unfähig, sie zu den Höhen der Ekstase zu bringen, deren Wonnen er sie hatte kosten lassen. Sie ahnte nicht, daß es fast eine Stunde dauern würde, bis die Feuer, die er in ihr entzündet hatte, erlöschen würden, weil er sich nicht die Zeit dafür genommen hatte.

Synnovea brachte es nicht fertig, ihm zu gestehen, daß sie nur wollte, was er ihr schon einmal gegeben hatte, und wandte sich ab, als er versuchte, sie zu küssen und mit ihr zu reden.

»Ich bin kein Unhold, Synnovea«, flüsterte er und strich mit dem Mund über ihre Schläfe. »Und wir sind verheiratet, gleichgültig, was Major Nekrasow gesagt hat.«

Nach unglaublich langem Schweigen gab es Tyrone schließlich auf, sie dazu zu bewegen, ihn anzusehen. Er ließ sie mit einem resignierten Seufzer los, und Synnovea suchte wieder einmal Zuflucht an der Bettkante, wo sie sich zusammenrollte und ihn keines Blickes mehr würdigte.

Jede Entschuldigung würde jetzt banal klingen, dachte Tyrone und erhob sich vom Bett, um rastlos im Zimmer auf und ab zu laufen. Er blieb neben dem Bett stehen, betrachtete die winzigen

Blutspritzer auf dem Laken und fragte sich, was ihr abgewandter Rücken wohl zu bedeuten hatte. Natürlich war sie empört, weil er sie so grob genommen hatte, aber er mußte sich eingestehen, daß ihm zwar das Herz schwer war, aber der Schmerz, der ihn so lange gepeinigt hatte, verschwunden war. Zum ersten Mal seit ihrer Begegnung im Badehaus hatte er das Gefühl, endlich wieder eine Nacht durchschlafen zu können, ohne aus lüsternen Träumen zu erwachen. Und er mußte zugeben, daß es ihm immer noch ein Rätsel war, wie es ihm gelungen war, sich so lange zurückzuhalten.

24. Kapitel

Am nächsten Tag war Tyrone nicht einmal fähig, irgendwelche Vorbereitungen für seine Abreise zu treffen, ehe er sich nicht mit Synnovea ausgesöhnt hatte. Als sich die ersten Strahlen der Morgensonne durch das Fenster tasteten und den Raum in weiches rosa Licht tauchten, stand er neben dem Bett und beobachtete seine schlafende Frau. Er mußte sich eingestehen, daß er eigentlich jeden Augenblick mit ihr allein genossen hatte. Auch wenn er das keinem außer sich selbst eingestehen würde, ihre geplante Verführung war der erregendste Augenblick seines Lebens gewesen, bis gestern nacht, als sie endlich eins geworden waren. Nie zuvor hatte er einen solchen Höhepunkt erlebt; sie hatte ihn völlig verzaubert und jetzt sogar sein Herz erobert.

Er hatte wieder von ihr geträumt und war dann plötzlich von dem weichen, aufreizenden Druck ihres Körpers an seinem nackten Rücken erwacht. Sie hatte im Schlaf wieder seine Wärme gesucht, und diesmal war ihre Nähe noch erregender, da sie sich vollkommen nackt an ihn schmiegte. Angesichts dieser überwältigenden Versuchung beschloß er, ihr Zeit zu geben, um sich an ihre veränderte Beziehung und seine körperlichen Ansprüche zu gewöhnen. In jedem Fall hatte sein langer Leidensweg der Abstinenz ein Ende gefunden. Sie war seine Gemahlin, und er wollte ihr zeigen, daß seine ganze Welt sich nur darum drehte, sie glücklich zu machen.

Wenn er an seine kurze Zeit mit Synnovea zurückdachte, mußte Tyrone zugeben, daß in seiner Beziehung mit Angelina etwas Grundlegendes gefehlt hatte. Er hatte sie zwar gern gehabt, aber sie hatte nie sein Herz, seinen Körper und seinen Geist so mit Beschlag belegt wie Synnovea es vom ersten Tag an getan hatte.

Vielleicht hatte er tief in seinem Unterbewußtsein Angelina nie als reife Frau gesehen. Sie war wie ein Kind gewesen, das sich nach Zuneigung sehnte und ständige Beweise seiner Liebe brauchte. Wie oft hatte sie sich an ihn geklammert, wenn er einfach nur eine Weile still dasitzen wollte, ihn vor allen Leuten geküßt und liebkost, was ihm immer ungeheuer peinlich gewesen war.

Inzwischen war Tyrone zu der Überzeugung gekommen, daß Angelina mit der Vorstellung aufgewachsen war, jeder müßte sie lieben, genau wie ihre Eltern, die sie als einziges Kind sehr verwöhnt hatten. Wann immer seine Familie oder Freunde zu Besuch waren und sie seine Aufmerksamkeit teilen mußte, hatte sie geschmollt und sich beklagt, er würde sie nicht lieben, und alle anderen würden ihm mehr bedeuten als sie. Einmal hatte sie sogar von ihm verlangt, seine Liebe zu beweisen, indem er sich nur noch ihr widmen sollte. Sein Gegenvorschlag war gewesen, daß sie für ihn ihrerseits ihre Familie und ihre Freunde aufgeben sollte. Dagegen hatte sie sich natürlich heftig gesträubt, und somit mußte sie ihm wieder gestatten, seine Freunde und seine Lieben zu besuchen.

Synnovea dagegen war eine Frau im wahrsten Sinne des Wortes und war sehr vernünftig, was die Wahrnehmung ihrer Privilegien und Rechte als Frau betraf. Anfangs war sie durch sein regelmäßiges Frühstück mit Natascha etwas verunsichert gewesen, aber inzwischen hatte sie es akzeptiert und ihre Bereitwilligkeit, ihn zu teilen, bewiesen, indem sie die wachsende Zuneigung der kleinen Sofia zu ihm unterstützte. Nur ein einziges Mal hatte sie bis jetzt unmißverständlich ihre Eifersucht gezeigt, und das war, als Aleta versuchte, ihn zu verführen. Aber man konnte ihr schließlich keinen Vorwurf daraus machen, daß sie böse wurde, wenn eine Frau versuchte, das von ihm zu kriegen, was ihr selbst versagt war.

Und jetzt stand er hier und kämpfte mit dem überwältigenden Drang, Synnovea zu wecken, aber er hielt sich zurück. Sie war sicher nicht gewillt, ihn anzuhören, nachdem er sie gezwungen hatte, seine Bedürfnisse zu befriedigen. Er zog sich an und ging nach unten zu Natascha, die ihn im Speisesaal erwartete.

»Du scheinst mir heute sehr nachdenklich, Colonel«, sagte Natascha. Sie hatten sich auf diese Form der Anrede geeinigt, weil sie fand, es würde am besten zu ihm passen. »Hast du Probleme?«

Tyrone lehnte sich seufzend im Stuhl zurück. »Je näher der Zeitpunkt meiner Abreise rückt, desto weniger gefällt mir der Gedanke, Synnovea allein zu lassen. Ich frage mich, ob das immer so bleiben wird.«

Natascha sah ihn lange an, bevor sie erwiderte. »Wenn ich es nicht besser wüßte, Colonel, wäre ich versucht zu glauben, du hast dich in das Mädchen verliebt.«

Das überraschte Tyrone nicht sonderlich. »Was soll ich bloß machen?« sagte er besorgt. »Gestern war Major Nekrasow hier und hat Synnovea erzählt, daß ich in einem törichten Moment dem Zaren ein Versprechen abgerungen habe, mir nach Erfüllung meines militärischen Dienstvertrags eine Annullierung der Ehe zu gewähren... falls ich den sichtbaren Beweis liefern kann, daß ich die Ehe mit Synnovea nicht vollzogen habe.«

Die Frau sah ihn überrascht an. »Und du glaubst, du könntest das durchhalten, Colonel?«

»Wenn ich damals im Vollbesitz meiner geistigen Fähigkeiten gewesen wäre und nicht so empört über Synnoveas Spielchen, wäre mir klar gewesen, daß ich nicht die geringste Chance haben würde, das durchzustehen – wie sich auch gezeigt hat. Nur jetzt will Synnovea nichts mehr mit mir zu tun haben.«

»Ich würde mir an deiner Stelle deshalb keine Sorgen machen, Colonel, solange du es in nächster Zukunft bei ihr wiedergutmachst.«

»Das ist ja gerade das Problem. Mir bleibt vor meiner Abreise nicht viel Zeit, sie zu überzeugen. Ich werde vielleicht noch eine Woche hier sein, vielleicht auch ein paar Tage mehr, aber dann werde ich für unbestimmte Zeit weg sein.«

»Möglicherweise hat Synnovea ein Einsehen und schließt Frieden mit dir, bevor du aufbrichst. Natürlich ist sie manchmal sehr dickköpfig, aber meistens gibt sie nach, sowie sie die Wahrheit erkennt.« Natascha beugte sich vor und legte tröstend eine Hand auf seinen Arm. »Geh deinen Geschäften nach wie üblich, Colonel, aber halte Ausschau nach einer Gelegenheit, mit ihr zu reden. Sag die Wahrheit und scheue dich nicht, ihr zu sagen, daß du sie wirklich als deine Frau haben willst, auch wenn du nach England zurückkehrst.« Sie sah sich eine Weile sein besorgtes Gesicht an. Dann sagte sie leise: »Weißt du schon, was du machen willst, wenn du wieder zu Hause bist, Colonel? Hast du schon irgendwelche Fortschritte in der Regelung deines Problems dort gemacht?«

Tyrone zupfte nachdenklich an seiner Serviette. »Ich habe ein Haus in London, das ich mit meiner ersten Frau bewohnt habe. Es erwartet uns, wenn wir hier weggehen. Die andere Angelegenheit muß noch geklärt werden. Mein Vater hat in seinen Briefen nicht viel darüber geschrieben, aber ich fürchte, die Eltern des Mannes, mit dem ich mich duelliert habe, können mir immer noch nicht verzeihen, daß ich ihren einzigen Sohn getötet habe. Dennoch bin ich entschlossen, dort zu leben, wenn ich von hier fortgehe.« Er hob den Kopf und sah direkt in ihre dunklen Augen. »Glaubst du, Synnovea wird dort glücklich sein – mit mir?«

Natascha lächelte. »Ich glaube, Synnovea wird überall glücklich sein, solange sie mit dem Mann zusammen ist, den sie liebt. Sie hat ja sogar eine Tante in London... die Schwester ihrer Mutter, ihre einzige noch lebende Verwandte. Es wird ihr guttun, sie in der Nähe zu haben. Mir wird sie natürlich schrecklich fehlen.«

Jetzt war Tyrone an der Reihe, seine Hand beschwichtigend über Nataschas zu legen. »Du wirst in unserem Heim jederzeit willkommen sein, Natascha. Ein Besuch von dir gäbe mir und Synnovea die Gelegenheit, uns für deine Gastfreundschaft zu revanchieren.«

»Ach, papperlapapp!« Natascha winkte ab. »Ich genieße jeden Moment eures Aufenthalts hier, und das wird sich auch nicht ändern bis zu eurer Abreise. Ohne euch zwei wäre ich eine einsame alte Frau!«

»Wie bitte?« Tyrone lachte. »Bei deinen vielen Freunden? Es fällt mir schwer, das zu glauben, Natascha.«

»Synnovea ist mir so lieb, wie die Tochter, die mir versagt geblieben ist«, gestand Natascha mit Tränen in den Augen. »Ihr beide seid wie meine Familie, und obwohl ich viele gute Freunde habe, wird es nie einen Ersatz geben für die starken Bande, die mich mit Synnovea verbinden. Ihre Mutter war meine allerbeste Freundin. Eleanora war die Schwester, die ich nie hatte, und deshalb, Colonel, wirst du mit mir Geduld haben müssen, wenn ich wieder einmal die Glucke spiele.«

Tyrone grinste. »Eine angeheiratete Mutter sozusagen.«

»Ich bitte dich, Colonel! Etwas mehr Respekt gegenüber dem Alter«, sagte Natascha, konnte sich aber das Lachen auch nicht verkneifen.

Nachdem das Frühstück beendet war, hielt sich Tyrone, so gut es ging, an Nataschas Ratschlag und ritt zum Dienst, ohne noch einmal nach oben zu gehen. Zur großen Erleichterung seiner Männer war er wesentlich toleranterer Stimmung, als es in letzter Zeit der Fall gewesen war. In den folgenden Tagen sprach er mit Grigori und Awar, dem Kundschafter, alle Schwierigkeiten des Angriffs auf das Räuberlager durch und entwickelte mit ihnen eine entsprechende Strategie anhand von Karten und Skizzen von Ladislaus' Versteck. Währenddessen überprüften die gemeinen Soldaten die Vorräte, Waffen und Ausrüstung und reparierten alles Notwendige.

In Anbetracht des baldigen Aufbruchs gab Tyrone seinen Männern zwei Tage frei. Da sie vorhatten, fast zwei Wochen wegzubleiben, nahm Tyrone ebenfalls seinen Urlaub, vermied es aber, Synnovea davon in Kenntnis zu setzen, da sie immer noch sehr abweisend und nachdenklich war. Ursprünglich hatte er geplant, sie am Abend vor seinem Urlaubsbeginn davon zu unterrichten, aber der Tag war so anstrengend gewesen, daß er bereits schlief, als Synnovea aus dem Ankleidezimmer kam. In letzter Zeit hatte sie sich bewußt immer sehr lange dort aufgehalten, um einer eventuellen Aussprache aus dem Weg zu gehen.

An diesem Abend legte Synnovea sich sehr vorsichtig ins Bett, um ihren Mann nicht zu wecken. Er brauchte seinen Schlaf nach der anstrengenden Arbeit. Trotz ihrer abweisenden Haltung, die sie sonst ihm gegenüber an den Tag legte, genoß Synnovea es immer wieder, ihn im Schlaf zu beobachten. Inzwischen war sein Haar länger, als sie es je gesehen hatte. Schwere Strähnen fielen ihm über die Stirn, daß er aussah wie ein gefallener griechischer Gott.

Vor kurzem hatte ihm der jüngste und unerfahrenste Soldat seiner Truppe mit einer Lanze die Wange aufgeschlitzt, als er ihn im Gebrauch der Waffe unterrichten wollte. Die Tolpatschigkeit des Jungen hatte ihn fast ein Auge gekostet. Ihr Mann hatte zwar versucht, die Sache herunterzuspielen, aber Synnovea hatte nicht lokker gelassen, bis er schließlich klein beigegeben hatte und sie die Wunde versorgen ließ, die inzwischen fast verheilt war.

Solche Wunden waren für Colonel Tyrone Rycroft nichts Neues, dachte Synnovea und beugte sich über ihn. Sein ganzer Körper war mit kleinen Narben übersät: zwei auf der Brust, mehrere an den Armen und eine quer über den Unterleib, Gott sei Dank zu hoch, um seine Männlichkeit zu gefährden.

Es war kühl im Zimmer, und Synnovea zog behutsam die Decke bis zu seinen Schultern hoch. Seine Augen öffneten sich schlaftrunken, er lächelte kurz, und ihr wurde ganz warm ums Herz, dann schlief er wieder ein. Ein unbeschreibliches Gefühl von Liebe erfaßte sie, sie rutschte ganz nahe zu ihm, legte den Kopf auf sein Kissen und beobachtete sein Gesicht. Einen Augenblick später schlang sich sein Arm um sie, er zog sie näher an sich, und sie kuschelte sich mit zufriedenem Lächeln an seinen langen Körper.

Am nächsten Morgen erwachte Synnovea erst spät und stellte erstaunt fest, daß Tyrone noch da war. Sie hörte, wie er sich im Ankleidezimmer rasierte, warf rasch einen Morgenmantel über und verließ fluchtartig das Zimmer. Sie rief nach Ali und eilte dann nach unten ins Bad. Kurze Zeit darauf erschien Tyrone. Sie hob erschrocken den Kopf, als die Tür aufschwang, und bat Ali hastig, ihr ein Handtuch zu geben, als er ins Bad schlenderte.

»Kein Grund zur Eile, meine Liebe. Ich habe mir zwei Tage frei genommen, bevor wir aufbrechen, also habe ich reichlich Zeit.«

»Ich hatte mich schon gewundert«, erwiderte Synnovea von der anderen Seite des Handtuchs, das Ali hochhielt, damit sie ungesehen aus der Badewanne steigen konnte. »Meist bist du schon fort, wenn ich aufstehe.«

»Die Männer brauchten ein paar Tage Ruhe vor unserer Expedition und ich selbst auch.«

»Du hättest es mir sagen sollen.« Nachdem sie sich hinter dem schützenden Handtuch schnell abgetrocknet hatte, cremte Synnovea sich ein und streifte einen Morgenmantel über. »Dann wären wir besser vorbereitet gewesen.«

Tyrone grinste, weil es ihm gelungen war, sie, wie erhofft, halbnackt zu ertappen, was bei einer Vorwarnung sicher nicht der Fall gewesen wäre. »Ich sehe keinen Grund, Eure tägliche Routine zu stören, Madame. Ich dachte nur, ich komme runter und leiste Euch Gesellschaft im Bad. Ali, wärst du so gut, mir einen Eimer heißes Wasser zu holen, um das Bad deiner Herrin noch einmal anzuwärmen? Mehr werde ich heute morgen nicht brauchen.«

Zwinkernd und fröhlich kichernd gehorchte die alte Frau und überließ Synnovea dann der Obhut ihres Mannes. Ihr seidener Morgenmantel klebte an ihrer feuchten Haut, und Tyrone konnte sich nur mit einiger Mühe von dem verlockenden Anblick lösen.

»Ich gehe am besten in die Wanne, solange das Wasser noch heiß ist«, sagte Tyrone und löste den Gürtel seines Morgenmantels.

»Ali, laß uns bitte allein!« sagte Synnovea, als sie merkte, daß er sich ohne Scham vor der Zofe entblößen wollte. Die alte Frau huschte aus dem Baderaum, und Tyrone setzte sich grinsend in die warme, duftende Wanne und rieb sich genüßlich die Brust, während seine Frau wütend auf und ab rannte und ihn beschimpfte.

»Hast du dich schon so an die Sitten dieses Landes gewöhnt, daß du dir nichts dabei denkst, dich vor meiner Zofe zu entblößen? Du kannst doch die alte Ali nicht so schockieren! Ich bezweifle, daß sie überhaupt je einen nackten Mann gesehen hat!«

»Vielleicht ist es höchste Zeit, daß sie ein bißchen etwas über Männer lernt«, antwortete Tyrone, hocherfreut über seine Angetraute, die nicht merkte, wieviel ihr feuchter Morgenrock enthüllte, wenn er beim Gehen aufflog.

»Ali hat schon dreiundsechzig Jahre auf dem Buckel, und du sagst, jetzt wäre es höchste Zeit, daß sie etwas über Männer lernt?« Synnovea war fassungslos. »Was, bitte, stellst du dir dabei vor? Daß sie losgeht und sich in ihrem Alter noch einen Liebhaber sucht? Ich bin mir sicher, daß es Alis eigener Wunsch ist, unverheiratet zu sein und es keiner solchen Aufklärung bedarf. Um ehrlich zu sein, ich finde es einfach lächerlich!«

Tyrone zuckte mit seinen breiten Schultern. »Stell dir vor, sie wird aus Versehen mit einem Fremden in einem Badehaus eingeschlossen. Ohne richtige Unterweisung könnte sie vor Schreck ertrinken.«

»Ach du!« Sein unverschämtes Grinsen erboste Synnovea so, daß sie einen Eimer eiskaltes Wasser packte und es ihm über den Kopf kippte.

Tyrone schoß erschrocken splitterfasernackt aus der Wanne, wild entschlossen, den reizvollen Missetäter zu bestrafen, der bereits zur Tür floh.

Synnovea riß die Tür auf und hörte Tyrones platschende Schritte hinter sich. Sie warf einen erschrockenen Blick über die Schulter und sah entsetzt, daß er ihr bereits dicht auf den Fersen war. Sie drehte um und wäre fast mit Natascha zusammengeprallt, was sie ein paar Schritte zurückweichen ließ, direkt in die Arme ihres tropfnassen Ehemannes. Beschämt über seine Blöße versuchte sie, ihn mit ihrem Körper vor Nataschas neugierigen Blicken zu verdecken, und sagte mit einem etwas gequälten Lächeln: »Guten Morgen, Natascha. Schöner Tag heute, nicht wahr?«

»Ich wollte dich im Bad besuchen«, sagte die Frau und legte den Kopf zur Seite, um die muskulösen Schenkel besser sehen zu können, die Synnovea so mühsam zu verbergen suchte. »Aber, wie ich sehe, hast du ja bereits angemessene Gesellschaft.«

Synnovea sagte betreten: »Du fragst dich wahrscheinlich, wieso Tyrone hier ist?«

»Ach, das ist Tyrone?« sagte die Gräfin lachend. »Man erkennt ihn ja kaum ohne seine Uniform.« Sie wandte sich jetzt direkt an ihn. »Du hast mir heute morgen beim Frühstück gefehlt, Colonel, aber wie ich sehe, hast du ja etwas Besseres zu tun.«

»Ich habe heute frei, Natascha, da habe ich mir gedacht, ich befolge deinen Rat. Es ist vielleicht meine letzte Chance vor meinem Aufbruch.«

»Dann wünsch' ich dir viel Glück«, sagte sie und musterte mit gerunzelter Stirn seine triefenden Haare. »Hat jemand versucht, dich zu ertränken, Colonel? Du siehst etwas mitgenommen aus.«

Synnovea kniff erbost die Augen zu, Tyrone verschränkte die Arme, nickte Natascha zu und richtete dann den Blick auf seine Frau.

»Vielleicht geruht Ihr doch zu bleiben, Madame, und geht mit mir zurück ins Badehaus, dann können wir das Thema richtig ausdiskutieren«, schlug er vor, offensichtlich entschlossen, hier stehenzubleiben, bis sie klein beigeben würde.

Synnoveas Antwort war ein steifes Nicken, ohne ihn eines Blickes zu würdigen. »Wenn Ihr es wünscht, Mylord.«

»Gut!« erwiderte Tyrone zufrieden grinsend. »Ich werde auf Euch warten, Madame, also beeilt Euch. Ich könnte Alis Unschuld endgültig ruinieren, wenn ich mich auf die Suche nach Euch begeben muß.« Er nickte Natascha kurz zu, drehte sich zackig auf seinen nackten Fersen um und stolzierte in Richtung Bad davon, während Synnovea vergeblich versuchte, seinen Rückzug zu decken.

Nataschas Mundwinkel zuckten, als sie Tyrones blanken Hintern trotz aller Bemühungen seiner Frau sah. »Weißt du, Synnovea, je mehr ich von deinem Colonel sehe, desto mehr erinnert er mich an meinen verstorbenen Mann.«

Synnovea entschuldigte sich mit hochrotem Kopf und einem knappen Knicks und floh durch die Tür. Natascha blieb lachend zurück.

Synnovea knallte wütend die Tür hinter sich zu und fuhr Tyrone an: »Hast du denn keinen Anstand?«

Tyrone drehte sich zu ihr und stemmte die Fäuste in die Hüften.

»Ich werde mich bestimmt nicht in eine Mönchskutte hüllen, nur um Eurem zarten moralischen Empfinden Genüge zu tun, falls Ihr das damit meint, Madame. Ihr könnt mir auch nicht einreden, daß Natascha noch nie einen nackten Mann gesehen hat. Und was das betrifft, ich schäme mich meiner Männlichkeit nicht!«

»Das ist in der Tat wahr! Du stolzierst herum wie ein Pfau und stellst dich vor jeder beliebigen Frau, die gerade in der Nähe ist, zur Schau!«

»Was schert das dich? Dir wär's doch selbst egal, wenn ich meine Schätze auf den Richtblock lege! Deine kostbare Scheide willst du ja wohl für den Säbel eines anderen Galan reservieren, anstatt mir Trost und Zuspruch zu gewähren!«

Synnovea schnappte nach Luft. »Das ist nicht wahr!«

»Ach ja?« Tyrone machte eine abfällige Handbewegung. »Wenn nicht für mich und nicht für andere, Madame, dann nennt mir doch bitte den Namen desjenigen, für den Ihr sie reserviert? Euch selbst? Vielleicht als Mahnmal für Eure verlorene Tugend?«

»Natürlich nicht!« Synnovea wollte stolz an ihm vorbeischreiten, dann wirbelte sie aber herum und sagte giftig: »Wenigstens stell ich mich nicht zur Schau wie ein Hahn, der nie genug kriegt!«

»Falls ich den Anschein erwecke, daß ich nie genug kriege, dann nur, weil ich ausgehungert bin nach dem, was du hinter deinem vornehmen Keuschheitsgürtel versteckst. Während ich schmachte, versteckst du den Schlüssel in den Truhen deines Verstandes!«

»Was? Soll ich dich etwa bedienen wie eine gemeine Dirne?« Synnovea ging hüftenschwingend auf ihn zu und ließ ihren Mantel von einer glatten Schulter fallen. »So wolltest du mich doch von Anfang an, nicht wahr? Unverheiratet, aber in deinem Bett! Als deine Geliebte! Mein lieber Colonel, stößt es Euch immer noch auf, daß ich Euch gezwungen habe, mich zu heiraten? Das tut es wohl! Ich habe gehört, daß Ihr in drei Jahren abstreiten wollt, daß Ihr je Euer Ja-Wort gegeben habt und jeden Balg, den ihr gezeugt habt, einem anderen in die Schuhe schieben wollt.«

»Nichts liegt mir ferner als das, Madame!« sagte Tyrone und

wickelte sich ein Handtuch um die Hüften. »Wenn Ihr meinem Wort allein nicht traut, bin ich gerne bereit, Euch schriftlich zu garantieren, daß jeder Erbe meinen Namen erhält. Würde das Eure Wut besänftigen?«

Synnovea sah ihn hochmütig an. »Vielleicht zum Teil.«

»Was wollt Ihr denn noch von mir?«

»Nur die Zeit kann das entscheiden«, erwiderte sie. »Nichts kann dich mehr fesseln als das, was wir einander gelobt haben, und es wird sich zeigen, ob du dich daran halten wirst.«

»Würdest du denn bereit sein, mit mir zum Zaren zu gehen, damit du mit eigenen Ohren hörst, wie ich meine Bitte zurückziehe? Ich habe es bereits getan, aber wenn du darauf bestehst, gehe ich noch einmal zu ihm.«

Synnovea sah ihn erstaunt an. »Wärst du tatsächlich bereit, das zu tun?«

»Sonst hätte ich es nicht angeboten.«

»Sehen heißt glauben, Sir!« Sie warf hochmütig den Kopf zurück. »Vielleicht würde das meine Zweifel ausräumen.«

»Können wir dann wenigstens in Frieden leben, bis ich mich auf die Suche nach Ladislaus begebe? Vielleicht bist du mich ja schon vor Ende des Monats für immer los, dann war dieser Streit ganz umsonst.«

Synnovea runzelte besorgt die Stirn. »Mir wäre es lieber, wenn Ihr unverletzt zurückkehrt, Colonel.«

»Ich werde mein Bestes versuchen.« Tyrone packte seinen Bademantel und warf ihn über die Schulter. »Dann gestattet mir, ein wenig Zeit mit Euch zu verbringen, bevor ich abreise. Wir werden uns vielleicht länger nicht sehen.«

Sie musterte besorgt seine hochgewachsene Gestalt. »Willst du etwa so nach oben gehen?«

»Ja!« sagte Tyrone schroff und erstickte somit jeden Versuch ihrerseits, ihn eines Besseren zu belehren.

Synnovea fügte sich resigniert und ging voran nach oben in ihre Gemächer, wo sie rasch die Tür hinter ihm schloß. Er ging ins Ankleidezimmer und kam kurz darauf mit einer Schere zurück.

»*Ja hotschu, pabstritschsa.*« Er reichte ihr das Werkzeug. »*Moschna pakarotsche sadi.*«

Synnovea schob sich die lockigen Strähnen aus dem Gesicht und lächelte hinauf zu ihm. »Nur hinten? Müssen denn die Seiten nicht geschnitten werden?«

»*Moschna pakarotsche pa bekam... paschaosta.*«

»Du machst gute Fortschritte, Colonel.«

»*Bolschoije spasiba.*«

Synnovea lachte und zog den Gürtel ihrer Robe fester. »Gern geschehen.« Sie zeigte mit der Schere auf einen Stuhl neben dem Fenster. »Setz dich dort drüben hin, da haben wir besseres Licht.«

Tyrone gehorchte und erfreute sich erneut an der alles enthüllenden Robe, als sie auf ihn zukam. Er hatte größte Mühe, still sitzenzubleiben und hätte sie am liebsten gleich zum Bett gezerrt.

Synnovea fuhr mit einem Kamm durch sein dichtes Haar. »Deine Haare sind so dicht, dich muß man ja richtig scheren.«

»Hast du das denn schon einmal gemacht?«

»Ein- oder zweimal bei meinem Vater, aber ihm war es immer lieber, wenn ein Diener seine Haare geschnitten hat.«

Tyrone sah sie mißtrauisch an. »Und aus welchem Grund?«

Synnovea verkniff sich mühsam das Lachen. »Er hat nie darüber gesprochen, aber ich nehme an, er war nicht so begeistert vom Verlust seines Ohres.«

Tyrone duckte sich in gespielter Angst, und sie mußte lachen. »Vorsicht, Madame. Das Ohr brauche ich, um diesen Schurken Ladislaus zu hören.«

»Natürlich, Mylord.« Synnovea stellte sich zwischen seine Schenkel und fing dann an, Locke für Locke zu schneiden.

»Ich werde nochmal baden müssen, wenn das vorbei ist«, sagte Tyrone und wischte sich die Haare von den nackten Schultern.

Synnoveas Zungenspitze lugte zwischen den Zähnen heraus, als sie sich vorbeugte und vorsichtig entlang seiner Stirn schnitt, dann richtete sie sich auf und kämmte die losen Strähnen aus dem Gesicht. »Das ist die Strafe dafür, daß du mich bei meinem Bad gestört hast, Colonel.«

»Das Badezimmer ist wirklich groß genug für uns beide«, konterte Tyrone.

»Ich kenne deine Neigungen, und ich möchte nicht dabei ertappt werden, wie ich mich mit dir im Bad vergnüge.«

»Willst du dich hier mit mir vergnügen?« fragte er, packte ihren Po und zog sie näher an sich.

Synnovea streifte seine Hand mit einem seitlichen Hüftschlenker ab, und Tyrone starrte fasziniert ihre Brüste an, die direkt vor seiner Nase fast aus dem Dekolleté sprangen.

»Sei gewarnt!« sagte Synnovea streng. »Ich habe dich in der Hand, und ich scheue mich nicht, dir den Kopf kahlzuscheren, damit kein junges Mädchen mehr Gelüste auf dich hat.«

»Kannst du diese kleine Bewegung noch einmal machen?« sagte Tyrone und zerrte am Gürtel ihres Mantels. Ein kräftiger Klaps auf seine vorwitzige Hand war die Antwort.

»Benimm dich, oder du wirst es bereuen«, warnte Synnovea, packte ein Büschel Haare an seiner Brust und riß heftig daran, was ihm einen Schmerzensschrei entlockte.

»Hör auf, Luder!« Tyrone zuckte erneut zusammen, als sie ihm tatsächlich ein paar Haare ausriß. »Du willst mir wohl das Herz noch ganz aus dem Leib reißen.«

Synnovea sah ihn herausfordernd an. »Und Ihr, Mylord Colonel, wollt mir das Herz auch aus dem Leib reißen? Ich bin gefangen zwischen Regen und Traufe, ohne zu wissen, ob meine Ehe nun ein Leben lang dauern wird oder nur ein paar Monate, bis Ihr meiner überdrüssig seid.«

»Verdammt nochmal, Synnovea!« fluchte Tyrone. »Fang doch nicht wieder davon an. Ich habe gesagt, ich bin bereit, alles zu tun, um dich zu überzeugen.«

»Setz dich!« befahl sie und drückte ihn zurück in den Stuhl. »Ich bin noch nicht fertig mit Haareschneiden!«

»Warum schneidest du es nicht einfach ab, damit wir endlich Ruhe haben!« murmelte er.

Sie warf einen vielsagenden Blick auf seinen Schoß, wo das Handtuch sich langsam aufrichtete.

»Hölle und Verdammnis!« Tyrone warf die Hände hoch. »Willst du mich etwa auch noch kastrieren?«

»Schrei mich nicht an!« schimpfte Synnovea. »Ich bin keiner der Männer aus deinem Regiment! Ich bin deine Frau!«

»Dessen bin ich mir sehr wohl bewußt, Madame!«

»Da bin ich mir nicht so sicher!« Sie warf schnippisch den Kopf zurück.

»Wenn das eine Kostprobe für den weiteren Verlauf des Tages ist, dann geh ich in die Kaserne!« Tyrone versuchte erneut aufzustehen, aber Synnovea drückte ihn zurück in den Stuhl.

»Ich hab' gesagt, ich bin noch nicht fertig! Jetzt halte endlich still!«

Tyrone biß die Zähne zusammen und ließ sie gewähren, ihre Keiferei hatte ihm die gute Laune etwas verdorben. Synnovea ließ sich davon nicht weiter stören und schnitt unbeirrt weiter. Nach kurzer Zeit hatte sich Tyrone wieder beruhigt und konzentrierte sich auf die verlockenden Einblicke, die ihre Nähe ihm erlaubten. Synnovea turnte fröhlich zwischen seinen Schenkeln herum, stieg über sie und wieder zurück, während sie eifrig an seinen Haaren schnippelte.

»So!« sagte sie schließlich, klemmte sich den Mantel zwischen die Beine und setzte sich auf seinen Schenkel, um ihr Machwerk zu betrachten. Es schien sie nicht weiter zu stören, daß ihr nacktes Knie dabei seine Lenden berührte, was Tyrone aber schier um den Verstand brachte. Er hatte größte Mühe, sich zu beherrschen, und war überzeugt, sie tat das bewußt, um ihn zu quälen.

Sie glättete sein geschnittenes Haar mit einer Hand und sagte: »Es sieht gut aus!«

»Darf ich mich jetzt bewegen?« fragte Tyrone und strich mit einer Hand ihren Schenkel hoch.

Synnovea sah ihm jetzt direkt in die Augen, als wäre sie gerade aus einer Trance erwacht. Sie sah die glühende Leidenschaft in seinem Blick, und ihr Puls beschleunigte sich. Und dann stellte sie plötzlich fest, daß sie jetzt mit ihm schlafen wollte.

Tyrone schien zu spüren, was sie empfand und griff nach dem

Gürtel ihrer Robe, lockerte ihn und streifte sie zu Boden. Seine Hände wanderten langsam von ihren Hüften über ihre Rippen zu den weichen, bereitwilligen Brüsten, und er sah, wie ihr Mund sich öffnete und ihre Augen vor Begierde strahlten.

Im sanften Licht der Sonne, die sich hinter einer Wolkenschicht versteckte, glänzte die Haut ihrer Brüste wie schimmernde Perlen. Sie legte die Hände auf seine breiten Schultern und ließ den Kopf zurückfallen, während sich ihr Körper seinem Mund entgegenstreckte, damit er all ihre Sinne zum Leben erweckte. Und als er schließlich den Kopf hob, sah er, daß ihre Augen mit derselben Begierde brannten. Sie war selbst erstaunt von ihrem Wagemut, als sie die Hand über seine Brust und seinen flachen Bauch gleiten ließ und ihn packte. Es überraschte sie nicht, als er laut stöhnend die Zähne zusammenbiß, aber es war ein Schock, wie heftig seine Leidenschaft jetzt sein Lustschwert pulsieren ließ, es heißer und härter wurde, bis sie ängstlich die Hand wegnahm. Beschämt von ihrer Kühnheit wollte sie sich losreißen, aber er hielt sie fest, zog sie wieder an sich.

»Nein, mein Herz, geh nicht fort. Du hast ein Recht darauf.«

Synnovea vergaß zu atmen, als sie in seine hypnotisch funkelnden Augen sah, sie stammelte unverständliche Worte, die keiner von ihnen hörte. Seine Hand griff nach ihrem Schenkel und liebkoste ihn und sie versuchte, sich von seinem mesmerisierenden Blick zu lösen. Vergeblich, denn jetzt bemächtigte sich sein Mund des ihren, und ein sengender Kuß ließ jede Faser ihres Körpers erbeben, und sie vergaß alles um sich herum, bis die ganze Welt nur noch aus ihnen beiden und sich berührender Haut bestand. Jeder Gedanke, sich ihm zu entziehen, war ausgelöscht, als er sie hochhob und auf seine nackten Lenden setzte und ihre ganze Haut vor Erregung zu zittern begann. Jetzt drang er langsam, warm und fordernd in ihre Weichheit ein, jeden Zentimeter der Vereinigung genießend. Sie umarmten und küßten sich leidenschaftlich, berührten und wurden berührt, wie nur Liebende es können, bis ihre Hüften die Antwort fanden und sich ihm weiter öffneten, sich aufbäumten und, langsam zuerst, versuchten, seinen Rhythmus zu erwidern, dann schneller und immer schneller, begierig wie er. Flüssiges Feuer durchströmte ihre Leiber, riß sie mit in einer gigantischen Woge schmelzender Leidenschaft und entlud sich schließlich in einem Feuerwerk lodernder Wollust. Sie klammerten sich atemlos aneinander, und ihre Lippen vereinten sich zu einem ungeduldigen, hektischen Kuß, der das Entzücken ihrer Vereinigung besiegelte.

Es war spät am Nachmittag, als sie nach unten gingen, um Natascha im großen Empfangsraum zu besuchen. Die ältere Frau merkte natürlich sofort, wie anders die beiden miteinander umgingen. Jeder suchte nur die Nähe des anderen, sie hielten sich an den Händen, und die Blicke, die sie tauschten, sagten mehr als alle Worte. Natascha hatte volles Verständnis für die beiden, da es ihr selbst einmal vergönnt gewesen war, die große Liebe zu erleben. Synnoveas sanfte Blicke verrieten, wie heftig sie in ihren Mann verliebt war, was Natascha hoffen ließ, daß ihre Zuneigung weit tiefer ging, als sie es selbst ahnte. Und Tyrone vergötterte seine junge Frau offensichtlich. Er ließ sie kaum aus den Augen, verschlang jede Bewegung, jedes Lächeln, jeden fragenden Blick wie ein Verhungernder. Seine langen, schlanken Finger wanden sich in ihre schmalen, zarten, immer wieder legte er den Arm um ihre Schultern und zog sie an sich, ganz selbstverständlich, ohne jede Scheu, und beide lachten, als sie merkten, daß Natascha sie wohlwollend beobachtete.

Natascha war auch nicht sonderlich überrascht, als sie sich an diesem Abend sehr früh empfahlen, und gab Ali Anweisung, die beiden nicht zu stören. Erst gegen elf Uhr am nächsten Morgen wurde Ali von ihrer Herrin unten im Baderaum verlangt. Zum ersten Mal in ihrem Leben schämte sich Synnovea ihrer Blöße vor einer Frau, doch als Tyrone kurz darauf zur Tür hereinkam, rief sie nicht nach einem schützenden Handtuch. Statt dessen wurde Ali nach oben verbannt, wo sie fröhlich summend die Kleider ihrer Herrin für diesen Tag zurechtlegte.

Natascha lehnte Tyrones Einladung zu einem gemeinsamen Ausflug ab, da sie bereits Prinz Tscherkow zugesagt hatte, den

Tag mit ihm und seiner Tochter zu verbringen. Tyrone hatte auch gar nichts dagegen, als er sich mit seiner Frau allein in der Kutsche fand. Während Stenka sie quer durch die Stadt fuhr, unterhielten sie sich angeregt über tausend verschiedene Dinge. Synnovea befriedigte ihre Neugier im Hinblick auf gewisse sinnliche Erfahrungen der Männer und erzählte aber auch völlig unschuldig die Geschichte ihrer Kindheit. Die beiden überlegten, was für Geschenke sie für Sofia, Ali und Natascha zu Swjatki, der russischen Weihnacht, kaufen sollten, für den Fall, daß Tyrone länger als vorgesehen wegbliebe und nicht mit ihnen feiern könnte.

In letzter Zeit hatte sich Tyrone immer wieder dabei ertappt, daß er mit dem Gedanken spielte, seine Angelegenheiten zu regeln wie einer, dessen Tage gezählt sind. Und je näher der Tag seines Aufbruchs rückte, desto mehr grübelte er vor sich hin. Er hatte schon immer mit der Bedrohung gelebt, eines Tages nicht von einer Expedition zurückzukehren, aber jetzt kam erschwerend hinzu, daß er sich nur mit großem Widerwillen von Synnovea trennte. Er hatte das wachsende Bedürfnis, ihr begreiflich zu machen, daß sie, falls er nicht zurückkehrte, in seinem Haus in England immer willkommen wäre, sollte sie je den Drang verspüren, seine Familie zu besuchen. Inzwischen bestand die Möglichkeit, daß sie seinen Erben unter dem Herzen trug, und in dem Fall wäre es nicht recht, wenn seine Eltern und seine Großmutter nur über seinen Tod informiert würden und nie von seiner Frau und dem Kind erführen. Und so nahm er jetzt die Gelegenheit wahr, als sie allein in der Kutsche saßen, und erklärte das der völlig entsetzten Synnovea.

»Ich könnte es nicht ertragen, dich zu verlieren«, schluchzte sie und warf sich an seine Brust. »Du mußt auf dich aufpassen und zu mir zurückkommen!«

»Ich werde mein Bestes tun, Madame«, murmelte Tyrone beruhigend. »Jetzt, wo ich dich gefunden habe, werde ich alles daran setzen zurückzukehren.«

»Du mußt! Du mußt!«

»Trockne deine Tränen, Synnovea«, sagte er leise. »Wir werden gleich aussteigen, und die Leute werden sich fragen, warum du geweint hast.«

Synnovea setzte sich widerwillig auf, tupfte ihre geröteten Augen und Nase ab, schniefte und schenkte ihrem Mann ein etwas wäßriges Lächeln. »Ist das besser?«

Tyrone riß sie an sich und küßte sie leidenschaftlich, da ihm mit einem Mal klar geworden war, wie gräßlich die Zeit ohne sie sein würde. »Ich bete, daß die Zeit schnell vergeht. Ich kann den Gedanken nicht ertragen, dich nicht sehen, berühren, lieben zu können.«

Synnovea klammerte sich an ihn, versuchte aber tapfer zu sein. »In ein oder zwei Monaten hat das Elend ja schon ein Ende, und du wirst mich wieder in die Arme schließen. Jetzt müssen wir tapfer sein und beten, daß dir nichts geschieht.«

Die Kutsche hielt am Roten Platz, und Tyrone wandte sich noch einmal Synnovea zu. »Uns bleibt so wenig Zeit zusammen. Laß sie uns nicht hier vergeuden, wo ich dich nicht halten und küssen kann, so wie ich es möchte. Ich würde gerne so schnell wie möglich nach Hause zurückkehren.«

Synnovea nahm lächelnd seine Hand. »Wir werden uns beeilen.«

Stenka blieb bei der Kutsche, während das Paar zu den Märkten Kitaigorods eilte. Nach kurzer Zeit hatten sie ihre Wahl getroffen und kamen mit ihren Geschenken zurück: eine Goldkette für Natascha, ein spitzenbesetztes Nachthemd und ein Wollschal für Ali, ein Kleid für Danika und eine Puppe und ein buntbemaltes hölzernes Puppenhaus für Sofia.

Tyrone hob Synnovea in die Kutsche und wollte gerade einsteigen, als er seinen Adjutanten entdeckte, der ihm von weitem über die Köpfe der Menge zuwinkte. Mit dem Versprechen, sofort zurückzukehren, empfahl sich Tyrone von seiner Frau und eilte zu Grigori.

»Du siehst heute wesentlich glücklicher aus, als ich dich seit langem gesehen habe«, bemerkte Grigori lächelnd. »Anscheinend hast du endlich Geschmack an der Ehe gefunden.«

»Was ist denn passiert? Warum bist du nicht zur Kutsche gekommen, um mit mir zu sprechen?« fragte Tyrone. Der Mann wirkte sehr bedrückt.

Die Miene des Hauptmanns verdüsterte sich. »Ich war der Meinung, Synnovea sollte nicht hören, was ich zu sagen habe und was du unbedingt erfahren solltest. Aleta ist schwanger, und General Vanderhout tobt vor Wut. Er schwört, es wäre nicht von ihm.«

»Wieso kann er dessen so sicher sein? Schlafen die beiden nicht miteinander?«

»Offensichtlich nicht. Ich habe flüstern hören, er hätte seit kurzer Zeit eine ansteckende Krankheit, die ihm nicht erlaubt, die Gelüste seiner Frau zu befriedigen.«

»Eine ansteckende Krankheit?« Tyrone runzelte die Stirn. »Du meinst doch nicht etwa...«

Grigori ließ ihn mit einer Handbewegung verstummen. »Ich habe wiederum gehört, daß er gezwungen ist zu überlegen, wer ihm das angehängt hat. Wie es scheint, war er Aleta auch nicht gerade treu.«

»Die beiden passen wirklich gut zusammen.«

»Auf jeden Fall«, fuhr Grigori fort, »verbreitet Aleta das Gerücht, du wärst an ihrem Zustand schuld...«

»Dieses Luder!« rief Tyrone und hätte fast laut gestöhnt bei dem Gedanken, daß Synnovea diesen Klatsch hören könnte. »Das ist natürlich gelogen!«

»Ich weiß das, aber General Vanderhout nicht! Er ist anscheinend auf der Suche nach dir. Ich hoffe nur, wir sind fort, ehe er dich findet.«

»Ja. Aber was soll ich Synnovea sagen? Sie wird diese schmutzigen Gerüchte auf jeden Fall hören, wenn ich es ihr nicht sage, bevor wir aufbrechen.«

»Da muß ich dir zustimmen! Du solltest es ihr besser selber schonend beibringen, bevor ihr ein anderer damit weh tut. Wird sie dir glauben?«

»Sie muß!«

Synnovea saß ganz zufrieden in der Kutsche und sah sich noch einmal die Geschenke an. Mit einem Mal fiel ein Schatten über die Tür, und sie hob erfreut den Kopf, in der Annahme, es wäre Tyrone, aber das Lächeln erstarrte auf ihren Lippen, als sie Prinz Aleksejs glühende Augen sah.

»Synnovea, meine kleine Eismaid«, begrüßte er sie mit einem anzüglichen Blick. »Ich hätte nicht gedacht, daß du es fertigbringst, in so kurzer Zeit noch so viel schöner zu werden. Hast du dich etwa in deinen Mann verliebt, meine Liebe? Vielleicht bist du sogar dankbar für meine Gnade, die deinem Mann erlaubt hat, das zu behalten, was ihm am teuersten ist?«

Synnoveas eisiger Blick strafte ihn mit Verachtung. »Ich bin sehr dankbar, daß Ladislaus und Seine Majestät Euch daran gehindert haben, Eure schändliche Tat zu begehen, Aleksej. Aber sagt mit bitte, woher nehmt Ihr plötzlich den Mut, Euch mir aufzudrängen, solange mein Mann in der Nähe ist?«

Aleksej hielt es für eine List, wie sein verächtliches Grinsen zeigte, aber er sah sich trotzdem vorsichtig um, konnte Tyrone jedoch in der Menge nicht entdecken. »Du scherzt natürlich, Synnovea. Welcher Mann würde seine Frau allein dort zurücklassen, wo jeder Schurke sich an sie heranmachen kann?«

»Ich bin nicht allein«, sagte Synnovea mit einer kurzen Geste auf den Kutscher und den Lakaien. »Jozef und Stenka sind bei mir, und sollte ich schreien, wird mein Mann sicher auch gleich hier sein.«

»Komm! Komm!« sagte Aleksej hochmütig. »Du solltest inzwischen wissen, daß ich ihnen die Hände abhacken lassen kann, wenn sie es wagen sollten, mich zu berühren...«

Synnovea konterte verächtlich: »Ich denke, das werdet Ihr nicht tun, Aleksej, nicht nachdem Seine Majestät Euch verwarnt hat. Aber sagt mir, habt Ihr vor zu bleiben, bis mein Mann zurückkehrt? Oder werdet Ihr sofort wie ein Feigling fliehen?«

»Ich bezweifle, daß Euer Gatte überhaupt hier ist, Madame, also kannst du dir diese armselige Farce sparen.« Aleksej schwang sich in die Kutsche und setzte sich ihr gegenüber, von wo aus er ihre erblühte Schönheit besser bewundern konnte. »Weißt du,

Synnovea, ich könnte mich glatt dazu überreden lassen, dir doch meine Gunst zu gewähren. Du bist offensichtlich die Mühe wert, die es kosten wird, dir zu verzeihen.«

»Bitte! Tut Euch keinen Zwang an!« erwiderte Synnovea. »Schenkt mir Euren Haß, damit kann ich besser umgehen.«

»Gerüchten zufolge wird dein Mann die Stadt bald verlassen. Da wirst du einen Mann brauchen, der dich in seiner Abwesenheit tröstet.«

»Warum sollte ich mich mit Euch begnügen, wenn ich das Beste habe, was es gibt!«

»Du bist immer noch so ein Unschuldslamm, meine Liebe.« Der dunkelhäutige Prinz grinste selbstgefällig. »Wenn du erst einmal eine Weile mit mir zusammen bist, wirst du erkennen können, was ein wahrer Mann ist.«

»Ein wahrer Mann!« sagte Synnovea spöttisch. »Eingebildeter hochnäsiger Esel! Ihr habt ja keine Ahnung, was dieses Wort bedeutet! Glaubt Ihr wirklich, ein Mann wird danach beurteilt, wie viele Dirnen er aufs Kreuz gelegt hat? Wahre Männer haben andere Qualitäten. Für mich seid Ihr nichts weiter als ein brünftiger Eber, der jeden nächstbesten Hintern besteigt, um seine Geilheit zu befriedigen. Mein Mann ist ein wesentlich besserer Mann, als Ihr es je sein werdet, Aleksej, das kann ich Euch versichern!«

Aleksejs Stolz wurde erneut von diesem schon zu oft gehörten Vergleich verletzt. »Wie ich höre, hast du es immer noch nicht gelernt, deine Zunge zu bezähmen, Synnovea! Aber du irrst dich, wenn du glaubst, nichts, was ich tue, könnte dich verletzen!«

Er beugte sich vor und wollte noch etwas sagen, aber dann sprang er zurück wie eine Katze, die den heißen Herd berührt hat. Die breitschultrige Gestalt Colonel Rycrofts verdüsterte die Tür. Aleksej wollte sich mit einem Satz aus der anderen Tür retten, aber Tyrone kriegte den Saum seines rubinroten Kaftans zu fassen und zerrte den sich verzweifelt wehrenden Mann über den Sitz zu sich. Aleksej fiel vor Synnovea auf die Knie, umklammerte ihre Beine und hob wütend den Kopf, als sie versuchte, ihn wegzuschubsen.

»Sei gewarnt, Synnovea! Das nächste Mal werde ich deinen

Mann nicht nur kastrieren! Ich werde die Hunde auf ihn hetzen und dafür sorgen, daß sie seinen faulen Kadaver verschlingen! Synnoveaaaa... Hilf miiiir!«

Tyrone packte Aleksej am Kragen und riß ihn mit einem Ruck von Synnovea weg. »Du armseliger Feigling! Wo bleibt dein Mut, wenn Ladislaus nicht hinter dir steht?«

Dann zog er den heftig um sich schlagenden Prinzen durch die Tür und schleuderte ihn durch die Luft. Er landete ein kurzes Stück weiter in einem Haufen fauliger Gemüseabfälle. Der Prinz rappelte sich hastig auf, raffte den verschmierten Goldsaum seines Kaftans hoch und rannte, so schnell ihn seine Füße trugen, davon.

»Colonel Rycroft!« Eine barsche Stimme ließ Tyrone herumwirbeln, und er sah General Vanderhout auf sich zu marschieren, außer sich über den Vorfall, den er gerade beobachtet hatte. »Was hat diese empörende Geschichte zu bedeuten! Seid Ihr verrückt geworden?«

»Der Mann hat meine Frau beleidigt!«

General Vanderhout wurde lila im Gesicht: »Wie könnt Ihr es wagen, einen anderen Mann eines Vergehens zu bezichtigen, dessen Ihr selbst schuldig seid?«

Tyrone baute sich vor seinem Vorgesetzten auf. »Dessen ich schuldig bin?« Er warf ihm einen zweifelnden Blick zu. »Ich habe Gerüchte vom Zustand Eurer Frau gehört, General, aber, ob Ihr das nun glaubt oder nicht, ich bin nicht der Schuldige.«

»Aleta sagt, Ihr seid es, und ich werde diese Beleidigung nicht ungestraft lassen, Colonel. Ich werde dafür sorgen, daß man Euch degradiert und unehrenhaft entläßt und nach Hause abschiebt.«

Tyrone fluchte leise vor sich hin. Das war also Aletas Rache für seine Ablehnung, aber er würde ihre Anschuldigungen nicht so einfach auf sich sitzen lassen. »Ich schlage vor, General, daß Ihr die Wahrheit in dieser Angelegenheit erkundet, bevor Ihr solche Behauptungen aufstellt. Ihr könnt Euch und Eurer Frau dadurch einige Peinlichkeiten ersparen.«

General Vanderhout lief puterrot an und brachte vor Wut kein einziges Wort heraus.

»Ich muß mich jetzt verabschieden, General«, sagte Tyrone schroff, »aber wenn Ihr der Sache auf den Grund gehen wollt, so habe ich Zeugen, einige hochrangige Offiziere, die bestätigen können, wie oft ich die Einladungen Eurer Gemahlin abgelehnt habe. Ihre Indiskretionen gehen mich nichts an, aber ich werde nicht dulden, daß sie mein Leben durch die Lügen, die sie verbreitet, ruiniert.« Tyrone nickte kurz. »Guten Tag, General.«

»Das war nicht das letzte Wort, Colonel Rycroft!« schrie Vincent Vanderhout, als Tyrone in die Kutsche stieg. »Ihr werdet noch von mir hören!«

Tyrone fluchte mit zusammengebissenen Zähnen, als er sich in die Kutsche fallen ließ. »Dieses verlogene Luder! Eine verschmähte Frau ist tatsächlich gefährlicher als jede giftige Natter!«

»Was ist denn passiert?« Synnovea musterte besorgt sein zornesrotes Gesicht.

»Aleta ist schwanger«, sagte Tyrone unumwunden, »und General Vanderhout behauptet, er wäre nicht der Vater. Also hat sie beschlossen zu lügen und behauptet, ich wäre es.« Er sah ihr direkt in die Augen. »Ich bin es nicht, Synnovea. Ich schwöre dir, ich habe diese Frau nur angefaßt, um sie wegzustoßen!«

Synnovea beugte sich zu ihm und drückte ihre Stirn an seinen Hals. »Ich glaube dir, Tyre.«

Allmählich beruhigte sich Tyrone ein bißchen, fragte sich aber, was ihn wohl mehr geärgert hatte, Aleksejs Belästigungen oder seine Konfrontation mit Vanderhout.

Seine Frau klärte dieses Dilemma.

»Aleksej hat gehört, daß du bald losreiten wirst. Er hat jetzt beschlossen, die Bemühungen, mich in sein Bett zu kriegen, wieder aufzunehmen.«

Tyrone lehnte sich überrascht zurück und sah jetzt, wie besorgt seine Frau aussah. Er nahm sie in den Arm und versuchte, sie zu trösten. »Ich werde Männer schicken, die das Haus in meiner Abwesenheit bewachen. Aleksej ist nicht Manns genug, sich mit bewaffneten Soldaten einzulassen.«

Synnovea sah hinauf zu ihm. »Du wirst mir schrecklich fehlen!«

»Madame, mein Herz wird bei Euch bleiben«, flüsterte er. »Paß mir ja gut darauf auf!«

»Ich werde dich nie enttäuschen«, versprach sie leise und strich mit dem Finger über sein Kinn. »Ich glaube, ich liebe dich, Colonel!«

Tyrone beugte sich langsam zu ihr und murmelte: »Und ich, Madame, weiß ohne jeden Zweifel, daß ich Euch liebe.«

Und dann vereinigten sich ihre Lippen zu einem glühenden Kuß, der mehr sagte als alle Worte.

An diesem Abend verabschiedeten sie sich, kaum daß sie gegessen hatten, um in langen, wachen Stunden den körperlichen Beweis ihrer Liebe auszukosten.

25. Kapitel

Die Sonne beendete ihre langsame Reise über das Blau des Firmaments und hielt noch einmal inne wie ein Schauspieler, der mit einer dramatischen Pose seinen Abgang verkündet, bevor er sich wie jeden Abend von der Bühne verabschiedet. Scharlachrote Strahlen ließen den westlichen Himmel erglühen, durchbohrten die Wolkenfetzen, die boshaft versuchten, das Leuchten dieses edlen Antlitzes zu verschleiern. Dann verneigte sich der Stern des Tages ein letztes Mal und zog sich hinter die schweren Vorhänge der Dämmerung zurück. Nur eine rosige Aura verblieb als Zeuge ihres Auftritts, bis auch sie schließlich versank und Millionen funkelnde Lichter erblühten.

Tyrone schwang sich auf den riesigen Rappen, seine langen, schlanken Finger erfaßten die Zügel, und seine Männer folgten seinem Beispiel. Sie hatten auf die rasch einsetzende Dämmerung gewartet, die ihr Vorrücken auf den Hügel verhüllte, den Awar, Grigori und eine kleine Vorhut von zwölf Soldaten vor kurzem erklommen hatten, um die beiden Wächter, die dort lebten, zu überwältigen und das Gebiet für die größere Truppe zu sichern. Auf seinen vorhergegangenen Erkundungstouren hatte Awar die beiden Posten aus einem Unterschlupf längere Zeit beobachtet, um sich mit ihrer Routine vertraut zu machen. Jetzt kannte er die Pfiffe und Signale, mit denen sie sich mit dem eigentlichen Lager verständigten. Er hatte die etwa sechs Wächter des Lagers bereits mit einem Vogelpfiff beruhigt, nachdem er den Hügel für seinen Kommandanten gesichert hatte.

Tyrone hob den Arm und schwang ihn nach vorn, das stumme Zeichen für seine Männer, auf den Hügel vorzurücken. Die Achsen der Proviantwagen und Lafetten waren auf sein Geheiß hin kräftig geschmiert und die hölzernen Räder mit Lederstreifen umwickelt worden, um den Lärm ihres Aufstiegs zu dämpfen. Die Pferdehufe waren ebenfalls umwickelt worden, um sicherzugehen, daß sie die Stellung unbemerkt einnehmen konnten. Tyrone wollte absolut sicher sein, daß Ladislaus auch wirklich im Lager war, ehe er den Angriff befahl. Sollte es Alarm geben, bevor die Falle zuschnappte, waren die Chancen, den Dieb zu fangen, praktisch Null, und das wollte Tyrone nach der vielen Mühe auf keinen Fall riskieren.

Für Tyrone stand von Anfang an fest, daß es Hauptziel dieser Expedition war, Ladislaus zu fangen, zusammen mit den wichtigsten Mitgliedern seiner Bande. Indem er sie ihres Führers beraubte, hoffte Tyrone, die Gruppe endgültig zu zerstreuen. Sollte sein Plan erfolgreich sein, würde er die Gefangenen nach Moskau bringen, wo sie sich für ihre Verbrechen verantworten müßten. Was immer dann passierte, stand außerhalb seiner Machtbefugnisse, aber wenn man sie schuldig sprach, würden sie entweder den Rest ihres Lebens hinter dicken Mauern verbringen oder am Lobnoje Mesto öffentlich hingerichtet werden.

In Moskau ahnte niemand, wie sorgsam geplant dieser Überfall war. Durch gezielt gestreute Gerüchte hatte Tyrone den höheren Militärs glaubhaft gemacht, seine Mission wäre relativ unwichtig, eine Art Übung für den Ernstfall. Und so war keiner sonderlich erstaunt, als Tyrone und sein halbes Regiment für jeden gut sichtbar aus Moskau losritten. Seinen unmittelbaren Vorgesetzten, General Vanderhout, hatte Tyrone übergangen und sich mit Grigoris Hilfe als Dolmetscher direkt mit dem Feldmarschall in Verbindung gesetzt. Dieser war hellauf begeistert gewesen von der Vorstellung, das Land endlich von Ladislaus' Armee von Banditen befreien zu können. Der Feldmarschall hatte bereitwillig unter den anderen Offizieren verbreitet, der englische Colonel würde eine größere Truppe zu Manövern in ein Gelände führen, das in entgegengesetzter Richtung von Ladislaus' Lager lag.

General Vanderhout war empört gewesen, als er erfuhr, daß man ihn hintergangen hatte, und setzte Himmel und Hölle in

Bewegung, um das Kommando für dieses Unternehmen einem anderen Offizier zu übertragen. Doch alle seine Versuche, den geplanten Aufbruch der Truppe zu verzögern, scheiterten kläglich. Fast wären ihm einige Adern geplatzt, als er hörte, der Colonel hätte sechs kleine Kanonen mit den dazugehörigen Lafetten und Artilleristen requiriert. Leider konnte er aber nichts dagegen unternehmen, da der Feldmarschall persönlich die Zuteilung genehmigt hatte. Der gute General hatte immer noch nicht verdaut, daß dieser Mann ihm, laut Aleta, Hörner aufgesetzt hatte. In seiner Wut verbrachte der General die nächsten drei Tage damit, seine Frau zu beschimpfen, weil sie mit einem Narren ins Bett gestiegen war, der nicht einmal fähig war, einen anständigen Plan auszuarbeiten. Nach drei Tagen wußte Aleta soviel wie jeder Offizier der Garnison über das angebliche Manöver und erzählte es bereitwillig jedem, so daß in kürzester Zeit alle an den falschen Plan glaubten.

Einen Tagesritt von der Stadt entfernt hatte Tyrone Awar mit zwölf Husaren unter Grigoris Kommando losgeschickt, um die Gegend auszukundschaften und eventuelle Spione Ladislaus' abzufangen, die ihn warnen könnten. Mit ihrer Hilfe war es gelungen, die Truppe unbemerkt bis an den Fuß des Hügels zu bringen.

Jetzt führte Tyrone, mit einem wachen Auge auf die Schatten zwischen den dichten Bäumen, seine Truppe einen längeren Weg den Hügel hinauf, der für die größeren Gefährte einfacher zu bewältigen war. Der Mond lieferte genug Licht für ihren Aufstieg, konnte aber auch leicht ihre Anwesenheit verraten, wenn ein unbedachtes Geräusch die Neugier der Räuber wecken sollte. Das plötzliche Gepolter eines fallenden Kessels ließ eines der Zugpferde vor Angst wiehern, und Tyrone ritt rasch zu dem Wagen und ermahnte streng den jungen Soldaten, der ihn lenkte.

»Verdammt noch mal, Corporal! Der Krach kann ja Tote wecken!« knurrte er. »Ich habe befohlen, daß Ihr jeden Topf gut festbindet.«

»Verzeiht! Aber ich hab alles gut festgebunden, Sir!« entschuldigte sich der Soldat mit ängstlicher Miene.

»Offensichtlich nicht gut genug!«
»Ich glaube, da ist etwas gebrochen!«

Tyrone deutete mit dem Daumen über seine Schulter. »Los jetzt! Rauf auf den Hügel! Ihr könnt Euch später entschuldigen.«

Kurz darauf hatte der letzte Wagen ohne Zwischenfall den Gipfel erreicht, und Tyrone atmete erleichtert auf. Grigori und Awar halfen ihm, die Männer für das Aufschlagen des Lagers einzuteilen, das ohne jeden Lärm stattfinden mußte. Den Männern wurde noch einmal eingebleut, keinen Laut von sich zu geben, dann begann die Arbeit. Proviantwagen wurden abgeladen und zwischen die riesigen Fichten geschoben. Die Pferde wurden am Rand ihres Lagers festgebunden und die Kanonen vorsichtig zwischen den Bäumen am Rand des Hügels in Stellung gebracht, die Rohre auf das Ziel eingerichtet und die Kugeln bereitgelegt. Die mit Grassode gedeckte Hütte, in der die Wächter gelebt hatten, sollte während ihres Aufenthalts als Feldküche dienen, ansonsten durften keine Lagerfeuer entzündet werden, damit der Schein sie nicht verraten konnte.

Nachdem sich die Männer schlafen gelegt hatten, ging Tyrone mit Grigori und Awar durch das Lager, um sich mit Vor- und Nachteilen ihrer Stellung vertraut zu machen. Unter ihnen waren in der schmalen Schlucht vereinzelte Lagerfeuer zu sehen, die die schroffen Felsen, die Ladislaus' Unterschlupf einschlossen, erleuchteten. In dieser uneinnehmbaren steinernen Festung genossen der Räuberfürst und sein Gefolge anscheinend seit vielen Jahren absolute Autonomie. Die einzigen Zugänge waren schmale Pässe an beiden Enden, die gut gesichert waren und ständig von zwei bewaffneten Soldaten patrouilliert wurden. Ein dritter Mann besetzte jeweils einen Ausguck oben in den Felsen, so daß es praktisch unmöglich war, sich dem Unterschlupf unbemerkt zu nähern.

Der Gipfel, auf dem sich Tyrone mit seinen Männern verschanzt hatte, war zwar relativ leicht zu erklimmen gewesen, aber er fiel zur Schlucht hin so steil ab, daß man sich nur am Seil herablassen konnte. Awar hatte Tyrone nach seinem Kundschaftsritt davon in Kenntnis gesetzt, und die Männer hatten das Klettern und Abseilen an den Kremlmauern trainiert, ehe sie losgeritten waren, weil es der einzige Weg war, über den sie unbemerkt ins Tal eindringen konnten. Die Seile waren bereits an den größten Bäumen am Rand des Abhangs angebracht.

»Alles ist arrangiert, wie Ihr es angeordnet habt, Colonel«, sagte Grigori und deutete auf das Lager unter ihnen. »Sobald wir die Kanonen einsetzen, ist Ladislaus da unten gefangen. Man wird einige Kanonenschüsse brauchen, um die Pässe wieder zu öffnen.«

»Der Plan scheint ja absolut unfehlbar zu sein«, sagte Tyrone nachdenklich, »aber ich habe schon oft erlebt, daß einem das Schicksal trotzdem einen Streich spielen kann. Wir haben keine Garantie, daß Ladislaus da unten ist, oder daß er bald zurückkehrt, falls er nicht da ist. Wir können nur abwarten, bis er erscheint. Bete, daß es nicht erst mitten im Winter so weit sein wird.«

»Das werde ich mit aller Inbrunst, Colonel. Ich habe keine Lust, mich den eisigen Winden auf diesem Berg auszusetzen«, murmelte Grigori mit grimmiger Miene.

Der nächste Morgen graute kalt und windig mit vereinzelten Schneeschauern, die Finger und Nasen vereisten und in jede Mantel- und Zeltritze eindrangen, als wollten sie dem Hauptmann eine Kostprobe dessen geben, was er am meisten fürchtete. Das alles wäre leichter zu ertragen gewesen, wenn ihre Beute sich hätte blicken lassen. Aber keiner konnte Ladislaus' breitschultrigen, massigen Körper da unten entdecken. Nicht einmal Petrow oder der riesige Goliath wurden gesichtet, so daß die Soldaten gezwungen waren, sich weiter in Geduld zu üben.

Zwei volle Wochen verstrichen und immer noch war nichts von ihrer Beute zu sehen. Die Untätigkeit machte Tyrone zusehends rastloser. Er hatte keine Möglichkeit festzustellen, wo die Banditen waren und welches Unheil sie jetzt wieder anrichteten und schickte schließlich Grigori und Awar auf die Suche nach ihnen. Während er auf ihre Rückkehr wartete, verzehrte er sich fast vor Ungeduld und wäre am liebsten sofort losgeritten, um selbst herauszufinden, wo sie sich herumtrieben. Aber es wäre grober Leichtsinn gewesen, also war er gezwungen, weiter abzuwarten und sich nach seiner Geliebten zu sehnen.

Synnovea hatte mit ähnlichen Problemen zu kämpfen, als der Mond sich langsam seinem Zenit näherte. Der kühle, silbrige Schein konnte ihr Herz nicht erwärmen oder Trost spenden, tauchte nur ihr Schlafgemach in bläuliches, blutleeres Licht, als die Welt langsam in Schweigen versank. Eine weitere endlose Nacht lag vor ihr, kalt und allein in ihrem großen Bett, das sie so freudig mit ihrem Mann vor seiner Abreise geteilt hatte. Die Erinnerung an diese glücklichen Tage überflutete sie gelegentlich wie eine sanfte Brandung, und wenn sie dann die Augen schloß, glaubte sie oft, seine Stimme zu hören und schlug rasch die Augen auf, in der Hoffnung, er würde vor ihr stehen und alles wäre wieder, wie es sein sollte.

Sie wandte sich leise stöhnend vom Fenster ab und wanderte ziellos durch das elegante Schlafgemach. Ihr kam es vor, als wäre Tyrone schon seit einer Ewigkeit weg, obwohl kaum zwei Wochen vergangen waren. Jetzt begriff sie endlich, was es hieß, umringt von Freunden und gleichzeitig einsam zu sein. Weder Ali mit ihren irischen Witzen noch Nataschas Gesellschaft konnten sie erheitern. Die Sehnsucht nach ihm und der Haß auf alle Kriege und Konflikte, die seine Abwesenheit notwendig machten, verdrängten alle anderen Gedanken, außer der ständigen Angst um ihn. Sie wußte nur zu gut, wie gefährlich Ladislaus war und wäre am liebsten selbst losgeritten, um ihrem Mann in diesem Kampf auf Leben und Tod zur Seite zu stehen.

Gesellschaftliche Ereignisse hatten auch nicht geholfen, sie eher noch mehr beunruhigt. Sowohl Prinz Aleksej als auch Major Nekrasow hatten es gewagt, sich ihr öffentlich zu nähern. Die Anwesenheit der beiden strammen Wächter, die ihr auf Schritt und Tritt folgten, begrenzten diese Konfrontationen zwar auf wenige Augenblicke, aber beiden war es gelungen, ihr Verslein zu sagen. Nikolai hatte sich als ehrenwerter Gentleman erwiesen und sie um

Verzeihung gebeten, Aleksej dagegen hatte erneut bekräftigt, daß er sie haben wollte. Sie schien ihn sogar jetzt noch mehr zu reizen, da er ihren Mann als persönlichen Feind betrachtete, und er war sehr erbost, daß die beiden Männer, die Tyrone angeheuert hatte, ihn davon abhielten, sie zu entführen.

»Wie mir scheint, hat Euer Mann große Angst, in seiner Abwesenheit zum Hahnrei gemacht zu werden«, hatte Aleksej grinsend gesagt. »Ein Keuschheitsgürtel wäre sicher billiger gewesen als diese ungeschickten Tölpel.«

Synnovea mußte sich ein Lächeln abringen, als sie erwiderte: »Aber, aber Aleksej, seid Ihr etwa so wütend, weil er es tatsächlich gewagt hat, Eure widerwärtigen Pläne zu vereiteln, indem er Männer angeheuert hat, die ihm treu ergeben sind und sich von Euresgleichen nicht einschüchtern lassen?«

Aleksejs Blick war eine seltsame Mischung aus Wut und Begierde. »Ihr scheint ja Eurer Sache sehr sicher zu sein, Synnovea, fast wie ein Schwan, der gemächlich seine Bahnen über den See zieht, ohne zu ahnen, daß der hungrige Wolf im Schilf lauert.«

»Vorsicht, Aleksej«, sagte Synnovea in warnendem Ton, »verliert Euch nicht in den gefährlichen Sümpfen der Einbildung, jemand könnte versucht sein, Euch eine Lektion zu erteilen. Seine Majestät hat Euren armseligen Versuch, mich dem Colonel zu stehlen, noch nicht vergessen. Diesmal könnte es Euch den Kopf kosten.«

Der Prinz war nicht gerade erfreut über diese Bemerkung, und seine Augen versprachen Rache. »Ihr hättet aus unserer letzten Begegnung lernen sollen, wie todernst ich sein kann, Synnovea. Ich hasse es, wenn ich eine Lektion wiederholen muß, aber offensichtlich seid Ihr nicht bereit, mich ernst zu nehmen.«

Dann war er zu seiner bereitstehenden Kutsche stolziert, mit einem selbstzufriedenen Grinsen auf den Lippen. Das war vor knapp einer Woche gewesen, und inzwischen hatte Synnovea Grund zur Hoffnung, daß er den Plan, sie zu seinen lüsternen Zwecken zu entführen, aufgegeben hatte, da sie ihn seither nicht mehr gesehen hatte. Vielleicht hatte er auch Moskau verlassen, auf der Suche nach einer neuen Eroberung, die seine unstillbaren Gelüste befriedigen könnte.

Synnovea blies die Kerzen neben ihrem Bett aus und glitt zwischen die kühlen Laken, was erneut die Erinnerung an Tyrones warmen nackten Körper erweckte. Sie kuschelte sich fröstelnd tiefer in die Decken und drückte Tyrones Kissen fest an sich, ein trauriger Ersatz für seine starken Arme. Trotz allem umfing sie kurz darauf der Schlaf, und sie trieb dahin in die Welt der Träume.

Synnovea kam es vor, als hätte sie gerade erst die Augen zugemacht, als sie zwei Stunden später plötzlich erwachte durch eine breite Hand, die ihr den Mund zuhielt und ihren Angstschrei erstickte. Im nächsten Augenblick wurde ihr ein Knebel in den Mund gestopft und mit einem schmalen Stoffstreifen gesichert. Der Mann beugte sich dabei über sie, und ihr Herz machte vor Angst einen Satz, als sie den blonden, zerzausten Schopf erkannte.

Ladislaus!

Sie wehrte sich mit dem Mut der Verzweiflung gegen seine riesigen Hände. Er warf sie geschickt auf den Bauch, packte ihre Handgelenke, band sie ihr auf dem Rücken zusammen und wikkelte sie dann so fest in die Laken, daß sie kaum noch Luft bekam. Synnovea warf verzweifelt ihren Kopf hin und her und versuchte, eine Öffnung zu finden, durch die sie atmen konnte, bis Ladislaus schließlich ihr Dilemma bemerkte, sie auf den Rücken rollte und ihr die Decke unters Kinn zog.

»Ist das besser?« sagte er spöttisch, und seine blassen Augen funkelten vergnügt. »Ich wäre wirklich untröstlich, wenn du erstickst, bevor ich dich geliebt habe, meine Schöne.«

Tausend wüste Schimpfwörter lagen Synnovea auf der Zunge, aber leider verhinderte der Knebel diese Tirade. Sie konnte ihn nur wütend anstarren, als Ladislaus sie über die Schulter warf und losging. An der Tür zum Ankleidezimmer blieb er kurz stehen.

»Ich nehme an, du willst dich, wie alle Frauen, lieber in prächtige Gewänder hüllen, als nackt durch mein Haus zu spazieren. Ich wäre sicher hocherfreut über diesen Anblick, Aljona wohl aber nicht.«

Er trat in das Zimmer, stopfte eine Auswahl Kleider in eine große Tasche, warf einen schweren Wintermantel über seinen Arm, dann ging er vorsichtig zur Tür des Schlafgemachs und horchte. Als er sich versichert hatte, daß keiner im Haus etwas bemerkt hatte, lief er rasch den Korridor entlang und sprang die Treppe hinunter. Er verließ das Haus durch die Gartentür und rannte dann zum Tor seitlich vom Haus, wo eine Handvoll seiner Männer mit ihren Pferden wartete.

Synnovea hob den Kopf und sah sich in Panik nach ihren Wächtern um. Zu ihrem Leidwesen mußte sie feststellen, daß die beiden an einem Baum gefesselt waren. Sie wehrten sich zwar tapfer gegen ihre Bande, mußten aber hilflos und stumm durch ihre Knebel mitansehen, wie Ladislaus sie durch das reich verzierte Tor trug.

»Es wird bald hell«, bemerkte Ladislaus, als er sie in die Arme Petrows legte, der sich in den Sattel geschwungen hatte, sobald er seines Führers ansichtig geworden war. »Wir müssen vor Sonnenaufgang die Stadt verlassen haben, sonst hetzt uns Prinz Aleksej die Soldaten des Zaren auf den Hals.«

Petrow lachte. »Dem Prinzen werden nicht gefallen, wenn du Gold nimmst und das Mädchen auch noch, er dich hat sogar noch gewarnt, keine Tricks zu versuchen und sie direkt bringen zu ihm.«

Ladislaus ließ das offensichtlich kalt. Er grinste seinen Freund an. »Prinz Aleksej hat seine letzte Schuld bei uns noch nicht beglichen, es war sein Fehler, uns ein zweites Mal aufzusuchen. Er hätte wissen müssen, daß wir uns nehmen, was uns zusteht.«

»Dem englischen Colonel es wird auch nicht gefallen, wenn du Braut mitnimmst. Ich glaube, der wird jagen dich ... und dich vielleicht auch erwischen, wenn du dir Zeit nimmst, mit ihr rumzuspielen.«

»Dazu muß er uns erst finden, was, Petrow? Und ich für meinen Teil werde schnurstracks durchreiten, bis ich in der Sicherheit unseres Lagers bin.« Er packte die Mähne des schwarzen Hengstes, der einmal Tyrone gehört hatte, und schwang sich auf den

Rücken des Tieres. Er klopfte den Hals des Pferdes und grinste den Riesen an. »Du wirst sehen, Petrow, ich werde dieses Weib reiten, wie ich seinen Hengst reite. Jetzt kann er mich nicht mehr aufhalten.«

Tyrone wirbelte überrascht herum, als Grigori die Klappe aufriß und ins Zelt stürmte.

»Colonel!«

»Was ist passiert?« fragte Tyrone erschrocken, die Miene seines Adjutanten verhieß nichts Gutes.

»Ladislaus kommt!«

Fast hätte Tyrone erleichtert gelächelt, in der Annahme, der Adjutant wäre nur wegen der langen Warterei so nervös. »Endlich! Ich hatte schon fast die Hoffnung aufgegeben!«

»Colonel, das ist noch nicht alles!«

Tyrone sah ihn an, und das Blut gefror in seinen Adern. »Nicht alles? Was soll das heißen, nicht alles? Hat er eine Kosakenhorde bei sich? Was ist denn los, Grigori? Verdammt, Mann, spuck's aus!«

»Es ist Eure Frau... die Lady Synnovea...«

Mit einem Satz stand Tyrone vor ihm und packte Grigori an seinem Mantelkragen. »Was ist mit Synnovea?«

»Ladislaus hat sie entführt, Colonel. Sie ist seine Gefangene, und sie reiten gerade auf das Lager zu!«

»Bist du sicher?« Tyrone hämmerte in ohnmächtiger Wut gegen die Brust seines Freundes. »Bist du wirklich sicher?«

»Awar und ich haben sie beide gesehen, Colonel! Sie reitet hinter Petrow auf seinem Pferd, und aus der Ferne sieht es aus, als hätte man sie mit einer langen Leine an ihn gefesselt.«

»Verdammt!« Tyrone drängte sich an Grigori vorbei und stürmte aus dem Zelt, direkt zu Awar, der im kalten Wind wartete. »Bist du sicher, daß du dich nicht irrst, Awar? Du hast sie auch gesehen?«

Der Kundschafter sah ihm direkt in die Augen. »Es besteht kein Zweifel, Colonel. Es ist Eure Frau. Wir haben im Schutz der

Bäume gewartet, als Ladislaus vorbeigeritten ist, um sicher zu gehen. Wir haben ihr Gesicht gesehen. Sie war es, unverkennbar.«

»Wie konnte das geschehen?« Tyrone schlug sich mit der Hand an die Stirn, als ihm die Tragweite dieser Botschaft allmählich bewußt wurde. Er wußte, daß es keine Möglichkeit gab, sie sofort zu befreien, ohne sie ernsthaft in Gefahr zu bringen. Er drehte sich um, als Grigori aus dem Zelt kam. »Ich muß sie befreien, Grigori! Ich muß da hinuntergehen und Ladislaus direkt gegenübertreten!«

»Colonel, ich bitte Euch inständig, hier zu warten, bis sie im Lager sind«, warnte ihn Grigori, obwohl er die Verzweiflung seines Freundes nur allzugut verstehen konnte. »Ansonsten könnte es Ladislaus gelingen, mit ihr zu fliehen.«

»Aber wenn es Synnovea ist…«

»Dann müssen wir um so vorsichtiger sein. Wenn sie mit einem so kostbaren Preis in Händen fliehen können, kriegen wir sie vielleicht nie wieder zurück. Wir haben keine andere Wahl, als zu warten, bis die Falle zugeschnappt ist und ihnen keine Möglichkeit zur Flucht bleibt.«

»Ich muß da hinunter, bevor die Falle zuschnappt, und Synnovea rausholen!« schrie Tyrone. »Sonst können sie sie als Geisel gegen uns benutzen.«

»Wenn Ihr so wild entschlossen seid, da hinunterzuklettern, Colonel, dann bedenkt bitte, daß Ihr ihnen damit eine zweite Geisel liefert, eine, die sie wahrscheinlich töten werden! Ladislaus bringt es fertig und tötet Euch aus purer Bosheit!«

Tyrone raufte sich ratlos das Haar, kam aber dann doch rasch zu einem Entschluß. »Selbst Räuber sollten wissen, was eine weiße Fahne bedeutet. Ich werde hinuntergehen und mit Ladislaus reden, und ich werde ihm klarmachen, wie gefährlich seine Lage ist. Wenn er Synnovea oder mich tötet, dann wird er die Kanonen zu spüren bekommen. Ich muß ihn überzeugen, daß jede Fluchtmöglichkeit ausgeschlossen ist. Ich bin sicher, daß selbst Ladislaus einsehen muß, daß es für ihn keinen Ausweg gibt.«

Awar kroch langsam in die Bäume, die bis dicht an den

Abgrund wuchsen, stemmte sich gegen eine Fichte und lugte vorsichtig in die Schlucht hinunter. Er machte seinem Kommandanten ein Zeichen, zu ihm zu kommen. Die beiden beobachteten, wie Ladislaus seine Truppe durch den Paß ins Tal führte.

»Colonel, ich rate Euch, keine Zeit zu verlieren, bevor Ladislaus Muße hat, sich mit Eurer Frau zu beschäftigen. Meine Schwester ist irgendwo da unten. Vielleicht finde ich sie und kann sie dann mit nach Hause nehmen.«

Tyrone verabschiedete sich wortlos mit einem kurzen Schlag auf die Schulter seines Kundschafters. Er ließ sein Pferd satteln und ein weißes Tuch an eine Standarte binden, dann legte er ein schweres Lederwams an, zum Schutz gegen ihre Waffen und vielleicht auch gegen die Kälte, die der eisige Morgenwind gebracht hatte. Sein Adjutant beobachtete das alles mit besorgter Miene, und Tyrone versuchte, ihn zu beschwichtigen: »Mit Gottes Gnade, Grigori, werde ich das überleben und mit meiner Frau an meiner Seite zurückkehren. Jetzt hat mein Leben noch einen Sinn, aber sie ist da unten in Feindeshand. Ohne sie möchte ich, glaube ich, nicht mehr leben.«

Grigori seufzte und begegnete dem prüfenden Blick seines Kommandanten mit einem reuevollen Lächeln. »Meine Mutter hat immer gesagt, ich mache mir zu viele Sorgen, Colonel. Vielleicht hatte sie recht.«

Tyrone rang sich ein schiefes Grinsen ab. »Jeder von uns neigt gelegentlich dazu, Grigori. Ich bin auch nicht gerade gefaßt bei dem Gedanken, daß Synnovea da unten ist. Wir müssen diesen Angeber in jedem Fall davon überzeugen, daß wir es todernst meinen. Wenn ich das Signal zum Feuer der Kanone gebe, schließt sofort ihre Hintertür. Du weißt, wie unser Plan aussieht, also überlaß ich dir den Rest. Du wirst nach deinem Gutdünken handeln, je nachdem, was passiert.«

»Keine Sorge, Colonel.« Grigori zwang sich nochmal ein wenig überzeugendes Lächeln ab. »Ich werde Ladislaus zwingen, von uns Notiz zu nehmen.«

»Gut! Sollte ich keine andere Möglichkeit haben, werde ich mit

Synnovea auf dem Rücken ein Seil hochklettern müssen. Halte die Augen offen und laß eins runter, wenn du mich heranrennen siehst.«

»Glaubt mir, Colonel, wir werden Euch keine Sekunde aus den Augen lassen«, beschwichtigte ihn Grigori.

Tyrone schwang sich auf sein Pferd, nahm die Zügel in die eine und die Standarte in die andere Hand. Dann nickte er Grigori kurz zu und trieb den Hengst in Richtung des Pfades, der den schnellsten Abstieg versprach.

Unten im Tal zügelte Ladislaus seinen Hengst vor dem größten Haus im Lager und stieg ab. Seine Männer verteilten sich in dem kleinen Dorf. Synnovea war so erschöpft, daß sie sich dankbar von Ladislaus von Petrows Pferd heben ließ. Ihre Knie waren so wacklig, daß sie sich am Pferd anlehnen mußte, als der Anführer sein Messer zog und die Lederleine durchschnitt, die sie während der Reise an den muskulösen Riesen gefesselt hatte.

Ladislaus grinste Petrow vergnügt an. »Siehst du, wie zahm das Weib jetzt ist?«

Petrow war immer noch skeptisch. »Warte, bis sie kriegt wieder Luft, dann du wirst schon sehen. Vielleicht sie wird sogar wieder probieren, dich zu töten.«

»Ach was, Petrow! Du verstehst nicht, wie ich mit Frauen umgehe. Die hier werde ich zuerst baden und dann schlafen lassen. Sie wird eine ganz andere Frau sein, wenn sie erst einmal ausgeruht ist. Ich sag's dir, Petrow, wenn sie aufwacht, wird sie mich lieben!«

»Pah!«

Ladislaus drehte sich in die Richtung, aus der das verächtliche Geräusch gekommen war. Das Mädchen musterte ihn mit zusammengekniffenen Augen. Es war schwer zu glauben, daß unter dieser verrutschten Kapuze dieselbe Frau steckte, die er so hochmütig aus der Kutsche hatte steigen sehen. Sie sah aus wie ein kleiner, schmuddeliger Waldgeist, der seine Freude daran hatte, jedem einzelnen von ihnen das Leben schwerzumachen. Jeder seiner Mannen hatte während der Reise ihre spitze Zunge oder ihren Stiefel zu spüren bekommen, wenn er sich zu nahe an sie herangewagt hatte. Nur Petrow hatte sie verschont, vielleicht weil der Riese eine Art Beschützer für sie geworden war. Er hatte sie immer wieder vor den Folgen ihrer Rachegelüste bewahrt und sich zwischen sie und die Männer gestellt, die sie beleidigt hatte.

Sie machte keinerlei Anstalten, sich die zerzausten Strähnen aus dem Gesicht zu kämmen, sondern warf ihm nur einen verächtlichen Blick durch den Schleier ihrer Haare zu. Ihr zartes Kinn hatte einen schwarzen Streifen, und ihr ganzes Gesicht war von dem wilden Ritt über ein braches Feld staubverkrustet. Sie war offensichtlich zu erschöpft, um sich ohne fremde Hilfe von der Stütze des Pferdes wegzubewegen.

»Siehst du!« sagte Petrow und zeigte auf sie. »Sie schlitzen dir schnell die Kehle auf, wenn du vertraust ihr! Genau wie neulich nachts, als sie versucht zu fliehen und gestohlen hat mein Messer.«

Ladislaus rieb sich die langsam verheilende Wunde in seiner Handfläche und erinnerte sich daran, wie töricht er gewesen war. Er hatte versucht, den Fluchtversuch des Mädchens auszunutzen, sich schlafend gestellt und beobachtet, wie sich das Mädchen behutsam über den laut schnarchenden Petrow gebeugt hatte, um ihm klammheimlich das Messer aus dem Gürtel zu ziehen und damit das Band zu durchschneiden, das sie an ihn fesselte. Ladislaus hatte geglaubt, er könnte sie einfangen und sich dann mit ihr vergnügen, während die anderen Männer schliefen, war aber nicht auf ihren bösartigen Angriff gefaßt gewesen, als er ihr in die Schatten nachgekrochen war. Um Haaresbreite entging er durch einen Satz nach hinten dem Messer, mit dem sie sich auf ihn gestürzt hatte. Er hatte versucht, sie zu greifen, und sie hatte ihm das Messer in die Handfläche gerammt. Wenn nicht einer seiner Männer von seinem lauten Fluch wach geworden wäre, hätte es das kleine Luder wahrscheinlich geschafft zu fliehen. So hatte man sie aber schreiend und um sich schlagend unter wüsten Beschimpfungen ins Lager zurückgezerrt.

»Aljona!« brüllte Ladislaus und baute sich vor dem Haus auf.

Die Eingangstür wurde aufgerissen und knallte gegen die Mauer. Eine junge, schwarzhaarige Frau, unübersehbar hochschwanger, trat aus dem Haus, stellte sich mit verschränkten Armen an den Rand der Veranda und starrte grimmig auf Ladislaus hinunter. Ein kurzer Seitenblick auf Synnovea, dann wandte sie sich wieder dem Mann zu, voller Verachtung.

»So! Du hast also endlich eine Frau mitgebracht, die dein Bett mit dir teilt, nachdem ich so viele Monate lang deine Gelüste nicht befriedigen konnte. Was hast du vor? Willst du mich loswerden, jetzt, wo ich einen dicken Bauch von deinem Bastard habe?«

Ladislaus lachte und winkte lässig ab. »Aljona, du weißt genau, daß ich dir nie versprochen habe, du wärst die einzige. Ein Mann wie ich braucht ab und zu ein bißchen Abwechslung!«

»Ein Mann wie du, ha!« Aljona warf angewidert den Kopf zurück. »Im Bett singst du mir die Ohren voll, wie sehr du mich liebst, wenn du mich haben willst, und jetzt, da ich so dick bin von dem Kind, daß ich mich kaum bewegen kann, bringst du diese – diese...«

»Lady Synnovea Rycroft«, sagte Synnovea mit einem freundlichen Lächeln. Sie witterte auf einmal eine Chance, Ladislaus' Plänen zu entfliehen. Diese kleine, zähe Frau würde ihr sicher helfen, da sie offensichtlich nicht gewillt war, ihn mit einer anderen Frau zu teilen. »Gemahlin des Engländers Colonel Tyrone Rycroft, Kommandant der Kaiserlichen Husaren Seiner Majestät«, verkündete Synnovea, dann wandte sie sich wütend ihrem Entführer zu. »Der diesen armen Tölpel mit Sicherheit umbringen wird, sollte er es wagen, mir auch nur ein Haar zu krümmen!«

Aljona spürte sofort, daß sie sich mit dieser Frau verstehen würde, und winkte sie lächelnd ins Haus. Zumindest hatte Ladislaus noch nicht mit ihr geschlafen. Vielleicht würde es ihr gelingen, ihn davon abzuhalten, seine törichten Gelüste zu befriedigen und sie dabei zu verletzen. »Kommt herein, Mylady. Ihr seid sicher sehr müde von den Strapazen der Reise und sehnt Euch nach einem Bad.«

Ladislaus grinste. In seiner Einfalt glaubte er, er könnte mit beiden Frauen fertigwerden, nachdem sie sich jetzt kannten und offenbar bereit waren, freundlich zueinander zu sein. Also schickte er sich an, Synnovea ins Haus zu folgen, aber eine kleine Hand bremste ihn energisch.

»Njet! Njet! Du gehst zum Waschen in den Stall! Das Haus bleibt uns vorbehalten!«

»Ach, komm jetzt, Aljona«, sagte Ladislaus mit schmeichelnder Stimme, lief aber puterrot vor Wut an, als er Petrow hinter sich kichern hörte. »Das kannst du mir nicht antun! Nicht einmal meine Männer würden so etwas wagen!«

»Du kommst hier nicht rein!« keifte Aljona und stampfte wütend mit einem zarten Fuß auf. »Ich verbiete dir, das Haus zu betreten!«

Ladislaus ging trotzdem die Treppe hoch, mit ausgebreiteten Armen, in der Hoffnung, sie durch eine Umarmung beschwichtigen zu können, aber Aljona riß sich wütend von ihm los.

»Du verläßt sofort dieses Haus, Ladislaus, oder ich gehe! Ich werde keine Sekunde mehr in diesem Lager bleiben und dein Kind zur Welt bringen, wenn du mit der Frau des Colonels noch eins machst. Hast du gehört?«

»Verdammt nochmal, Weib! Ich kann nicht dulden, daß du mich herumkommandierst wie einen grünen Jungen! Was werden meine Männer denken?«

Aljona stellte sich auf die Zehenspitzen und zischte ihm ins Gesicht: »Und was wirst *du* denken, Ladislaus, wenn ich dich jetzt verlasse? Möchtest du, daß ich gehe? Bist du so wild darauf, die Frau des Colonels zu besteigen, daß es dir gleichgültig ist, ob ich bleibe oder gehe?«

»Aljona, du weißt, daß ich dich mag…«

Die zierliche Frau stemmte die Fäuste in die Hüften. Trotz der Ängste, die sie ursprünglich ausgestanden hatte, als er sie vor etwa einem Jahr aus dem Haus ihrer Eltern entführt hatte, liebte sie ihn inzwischen von ganzem Herzen. Sie wollte aber mehr von ihm als nur eine flüchtige Affäre. Sein Kind würde bald zur Welt kommen und sie wollte von ihm geliebt und versorgt werden wie eine Ehefrau. »Ladislaus, du wirst dich jetzt entscheiden! Die Frau des Colonels oder ich!«

Der Räuberfürst hob stumm flehend die Hände. Sosehr er auch die Gräfin begehrte, tief in seinem Innersten wußte er, daß er es nicht ertragen könnte, Aljona gehen zu lassen. Sie war ihm in den Monaten, seit sie zusammen waren, sehr ans Herz gewachsen. Sie war wie eine frische Brise in sein stagnierendes Leben gefegt. Anfangs hatte sie die beleidigte Jungfrau gespielt und ihn hartnäckig abgewiesen, aber allmählich war es ihr gelungen, mit ihrer stillen und umgänglichen Art das Eis in seinem Herzen zum Schmelzen zu bringen. Zu seinem Erstaunen ertappte er sich dabei, wie er ihr verliebt den Hof machte, ihr Wiesenblumen brachte. Mit ihr spazierenging und ihr sogar Sonette aus einem Buch vorlas, das er in einer gestohlenen Truhe gefunden hatte. Er hatte ihr sogar das Lesen beigebracht, und sie hatte ihm das gedankt, indem sie mit wohlklingender Stimme die Verse rezitierte. Wie könnte er sie gehen lassen, wenn sie sein Herz mit sich nahm?

Ein Pistolenschuß riß Ladislaus abrupt aus seinen Träumen. Er ließ die beiden Frauen stehen und rannte zu Petrow, der sein Pferd herumriß, in Richtung des verbarrikadierten Eingangs, wo ein Soldat schrie und mit den Armen wedelte, um auf sich aufmerksam zu machen. Der Riese horchte kurz, dann sagte er zu Ladislaus: »Ein Mann reiten mit weißer Flagge auf das Lager zu. Der Wächter wollen wissen, ob er ihn reinlassen soll.«

Ladislaus sprang von der Veranda, stemmte die Fäuste in die Seiten und musterte für einen langen Augenblick den Paß, dann sagte er zu Petrow: »Können sie erkennen, wer es ist?«

Petrow lehnte den Kopf zurück und schrie: »Wer kommt? Wißt Ihr das?«

Wieder legte Petrow eine breite Hand ans Ohr, um besser hören zu können, dann sah er seinen Gefährten erstaunt an: »Sie sagen, englischer Colonel kommen! Er reitet Euer Pferd!«

»Was?« Synnovea klammerte sich zitternd an das Verandageländer und versuchte, etwas zu erkennen.

Ladislaus grölte vor Vergnügen bei dem Gedanken, daß sein Gegner die Höhle des Löwen betreten wollte. »Laßt ihn ruhig rein, wenn der Kerl allein ist!«

Gelähmt vor Entsetzen wartete Synnovea, bis der einsame Reiter endlich aus dem schmalen Paß auftauchte. Ein Wächter zeigte auf das Haus, vor dem sie stand, ihr Mann hob den Kopf und spornte dann den Hengst zu einem verhaltenen Galopp an. Selbst aus der Ferne erkannte Synnovea ihren Geliebten, denn kein anderer ritt mit solcher Nonchalance. Sie ließ ihn nicht aus den Augen, bis er vor dem Räuberfürsten sein Pferd zügelte.

Synnovea wollte die Treppe hinunterstürzen und zu ihm rennen, aber Ladislaus befahl ihr barsch stehenzubleiben. Sie gehorchte widerwillig, rang sich aber ein beschwichtigendes Lächeln für ihren Mann ab.

»Ihr reitet wie ein kopfloser Narr in mein Lager, Colonel, nur mit Eurem Hochmut zum Schutz«, sagte Ladislaus und musterte seinen Rivalen eindringlich von Kopf bis Fuß. Er trug tatsächlich weder Säbel noch Pistole, nur eine leere Messerscheide war zu sehen. »Ihr kommt mit einer weißen Flagge und ohne jede Waffe, was? Fürchtet ihr nicht, daß Euch meine Männer vom Pferd zerren und Euch das Fell über die Ohren ziehen, genau wie das letzte Mal, als wir uns begegneten? Ihr habt sicher ein paar Narben vorzuweisen, die Euch daran erinnern.«

»Ich bin gekommen, um meine Frau zu holen«, sagte Tyrone gelassen. »Ohne sie werde ich nicht gehen.«

Ladislaus lachte schallend und tat sehr erstaunt. »Aber Ihr habt doch gesagt, ich könnte sie haben, mein Freund, erinnert Ihr Euch nicht mehr? Habt Ihr etwa Eure Meinung geändert, Colonel?«

»Wenn Ihr einen Kampf wollt, Ladislaus, steh ich Euch zur Verfügung«, sagte Tyrone grimmig.

»Was, ich soll meine Kameraden um das Vergnügen bringen, Euch zwischen zwei Pferde zu binden und darauf zu wetten, welches Roß den größeren Anteil abkriegt? Aber, aber, Colonel, so selbstsüchtig bin ich wirklich nicht.«

Tyrone hob den Arm und winkte Synnovea zu sich. Ladislaus

knurrte vor Wut und wollte sich auf sie stürzen, doch Tyrone drängte sein Roß zwischen die beiden. Zähneknirschend versuchte Ladislaus seinen Gegner aus dem Sattel zu zerren, aber Tyrone wendete so geschickt, daß Ladislaus gegen den Kopf des Tieres prallte und mit einem Schmerzensschrei zurücksprang, eine Hand vorm Gesicht. Er wischte sich benommen die Nase und stellte fest, daß er aus dem linken Nasenloch heftig blutete.

Petrow hüstelte, um nicht erneut laut loszuprusten, dann half er aber rasch mit mitleidiger Miene dem schwer angeschlagenen Ladislaus zur Verandatreppe, damit er sich wieder fangen konnte. Aljona rannte ins Haus und kam kurz darauf mit einem nassen Tuch zurück, mit dem sie behutsam Ladislaus' Nase abtupfte.

Während alle somit anderweitig beschäftigt waren, bückte sich Tyrone rasch, packte Synnoveas Arm und schwang sie hinter sich, gerade als Petrow seine bedrohliche Steinschloßpistole zog. Der riesige Lauf richtete sich auf die Mitte des Lederwamses, und der Gigant rief mit dröhnender Stimme: »Keine Bewegung, Colonel, oder Ihr beißt jetzt ins Gras!«

Synnovea drückte sich ängstlich an den Rücken ihres Gatten, aber er erwiderte unbeirrt: »Wenn du mich jetzt tötest, Petrow, werden diese Berge über deiner glänzenden Glatze zusammenbrechen, das schwör' ich dir!«

Petrow grölte spöttisch und sagte dann: »Seid ihr etwa Gott, daß Ihr könnt die Berge bewegen?«

»Hör gut zu, Petrow«, sagte Tyrone ruhig. »Wenn du einen Beweis meiner Macht brauchst, geb ich dir eine kleine Kostprobe. Aber zuerst möchte ich dich gütigst ersuchen, einen Augenblick woanders hinzuzielen, es könnte sein, daß deine Waffe versehentlich losgeht.«

Petrows Blick flatterte kurz zu den baumbestandenen Gipfeln über ihnen, und er fragte sich, wie ernst Tyrones Drohung wohl zu nehmen sei. Dann senkte er langsam die Pistole, jederzeit bereit sie wieder hochzureißen, und der Colonel hob die weiße Fahne und schlug sie dann rasch nach unten. Eine ohrenbetäubende Explosion erschütterte die Stille, gefolgt von mehreren weiteren

Detonationen. Petrow schwang entsetzt sein Pferd herum und sah gerade noch, mit offenem Mund, wie die Kanonenkugeln den zweiten Zugang systematisch zerschmetterten und riesige Felsblöcke herunterstürzten, die alles blockierten. Die Wächter, die dort stationiert gewesen waren, rannten um ihr Leben, verfolgt von Geröll und herabstürzenden Felssplittern.

Tyrone wendete rasch das Pferd und galoppierte zum hinteren Ende der Schlucht. Ladislaus war durch den Schock schlagartig aus seiner Benommenheit gerissen worden und zeigte hektisch auf die beiden Fliehenden.

»Erschießt das Pferd! Erschießt das Pferd!« brüllte Ladislaus. Petrow hob seine Pistole und zielte sehr genau, bevor er abdrückte. Im Bruchteil einer Sekunde überschlug sich das Pferd und warf beide Reiter in hohem Bogen ab.

Tyrone fiel fluchend zu Boden und blieb in einer Schneewehe liegen, raffte sich aber schnell wieder auf und rannte zurück zu der Stelle, wo seine Frau reglos auf dem Boden lag. Sie starrte benommen in den Himmel, aber er hatte keine Zeit, sie aus ihrer Trance wachzurütteln. Er raffte ihre schlaffe Gestalt in seine Arme und rannte verzweifelt in Richtung Hügel, von dessen Gipfel ihn seine Männer anfeuerten und ihm Seile zuwarfen. Doch dann holten ihn donnernde Hufe ein, und die Räuber zügelten ihre Pferde direkt vor ihnen. Tyrone wich zurück und suchte fieberhaft nach einer Lücke, durch die er entkommen könnte. Die Männer folgten ihm grinsend mit ihren Pferden. Tyrone biß die Zähne zusammen und drehte sich nach allen Richtungen, mußte aber schließlich einsehen, daß er umzingelt war und es keinen Ausweg gab. Er ließ sich erschöpft auf die Knie fallen und rang keuchend nach Luft. Dann beugte er sich über seine Frau und wollte ihr einen letzten Abschiedskuß auf ihren geöffneten Mund drücken, als er entdeckte, daß ihre Augen geschlossen waren und sie völlig reglos dalag. Sein Herz blieb vor Angst stehen, und er atmete so heftig, daß er nicht den leisesten Atemzug bei seiner Frau erkennen konnte. Er warf in ohnmächtigem Schmerz den Kopf zurück und brüllte, so laut er konnte, zum Gipfel hoch: »*Grigori! Räche uns!*«

26. Kapitel

Der Hügel über Tyrone schien zu explodieren, als die Kanonen eine weitere Salve feuerten, diesmal in die andere Richtung. Die Männer, die ihn umzingelten, stoben wie aufgescheuchte Hühner auseinander. Nur einer von ihnen behielt einen klaren Kopf und gebot ihnen mit gezücktem Säbel Einhalt.

»Ladislaus will die beiden hier zurückhaben!« schrie der Kerl, als die Kanonen das Feuer einstellten. »Jetzt aber runter mit Euch, ihr feigen Klapperschlangen. Bindet sie an Eure Pferde, sonst schlitz ich Euch die Bäuche auf!«

Selbst diese Drohung konnte die Männer nicht lange halten, denn einen Augenblick später wimmelte der Gipfel des Hügels von Soldaten, die sich an Seilen in Windeseile in die Schlucht hinunterließen. Die Diebe gaben ihren Tieren die Sporen und rasten in halsbrecherischem Tempo auf den Eingang zur Schlucht zu, wo noch eine passierbare Lücke klaffte. Doch kurz vor dem Eingang zügelten sie die Tiere, wendeten und galoppierten in die entgegengesetzte Richtung, gerade als Grigori, gefolgt von einer ganzen Kompanie berittener Husaren mit gezogenen Säbeln in die Schlucht stürmte.

Tyrone raffte die leblose Gestalt seiner Frau an sich und drückte sie an sein Herz. Dann begrub er stöhnend sein Gesicht in ihrem Hals und begann zu weinen. Mit einem Mal spürte er so etwas wie das zarte Zucken eines Schmetterlingsflügels... das unverkennbare Hämmern eines Pulses. Er riß den Kopf hoch, und sein Herz schwoll vor Freude, als er sah, wie die langen, dunklen Wimpern zu flattern begannen. Synnovea tastete sich mit einem leisen Stöhnen zurück ins Bewußtsein, schlug die Augen auf und sah ihn etwas benommen an. Tyrone strahlte übers ganze Gesicht.

»Synnovea, mein Schatz! Ich dachte, du wärst tot!«

»War ich das nicht?« Sie schnitt eine Grimasse und versuchte ihren schmerzenden Körper zu bewegen, dann sagte sie: »Wenn das deine Vorstellung von einem Ausritt mit einer Lady ist, muß ich, glaube ich, das nächste Mal verzichten.«

»Ist alles in Ordnung?« fragte er besorgt.

»Neiiin!« stöhnte sie. »Ich fühle mich grauenhaft. Mir tut alles so weh, daß ich versucht bin zu glauben, ich bin tatsächlich gestorben und in der Hölle gelandet. Das Paradies kann jedenfalls nicht so grausam sein! Wirklich, Sire! So übel hat mir noch keiner mitgespielt. Ich habe das Gefühl, daß jeder Knochen in meinem Körper gebrochen ist!«

»Das ist kein höllischer Streich!« beschwichtigte Tyrone sie grinsend. »Du bist am Leben!«

»Können wir jetzt nach Hause gehen?« fragte Synnovea hoffnungsvoll. »Ich würde zu gerne in unser Bett kriechen und mich ein bis zwei Wochen ausruhen.«

»Ich bringe dich dorthin, mein Herz, sobald meine Männer die Diebe alle zusammengetrieben haben.« Tyrone sah sich um und stellte fest, daß das Blatt sich zu ihren Gunsten gewendet hatte. Viele der Diebe waren unbewaffnet überrascht worden, und andere hatten sich angesichts der Übermacht kampflos ergeben. Innerhalb von Minuten war alles vorbei.

Tyrone richtete sich langsam auf, umarmte seine Frau, und vor lauter Freude liefen ihm Tränen übers Gesicht, als er sie anblickte: »Meine allerliebste Synnovea, du bist die größte Freude meines Lebens«, sagte er leise. »Und ich liebe dich mehr, als ich mit schlichten Worten ausdrücken kann.«

»Oh, Tyrone, ich liebe dich auch!« erwiderte Synnovea mit erstickter Stimme. Sie umarmte ihn, drückte ihre Stirn an seine Wange und murmelte: »Ich glaube, Colonel Rycroft, ich liebte dich schon, seit ich dich das erste Mal gesehen habe, als du durch die Diebe auf mich zugestürmt kamst, um mich zu retten. Für mich, Lord Gemahl, habt Ihr ausgesehen wie ein Ritter in strahlender Rüstung.«

Synnovea kuschelte zufrieden ihren Kopf an seine Schulter und ließ sich von ihm zu Ladislaus' Haus tragen, wo seine Männer die Missetäter zusammengetrieben hatten. Der Räuberfürst und Petrow saßen auf den Stufen, unter dem wachsamen Auge eines Lieutenants, der seine Gefangenen mit einer schwere Kette an einen Pfosten gefesselt hatte. Aljona kniete neben Ladislaus und tupfte Blut von seiner Oberlippe. Er hatte nur Augen für sie, als ahnte er, daß ihnen beiden nicht mehr viel Zeit blieb.

Mit einem Mal richtete sich Aljona auf und starrte auf den schmalen Paß am Ende der Schlucht. Ein einsamer Reiter dirigierte vorsichtig sein Pferd über das Geröll und die Felsen, die unter dem Beschuß herabgestürzt waren. Einen Augenblick später stieg Awar vor dem Haus vom Pferd, und Aljona sprang die Treppe hinunter und warf sich mit einem Freudenschrei in die Arme ihres Bruders.

»Awar! Awar! Es kommt mir vor wie eine Ewigkeit, seit ich dich zuletzt gesehen habe!«

Der Kundschafter schob sie sanft von sich weg, um sie besser sehen zu können, legte behutsam eine Hand auf ihren dicken Bauch und sagte leise: »Möchtest du, daß ich dich räche, Aljona?«

»*Njet! Njet!*« Sie schüttelte heftig den Kopf. »Awar, wenn ich könnte, würde ich Ladislaus zum Mann nehmen, aber sie sagen, er wird jetzt nach Moskau gebracht, wo er vielleicht gehängt wird.«

»Nach allem, was ich gehört habe, hat er es nicht anders verdient, Aljona. Du kannst nichts dagegen machen.«

»Vielleicht gibt es für ihn keine Hilfe mehr, Awar, aber ich sehne mich trotzdem danach, ihn zum Mann zu haben und dem Kind seinen Namen zu geben.«

Awar bückte sich und drückte ihr einen zärtlichen Kuß auf die Stirn. »Es tut mir leid, Aljona.«

Die junge Frau nickte kaum merklich, stieg die Treppe hoch und verschwand im Haus. In der nachfolgenden Stille war ihr Weinen deutlich zu hören.

Awar ging zu seinem Kommandanten, der gerade seiner Frau eine kalte Kompresse auf die Stirn drückte. »Colonel, ich habe eben etwas Seltsames gesehen, und ich möchte mit zwei Männern losreiten und nachsehen, was da los ist.«

Tyrone warf ihm einen zweifelnden Blick zu und wandte sich dann wieder seiner Frau zu. »Was glaubst du, könnte es sein?«

Awar sah sich um und zählte unauffällig die Soldaten in der Schlucht, dann strich er sich nachdenklich übers Kinn. »Ich glaube, Colonel, daß da ein volles Regiment Soldaten oder mehr, als einfache Leute verkleidet, ganz in der Nähe vorbeizieht. Sie reiten in Reih und Glied, ganz militärisch, sind aber wie Bauern gekleidet. Nur der Anführer trägt einen Umhang, der mir bekannt vorkommt, und dann ist da noch ein anderer, der wie ein Bojar gekleidet ist. Deshalb würde ich vermuten, daß es polnische Soldaten sind.«

»So weit von der Küste weg?« sagte Tyrone mit einem erstaunten Blick auf den Kundschafter. »Wohin sind sie deiner Meinung nach unterwegs?«

»Sie sind sehr schnell geritten, nachdem sie die Kanonen gehört haben, Colonel. Nach Moskau vielleicht – oder in etwa diese Richtung.«

»Wir müssen sie aufhalten!«

»Das sollten wir, Colonel, aber wie? Sie sind zwei zu eins in der Überzahl, vielleicht sogar drei zu eins. Außerdem haben sie zwei Batterien Kanonen dabei.«

Tyrone winkte einen jungen Corporal zu sich und zeigte auf das Pferd, mit dem Ladislaus gekommen war, sein Pferd, das er ihm gestohlen hatte. »Sattelt den Hengst ab und legt ihm meinen Sattel auf. Und beeilt Euch! Ich muß mit Awar auf Kundschaft reiten.«

Tyrone ging zu Synnovea zurück, hob sie auf und brachte sie ins Haus, wo Aljona schluchzend in der Ecke eines Bettes saß. Die Frau sprang auf und bedeutete ihm verschämt, Synnovea doch auf das Lager zu legen.

»Ich werde mich um Eure Frau kümmern, Colonel. Ihr braucht Euch nicht zu sorgen.«

Tyrone nahm ihre Aufforderung an und legte Synnovea in die weichen Wolfsfelle, die sich armhoch auf dem Bett stapelten. »Ich muß kurz mit Awar ausreiten«, murmelte er seiner Frau zu und wischte ihr eine zerzauste Strähne von der Stirn. »Ruh dich aus, solange ich weg bin, wenn du kannst. Ich werde so schnell wie möglich zurück sein.«

Synnovea und Aljona beobachteten schweigend, wie er zur Tür ging. Dort sah er sich noch einmal nach seiner Frau um und schloß dann rasch die Tür hinter sich. Kurz darauf war das Getrappel sich entfernender Hufe zu hören.

»Ich bin viel zu schmutzig, um mich ausruhen zu können«, beklagte sich Synnovea und zuckte vor Schmerz, als sie versuchte, sich auf einen Ellbogen zu stützen. »Ich würde mich gerne waschen, wenn ich darf.«

Aljona deutete auf einen großen Kessel, der an einem Haken über dem Herd hing. Er war fast randvoll mit siedendem Wasser, und das Feuer darunter war gerade frisch aufgeschürt worden und knisterte unter dem riesigen Eisengefäß. »Ich wollte heute waschen, aber wenn Ihr wollt, werde ich die Wanne mit Badewasser füllen. Und dann weicht Ihr Euch schön in warmem Wasser ein, dann fühlt Ihr Euch sicher gleich besser.«

»Ich glaube, das ist der verlockendste Vorschlag, den ich in meinem Leben gehört habe.« Synnovea stützte sich auf die Bettkante und richtete sich langsam, ächzend auf. Sie konnte sich nur noch an den Sturz erinnern und an den Schmerz, als ob alle ihre Glieder gnadenlos durchgeschüttelt worden wären und sie keine Luft mehr bekommen würde. Irgendwann hatte sie Tyrone dann hochgehoben, und sie hatte das Bewußtsein verloren, bis sie dann von seinem Schluchzen erwacht war.

Schließlich gelang es Synnovea, sich ganz aufzurichten, was sie als ungeheure Leistung empfand. Aljona eilte zur Tür und verriegelte sie in Vorbereitung des Bades, dann legte sie ein grobes Stück Seife und ein Handtuch bereit. Die beiden schöpften Wasser in die Wanne, und kurz darauf lag Synnovea glücklich bis zum Hals im warmen Wasser. Nachdem sich ihre verkrampften Muskeln einigermaßen gelockert hatten, wusch sie sich das Haar und wickelte sich ein Handtuch über den Kopf. Nachdem sie sich ganz abgetrocknet hatte, glaubte sie allmächlich wieder daran, daß sie zumindest überleben würde. Sie suchte sich etwas Frisches zum Anziehen aus der Tasche, die Ladislaus so hastig in ihrem Ankleidezimmer gepackt hatte, zog sich an und wollte gerade Aljona helfen, das schmutzige Wasser hinauszutragen, als die Frau plötzlich stehenblieb, und leise stöhnend ihren Bauch hielt.

»Es ist soweit«, sagte Aljona mit gepreßter Stimme, als der Schmerz allmählich wieder nachließ. »Das Baby kommt bald.« Sie sah Synnovea an. »Wißt Ihr, was zu tun ist?«

Synnovea war in Panik. »Ich habe keine Ahnung!«

»Es gibt da eine alte Frau, die unten am Bach lebt. Ihr müßt sie holen.«

Ungefähr eine Stunde später kehrte Tyrone zusammen mit Awar zurück und sah, daß Ladislaus wie ein Tiger an seiner kurzen Kette hin und her lief. Tyrone war so besorgt über das, was er gerade gesehen hatte, daß ihn das Los des Mannes nicht sonderlich interessierte. Der wachhabende Lieutenant informierte ihn aber über die neuesten Ereignisse im Lager, als er auf die Tür zuschritt.

»Tut mir leid, Colonel. Ladislaus' Frau bekommt da drinnen gerade ihr Kind. Eure Gattin hat uns alle nach draußen verwiesen. Ich nehme an, Sir, Ihr Befehl schließt auch Euch ein.«

Jetzt begriff Tyrone, was Ladislaus so beunruhigte. Es schien etwas seltsam, daß der Schurke so besorgt um das Mädchen war, aber vielleicht war der Mann doch kein so schlechter Kerl, wie anfangs vermutet und genauso verletzlich wie normale Menschen.

Grigori kam über den Hof geschritten, stemmte einen Fuß gegen die untere Treppe und wartete, bis sein Kommandant sich zu ihm wandte, ehe er fragte: »Was habt Ihr da draußen gesehen?«

»Mindestens ein volles Regiment Spione oder in Polen ausgebildete Söldner«, erwiderte Tyrone unumwunden.

Grigori überlegte kurz, dann sagte er: »Was sollen wir tun, Colonel, wir haben doch höchstens halb so viele Männer.«

»Uns bleibt zu wenig Zeit, den Rest des Regiments aus Moskau zu holen und noch rechtzeitig zurückzukehren, um sie auf offenem Gelände anzugreifen. Bei unserem Aufbruch hat General Vanderhout verlangt, daß der Rest des Regiments während meiner Abwesenheit seinem Befehl unterstellt wird. Der Mann hat ja immer recht eigenwillige Ideen, also nehme ich an, er hat die Männer wohl auf irgendeine dringende Mission geschickt. Ich bereue wirklich, daß ich nicht so vorausschauend war, gleich das ganze Regiment mitzubringen.«

»Colonel, es war von entscheidender Wichtigkeit, daß wir nicht entdeckt werden, bevor wir die Stellung auf dem Hügel eingenommen hatten. Ihr habt Euer Ziel erreicht und Ladislaus gefangengenommen«, versuchte Grigori seinen Kommandanten zu trösten. »Keiner von uns hat mit einer Invasion fremder Truppen gerechnet. Aber ich kann mir immer noch nicht vorstellen, daß diese Söldner tatsächlich Moskau angreifen wollen, mit nur einem Regiment.«

»Du bist doch sicher mit den beiden letzten Versuchen der Polen vertraut, einen ihrer eigenen Männer auf den Thron zu bringen. Sie denken wahrscheinlich, sie könnten Moskau erneut überrumpeln, was ihnen auch gelingen könnte, falls General Vanderhout so töricht war, die Verteidigungstruppen zu dezimieren.«

Ladislaus hatte seine rastlose Wanderung unterbrochen, um den beiden Offizieren zuzuhören. Er ging am Rand der obersten Stufe in die Hocke und sah die beiden so eindringlich an, daß sie sich schließlich dazu herabließen, ihm ihre Aufmerksamkeit zu schenken. Er grinste frech. »Ihr braucht mehr Leute, was, Engländer?«

Tyrone warf ihm einen gelangweilten Blick zu. »Wenn du dich darüber lustig machen willst, Ladislaus, ich bin nicht gerade in der Stimmung, mir das anzuhören.«

»Das würde ich nicht wagen, Colonel, schließlich droht mir die Exekution, wenn ich nach Moskau gebracht werde.« Ladislaus legte den Kopf zur Seite und zuckte nachdenklich mit den Achseln. »Mein Kind kann jede Minute zur Welt kommen, da kann ich wohl nicht umhin, mir zu wünschen, daß mein Leben anders verlaufen wäre und ich mehr daraus hätte machen sollen.«

»Für Reue ist es jetzt wohl ein bißchen spät, findest du nicht, Ladislaus?« spottete Tyrone. »Du mußt doch etwa so alt sein wie ich, aber ich wette, du bist dein ganzes Leben noch nie auf den Gedanken gekommen, einer ehrlichen Arbeit nachzugehen. Und jetzt, nachdem du erwischt worden bist, kommen dir gewisse Zweifel. Bitte, such dir aber eine andere Schulter zum Ausweinen, mein gesetzloser Freund. Ich habe keine Zeit, mir dein Gejammer anzuhören.«

»Ich bitte Euch nur um einen Moment Eurer Zeit, Colonel, mehr verlang' ich nicht«, sagte Ladislaus. »Was ich zu sagen habe, könnte möglicherweise für Euch von Interesse sein.«

»Geduld ist momentan nicht gerade meine Stärke«, erwiderte Tyrone knapp.

»Was glaubt Ihr, haben diese Söldner überhaupt vor?« Ladislaus ließ sich nicht so leicht abspeisen.

»Nichts Gutes! Genau wie du!«

»Aber, aber, Colonel«, der Räuberhauptmann lächelte. »Hab' ich Euch nicht versprochen, daß Ihr an meinem Vorschlag interessiert sein werdet? Aber, wenn Ihr Euch so verdammt sicher seid, daß Eure Männer ein ganzes ausländisches Regiment in die Enge treiben können, vergeude ich wohl meinen Atem.«

Tyrone seufzte resigniert. »Was hast du zu sagen, Ladislaus?«

»Mal angenommen, Colonel, ich und meine Männer verbündeten uns mit Eurer Truppe, um die Ausländer zurückzuschlagen...«

Er sah hoch zu Tyrone und lächelte. Jetzt hatte er seine volle Aufmerksamkeit. »Wenn sie in Moskau Unruhe stiften wollen, könnten meine Bande und ich helfen, sie dorthin zurückzujagen, woher sie gekommen sind. Der Zar könnte dann eventuell in Betracht ziehen, mich und meine Leute zu begnadigen – wenn jeder von uns einen heiligen Eid schwört, daß wir in Zukunft einer ehrlichen Arbeit nachgehen.«

Tyrone starrte Ladislaus fassungslos an. Er konnte sich einfach nicht vorstellen, daß dieser Tiger tatsächlich bereit war, seine Streifen zu ändern.

»Was würdest du denn tun?« sagte Tyrone höhnisch. »Eine Herde Ziegen melken? Du wirst sicher verstehen, daß ich mir das schlecht vorstellen kann.«

»Vielleicht könnte ich Soldat werden wie Ihr«, schlug Ladislaus vor. »Wenn Seine Majestät Ausländer anheuern kann, um seinen Soldaten das Kämpfen beizubringen, warum sollte er dann keine Männer rekrutieren, die bereits kämpfen können? Wir erwarten keine prächtigen Uniformen, wie ich sie bei den reichen Bojaren gesehen habe, und können trotzdem im Dienste des Zaren kämpfen und die russischen Grenzen vor Eindringlingen schützen.«

Tyrone fragte den Dieb mit ungläubiger Miene: »Und wenn du dann tatsächlich frei wärst, würdest du nicht wieder plündern und morden?«

Ladislaus breitete die Arme aus. »Ich bin schon seit vielen Jahren Krieger, Colonel. Männer haben mich angegriffen, und ich habe mich verteidigt, so gut ich konnte, aber ein Mörder bin ich nicht! Ich habe noch nie einen getötet, der mir nicht zuerst nach dem Leben getrachtet hat.«

Tyrone grinste. »Und ich soll glauben, daß du noch nie einen Mann zwischen zwei Pferde gebunden hast…«

»Ich hab' doch nur gescherzt, Colonel!« protestierte Ladislaus lachend. »Solche Einschüchterungsversuche erfüllen meist ihren Zweck. Außerdem schuldet Ihr mir noch einen Gefallen, ich hab' Euch schließlich vor diesem Schurken Prinz Aleksej Taraslow gerettet. Er war ganz versessen darauf, Euch zu kastrieren.« Er warf einen Blick in Richtung Haus und grinste verschmitzt. »Ich glaube, Colonel, Ihr habt wirklich allen Grund, mir dankbar zu sein. Eure Frau scheint viel Freude an Euch zu haben. Sie hat sich von mir nicht anfassen lassen und geschworen, sie würde sich eher umbringen, als sich mir hinzugeben. Wenn Ihr ehrlich seid, müßt Ihr zugeben, Colonel, daß sie mit mir wesentlich besser dran war als mit dieser Ratte Aleksej. Der saubere Prinz hat mich angeheuert, sie zu entführen. Ich sollte sie dann direkt zu ihm bringen. Wenn ich es nicht getan hätte, hätte er sicher einen anderen gefunden, um das für ihn zu erledigen, und der hätte sie ihm wahrscheinlich wirklich ausgeliefert.«

Grigori legte seine Hand auf den Arm seines Kommandanten und ging dann mit ihm ein Stück vom Haus weg. Ladislaus ließ die beiden nicht aus den Augen. Er hoffte inständig, daß sie ihm die Chance, um die er gebeten hatte, geben würden.

»Was meint Ihr, Colonel?« fragte Grigori. »Glaubt Ihr, man kann Ladislaus wirklich vertrauen?«

»Das kann ich nicht mit Sicherheit sagen, aber unter den gegebenen Umständen bin ich bereit, es mit ihm zu riskieren.«

»Was, wenn er sich mit dem anderen Regiment gegen uns verbündet?«

Tyrone runzelte die Stirn. »Das wird er den Rest seines Lebens bereuen, dafür sorge ich.«

Grigori fügte sich mit einem kurzen Kopfnicken der Entscheidung seines Colonels, und die beiden gingen zurück zu Ladislaus.

»Ich habe zwar keine Ahnung, warum ich überhaupt in Betracht ziehe, dir eine Chance zu geben, nach all dem Ärger, den du mir gemacht hast«, sagte Tyrone schroff. »Prinz Aleksej kann ja wohl bezeugen, daß man dir nicht vertrauen kann. Aber seine Erfahrung mit dir gibt mir den Anreiz, dir ein paar Zugeständnisse zu machen – solltest du dich ihrer würdig erweisen. Eins laß mich von vornherein klarstellen. Wie immer das heute ausgeht, du wirst mit mir nach Moskau zurückkehren, damit Zar Michael in letzter Instanz entscheiden kann, ob du und deine Männer begnadigt werden. Wenn du beweist, daß du ernsthaft bereit bist, an unserer Seite die feindlichen Truppen zurückzuschlagen, werde ich Seine Majestät um deine sofortige Freilassung bitten. Aber sei gewarnt, ich bin nicht in der Stimmung, mich hinters Licht führen zu lassen. Wenn du mir Grund gibst zu bereuen, daß ich dir eine Chance gegeben habe, kann ich dich als ersten von deinen Leuten erschießen. Hast du das begriffen?«

»Jawohl, Colonel.«

»Also, bist du dir absolut sicher, daß deine Männer dir bei diesem Unternehmen folgen werden?«

Ladislaus mußte lachen. »Nachdem sie den heftigen Wunsch haben weiterzuleben, kann ich ohne groß zu überlegen mit ›Ja‹ antworten.«

Tyrone erteilte daraufhin den Befehl, die Gefangenen freizulassen. Ladislaus und Petrow streckten ihre verkrampften Gliedmaßen, und Tyrone mahnte die beiden zur Eile. »Holt eure Pferde und sammelt eure Männer hier vor dem Haus. Wir müssen die Söldner überholen, um unsere Kanonen in Position bringen zu können und unsere Streitkräfte auf den Bergen vor ihnen zu verteilen. Deshalb müssen wir sofort aufbrechen.«

Ladislaus warf einen kurzen Blick zum Haus und wagte noch eine Bitte. »Colonel, ich möchte kurz mit Aljona sprechen. Wenn ich nicht zurückkomme, soll sie doch wenigstens wissen, daß ich versuche, ein besseres Leben für uns beide und das Kind anzufangen.«

Tyrone ging zur Tür, öffnete sie und winkte Synnovea und die Hebamme zu sich. Ladislaus nickte dem Colonel kurz zu, ging ins Haus und schloß die Tür hinter sich.

Synnovea nahm Tyrones Hand und ging mit ihm zum Ende der Veranda, wo sie ein paar Momente ungestört sein konnten; die neugierigen Blicke ignorierten sie einfach. Tyrone wußte nicht, wie er ihr schonend beibringen sollte, daß er gleich aufbrechen und vielleicht nicht lebend zurückkommen würde, also nahm er sie einfach in den Arm und drückte sie fest an sich. Sie spürte aber sofort, daß etwas nicht stimmte.

»Du reitest wieder los?« fragte sie besorgt, lehnte sich in seinen Armen zurück und sah ihn an, wobei sie bemerkte, daß Waffen an die Räuber verteilt wurden. »Es muß ja etwas Schreckliches passiert sein, wenn du dich mit den Dieben verbündest.«

»Wir haben in der Nähe ein Regiment von Aufständischen gesichtet. Was sie vorhaben, ist noch nicht sicher. Ich bin aber überzeugt, daß sie heimlich in den Kreml eindringen wollen, um den Zaren entweder zu töten oder als Geisel zu nehmen. Es ist nicht das erste Mal, daß sie mit dieser Methode versuchen, die Macht im Land zu ergreifen.«

»Aber wie soll ihnen das gelingen?« fragte Synnovea verwirrt.

»Mit List und Tücke... und einer guten Portion Frechheit. Sie haben sicher Spione und Komplizen in den Kreml eingeschleust, die ihnen helfen sollen, heimlich Zugang zu finden.«

»Paß auf dich auf«, flehte Synnovea ihn an und gab sich noch einmal seiner Umarmung hin. »Du hast mir noch kein Kind geschenkt, mein Gemahl, und sollte es uns bestimmt sein, durch den Tod getrennt zu werden, so möchte ich doch, daß ein kleiner Beweis unserer Liebe bleibt.«

Tyrone seufzte und küßte ihre weichen Lippen, dann lächelte er in ihre Augen, die vor Tränen funkelten. »Wir hatten so wenig Zeit für uns, mein Herz. Ich hoffe, daß mir noch einige Jahrzehnte vergönnt sind, damit unsere Liebe noch eine gesunde Brut produzieren kann.«

Ladislaus kam aus dem Haus geschritten, und Tyrone gab seiner Frau noch einen heftigen Kuß und folgte ihm dann die Treppe hinunter. Die beiden sahen sich etwas verwirrt an, als sie merkten, daß sie neben demselben Pferd stehengeblieben waren.

»Das ist mein Hengst!« sagte Tyrone erbost und nahm die Zügel. »Dein Pferd ist erschossen worden, weißt du nicht mehr?«

»Aber wir haben doch einen Tausch gemacht«, versuchte sich Ladislaus zu rechtfertigen.

»Aber dein Pferd ist tot!« Tyrone schwang sich einfach in den Sattel und grinste zu Ladislaus hinunter. »Von jetzt an, Ladislaus, wirst du dich auf deine eigenen Besitztümer beschränken müssen. Ich habe eine heftige Aversion dagegen, meine Schätze mit irgendeinem zu teilen, mit deinesgleichen schon gar nicht.«

Tyrone wendete das tänzelnde Pferd so dicht vor dem Mann, daß der Schwanz kurz über Ladislaus' Gesicht peitschte, dann nahm er seinen Helm von dem schadenfroh grinsenden Grigori entgegen, setzte ihn auf und hob den Arm zum Zeichen des Aufbruchs. Ein kichernder Petrow brachte seinem Führer ein recht schäbig aussehendes Pferd, und Ladislaus schimpfte erbost hinter Tyrone drein.

»Du vielleicht hast vergessen, daß dein Pferd war es, das ich habe erschossen auf deinen Befehl.« Petrows glänzender Schädel deutete auf das mitgebrachte Pferd. »Das hier vielleicht ist nicht so gut wie seins oder das erschossene, auf jeden Fall besser sein als gehen.«

Das ausländische Regiment überquerte die Hügelkette und war schon halb durch das Tal, als ein plötzlicher Warnschrei die Stille durchbrach. Den Männern blieb vor Schreck der Mund offenstehen, als plötzlich aus dem Nichts eine Linie uniformierter berittener Husaren auftauchte und ihre Pferde auf der direkt vor ihnen liegenden Anhöhe zügelte. Die Kanonen wurden hastig zwischen den Pferden der Kavallerieeinheit in Position gebracht, während der kommandierende Offizier langsam sein Schwert hob.

Chaos brach in den Reihen der Ausländer aus, Befehle wurden gebrüllt, alles rannte wild durcheinander und versuchte, die Artillerie nach vorne zu schaffen und sie ebenfalls in Stellung zu bringen. Sie hofften durch ihre Übermacht und die größere Feuerkraft, den drohenden Angriff abzuwehren. Mehrere Musketenschüsse aus den Reihen der Ausländer fanden ihr Ziel, zwei Husaren taumelten zu Boden, aber im nächsten Augenblick donnerten die russischen Kanonen los und rissen blutige Schneisen in die Reihen der Eindringlinge. Eine zweite Salve richtete ein noch größeres Blutbad an, eine würdige Rache für die toten Husaren. Ein reich gekleideter Edelmann brüllte den Kommandanten an, und dieser versuchte seinen Mannen Befehle zu erteilen. Diese spornten ihre Pferde zum Angriff und preschten los, genau in dem Augenblick, als eine Bleikugel den Aristokraten zu Boden fallen ließ.

Die Husaren auf dem Hügel erwarteten geduldig den Ansturm ihrer Gegner. Die Söldner stürmten den Abhang hoch, und waren bereits auf halbem Weg nach oben, als sie aus dem Augenwinkel rechts und links von sich rasche Bewegungen sahen. Sie erstarrten vor Entsetzen, als sie Männer in den abenteuerlichsten Verkleidungen von beiden Seiten auf sich zustürmen sahen. Die Husaren galoppierten an, als ihr Kommandant den Säbel senkte, das Signal zum Angriff. Er führte sie mit hocherhobenem Säbel an, eine donnernde Phalanx, die den Söldnern das Blut in den Adern gefrieren ließ. Sie versuchten zu wenden und Hals über Kopf zu fliehen, doch sie waren von allen Seiten eingekesselt, ohne eine Chance auf Flucht.

Zwei Gestalten in dunklen Mänteln schlichen sich durch die Bäume, die in der Nähe der Kremlmauer wuchsen, bis sie einen Wagen mit Pferdefutter sahen, der in raschem Tempo auf den Borowitska-Turm zufuhr. Die beiden liefen zum Weg und folgten im Schatten des Wagens zum Tor. Dort zügelte der Bauer sein Pferd und begrüßte fröhlich den Wächter, mit dem er anscheinend gut Freund war. Er unterhielt sich lachend mit ihm, was den beiden Gelegenheit gab, ungesehen durch das Tor zu schlüpfen.

Die zwei hielten sich weiter im Schatten der Bäume, bis sie den Ort am Rande des Kremlhügels erreicht hatten, wo sie laut Anweisung warten sollten, bis die Viertelstunde geschlagen hatte. Zu dieser vereinbarten Zeit löste sich eine weitere Gestalt im schwarzen Umhang, merklich kleiner als die beiden ersten, aus den Schatten des Blagoweschenski Sobor und näherte sich ihnen vorsichtig.

»Was habt ihr beiden denn zu dieser späten Stunde hier zu suchen?« fragte eine leise Stimme aus den Tiefen der Kapuze.

»Wir wollen ein Spielchen machen um dieses feine Gericht, das Zaren so schätzen«, kam die schroffe Antwort.

Der Kleinere nickte kurz und gab die erwartete Antwort. »Und was könnte das sein, wenn nicht ein königlicher Sitz auf dem Thron?« Die drei steckten die Köpfe zusammen und der Kleine flüsterte: »Eure Männer haben ihre Instruktionen erhalten?«

Der mit der barschen Stimme antwortete, sein Gefährte blieb weiterhin stumm: »Zur gegebenen Stunde werden sie ein Ablenkungsmanöver inszenieren und über ganz Moskau verteilt Brände legen, zu denen die Soldaten geschickt werden. In der Zwischenzeit werden der Zar und Patriarch Filaret zum Gebet in den Blagoweschenski Sobor gegangen sein. Wir werden uns mit den restlichen Männern vereinigen und die Palastwachen töten, die sie bewachen, den Zaren und den Patriarchen werden wir in der Kapelle umbringen. Wir werden den Kreml halten, bis der rechtmäßige Zar den Thron übernimmt und die Bojaren töten läßt, die gegen ihn sind.«

»Gut. Ich nehme an, Eure Männer warten vor dem Kreml, um Euch bei diesem Unternehmen zu unterstützen?«

»Alles ist bereit, mein Fürst.«

»Die andere Angelegenheit ist auch arrangiert?«

»Welche Angelegenheit meint Ihr denn?«

»Ihr habt doch wohl für die Sicherheit des neuen Zaren gesorgt und einen Ort hier im Kreml gefunden, wo er sich verstecken kann, bis er erscheinen muß, oder etwa nicht?« Die beiden schienen etwas verwirrt von dieser gezielten Frage. Der kleine Mann geriet in Rage. Er warf erbost seine Kapuze zurück und sein pokkennarbiges Gesicht verzerrte sich vor Wut, als er auf die beiden zuging und dem größeren den Finger in die Brust bohrte. »Ihr Narren! Er ist doch der wichtigste Faktor bei diesem Plan! Wo ist er?«

»Wo jeder rechtmäßige Thronanwärter sein sollte, Iwan Woronski«, erwiderte schließlich der Größere.

Iwan schnappte erschrocken nach Luft. Der Mann hatte zwar Russisch gesprochen, aber mit englischem Akzent. Das Blut gefror ihm in den Adern. Er wußte jetzt genau, wo er diese Stimme zuletzt gehört hatte: vor einigen Wochen während der Militärparade im Kreml.

Der große Mann ging jetzt auf ihn zu und streifte sich die Kapuze vom Kopf. »Ja, Iwan Woronski, ich bin es, Colonel Rycroft, zu Euren Diensten.« Tyrone zeigte auf seinen Gefährten: »Und der gute Hauptmann Grigori Twerskoi, Helfer in allen Notlagen. Eure polnischen Freunde wurden entdeckt, ehe sie Moskau erreichten, und ich fürchte, Euer zukünftiger Zar wurde durch eine Achtlosigkeit unserer Artillerie in Stücke gerissen. Eine Tragödie, ohne Zweifel. Ich bin sicher, Zar Michael hätte es lieber gesehen, wenn er mit Euch zusammen geköpft worden wäre.«

Iwan riß einen Dolch aus dem Mantel und wollte ihn in die breite Brust des spottenden Engländers rammen, aber eine eiserne Hand packte sein Handgelenk, drehte ihm den Arm auf den Rücken und riß ihn nach oben, bis er vor Schmerz schrie. Tyrone nahm mit spitzen Fingern den Dolch aus der Hand des vor Wut kreischenden Priesters. Das Geräusch löste im Palast der Facetten einige Verwirrung aus. Laute Befehle waren zu hören, die Wachen sollten sofort untersuchen, woher dieser Schrei gekommen war.

Iwans Herz hämmerte bis zum Hals, als ihm allmählich dämmerte, daß er der Falle, die die beiden ihm gestellt hatten, nicht entrinnen würde. All das Geld, das die Eindringlinge ihm versprochen hatten, schien plötzlich armselig wenig im Vergleich zu dem Preis, den er für den Verrat am Zaren würde zahlen müssen.

»Ich habe Gold! Ich gebe Euch alles, wenn ihr mich nur laufen laßt!« flehte Iwan. Er mußte weg sein, ehe die Palastwache sie erreicht hatte! »Es ist mehr, als ihr beide in eurem ganzen Leben verdienen könnt! Bitte! Ihr müßt mich gehen lassen!«

»Welchen Anteil bekommt denn Prinzessin Anna von dem, was Ihr uns versprecht? Sie ist doch Eure Komplizin, nicht wahr?« fragte Tyrone.

»Prinzessin Anna? Die! Ich habe sie nur benutzt, damit sie reiche Bojaren für unsere Sache anwirbt.«

Grigori packte die fettigen Haare des Mannes und sah ihm direkt ins Gesicht. »Haben sie dir auch Gold versprochen, damit es sich für dich lohnt?«

»Nein! nein! Aber ich sage Euch, da ist genug, um Eure Truhen bis zum Rand zu füllen! Diese Narren wollten nichts davon hören, daß ein weiterer Dmitrij Ansprüche auf den Thron stellt. Sie waren doch tatsächlich damit zufrieden, daß eine Marionette das Land regiert.«

»Zweimal war genug, Iwan«, sagte Tyrone. »Welcher Narr kann ernsthaft glauben, daß ein dritter Dmitrij von den Toten aufersteht? Aber ich kann, glaube ich, für uns beide antworten. Wißt Ihr, wir sind ganz zufrieden mit dem, was wir haben und sehr dankbar, daß unsere Köpfe auf unseren Schultern sicher sind.«

Iwan Woronski war am Ende seines Lateins. Er begann hemmungslos zu schluchzen und zu jammern, bis er kaum noch die Kraft hatte, sich auf den Beinen zu halten. Er ließ sich erschöpft gegen den Mann fallen, der ihn so gnadenlos festhielt. Jetzt waren Schritte zu hören, die sich rasch näherten.

»Was geht hier vor?« fragte ein Offizier, der aus der Dunkelheit herbeistürmte. Er zog seinen Säbel und rief über die Schulter nach Verstärkung, bevor er sich vorsichtig näherte. Er musterte mißtrauisch die drei Gestalten in ihren dunklen Umhängen, blieb stehen und fragte barsch: »Was habt Ihr hier zu suchen?«

»Wie es scheint, haben wir auf Euch gewartet«, erwiderte Tyrone todernst, hob den Kopf und sah einen höchst erstaunten Major Nekrasow vor sich.

»Colonel Rycroft! Ich dachte, Ihr wärt fort?«

»Das war ich auch«, erwiderte Tyrone schlicht, dann zeigte er mit dem Kopf auf den jammernden Priester, den er mit einer Hand festhielt. »Wir sind auf eine Truppe Polen gestoßen, die angeheuert worden waren, um diesem Mann zu helfen, den Zaren und den Patriarchen zu ermorden. Wir hatten unser Lager außerhalb der Stadt aufgeschlagen, damit keiner von unserer Anwesenheit erfährt, falls noch mehr Spione unterwegs waren, als man uns eingestanden hatte. Dann kamen wir hierher, um den zu suchen, mit dem die Söldner sich hier verabredet hatten. Die Polen kannten den Namen des Verräters nicht, also mußten wir das selbst herausfinden. Ich glaube, Ihr seid dem Mann schon einmal begegnet, als Ihr Lady Synnovea nach Moskau begleitet habt. Jetzt ist er Euer Gefangener.«

Nikolai schaute hinunter zu dem Priester, der die Zähne fletschte und zischte wie eine kleine giftige Viper, die man am Schwanz gefangen hat. Nikolai gab seinen Männern ein Zeichen und befahl, den Gefangenen in den Konstantin-Jelena-Turm zu bringen, dann beobachtete er in stoischer Ruhe, wie sie mit dem knurrenden, strampelnden Mann kämpften, der sich jetzt wie ein tollwütiger Wolf gebärdete. Schließlich gelang es ihnen, ihn mit zwei Ketten zu fesseln und wie ein Tier wegzuzerren.

Nikolai schaute ihnen noch kurz nach, dann wandte er sich langsam seinem Rivalen zu. »Es ist meine traurige Pflicht, Euch von einem sehr ernsten Vorfall in Kenntnis zu setzen. Kurz nachdem Ihr die Stadt verlassen habt, wurde Eure Gattin, Lady Synnovea, von einer Bande Männer entführt, deren Beschreibung auf Ladislaus und seine Schergen paßt. Gräfin Andrejewna sagt, das Verschwinden Eurer Frau wäre erst am nächsten Morgen entdeckt worden, nachdem man die Wächter, die ihr angeheuert hattet, gefesselt und geknebelt im Garten fand. Inzwischen war es zu spät, sie einzuholen. Es tut mir leid.«

»Ihr braucht Euch nicht weiter zu sorgen, Major«, erwiderte Tyrone. »Im Augenblick ist Lady Synnovea sicher in meinem Lager vor der Stadt untergebracht.«

Es dauerte eine Weile, ehe der völlig überraschte Nikolai einen Ton herausbrachte. »Ich war mir sicher, keiner von uns würde sie je wiedersehen, angesichts der Tatsache, daß Ladislaus so wild darauf war, sie zu besitzen. Wie, in aller Welt, habt Ihr es fertiggebracht, sie zurückzuholen?«

»Ich hatte das Glück, zur rechten Zeit am rechten Ort zu sein.« Tyrone lächelte. »Es wird Euch sicher freuen, zu hören, daß Ladislaus seinem gesetzlosen Dasein abgeschworen hat und hier ist, um den Zar um Begnadigung zu bitten. Im Augenblick befindet auch er sich in meinem Lager, mit einer Wunde, die sehr beeindruckend, wenn auch nicht sonderlich ernst ist, und zeigt dort mit großem Stolz seinen neugeborenen Sohn herum. Ohne seine Hilfe und die seiner Männer wäre es uns nie gelungen, die Söldner zu überwältigen.«

»Ladislaus hier? In Eurem Lager? Ist das die Möglichkeit?«

Der Colonel mußte grinsen. Auch er hatte die größten Schwierigkeiten gehabt, dem Dieb zu vertrauen. »Ich weiß, es klingt absurd, aber Grigori kann bestätigen, daß ich die Wahrheit sage.«

»Ich habe es selbst kaum glauben können«, sagte der Hauptmann, »aber es ist wahr. Wie es scheint, liebt Ladislaus die Schwester unseres Kundschafters, und nachdem er jetzt Vater ist, hat er das Gefühl, er muß seinem Sohn etwas Besseres bieten als das, was er als Kind hatte. Der Mann ist von den besten Lehrern unterrichtet worden, aber sein Vater, ein polnischer Prinz, wollte ihn nicht als rechtmäßigen Sohn anerkennen. Er hat das Mädchen gebeten, seine Frau zu werden, und wenn er begnadigt wird, will er sich einen anständigen Beruf suchen.«

Major Nekrasow grinste vor Freude über ein solches Wunder, dann räusperte er sich und wechselte das Thema. »Colonel Rycroft, Ihr wißt, daß General Vanderhout darauf bestanden hat, mit dem Rest Eures Regiments auszurücken, zusammen mit einigen anderen Truppen, angeblich um ihr Können zu testen...«

Tyrone und Grigori sahen sich besorgt an. Sie waren auf das Schlimmste gefaßt. »Was ist passiert, Major?«

»Nun, soweit ich mir das zusammenreimen kann, hatte General Vanderhout keine Ahnung, wie gefährlich Kosaken sein können, wenn sie gereizt werden...«

»Fahrt fort, Major!« sagte Tyrone ungeduldig, als dieser unterbrach und ihn ansah. »Was ist passiert?«

»Es war eine katastrophale Niederlage. Eure Männer wollten bleiben und kämpfen, aber General Vanderhout wollte es nicht riskieren, die Kosaken noch mehr zu verärgern. Er befahl Euren Männern, nach Moskau zurückzukehren und folgte ihnen rasch, redlich bemüht, den Kosaken davonzulaufen, die gedroht hatten, ihm die Stiefel anzuzünden, wenn er zu lange auf ihrem Territorium verweilte. Sobald der General unbeschadet die äußeren Tore Moskaus passiert hatte, machten sich die Kosaken einen vergnügten Tag mit all dem Gerümpel, das Euer Kommandant in seiner Hast zurückgelassen hatte: unter anderem Musketen und auch einige Kanonen, die er persönlich angefordert hatte. Die Kosaken entzündeten riesige Lagerfeuer und schikanierten die Moskauer von morgens bis abends mit ihrer neu erworbenen Artillerie. Soweit ich weiß, ist niemand zu Schaden gekommen, aber es dauerte fast drei Tage, bis sie der Schikanen überdrüssig waren und sich auf die Suche nach neuer Unterhaltung begaben. Seither hält sich der General wohlweislich versteckt. Ich glaube, er hat Angst, sein Gesicht zu zeigen.«

Grigori lachte schallend, als Major Nekrasow mit seiner Geschichte am Ende war, und auch Tyrone kostete es einige Mühe, nicht laut loszuprusten.

»Wie mir scheint, ist in unserer Abwesenheit alles sehr gut gelaufen«, sagte er spöttisch.

Nikolai sah den offensichtlich sehr amüsierten Engländer erstaunt an. »Die Nachricht scheint Euch nicht weiter zu beunruhigen, Colonel. Ich dachte, Sie beide wären vielleicht gute Freunde, der General ist schließlich Ausländer und obendrein auch noch Euer Kommandant…«

»Ich brauche mir meine Freunde nicht unter Ausländern oder meinesgleichen zu suchen, Major.« Tyrone legte einen Arm um Grigoris Schultern und zog ihn an sich. »Hier ist ein wahrer Freund, Major. General Vanderhout ist alles andere als ein Freund.«

Tyrone legte die Hand an die Stirn und verabschiedete sich. Die beiden gingen lachend davon, und ein etwas verdutzter Major Nekrasow machte sich auf den Weg zum Palast der Facetten, um dem Zaren alles, was Rycroft ihm berichtet hatte, zu erzählen. Anschließend würde er ihn in den Blagoweschenski-Turm eskortieren, wo er sich mit dem Patriarchen und einem Priester zu einer stillen Gebetsstunde treffen würde.

27. Kapitel

Die Bürger von Moskau machten ehrerbietig Platz, als das Regiment staubiger Soldaten über den Roten Platz ritt, mit einer Ansammlung wild kostümierter Krieger in ihren Reihen. Zwei Frauen, eine mit einem Neugeborenen im Wickelkissen, fuhren in einem kleinen Wagen voller Heu mit, worauf sie aus zwei verschiedenen Gründen bestanden hatten. Eine Batterie Kanonen folgte, und den Abschluß der Prozession bildeten die Wagen, von denen einer die Verwundeten transportierte.

Mit diesem Anblick wurde Prinz Aleksej begrüßt, als er aus seinem Schlitten stieg. Und dann erkannte er die dunkelhaarige Frau im Wagen, die Frau, die auf seinen Befehl aus dem Haus der Gräfin Andrejewna entführt worden war. Er erstarrte vor Entsetzen. Und als wäre das noch nicht genug, war auch noch ihr Entführer gefangengenommen worden, und dieser ritt jetzt an der Spitze seiner Schergen in die Stadt ein, als erwarte ihn eine Ordensverleihung.

Aleksej spürte, wie die eisige Hand der Angst sein Herz ergriff und ihm den Atem stocken ließ. Erst heute morgen hatte er Annas Angstgeheul mitanhören müssen, als sie den Befehl bekam, sich im Zarenpalast einzufinden, um Rechenschaft abzulegen über ihre Unterstützung von Iwan Woronski. Sie war überzeugt, daß es nur noch eine Frage der Zeit war, bis man sie zum Lobnoje Mesto, dem Platz der Stirn, eskortieren würde, wo sie für ihre Freundschaft mit dem Verräter büßen müßte, auch wenn sie heftig leugnete, seine wahren Absichten gekannt zu haben.

Und jetzt stand er hier und sah sein Leben an sich vorüberziehen und glaubte schon sein Totenglöckchen zu hören. Zar Michael hatte ihn gewarnt, aber er hatte sich seine Worte nicht zu

Herzen genommen. Statt dessen hatte er mit großem Vergnügen Synnoveas Entführung arrangiert, ein wollüstiger Narr, der anscheinend unbedingt Kopf und Kragen riskieren wollte. Und jetzt hatte er Angst, eine unheimliche Angst, sein Leben zu verlieren.

Die Menschenmenge auf dem Roten Platz wurde immer größer. Jeder wollte die Truppe sehen, die so erfolgreich das Komplott gegen den Zaren niedergeschlagen hatte. Die Gerüchteküche sprach inzwischen schon von einer fünffachen Übermacht, die die tapferen Husaren bezwungen hatten.

Prinz Aleksej knirschte haßerfüllt mit den Zähnen. Welch furchtbare Demütigung für ihn, hier stehen zu müssen, umringt von einer Menge, die dem englischen Colonel und diesem Barbaren zujubelte! Diese Männer sollten Stück für blutiges Stück an die Raben verfüttert werden, nachdem sie es gewagt hatten, das zu stehlen, wofür er sein Leben riskiert hatte!

»Verzeihung! Verzeihung!«

Prinz Aleksej drehte sich überrascht um und sah, wie sich ein ausländischer Offizier durch die Menge drängte. Er sah aus, als wären ihm alle Dämonen der Hölle auf den Fersen. Er wollte gerade energisch einen Mann beiseite schieben, als eine weibliche Stimme irgendwo hinter ihm aus der Menge ertönte.

»Juhuuu, Edward! Ich muß mit dir reden! Warte!«

Der Mann mit dem Namen Edward tat so, als hätte er den Ruf nicht vernommen und versuchte hektisch, durch die immer dichter werdende Menge weiterzukommen, wütend vor sich hinmurmelnd: »Narr! Narr! Hat man dich nicht gewarnt? Aber nein, du Tölpel mußtest ja unbedingt mit der Frau des Generals ins Bett steigen! Und jetzt steckst du bis zum Hals in der Tinte! Deine Karriere ist ruiniert!«

Die Frauenstimme ließ nicht locker. »Edward Walsworth! Du wirst nicht weit kommen, wenn ich dir den General auf den Hals hetze!«

Edward drehte sich fluchend um, zwang sich zu lächeln und

ging mit ausgebreiteten Armen auf sie zu, als würde er sich tatsächlich freuen, sie zu sehen. »Aleta! Wie schön du aussiehst, meine geliebte kleine Rose!«

Aleksej beobachtete aus dem Augenwinkel, wie die beiden aufeinander zugingen. Leider verdeckte die hochgewachsene Gestalt des Offiziers das Gesicht der Frau, aber ihre schrille Stimme erlaubte es ihm, jedes Wort mitzuhören.

»Du böser Mann, du! Wenn ich es nicht besser wüßte, könnte ich fast meinen, du versuchst, mir aus dem Weg zu gehen. Das wäre ja noch schöner! Ich sollte Vincent sagen, daß er eigentlich dich suchen sollte und nicht Colonel Rycroft! Wenn du glaubst, ich werde einfach schweigen, nachdem du dich nicht mehr blicken läßt, hast du dich geirrt. Ich werde aller Welt verkünden, daß du der Vater meines Kindes bist! Ich hab' dir gesagt, du sollst aufpassen, aber du warst ungeschickt wie ein Schuljunge, der sein erstes Mädchen aufs Kreuz legt.«

Lieutenant Colonel Walsworth hob verlegen die Schultern. »Aber Aleta, wie kannst du denn so sicher sein, daß ich dafür verantwortlich bin? Du hast doch damals auch eine Affäre mit einem Russen gehabt, oder etwa nicht? Ich erinnere mich noch gut daran, daß du mir erzählt hast, wie du dir einen Spaß mit diesem Prinzen gemacht hast. Du hast behauptet, du wärst die Tochter des Generals und eine unschuldige kleine Jungfrau, und er ist prompt darauf reingefallen. Du willst doch nicht etwa behaupten, daß du nie mit ihm im Bett warst? Und wenn der Russe nicht schuld ist, vielleicht ist es dein Mann?«

»Du Tölpel! Du wirst dich da nicht rausreden, indem du einem anderen die Schuld in die Schuhe schiebst! Vincent hat eine schmerzliche Krankheit, die ihn daran hindert, seinen ehelichen Pflichten nachzukommen. Die hat er sich sicher bei einer dieser kleinen Dirnen geholt, die er so gerne besteigt. Und er besitzt die Frechheit, mir die Schuld in die Schuhe zu schieben!«

Sowohl Aleksej als auch Edward stockte der Atem, als ihnen bewußt wurde, was sie da sagte. Aleksej war in absoluter Panik, und Edward sagte barsch:

»Verdammt sollst du sein, Weib! Wieviel Bosheit muß dazugehören, einen Mann in dein Bett zu locken, wenn die Chance besteht, daß du dich angesteckt hast!«

Aleta kreischte vor Wut. »Was? Du glaubst, ich wäre auch infiziert? Eine solche Unverschämtheit...«

Edward beugte sich zähneknirschend zu ihr: »So wie du nach Liebhabern jagst, Aleta, weiß keiner, wie viele dir in die Falle gegangen sind!«

Aleksej würgte vor Ekel und schleppte sich, taumelnd wie ein Betrunkener, bis an den Rand der Menge und kämpfte sich dann durch den Schnee zu seinem Schlitten, wo er sich mit aschfahlem Gesicht in seinen Sitz fallen ließ. Wie hatte er nur so töricht sein können, auf das Spielchen dieser Frau hereinzufallen?

Irgendwie schaffte es Aleksej bis nach Hause, stolperte ins Haus und brüllte nach den Dienern, denen er befahl, sofort Wodka und kochend heißes Wasser in seine Gemächer zu bringen. In kürzester Zeit stand ein heißes Bad bereit, und Aleksej warf seinen Kammerherrn aus dem Zimmer und entkleidete sich selbst.

Er hielt die Luft an, als er sich langsam in das dampfende Bad gleiten ließ, dann schrubbte er sich, bis seine Haut völlig wund war. Schließlich lehnte er sich in der Wanne zurück und kippte fast die halbe Karaffe des gefährlich berauschenden Getränks in sich hinein. Nach einiger Zeit stieg er total erschöpft und betrunken aus der Wanne, taumelte zum Bett und ließ sich mit dem Gesicht voraus darauf fallen, unverständliches Zeug murmelnd über das Blutbad, das er als Kind gesehen hatte, als sein Vater sich mit dem Messer das Leben genommen hatte.

Prinzessin Anna kam an diesem Abend nicht nach Hause, und die Diener wagten auch nicht, den Herrn des Hauses in seinen Gemächern zu stören. Sie waren geradezu erleichtert, als spät am nächsten Tag ein Trupp Reiter vor dem Haus anhielt und kurz darauf schwere Fäuste gegen die Eingangstür hämmerten. Boris eilte zur Tür, um sie zu öffnen, und stolperte erschrocken zurück, als der englische Colonel und drei seiner Offiziere in die Halle stürmten und verlangten, sofort den Herrn des Hauses zu sehen.

»Er ist oben, mein Herr!« Der Diener zeigte mit zitternder Hand zur Treppe. »Er ist seit gestern nicht mehr heruntergekommen, nachdem wir ihm das Bad bereitet hatten. Er war sehr schlechter Laune, Sir, und wir hatten Angst, ihn zu stören.«

»Ich werde ihn stören!« zischte Tyrone und lief die Treppe hoch, dicht gefolgt von seinen Männern.

Boris tappte hinterdrein und flehte sie an, ihr Leben nicht in Gefahr zu bringen. »Prinz Aleksej ist vielleicht unpäßlich... oder mit einer Frau zusammen... und wird es sehr übelnehmen, wenn er gestört wird. Es ist nicht das erste Mal, daß er uns aussperrt, aber normalerweise läßt er sich etwas zu essen bringen, für sich und seine Gefährtin.«

Tyrone warf ihm einen angewiderten Blick zu. »Wie mir scheint, habt ihr den Bastard viel zu lange verwöhnt, mein Freund. Heute wird er bekommen, was er verdient hat! Der Zar hat mir und meinen Männern die Erlaubnis erteilt, deinen Herrn ins Gefängnis zu bringen, und das werden wir mit dem größten Vergnügen tun!«

Der Colonel blieb kurz vor der Tür stehen, auf die Boris zeigte, dann packte er den Griff, drehte ihn und warf sich mit der Schulter gegen die Tür. Sie flog auf, und er stolperte von der Wucht seines Angriffs in den Raum, wo er vor Ekel erstarrte, als er sah, was da auf dem Bett lag. Er war schon seit vielen Jahren Soldat, aber etwas Derartiges hatte er noch nie gesehen. Es war entsetzlich, wenn ein Mann so dem Wahnsinn verfallen war, daß er erst grausam seinen Körper verstümmelte, ehe er den Mut fand, seinem Leben ein Ende zu setzen.

Tyrone drehte sich auf dem Absatz um und schritt zur Tür, wo seine Männer stehengeblieben waren. Boris sah ihn fragend an und versuchte, sich an ihm vorbeizudrängen, aber Tyrone schüttelte den Kopf und hielt ihn zurück.

»Meine Männer und ich werden den Prinzen in seine Laken wickeln und ihn nach unten bringen. Er sollte in einen kalten Raum gebracht werden, zumindest bis zu seiner Beerdigung.«

Ein kleines Stück weiter die Straße hinunter stand Synnovea an den Fenstern der Andrejewna-Residenz und wartete darauf, daß Tyrone und seine Männer mit ihrem Gefangenen vorbeiritten, nur um sicher zu gehen, daß ihn der heimtückische Prinz nicht irgendwie verletzt hatte. Als sie Tyrone allein die Straße entlangreiten sah, war sie zuerst erleichtert, doch dann packte sie die Angst. Was, wenn Aleksej immer noch frei herumlief und das Grauen immer noch kein Ende hatte?

»Er ist inzwischen weit weg«, versuchte Synnovea sich selbst zu beruhigen. »Er würde es nicht wagen, noch einmal zurückzukommen. Er ist sicher auf der Suche nach einem Unterschlupf, wo der Zar und seine Männer ihn nicht finden können.«

Synnovea beobachtete seufzend, wie Tyrone in die schmale Gasse zu den Stallungen ritt. Es war töricht, so in Panik zu geraten, ermahnte sie sich, wo sie doch keine Ahnung hatte, was wirklich passiert war. Sie war überglücklich, wieder zu Hause zu sein, und das konnte Aleksej ihr nicht mehr nehmen. Nach einer wonnevollen Nacht, in der sie all ihre sinnlichen Fantasien mit ihrem Mann ausgelebt hatte, schwebte sie wie auf einer Wolke.

Synnovea runzelte die Stirn und lauschte. Was konnte Tyrone nur so lange im Stall aufhalten? Natascha war mit Ali, Danika und Sofia zu einem Jahrmarkt gefahren, so daß sie den größten Teil des Hauses für sich allein hatten, bis auf die Dienerschaft, die Anweisung hatten, ihnen jeden Wunsch zu erfüllen.

»Synnovea...?«

Die Stimme kam aus den untersten Tiefen des Hauses. Woher bloß? fragte sie sich.

»Ja...?« rief sie zurück.

»Komm, mein Herz, ich brauche dich.«

»Tyrone, bist du das?« Sie lief aus dem Zimmer und die Treppe hinunter. Die Stimme klang seltsam gedämpft. »Wie bist du ins Haus gekommen?«

»Kommst du, mein Herz?«

»Ja, ja, ich komme! Wo bist du? Ich kann dich kaum hören. Bitte, sag mir, ist alles in Ordnung? Du klingst so seltsam.«

»Beeil dich!«

Ihr Herz machte einen Satz. Was war passiert? Wo war er?

»Ich beeile mich, mein Liebster! Warte auf mich!«

»Ich warte, aber du mußt dich beeilen...«

Sie rannte weiter, immer tiefer die Treppe hinunter, bis in den Keller des Hauses, zu einer Tür, sie riß sie auf, nicht ahnend, was sie dahinter erwartete, und blieb wie angewurzelt stehen...

Tyrone lag mitten im Badebecken, warf jetzt das Sprechrohr beiseite, mit dem Natascha gelegentlich ihre Diener rief, und winkte ihr zu. »Kommt zu mir, Madame. Ich bin heute abend in bester Form, und ich glaube, wir sollten uns ernsthaft um Erfüllung Eurer Bittschrift bemühen.«

»Welche Bittschrift sollte das denn sein, mein Herr und Gebieter?« sagte Synnovea und griff nach den seidenen Verschlüssen ihres Sarafans.

»Ich habe beschlossen, Madame, daß wir ernsthaft in Betracht ziehen sollten, unsere Beziehung weiter zu vertiefen...«

»In der Tat, Sir?« Ein verführerisches Lächeln umspielte ihre Mundwinkel, als sie den seidenen Sarafan von ihren Schultern streifte und zu Boden fallen ließ. Sie entledigte sich ihres Untergewandes und fragte mit Unschuldsmiene: »Wie kann sie denn noch tiefer werden, als sie ohnehin schon ist?«

Tyrone brauchte nicht lange zu überlegen. »Ich war sehr angetan von Ladislaus' Begeisterung für seinen Sohn und finde, daß wir unsere Liebe vor aller Welt mit einem ähnlichen Beweis kundtun sollten.«

»Ich kenne Euch doch kaum, Sir«, sagte sie mit kokettem Augenaufschlag und löste ihr Haar.

»Dann wird es höchste Zeit, daß Ihr mich besser kennenlernt, Madame. Ihr habt noch viel zu lernen, und ich bin ganz begierig darauf, Euch in den Freuden der Ehe zu unterweisen.«

»Das hört sich ja fast an wie eine unzüchtige Einladung, Sir.«

»Die Einladung kommt aber von Herzen, Madame, sie ist wirklich ernst gemeint.«

»Ihr wollt mich ernsthaft unterweisen? Oder mir ernsthaft ein Kind machen?«

»Beides, Madame, beides! Kommt nur in meine Arme und laßt Euch zeigen, wie ernst ich es meine!«

Synnovea drapierte ihre Strümpfe über eine Bank, stieg die Treppe ins Becken hinunter und schwamm in seine weit geöffneten Arme. Tyrone hob sie hoch, drückte sie an sich und strahlte sie mit seinen blauen Augen an.

»Jetzt ist es viel besser, als es am Anfang war, meine Liebe«, flüsterte er lächelnd. »Weil ich jetzt nicht mehr fürchten muß, dich an einen anderen zu verlieren. Wir brauchen jetzt keine Angst mehr zu haben, da der eine so weise war, sein Leben zu ändern, und der andere sich entschlossen hat, seins zu beenden.« Er erstickte ihren erstaunten Aufschrei mit einem Kuß und zog genüßlich ihren nassen Körper an sich. »Ja, Madame, wir brauchen nie mehr Angst vor Prinz Aleksej zu haben, oder vor Ladislaus. Seine Liebe zu Aljona und seinem Sohn wird ihn zu einem ehrenwerten Mann machen. Der Zar hat ihn begnadigt und ihm ein jährliches Salär garantiert, wenn er mit seinen Männern an der Grenze patrouilliert. Ich bezweifle, daß wir ihn je wiedersehen werden. Annas Besitztümer wurden konfisziert, und sie hat Order, in das Haus ihrer Eltern zurückzukehren, wo sie ihrer Autorität unterstellt wird. Es bleibt ihnen überlassen, was aus ihr wird, denn sollte sie wieder Aufruhr verursachen, könnte der Zar sie zur Verantwortung ziehen. Das ist ihre Bestrafung dafür, daß sie so dumm war, Iwans Pläne nicht zu durchschauen.«

»Erstaunlich, wie sich alles zum Besten gewandt hat«, hauchte sie ihm zu. »Die einzige Unsicherheit ist, ob Ladislaus tatsächlich sein Wort halten wird. Die Vorstellung, daß du ihn erneut verfolgen mußt, erfüllt mich mit Grauen. Überhaupt, oh, mein Herr und Gebieter, darf ich gar nicht daran denken, daß Ihr mich sicher bald wieder allein lassen wollt.«

»Ich glaube, von jetzt an braucht Ihr Euch deshalb nicht mehr den Kopf zu zerbrechen, Madame. Der Zar hat General Vanderhout und seiner Frau befohlen, sofort russischen Boden zu verlassen, und mich gebeten, Kommandant der ausländisch geführten Truppen an Vanderhouts Stelle zu werden. Das heißt, meine Liebe, ich bin jetzt Brigadegeneral.«

Tyrone lachte, als Synnovea ihn mit einem Freudenschrei umarmte. Er drückte sie an sich und seufzte leise. Schon jetzt bedauerte er, daß er in den kommenden Jahren den Luxus solcher Bäder in England entbehren müßte. Dagegen mußte etwas unternommen werden!

Epilog

Das Schiff holte das letzte Segel ein, als es sich langsam gegen den Londoner Kai schob. Eine große Kutsche fuhr gerade auf dem gepflasterten Pier vor. Ein älterer Mann stieg aus und half dann einer großen, schlanken Frau aus dem Gefährt, die vielleicht ein paar Jahre jünger war als er. Ihr einstmals löwenfarbenes Haar war zu cremeweißem Satin verblaßt. Ihre Frisur war sehr elegant und betonte ihr edles Gesicht und die graziöse Haltung. Einer anderen, sehr schick gekleideten Frau, mindestens zwanzig Jahre älter, wurde ebenfalls aus der Kutsche geholfen, dann gingen die drei zum Fallreep, das gerade hinuntergelassen wurde.

Auf dem Schiff tauchte ein großer Mann mit einem etwa zweijährigen Kind an der Reling auf, begleitet von seiner Frau, die behutsam eine Decke über das Gesicht des Säuglings in ihrem Arm faltete, um ihn vor den feuchten Nebeln der Themse zu schützen. Hinter ihr stapfte eine winzige Dienerin mit einer stattlichen Reisetasche auf der Schulter, die sie für die Kinder gepackt hatte. Der Mann lächelte beschwichtigend als Antwort auf eine Frage seiner jungen Frau, legte einen Arm um ihre Taille und geleitete sie zum Fallreep, wo sie kurz stehenblieben und nach unten sahen.

»Tyre! Tyre!« rief die ältere Frau unter Freudentränen.

Tyrone winkte hocherfreut und rief: »Grandmère! Wie ich sehe, habt Ihr meinen Brief bekommen! Ich war mir nicht sicher, ob jemand kommen würde, uns zu begrüßen!«

»Um nichts auf der Welt hätten wir uns das nehmen lassen, mein Sohn!« rief der ältere Mann. »Wir haben es kaum erwarten können! Beeilt euch! Wir wollen unsere Enkelkinder sehen!«

Tyrone beugte sich zu dem Jungen und zeigte auf die Leute, die sie am Kai erwarteten. »Schau, Alexander! Großpapa!«

Die blauen Augen des Kleinen musterten mißtrauisch die drei Menschen, die ihm aufgeregt zuwinkten.

»Alexander... Alexander... ich bin deine Großmama!« rief die jüngere Frau! »Wo ist denn deine Schwester Katharina?«

Der kleine Junge zeigte auf das Baby im Arm seiner Mutter. »Katha?«

Sein Vater lachte und streichelte den winzigen Arm. »Das ist richtig, Katharina.«

Der Kleine steckte den Finger in den Mund und schaute seine Eltern an. Tyrone hob vorsichtig die Decke und warf einen zärtlichen Blick auf das Gesicht seiner winzigen Tochter. »Sie schläft noch.«

»Katharina muß bald gefüttert werden«, ermahnte Ali von hinten.

Synnovea strich über das feine Haar des Babys, dessen Augenlider bei der Berührung leicht flatterten. »Der kleine Schatz scheint im Augenblick ganz zufrieden, Ali. Vielleicht schläft sie noch ein bißchen länger.«

»Sie ist ein braves kleines Mädchen, genau wie Ihr es wart«, sagte Ali stolz.

»Komm, mein Herz«, ermahnte Tyrone seine Frau. »Begrüß meine Eltern und meine Großmutter, dann fahren wir nach Hause. Sie können es gar nicht erwarten, dich endlich in die Arme zu schließen.«

Synnovea legte kurz den Kopf auf seine Schulter, er legte einen Arm um sie und half ihr behutsam die Treppe hinunter.

»Mein Sohn, mein Sohn!« rief seine Mutter und lief mit ausgebreiteten Armen auf sie zu. »Es ist wunderbar, dich wiederzuhaben! Du hast uns so gefehlt!«

Die Rycrofts umarmten sich begeistert, und dann stellte Tyrone, übers ganze Gesicht strahlend, seine junge Familie vor. Er zog Synnovea an sich und sagte: »Vater, Mutter, Grandmère, ich möchte Euch meine Frau Synnovea vorstellen. Das sind unsere Zofe, Ali McCabe, und unsere zwei Kinder, Alexander und Katharina, die wir nach Synnoveas Vater benannt haben und nach unserer lieben Freundin, der Prinzessin Natascha Katharina Tscherkowa, die uns diesen Sommer mit ihrem Gatten besuchen wird, zusammen mit einem anderen lieben Freund, Major Grigori Twerskoi und seiner Braut Tanja.«

Megan nahm den Kleinen vom Arm seines Vaters und flüsterte ihm etwas ins winzige Ohr, was ihn zum Kichern brachte. Der Junge zeigte auf seinen Vater.

»Pferd! Papa!«

Tyrone grinste seine Großmutter an. »Ja, Grandmère, ich habe ihm bereits beigebracht, vor mir auf dem Pferd zu sitzen, also wird dein Wunsch, ihn unter den Besten reiten zu sehen, irgendwann in Erfüllung gehen.«

Mit Tränen der Freude umarmte Tyrones Mutter Synnovea und hieß sie in ihrer Familie willkommen. »Habt Dank, meine Liebe, Ihr habt meinen Sohn so glücklich gemacht und uns diese kleinen Schätze geschenkt, die unser Herz erfreuen. Ich hatte schon Angst, die Jahre der Trennung würden nie zu Ende gehen. Aber nachdem der König ihn jetzt beauftragt hat, die Regeln für die Ausbildung von Kavallerieeinheiten festzusetzen, wissen wir, daß er England nie wieder zu einem Feldzug im Ausland verlassen muß. Vielleicht kann sein Vater ihm doch noch den Bau von Schiffen irgendwann schmackhaft machen.«

Tyrone wagte es, das Thema anzuschneiden, das ihn vor Jahren gezwungen hatte, England zu verlassen. »Was ist in meiner Abwesenheit passiert?«

»Mit der Familie des Mannes, den du im Duell getötet hast, ist alles geregelt!« beschwichtigte Rycroft senior seinen Sohn und schlug ihm auf die Schulter. »Als Lord Gurr von deiner Rückkehr erfuhr, kam er, um sich zu entschuldigen für das, was sein Sohn Angelina angetan hatte und sie dir nach dem Duell. Er hat gesagt, ein Mann hätte das Recht, die Ehre seiner Frau und ihren guten Namen vor denen zu verteidigen, die ihn beschmutzt haben. Er bereut es, daß du durch seine Arroganz und Wut gezwungen warst, nach Rußland zu fliehen.«

»Wie du dich selbst überzeugen kannst, Vater«, erwiderte

Tyrone, »war es sehr gut, daß ich fortgegangen bin. Dadurch habe ich einen weit kostbareren Schatz gefunden, als ich hier je hatte.«

»Ich muß schon sagen, mein Lieber«, sagte seine Mutter voller Bewunderung für den Sohn, der besser aussah denn je: »Du kehrst weit glücklicher zurück, als du abgereist bist – und um vieles reicher, durch deine Familie und deine Freunde.«

»Ja, Mutter«, sagte Tyrone mit einem liebevollen Blick auf seine strahlende Frau: »Ich bin in der Tat ein reicher Mann!«

GOLDMANN

Kathleen E. Woodiwiss

Ihre wild-romantischen Geschichten von Kämpfen, Verrat und Leidenschaft aus längst vergangenen Zeiten sind die Lieblingslektüre von Millionen Leserinnen, und Kathleen E. Woodiwiss die erfolgreichste Autorin historischer Romane der jüngsten Zeit.

Wie eine Rose im Winter 41432

Der Wolf und die Taube 6404

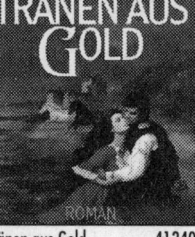

Shanna 41090

Tränen aus Gold 41340

Goldmann · Der Taschenbuch-Verlag

Anne Rivers Siddons
im Blanvalet Verlag

STRASSE DER PFIRSICHBLÜTEN
Roman
Aus dem Amerikanischen von Gabriele Dick
672 Seiten   Gebunden

Scarletts Enkel sind anders

Lucy Bondurant ist fünf Jahre alt, als sie mit ihrer Mutter in das geräumige Haus ihres Onkels in der Peachtree Road kommt. Von diesem Tag an verbindet Lucy und ihren zwei Jahre älteren Cousin Shep eine mehr als nur geschwisterliche Liebe.
Liebe und Haß bestimmen die leidenschaftliche Abhängigkeit dieser beiden Menschen, deren Leben von den bewegten Jahren des Aufbruchs der Civil-Rights-Bewegung mit all seinen Hoffnungen und bitteren Enttäuschungen geprägt wird wie von dem unverbrüchlichen Festhalten an den Traditionen der alten Südstaatenfamilien. Mit den Schüssen auf John F. Kennedy bricht für Lucy eine Welt zusammen.

»Mit ›Straße der Pfirsichblüten‹ schuf Anne Rivers Siddons einen Roman, für den sie von Margaret Mitchell standing ovations bekommen hätte.« *Pittsburgh Press*

GOLDMANN

Jennifer Blake
Wunderbare feurig-romantische Liebesromane der Bestsellerautorin

Zärtliche Betrügerin, Roman 42032

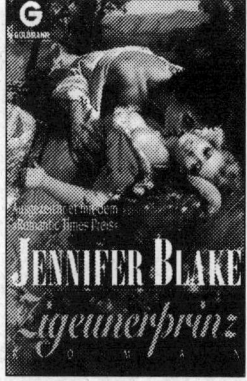

Zigeunerprinz, Roman 41447

Ruchloser Engel, Roman 42128

Im Sturm erobert, Roman 41281

Goldmann · Der Taschenbuch-Verlag

GOLDMANN

Liebesromane,
wie sie sich Leserinnen wünschen.
Leidenschaftlich, romantisch, spannend!

Iris Johansen,
Der Kuß des Tigers, Roman   42410

Laurie McBain,
Wilde Rose im Wind, Roman   41368

Elaine Coffman, Ein Mann wie Samt
und Seide, Roman   42212

Rebecca Brandewyne,
Im Rausch der Nacht, Roman   42408

Goldmann · Der Taschenbuch-Verlag

GOLDMANN TASCHENBÜCHER

Das Goldmann Gesamtverzeichnis erhalten Sie im Buchhandel oder direkt beim Verlag.

Literatur · Unterhaltung · Thriller · Frauen heute
Lesetip · FrauenLeben · Filmbücher · Horror
Pop-Biographien · Lesebücher · Krimi · True Life
Piccolo Young Collection · Schicksale · Fantasy
Science-Fiction · Abenteuer · Spielebücher
Bestseller in Großschrift · Cartoon · Werkausgaben
Klassiker mit Erläuterungen

∗ ∗ ∗ ∗ ∗ ∗ ∗ ∗ ∗

Sachbücher und Ratgeber:
Gesellschaft / Politik / Zeitgeschichte
Natur, Wissenschaft und Umwelt
Kirche und Gesellschaft · Psychologie und Lebenshilfe
Recht / Beruf / Geld · Hobby / Freizeit
Gesundheit / Schönheit / Ernährung
Brigitte bei Goldmann · Sexualität und Partnerschaft
Ganzheitlich Heilen · Spiritualität · Esoterik

∗ ∗ ∗ ∗ ∗ ∗ ∗ ∗ ∗

Ein SIEDLER-BUCH bei Goldmann
Magisch Reisen
ErlebnisReisen
Handbücher und Nachschlagewerke

Goldmann Verlag · Neumarkter Str. 18 · 81664 München

Bitte senden Sie mir das neue kostenlose Gesamtverzeichnis

Name: _____

Straße: _____

PLZ / Ort: _____